OBRAS DE JORGE DE SENA

OBRAS DE JORGE DE SENA

TÍTULOS PUBLICADOS

OS GRÃO-CAPITÃES
(contos)

ANTIGAS E NOVAS ANDANÇAS DO DEMÓNIO
(contos)

GENESIS
(contos)

O FÍSICO PRODIGIOSO
(novela)

SINAIS DE FOGO
(romance)

DIALÉCTICAS TEÓRICAS DA LITERATURA
(ensaios)

DIALÉCTICAS APLICADAS DA LITERATURA
(ensaios)

80 POEMAS DE EMILY DICKINSON
(tradução e apresentação)

LÍRICAS PORTUGUESAS — 2 volumes
(selecção e apresentação)

OS SONETOS DE CAMÕES E O SONETO QUINHENTISTA PENINSULAR
(ensaio)

A ESTRUTURA DE «OS LUSÍADAS»
(ensaios)

TRINTA ANOS DE CAMÕES — 2 volumes
(ensaios)

FERNANDO PESSOA & C.ª HETERÓNIMA
(ensaios)

ESTUDOS DE LITERATURA PORTUGUESA-I
(ensaios)

ESTUDOS SOBRE O VOCABULÁRIO DE «OS LUSÍADAS»
(ensaio)

UMA CANÇÃO DE CAMÕES
(ensaio)

EDIÇÕES 70
Av. Duque de Ávila, 69-r/c Esq. — 1000 Lisboa
Tels.: 556898/572001/578365
Delegação no Porto: Rua da Fábrica, 38-2.º-Sala 25 — 4000 Porto
Tel.: 382267
Distribuidor no Brasil: LIVRARIA MARTINS FONTES
Rua Conselheiro Ramalho, 330/340 — São Paulo

UMA CANÇÃO DE CAMÕES

Capa de A. Saldanha Coutinho

© Mécia de Sena — Edições 70, 1984

JORGE DE SENA

UMA CANÇÃO DE CAMÕES

Interpretação estrutural de uma tripla
canção camoniana, precedida de um estudo
geral sobre a canção petrarquista peninsular,
e sobre as canções e as odes de Camões,
envolvendo a questão das apócrifas.

edições 70

JORGE DE SENA

UMA CANÇÃO DE CAMÕES

edições 70

NOTA PRÉVIA À SEGUNDA EDIÇÃO

Em nota final da 1.ª edição, dizia Jorge de Sena: «Outros erros ou lacunas, devidos à revisão transatlântica de uma obra que constantemente cresceu em circunstâncias diversas e muitas vezes adversas, e de composição difícil e inabitual, haverá no texto do volume, que o leitor de boa vontade saberá corrigir sem inculpar o autor. Para os leitores de má vontade, não há que rever e corrigir: sempre eles encontrarão só erros, ainda e quando os não haja.»

Durante os anos seguintes até 1978, não cessou o Autor de ir apontando correcções, clarificações, novas informações, mas nunca teve tempo, ou urgência de reedição para fazer a revisão cuidadosa deste livro, como tanto desejava.

Reedita-se, pois, tal como foi dado a público em 1966 com as correcções da errata de então, as que estavam apontadas no volume pessoal de Jorge de Sena, e aquelas que mesmo não apontadas eram evidente gralha ou lapso.

Cabe-me agradecer à Fundação Calouste Gulbenkian e ao Instituto de Cultura e Língua Portuguesa que, sob a égide da Universidade de Londres (King's College), me proporcionaram condições de trabalho invejáveis para o prosseguimento da sistemática publicação da obra de Jorge de Sena.

Londres, 24 de Abril de 1982

Mécia de Sena

Meu caro António Cândido de Mello e Souza

Este livro, quando como uma tese de concurso foi escrito, eu disse que lho dedicaria ao ser publicado, pelo entusiasmo e pelo nobre empenho que V. pusera em que eu, com ele, adquirisse um título oficial e universitário de Letrado, que dourasse, e profissionalmente garantisse, a dedicação ao ensino, a que se ampliou o meu quarto de século dedicado às Letras vivas. Não chegou então a efectivar-se o concurso. Graças depois à compreensão e à generosidade do Instituto Nacional de Estudos Pedagógicos e da Fundação de Amparo à Pesquisa do Estado de São Paulo, foi-me possível acumular documentação com que o livro duplicou de tamanho, e desenvolver ampla série de pesquisas camonianas, cujos resultados esta obra é a primeira a apresentar ao público. Outros volumes se lhe seguirão, que apenas aguardam oportunidade editorial, e marcam degraus sucessivos até à realização final a que visam: uma edição crítica da obra lírica de Camões, e, depois, da obra épica e dramática. Mas nem por isso este livro era menos seu. Sem as cátedras que o Brasil me ofereceu, eu não teria podido realizar e coordenar tantos planos de trabalho da minha vida; e sem os auxílios que recebi e recebo das entidades supracitadas do Brasil, eu não teria podido baseá-los na basta documentação que reuni. Ora, de tudo isto, é V. um símbolo. E o livro que pensei dedicar-lhe, por ser fruto de uma aventura universitária que não chegara então a realizar-se, mas que V. me sonhou tanto ou mais do que eu, pertence-lhe agora muito mais puramente, sobretudo depois que, há pouco, o seu e meu sonho se realizou de eu ser doutor em letras e docente-livre de literatura portuguesa, com outra pesquisa camoniana de escala semelhante, mas sobre os sonetos, e que V. foi um dos que publicamente julgou. Não será pois este livro apenas a modesta paga de um nobre e generoso empenho pessoal. Mas é grata homenagem de camaradagem fraterna ao Amigo que V. tem sido, ao homem de carácter e de coração, da mais alta categoria, que tive o gosto e a honra de conhecer no Brasil. Sem V., o Brasil teria sido mais duro para mim e para os meus; e, sem o Brasil, não creio que jamais eu tivesse tido o tempo material de escrever — ainda que longamente os meditasse e desejasse — livros como este. Não é meu costume dedicar obras minhas, e tenho sido sempre muito parco e seco em dedicatórias, menos por ingratidão, ou por amizade escassa, que por nutrir dessas finezas uma ideia mais que sentimental ou formal. Dedicar-lhe este, e assim, se é rara excepção, a rara excepção é Você, no que representa das mais puras virtudes humanas e das mais profundas virtudes do Brasil.

JORGE DE SENA

Araraquara, São Paulo, Brasil.
Novembro de 1964.

PRÓLOGO

O presente estudo visa dois objectivos contíguos: estabelecer e aplicar, desenvolvendo-o, um método global de investigação crítica, e contribuir, por esse meio, para o conhecimento do maior escritor de língua portuguesa e um dos maiores do mundo: Camões.

Para tal desiderato convergem três tendências do nosso espírito: o interesse pelos estudos sistemáticos de teoria (e prática) da literatura; a devoção pela literatura portuguesa, sob o signo da qual nascemos, e da qual nos honramos de fazer parte; e a inteira dedicação à causa da poesia, causa que, para quem fale e escreva a língua portuguesa, nenhum destino e nenhuma obra consubstanciarão melhor que os de Camões.

É nossa convicção que Camões confiou à sua obra lírica um papel tão importante como ao seu poema épico. Se cuidou de publicar este, e se morreu antes de poder publicar aquela, a prioridade atribuída por ele à epopeia deve ser explicada pelo carácter de urgência filosófica (ética e histórica) de que se revestia o poema, quando a «negra aurora do desastre»[1] era um doloroso dia claro para poeta tão lúcido do destino humano a qualquer escala que este fosse visto: a da humanidade, a de Portugal, a dos portugueses, e a dele, «bicho da terra tão pequeno», como não deixou de dizer, sabiamente, no lirismo e na epopeia[2]. E, para o lirismo, que não visava a uma acção política imediata (em que se incluía, perdoavelmente, a almejada tença do rei), a urgência não era a mesma. Sempre seria tempo de dizer aos homens o que, fechado por sobre e para além dos portugueses o ciclo da humanidade e do bicho humano que ele era, seria para ser ouvido só pelos desesperados que ele convoca na canção Vinde cá, meu tão certo secretário.

Que «doce engano» o dele! Os Lusíadas tornaram-se imortais precisamente por aquilo que era mais temporal neles, e não pela mensagem ética e metafísica que continham. E a obra lírica tornou-se, pelo contrário, «temporal», *por ser obstinadamente entendido, em sentido estrito, biográfico e superficialmente erótico, o que era, nela, um pensamento agonicamente estruturado e profundo.*

Ao escolhermos, pois, da obra camoniana a parte lírica, obedecemos à intenção de restabelecer o equilíbrio destruído pela infelicidade, para ela, de Os Lusíadas *se terem tornado um «livro nacional» no pior sentido, isto é, uma obra amplificadora das presunções e das vaidades, quando pretendiam ser uma obra que as transformasse em virtudes autênticas. E, se, na obra lírica, destacamos as canções, foi porque, esquemas mais rígidos, mais acusados de proximidade com outros autores, menos lembrados como exemplo da altitude intelectual e poética de Camões, elas constituem um grupo de poemas especialmente digno de atenção, e, pelas circunstâncias enumeradas, ideais para demonstrar-se a originalidade e a superioridade do Camões lírico, independentemente das que, de boa mente, se lhe reconhecem como pitoresca e hoje gloriosa figura quinhentista.*

Mas não só por isto as destacamos. Sempre vimos nelas o mais complexo e concentrado repositório de ideias poéticas de Camões. A contrição expressa nas estrofes sublimes de Sobre os rios *nunca nos impressionou como tal, alheios que somos a comover-nos, mais que com infinita compreensão e piedade, com qualquer submissão a uma ordem estabelecida. E, do mesmo modo, nos parece que os sonetos — inultrapassáveis como muitos são — não transportam tamanha responsabilidade expressiva de uma ideologia poética, como as canções contêm. É, de resto, apenas uma impressão que só poderá ser confirmada ou desfeita por um estudo total e sistemático dos sonetos. Preferimos compreensivelmente dedicar-nos às canções, que julgamos importantes, e que (sem as apócrifas) são apenas dez.*

O nosso estudo divide-se em três partes principais, rematadas por uma conclusão e um apêndice.

Na 1.ª parte, que é uma introdução metodológica, expomos a nossa posição crítica em relação à situação do criticismo contemporâneo, tendo em vista, logo desde início, que é Camões o nosso maior objectivo concreto. A exposição, do mesmo passo que observa e critica, procura traçar as linhas gerais de uma metodologia empenhada na análise estrutural do objecto estético, considerado como um todo orgânico.

Na 2.ª parte, essa metodologia (proposta como superativa de dilemas presentes da crítica) é desenvolvida na sua aplicação prática às canções camonianas. Mas, intercaladamente com os inquéritos e sua interpretação, há diversos excursos sobre a problemática cultural que as canções suscitam ou devem suscitar. Procurou-se, antes de propriamente iniciar o inquérito estrutural, dar uma ideia da forma «canção» antes de Camões e no tempo dele, historiando-se a seguir, sucintamente, as vicissitudes do corpus *camoniano no que às canções se refere. Esses dois capítulos primeiros da 2.ª parte não pretendem ser mais que instrumentos informadores e esclarecedores, e não implicam directamente com as teses desenvolvidas. Estas estão*

12

consignadas nos três capítulos seguintes, com as suas subdivisões; mas de modo algum são separáveis da própria aplicação em que se desenvolvem, há que teoria e prática são apenas aspectos de uma mesma descoberta em que mutuamente elas se formulam e confirmam. Dos três capítulos referidos, o primeiro é dedicado ao inquérito estrutural à forma externa das canções camonianas, procurando-se descobrir, com ele, se há um cânon camoniano para as canções, que, uma vez verificadamente descoberto, foi aplicado então às canções apócrifas, na intenção de contribuir para o esclarecimento do problema da autoria delas; e, após estas duas investigações, são mencionadas as fases seguintes que um prosseguimento do inquérito exigiria. Para comparação, igualmente se estudaram as odes. O segundo dos três capítulos supra-referidos é dedicado sucessivamente, pelo mesmo método, à comparação das canções camonianas com as de Petrarca, Sannazaro, Bembo, Garcilaso e Boscán, para descobrir-se e demonstrar-se que o cânon não só existe como é original; e encerra-se por uma compendiação dos resultados comparativos. O terceiro capítulo prepara, em conclusão dos estudos da forma externa, a transferência da análise para a forma interna, com diversos excursos em que se reivindicam a peculiaridade e a altura do pensamento poético de Camões; e, assim fazendo, conclui pela consideração do valor das canções camonianas.

O nosso estudo poderia ter-se encerrado no fim desta 2.ª parte. Mas, na impossibilidade material de levar a cabo um inquérito total à forma externa e interna de todas as canções camonianas, para, analisando-as estruturalmente, sintetizar a par e passo a sua construção de sentido, *resolvemos acrescentar uma 3.ª parte, em que esse estudo é feito precisamente para aquela canção que o inquérito à forma externa nos revelara como protótipica dos ideais de Camões quanto às responsabilidades expressivas da canção:* Manda-me amor que cante docemente.

A análise estrutural desta admirável peça lírica de Camões, precedida de novas aplicações do método desenvolvido, constitui, pois, a 3.ª parte do presente estudo. Estabelecido o texto segundo a edição de 1595, e discutidas estruturalmente as corrigendas da de 1598, é desenvolvida então propriamente a análise, completando-se esta pelo cotejo com passos fundamentais e paralelos da versão de 1616 e da variante Juromenha, nos vários documentos que possuímos, e por alguns inquéritos globais.

Estas três partes, que uma conclusão final não pode senão deixar abertas para o futuro, são uma proposta de trabalho, no plano da metodologia crítica e no plano de exegese camoniana.

Há catorze anos, quando pela primeira vez discorríamos em público sobre Camões, após desde quase a infância o havermos lido com uma admiração que se queria lúcida, e ao defendermos uma tentativa de revelação da sua original dialéctica, dissemos: «Inúmeros aspectos, também importantes ou acessórios dos indicados, ficaram, no decorrer deste estudo, por apontar. Outros, bem o sei, foram apontados e justificados com sínteses demasiado

13

densas, para as quais me fiei da cultura dos leitores. Mas tinha de ser assim. Era urgente e oportuno autenticar a grandeza de Camões, uma grandeza por de mais acriticamente adivinhada, literariamente concedida e politicamente utilizada»[3].

Anos passados, a urgência que Camões suplica é a mesma; e as dimensões maiores de um estudo sistemático em relação a um ensaio, e a focalização mais restrita que de uma visão geral veio agora concentrar-se nas canções, talvez não possam desculpar-nos de quanto não foi abordado, ou o foi com demasiada brevidade. E é bem provável que não nos ilibem da acusação, que a outros petulantemente lançámos, de adivinhar-se acriticamente, admirar-se literariamente, e usar-se politicamente um poeta extraordinário, tão extraordinário que transcende mesmo metodologias que se queiram rigorosas, admirações que se pretendam mais que literárias, e usos que se imaginem mais largamente e actualizadamente humanos. Em crítica tudo é possível, bem mais que fora dela. Mas, se nada ficar, uma coisa por certo ficará: o nosso preito de homenagem, que é respeito e admiração, a um grande poeta que merecia um e outra, que ardentemente se apostou em conquistá-los, e que insaciavelmente continua a exigir que lhos concedam. Como pudemos e soubemos, neste momento indeciso e contraditório das actividades críticas, foi isso o que quisemos dar. E, se a aridez do método, que é a do muito amor, acaso por vezes parecer grande, nunca será maior que a do «seco, fero e estéril monte» que suscitou uma canção tão bela!...[4]

J. de S.

Araraquara, S. Paulo, Brasil.
Abril de 1962.

NOTAS

[1] Verso do poeta inglês moderno Roy Campbell, no seu soneto sobre Camões. Tradução do presente autor.

[2] Na canção *Junto de um seco, fero, etc.*, e no verso final do canto I de *Os Lusíadas*.

[3] Conferência de 1948, coligida no vol. *Da Poesia Portuguesa*, Lisboa, 1959.

[4] (PS de Abril de 1965): Este livro, escrito nos primeiros meses de 1962, e ampliado mais tarde (só em notas eruditas e em alguns inquéritos entretanto completados até meados de 1964), enquanto sofreu vicissitudes e atrasos editoriais, deveria ter saído antes do prefácio às *Poesias Completas* de António Gedeão, que, aparecido em fins de 1964, tanto escândalo provocou com a sua proposta de metodologia estatística e, talvez mais, com a aplicação desta metodologia à interpretação estético-sociológica do autor em causa e alguns dos seus devota-

dos críticos. É certo que esse prefácio, como este livro agora, havia sido precedido pelo nosso estudo *A Sextina e a Sextina de Bernardim Ribeiro,* publicado na *Revista de Letras,* Assis, vol. IV, 1963, de que houve separata com restrita distribuição, e precedido também pela primeira parte de outro estudo nosso sobre *A Estrutura de Os Lusíadas,* aparecida na *Revista do Livro,* Rio de Janeiro, n.os 21-22, Março-Junho de 1961, de que igualmente foi feita separata (e estando há muito no prelo, na mesma *Revista,* as restantes partes desse outro estudo), que uma e outra tiveram boa aceitação internacional por quem de direito. Por publicados em revistas especializadas e tratarem de autores «antigos», esses estudos ou não chocaram ninguém, ou passaram despercebidos aos defensores profissionais do impressionismo crítico. Mas poderiam tê-los auxiliado a compreender o que naquele prefácio «escandaloso» se propunha e fazia. A este respeito, cumpre ao autor esclarecer que as metodologias críticas desenvolvidas no presente livro e naqueles estudos não são mais que o resultado de pesquisas e de experiências de muitos anos, e que seria ridícula, se não fosse infame, a insinuação que as dê como resultado, na obra do autor, «do que se faz no Brasil». Algumas estatísticas são hoje método corrente em toda a parte, e não especialmente no Brasil; e já um Menéndez Pidal, mestre insigne, as usou proficuamente, por exemplo, nos seus estudos sobre «Roncesvalles», de 1917, e sobre a «História Troiana Polimétrica», de 1934 (que estão ao económico alcance de toda a gente no vol. 800 da Col. Austral, *Três Poetas Primitivos,* daquele autor, e primeiro publicado em 1948). O uso das estatísticas para o estabelecimento de certos índices característicos, ou a síntese das análises rítmicas com as análises de sentido, são, como a transformação das estatísticas em elementos de interpretação estético-sociológica, da inteira responsabilidade do presente autor. Desnecessário seria este esclarecimento, se o grande público estudioso tivesse ao seu alcance a bibliografia crítica deste mundo, que os supostos críticos, que para ele julgam, ignoram tão superiormente. Talvez que, quanto a esta ignorância, devam rever as suas opiniões, se souberem que na Rússia ou na Checoslováquia foi que os estudos técnicos da forma literária maior impulso conheceram (e, curiosamente, com consequências altamente fecundas para o desenvolvimento de certas matérias da mais moderna matemática)... O Brasil não ensinou nada ao autor destas linhas que ele já não soubesse ou não praticasse, e não poderia mesmo ensinar-lhe o que ele se honra de ter inventado. O que o Brasil deu ao autor foi a oportunidade de escrever trabalhos cuja complexidade seria impensável e impublicável nas «páginas literárias» portuguesas, onde ainda tanto pontificam os remanescentes obsoletos de uma crítica impressionista de jornal, que poderiam ao menos ter actualizado a sua cultura, ou ainda dardejam as suas diatribes, não menos obsoletamente, mas ainda mais mercenariamente, os remanescentes do estalinismo. Mas, em que pese a uns ou a outros, como aos catedráticos donos da erudição, a cultura há-de prevalecer, e há-de pertencer a todos os que anseiam por ela. E aqui se aproveita a oportunidade para agradecer a compreensão que, menos enfeudados a escusos interesses, os esforços do autor para renovar a crítica literária têm estimulantemente encontrado.

1.ª PARTE

INTRODUÇÃO
METODOLÓGICA

To understand a poem comes to the same thing as to enjoy it for the right reasons.

T. S. ELIOT, *On Poetry and Poets*

I

GENERALIDADES

De modo geral, manifestam-se hoje, e cada vez mais, nos diversos campos da crítica, uma suspeição muito arraigada ante a improvisação brilhante, e uma simpatia muito acentuada pela escolaridade metódica, padronizada, limitada nos seus objectivos. É certo que o brilho das improvisações muitas vezes encobria um vácuo de referências concretas, ou sequer atinentes ao facto literário aparentemente sob observação; e que este facto, de um ponto de vista exigente quanto à exactidão e à extensão das opiniões, continuava tão ignorado como até ali estivera, se não mais. Mas é igualmente certo que uma escolaridade metódica (em que a padronização das referências é quase mais importante do que o adequado e relevante uso delas, e em que a limitação dos objectivos, não menos que a improvisação, por vezes encobre uma total incapacidade para a compreensão profunda e extensa) pode também não conduzir a quaisquer resultados que, mesmo modestamente parciais, contribuam efectivamente para o esclarecimento do objecto em causa. Não é apenas por ser, como hoje correntemente se diz, «impressionista», que a improvisação sem escolaridade é mais reveladora do seu próprio autor, do que daquele autor que simula estudar. Mas não é por ser escolar nos seus métodos e nas suas limitações que a escolaridade metódica trará sucessivamente, ao conhecimento de um autor ou de uma obra, relevantes e concretas achegas. Se não é apenas o natural desejo de fazer figura nas coisas culturais, ou o de substituir o brilho, que se não atinge, pela opacidade tranquila dos métodos já comprovados como mais «actuais», o que prevalece, mas sim prevalece um desejo menos vulgar, e todavia mais alto, de *conhecer* e de *amar,* logo a lucidez a que todos somos obrigados, e a franqueza dela decorrente, nos mandam reco-

19

nhecer que a escolaridade cega pode ser, afinal, tão «impressionista», quanto a improvisação brilhante pode ir aonde a «ciência» não foi. Porque não são os métodos bons ou maus que fazem os críticos, mas estes que tornam bons, úteis e fecundos, os métodos que melhor se coadunam com o seu tipo de inteligência, de sensibilidade e de cultura. Imaginar que um investigador, adestrado universitariamente ou para-universitariamente é necessariamente um crítico, eis atitude tão ingénua (pois que nos não cumpre admitir aqui a hipótese de haver má fé) como supor que um crítico o não é, de certo modo, se aquele adestramento lhe faltar.

O que nos importa, hoje, não é eliminar os vates da crítica e substituí-los pelos profissionais encartados dela. Perder-se-ia em leveza brilhante o que se ganharia em mediocridade ponderosa — e, se mal se estava, não se ficaria melhor. Mas esse dilema *por baixo* é precisamente o que pode apontar-nos que a saída é outra... como outras são as exigências a que todos mais ou menos rendem culto.

Faltava aos improvisadores uma formação sólida. Mas essa formação *não é* senão numa fase de incipiente pioneirismo (como o daqueles), a que estudos limitadamente de letras podem dar. Que adiantará sabermos como eram os versos de Camões, se não soubermos, ou não formos capazes de saber, em que medida esse *como* o ilumina a ele e ao seu tempo, ou, reciprocamente, ele e o seu tempo se reflectem nele? Que adiantará sabermos quantas figuras de estilo ele usa, e quando, se essas figuras não significarem, como significarão, toda uma mentalidade específica e toda uma configuração intelectual? De modo que, entre as afirmações sem base dos «improvisadores» e os resultados «escolares» de uma investigação, haverá apenas duas diferenças aritméticas: os segundos contaram mais coisas do que aqueles, e apoiam-se para tal na autoridade de uma bibliografia que o improvisador poderia possuir, até mais vasta, na sua própria cultura. Mas não há quanto à confiança em si mesmo, que é essencial à actividade crítica, a mínima diferença: o improvisador tinha-se como autoridade no âmbito do que dizia; o escolar supõe-se autoridade por conta de outrem, ou à custa de outrem que, às vezes, está ali como Pilatos estava no credo do improvisador.

A solidez de uma formação mede-se pelas exigências desta, e não pela especialização escolástica que a constituiu. Sem dúvida que, onde a improvisação sempre dominou, há que reduzi-la às devidas e responsáveis proporções; mas estas não podem ser as de uma escolaridade limitada. E não podem, porque a peculiaridade da literatura, aquilo que a distingue, *é transcender-se constantemente a si própria, na sua situação concreta e nas variações que esta sofre no tempo da cultura humana.* Do que decorre que, sempre que os estudos de literatura, para melhor cingi-la, se restringem a *ela,* acabam estudando aquilo que nela menos importa, menos significa, ou menos intrinsecamente a constitui. As características formais ou estilísticas não significam nada por si mesmas, ou significam apenas lugares comuns que todo o mundo usou. E, ainda quando se pretenda que elas revelam o «homem», ao encontrarmos este homem, logo nos perdemos da obra que ele nos deixou; e, afinal, aquele homem só nos interessa porque esta obra ainda e sobretudo nos interessou primeiro.

Uma exigência coerente e lúcida não pode prescindir, para conhecer o seu objecto, de disciplina alguma. A literatura é vida, é História, é arte, é não uma entidade abstracta, mas algo que existe num determinado *objecto estético.* E com que conhecimento deste objecto nos contentaríamos, que exigência do amor por ele seria a nossa, se ele valesse pelo que o torna *comum,* e não por aquilo que o torna *ímpar?*

Que todos somos comuns é timbre da nossa precária grandeza humana; mas também o é a certeza — vasta e profunda — de que homens houve que, sem deixarem de ser comuns, foram ímpares nas suas obras. Se não são a busca e a verificação dessa certeza que nos impulsionaram, então é porque, tristemente, nos cumpre concluir que não valeria jamais a pena ter sido um Camões, e que Camões sofreu de megalomanias dolorosamente trágicas, e de racionalizações ridiculamente mesquinhas, ao consolar-se, sendo o poeta que era, de estar sendo o homem que o destino lhe dava ser.

2
CRÍTICA ERUDITA, CRÍTICA DE TEXTO, CRÍTICA DE SENTIDO

A bibliografia camoniana é imensa e excede sem dúvida, para ser dominada, as capacidades tão limitadas da paciência humana, admitindo que paciência possa representar, com discreção e modéstia, o esmagado pasmo ante a profusão surpreendentemente infecunda (pois que a cissiparidade não é por certo o que por fecundidade se entende). Não é, evidentemente, nosso objectivo, nem poderia sê-lo, menosprezar em bloco o heteróclito e gigantesco edifício. Mas é, sem dúvida, intento nosso considerar que, em matéria de investigação, Camões não acabou. Seria isto um contra--senso, sabido que é serem sempre as investigações muito mais póstumas que o interesse do autor que as suscitou. E a prova disso, quanto a Camões, é semelhante à do galo de Diógenes: basta atirar-lhe os versos no meio do círculo desatento dos ouvintes, para que estes se comovam bem mais do que, parece, se comoveram os contemporâneos de Camões ou os estudiosos dele.

Numa literatura, como a portuguesa, em que a escassez bibliográfica (em quantidade e em qualidade) chega a ser inquietante, o caso de Camões é, na aparência, deveras singular. Todavia, uma análise de qualquer bibliografia camoniana logo nos leva a suspeitar que jamais, ou quase nunca, foi *o poeta* quem a motivou, a não ser de muito indirecta maneira. O peso, apenas bibliográfico, de estudos atinentes a *Os Lusíadas,* longe de comprovar que o poeta prevaleceu, mostra que foram circunstâncias extrínsecas (e não intrínsecas) de ordem política que prevaleceram sobre ele. E, se depois atentarmos na limitação monográfica de muitos desses estudos, verificaremos que, para estudarem-se a flora ou a medicina de *Os Lusíadas,* não era necessário que este fosse belo, nem ninguém se inquiria porque o seria ele: bastava, e bastou, o seu pres-

23

tígio político. Mas a verdade é que este prestígio raramente procurou fundamentar-se no que politicamente Camões pensava. Poema do engrandecimento da civilização portuguesa, cautelosamente os estudiosos se abstiveram, quase sempre, de procurar saber que condições punha Camões para que ela fosse efectivamente grande. E não há dúvida de que foi essa uma atitude de salutar prudência, já que, quando alguém foi procurar no poema aquilo que desejaria que lá estivesse, voltou sempre desiludido, se não tomou o partido de exagerar algo que, em Camões, é parte integrante de um todo mais vasto.

Isto quanto ao épico; que o lírico ou o dramaturgo sempre pareceram aos devotos o violino de Ingres do autor de *Os Lusíadas,* que naqueles géneros se teria exercitado para, no fim da vida, ombrear com Vergílio, como se o exercício de um género alguma vez pudesse considerar-se válido para o exercício de outro, ou como se isto de géneros não fosse, afinal, algo intrinsecamente e concomitantemente ligado ao ser de um poeta. Se Dante ascende à *Divina Comédia,* Camões a *Os Lusíadas,* Milton aos dois *Paradises,* não é porque longamente se houvessem treinado como líricos, mas porque, poetas visionários, e poetas de largo e profundo fôlego, acabariam arrastando o colectivo até onde haviam levado já o individual.

Neste individual, porém, é que se baseou o inferno crítico de Camões. Nada é mais triste do que sabermos tão pouco da sua vida. Mas será que sabemos muito mais daqueles de quem supomos saber tudo? A vivência íntima e profunda de um poeta passa-se lá onde o circunstancialismo biográfico se transfigura numa experiência reflectida, sopesada, consubstanciada, em que diversas circunstâncias podem provocar análogas descobertas do sentido de vida. Dante e Camões conheceram o exílio que, cego, Milton saboreou amargamente na sua própria pátria. Todos eles sofreram a angústia de os seus mundos não seguirem o caminho luminoso do grande destino que, para eles, haviam visionado. Mas Proust, no nosso século, rico e fechado na sua anormalidade e no seu quarto de doente, atingiu conclusões sobre a *arte como redenção,* que Camões aprendera na miséria e nas andanças pelo mundo, e numa normalidade que não está em causa. E será que Shakespeare, talvez o único escritor que é maior do que Camões nas literaturas modernas, a sua vida que mal sabemos pode explicar-lhe a magnitude da obra?

A comparação com Shakespeare é, porém, muito elucidativa. Ainda hoje se discute do que ele pensaria das coisas fundamentais; as maiores dúvidas subsistem quanto à religião ou não religião que professaria. Como dramaturgo que intrinsecamente foi (e talvez também nos seus sonetos), apenas sabemos dele o que ele achava que as suas personagens, em dada situação, deveriam pensar. Ora, de Camões, nós sabemos incomparavelmente mais. Toda a sua obra é uma longa e constante e repetida exposição das suas opiniões *pessoais,* a que nem a impessoalidade do poema épico foi capaz de pôr eficazmente um freio. Sabemos, ou podemos saber, o que, nas mais variadas circunstâncias, *tomadas abstractamente* (como *reflectidas* que já são), o poeta Camões pensa, ele mesmo, da vida.

Acontece, porém, que o prestígio político de *Os Lusíadas* transformou em curiosidade biográfica, que os documentos não alimentam, um confessionalismo esplendoroso que não se esgotaria a alimentar-nos. E a erudição insistentemente se preocupou em encontrar referências, onde as não havia nem podia haver, deixando de lado o desnudamento magnificente de uma alma que tudo faz para que vejamos como se nos dá inteira.

Entendamo-nos, porém, sobre esta inteireza. O carácter reflexivo e abstraccionante do pensamento camoniano — e o erro veio de não se reparar como esse pensamento não só existia como informava tudo — jamais se detém ou jamais menciona uma circunstância especificamente biográfica, a menos que ela, por tão singular, constitua uma categoria à parte nos grupos de fenómenos que esse pensamento reduz à sua *essência ética.* Nenhuma grande poesia alguma vez procedeu de outro modo; e, mesmo assim, se reconhecemos nela uma específica circunstância, é sempre ou quase sempre por ela ser já do suposto conhecimento histórico-biográfico. A inteireza, com que se dá ou se oferece uma alma de grande poeta, não é feita de minudências biográficas, mas da excelência com que elas se fundiram numa visão da vida. Quanto mais íntegra e una esta visão é, tanto mais repetidamente o poeta se confessa *não se confessando,* isto é, nos dá inteiro o resultado de uma experiência que, sem ser *como resultado,* não poderia ser-nos comunicada como *experiência.* É precisamente o que, continuamente, Camões faz.

A erudição, porém, abateu-se sobre ele, muito mais sequiosa de saber-lhe as efemérides do que de conhecer-lhe a poesia. E esta, para dar-se, necessitava de um cuidadosíssimo estabelecimento dos textos. Mas, convenhamos, se era a vida de Camões o que mais interessava, depois de *Os Lusíadas* que cuidou de publicar, estabelecer-lhe os textos, com afã erudito, não seria diminuir um homem que queríamos, intemporalmente, às nossas escassas medidas? Além de que havia, nisto tudo, uma pesada consciência de culpa: ignorar-se a vida de um homem que havíamos deixado morrer ao abandono, depois de ele nos ter dado, com a sua epopeia, tão fortes razões para nos orgulharmos de estar vivos?! E, naturalmente, a erudição, tal como se aplicara a reconstituir-lhe uma vida condigna do nosso arrependimento, aplicou-se paralelamente em seleccionar como dele quanto de lírico fosse bom, a afastar como indigno quanto se achasse mau, e a beneficiar-lhe os textos, não para que significassem melhor aqueles gritos de alma, mas para que a metrificação e o apuramento da linguagem fossem dignos do que supomos conveniente e adequado a cortejarem-se infantas eruditas.

Constantemente, assim, a crítica externa e a crítica interna foram confundidas, tendo a erudição assumido um papel cúmplice na supressão da crítica interpretativa, já que esta podia, afinal, desmentir um edifício tão conforme às nossas presunções.

Mas a ausência de uma crítica de sentido tem, por outro lado, profundíssimas raízes, tão profundas que a erudição, no caso de Camões, a tem substituído, ainda que precariamente, por uma crítica de fontes. Porquê?

Porque, se é que, em séculos, houve na cultura portuguesa, tradições especulativas, e se, a par dessas tradições, e por elas existirem, a literatura foi algo mais do que mero desabafo de namorados supostamente infelizes, essa tradição perdeu-se, e nem Camões, Vieira, Matias Aires, Herculano, Antero, Eça ou Fernando Pessoa conseguem convencer do contrário uma crítica nada, criada e satisfeita numa mediocridade intelectual em que, para encontrar-se pensamento, basta procurarem-se as fontes estrangeiras... — como se alguma *fonte* fosse mais do que isso mesmo, para um grande escritor como Camões. De modo que, se a poesia, ainda que dolorosa, é um *divertissement* epidérmico; se o pensamento é coisa que não há ou não importa; e se se parte do princípio que, havendo-o, é mera glosa de oráculos (mesmo que os oráculos se chamem Pietro Bembo, poeta de 2.ª classe) — não há, de facto, justificação alguma para pretender-se interpretar o que já está interpretado por natureza...

26

3
DESCONEXÃO DAS DIVERSAS FORMAS DE CRÍTICA E SEU CONSEQUENTE IMPRESSIONISMO

A crítica aplicada à obra camoniana, através dos tempos, tem sido sobretudo, ou quase exclusivamente, como decorre das observações anteriores e é do conhecimento geral, uma crítica externa. As investigações de ordem interna, perdidas que foram as tradições exegéticas do século XVII, têm-se limitado a aspectos muito parcelares, ou não tiraram de inquéritos mais vastos as consequências estruturais que se impunham.

Mas não se pense que essa crítica externa está menos isenta, no passado e no presente, das acusações de impressionismo assacadas hoje aos simulacros inteligentes de crítica interna. Com efeito, e independentemente do caso de Camões, onde e quando não existe, como amparo da erudição, uma vasta inquirição documental que permita às deduções eruditas uma segura margem de probabilidade — e é o caso português, com montanhas de papéis e de códices, nos arquivos, aguardando que da inutilidade de muitos saiam os segredos de alguns —, estas deduções, quando não usadas com prudência, correm, tanto como as análises interpretativas baseadas apenas na «intuição» do crítico, grave risco de serem igualmente «impressionistas». E, por paradoxal que pareça, a gravidade desse risco é bem maior, porque a confiança que a erudição merece (até aos próprios eruditos) disfarça as extrapolações com que a investigação é concluída. Por outro lado, ainda quando a inquirição documental estivesse feita, necessário seria que os documentos fossem publicados e estudados de público. Porque nada nos garante, quando um erudito nos diz que um códice nada contém de interesse, que os interesses e os gostos desse erudito coincidem com os nossos; e, se aceitarmos que assim seja, além de submetermo-nos a um critério de autoridade (que, sem as provas à vista, ninguém tem), somos afinal, em matéria de erudição, tão impressionistas como o erudito.

Basta mergulharmos no acervo da bibliografia camoniana, para vermos a que ponto na erudição, com raríssimas e honrosas excepções, o impressionismo campeia, ou se submete não menos levianamente à autoridade. Porque a erudição acaba onde a interpretação começa; e, consequentemente, onde o erudito começou, com os seus preconceitos e as suas preferências, a interpretar, sem que os métodos sejam então os da crítica interna, cumpre-nos refazer o caminho dele, na incerteza de que, com os mesmos dados, concluíssemos pelos mesmos resultados.

Não é diferente o que se passa, ainda hoje, em crítica de textos. Antes de mais, e adentro dos princípios da crítica textual, o estabelecimento de um texto não é a construção ideal de uma forma inteligível e perfeita. Quando acaso começa por tal ser, é porque uma forma inferior de crítica de sentido, em lugar de completar o trabalho textual, se imiscuiu onde este apenas iniciara os seus esforços. Se a inteligibilidade lógica e sintáctica fosse imprescindível critério em estabelecimento de textos, não escaparia como aceitável nenhum poema de Mallarmé; e, se a pontuação fosse acessório obrigatório da edição crítica de um texto, não haveria, nas tipografias do mundo, vírgulas em quantidade suficiente para suprir a ausência delas em cinquenta anos de grande poesia moderna. Um texto tem, em que nos pese, a inteligibilidade que um autor lhe deu; e quando não sabemos, ou não podemos saber, por falta de autógrafos, qual ela era, contentemo-nos com interpretar fora daquele mínimo que em nada afecte a integridade de um texto que, precário e defeituoso, é o único que temos. Porque não há garantia alguma de que o zelo textual não seja, afinal, uma forma de impressionismo como qualquer outra, abrigando-se atrás da informação filológica.

É óbvio que, se autor há escrevendo em português, que tenha sido zelosamente textualizado, esse é Camões, símbolo da anulação mútua de critérios opostos, de extrapolação de premissas metodológicas, da desconexão absoluta de tantos esforços meritórios para ressuscitá-lo sem os borzeguins cambados que terá usado, e sem os remendos muitos que teria nos calções.

Erudição, crítica de texto, análises de sentido, a tendência hoje é para confinarem-se aos seus respectivos campos, e deles não extrapolarem. Mas tão perigoso como a extrapolação é o mútuo confinamento. As análises de sentido desenvolvidas por I. A. Richards e os seus divergentes continuadores ingleses e norte-americanos, ao deliberadamente ignorarem, para exercer-se, toda e qualquer circunstancialidade ancilar, e ao se aterem ao texto, sem

28

dúvida que repõem neste a ênfase que tantas investigações desviaram dele. Acontece, porém, que essa ignorância deliberada só é possível a quem não seja ignorante mesmo, ou confia em textos que, pacientemente, a crítica textual lhe preparou. E, em matéria de literatura portuguesa, a ignorância é infelizmente astronómica; e quem mais trabalha nela mais descobre quão pouco de exacto e de seguro se sabe, e quanto precisa de refazer inteiramente por si. No caso de Camões, cuja importância mais que a de ninguém exige análises de sentido, como podem estas ser feitas, antes de saber-se exactamente o que se sabe dele, antes de fixar-se um texto que não diga mais do que ele terá dito, antes de conhecer-se objectivamente a sua *forma externa,* numa cultura, como a nossa, em que todas as tradições de estudos poéticos e retóricos (no bom sentido) se perderam?

E estas perguntas nos colocam no limiar da problemática mais premente da crítica moderna.

4
CRÍTICA ONTOLÓGICA
E CRÍTICA HISTÓRICO-SOCIOLÓGICA

Modernamente, a crítica ontológica, ou sejam as críticas de sentido ou as de observação estilística, reagiu violentamente contra o historicismo erudito do século passado, que acabara subordinando o texto literário à investigação biográfica ou à investigação filológica, sem ter em conta o interesse da experiência humana, que justificava o texto, e que só ele lhe dava categoria artística. Reacção salutar e necessária; mas salutar e necessária sobretudo depois (e não antes) de, à luz desses mesmos valores agora proclamados como determinantes, serem revistos os resultados daquelas investigações.

Por outro lado, os vários métodos de crítica ontológica, ao reagirem contra o historicismo e contra os abusos filológico-gramaticais, não o faziam por motivos inteiramente puros. Ou melhor, esse desejo de pureza originava-se em pressupostos extremamente impuros. Porque, na verdade, não era contra o historicismo despojado de sentido estético que se reagia — o que seria justo e imprescindível. Era contra *qualquer* historicismo, e contra *qualquer* filologia, na medida em que um e outra mareassem a integridade ímpar, atópica e acrónica, de um objecto estético. Portanto, a reacção não era em favor da justa consideração desse objecto; era também contra tudo o que, *situando-o,* obrigasse ao reconhecimento da responsabilidade humana e social de um texto e da sua interpretação. E tanto assim era que, se acaso as preocupações de ordem ética se imiscuíam na análise, elas não apareciam como decorrência desta, mas como apriorístico pressuposto para a organização dela. A passagem da crítica de I. A. Richards, à crítica de F. R. Leavis, é altamente significativa desta tendência em que a normalização ética,

31

longe de ampliar a aceitação das virtualidades humanas, lhes restringe aprioristicamente o alcance histórico-social.

Em contrapartida, nesta substituição do positivismo oitocentista pelo neo-idealismo novecentista, o senso de responsabilidade inerente a um texto e sua interpretação exacerbou-se extremamente. Contra um historicismo despojado de significado humano, também a crítica histórico-sociológica reagia. Mas, ao reagir igualmente contra a rivalidade ideológica de um pretenso humanismo que isolava, no texto, um «homem eterno», foi necessariamente levada a diluir o «homem temporal» no complexo histórico-sociológico em que ele surgira. E, desta diluição à heresia mecanicista, era apenas um passo que muitas vezes foi dado.

Nestas condições, a crítica actual, atendo-se ao texto, ou atendo-se àquele complexo social em que ele foi produzido, igualmente se afastava, e afasta, da integralidade que é a própria estrutura do *objecto estético*, simultaneamente colocado no tempo e fora dele, simultaneamente colocado no que é comum a todos os homens e e acima dessa «comunidade» que representa e *julga*. Porque um texto literário é sempre, por afirmação ou por omissão, um juízo sobre não apenas a «vida humana», mas, mais concretamente, um *estar no mundo*. Juízo que não é separável da própria estrutura em que *se* significa, já que, na estruturalidade estatística que para nós é a realidade actual do mundo, nada significa independentemente da situação em que se encontra.

Esta símile, porém, revela-nos a mais profunda indeterminação da problemática actual. É ilusório imaginar-se que a solução está em *sintetizar* harmoniosamente os diversos métodos críticos, extremados nas duas atitudes acima descritas. Seria o mesmo que, em física atómica, querer resolver, com os meios actuais, a «Indeterminação de Heisenberg», pela qual se sabe não ser possível calcular a posição de uma partícula, se lhe determinarmos a velocidade, e, reciprocamente, não é possível determinar-lhe a velocidade, se lhe calcularmos uma posição. Mas aquela indeterminação básica do mundo físico, impossibilidade experimental, não será, afinal, mais que um reflexo dos limites da nossa consciência que ainda não nos concedeu sabermos, simultaneamente, o *estar* e o *devir*. Ou seja, em termos estéticos, isolar o objecto estético para conhecê-lo, e conhecê-lo para o isolar.

A incompatibilidade frontal é absoluta e não permite, senão precariamente, a síntese almejada. Mas não a permite, porque nos colocamos exactamente no plano em que síntese não é possível. Com efeito, não se trata de sintetizar dois pontos de vista, mas de superá-los. E essa superação é possível, desde que se parta do princípio que o *objecto estético* não apenas é *ambíguo* no seu *estar no mundo*, como essa ambiguidade é simbólica do dualismo da nossa consciência dividida entre o *conhecer* e o *agir*. Se assim é, basta que reconheçamos que o objecto estético age como conhecimento, e conhece como acção, através da nossa apreensão dele, uma vez que, desistindo nós de aferi-lo por padrões abstractos, extrínsecos à sua estruturalidade, ou por padrões normativos, extrínsecos ao significado desta, ele se revelará como algo que existe para transformar *qualitativamente* o nosso estar no mundo. Sob este aspecto, raros escritores e raríssimos poetas são tão sensacionalmente exemplares como Camões.

CRÍTICA ONTO-SOCIOLÓGICA

Uma crítica superativa, como a que postulamos possível, desde que reconheça o carácter de transformador qualitativo que o objecto estético é, podemos dizer que será de ordem onto-sociológica.

Mas esta ordem realiza-se em planos diversos. Obviamente, e independentemente de todas as presunções, não há crítica ontológica que, através da situação cultural do crítico, ou da situação histórico-sociológica das disciplinas ancilares a que ele recorre, não dependa necessariamente de pressupostos histórico-sociológicos. Do mesmo modo, nenhuma crítica histórico-sociológica, por mais que reduza o objecto estético a uma superstrutura mecanicamente gerada, deixa de o considerar em si mesmo, ainda que seja para operar aquela redução.

A superação de ambas, todavia, não seria a superação buscada, se apenas transfundisse uma na outra aquelas duas situações reais. Não apenas pela consideração ontológica de um complexo histórico-social, nem pela consideração histórico-sociológica de um objecto estético *em si,* superaríamos o dilema. Onde buscaríamos superar, apenas lograríamos confundir.

O que fundamentalmente importa, como vimos, é elidir uma distinção que é falsa, porque dicotomiza a realidade plena do objecto estético, ainda que verdadeira seja no plano em que a nossa consciência se indetermina. Como operar então essa elisão? Não por sobreposição ou extrapolação de métodos, sempre temível em qualquer estudo que se queira científico. Mas, *no plano da interpretação estrutural, verificar que a estruturalidade significa uma situação, tal como, reciprocamente, uma situação se significa numa e através de uma estrutura determinada.*

Um poeta não se caracteriza estilisticamente pelo seu uso de formalismos estilísticos, reconhecidos e catalogados, mesmo quando, em épocas como o século XVI, o conhecimento específico desses artifícios fizesse expressa parte da sua cultura e do seu saber. Caracteriza-se, sim, pelo papel histórico-sociológico que esses recursos desempenham. Assim, por exemplo, se, em *Os Lusíadas* são predominantes figuras de sintaxe a *anáfora*, o *pleonasmo* ou a *paronomásia*[1], isso não significa apenas uma mentalidade camoniana, mas também a maneira como Camões interpretava ou reflectia uma mentalidade do seu tempo. Com efeito, o anaforismo é, muito provavelmente, sinal do paralelismo analógico com que a época racionalizava as coisas e os seres. O pleonasmo, se é ingrediente da dicção grandiloquente da epopeia, será também, e sobretudo, sintoma de um analitismo que evita dissociar as classes dos seres e dos objectos, referindo sempre a classe mais ampla em que se integra a mais definida. E a paronomásia, usando do trocadilho auditivo, é expressiva indicação de que, na dialéctica do microcosmos e do macrocosmos, as sobreposições analógicas são ritmicamente significativas de uma continuidade em que, ptolomaicamente, as esferas se harmonizavam.

Em contrapartida, o facto de um poeta parecer caracterizar-se por determinadas ideologias é estritamente dependente dos termos em que essas ideologias se exprimem. E não apenas na maneira como ele agudamente aceite e use as distinções escolásticas da cultura de seu tempo. Camões, por exemplo, distingue agudamente «conhecimento», «entendimento», e «pensamento». Mas porque a distinção se integra na expressão global de uma experiência humana, não basta verificar de quem e como e quando recebeu as definições subtis. Importa, principalmente, reconhecer que elas surgem num contexto em que a coordenação verbal as individualiza artisticamente.

Mas, nada se pode concluir que não tenha sido estatisticamente verificado e avaliado. As estatísticas, por si sós, não significam nada. Fazê-las, porém, releva imediatamente de uma posição adequada à natureza do conhecimento actual que sabe serem as leis apenas as formulações de recorrências estatisticamente observáveis, e sabe serem elas também a negação da realidade, fora da consciência e da vontade, de qualquer arquetipia. Esta é, e surge ao nosso espírito, não como manifestação de algo transcendente, mas como materialização emanente da acumulação experimental das observações. *Os arquétipos do inconsciente colectivo são, assim, racionalizações de uma experiência colectiva, tacitamente descobertas no seu significado estatístico.*

Uma crítica onto-sociológica é, pois, e antes de mais nada, metodologicamente estatística. Mas, tal como sucede com os dados da experiência humana, há que vitalizar-lhe os resultados. Essa vitalização opera-se pela *análise estrutural*.

É evidente que, na análise estrutural, as interpretações biográficas são de relevância quase nula ou apenas limitada ao papel que a biografia, como circunstância, e não como experiência racionalizada, foi chamada a desempenhar num contexto muito mais amplo e rico. Um poeta não escreve para contar a sua vida, ainda quando a sua vida lhe pareça exemplar, e como tal a exponha. O poeta, como dizia Fernando Pessoa, «é um fingidor: finge tão completamente que chega a fingir que é dor a dor que deveras sente». Deste fingimento que não é mistificação, mas a total desmistificação da subjectividade na criação artística, e que Pessoa assumiu, poucos poetas terão sido tão lucidamente conscientes como Camões, que «petrarquizava» para dizer de como o tempo é pensamento que se supera, e de como o amor é o motor dessa morte e ressurreição constantes, com que o espírito se metamorfoseia em *universal concreto*.

Mas evidente será também que a análise estrutural, na medida em que presta justiça àquilo por que um homem foi, em momentos privilegiados, *mais do que ele mesmo,* culminará numa crítica *tipológica.*

NOTA

1 Ver *Dicionário de «Os Lusíadas»,* de A. Peixoto e P. Pinto. Rio de Janeiro, 1924.

6

CRÍTICA ESTRUTURAL E CRÍTICA TIPOLÓGICA

A culminação da análise estrutural numa determinação tipológica continua a ser de ordem interpretativa. E desde já digamos que a classificação tipológica, por sua vez, para fechar-se inteiramente o ciclo da investigação crítica, exige uma síntese *mitográfica,* ainda que essa classificação de modo algum seja restritiva da imensa variabilidade possível (mas real?) dos homens *enquanto* artistas criadores. Esta última síntese não é possível, nem necessária, para escritores que não atinjam, na correlação mítica da sua criação, uma atitude mitogénica, isto é, «não uma criação de mitos, mas uma ascensão pseudomórfica, à expressividade consciente (...) de séries recorrentes de eventos a que a experiência milenária da humanidade atribuiu uma *história típica*»[1].

Esta definição citada patenteia o carácter eminentemente estatístico da análise tipológica. Onde e quando, porém, as estatísticas ancilares da análise estrutural buscam determinar concretamente a *construção de sentido,* a observação desses resultados, segundo o critério da análise tipológica em planos diversos de atitudes antitéticas, integra aquela construção numa caracterização específica do autor dela[2]. Deste modo, não só fora elidida a oposição de ontologia estética e de histórico-sociologia estética, como é elidida também a dicotomia entre o objecto estético e o seu autor *enquanto* criador artístico, libertados ambos, pela evidência dos resultados estatísticos, da intemporalidade excessivamente abstracta, que não existe, como da temporalidade excessivamente «concreta», que não permite a existência autónoma de nada.

O gigantismo destas tarefas que viemos analisando, propondo e descrevendo — e que, em obediência ao princípio de que só a prática determina a teoria, melhor desenvolvemos na aplicação

39

que se segue —, por forma alguma impede ou diminui o valor das investigações parcelares que se realizem. Pelo contrário, é a acumulação progressiva e paralela dessas investigações o que melhor propicia a aplicação da metodologia apresentada. Afinal, a maioria dos actuais métodos críticos — estatístico, tópico, estilístico, de sentido, etc. — não é mais do que a projecção parcelar desta metodologia, desde que encarados sejam como parcelamentos especializados dela. Porém, se assim não forem vistos, a síntese dos resultados obtidos é, como já definimos, impossível. E, quando se nos afigura que o é, estamos (sem querer) pressentindo a metodologia estrutural e tipológica, com a mesma inocência com que Mr. Jourdain fazia prosa...

NOTAS

[1] Ver do autor *Ensaio de uma Tipologia Literária,* Assis, 1960, em que é estabelecida a relação dialéctica entre as definições teoréticas e o historicismo das classificações periodológicas. [ver *Dialécticas Teóricas da Literatura,* 2.ª ed. aum., Lisboa, 1977]

[2] Foi o que fizemos, para Camões, no já citado estudo «tipológico», dando só os resultados que exaustivamente demonstramos na análise do soneto *Alma minha gentil...,* do volume, no prelo, *Estudos Camonianos e de Poesia Portuguesa dos séculos XVI e XVII.* [ver *Trinta Anos de Camões,* 2 vols., Lisboa, 1980]

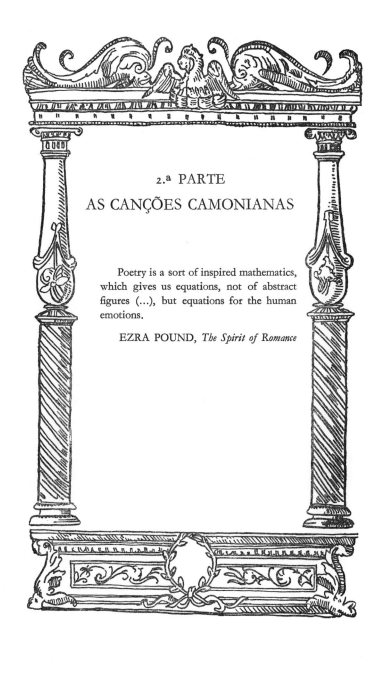

2.ª PARTE
AS CANÇÕES CAMONIANAS

Poetry is a sort of inspired mathematics, which gives us equations, not of abstract figures (...), but equations for the human emotions.

EZRA POUND, *The Spirit of Romance*

I

A FORMA «CANÇÃO» ANTES DE CAMÕES E NO SEU TEMPO

Em *La Vita Nuova*, obra que, com o seu entrelaçamento de poemas e de comentários, é, ainda que breve, um monumental tratado de poética sensível e de poesia lúcida, provavelmente escrito e concluído na primeira metade da última década do século XIII, quando o poeta cumpria trinta anos, Dante inclui 25 sonetos, 4 canções, uma balada e uma estância solta. A classificação das diversas peças é da sua própria responsabilidade nos comentários. Dos 25 sonetos, 23 são perfeitamente regulares nos seus catorze versos de 10 sílabas. Dois não o são[1], com os seus 20 versos de 10 e de 6 sílabas, alternando num esquema de metros e de rimas que os aproximam da estrutura estrófica da balada e da canção, por introdução de seis versos de 6 sílabas entre os 14 versos de 10 sílabas do soneto regular. As rimas neles são 4, 2 por cada grupo estrófico. O esquema rímico da composição a que Dante chama *balada* é extremamente complexo, e, no seio dele, que compreende duas imensas estrofes (uma de 24 versos e outra de 20), com 10 rimas diferentes na maior, apenas dois grupos rímicos são do tipo *abcabcc,* que tão grande fortuna teria como núcleo rímico nas canções de Petrarca. Das quatro composições chamadas *canção* por Dante, uma[2] diverge inteiramente quer do soneto irregular ou soneto-canção, quer da balada, quer da canção como viria a fixar-se, pela total ausência de versos de 6 sílabas nas suas 5 estâncias de 14 versos (4 + *commiato* igual). A complexidade do esquema rímico (5 rimas nos primeiros 12 versos, e um dístico final) é enorme: *abbcabbccddc* + *ee*[3]. Das outras três canções, uma é anormalmente breve, em relação ao que as canções viriam a ser, e mesmo em relação às restantes duas: duas estâncias de 13 versos, para 6 estâncias de 14 versos, sem *commiato,* e 5 estâncias de também 14 versos,

43

com *commiato* de 6 versos[4]. Sem nos ser necessário entrar na análise do *Canzoniere* de Dante, estas breves considerações permitem acentuar o que, de resto, concorda com as diversas hipóteses acerca das origens da forma *canção,* que a dão como emergindo quer da *chansó* provençal, quer da balada, tal como o soneto, com Guido Guinizelli († 1274), com Guittone d'Arezzo († 1294) e com Piero della Vigna († 1249), o chanceler de Frederico II, de Hohenstauffen, rei da Sicília e imperador da Alemanha, em cuja corte de Palermo, como na toledana de Afonso X, de Castela, o das *Cantigas de Santa Maria,* nascia a literatura moderna[5].

Oitenta anos depois do lirismo dantesco, o *Canzoniere* de Petrarca apresentava para a canção uma forma definida, se bem que suficientemente fluida para expressão dos mais variados sentimentos eróticos e intectualizados[6]. Mas a lírica portuguesa, nas suas formulações galaico-portuguesas arquivadas nos «Cancioneiros», oferece-nos, por seu lado também, exemplo peninsular (e atlântico) dessa incipiência experimental de que a forma *canção* se desenvoveria. E esse exemplo, observável nas «cantigas de amor», cujo parentesco provençal tem sido aceito[7], é anterior à difusão da actividade lírica de Petrarca (1304-1374) que, às vésperas de morrer, a preparara para remetê-la completa a Pandolfo Malatesta, senhor de Rimini. Com efeito, o mais moderno dos presumíveis colaboradores com «cantigas de amor» é o conde D. Pedro de Barcelos, filho bastardo do rei D. Dinis e falecido vinte anos antes de Petrarca[8].

Das 266 «cantigas de amor», quer as de *mestria,* quer as de *refran,* seleccionadas por J. J. Nunes, 95 aparecem acompanhadas de uma ou mais *findas,* cujo número de versos vai, no total, de um verso apenas até seis versos, cabendo a maioria às *findas* de dois ou de três. E essas cantigas, cujas estrofes chegam a ter dez versos, em que os versos são decassílabos, com esquemas rímicos como *abbacca,* têm por vezes, dentro de cada estrofe, alternância de outras medidas[9]. É já, até pela seriedade erótica das cantigas, a estrutura da canção que, com Camões, e através dos influxos petrarquianos e de Garcilaso, e do exemplo português de Sá de Miranda, atingirá o máximo esplendor? Seria audacioso afirmá-lo, para mais num estudo que não visa a tratar das origens dessa forma. Registe-se apenas a conexão, que tem, aliás, muito interesse, uma vez que nunca foram contestados dois factos: a presença, em Camões, das velhas tradições líricas do Amor Cortês, e a estreita conexão do *Dolce stil nuovo* e de Petrarca com o lirismo occitânico.

O *Cancioneiro Geral* de Garcia de Resende, que é o mais ilustre monumento poético português precedendo imediatamente as obras «italianas» de Sá de Miranda[10], um dos seus últimos colaboradores, não oferece, publicado que foi em 1516, ainda exemplo de italianização *formal*. Mas nele encontramos inúmeras peças das mais variadas tonalidades, em que esse *cabo* ou *fim* remata a composição que, por sua vez, tem esquema estrófico de medidas variáveis, cujo protótipo é, aliás reconhecido, dado pelas coplas de Jorge Manrique (1440?-1497) à morte de seu pai. Este Manrique, grande e parco poeta, foi com Juan de Mena (1411-1456) e com o marquês de Santillana (1398-1458), um dos introdutores dos novos ventos culturais nas Espanhas. Tanto um como outro destes últimos dois são divindades tutelares do *Cancioneiro*, e o ilustre marquês escreveu a sua célebre carta sobre o estado da poesia ao condestável D. Pedro († 1466), filho do infante de Alfarrobeira, malogrado rei de Aragão, e autor comovido da *Tragedia de la Insigne Reyna Dona Isabel*, no estilo das rememorações dantescas, e primeiro citador português do tópico platónico do cisne moribundo, usado séculos mais tarde por Camões numa das suas mais belas canções[11].

Entre Sá de Miranda e Camões situam-se diversos poetas de mérito — reconhecido ou desconhecido —, e todos eles, directa ou indirectamente, sacrificam às novas musas, ainda quando as velhas continuam a merecer-lhes a devoção. São eles, Bernardim Ribeiro, que constitui grupo geracional com Sá de Miranda, ambos nascidos em 1481-1482[12]; um outro grupo, mais jovem duas décadas do que este, é um par de sangue real: o 1.º duque de Aveiro, D. João de Lencastre, neto do rei D. João II, e o infante D. Luís, filho do rei D. Manuel I; um terceiro grupo geracional, mais novo outra década que o segundo, é o de Cristóvão Falcão (?) e de Francisco de Sá de Meneses, presumivelmente mais velho, este último grupo, dez anos do que Camões. Nascidos entre 1520 e 1530, e pertencentes assim à geração de Camões, são Jorge de Montemor, Pedro de Andrade Caminha, D. Manuel de Portugal, André Falcão de Resende, António Ferreira e Diogo Bernardes.

Apesar do conhecimento incompleto e fragmentário, além de incerto, das obras de quase todos esses homens, pode-se afirmar, em princípio, que, antes da geração de Camões, a *canção* não foi praticamente cultivada pelas três gerações literárias que precederam aquela. Não as têm Bernardim Ribeiro[13], Cristóvão Falcão, o duque ou o infante. O grande Sá de Miranda, pode dizer-se que tem só duas canções, ambas à Virgem Nossa Senhora, uma das quais tida como livre paráfrase daquela com que Petrarca encerra o seu *Canzoniere*. E parece que Francisco de Sá de Menezes, filho do longevo João Rodrigues, terá apenas uma.

Na geração de Camões, a situação não é muito mais brilhante quanto à forma *canção*.

Nas obras coligidas de António Ferreira, impressas em 1598, não há, entre as diversas composições de estilo «clássico», qualquer

45

canção, embora haja estrofes de canção petrarquista nos coros da *Castro*. As edições quinhentistas da obra lírica de Jorge de Montemor[14] contêm canções[15], como as contém a sua *Diana*, já impressa antes de 1559. Nas *Várias Rimas ao Bom Jesus* (1594), de Diogo Bernardes, há 2 canções, e mais 4 canções em *Flores do Lima* e *O Lima*, do mesmo. E é menos ainda, se considerarmos que, na obra de Diogo Bernardes, as canções não ocupam lugar tão privilegiado (quanto às responsabilidades expressivas) como as suas elegias e as suas epístolas, género, este último, que Camões não cultivou[16]. Andrade Caminha não tem canções nas suas obras, tal como foram publicadas em 1791, mas tem 5 na edição Priebsch, de 1898, contra, na totalidade da obra publicada, dezenas de epístolas e de elegias, que, à semelhança do que sucede com Bernardes, desfrutam de lugar privilegiado na sua produção poética.

Parece, pois, poder concluir-se que o grupo compacto dos classicistas escolares, encabeçado por Sá de Miranda, e depois por Ferreira, não se interessou pela forma *canção*, antes de ou contemporâneamente com Camões; que o caso de Jorge de Montemor é o de um homem mais ligado à vida literária castelhana, especificamente, que à vida literária peninsular, de que aquela era uma das faces, e que só Diogo Bernardes acompanhou Camões nas suas aventuras com aquela forma, se bem que o não tenha feito em termos tão amplos e tão profundos como os que Camões aplicou, independentemente do valor relativo dos dois poetas.

Há razões editoriais para este curioso fenómeno. A *canção* ocupa lugar privilegiado nas obras de Garcilaso de la Vega e de Juan Boscán, publicadas postumamente em 1543, pela viúva do segundo. Nessas obras, só os sonetos podem rivalizar, para Boscán, com as canções, tal como, para Garcilaso, sucede com as elegias. Mais próximo do que os outros jovens nascidos na década de 20, do impacto castelhano daquelas obras, Montemor terá aderido ao cânon delas. Esse cânon seria castelhano de mais e latinizante de menos, para homens como Ferreira ou Caminha, para os quais, como para Bernardes, a elegia possuía nobres pergaminhos latinos, à semelhança da epístola. E os homens que, em 1543, já estão na meia-idade e até terão feito já a sua viagem de Itália, como Sá de Miranda, considerariam o prestígio moral da poesia petrarquiana mais importante do que a efusão sentimental e cortesanesca das canções de Garcilaso. Nada disto, e o carácter vário e livre da sua obra inteiramente o demonstra, seriam preconceitos culturais que impressionassem Camões, homem que usou de tudo quanto lhe convinha, como génio ilimitado que era e como personalidade destituída do convívio de amabilidades epistolares em que os outros todos se imaginavam tão importantes. Entre Petrarca e Garcilaso, mas, se necessário lhe fosse para demonstrar a si mesmo e aos outros a própria superioridade, com modelos do inferno, Camões teceria, e teceu, a sua obra. Nesta, as canções desempenham um papel de primacial importância. Estudemo-las, e vejamos o que ele fez seu de uma forma cuja complexidade não atraiu os outros, e cuja nobreza ele provou com a arrogância que foi sempre a sua, e a dignidade de que nunca abdicou[17]. E notemos que a preferência de Camões pela canção, em relação aos seus contemporâneos portugueses, é mais uma prova da centralidade das canções na lírica camoniana.

Dada, porém, a correlação entre as literaturas portuguesa e castelhana, no século XVI, vejamos mais de perto o que em Espanha efectivamente se passa quanto à forma *canção* «italiana» até ao tempo de Camões, sem nos limitarmos a Boscán e Garcilaso, ou à menção de Jorge de Montemor.

Com Boscán e Garcilaso, outro dos introdutores das formas italianizantes é uma grande figura da vida pública e de escritor, Diego Hurtado de Mendoza (1503-1575), neto do marquês de Santillana, da mesma idade de Garcilaso, e, em Portugal, do duque de Aveiro e do infante D. Luís, os imediatos seguidores de Sá de Miranda. Na sua obra, Mendoza tem cinco canções, como Garcilaso. Gaspar Gil Polo (1516-1591), homem da idade de Francisco de Sá de Meneses, e continuador da *Diana* de Montemor, com a sua *Diana Enamorada* (1564), tem ao todo cinco canções também. Gutierre de Cetina (1520-1556?), curiosa figura de poeta e soldado, que combateu na Itália e morreu no México, tradutor de Petrarca, tem dez canções (como o Camões «canónico»). Jorge de Montemor, que é da idade de Cetina (e, em Portugal, da de Pedro de Andrade Caminha e de D. Manuel de Portugal), tem doze canções. Gregório Silvestre (1520-1569), outro português também castelhanizado e músico, como Montemor, terá apenas quatro, no fim da sua obra, porque tomou o partido dos tradicionalistas[18]. Hernando de Acuña (1520?-1580), homem presumivelmente da idade de Camões, tem na sua obra duas canções apenas.

Isto significa que, sem algumas canções dispersas de poetas ainda menores que alguns destes, a produção dessa forma em castelhano, até inclusive os homens que são da idade de Camões, é a seguinte:

Boscán	10
Garcilaso	5
Mendoza	5
Polo	5
Cetina	10

Montemor 12
Silvestre 4
Acuña 2
___
53

Ou seja, uma meia centena de canções, contra uma dezena de portuguesas até Camões, e escritas (com excepção de Boscán, Garcilaso, Montemor e Polo) por poetas que só tiveram as suas obras, na totalidade ou na maioria, impressas depois de Camões ter morrido. Camões, no seu nível de produção canónica (dez canções tidas por indubitavelmente autênticas), iguala-se aos mais produtivos dos seus antecessores ou contemporâneos castelhanos — Boscán, Cetina, Montemor. Por outro lado, se Boscán entre os primeiros na idade é uma excepção na produção alta, pode dizer-se que, na baixa, entre os últimos, também o é Acuña. Pelo que é evidente como Camões se nivelou internacionalmente, sem deixar-se prender nas oposições de partidos literários, preferências ou tendências, já que escreve canções em número pelo menos igual aos dos mais italianizados dos seus antecessores castelhanos, sem deixar de longamente entregar-se, no lirismo, ao cultivo das formas que o tradicionalismo exclusivamente prezava. E mais: como são excepções Boscán e Acuña, o nivelamento de Camões, na sua produção de canções, dá-se pelos castelhanos ou castelhanizantes mais italianizados da sua geração, quais são Cetina e Montemor. Quando adiante tivermos de tratar mais largamente dos petrarquistas espanhóis e portugueses, veremos objectivamente como o problema se configura, para estes homens e para Camões[19].

NOTAS

[1] Os que começam «O voi, che per la via d'Amor passate» e «Morte villana, di pietà nemica», este um dos mais belos poemas breves do Dante.

[2] A que começa «Donne, ch'avete intelletto d'amore».

[3] Anote-se, de passagem, que esta estrofe de 14 versos, acima descrita, pode ser apontada como um dos núcleos originadores do *soneto inglês* criado ou difundido por Henry Howard, conde de Surrey. Acerca de outras «fontes» esquemáticas do soneto inglês, ver a nossa tese, no prelo, *Os Sonetos de Camões e o Soneto Quinhentista Peninsular.* [Lisboa, 1969; 2.ª ed., Lisboa, 1981]

[4] Respectivamente para as canções que começam «Donne pietosa» e «Gli occhi dolente».

[5] Ver, por exemplo, Ramon Menéndez Pidal, *España, Eslabón entre la Cristandad y el Islam,* Madrid, 1956, em especial pp. 43 e seguintes e pp. 56 e seguintes.

48

6 Karl Vossler, em *Formas Poéticas de los Pueblos Románicos*, trad. esp., Buenos Aires, 1960, trata da «canção» e aponta vários exemplos de estrofe de *chansó* provençal, com versos de medida variável e esquemas rímicos como *abbaccdd, ababaacc;* e mais aponta como a complexidade dos esquemas rímicos provençais, que faziam da *chansó* uma «obra de arte total», se simplificou na Itália, embora transcreva de Guido Guinizelli uma estrofe cujo esquema é *ababcdcede*. E diz expressamente: «A canção erótica, que em Provença era cortesã na sua homenagem, subtil e convencional, torna-se na Itália especulativa e íntima, cheia de ebriedade e simbolismo religioso, e são as riquezas do sentimento e do pensamento que contribuem para demolir o demasiado arrebicado edifício das rimas» (p. 200). Um estudo histórico da canção, desde as origens a Petrarca, e com especial ênfase em Dante, pode encontrar-se nos primeiros capítulos de Enrique Segura Covarsí, *La Canción Petrarquista en la Lírica Española del Siglo de Oro*, Madrid, 1949 (obra que voltaremos a referir), embora a extensão e a profundidade desse resumo histórico fiquem muito aquém do aparato bibliográfico que é citado. Mas, nesta prestimosa obra, é possível observar comodamente os complexos paradigmas do *dolce stil nuovo* e seus imediatos continuadores: Dante, Cavalcanti, Cino, Gianni, Frescobaldi, Guinizelli, Lentino, etc. Estudo admirável das canções do provençal Arnaut Daniel é o que acompanha a edição mais recente dele e modelo de edições críticas: *Canzoni*, a cura di Gian Luigi Toja, Florença, 1960.

7 Ver M. Rodrigues Lapa, *Das Origens da Poesia Lírica em Portugal na Idade Média*, Lisboa, 1929. São muito instrutivas, também, as considerações de Dante, no seu tratado *De Vulgari Eloquentia*.

8 É curioso notar quanto a esta época primordial e fascinante, que o rei D. Dinis é neto de Afonso X, enquanto sua mulher, Isabel de Aragão, é bisneta de Frederico II.

9 José Joaquim Nunes, *Cantigas d'Amor dos Trovadores, etc.*, Coimbra, 1932. As cantigas com *finda* são 35 por cento da selecção.

10 Descontado, é claro, o teatro de Gil Vicente, que não vem ao caso.

11 O reparo da recorrência, em ambos, dessa metáfora do *Fédon* de Platão foi feito por Joaquim de Carvalho, in «Estudos sobre as Leituras Filosóficas de Camões», in *Estudos sobre a Cultura Portuguesa do Século XVI*, vol. I, Coimbra, 1947.

12 João Rodrigues de Sá de Meneses, a quem todos rendem homenagens, teria sido da idade de Gil Vicente, vivido mais de um século e morrido em 1576. E é de notar-se que não pomos as mãos no fogo pelo ano de nascimento de Bernardim, e muito menos pelo de Cristóvão Falcão...

13 Com a ressalva de um possível apócrifo, adiante estudado em lugar próprio.

14 São em castelhano os poemas de Montemor. Ao todo, segundo o cômputo de E. S. Covarsí *(ob. cit.)*, há na sua obra 12 canções.

15 Segundo J. M. da Costa e Silva, *Ensaio Biográfico-Crítico sobre os Melho-*

49

C-4

res Poetas Portugueses, Lisboa, 1850, t. II, l. III, cap. VIII, p. 271. Não nos foi possível compulsar o seu recentemente reeditado *Cancioneiro.*

16 A este respeito, deve referir-se o conteúdo epistolar (?) em verso, do manuscrito do Escurial, apontado por Jaime Cortesão, nos *Ensaios Camonianos,* publicados em *Anhembi,* Abril de 1953 e Março de 1955. A discussão, que exigiria revisão de várias asserções daquele autor, foge ao escopo deste trabalho. No entanto, esse conteúdo não é o que se diria *epistolar,* mas *capitular,* segundo a terminologia quinhentista.

17 A arrogância de Camões em matéria literária, apesar de coonestada por numerosos exemplos da Antiguidade Clássica e do Renascimento (Horácio, Ovídio, Estácio, etc., não se pouparam auto-elogios), parece ter escandalizado os contemporâneos. A elegantíssima defesa de Severim de Faria (1583-1655), na sua biografia do poeta, que faz parte dos *Discursos Vários Políticos* (1.ª edição, 1624), não menos prova que o escândalo persistia. Diz ele: «(...) não é muito que lhe nascesse a estima grande que de si tinha, louvando, e abonando seu engenho em muitas partes dos seus *Lusíadas,* e mais obras: o que alguns atribuíram a vício, não atentando que é impossível não se conhecer um bom entendimento a si próprio, e ter verdadeira opinião de suas cousas» (cit. da reedição de 1791, pp. 344 e 355).

18 Não é verdade, ao contrário do que afirma Covarsí, e embora se contradiga a este respeito *(ob. cit.),* que Gregório Silvestre não tenha canções petrarquistas. No livro quarto das suas *Obras,* na edição de Lisboa, 1592, impressa por Manuel de Lira, e que parece reproduzir a anterior, primeira e já póstuma edição castelhana que não nos foi dado examinar, há duas canções petrarquistas e duas aliradas; e a conversão tardia de Silvestre ao italianismo (o livro quarto compõe-se de sonetos, oitavas, canções e de elegias e epístolas em *terza rima,* sendo na maioria em redondilha os três livros anteriores) é expressamente referida na sua biografia crítica por Pedro de Cáceres y Espinoza, que antecede a colectânea. Cáceres y Espinoza foi, como é dito no título da edição, e com os herdeiros do poeta, «recompilador» dela. Silvestre — divergindo de Jorge de Montemor — ateve-se longamente ao uso da redondilha, no encalço do imenso prestígio «escolar» de Garcí Sanchez de Badajoz (1460?-1526?), que foi dominante até ao fim do século, e também ao exemplo de um poeta voluntariamente «antimodernista», como Cristóbal de Castillejo (1494?-1556) que, ainda que em tom satírico, assimilava os petrarquistas aos anabaptistas, e pedia para eles as correições inquisitoriais (cf. Karl Vossler, *Introducción a la Literatura Española del Siglo de Oro,* col. Austral, B. Aires, 1945). É de notar que a polémica do petrarquismo ou do italianismo apenas, e do tradicionalismo, com uma relativa intensidade de que não haverá equivalentes vestígios em Portugal (já que a posição de um António Ferreira não deverá ser entendida nesse plano), durou em Espanha até ao fim do século, e ainda fervia acesa quando foram publicadas (1582) as obras de Silvestre e o *Tesouro de Vária Poesia* (1575 e 1580), de Pedro de Padilha. É curiosíssimo observar como, muito mais que em Portugal ou

que na Itália, o Barroco espanhol vai absorver essas oposições e dar às formas tradicionais um papel algo preponderante.

[19] Ao fazermos este estudo de poetas castelhanos do século XVI, limitámo-nos, por uma questão de método, àqueles que sabidamente ou hipoteticamente nasceram antes de (ou até) Camões. Na verdade, Fr. Luís de Léon (1527-1591), Baltazar de Alcázar (1530-1606), Francisco de la Torre (1534?-1594?), Fernando de Herrera (1534-1597), Pedro de Padilha (? -1595), Francisco de Figueiroa (1536-1620), Francisco de Aldana (1539-1578, em Alcácer Kibir), Jerónimo de Lomas Cantoral (1540?-1600?), Cervantes (1547-1616), Luís Barahona de Soto (1548-1595), Luiz Galvez de Montalvo (1549?-1591?), Gabriel López Maldonado (1545?-dep. 1615), Andrés Rey de Artieda (1549-1613), Vicente Espinel (1550-1624), todos italianizantes, foram ainda contemporâneos de Camões e quase todos escreveram canções (cerca de cem canções ao todo). Mas nitidamente esta gente notável, além de ser na maioria muito mais nova do que Camões, afasta-se cada vez mais de um italianismo ou de um petrarquismo estrito; e biparte-se mesmo em duas «escolas»: a de Salamanca, que segue Fr. Luís, e a de Sevilha, que, tendo tido como precursor Alcázar, segue Herrera. Mais tardio, Francisco de Medrano (1570-1607), tradutor das odes de Horácio, é a ponte entre as duas correntes. Mas estes homens são, na maioria dos seus grandes nomes, não já renascentistas, mas os *maneiristas* que Camões foi antes deles (que, de um modo geral, o estimaram e admiraram). Repare-se que a produção de canções destes homens coincide com uma difusão da canção que — veremos — é tanto menos estritamente petrarquista quanto o seu cultivo tanto mais alastra. Com efeito, se sete castelhanos anteriores a Camões escreveram em média sete canções por cabeça, nove posteriores a ele escreveram, em média, onze cada um, que são ainda menos petrarquistas que as daqueles. Quanto aos que chamamos — dentro da nossa orientação periodológica — *maneiristas,* basta observar-se que Covarsí *(ob. cit.),* quanto à canção na Espanha, destaca um período de iniciação petrarquista (1500-1550) e um período de nacionalização da forma (1550-1600); e ele próprio acentua como essa divisão coincide com o que Ludwig Pfandl, na sua história da literatura espanhola do Século de Ouro, publicada em 1933, chamava de 1.º Renascimento (1500-1550) e 2.º Renascimento ou Renascimento tardio (1550-1620), antecessor do Barroco (1600-1700). O que Pfandl chamava Renascimento tardio é o *Maneirismo* como período autónomo da cultura europeia (ver, a este respeito, o nosso estudo O *Maneirismo de Camões,* publicado no Suplemento Literário do jornal O *Estado de São Paulo,* em 30-9-61, e na página literária de O *Comércio do Porto,* em 10-10-61, e a série *Camões e os Maneiristas,* publicado naquele Suplemento, em 11-11-61 e 18-11-61, e também naquela «página», em Dezembro do mesmo ano).

2

HISTÓRICO DO *CORPUS* EXISTENTE
DAS CANÇÕES CAMONIANAS

A edição de 1595 — primeira colectânea da obra não-épica de Camões — apresentava ao público dez «canções» do poeta. Fernão Rodrigues Lobo Soropita, poeta por mérito próprio, e prologador da edição cujo privilégio cabia ao mercador de livros Estêvão Lopes, declarava que «os erros que houver nesta impressão não passaram por alto a quem ajudou a copiar este livro; mas achou-se que era menos inconveniente irem assim como se acharam por conferência de alguns livros de mão, onde estas obras andavam espedaçadas, que violar as composições alheias, sem certeza evidente de sua emenda verdadeira»; e apenas, segundo diz, se emendou «aquilo que claramente constou ser vício de pena»[1]. Com esta admirável afirmação de princípios de uma correcta e prudente crítica textual, Soropita igualmente defendia tão transcendente edição das acusações de descuido, ou das suspeitas de excessivo amor pelos alindamentos e clarificações. Em 1598, Estêvão Lopes, usando do seu privilégio, reeditou a colectânea entretanto «gastada». Para a nova edição não só, como diz, cavou «muitas poesias que o tempo gastara», mas procurou que «os erros, que na outra por culpa dos originais se cometeram, nesta se emendassem»[2]. Das novas pesquisas, que aumentavam em muito o *corpus* camoniano, não resultou a aparição de mais nenhuma canção[3]. Da revisão dos «erros» resultaram emendas menores em todas as dez canções já reveladas, um completamento do *envoi* da canção *Manda-me amor que cante docemente,* com um dos mais fascinantemente enigmáticos passos da lírica camoniana, e a sensacional inserção, na canção *Vinde cá, meu tão certo secretário,* de duas novas estrofes tão magnificientes como as que, monumentalmente, compunham já o complexo edifício dessa peça capital. A colectânea de Domingos Fernandes,

53

em 1616, trazia de novo, ao conjunto das canções, *Manda-me Amor que cante o que a alma sente,* logo dada como variante de *Manda-me amor que cante docemente,* ainda que «em termos tão difefentes que totalmente é outra»[4], e mais uma canção que tem sido repudiada[5]. As edições seguintes, até à colectânea de 1668, não acrescentaram o número das canções.

Essa nova colectânea, preparada por António Álvares da Cunha, incluía mais quatro canções, três das quais haviam sido publicadas como anónimas na *Miscelânea* (1629), de Miguel Leitão de Andrade. Dessas três, uma, *Quem com sólido intento,* é de excepcional categoria. Mas nenhuma das quatro foi incluída na edição nacional de 1932, nem recuperada por editores subsequentes. A edição comentada pelo que será talvez o maior dos críticos camonianos, Manuel de Faria e Sousa, saiu póstuma, em 1685-88, e revela uma canção mais, de cuja autenticidade o próprio Faria e Sousa não está tão convencido, quanto o está, ainda que relativamente, da das três que Miguel Leitão publicara na sua *Miscelânea*[6]. É preciso esperar-se pelas investigações do visconde de Juromenha, para a sua edição (1860--69), para que o número das canções seja aumentado, com mais três e uma nova variante da canção *Manda-me amor que cante docemente.* Dessas três, editores actuais há que aceitam uma[7]. A variante, que o é da versão de 1595-98, e não da de 1616 (o texto desta, com variantes em relação à primeira impressão, está no chamado «Cancioneiro Juromenha»), encontrou-a Juromenha, assim como uma das outras canções, no *Cancioneiro* de Luís Franco Correia, por este coligido entre 1557 e 1589. Teófilo Braga, na sua edição de 1873-74, coligiu as dezanove canções supra-enumeradas, além das duas variantes da canção conhecida por VII. Em 1880, na outra edição que organizou, Teófilo apresentava, tratando-a logo como «apócrifa», mais uma. Em 1889, Aníbal Fernandes Tomás, publicava mais outra, encontrada no *Cancioneiro* que passou a ter o seu nome, e que Carolina Michaëlis teve oportunidade de estudar[8]. Portanto, desde 1595, até 1889, em cerca de três séculos, a obra camoniana, no que respeita às canções, duplicou, passando o número destas de 10 a 21, e devendo-se as adições mais substanciais à edição de 1668 (4 canções) e à edição de Juromenha (3 canções), se não contarmos em separado, como não devemos contar, a versão de 1616, da canção VII, e a variante Juromenha da mesma canção.

A edição de 1932, de José Maria Rodrigues e Afonso Lopes Vieira, rejeitava drasticamente todas as canções ulteriores a 1595, com excepção de uma das atribuídas por Juromenha e das já referidas versão (1616) e variante Juromenha de *Manda-me amor que cante docemente.* A edição Hernâni Cidade (1946) repetia este critério selectivo, menos drástico que o da edição Costa Pimpão (1944),

54

em que eram rejeitadas a canção descoberta por Juromenha e a variante Juromenha de *Manda-me amor*... Portanto, de 1889 a 1946, o número das canções regressou, apenas com uma repetida discrepância, ao ponto de partida: 10. A rejeição das canções condenadas não foi drástica só quanto à autoria: também o foi quanto ao facto de ser dado conhecimento delas, já que, mesmo em apêndice, nenhuma daquelas edições as transcreve. A edição H. Cidade menciona apenas, pelos primeiros versos, oito delas e, ao resumir razões de rejeição, não refere as duas de 1880 e 1889, que, como as outras, «correm ainda atribuídas a Camões»[9]. Devem ter sido as observações hipotéticas de Carolina Michaëlis a causa desse silêncio, embora elas não sejam contrárias à aceitação de autoria camoniana[10].

A situação actual do cânon camoniano, no que respeita ao número de canções é, pois, a seguinte: 10 canções aceitas por todos os editores, desde a 1.ª edição da obra lírica até aos nossos dias, 1 canção que editores contemporâneos aceitam ou rejeitam, e 10 canções, publicadas entre 1616 e 1889, que esses mesmos editores unânimemente rejeitam, sem sequer as transcreverem, ainda quando admitem que uma ou outra delas possa ser incipiente e juvenil «ensaio» do poeta[11]. A balança está, pois, equilibrada por um «fiel» apócrifo, entre a autenticidade e a apocrifia. Quanto a esta última, as razões aduzidas para rejeição das 10 canções, digamo-lo francamente, são tão frágeis como as que, em épocas sucessivas, aduzidas foram, às vezes bem pouco convictamente, para apresentá-las e incluí-las. É certo que as 10 canções não afectadas pelas dúvidas eruditas somos forçados a considerá-las a base essencial para a elaboração de uma estrutura canónica da canção camoniana. Mas o facto de outras se afastarem dessa estrutura canónica, que será flutuante e fluida dentro de fixos limites, não exclui, em princípio e só por si, a possibilidade de o poeta ter escrito outras, com diversa estrutura. Seria preciso, para tanto, e não havendo razões expressas e convincentes de crítica externa, que um inventário totalizador do vocabulário camoniano, da frequência dos vocábulos e da conexão destes e da sua frequência com os diversos géneros e formas, etc., nos permitisse algumas conclusões positivas. Estas, porém, não seriam, por sua vez, tão concludentes assim, caso não fossem elucidadas por análogos inventários dos sintagmas, de expressões tópicas, de configurações ideológicas. Metodologicamente, nada há pior do que a aplicação da crítica externa a conclusões de crítica interna, ou vice-versa. É curioso exemplo disso o caso da canção atribuída a Camões no *Cancioneiro Fernandes Tomás,* ao ser posta em dúvida por Carolina Michaëlis tal atribuição. A romanista germânico-lusa, apontando que a canção é «tradução livre ou adaptação da ode de Horácio, *Non ebur neque aureum* (II, 18)», sugere outras possíveis autorias: Jorge Fernandes, o Fradinho da Rainha, de quem ela publicara uma composição igualmente horaciana, ou André Falcão de Resende, de quem se conhece um volume de traduções livres das odes de Horácio[12]. É evidente a sobreposição dos critérios, levando a conclusões necessariamente extrapoladas, visto que a imitação de Horácio não seria apanágio daqueles dois poetas, nem estaria, como exemplos o provam (a romanista, ela própria, os aponta), vedada a Camões.

Em matéria de crítica externa, devemos acentuar que nenhum dos textos das 11 canções postas em dúvida é ulterior ao final do século XVII, isto é, a mais de um século sobre a publicação da edição de 1595. Com efeito, das cinco canções apresentadas na segunda metade do século XIX, quando o 3.º centenário da data provável da morte do Poeta intensificou o interesse pela sua obra, uma está no mais antigo manuscrito com textos de Camões *(Cancioneiro de Luís Franco)*, e que nos chegou na íntegra[13]; outra é-lhe atribuída no *Cancioneiro Fernandes Tomás* ou *Flores Várias de Diversos Autores Lusitanos,* que Carolina Michaëlis não considera ulterior a meados do século XVII[14]; outra deu-a Teófilo Braga como existente num manuscrito apenso a um livro impresso em 1586[15]; outra publicou-a Juromenha, diz ele, de um manuscrito do século XVII; e outra ainda, também publicada por Juromenha, «de um manuscrito» não identificado, nem datado ao menos quanto ao século (sendo, porém, de crer, pelo estilo do benemérito visconde, que o manuscrito será também do século XVII), é precisamente aquele que duas das três edições modernas não repudiam...[16].

Ainda na mesma questão de atribuições, vejamos a situação das seis canções aparecidas no século XVII. Nenhuma delas, com excepção das três que haviam sido inseridas, anteriormente à inclusão numa edição de Camões, na *Miscelânea* de Miguel Leitão de Andrade, teve outra atribuição[17] além da que, com maior ou menor convicção (mesmo por parte de Faria e Sousa), foi feita a Camões. Essas três, se não são dele, são anónimas, ou Miguel Leitão de Andrade é um grande poeta que, como diz Faria e Sousa, «imitava-le muy bien»[18]... As outras três, respectivamente atribuídas por Domingos Fernandes, Álvares da Cunha e Faria e Sousa, tem sido alegado o seu afastamento do cânon estrutural das 10 canções *princeps* para as duas primeiras, e a própria incerteza de Faria e Sousa para a terceira. Mas a verdadeira razão é a de que não enriquecem, pela sua «mediania», a obra camoniana, na qual é aceita sem discussão tanta mediania, e até mediocridade, em forma de redondilha ou de soneto.

Resumindo este rápido escorço histórico do *corpus* existente quanto às canções camonianas, reconheçamos os seguintes factos:

1.º Dez canções gozam do prestígio de figurarem na edição *princeps* da obra não-épica de Camões; de nunca a sua autenticidade ter sido contestada, nem haver elementos de crítica externa que permitam lançar dúvidas sobre a autenticidade de quase todas; e, ainda, de entre elas se contarem algumas das mais imponentes peças do lirismo camoniano.

2.º De uma dessas dez canções existem uma variante e uma outra versão que oferecem alterações profundas do texto.

3.º Onze canções, atribuídas em datas diversas e ulteriores à da primeira edição, se bem que contidas em manuscritos supostamente não posteriores a um século após a data daquela edição, não têm merecido a mesma confiança que, indubitavelmente, as outras merecerão em face dos elementos disponíveis.

4.º As dez canções universalmente aceitas, no tempo e nos editores, constituem a base para o estabelecimento de um cânon estrutural das canções camonianas; esse cânon, porém, terá de ser estabelecido em função das características formais externas, antes de mais, a fim de se avaliar do tipo de estrofe mais usado, e da sua originalidade, e não apenas pelas semelhanças aparentes (ou tradicionalmente aceitas) com supostos modelos.

5.º Esse cânon, só por si, não será suficiente para afastar o grupo das outras onze, que deve ser estudado não só individualmente, canção por canção, mas colectivamente também, visto poder revelar características peculiares, assimiláveis a aspectos do primeiro grupo.

6.º As dez canções, mais as duas redacções (variante e versão) de uma delas, e as onze canções «apócrifas» constituem, com todas as reservas que possam ser opostas, um *corpus* camoniano, cujo estudo terá de ser refeito em novas bases, e não se perdendo de vista a possibilidade de reverem-se as justificações em que a crítica externa extrapolou, ou a crítica interna não se fundamentou suficientemente em mais que um impressionismo de «influências», ou num critério de qualidades excelsas, nunca válido por si em crítica de textos.

Tudo isto, é claro, e sobretudo os inventários e as frequências acima referidos, não depende apenas do *número* das canções, mas do *texto* delas. Este não tem sofrido menos vicissitudes, mesmo se estas últimas são menos evidentes. Há pequenas variantes, de um modo geral, em todas elas, conforme as edições, e Faria e Sousa tem sido até, no direito consuetudinário dos estudos camonianos, o símbolo das beneficiações feitas por amor excessivo de um texto que se quer tão perfeito e correcto quanto possível. Mas nem sempre as beneficiações foram as únicas culpadas das imprecisões e inseguranças do texto, no que se refere à legitimidade das emendas ou alterações. Muitas vezes, foi a crítica externa, com as suas preferências, quem impôs, aqui ou ali, esta ou aquela lição, conforme a confiança atribuída ao editor cuja lição se escolhia.

Acontece, porém, que um texto literário é, mesmo no espírito do seu criador, um organismo vivo, cuja clarificação se processa no tempo. Esta clarificação não é de regra que, naquele espírito, se processe segundo os mesmos cânones de aperfeiçoamento parcelar da expressão, ou de acerto gramatical e lógico das frases, que se exigem de uma composição escolar. A mudança de um vocábulo por outro pode ter obedecido a multímodas razões, às vezes subconscientes, de preferência ou de repulsa, de revelação ou de ocultação ambígua do sentido. Pelo que não se pode supor, *a priori*, que seja preferível o mais claro ou correcto, mas sim aquele que, num contexto, revela nexo de equilíbrio, no seio de todo um comprometimento espiritual, como é uma obra lírica de alta qualidade. E o contrário é que, em geral, tem sido praticado, na colação das variantes camonianas [19].

Mais insignificante, no consenso geral, é o problema da pontuação. Sabe-se que, independentemente de as regras de pontuação não terem sido sempre as mesmas que o uso e as necessidades da clareza lógica foram consagrando, a pontuação de um texto literário é subtil e pessoalíssimo equilíbrio entre, em certa época, aquelas regras às vezes não rigidamente codificadas e as exigências da dicção e do ritmo. Um texto poético, pelas suas características de raciocínio analógico, de condensação simbólica, de notação impressionista, de discursivismo ritmado pela emoção ou pelo fingimento dela, mais que qualquer outro texto literário não é um discurso jurídico, mas uma fixação da ambiguidade fundamental das equivalências emotivas. Sendo assim, a pontuação representa, sobretudo, as pausas do ritmo do pensamento poético, segundo o qual este, ora suspendendo-se, ora fluindo, constitui largas unidades sintagmáticas dotadas de um valor próprio que excede, em capacidade de sentido, aquele estrito que a análise lógica lhes atribuiria [20]. No nosso tempo, após os estudos de Richards ou de Spitzer, e após a revolução expressiva do Modernismo, não temos, da lógica discursiva e da correcção unívoca dos nexos gramaticais, o mesmo conceito que o século XIX alimentou e impôs aos textos antigos, extrapolando para a filologia das línguas modernas o critério idealístico de reconstituição de textos, aplicado às línguas clássicas. De modo que, inteiramente despidos de preocupações que o século XVII, tão agudamente inteligente das subtilezas do sentido, não teve[21], não devemos considerar a pontuação como *acessório da forma externa*, mas como *ingrediente da forma interna*, e apenas corrigi-la (dando sempre o estado do original) onde e quando ela seja manifestamente «vício de pena», e não vício da correcção gramatical, humildemente certos de que esta é criada paralelamente pelo povo e pelos poetas como Camões, para os quais sempre

There are more things in heaven and earth, Horatio,
Than are dreamt of in your philosophy[22].

NOTAS

1 *«Prólogo ao leitor» de «RHYTMAS, de Luís de Camões (...) impressas (...) em Lisboa, por Manuel de Lyra, ano de 1595, à custa de Estêvão Lopes, mercador de livros».*

2 Estêvão Lopes, no prólogo de «Rimas *de Luís de Camões, acrescentadas nesta segunda impressão, impressas (...) em Lisboa, por Pedro Crasbeeck, ano de 1598, à custa de Estêvão Lopes, mercador de livros».* Note-se que o prólogo crítico (anónimo na primeira edição) não foi reimpresso nesta, e reapareceu, já então com assinatura de Soropita, na colectânea de 1616, sendo a assinatura «autenticada» por Domingos Fernandes, no seu pessoal *«Prólogo ao leitor».*

3 Com a ressalva, é claro, da ampliação do *commiato* da canção *Manda-me amor...* e das duas novas estrofes intercaladas na canção *Vinde cá...*

4 Em epígrafe ao texto, em «Rimas, *segunda parte, (...), Lisboa, por Pedro Crasbeeck, ano de 1616, à custa de Domingos Fernandes».*

5 *Nem roxa flor de Abril,* que foi publicada em 1616, sem *commiato.* Na reedição da *Segunda Parte das Rimas,* 1666, revistas por João Franco Barreto, continua sem o *commiato.* Na *Terceira Parte das Rimas,* 1668, foi reimpressa com variantes e o *commiato* que, daí em diante, lhe ficou. É também nesta edição que aparece encabeçada pelos seguintes dizeres explicativos: «Celebra-se uma rara formosura natural sem enfeite algum, e em cada ramo pondera uma parte sua, dizendo que com ela podia render um Planeta».

6 Adiante, em nota, se transcrevem os considerandos de Faria e Sousa. Quanto à «canção» *A vida já passei assaz contente,* que foi ulteriormente extraída da edição de Faria e Sousa para as edições da lírica camoniana, sendo, por isso, o pobre Faria acusado de ter inventado mais essa atribuição, é muito importante revelar que Faria e Sousa *não* a inclui entre as canções de Camões ou a este atribuídas, como uma canção mais, mas sim a dá em *nota* à estrofe 27 da Écloga I, ou, mais exactamente, ao último verso dessa estrofe: «se muda o feminino pensamento» (tomo V, pp. 184-185). E informa o seguinte: «...en el último manuscrito que vi está una canción con este título: A la muerte de Don Antonio de Noronha, y fíngese que la escrivó una Señora. (...) La canción está escrita con mucha limpieza. Pero el estilo no es de mi poeta ni pudo conocer de quien sea.

(...) Si mi Poeta la hizo, disfraçó el estilo, por ventura, para que pareciesse que la avia escrito Doña Margarita». É nestes comentários do desprezado Faria e Sousa que se encontra a fonte da interpretação que Storck deu da Écloga I, ligando a morte de D. António de Noronha (de que a écloga é epicedicamente o lamento) e a paixão não correspondida que este fidalgo teve pela D. Margarida, que logo casou — diz Faria que por ser filha obediente, e não por não estar dorida de não ter correspondido ao defunto — com D. João da Silva (Portalegre). É de notar que Álvares da Cunha, cujas quatro canções são precisamente as que Faria e Sousa dá, no seu original, como inéditos novamente revelados, *não* publicou *A vida já passei assaz contente,* como afinal também Faria e Sousa não a «publicava». Os editores seguintes, porém, procederam de outro modo, e Storck, na sua tradução, como eles, o que Carolina Michaëlis não deixou escapar (Cf. *Zeitschriften für romanische Philologie,* vol. 7, 1883, p. 153).

[7] Com, por exemplo, este estranho argumento em crítica de textos: ter «a seu favor este selo camoniano — a beleza e a graça», Hernâni Cidade, ed. cit., na nota 9, p. 373. Dir-se-ia que estas duas características, juntas, são critério definitivo quanto à autenticidade de um texto camoniano. E, segundo o mesmo critério, não se vê por que razão a profundidade do pensamento e a linguagem típica, mais impressionisticamente verificáveis e camonianas, não arrancam a Miguel Leitão de Andrade a hipotética autoria da canção *Quem com sólido intento...*

[8] O texto de *Não de cores fingidas* apareceu pela primeira vez, e como inédito de Camões, no n.º 5, Outubro de 1889, da revista *Círculo Camoniano,* dirigida por Joaquim de Araújo. Fernandes Tomás, que apresentava o poema, fazia-o preceder do soneto *Olhos de cristal puro que vertendo,* que, no manuscrito que ele descobrira, está, a fl. 150 v.º, atribuído a Camões, e entre dois sonetos que igualmente aí lhe são atribuídos, o primeiro também «inédito» (e que, apesar de Carolina Michaëlis no seu estudo sobre esse cancioneiro nada ter contra ele, não passou ainda às edições de Camões, como nenhum dos outros nas mesmas condições), e o segundo publicado por Faria e Sousa na sua edição das rimas, e que o índice de Pedro Ribeiro atribui a Diogo Bernardes.

[9] Luís de Camões, *Obras Completas,* Clássicos Sá da Costa, Lisboa, 1946, vol. III, pp. 374 e 375.

[10] Feitas, por exemplo, em *O Cancioneiro Fernandes Tomás,* Coimbra, 1922.

[11] É o caso de H. Cidade, na edição citada. Não fazemos especial referência, no texto, à edição Aguilar da *Obra Completa,* de Camões, organizada por Salgado Júnior, e publicada em 1963, porque, em matéria de autorias ou não autorias, não obedece a qualquer critério, mas a todos... António Salgado Júnior inclui, é claro, as dez canções canónicas, mais os dois textos (1616 e Juromenha) de *Manda-me Amor,* etc.; mas inclui igualmente as apócrifas *Porque a vossa beleza,* etc., *Nem roxa flor de Abril* e *Por meio dumas serras mui fragosas.* O critério de inclusão é perfeitamente absurdo e aleatório, não só porque em nada se distingue das arbitrariedades dos editores anteriores, como porque é, declaradamente, somatório delas. A razão pela qual aparecem, na edição, os textos

de *Nem roxa flor de Abril* e *Por meio dumas serras mui fragosas* não resulta de investigações ulteriores. Apenas, na edição, foi incluído tudo o que qualquer dos editores «modernos» (e por que não os «antigos»?...) alguma vez incluiu, ainda que houvesse exclusão por parte de outros. E, como para a comparação «autoral», Salgado Júnior considerou também a velha *Antologia Portuguesa — Camões Lírico,* vol. V, Lisboa, 1935 (a publicação desta antologia da lírica de Camões vinha fazendo-se, na colecção, desde 1923), organizada por Agostinho de Campos, e como este inclui aquelas duas canções apócrifas (apesar de apenas em apêndice, uma porque é «curiosa», a outra porque «se ajusta biograficamente — em quê? perguntaremos — à autoria, pelo menos segundo a chave histórica encontrada» por José Maria Rodrigues...), incluiu-as também. Nada disto, como se está vendo, tem que ver com crítica de qualquer espécie, e foi o que minuciosamente demonstrámos em *O Camões da Aguilar,* série de cinco artigos sucessivos de análise dos diversos aspectos daquela infeliz edição, que apareceram no suplemento literário de *O Estado de S. Paulo,* de 25 de Janeiro a 22 de Fevereiro de 1964, e que, revistos e ampliados, estão no prelo no nosso volume *Estudos Camonianos, etc.* [ver *Trinta Anos de Camões,* 2 vols. Lisboa, 1980]

12 *Ob. cit.,* pp. 85 e 86.

13 O *Cancioneiro do Padre Pedro Ribeiro,* provavelmente de 1577, dele só resta o índice. A canção é *Crecendo vai meu mal de hora em hora,* que está a fls. 132 e seguintes do Ms. Luís Franco, depois do soneto então inédito, *O dia que nasci moura e pereça,* uma das mais extraordinárias das composições atribuídas a Camões, e aceito pelos editores mais recentes. Note-se que não é verdade o que, deste soneto, diz Carolina Michaëlis, para defender-lhe a autoria sedutoramente camoniana. Ele *não está,* naquele Ms., *entre dois* sonetos da edição de 1598. Está, sim, *em último lugar,* depois de uma série de 45 sonetos sem indicação de autoria, dos quais, dispersamente, três dúzias têm sido indiscutíveis na autoria camoniana: 22 de 1595, 10 de 1598, 1 de 1616, 2 de 1668 (diga-se de passagem que é o facto de figurarem, sem indicação de autoria, nesta misturada de sonetos, o que tem garantido a permanência, no cânone camoniano, destes dois últimos...). Juromenha, ao transcrever para a sua edição o texto da supracitada canção, procedeu a uma falsificação consciente. O vocativo que ele põe no texto — «Senhora» —, e que Teófilo Braga aceitou nas suas edições, não é o que figura no original apógrafo ou apócrifo: «Pastora». É evidente que foi a estrutura de canção o que terá sugerido a mudança, para tirar ao texto o carácter pastoril, e também o critério muito oitocentista de atribuir-se a erro de cópia — «corrigido» sem aviso aos incautos... — o que nos parece inconforme com a nossa interpretação. O contrário também se verificava: Storck, por exemplo, tão germanicamente fero com as «falsificações» de Faria e Sousa, as «ingenuidades» de Juromenha e as «leviandades» de Teófilo, não menos baseou o seu estudo e as suas traduções nas lições do mesmo Teófilo, e não menos aceitou composições duvidosas que podiam (?) ser integradas no seu esquema biográfico. E a férula de Carolina Michaëlis, nas suas notas à tradução que fez da biografia, quase sempre arranja maneira de desculpá-lo.

61

14 *Não de cores fingidas* figurará a fl. 52 do códice, entre uma canção de Elói de Sá Sottomaior e um soneto de Fernão Correia de Lacerda, ou a eles atribuídos, já que as atribuições daquelas *Flores várias* não são de inteira confiança (a menos que se aceite sem discussão a derrocada de algumas atribuições camonianas tradicionalmente incontestadas), e que não pode recorrer-se ao critério dos grupos de autoria provável, uma vez que, naquele manuscrito, as composições atribuídas aos diversos autores estão todas misturadas sem qualquer arremedo de agrupamento.

15 O *Rosian de Castilla* de Joachin Romero de Cepeda, cujo título completo é *La hystoria de Rosian de Castilla que trata de las grandes aventuras que en diversas partes del mundo le acontecieron, traducida de latin,* existe, e foi efectivamente impresso em Lisboa, por Marcos Borges, em 1586. A obra é mencionada no *Catálogo,* 1899?, do marquês de Jerez de los Caballeros, e por Rodríguez-Monino (*Curiosidades bibliográficas,* Madrid, 1946), segundo informa a magnífica obra *Printed Books 1468-1700 in The Hispanic Society of America* — a listing by Clara Louisa Penney — New York, 1965, que só nos foi possível consultar já depois de impresso o texto do presente volume. O frontispício do precioso exemplar que pertence àquela ilustre sociedade é reproduzido a pp. 441 de *A History of the Hispanic Society of America | Museum and Library | 1904-1954 | with a survey of the collections,* by members of the Staff, New York, 1954. Na biblioteca daquela sociedade, Romero de Cepeda ainda figura, além das suas *Obras,* Sevilha, 1582, e de uma «antigua memorable y sangrienta destrucion de Troya», impressa em Toledo, em 1583, com um folheto (por cópia) de interesse português: *Famosíssimos Romances: el primero trata de la venida a Castilla del señor don Sebastian, rey de Portugal; el segúdo y tercero tratã de la solennidad cõ q̃ fue recebido a la puerta de sancta Marina* (s/l, s/d — 1576-77?).

Por gentil informação de Clara L. Penney, que é «Curator of Manuscripts and Rare Books» da HSA, foi-nos possível em tempo saber que Rodríguez--Moñino, nas suas *Curiosidades,* estuda o livro em causa, num artigo chamado *Un libro español perdido en Lisboa y hallado en New York* (pp. 5-16); e que o manuscrito encadernado no fim do volume será descrito por aquele professor e por Maria Brey, como o n.º X do *Catálogo de los manuscritos poéticos castellanos existentes en la biblioteca de The Hispanic Society of America (siglos XV, XVI, y XVII),* que está prestes a ser publicado. O exemplar do *Rosian de Castilla,* pertencente à HSA, é, pois, o mesmo que foi da biblioteca da Academia das Ciências de Lisboa, e cujo apenso manuscrito Teófilo Braga usou. Deste ms. nos ocuparemos devidamente, após a publicação da obra de R. Monino e M. Brey.

16 São as canções *Bem-aventurado aquele que ausente* e *Porque a vossa beleza a si se vença,* que, segundo o índice publicado por Carolina Michaëlis (*Mitteilungen aus portugiesische Handschriften* — I — Der Cancioneiro Juromenha, Leipzig, 1880), não figuram neste cancioneiro, que eram dois manuscritos encadernados juntos: o primeiro, contendo poesias de Camões, Bernardes, Caminha, Manuel de Portugal, Jorge Fernandes (Frei Paulo da Cruz), etc., e o segundo, de letra diferente, contendo poesias de Sá de Miranda, ou supostas dele. Na sua edi-

ção deste poeta, Halle, 1885, Carolina Michaëlis serviu-se também desse segundo dos manuscritos que constituíam o *Cancioneiro Juromenha*. Nas notas à primeira daquelas duas canções, Juromenha chama a atenção para uma «canção ou ode» de Fernão Álvares do Oriente (1540-1595), «que trás versos inteiros de Camões e alguns lugares desta canção» (vol. II da edição Juromenha, p. 527). A obra de Fernão Álvares que ele quer referir — chama-lhe «edição de 1607» — deve ser a póstuma primeira edição da *Lusitânia Transformada*. Das três canções que dessa obra cita Costa e Silva (*Ensaio,* tomo IV, livro VII, cap. II) nenhuma nos pareceu incluir-se nas analogias apontadas por Juromenha; e o exame da obra não nos revelou o que Juromenha alega.

17 Logo no «Prólogo aos leitores benévolos», e após citar — inserindo-o sem menção de autoria *própria ou alheia* (como aliás faz quase integralmente para os numerosos poemas inseridos na obra) — o célebre soneto *Quando os olhos ponho no passado* (que termina com o esplêndido verso «Triste o que espera, triste o que confia»), Leitão de Andrade diz o seguinte: «Bem estou vendo que muitos me hão-de notar, por verem neste livro (a que me pareceu chamar Miscelânea ou salada, pela diversidade de cousas que nele vão misturadas) algumas que lhe parecerão alheias, e ditos também alheios; a quem se responde que me mostrem um só livro de quantos até hoje são escritos que não tenha cousas alheias, e antes algumas inteiramente trasladadas». A explicação e a defesa (de mau pagador) são suficientemente claras, para ficarmos sabendo que, na sua grande maioria, os poemas inseridos não serão de Leitão de Andrade, e que alguns deles eram suficientemente conhecidos — ainda que não publicados em livro — para a explicação e a defesa serem necessárias. Aquele supracitado soneto, Álvares da Cunha não o incluiu na sua parte de Camões (1668), embora tenha incluído as canções em causa; foi na edição de Faria e Sousa (postumamente publicada e não completada, em 1685-1688) que o soneto apareceu dado a Camões, e o próprio Faria declara que o viu atribuído a D. Francisco de Portugal (1585-1632), o dos *Divinos e Humanos Versos* (1652) e da *Arte de Galantaria* (1670), e descendente do homónimo do *Cancioneiro Geral e das Sentenças*. Há variantes não muito extensas entre o texto da *Miscelânea* e o da edição de Faria e Sousa, que nos parecem beneficiações introduzidas por este último. Não é verdade, como tem sido dito (por exemplo, por Teófilo Braga, *Camões e o Sentimento Nacional,* Porto, 1891), que o soneto seja uma tradução de Garcilaso de la Vega. Se apontamos o caso deste soneto, precisamente pela inserção do qual Leitão de Andrade sentiu a necessidade das justificações preliminares, foi para dar um exemplo dos critérios dúplices a que têm sido submetidas as atribuições camonianas. De textos que haviam sido inseridos na *Miscelânea*, Álvares da Cunha deu autoria camoniana a cinco sonetos e às três canções em pauta. Na edição de Faria e Sousa, há mais um soneto da *Miscelânea*, que é o referido aqui. Se este soneto que o próprio Faria e Sousa diz ter visto como de D. Francisco é de *autor incerto* (e, quando na incerteza entrava Camões, Faria e Sousa fazia-lhe atribuição duvidosa), não se vê como, pelo critério oposto ao de Faria e Sousa, possam ser igualmente «incertos», externamente, os outros poemas que

Álvares da Cunha publicou, já que não têm mais atribuições conhecidas (salvo um dos sonetos que é Sousa quem diz que o viu em nome do marquês de Alenquer). E muito menos se vê como três dos seus sonetos comuns à *Miscelânea* e à edição Álvares da Cunha passaram à edição de 1932 e à edição Hernâni Cidade, quando as canções e os outros sonetos eram excluídos... Costa Pimpão, na sua edição, Barcelos, 1944, exclui tudo o que, em Álvares da Cunha, aparece com lição igual à de Faria e Sousa, por considerar que, nestes casos, Cunha se servia dos papéis de Faria, que não lhe merecem confiança. Mas, então, igualmente não se entende porque, dos sonetos com lição independente nas duas edições, Pimpão repele dois dos dez que a edição de 1932 havia incluído, e inclui sete que ela não havia aceitado, enquanto Hernâni Cidade, destes sete, apenas inclui cinco... No caso de Faria e Sousa, que tão honestamente aponta atribuições várias a outros autores (que podia ter ocultado, e que nunca ninguém mais encontrou), ainda há que distinguir entre o problema das atribuições camonianas e o problema da revisão dos textos. Na verdade, Faria e Sousa «corrigiu» também o que já estava anteriormente publicado; mas isso não impede que, com reservas quanto à autenticidade das lições (e quanto às atribuições, quando insuficientemente justificadas pelos critérios actuais), aceitemos em princípio as atribuições que a erudição e a crítica interna não desmintam cabalmente. É pena que não tenhamos outros textos; mas, corrigidos por Faria e Sousa, não serão menos de Camões que corrigidos por outro qualquer editor moderno... Isto não é considerar Faria e Sousa infalível ou impecável; mas é não reconhecer que outros, em vez dele, o sejam, sem melhores provas. É de notar que a *Miscelânea,* de Leitão de Andrade, não contando os poemas votivos ou as dedicatórias prologais em verso, contém uma centena de poemas vários: 44 sonetos, 9 canções ou odes, 2 composições em *terza rima,* 1 em oitavas, 3 poemas «arcaicos», 8 «romances», mais de 30 composições em redondilhas várias. Desta centena de poemas, Leitão declara expressamente da autoria de *outros* (que nomeia ou não) apenas 6; mas declara expressamente *seus* (ou do contexto se pode deduzir que o são) apenas uns 12. Os restantes, cerca de 80, estão mais ou menos habilmente inseridos no texto miscelânico, ou na novela pastoril-cavalheiresca que está dispersa ao longo dele. Dos 44 sonetos (e não contando uma versão castelhana do celebrado soneto *Se grande glória, etc.,* atribuído a todo o mundo), só 7 passaram às obras de Camões (6 em 1668 e 1 na edição de Faria e Sousa); e, da dezena de canções ou odes, só 3 (em 1668). E, se o critério «extractivo», em relação a Camões, tivesse sido *apenas* a «qualidade», muitos outros poemas poderiam Álvares da Cunha e Faria e Sousa ter forrageado na *Miscelânea,* para aumentarem o *corpus* camoniano, a menos que só *daqueles* poemas não houvesse, que eles conhecessem, claras atribuições diversas. E, com efeito, para os 8 sonetos e as 3 canções em causa, não se conhecem ainda hoje outras atribuições, a não ser para 2 dos sonetos (e é o próprio Faria e Sousa quem as revela, tendo resolvido em favor de Camões o benefício da dúvida). As autorias e publicações de muitos dos sonetos inseridos na *Miscelânea* foram estudadas por Carolina Michaëlis, na sua já citada *Investigação.* Já em 1883, C. M. (*ZRPh,* vol. 7, pp. 151 e 152), ao discutir a edição (traduzida) de Storck, comentara de passagem o caso da *Miscelânea,* cujas três canções comuns a Faria e Sousa e a Álvares da Cunha o erudito alemão aceitara também, embora com reservas quanto a *O pomar venturoso.* A discussão de C. M., se envolve implicitamente as três canções, convém acentuar que se refere *apenas àquela,* sem que as outras duas sejam sequer estudadas. E é tudo, aí, quanto a elas.

[18] Das três canções em conjunto, o que Faria e Sousa diz, diversamente do que tem sido deturpadamente citado, é (tomo III, p. 99): «Desta canción *(O pomar venturoso),* y de las dós que se siguen, digo que en mis manuscritos están entre varios poemas de Camoens, mas no que tengan por encima su nombre, como no le tienen otros que conocidamente son suyos, aunque otros lo tengan». E seguidamente chama a atenção para os erros de cópia e de impressão, de que os três textos haviam sido vítimas na *Miscelânea,* e que, independentemente de beneficiações ulteriores que os textos tenham sofrido, são na verdade clamorosos. Na edição de Álvares da Cunha, em que, antes de publicada a edição de Faria e Sousa (cujos originais o Cunha terá compulsado), as três canções foram atribuídas a Camões, elas vêm precedidas desta nota *(Terceira Parte das Rimas,* 1668, p. 79): «As três canções seguintes andam, com muitos erros, impressas nas Miscelâneas de Miguel Leitão, é certo serem de Luís de Camões, como se colhe de alguns manuscritos, a quem seguimos, e com quem as emendámos». Observe-se que há entre esta nota de Álvares da Cunha e o que Faria e Sousa, pelos azares da obra póstuma, veio a dizer vinte anos depois (porque o tomo III é de 1688) muita coincidência. Mas, se muitos poemas acrescentados por Álvares da Cunha e por Faria e Sousa apareceram com outras atribuições, a verdade é que, para muitos outros, a atribuição que eles deram, ou não é desmentida por qualquer manuscrito ou volume conhecido, ou é confirmada por Luís Franco, por Pedro Ribeiro, ou pelo *Cancioneiro Fernandes Tomás.* Da canção *Quem com sólido intento,* diz Faria e Sousa que ela é muito próxima imitação de uma canção do italiano Luigi Groto, já que alguns passos são quase tradução. Alarga-se em considerações sobre qual dos dois poetas — o presumível Camões ou Groto — podia ter lido o outro. E afirma que tal canção, em português, naquele tempo, só podia ter sido escrita por Camões, por Soropita (que escreve Surrupita); e por Martim de Crasto ou Manuel Soares de Albergaria (III, p. 103). Para a canção *Por meio de umas serras, etc.,* diz (III, p. 111) que o seu estilo é de Camões, e que a existência, nela, de versos de 3 sílabas (4 para ele) tinha antecedentes ou contemporaneidade em Gil Polo (duas canções insertas na sua continuação da *Diana),* o que é verdade mas com quatro sílabas de hoje, e em Lopez Maldonado (com 4 sílabas pela contagem antiga), o que não pudemos verificar. Adiante, ao estudarmos detalhadamente a forma externa desta canção apócrifa, nos ocuparemos das suas analogias com aquelas duas de Gil Polo.

Os poemas de Luigi Groto foram publicados em volume — o que Faria e Sousa não ignora — em 1577. A hipótese de que o presumível Camões autor conhecesse Groto (poeta italiano uns quinze anos mais novo, e tardiamente recompilado, sobretudo para a vida de um Camões ausente da Europa) em manuscritos parece frágil, a menos que pudesse tê-lo encontrado em qualquer compilação impressa — desconhecida ou não relevada pela erudição —, das muitas que, nessa época, os prelos italianos lançaram. E dificilmente Camões, mesmo nesta outra hipótese, poderia tê-lo conhecido antes de 1570, o que tornaria a canção «apócrifa» uma composição muito tardia. Mas, quanto às analogias que Faria e Sousa encontra e não pudemos conferir, poderia acontecer que tanto Groto, como o Camões apócrifo, tivessem, para a imitação, uma fonte comum que escapou — o que, concordemos, era muito improvável... — à informação de Faria e Sousa.

O caso das analogias de forma externa entre a «apócrifa» *Por meio de umas serras, etc.* (e também a sua análoga, publicada por Juromenha), e canções de Gil Polo e de Gabriel Lopez Maldonado (poeta cujas datas de nascimento e morte se desconhecem, mas que ainda vivia em 1615, quando foi publicado um seu opúsculo sobre acontecimento ocorrido nesse mesmo ano), podemos analisá-lo — antes de exame comparativo — à luz da cronologia. Maldonado fez parte do grupo madrileno de poetas constituído pelo autor da *Araucana,* Alonso de Ercilla (1533-1594), por Pedro de Padilha (?-1595), Cervantes (1547-1616), Galvez de Montalvo (1549-1591?) e Vicente Espinel (1550-1624), músico e autor do *Marcos de Obregon.* É de crer que Maldonado, tendo morrido depois de 1615, não seja muito mais velho que Cervantes ou Espinel, já que, entre o mais velho e mais moço deste grupo há dezassete anos de diferença no nascimento e trinta na morte (não tendo Espinel vivido pouco). Terá nascido por volta de 1540. A compilação dos seus poemas, *Cancionero,* apareceu em 1586. *El Pastor de Filida,* de Montalvo, em que se continua a maneira romanesco-pastoril de Montemor e de Polo, é de 1582 (a obra teve reedição em Lisboa, 1589). As *Rimas* de Espinel são de 1591. A primeira parte da *Araucana* era de 1569; mas a segunda parte apareceu em 1578. O *Tesoro* de Padilha é de 1575. A *Diana Enamorada* de Polo é de 1564. Todo este movimento — se assim se pode chamar —, e em que, para canções italianizantes, há as duas canções extravagantes de Polo, cujo esquema Maldonado imita (ou é Polo quem imita de Maldonado), se desenvolve, portanto, depois de 1564, tendo o seu ácume na década de 80. É difícil aceitar que, a menos que por desfastio de poeta mais que maduro e cansado, Camões tivesse experimentado, após Polo e Maldonado, esquema que implicava uma composição de índole ligeira e galante, como aliás são de certo modo ambas as «apócrifas». A não ser que — e, no plano das hipóteses, tudo até certo ponto é possível — não fossem composições tão tardias, mas resultado, num Polo e no presumível Camões, da experimentação de um mesmo esquema ignorado por nós e que o próprio Polo chama «provençal». A este respeito, note-se que um dos mais prestigiosos dos provençais, Arnaut Daniel (o único provençal citado, um século antes, pelo marquês de Santillana), usou habilmente de metros curtíssimos, nas suas canções; e que, pela mesma época da *Diana Enamorada* de Gil Polo, a poesia medieval, e em especial a *provençal,* era valorizada em França, pelo humanista Étienne Pasquier (1529-1615), cujo livro I das *Recherches de la France* é publicado em 1560. (Cf. V. L. Saulnier, *La littérature française de la Renaissance,* Paris, 1957).

A propósito da *Araucana,* e a título de curiosidade, note-se que A. J. Anselmo menciona uma edição lisboeta da 1.ª parte, de 1582, e uma da 2.ª parte, com data de 1569 (do mesmo impressor António Ribeiro, que trabalhou entre 1574 e 1590), que ele acha errada, «sem dúvida do mesmo ano ou pouco posterior à 1.ª» (p. 277). Ora a edição lisboeta da 2.ª parte teria de ser posterior à 1.ª edição dela (1578), já que não há notícias de, nem é possível segundo os estudos ercillianos, uma 1.ª edição lisboeta anterior. Nada impede, porém, que o único erro seja, nessa edição lisboeta, 69 por 79 (MDLXIX por MDLXXIX), e que a edição lisboeta, da 1.ª parte seja ulterior à edição lisboeta da 2.ª parte. Na vida editorial quinhentista, e com o internacionalismo peninsular do trabalho dos impressores, seria perfeitamente normal que isso acontecesse.

19 Veja-se o que diz Rodrigues Lapa, em *Líricas de Camões,* Textos Literários, «Seara Nova», 2.ª ed., Lisboa, 1945, p. XVI, mais adiante citado.

20 As mais recentes considerações sobre o problema da pontuação nos autores do século XVI, e sua relação com a tipografia, devem ser as de Rudolph E. Habenicht, na introdução à sua edição diplomática e crítica de *A Dialogue of Proverbs,* de John Heywood (University of California Press, Berkeley, 1963, pp. 86-89), chegada às nossas mãos muito depois da redacção deste estudo. Esta obra de Heywood (1497-1580), um dos grandes precursores da Época Isabelina, foi primeiro impressa em 1546 e teve ao longo do século uma enorme popularidade. Diga-se de passagem — e em reserva de um estudo a fazer — que esse «diálogo» é do maior interesse comparativo para o estudo de obras importantes da literatura e da cultura portuguesas dos séculos XVI e XVII, como a série de tratados sobre o matrimónio (*O Casamento Perfeito,* de Diogo de Paiva de Andrada, *O Espelho de Casados,* do Dr. João de Barros, a *Carta de Guia de Casados,* de Francisco Manuel de Melo, etc.), o teatro para leitura ou novela dialogada (como *Eufrósina,* de Jorge Ferreira de Vasconcelos), e obras que coleccionam anexins e expressões idiomáticas (como *Feira de Anexins,* de Francisco Manuel de Melo), havendo, das fontes destas últimas, interessantes anotações de E. Asensio, no prólogo da sua edição de *Eufrósina,* segundo o texto príncipe (Madrid, 1951). Mas o que nos importa aqui são os comentários de Habenicht acerca da pontuação de Heywood e a do impressor, apoiado em pesquisa sua e nas últimas investigações sobre o assunto.

Observa ele que, entre os manuscritos *autógrafos* de Heywood, que se conhecem (uma carta particular muito longa e o texto de uma das suas peças teatrais), e o texto impresso do *A Dialogue of Proverbs,* não há qualquer coincidência de sistemas de pontuação. Nos autógrafos, a pontuação é praticamente inexistente, enquanto é profusa naquele texto impresso — do que, em princípio, Habenicht conclui que a pontuação é *editorial,* e não do autor. Mas esta pontuação não só não será de Heywood (e o editor não apenas estava imprimindo a obra em vida deste, mas antes de ele se exilar de Inglaterra, por motivos religiosos, o que sucedeu em 1564, no ano do nascimento de Shakespeare), como *não é* uma pontuação gramatical e lógica, em sentido estrito, e sim um compromisso entre «os fins gramaticais e os fins retóricos» — o que é precisamente o que podemos observar nos textos camonianos, tal como os séculos XVI e XVII os publicaram. Apoiado em estudos sobre a pontuação de Thomas More, Shakespeare, Ben Jonson, e até de Milton (no manuscrito de *Paradise Lost*), Habenicht aponta as características *retóricas* da pontuação deles, e cita a afirmação de Jonson sobre não ter a pontuação outro papel senão «a mais clara elocução das coisas ditas». Não é porém tudo ainda. Um estudo (1952) citado sobre a influência litúrgica na pontuação medieval mostra que, na poesia da Idade Média, a notação gráfica do canto gregoriano — que indicava as inflexões da voz — passou para a fixação escrita dos textos literários. Habenicht daí deduz que, no século XVI, se terá dado uma confusão gráfica entre a sinalização pontuadora dos textos antigos (ou de autores lidos neles) e a necessidade tipográfica de uma pontuação gramatical que, pouco a pouco, vai ganhando a partida. É, diríamos nós, a transformação da literatura escrita, para ser lida em voz alta e ouvida, em literatura impressa, para ser lida mentalmente, e que a difusão da tipografia propiciou, alterando radicalmente as exigências de clarificação gramatical, ortográfica, etc., que precisamente a partir dos meados do século XVI, de par com o triunfo literário da «língua vulgar», se tornam uma preocupação geral. Por considerações desta ordem, Habenicht, na sua edição, ateve-se ao seguinte critério: «A pontuação do *Diálogo* de Heywood — diz ele —, quer difira do padrão geral da pontuação adentro do próprio texto, quer dos métodos modernos de pontuação, não é necessariamente *incorrecta*. Deve portanto ser mantida tal como está, e não ser ‹modernizada›». De resto, ainda há pouco foi feita a sensacional descoberta de que a estranha pontuação de Emily Dickinson (1830-1886), o grande «poeta» norte-americano, que tanto afligia os seus mais conscienciosos «editores» (é sabido que a sua obra ficou inédita, e que os raros poemas que publicou em vida foram, para tal, atrevidamente «revistos»), é uma pontuação *retórica,* baseada nos sinais gráficos para leitura em voz alta, aconselhados pelo manual de retórica adoptado na escola que ela frequentou (Cf. Edith Perry Stamm, «Poetry and Punctation», em *Saturday Review,* de 30-3-63). Quanto às preocupações gramaticais e ortográficas, no uso da nossa língua vulgar, é de notar que a *Gramática* de Fernão de Oliveira, a primeira, foi publicada em 1536, seguindo-se-lhe a de João de Barros, e nelas havia estudos ortográficos. Mas as «regras de ortografia» de Magalhães Gandavo são de 1574, e a «ortografia» de Nunes do Leão é de 1576. Oliveira e Barros, com as suas gramáticas, precedem de alguns anos o início desses estudos sistemáticos em França, por Louis Meigret, em opúsculos publicados em 1542-1551, e por Pelletier de Mans, que combate (1544) pela ortografia fonética. A todos precedera, porém, em 1492, António de Nebrija com a sua *Gramatica Castellana,* moldada aliás nas estruturas latinas, e não numa investigação das categorias castelhanas. Esta precedência do castelhano, ao contrário do que poderia depreender-se e tem sido castelhanamente depreendido, não significará que, na atenção culta ao vernáculo, a Espanha estava adiantada meio século sobre o resto da Europa, mas que a tal ponto a cultura huma-

68

nística o não sobrelevara, que um estudioso da categoria de Nebrija era arrastado a atentar na língua nacional, antes do que acontecia no resto da Europa. A manutenção político-social de estruturas arcaizantes, em que a Espanha foi sempre tão constante, e as necessidades imperialísticas de Castela em relação aos outros «reinos» espanhóis (que o eram também linguísticos), terão contribuído decisivamente para uma precedência que é, afinal, uma manobra de retardamento político. Quanto a Portugal e Camões, convém sublinhar que as preocupações gramaticais e ortográficas têm um início sistemático quando Camões entra na adolescência (pelo que terá sofrido o impacto da primeira vaga), e um renovo à volta de 1575, quando *Os Lusíadas* já foram impressos e Camões está perto da morte. Mas é bom não esquecer que as «regras» de Gandavo (para cujo tratado do Brasil Camões escreveu um soneto e um «capítulo») foram impressas pelo mesmo impressor da 1.ª edição de *Os Lusíadas* (António Gonçalves), enquanto o livro de Nunes do Leão foi impresso por João de Barreira, impressor de Castanheda, João de Barros, Jorge Ferreira de Vasconcelos, Heitor Pinto, António Galvão, António Tenreiro, André de Resende, e das comédias de Sá de Miranda. Seria interessante investigar em que medida as duas teorias ortográficas (concorrentes por volta de 1575) influenciaram os trabalhos dos dois impressores e penetraram nas obras dos autores impressos por eles. Acerca da chamada «questão da língua» em Portugal, é do maior interesse, pela informação e inteligente compendiação crítica, a introdução de Luciana Stegagno Picchio à sua edição do *Diálogo em Louvor da nossa Linguagem,* de João de Barros (Modena, 1959). É igualmente muito sugestivo, na sua relativa brevidade, o estudo de Menéndez Pidal, «El lenguaje del siglo XVI», primeiro publicado em 1933, e coligido no volume *La Lengua de Cristóbal Colón* (Col. Austral, Buenos Aires, 1942). Pidal considera, no século XVI castelhano, quatro períodos: o de Nebrija, correspondente ao primeiro quartel do século; o de Garcilaso, de 1525 até cerca de 1555; o dos grandes místicos, daí a 1585; e o de Cervantes e Lope de Vega, de 1585 a 1617. No primeiro, dão-se, sob a égide da latinização, a fixação e a expansão do idioma; no segundo, ao andaluzismo em que assentara o período anterior, segue-se um castelhanismo fortemente influenciado pela cultura italiana; no terceiro, a linguagem cortesã italianizada nacionaliza-se segundo um castelhanismo arcaizante; no quarto e último período, a linguagem dos escritores torna-se literária, especificamente afectada pelas grandes individualidades estilísticas. Até certo ponto — e a discussão não cabe aqui — o esquema é válido para a literatura portuguesa quinhentista, e, do ponto de vista da periodologia que defendemos para ele, coloca acertadamente Cervantes e Lope de Vega como *maneiristas,* na sequência do movimento iniciado por Camões. Do mesmo modo, Pidal, para todos os efeitos, dá o «Século XVII» (ou seja, a Época Barroca) como iniciando-se no fim do primeiro quartel dessa centúria. Análise de Pidal mais subtil, e incidindo na evolução de Lope de Vega, é a contida no seu estudo «El lenguaje de Lope de Vega» (incluído no volume *El Padre Las Casas y Vitoria, con otros temas de los Siglos XVI y XVII,* Col. Austral, Madrid, 1958). Quanto à nossa teoria do Maneirismo literário, ver os estudos do autor citados em vários passos, e em especial «Maneirismo e Barroquismo na poesia portuguesa dos séculos XVI e XVII».

Convém ainda citar, em torno da questão da pontuação, o que diz Juan del Encina, no capítulo IX e final («De cómo se deven escrevir y leer las coplas») da sua *Arte de Poesía Castellana,* primeiro impressa em Burgos, em 1505: «siempre entre verso e verso se ponga coma que son dos puntos uno sobre otro: e en fin de la copla hase de poner colon que es un punto solo». Os dois pontos em fim de verso são muito usados nas impressões quinhentistas de Camões. Quanto à leitura dos versos, Encina insiste numa clara escansão, mas continua «hanse de leer de manera que entre pie e pie se pase un poquito sin cobrar aliento e entre verso e verso pasan un poquito mas: e entre copla e copla un poco mas para tomar aliento». Para bem entender-se este passo, há que ter presente a nomenclatura de Encina, para quem o *pé* é a «unidade» métrica global que constitui um tipo de verso, e este último, coincidindo com o pé, é o que nós chamamos verso, ou, coincidindo com a noção de «versos», a sequência poemática ou copla. Note-se que Encina escreve sem vírgulas, estando a pontuação também marcada com o «cólon»... Desnecessário será encarecer o valor que as teorias de Encina terão tido, pelo menos para a primeira metade do século XVI peninsular. O texto é aqui citado do Apêndice V, que ele constitui, do vol. I da *Historia de las Ideas Estéticas en España,* de Menéndez y Pelayo, ed. Consejo Superior de Investigaciones Científicas, Santander, 1940. Concluamos, acentuando que os textos de Camões, no *Cancioneiro de Luís Franco* (como aliás sucede nos nossos manuscritos quinhentistas), não têm praticamente pontuação alguma.

[21] Cite-se o exemplo da grande figura que foi Francisco Manuel de Melo, acerca do problema da pontuação. Cf. D. Francisco Manuel de Melo, *As 2.ᵃˢ Três Musas,* sel. e pref. de A. C. de A. e Oliveira, Porto, 1945, e em especial o poema *As Ânsias de Daliso,* escrito sem pontuação.

[22] Shakespeare, *Hamlet,* acto I, cena 5.

ESBOÇO DE INQUÉRITO ESTRUTURAL
ÀS CANÇÕES CAMONIANAS

Para darmos início ao nosso inquérito estrutural às canções camonianas, ordenemos todas as canções — as aceites e as tidas por apócrifas — num quadro geral, do qual constem, além dos respectivos elementos mínimos de identificação (número de ordem, data da 1.ª impressão e 1.º verso), os valores característicos que ressaltam de uma observação da sua forma externa. Elas terão: vários números de estrofes (com ou sem *envoi*); diverso número de versos por estrofe, no *commiato* e no total; determinada regularidade na medida dos versos que as compõem; percentagem vária dessas medidas. Serão essas as seis primeiras colunas do nosso quadro geral.

Mas, a uma observação mais atenta do *esquema estrófico* de cada uma, ressaltará, quer para a estrofe, quer para o *envoi,* um determinado arranjo da alternância dos versos de várias medidas, e das rimas que se repetem. Foi o que chamámos, respectivamente, *esquema métrico* e *esquema rímico*. O esquema métrico define-se, na estrofe ou no *commiato,* pelos *grupos de alternância,* ou seja, o número de versos de uma mesma medida, que outra medida separa. São, no quadro geral, as duas colunas seguintes, uma para a estrofe, outra para o *commiato*. O esquema rímico, analogamente, define-se pelos *grupos rímicos,* ou sejam os grupos que constituem conjuntos em que iguais rimas se repetem, e pelo número de rimas no total da estrofe ou do *envoi*[1]. São (separadas para este e para aquela) as quatro colunas seguintes do nosso quadro geral. Numa última coluna, são então registadas as observações ou esclarecimentos que as peculiaridades de cada canção possam exigir.

De posse destes elementos, podemos dividir o inquérito estrutural em duas partes. Na primeira, aplicada às dez canções indis-

71

cutíveis, procuraremos verificar se elas autorizam a formulação de limites e de esquemas «canónicos», e se esses limites e esquemas definem algum cânon ideal. Na segunda parte, examinaremos, à luz desses possíveis resultados, o comportamento das canções apócrifas.

Ulteriormente a essas duas partes, uma terceira terá de ser dedicada à orientação conveniente para prosseguir-se, em profundidade e em objectividade, o inquérito estrutural. E o cânon das canções será esclarecido, ainda, pela comparação com o das odes de Camões, peças líricas de estrutura afim.

NOTAS

1 Nos estudos de poética e de métrica, que são em geral paralelísticos e não estatísticos, é costume chamar *esquema métrico* ou *paradigma* ao que chamamos aqui, para melhor rigor, *esquema estrófico*, visto que, na notação que habitualmente os estudiosos seguem, ficam incluídos os esquemas de alternância métrica e os esquemas de rima final. Acontece, porém, que a mistura dos dois esquemas numa mesma representação dificulta imenso as comparações «paradigmáticas», já que o esquema de metros pode ser imitado, sem que o seja o de rimas, e vice-versa. Separando-se ambos, como fazemos, as comparações são imediatamente mais claras. Assim, por exemplo, na representação tradicionalmente usada, as canções IV, VI e VIII de Camões seguem o «paradigma» estrófico:

abCabCc deeD fF

A leitura e cotejo dele tornam-se mais claros, se o dissociarmos em dois:

Esquema métrico: 2(6) 1(10) 2(6) 1(10) 4(6) 1(10) 1(6) 1(10).
Esquema rímico: abcabcc deed ff.

Por outro lado, é de notar que os estudiosos, na obsessão de conformarem-se com as divisões internas que as poéticas postulavam para a estrofe, desarticulam os *grupos rímicos,* sem a nitidez dos quais o esquema rímico se dilui para comparação estatística. Assim, eles não escrevem, como escrevemos, o paradigma supracitado, mas:

abCabC cdeeDfF

que, se indica o *piedi* e a *sirima,* não põe em relevo o esquema rímico. E todos sabemos, ou devíamos saber, que aquela divisão interna (ou outras mais complexas) foi sempre um ideal teórico do desenvolvimento da expressão adentro da estrofe, a que raras vezes os próprios poetas que teorizaram dele se conformaram.

QUADRO GERAL

Número de ordem	Data da 1.ª impressão	1.º verso	Número de estrofes (e envoi)	Número de versos			Medida dos versos	Percentagem de versos de 6 ou 3 sílabas	Esquema métrico		Esquema rímico				Observações
				Por estrofe	Envoi	Total			Estrofes	Commiato	Estrofes	Número de rimas	Commiato	Número de rimas	
I	1595	*Fermosa e gentil dama quando vejo*	6+e	13	3	81	10/6	22	6(10) 1(6) 1(10) 2(6) 3(10)	3(10)	abcbacc dede ff	6	a bb	2	—
II	»	*A instabilidade da fortuna*	7+e	16	3	115	»	6	8(10) 1(6) 7(10)	3(10)	abcbacc ddeedfe ff	6	a bb	2	—
III	»	*Já a roxa manhã clara*	5+e	14	5	75	»	35	1(6) 1(10) 1(6) 1(10) 1(6) 1(10) 1(6) 3(10) 1(6) 3(10)	1(10) 1(6) 3(10)	abbaa ccddc eefe (1)	6	a bbcb (1)	3	(1) O penúltimo verso das estrofes e do *envoi* não é solto; rima com a 4.ª sílaba do seguinte e último.
IV	»	*Vão as serenas águas*	4+e	13	8	60	»	68	2(6) 1(10) 2(6) 1(10) 4(6) 1(10) 1(6) 1(10)	2(6) 1(10) 2(6) 1(10) 1(6) 1(10)	abcabcc deed ff	6	abcabc dd	4	—
V	»	*S'este meu pensamento*	6+e	15	3	93	»	66	2(6) 1(10) 2(6) 1(10) 4(6) 1(10) 1(6) 1(10) 1(6) 1(10)	1(10) 1(6) 1(10)	abcabcc deedde ff	6	a bb	2	—
VI	»	*Com força desusada*	8+e	13	3	107	»	68	2(6) 1(10) 2(6) 1(10) 4(6) 1(10) 1(6) 1(10)	1(10) 1(6) 1(10)	abcabcc deed ff	6	a bb	2	—
VII	» (1)	*Manda-me amor que cante docemente*	6+e	15	7	97	»	22	8(10) 1(6) 1(10) 1(6) 2(10) 1(6) 1(10)	1(6) 1(10) 1(6) 2(10) 1(6) 1(10)	abcabcc dd effe gg	7	a bccb dd	4	(1) Com a adição de 1598 no *envoi* (mais dois versos). A versão de 1616 repete exactamente todas as quantidades e esquemas da versão de 1595-1598, com uma excepção no rímico das estrofes que começa *abcbacc*. A variante de 1861 também as repete exactamente e sem aquela excepção; apenas o *envoi* dela tem 3 versos só, de que decorrem as seguintes diferenças: número total de versos: 94; percentagem de versos de 6 sílabas: 20; esquema estrófico do *envoi*: 1(10) 1(6) 1(10); seu esquema rímico: *a bb*. Em 1595, faltava o verso 58.
VIII	»	*Tomei a triste pena*	5+e	13	3	68	»	68	2(6) 1(10) 2(6) 1(10) 4(6) 1(10) 1(6) 1(10)	2(6) 1(10)	abcabcc deed ff	6	a bb	2	—
IX	»	*Junto de um seco, fero e estéril monte*	8+e	15	3	123	»	20	8(10) 2(6) 3(10) 1(6) 1(10)	1(10) 1(6) 1(10)	abcbacc deffed gg	7	a bb	2	—
X	» (1)	*Vinde cá, meu tão certo secretário*	12+e	20	9	249	»	5	9(10) 1(6) 10(10)	9(10)	abcbacc deed fghhgff ii	9	abcbaa dd	4	(1) Com as duas estrofes de 1598.
XI	1616(1)	*Nem roxa flor de Abril*	7+e	9	5	68	»	43	1(6) 1(10) 1(6) 1(10) 1(6) 2(10) 1(6) 1(10)	1(10) 1(6) 3(10)	abaccbb dd	4	abbaa	2	(1) Contagem incluindo o *envoi* apócrifo, que a impressão de 1616 não fornecia.
XII	1668(1)	*Oh pomar venturoso*	6+e	13	6	84	»	68	2(6) 1(10) 2(6) 1(10) 4(6) 1(10) 1(6) 1(10)	2(6) 1(10) 1(6) 2(10)	abcabcc deed ff	6	abab cc	3	(1) Com a reserva de ser discutível faltarem ou não uma ou mais estrofes.
XIII	»	*Quem com sólido intento*	8+e	12	4	100	»	41	1(6) 1(10) 1(6) 1(10) 2(6) 4(10) 1(6) 1(10)	2(10) 1(6) 1(10)	abbaa cdde efe (1)	6	a bcb (1)	3	(1) O penúltimo verso das estrofes e do *envoi* não é solto; rima com a 6.ª sílaba do seguinte e último.
XIV	»	*Qu'é isto? Sonho? ou vejo a ninfa pura*	5+e	13	4	69	»	45	1(10) 2(6) 1(10) 2(6) 1(10) 1(6) 1(10) 1(6) 3(10)	1(6) 3(10)	abbaa cdceed ff	6	aa bb	2	—
XV	»	*Por meio dumas serras mui fragosas*	11+o	12	—	132	10/3	42	5(10) 5(3) 2(10)	—	abba cc dd ee ff	6	—	—	—
XVI	1685	*A vida já passei assaz contente*	6+o	15	—	90	10/6	27	7(10) 2(6) 1(10) 1(6) 1(10) 1(6) 2(10)	—	abcbacc dd ee ff gg (1)	7	—	—	(1) O último verso da 1.ª estrofe repete-se nas outras, como estribilho.
XVII	1860-69	*Crecendo vai meu mal de hora em hora*	11+e	13(1)	8	151	»	22	7(10) 2(6) 1(10) 1(6) 2(10)	8(10)	abcbacc dd ee ff	6	ababab cc	3	(1) As duas primeiras estrofes têm doze versos, manifestamente faltando um em cada, pela regularidade do esquema.
XVIII	»	*Bem-aventurado aquele que ausente*	8+o	12	—	96	10/3	42	5(10) 5(3) 2(10)	—	abba cc dd ee ff	6	—	—	—
XIX	»	*Porque a vossa beleza a si se vença*	4+o	10	—	40	10/6	20	1(10) 2(6) 7(10)	—	abba cc dd ee	5	—	—	—
XX	1880	*Glória tão merecida*	6+o	9	—	54	»	56	1(6) 1(10) 1(6) 1(10) 2(6) 1(10) 1(6) 1(10)	—	abbaa cc dd	4	—	—	—
XXI	1889	*Não de cores fingidas*	10+o	7	—	70	»	43	1(6) 1(10) 1(6) 2(10) 1(6) 1(10)	—	ababb cc (1)	3	—	—	(1) O esquema rímico registado é de 70 % das estrofes. As estrofes 1 e 4 têm *abbaa cc*.

I
INQUÉRITO ESTRUTURAL À FORMA EXTERNA DAS CANÇÕES «CANÓNICAS»

Se considerarmos as dez canções da edição de 1595, cuja autenticidade é em bloco aceita, como a base de um cânone estatístico das canções de Camões, vejamos o que pode concluir-se do quadro geral anterior, coluna por coluna.

I) *Número de estrofes:*

1. Todas as canções possuem *envoi* ou *commiato*.
2. O número de estrofes varia, com exclusão desse *envoi*, entre 4 e 12. Uma canção tem 4; duas têm 5; três têm 6; uma tem 7; duas têm 8; e uma tem 12. Um valor médio ponderado do número de estrofes, independentemente (é claro) do número de versos, seria cerca de 7. Esse valor médio será de certo modo característico, já que 6 das 10 canções se aproximam dele, entre elas a canção *Manda-me amor*[1].

II) *Número de versos por estrofe:*

O número de versos por estrofe varia entre 13 e 20. Quatro canções têm 13; uma tem 14; três tem 15; uma tem 16; e uma tem 20. Valor médio ponderado do número de versos por estrofe é cerca de 15. Esse valor médio, que coincide com o número de versos por estrofe na canção *Manda-me amor que cante docemente,* seria de certo modo característico, se observarmos que nove das canções se aproximam dele (a média, com exclusão dos 20 versos por estrofe da canção *Vinde cá, meu tão certo secretário,* é 14), três das quais o possuem.

III) *Número de versos por* envoi:

Este número varia entre 3 e 9. Seis canções têm 3; uma tem 5; outra tem 7; e outras duas têm, respectivamente, 8 e 9. Valor médio *não-ponderado* é cerca de 6. A média ponderada é cerca de 5. Só uma (com 5) e outra (com 7) das canções estariam próximas deste valor. É evidente que, neste caso, é a frequência, e não as médias, o que colhe, pelo que o valor 3 seria mais característico que qualquer dos outros.

IV) *Total dos versos:*

1. O total dos versos por canção oscila entre 60 e 249. Nestas condições, um valor médio daria 107. Mas, se excluirmos da média o valor 249 (referente à canção *Vinde cá*), que é mais do dobro do maior valor das outras nove, e que, além disso, teve duas estrofes acrescentadas na edição de 1598, aquela média ponderada desce para 91. As médias simples, dado que nenhum total de versos se repete, coincidem com estes valores. Apenas duas canções se encontram dentro dos limites definidos por 91 e 107. Uma delas é *Manda--me amor que cante docemente.*

2. A amplitude de oscilação é, com a canção X: $249 - 60 = 189$; e sem a canção X: $123 - 60 = 63$.

V) *Medida dos versos:*

1. Pela actual contagem silábica, só há, nas dez canções, versos de 6 ou de 10 sílabas.

2. Todas as canções contêm versos de ambas as medidas.

3. Das dez canções, só 5 se iniciam (e, é claro, cada estrofe nelas, também) por versos de 10 sílabas.

VI) *Percentagem de versos de 6 sílabas em relação ao total do número de versos:*

1. Esta percentagem varia, amplissimamente, entre 5 e 68.

2. Essa amplitude, porém, oferece aspectos interessantes. Assim, numa canção é 5 e noutra é 6. Mas o valor seguinte é 20 para outra canção; e seguem-se 22 para duas, 35 para uma, 66 para uma, e 68 para três. Isto significa que há quatro grupos de percentagem: 5 e 6; 20 e 2×22; 35; 66 e 3×68. A média de todos os grupos é 38. A média de todos, com exclusão do grupo de percentagem mais baixa, é 46. A mesma média, com exclusão do grupo de percentagem mais alta, é 18. É curioso observar que o grupo 20--22, no qual se inclui a canção *Manda-me amor que cante docemente* (quer na versão de 1595-1598, quer na de 1616), é o mais próximo desse valor 18.

VII) *Esquema métrico das estrofes:*

1. A alternância dos versos de 6 e de 10 sílabas é de regra em todas as canções, com a reserva de, em duas delas, o verso de 6 sílabas ser praticamente inexistente (1 por estrofe de 16 ou 20 versos).

2. Cinco canções iniciam-se com verso de 10 sílabas, e outras cinco com verso de 6 sílabas. Nenhuma destas medidas, por si mesma, é característica do início das canções, ou, o que é importante, ambas igualmente o serão.

3. O esquema de alternância e de, dentro da alternância, agrupamento de versos de mesma medida é muito variável. No entanto, é possível apontar algumas recorrências. Referindo-as pelo número de ordem no quadro geral, observamos o seguinte:

1) Nas duas canções (II e X) em que o verso de 6 sílabas é 1 por estrofe, ele encontra-se exactamente a meio (8-1-7 e 9-1-10, respectivamente).

2) Três canções (IV, VI e VIII) repetem um mesmo esquema métrico. Uma quarta canção (V) igualmente repete esse esquema, com a adição de mais dois versos de 6 e 10 sílabas.

3) Quatro canções, a II e a X, supra-referidas, e as VII e IX, têm esquema bastante análogo: início da estrofe, ocupando cerca de metade desta, com verso de 10 sílabas; e um ou dois versos de 6 sílabas seguidos de um ou mais versos de 10. Note-se que o esquema da canção VII representa, neste grupo, o extremo limite da alternância nos versos finais de cada estrofe.

4) A alternância máxima, nas dez canções, cabe à canção III. A alternância mínima, como é óbvio, é partilhada pelas II e X.

5) Os grupos de alternância variam entre um mínimo de 3 e um máximo de 10. O número de versos (de 10 ou de 6 sílabas) varia, para os grupos intermediários da estrofe, que constituem uma alternância propriamente dita, entre 1 e 4, o que significa que esses grupos não excedem nunca (canções IV, V, VI e VIII) uma terça parte da estrofe.

6) A média do número de grupos de alternância é 7, como a canção *Manda-me amor* possui.

VIII) *Esquema métrico do* commiato:

1. Em oito das dez canções, o esquema do *envoi* repete o esquema dos últimos X versos da estrofe, sendo X o número de versos do *envoi*.

2. Das duas em que o não repete (IV e VIII), pelo menos uma é das mais prestigiosas canções camonianas.

IX) *Esquema rímico das estrofes:*

Para melhor observarmos como, segundo as rimas, os esquemas se assemelham ou divergem, comecemos por notar que estes se compõem de vários grupos rímicos, variando entre 2 e 4. E, assim, mantendo a ordem do quadro geral, organizemos um pequeno diagrama em que esses grupos se evidenciem.

QUADRO A

Número de ordem	1.º grupo	1.º sub-grupo	2.º grupo	2.º sub-grupo	Observações
I	abcbacc	—	dede	ff	—
II	abcbacc	—	ddeedfe	ff	Dístico final, com reserva de rimar com um verso do grupo anterior.
III	abbaa	—	ccddc	eefe	f rima com a 4.ª sílaba do último verso.
IV	abcabcc	—	deed	ff	—
V	abcabcc	—	deedde	ff	—
VI	abcabcc	—	deed	ff	—
VII	abcabcc	dd	effe	gg	—
VIII	abcabcc	—	deed	ff	—
IX	abcbacc	—	deffed	gg	—
X	abcbacc	deed	fghhgff	ii	—

Postos em evidência os grupos rímicos das dez canções, há semelhanças esquemáticas que são manifestas. Mas outras, obtidas subtilmente por aumentação de alguns desses esquemas, ainda melhor se revelam, se refizermos o quadro A, ordenando as canções segundo as identidades parciais ou totais dos diversos grupos. É o quadro B, seguinte:

QUADRO B

1.º grupo	1.º subgrupo	2.º grupo	2.º sub-grupo	Número de ordem das canções	Número de canções
abbaa	—	(c)edde	eefe	III	1
abcabcc	—	deed	ff	IV, VI, VIII	3
abcabcc	—	deed(de)	ff	V	1
abcabcc	dd	effe	gg	VII	1
abcbacc	—	(d)effe(d)	gg	IX	1
abcbacc	—	(d)deed(fe)	ff	II	1
abcbacc	(d)ee(d)	(f)ghhg(ff)	ii	X	1
abcbacc	—	dede	ff	I	1
				Total......	10

76

Deste quadro B é possível, com clareza, extrair algumas conclusões:

1. Os agrupamentos rímicos constituem-se por 2 grupos mais numerosos, e há 1 ou 2 subgrupos menos numerosos, para cada canção, em relação àqueles. É o que no quadro é designado pela nomenclatura: 1.º grupo; 1.º subgrupo; 2.º grupo; 2.º subgrupo.

2. Em 9 das 10 canções, o 1.º grupo compõe-se de 7 versos.

3. Precisamente nessas 9, o 2.º subgrupo é de 2 versos emparelhados.

4. Em 8 das 10 canções, o 1.º subgrupo não existe.

5. Existe, porém, em 2 das nove canções supra-referidas nas alíneas 2 e 3.

6. Em 5 das canções, o 1.º grupo é *abcbacc;* em 4 é *abcabcc;* e apenas em 1 é *abbaa.*

7. O 1.º subgrupo, nas 2 canções em que aparece, é *dd,* um par rímico, ou *(d)ee(d),* isto é, um novo par rímico intercalado naquele mesmo par de 4.ª rima da estrofe.

8. O 2.º grupo varia, em número de versos, de 4 a 7. O valor 4 surge para metade das dez canções. Apenas em 1 canção tem 5. Tem 6 em 2 canções. E 7 em outras 2.

9. Nas canções em que o 2.º grupo é de 4 versos, em 4 delas obedece ao esquema *deed* (ou *effe,* que é análogo). Apenas em 1, pois, esse esquema se altera para *dede.*

10. Acontece, porém, que (com excepção dessa canção em que o 2.º grupo é *dede*), para todas as outras 9, esse 2.º grupo é *deed* (ou o análogo *effe*), ou ampliação dessa célula inicial (ou análoga), como se vê no quadro B, onde as unidades rímicas acrescentadas à célula central foram destacadas entre parênteses.

11. Três canções obedecem ao esquema *abcabcc* + *deed* + *ff.* Com intercalação de 1.º subgrupo, igualmente obedece a esquema análogo uma canção (a VII).

12. Observando novamente o quadro, e tendo em conta que, segundo as observações anteriores, 3 canções se aproximam do esquema da canção *Manda-me amor,* e 4 são ampliações e variação dele, esse esquema pode de certo modo ser considerado um *protótipo.*

13. Para esta canção, essa prototipia se torna mais perfeita ainda, considerando-se que, na versão de 1616, o 1.º grupo rímico das estrofes é *abcbacc.*

X) *Esquema rímico do* envoi:

1. 6 canções obedecem ao esquema *a* + *bb;* em que a rima

a é solta. A variante de Juromenha, da canção VII, igualmente obedece a esse esquema.

2. Duas outras canções são variação ampliada desse esquema: a III com acrescentamento de uma célula *cb*, em que *c* rima com a 4.ª sílaba do verso seguinte, o que, desdobrado sem consideração pelos versos, daria um esquema *a + bbccb;* e a VII (variantes de 1595-1598 e 1616), com a intercalação da célula *bccb*.

3. Em duas outras canções, a rima solta inicial deixa de o ser, e é integrada no esquema rímico. Num caso, sem preponderância: *abcabc + dd*. Noutro (a canção X), cabendo-lhe a máxima preponderância rímica: *abccbaa + dd*.

4. Note-se que, no caso (acima referido) sem preponderância rímica, *abcabcdd* é rimicamente (apenas) uma «oitava».

5. Em 9 das canções o *envoi* repete o esquema rímico de um igual número de versos finais da estrofe.

XI) *Número de rimas por estrofe:*

1. Em 7 das dez canções, esse número é 6.
2. É 7 em mais duas, e 9 numa única (a X).
3. O valor médio ponderado é 6,5; do que se conclui que 9 das canções sensivelmente o respeitam, entre elas a canção VII.

XII) *Número de rimas por* envoi:

Contando-se como *uma* a rima solta que figura na maior parte desta unidades estróficas, podemos observar:

1. 6 das canções têm, por *envoi,* 2 rimas.
2. 5 dessas 6 são aquelas 7 que, por estrofe, têm 6 rimas diferentes.
3. 3 das canções têm, por *envoi,* 4 rimas.
4. Essas três canções são: a restante com 6 rimas por estrofe, a restante com 7 rimas por estrofe, e a X que tem 9 por estrofe.
5. Uma única canção (a III) tem, por *envoi,* 3 rimas. É precisamente aquela cujo esquema rímico é ampliação do esquema dominante, com duas.

NOTA

1 Recorde-se o seguinte: o valor médio dos diferentes números de estrofes (ou de qualquer parâmetro) apenas entra com os diversos valores que haja. O valor médio ponderado entra mesmo com os valores repetidos, e é assim uma média geral.

II

ASPECTOS DA VARIABILIDADE RÍTMICA

1) *DAS ESTROFES*

A variabilidade rítmica, ou, se quisermos, as características rítmicas das canções não são definidas por nenhuma das colunas do quadro geral, tomadas isoladamente. Analisemos porquê.

1. A proporção relativa dos versos de 6 sílabas em relação ao total dos versos, definida pela coluna de percentagens, se dá uma ideia, por canção, ou por conjunto delas, da predominância de uma ou outra das medidas, nada permite concluir quanto ao modo como essas duas medidas são chamadas a variar a respiração dos versos. Com efeito, um baixo valor da percentagem significa que o verso de 6 sílabas é raro, e que a medida dominante na canção é o verso de 10 sílabas. Em contrapartida, um alto valor da percentagem significa, por sua vez, que é o verso de 6 sílabas o que predomina. Mas, em qualquer desses dois casos extremos, a variabilidade seria, e é, igualmente mínima. A variabilidade seria, pelo contrário, máxima, quando a percentagem fosse 50... É o que, à primeira vista, parece dever concluir-se. Mas de modo algum isso corresponderia, necessária e suficientemente, à variabilidade máxima. Como não? Basta pensar-se que, se o esquema métrico de uma estrofe comportar apenas dois grupos iguais de alternância (por exemplo, um grupo de cinco versos de 6 sílabas), ainda a percentagem seria 50, sem que a variabilidade, só por isso, deixasse de ser mínima.

2, O número de grupos métricos por estrofe está mais perto de dar-nos essa buscada ideia das características rítmicas. Quanto maior é o número desses grupos métricos, maior é, por certo, a variabilidade dentro da estrofe. Mas essa variabilidade pode ser, e é, largamente atenuada pelo número de rimas e pelo esquema de distribuição delas na estrofe. Com efeito, não é o mesmo que, independentemente das medidas dos versos, se sucedam rimas alternadas ou rimas emparelhadas.

3. Reciprocamente, o número de rimas por estrofe também por si só não é característico de variabilidade maior ou menor. Sem dúvida que um grande número de rimas contribui para que a variação se acentue. Mas isso é muito relativo, já que esse grande número pode apenas estar atenuando a monotonia de uma mesma repetida medida, ou atenuando, pela consonância, as quebras rítmicas da alternância de medidas diferentes.

4. Só, portanto, uma combinação criteriosa desses três valores pode definir-nos, com alguma precisão, a variabilidade conjunta que a interacção deles atribui às várias composições poéticas deste tipo.

5. É óbvio que o resultado dessa combinação criteriosa, se já está muito próximo de definir-nos um índice de variabilidade, ainda não entra em linha de conta com um factor que, menos ostensivo, é igualmente muito importante. Qual será ele? Mais exactamente, esses factores são dois, que, no caso presente das dez canções em causa, podemos designar como: variabilidade tónica dos decassílabos e regime de recorrência dessa variabilidade. Com efeito, a continuidade compacta de versos de 10 sílabas, num mesmo grupo estrófico, pode ser sutilmente variada pela alternância de versos sáficos ou heróicos, ou mesmo de versos de dez sílabas obedecendo a outro tipo de regularidade métrica. Levando ainda a análise métrica mais longe, a classificação dos decassílabos em heróicos, sáficos e «especiais» é bastante superficial. E será preciso entrar em linha de conta com a constituição podálica desses versos, sem o que as subtilezas de dicção introduzidas pelos acentos secundários não seriam devidamente relevadas no estudo estatístico das recorrências rítmicas.

6. Se nos ativermos, por ora, aos seguintes valores: total de versos por estrofe, número de grupos métricos por estrofe, total de rimas por estrofe, número de grupos rímicos por estrofe, ser-nos-á possível estabelecer algumas conclusões perfeitamente válidas em função desses quatro parâmetros, para um inquérito sobre as características rímicas das dez canções.

Como relacionar essas quatro ordens de valores? Raciocinemos, para cada uma delas, segundo as observações atrás feitas.

A unidade estrófica é dada pelo número de versos. Mas, dentro de certo número de versos de vária medida, a variabilidade aumenta, quando aumenta o número de grupos estróficos. Quando o número de rimas aumenta, dentro desse mesmo número de versos, também a variabilidade aumenta. Mas, note-se bem, para um mesmo número de versos, um mesmo número de grupos estróficos na alternância deles, e um mesmo número de rimas, a variabilidade estrutural diminui, quando o número de grupos rímicos isoláveis aumenta. Com efeito, a combinação é mais complexa, e a variação mais subtil, em 4 grupos com 7 (canção VII) ou com 9 rimas (canção X), do que, como sucede em muitas das canções «apócrifas», quando aumenta o número de grupos com a adição de rimas emparelhadas e independentes. E, se para os mesmos valores de todas as outras grandezas o número de versos aumentasse, é evidente que o índice de variabilidade diminuiria.

Daqui resulta que o *índice de variabilidade,* por estrofe, deve ser representado pela expressão seguinte:

$$i = \frac{\text{Número de grupos métricos} \times \text{número de rimas}}{\text{Número de versos} \times \text{número de grupos rímicos}}$$

Inscrevamos os valores e os resultados finais, calculados por esta fórmula, num quadro C.

QUADRO C

Número de ordem	Número total de versos por estrofe	Número de grupos métricos	Número de rimas por estrofe	Número de grupos rímicos	Indice de variabilidade por estrofe	Observações
I	13	5	6	3	0,77	—
II	16	3	6	3	0,38	—
III	14	10	6	3	1,43	Máximo
IV	13	8	6	3	1,23	—
V	15	10	6	3	1,33	—
VI	13	8	6	3	1,23	—
VII	15	7	7	4	0,82	—
VIII	13	8	6	3	1,23	—
IX	15	5	7	3	0,78	—
X	20	3	9	4	0,34	Mínimo

Se observarmos os valores do índice de variabilidade encontrado para o esquema estrófico de cada canção, veremos que ele oscila entre um mínimo de 0,34 (canção X) e um máximo de 1,43 (canção III), pela seguinte ordem crescente:

0,34 (X)
0,38 (II)
0,77 (I)
0,78 (IX)
0,82 (VII)
1,23 (IV, VI, VIII)
1,33 (V)
1,43 (III)

81

C-6

As diferenças sucessivas entre estes valores podemos pô-las em evidência, ordenando-as intercaladamente:

$$0,34$$
$$0,04$$
$$0,38$$
$$0,39$$
$$0,77$$
$$0,01$$
$$0,78$$
$$0,04$$
$$0,82$$
$$0,41$$
$$1,23$$
$$0,10$$
$$1,33$$
$$0,10$$
$$1,43$$

A média destas diferenças sucessivas é 0,13. Analisando então a sucessão supra, notamos que, por índice de variabilidade da estrofe, as canções se reúnem em 3 grupos, separados entre si por diferenças superiores a 0,13:

$$0,34 \ (X)$$
$$0,38 \ (II)$$

$$0,77 \ (I)$$
$$0,78 \ (IX)$$
$$0,82 \ (VII)$$

$$1,23 \ (IV, VI, VIII)$$
$$1,33 \ (V)$$
$$1,43 \ (III)$$

A média dos 10 índices de variabilidade é 0,95.
A média da divergência máxima entre os valores desses índices é:

$$\frac{1,43 + 0,34}{2} = 0,89$$

Quer em relação à média geral (0,95), quer em relação à variação média (0,89), podemos agora concluir o seguinte:

1. Dos três grupos acima constituídos, que se distinguem fortemente uns dos outros, um se aproxima, mais do que os outros dois, de qualquer desses dois valores: é o 2.º grupo.

2. Os outros dois grupos afastam-se decididamente desses valores, em especial o grupo 1.º.

3. No grupo 2.º, a canção que mais se aproxima de qualquer dos dois valores médios é a canção VII (0,82).

2) DO ENVOI OU COMMIATO

As considerações que tecemos para o estudo da variabilidade rítmica das estrofes das canções, tal como a estabelecemos, podemos repeti-las para os *envois* delas.

Nessa ordem de ideias, inscrevamos, pois, os valores do número de versos do *envoi,* do número de grupos estróficos nele, do número de rimas e do número de grupos em que estas se combinam. E, por uma fórmula inteiramente igual à usada para as estrofes, calculemos os valores dos índices de variabilidade, já que o *envoi* ou *commiato* é também uma estrofe, apenas com função diversa.

QUADRO D

Número de ordem	Número de versos do *envoi*	Número de grupos métricos	Número de rimas do *envoi*	Número de grupos rímicos	Índice de variabilidade	Observações
I	3	1	2	2	0,33	—
II	3	1	2	2	0,33	—
III	5	3	3	2	0,90	—
IV	8	6	4	2	1,50	Máximo
V	3	3	2	2	1,00	—
VI	3	3	2	2	1,00	—
VII	7	6	4	3	1,14([1])	([1])
VIII	3	2	2	2	0,67	—
IX	3	3	2	2	1,00	—
X	9	1	4	2	0,22	Mínimo

[1] É fácil ver que este índice é 1,20 na versão de 1595; 1,14 também, na de 1616; e 1,00 na de 1861. Estas circunstâncias serão analisadas a seu tempo.

Cumprindo a mesma sequência de raciocínios, que desenvolvemos a propósito das estrofes, observemos que o índice de variabilidade dos *envois* oscila entre um mínimo de 0,22 (canção X) e um máximo de 1,50 (canção IV).

A seriação crescente dos valores é a seguinte:

0,22 (X)
0,33 (I, II)
0,67 (VIII)
0,90 (III)
1,00 (V, VI, IX)
1,14 (VII)
1,50 (IV)

Repitamos a série, como anteriormente fizemos, intercalando as diferenças:

0,22
    0,11
0,33
    0,34
0,67
    0,23
0,90
    0,10
1,00
    0,14
1,14
    0,36
1,50

A média destas diferenças sucessivas é 0,21. Analisando a sucessão supra, notamos que, por índice de variabilidade, os *envois* se reúnem em 4 grupos, que se destacam entre si, por diferenças francamente superiores a 0,21.

0,22 (X)
0,33 (I, II)
0,67 (VIII)
0,90 (III)
1,00 (V, VI, IX)
1,14 (VII)
1,50 (IV)

A média dos 10 índices de variabilidade é: 0,81.

A média da divergência máxima entre os valores dos índices é:

$$\frac{0,22 + 1,50}{2} = 0,86$$

Podemos, em relação a estes dois valores médios, concluir o seguinte:

1. O 2.º grupo (mais de metade das canções), em que as divergências relativas são sensivelmente iguais, é o que se aproxima mais de 0,86, valor contido entre os seus limites extremos.
2. Dos *envois* desse 2.º grupo é o da canção III o que mais se aproxima daquele valor. Mas dos valores extremos, o mais próximo dele é o da canção VII.

3) COMPARAÇÃO DOS ÍNDICES DE VARIABILIDADE DAS ESTROFES E DOS COMMIATOS

Para procedermos a uma judiciosa comparação, agrupemos num quadro as duas séries de valores, por forma a aproximar os referentes a uma mesma canção.

QUADRO E

Número de ordem	Índice de estrofe	Índice do *envoi*	Divergências	Observações
I	0,77	0,33	+0,44	—
II	0,38	0,33	+0,05	Mínima (em valor absoluto).
III	1,43	0,90	+0,53	—
IV	1,23	1,50	—0,27	—
V	1,33	1,00	+0,33	—
VI	1,23	1,00	+0,23	—
VII	0,82	1,14	—0,32	Com a reserva do que sucede nas outras versões.
VIII	1,23	0,67	+0,56	Máxima (em valor absoluto).
IX	0,78	1,00	—0,22	—
X	0,34	0,22	+0,12	—

Na coluna das divergências, inscreveram-se as diferenças entre os índices das estrofes e os índices dos *envois*, para cada uma das canções. A diferença é positiva, quando o índice da estrofe é superior ao do *envoi*, e negativa no caso contrário.

85

Organizemos, como anteriormente, a série dos valores crescentes:

$$— 0,32 \quad (VII)$$
$$— 0,27 \quad (IV)$$
$$— 0,22 \quad (IX)$$
$$+ 0,05 \quad (II)$$
$$+ 0,12 \quad (X)$$
$$+ 0,23 \quad (VI)$$
$$+ 0,33 \quad (V)$$
$$+ 0,44 \quad (I)$$
$$+ 0,53 \quad (III)$$
$$+ 0,56 \quad (VIII)$$

Esta série dá-nos uma ideia de como se ordenam as canções quanto à maior ou menor variabilidade do índice do *envoi*, em relação ao índice da estrofe, já que o primeiro valor é o daquela canção em que a divergência pende maximamente em favor do *envoi*, e que o último é o da canção em que essa divergência pende maximamente em favor da estrofe.

A média das 10 divergências é:

$$\frac{— (0,32 + 0,27 + 0,22) + (0,05 + 0,12 + 0,23 + 0,33 + 0,44 + 0,53 + 0,56)}{10}$$

ou seja: 0,15.

A média entre as divergências máximas é:

$$\frac{— 0,32 + 0,56}{2} = 0,12$$

Ponhamos em evidência, na sucessão, as diferenças entre duas divergências consecutivas:

$$— 0,32$$
$$0,05$$
$$— 0,27$$
$$0,05$$
$$— 0,22$$
$$0,27$$
$$+ 0,05$$
$$0,07$$

$$+ 0,12$$
$$0,11$$
$$+ 0,23$$
$$0,10$$
$$+ 0,33$$
$$0,11$$
$$+ 0,44$$
$$0,09$$
$$+ 0,53$$
$$0,03$$
$$+ 0,56$$

A média entre estas diferenças sucessivas é 0,10, o que nos autoriza a agrupar do seguinte modo as 10 canções:

$$\left. \begin{array}{l} - 0,32 \ (VII) \\ - 0,27 \ (IV) \\ - 0,22 \ (IX) \end{array} \right\} \text{valor médio:} - 0,27$$

$$\left. \begin{array}{l} + 0,05 \ (II) \\ + 0,12 \ (X) \\ + 0,23 \ (VI) \\ + 0,33 \ (V) \\ + 0,44 \ (I) \\ + 0,53 \ (III) \\ + 0,56 \ (VIII) \end{array} \right\} \text{valor médio:} + 0,32$$

Mas, se quisermos ver como, em valor absoluto (isto é, independentemente do sentido em que a divergência se dá), a divergência das variabilidades cresce, cumpre-nos ordená-las segundo os valores absolutos das divergências.

$$\left. \begin{array}{lll} 0,05 & (II) & - 2 \\ 0,12 & (X) & - 1 \\ 0,22 & (IX) & - 4 \\ 0,23 & (VI) & - 6 \\ 0,27 & (IV) & - 6 \\ 0,32 & (VII) & - 5 \\ 0,33 & (V) & - 7 \\ 0,44 & (I) & - 3 \\ 0,53 & (III) & - 8 \\ 0,56 & (VIII) & - 6 \end{array} \right\} \begin{array}{l} \text{Números de ordem, segundo o valor} \\ \text{crescente do índice da estrofe} \end{array}$$

O estabelecimento das diferenças sucessivas permite-nos anotar:

$$
\begin{array}{cc}
0,05 & \\
& 0,07 \\
0,12 & \\
& 0,10 \\
0,22 & \\
& 0,01 \\
0,23 & \\
& 0,04 \\
0,27 & \\
& 0,05 \\
0,32 & \\
& 0,01 \\
0,33 & \\
& 0,11 \\
0,44 & \\
& 0,09 \\
0,53 & \\
& 0,03 \\
0,56 &
\end{array}
$$

A média das 10 divergências tomadas em valor absoluto altera-se, e do mesmo modo se altera a dos valores máximo e mínimo das divergências.

A média das 10 divergências passa a ser 0,31.

A média entre os valores máximo e mínimo é agora:

$$\frac{0,05 + 0,56}{2} = 0,31$$

Em face dos valores calculados, e do quadro que serviu de base ao cálculo, é-nos possível concluir:

1. Apenas em 3 canções o índice de variabilidade do estrofe é inferior ao índice de variabilidade do *envoi*.

2. A superioridade da variabilidade da estrofe sobre a variabilidade do *envoi* é demonstrada não só pelo facto de isso acontecer em 7 das canções, mas também por o valor médio para as 7 canções «positivas» ser superior ao valor médio para as 3 canções «negativas»: em valor absoluto, a média 0,32 é superior à média 0,27.

3. Se a divergência é mínima para a canção II, é a canção X a que não só se aproxima como até iguala a média das 10 divergências (0,15), e a média entre as divergências máximas (0,12), quando não tomadas as divergências em valor absoluto.

4. As divergências são máximas, em valor absoluto, para a canção VII (em favor do *envoi*) e para a canção VIII (em favor da estrofe).

5. Mas, em valor absoluto, é canção VII a que mais se aproxima da média das divergências (0,31) e da média dos valores máximo e mínimo (também 0,31).

6. A identidade entre a média das divergências e a média dos valores máximo e mínimo delas *prova* que, na estrutura das canções, as divergências se processam, com regularidade, a partir de um *esquema ideal de variação*.

4) *VARIABILIDADE TOTAL DAS CANÇÕES*

Se a variabilidade da estrofe se refere, para cada canção, à estrofe isolada, e se a variabilidade do *commiato* é, para todos os efeitos, a de uma estrofe diferente que é acrescentada às outras, por certo será evidente que nos cumpre relacionar esses dois valores. A importância de cada um deles, na *variabilidade total,* é, sem dúvida, função do número de estrofes com que cada qual pesa na variabilidade da composição. De modo que essa variabilidade total terá, por certo, que ser a média ponderada dos dois índices, e dada, pois, pela expressão:

$$\frac{\text{Número total de estrofes} \times \text{índice da estrofe} + \text{índice do } \textit{envoi}}{1 + \text{número total de estrofes}}$$

Resumamos num quadro estes valores, a fim de, não só calcularmos a variabilidade total, segundo a fórmula supra, como para evidenciar, juntos uns dos outros, os resultados numéricos da investigação realizada.

QUADRO G

Número de ordem	Número total de estrofes	Índice da estrofe	Índice do *envoi*	Variabilidade total	Observações
I	6	0,77	0,33	0,71	—
II	7	0,38	0,33	0,37	—
III	5	1,43	0,90	1,34	Máximo
IV	4	1,23	1,50	1,28	—
V	6	1,33	1,00	1,28	—
VI	8	1,23	1,00	1,20	—
VII	6	0,82	1,14	0,87	—
VIII	5	1,23	0,67	1,14	—
XI	8	0,78	1,00	0,80	—
X	12	0,34	0,22	0,33	Mínimo

Tal como fizemos das vezes anteriores, ordenemos crescentemente os índices de variabilidade total:

$$0,33 \ (X)$$
$$0,37 \ (II)$$
$$0,71 \ (I)$$
$$0,80 \ (IX)$$
$$0,87 \ (VII)$$
$$1,14 \ (VIII)$$
$$1,20 \ (VI)$$
$$1,28 \ (IV, V)$$
$$1,34 \ (III)$$

Repitamos a série, intercalando as diferenças:

$$0,33$$
$$0,04$$
$$0,37$$
$$0,34$$
$$0,71$$
$$0,09$$
$$0,80$$
$$0,07$$
$$0,87$$
$$0,27$$
$$1,14$$
$$0,06$$
$$1,20$$
$$0,08$$
$$1,28$$
$$0,06$$
$$1,34$$

A média dessas diferenças é 0,11. Por isso, a série reparte-se em 3 grupos nítidos:

$$0,33 \ (X)$$
$$0,37 \ (II)$$
$$0,71 \ (I)$$
$$0,80 \ (IX)$$
$$0,87 \ (VII)$$
$$1,14 \ (VIII)$$
$$1,20 \ (VI)$$
$$1,28 \ (IV, V)$$
$$1,34 \ (III)$$

A média dos 10 índices de variabilidade total é 0,93.
A média dos valores máximo e mínimo desses índices é:

$$\frac{0,33 + 1,34}{2} = 0,84$$

Tendo em atenção a ordenação crescente, os agrupamentos, e as duas médias, observemos o seguinte:

1. A variabilidade mínima cabe à canção X.
2. A variabilidade máxima pertence à canção III.
3. A variabilidade mais próxima de qualquer dos dois valores médios (0,84 e 0,93) é a da canção VII (0,87).
4. Os três grupos de variabilidade, pela enorme diferença entre eles (0,34 entre o 1.º e o 2.º, 0,27 entre o 2.º e o 3.º, o menor dos quais é três vezes superior à maior diferença entre índices de um mesmo grupo: 0,09 × 3 = 0,27), separam-se nitidamente, como já foi dito. O 1.º grupo, de variabilidade mínima, é formado por duas canções (II, X). O 2.º grupo é constituído por três canções (I, VII, IX), e a variabilidade de qualquer delas é mais próxima dos valores médios que a variabilidade de qualquer das outras. Com efeito, mesmo a de menor variabilidade está mais próxima do que a de menor variabilidade do grupo seguinte. Note-se ainda, a este respeito, que a variabilidade média do 1.º grupo (0,35) é menos de metade da variabilidade média do 2.º grupo (0,79). Um 3.º grupo é integrado por cinco canções (III, IV, V, VI, VIII), cuja variabilidade média é 1,24. Isto significa que esta variabilidade é mais de 50 por cento superior à do 2.º grupo, e mais de três vezes e meia superior à do 1.º grupo. Mas o afastamento entre esses três valores médios é sensivelmente o mesmo:

0,79	1,24
0,35	0,79
0,44	0,45

O que confirma o carácter de *grupo prototípico* que nos é possível atribuir ao 2.º grupo.

5. Note-se que, não só a canção VII tem variabilidade muito próxima dos valores médios gerais, como (e anotemo-lo a título de curiosidade), na seriação crescente, ela se encontra a *meio da série*: quatro canções têm índice menor, cinco canções têm índice superior. Mas acontece que o valor médio das quatro de índice inferior é 0,55; e que o valor médio dos índices das cinco de nível superior

é 1,24; do que resulta, com exclusão do índice da canção VII, uma média de 0,89, valor extremamente próximo do do índice desta canção (0,87).

5) *ANÁLISE DA INFLUÊNCIA DO* COMMIATO *NO ÍNDICE DE VARIABILIDADE DAS CANÇÕES*

No quadro G, verifica-se que a *variabilidade total* das canções não é idêntica ao *índice de variabilidade* das respectivas estrofes. Isto resultou, obviamente, da consideração do índice do *commiato*. Este último índice, conforme era inferior ou superior àquele, fez com que, apesar de pouco, aumentasse ou diminuísse o índice de variabilidade da estrofe.

Observemos, num novo quadro, como essa influência actuou:

QUADRO H

Número de ordem	Indice de estrofe	Variabilidade total	Diferenças em centésimos	
			+	—
I	0,77	0,71	—	6
II	0,38	0,37	—	1
III	1,43	1,34	—	9
IV	1,23	1,28	5	—
V	1,33	1,28	—	5
VI	1,23	1,20	—	3
VII	0,82	0,87	5	—
VIII	1,23	1,14	—	9
IX	0,78	0,80	2	—
X	0,34	0,33	—	1

A média das diferenças para mais é 4,0; e a média das diferenças para menos é 4,9. Isto significa que a diferença média é:

$$\frac{4,9 - 4,0}{2} = 0,45$$

E que a diferença média, em valor absoluto, é 4,45.

Olhando o quadro H, é-nos possível, então, concluir o seguinte:

1. A influência do índice do *envoi* na variabilidade total, avaliada em percentagem do índice da estrofe, não excede 8 % (caso da canção I).

2. Dentro do limite modesto acima referido, em 7 canções o *envoi* diminuiu a variabilidade que a estrofe imprimira só por si; e em 3 canções é chamado a intensificá-la.

3. Nas 3 canções em que essa intensificação se verifica, a influência não excede 6 % (caso da canção VII).

4. Há 2 casos (canções II, X) em que a quase identidade dos índices faz que não haja, praticamente, alteração.

5. Há 3 canções que, na diferença para mais ou para menos, se aproximam da diferença média em valor absoluto (IV, V, VII).

6. A ordenação seriada, por índices crescentes de variabilidade estrófica, não sofre, praticamente, alteração alguma em relação à seriação paralela por variabilidade total das canções. Vejamos que assim é:

QUADRO I

Indice da estrofe	Seriação por índice da estrofe	Seriação por variabilidade total	Variabilidade total
0,34	X	X	0,33
0,38	II	II	0,37
0,77	I	I	0,71
0,78	IX	IX	0,80
0,82	VII	VII	0,87
1,23	VIII	VIII	1,14
1,23	VI	VI	1,20
1,23	IV	IV, V	1,28
1,33	V		
1,43	III	III	1,34

Resumindo todas as conclusões expostas, e desenvolvendo-as, podemos afirmar, na generalidade:

a) Praticamente, em 8 das 10 canções, o *envoi* tem por missão a alteração da variabilidade estrófica, embora, ainda que nimiamente em duas, produza alteração em todas;

b) Essa alteração dá-se por intensificação em 3 canções, e por abrandamento em 5 outras (ou 7, se considerarmos as duas de alteração quase nula);

c) Duas canções (II, X), em que praticamente alteração se não dá, são precisamente as que têm mais baixa variabilidade total;

d) Com uma única excepção (canção IV), o abrandamento da variabilidade rítmica dá-se para o 3.º grupo de variabilidade, o de mais alto índice;

e) Com a mesma excepção (canção IV), a intensificação é realizada para as duas canções do 2.º grupo, que mais próximas estão da média ideal.

93

III

AS CANÇÕES APÓCRIFAS À LUZ DO INQUÉRITO ESTRUTURAL DAS CANÇÕES «CANÓNICAS»

São onze as canções que, desde 1616 aos fins do séc. XIX, foram acrescentadas ao cânone inicial de dez. Razões diversas têm sido aduzidas para repeli-las. Vejamos qual é a opinião objectiva do inquérito estrutural à forma externa, cotejando-as uma por uma com os resultados daquele inquérito.

Antes de mais, notemos que, em onze dessas canções apócrifas, só quatro foram primeiramente reveladas com *envoi*. O cânon camoniano obriga à existência de *envoi,* embora o cânon petrarquiano contenha excepções (2 num total de 29), e o cânon Garcilaso também (1 num total de cinco canções), como veremos. Portanto, sem que a ausência de *envoi* possa constituir uma base absoluta de exclusão (que os exemplos de Petrarca e de Garcilaso não justificariam com igual carácter absoluto), cumpre-nos agrupar as canções apócrifas em dois conjuntos: canções com *envoi* e canções sem *envoi*.

1) *CANÇÕES COM* COMMIATO

Estas canções são quatro: *Oh pomar venturoso* (1668), *Quem com sólido intento* (1668), *Qu'é isto? Sonho? Ou vejo a Ninfa pura* (1668) e *Crecendo vai meu mal de hora em hora* (1861). E não consideramos neste número a *Nem roxa flor de Abril,* porque não tinha *commiato* na *Segunda Parte* de 1616, onde apareceu, mas na *Terceira* de 1668, onde reaparece revista. Caracterizemos as quatro.

1. Com respectivamente 6, 8, 5 e 11 estrofes, elas estão dentro dos limites mínimo e máximo do número de estrofes do cânon camoniano. Há três canções com o mesmo número de estrofes da primeira; outras duas com o número da segunda; outras duas com o número da terceira; e a quarta aproxima-se do máximo canónico (12). O valor médio das quatro — 7,5 — é ligeiramente superior ao médio das canónicas (7), do qual seis destas canções se aproximam (60 %). Metade destas quatro apócrifas aproxima-se desse valor. Quanto ao número de estrofes, portanto, todas elas se integram no cânon camoniano.

2. Três das quatro canções têm 13 versos por estrofe e uma delas tem 12. Nas canções canónicas, 4 têm 13, que é limite mínimo canónico do número de versos por estrofe. Três das canções, por-

tanto, respeitam o limite camoniano. Uma quarta — *Quem com sólido intento* — é escassa de um verso, para tanto; mas está mais próxima do cânon restritivo de Camões, do que do mais amplo de Petrarca, como veremos.

3. As quatro canções têm, no *commiato*, respectivamente, 6, 4, 4 e 8 versos. Estão todas dentro dos limites (3-9) do cânon. O valor médio dos três valores diferentes é, porém, o mesmo de Petrarca e Camões (6), se bem que apenas uma das canções canónicas tenha igual número de versos (8). O que penderia em favor da canção *Crecendo vai meu mal de hora em hora*.

4. Com respectivamente 84, 100, 69 e 151 versos, as quatro canções estão contidas nos limites mínimo e máximo do cânon. E o valor médio das quatro (101 é muito próximo da média canónica (107). Pelo total de versos, nenhuma é excluível individualmente (há uma canção canónica com 81; duas tem ou 100 + 7 = = 107, ou 100 – 7 = 93; uma tem 68; e 151 versos é próximo valor da média das que têm número mais elevado: $\frac{123 + 249}{2} = 186$), nem o são em bloco.

5. As quatro canções se constroem de versos de 10 e 6 sílabas, conformemente ao cânon camoniano. Duas se iniciam por hexassílabo e duas por decassílabo, pelo que integradas no cânon, também por este aspecto o respeitariam, não alterando a proporção existente: se 5 em 10 (50 %) começam por decassílabo, seriam 7 em 14 (50 %) a começar por essa medida.

6. As percentagens de verso de 6 sílabas em relação ao total do número de versos são, respectivamente, 68, 41, 45 e 22. Há três canções canónicas com 68, e duas com 22. Mas os valores 41 e 45 estão contidos entre a média de todos os grupos canónicos (38) e a média deles com exclusão de percentagem mais baixa (46). E a inclusão das quatro canções no grupo canónico não alteraria a percentagem média, que, se era 38 para as dez, passaria a ser 39 para as catorze. A percentagem de versos de 6 sílabas não permite excluí-las.

7. Quanto ao esquema métrico das estrofes, o número de grupos de alternância varia, para as canções canónicas, entre 3 e 10. Com respectivamente 8, 8, 9 e 5 grupos de alternância, estas apócrifas estão dentro daqueles limites. Com 8 grupos de alternância, há três canções canónicas; com 5 há duas. Nenhuma das canções canónicas tem 9, mas duas têm 10. A média ponderada dos quatro números para estas canções apócrifas é 7,5; a média simples é 7, que é a média para os grupos das canções canónicas. Pelo número de grupos de alternância, não é possível, pois, a exclusão de nenhuma das quatro canções, uma das quais *(Oh pomar venturoso)*

tem o mesmo esquema métrico de estrofe, que é seguido pelo maior número de canções camonianas (três rigorosamente, mais quatro com ampliação).

8. Duas destas apócrifas repetem, no *envoi,* o esquema métrico de igual número de versos finais da estrofe, à semelhança do que acontece em 8 das 10 canções canónicas. As outras duas não repetem. Também por aqui a exclusão não é possível.

9. Quanto ao esquema rímico das estrofes, a canção *Oh pomar venturoso* segue o esquema comum a três das canções canónicas. A canção *Quem com sólido intento* tem um esquema análogo (mas mais simples) ao da canção *Já a roxa manhã clara.* A canção *Qu'é isto,* etc., tem um esquema intermédio ao daquela canção canónica e ao da *S'este meu pensamento.* A canção *Crecendo vai meu mal de hora em hora* é que, quanto ao esquema rímico das estrofes, se afasta decididamente do padrão camoniano. *Mas o padrão que segue é precisamente um esquema vulgar de Petrarca.* E têm-no em comum com 4 das apócrifas que estamos estudando. *Poderia supor-se a hipótese de experiências juvenis do mais solto esquema petrarquiano,* a não pôr-se a hipótese da exclusão pura e simples.

10. Ao contrário do que sucede na esmagadora maioria das canções canónicas, três das canções *não* repetem, no *envoi,* o esquema rímico de igual número de versos finais da estrofe. Não será razão para excluí-las. Mas é, sem dúvida, razão em favor da canção *Quem com sólido intento,* que o repete.

11. As quatro canções têm, por estrofe, 6 rimas diferentes, que é o número em sete das canções canónicas.

12. Três das quatro canções têm 3 rimas por *commiato,* o que só acontece em *uma* das canções canónicas. A outra, com 2 rimas, coincide com o comportamento de *seis* delas.

13. Calculemos, para as quatro canções em estudo, os índices de variabilidade das estrofes.

1.º verso	Número de grupos métricos	Número de rimas na estrofe	Número de versos na estrofe	Número de grupos rímicos	Indice de estrofe
Oh pomar venturoso	8	6	13	3	1,23
Quem com sólido intento	8	6	12	3	1,33
Qu'é isto? Sonho? ou, etc.	9	6	13	3	1,38
Crecendo vai meu mal, etc.	5	6	13	4	0,58

Deste quadro, podemos concluir o seguinte: as quatro canções apócrifas respeitam os limites mínimo (0,34) e máximo (1,43) do índice de variabilidade das estrofes canónicas. A canção *Oh pomar venturoso* tem índice igual ao que é seguido por três canções canónicas. A canção *Quem com sólido intento* tem o *mesmo* índice que a canção canónica *S'este meu pensamento*. A canção *Qu'é isto? Sonho?* tem um índice intermédio às duas (V e III) canónicas de mais alto índice. A canção *Crecendo vai meu mal de hora em hora* não se enquadra em nenhum dos bem nítidos três grupos em que as canções canónicas se integram por índice de variabilidade da estrofe. Pelo que, para ela, este índice não a dá como camoniana.

14. Vejamos o que se passa com o índice de variabilidade do *commiato*:

1.º verso	Número de grupos métricos	Número de rimas	Número de versos	Número de grupos	Indice do *envoi*
Oh pomar venturoso	4	3	6	2	1,00
Quem com sólido intento	3	3	4	2	1,13
Qu'é isto? Sonho? ou, etc.	2	2	4	2	0,50
Crecendo vai meu mal, etc.	1	3	8	2	0,19

Deste outro quadro, extraímos as seguintes observações: A canção *Oh pomar venturoso* tem o mesmo índice de *envoi* que três canções canónicas. A canção *Quem com sólido intento* tem praticamente índice igual ao da canção ideal das dez canónicas (*Manda-me amor*: 1,14). A canção *Qu'é isto? Sonho*, etc., tem um índice que é média de três das canções canónicas (I, II, VIII). A canção *Crecendo vai meu mal*, etc., tem um índice inferior, em mais de 10 %, ao mínimo valor das canónicas. Parece que o índice do *commiato* também a não classifica.

15. Comparemos, como fizemos para as canções canónicas, os índices da estrofe e do *commiato*:

1.º verso	Indice de estrofe	Indice do *envoi*	Divergências	Observações
Oh pomar venturoso	1,23	1,00	+0,23	—
Quem com sólido intento	1,33	1,13	+0,20	Mínima.
Qu'é isto? Sonho? etc.	1,38	0,50	+0,88	Máxima.
Crecendo vai meu mal, etc.	0,58	0,19	+0,39	—

Observemos, a partir dete quadro, que uma canção (*Qu'é isto? Sonho*, etc.) se exclui dos limites máximo e mínimo do cânon camoniano. As outras três respeitam-no. A canção *Oh pomar ven-*

turoso, com os mesmos valores que a canção VI, tem a mesma divergência que ela. A canção *Quem com sólido intento* obedece em seus valores ao comportamento das canções canónicas de índice de estrofe entre 1,23 e 1,33. A canção *Crecendo vai meu mal,* etc., não oferece comportamento peculiar, quanto à divergência que a caracteriza. Mas todas as canções têm, como na maioria das canções camonianas, e independentemente da extensão, índice do *envoi* menor que o da estrofe.

16. Calculemos a variabilidade total destas quatro canções apócrifas.

1.º verso	Número de estrofes	Indice da estrofe	Indice do *envoi*	Variabilidade total	Observações
Oh pomar venturoso	6	1,23	1,00	1,20	—
Quem com sólido intento	8	1,33	1,13	1,31	Máxima.
Qu'é isto? Sonho, etc.	5	1,38	0,50	1,23	—
Crecendo vai meu mal, etc.	11	0,58	0,19	0,55	Mínima.

Quanto à variabilidade total, as quatro canções estão contidas nos limites mínimo (0,33) e máximo (1,34) de variabilidade das canções canónicas. Estas agrupam-se destacadamente em três grupos de variabilidade. As três primeiras canções destas quatro apócrifas integram-se perfeitamente no grupo mais numeroso das canções canónicas. A integração delas apenas elevaria de 7 % a variabilidade média de grupo canónico. À última canção, *Crecendo vai,* etc., não se integra em nenhum dos grupos de variabilidade.

17. Vejamos o que sucede, nestas quatro canções apócrifas, com a influência do *envoi* na variabilidade total.

1.º verso	Indice da estrofe	Variabilidade total	Diferenças em centésimos
Oh pomar venturoso	1,23	1,20	3
Quem com sólido intento	1,33	1,31	2
Qu'é isto? Sonho, etc.	1,38	1,23	15
Crecendo vai meu mal, etc.	0,58	0,55	3

Por este quadro podemos reconhecer que uma das canções se exclui desmesuradamente das diferenças canónicas que as outras três canções respeitam. Mas a redução do índice, que é de regra nas canções canónicas, verifica-se para elas todas.

18. Resumamos agora, para cada uma das canções, a análise comparativa que fizemos, procurando concluir da conformidade relativa delas para com o cânon camoniano:

Oh pomar venturoso.

Tem 6 estrofes, como três das canções canónicas;

Tem 13 versos por estrofe, que é limite canónico com que coincidem quatro das canções canónicas, uma das quais tem também 6 estrofes;

Com 6 versos no *commiato*, obedece à média canónica que nenhuma das 10 autênticas segue;

Pelo número de versos (84), está dentro dos limites canónicos, havendo uma das 10 com número próximo (81);

Tem só versos de 10 e 6 sílabas com o cânone; e começa com verso de 6 sílabas, como cinco delas;

Há três canções canónicas com a mesma percentagem de verso de 6 sílabas (68 %);

Com oito grupos de alternância métrica na estrofe, há, como ela, três canções canónicas. E ela tem o mesmo esquema estrófico dessas canções, que é aquele que mais se repete nas dez;

Não repete, no *envoi,* o esquema métrico de igual número de versos finais da estrofe. Mas o mesmo acontece com duas canções canónicas;

Segue o esquema rímico da estrofe, comum a três canções canónicas;

Não repete, no *envoi,* o esquema rímico, tal como não repetia o métrico. É o mesmo comportamento de uma das canções canónicas (IV);

Tem, por estrofe, 6 rimas diferentes, como todas as canções canónicas;

Tem, no *commiato,* três rimas diferentes, o que acontece em uma das canções canónicas;

Tem índice de variabilidade estrófica igual ao de três canções canónicas;

Tem o mesmo índice de variabilidade do *commiato* que três canções canónicas;

Com os mesmos valores daqueles dois índices que uma das canções canónicas (a VI), a divergência deles é a mesma;

O seu índice de variabilidade (1,20) integra-se perfeitamente no grupo canónico de índice mais elevado;

A influência do *envoi* na variabilidade total está dentro dos limites canónicos.

Quem com sólido intento.

Tem 8 estrofes, como duas canções canónicas;

Tem 12 versos por estrofe, ou seja menos um verso do que o limite mínimo canónico (13);

Tem no *commiato* 4 versos, como nenhuma das canónicas. Mas a canção canónica cujo *envoi* estruturalmente se assemelha ao seu tem 5;

Tem 100 versos no total, valor que é médio do número de versos das canções canónicas imediatamente com mais ou menos versos (107 e 93), e que se aproxima da média canónica (107), como só duas canções canónicas o fazem;

É iniciada por hexassílabo, como metade das canónicas, tendo como elas só versos de 10 e 6 sílabas;

A sua percentagem de versos de 6 sílabas (41 %) está tão próxima da média canónica (38 %), como só o está numa das dez (com 35 %);

Tem, como três canções canónicas, 8 grupos de alternância métrica na estrofe;

Repete, no *envoi,* o esquema métrico equivalente ao final da estrofe, como oito das canções canónicas;

Segue um esquema rímico das estrofes análogo ao da canção *Já a roxa manhã clara;*

Repete, no *envoi,* o esquema rímico equivalente ao final da estrofe, como a maioria das canónicas;

Tem, por estrofe, 6 rimas, que é o número de sete das canónicas;

Tem 3 rimas no *commiato,* tal como a canção já citada, canónica, que é também a única com três rimas;

Tem o mesmo índice de variabilidade estrófica que uma das canções canónicas *(S'este meu pensamento);*

Tem índice do *commiato* praticamente igual ao da canção canónica ideal (a VII);

A divergência entre os índices das estrofes e do *commiato* respeita os limites canónicos, e evidencia que os valores dos índices se comportam como os de canções canónicas;

A sua variabilidade total está contida nos limites canónicos e integra-se perfeitamente no grupo canónico, mais numeroso, das canções de mais elevado índice;

O índice do *envoi* influi na variabilidade total por forma análoga à da influência que exerce nas canções canónicas.

Qu'é isto? Sonho? ou vejo a Ninfa pura.

Com 5 estrofes há, como ela, duas canções canónicas;

Tem 13 versos, como quatro canções canónicas;

Tem 4 versos no *commiato*, e não há qualquer canção canónica com esse número;

Com 69 versos no total, tem uma extensão análoga à de uma das canções canónicas (com 68);

Compõe-se de versos de 10 e 6 sílabas, como as canções canónicas, e inicia-se com decassílabo como cinco delas;

A sua percentagem de versos de 6 sílabas (45 %) é muito próxima da percentagem média canónica, com exclusão do grupo de percentagem mais baixa (46 %);

Nenhuma das canções canónicas tem, como ela, 9 grupos de alternância estrófica; mas duas têm 10, e três têm 8;

Repete no *envoi* o esquema métrico equivalente do final da estrofe, à semelhança de oito canções camonianas;

O seu esquema rímico da estrofe é intermédio ao de duas canções canónicas *(Já a roxa manhã clara* e *S'este meu pensamento),* nenhuma das quais, porém, se inicia com decassílabo, conquanto sejam as duas canções com 10 grupos de alternância métrica;

Não repete, no *envoi,* o esquema rímico equivalente do final da estrofe. A repetição do esquema métrico, *sem* repetição do esquema rímico no *envoi,* é discrepância sem correspondência no cânone, onde é o contrário o que se dá, no caso único de discrepância que se regista;

Tem 6 rimas por estrofe, como sete das dez canções canónicas;

Tem 2 rimas no *commiato,* como seis das canções canónicas;

Tem um índice de variabilidade estrófica intermédio ao das duas canónicas de mais alto índice;

Tem, para o *envoi,* um índice que é médio do de três canções canónicas;

Tem, como a maioria das canónicas, índice da estrofe superior ao do *commiato;* mas a divergência entre os dois índices exclui-a do cânone camoniano;

A sua variabilidade total (1,23) integra-a, todavia, no grupo mais numeroso das canções canónicas (as de maior variabilidade);

A influência do *envoi* na variabilidade total faz-se sentir, nela, por forma desmesuradamente anticanónica.

Crecendo vai meu mal de hora em hora.

Com 11 estrofes, está dentro dos limites canónicos, já que a mais extensa das dez canções canónicas tem 12;

Tem 13 versos por estrofe, como quatro das canções canónicas;
Tem 8 versos no *commiato,* como uma das canónicas;
Tem 151 versos ao todo, valor próximo da média da extensão das duas canções canónicas mais longas;
Com só versos de 10 e 6 sílabas, obedece ao cânon; e inicia-se em decassílabo como as canções igualmente mais extensas;
Há duas canções canónicas com a mesma percentagem de verso de 6 sílabas (22 %);
Com 5 grupos de alternância na estrofe, há como ela duas canções canónicas, e o seu esquema estrófico é redução (em número de versos em dois grupos) do esquema da canção IX;
Não repete no *envoi* o esquema métrico de igual número de versos finais da estrofe;
Afasta-se decididamente, quanto a esquema rímico da estrofe, do padrão canónico;
Não repete no *envoi* o esquema rímico. A coincidência de não-repetição é análoga à da canção IV, que tem o mesmo número de versos no *envoi,* e mais uma rima;
Tem 6 rimas, por estrofe, como sete das canções canónicas;
Tem 3 rimas no *commiato,* como só uma das canónicas;
Não se enquadra, pelo índice de variabilidade da estrofe, em nenhum dos grupos característicos do cânon, quanto a este valor;
Não se enquadra, pelo baixo índice do *commiato,* no cânon das dez;
A divergência entre o índice da estrofe e o do *envoi* não é, porém, anormal;
Não se integra em nenhum dos grupos canónicos quanto à variabilidade total, embora se contenha nos limites canónicos;
A incidência do *envoi* na variabilidade total está dentro dos limites canónicos.

19. Que concluir, para as 4 canções, da comparação de que foram objecto, em relação ao cânone das dez canções aceitas? Que nos permite concluir, sobre a apocrifia, o inquérito estrutural à forma externa delas?

a) Que, *a priori,* quanto às características estruturais da forma externa, *não é possível excluir* a hipótese de autoria camoniana das duas canções *Oh pomar venturoso* e *Quem com sólido intento,* que se conformam mesmo a parâmetros canónicos tão peculiares com os índices da estrofe e do *commiato,* e a variabilidade total;
b) Que a *dúvida subsiste,* após o inquérito estrutural, para a canção *Qu'é isto? Sonho? ou vejo a Ninfa pura,* que todavia não se afasta do cânon para os parâmetros mais complexos e significativos;

c) Que há fortes razões de análise estrutural da forma externa para crer que *não tenha autoria camoniana* a canção *Crecendo vai meu mal de hora em hora,* razões que *não são apenas* a do esquema rímico da estrofe (que tem sido apontada), mas outras ainda, agora definidas, e mais densas de significado.

2) *CANÇÕES SEM* COMMIATO

Estas canções apócrifas são sete: *Nem roxa flor de Abril* (1616), *Por meio de umas serras mui fragosas* (1668), *A vida já passei assaz contente* (1685), *Bem-aventurado aquele que ausente* (1861), *Porque a vossa beleza a si se vença* (1861), *Glória tão merecida* (1880), *Não de cores fingidas* (1889).

1. Com 7, 11, 6, 8, 4, 6 e 10 estrofes, respectivamente, estão todas dentro dos limites mínimo (4) e máximo (12) canónicos, ou os igualam. Há uma canção canónica com 7; outra com 12; duas com 8; uma com 4; nenhuma com 10.

2. Uma canção tem 7 versos por estrofe; duas têm 9; ainda outra 10; duas têm 12; outra tem 15. Os primeiros três valores de modo algum se conformam ao cânon que, com uma canção de 12 versos por estrofe, o outro grupo apócrifo também respeita.

3. Com 68, 144, 90, 40, 54 e 70 versos no total, uma das canções extrapola em absoluto dos limites canónicos, que, sem *envoi,* são 52 e 240. É a canção *Porque a vossa beleza a si se vença.*

4. Cinco das canções respeitam o cânon do uso de versos de 10 e 6 sílabas. Duas *não* o respeitam, usando trissílabos em vez de hexassílabos.

5. As percentagens de verso de 6 sílabas, nas cinco que o usam, são, pela ordem do quadro, 43, 33, 20, 56 e 43. São valores contidos nos limites canónicos, embora nenhuma das canções canónicas apresente valor muito próximo de 43 %. As canções com trissílabo usam destes até uma percentagem análoga àquela: 42 %.

6. O esquema métrico das estrofes comporta, nas canções canónicas, entre 3 e 10 grupos de alternância. Com 8, 7, 3 e 6 as de hexassílabos, e 3 as duas de trissílabos, todas respeitam esses limites. Com 8 grupos, há três canções canónicas; uma com 7; nenhuma tem 6; e, nas duas canónicas com 3, o grupo intermédio é *um* único verso e não 2 ou 3 ou 5, como nestas apócrifas com três grupos.

7. Quatro canções seguem, na estrofe, o esquema rímico *abba* + *cc* + *dd* + ... (o número de pares finais é variável entre 3 e 4). Uma outra, em que o 1.º grupo estrófico é *abcbacc,* igualmente se conforma com esse esquema (acrescentando 4 pares rími-

cos àquele 1.º grupo). As restantes duas, com apenas um grupo e um subgrupo, seguem *ababb + cc* ou, mais complexo o grupo, *abaccbb + dd*. O 1.º esquema, seguido por quatro das canções, é próximo do esquema da canção canónica III, com a supressão da repetição final da 1.ª rima no 1.º grupo; e mais próximo se tornaria para a canção *Porque a vossa beleza em si se vença,* com 10 versos por estrofe, se a repetição final da 1.ª rima se não desse também no 2.º grupo da canção canónica III. O esquema da canção *A vida já passei assaz contente,* na mesma ordem de ideias, aproxima-se do esquema da canção canónica II. O esquema da canção *Glória tão merecida* é idêntico ao da canção canónica III, se esta tivesse 9 versos por estrofe. Os esquemas das canções *Nem roxa flor de Abril* e *Não de cores fingidas* não têm qualquer correspondência nas canções canónicas. Tudo isto com a ressalva, é claro, de a cadeia de pares rímicos finais não ser observável nas canções canónicas, embora a estrofe da canónica X tenha dois pares finais (um dos quais ligado a um grupo complexo), e a ode canónica *A quem darão do Pindo as moradoras* usar este esquema rímico, e mais simplificado ainda: *a + bb + cc + dd*.

8. Nenhuma das canções canónicas tem menos de 6 rimas por estrofe. Isto exclui as canções *Nem roxa flor de Abril* e *Glória tão merecida* (com 4), *Porque a vossa beleza a si se vença* (com 5) e *Não de cores fingidas* (com 3).

9. Vejamos o que se passa com o índice de variabilidade das estrofes.

1.º verso	Número de grupos métricos	Número de rimas por estrofe	Número de versos por estrofe	Número de grupos rímicos	Índice da estrofe
Nem roxa flor de Abril	8	4	9	2	1,78
Por meio de umas serras, etc.	3	6	12	5	0,30
A vida já passei, etc.	7	7	15	5	0,65
Bem-aventurado aquele, etc.	3	6	12	5	0,30
Porque a vossa beleza, etc.	3	5	10	4	0,38
Glória tão merecida	8	4	9	3	1,19
Não de cores fingidas	6	3	7	2	1,28

Analisando este quadro, em comparação com o quadro C do inquérito estrutural às canções canónicas, observamos o seguinte: A canção *Nem roxa flor de Abril* exclui-se por excesso, e as canções

Por meio de umas serras, etc., e a canção *Bem-aventurado aquele,* etc., por defeito se excluem dos limites canónicos, muito amplos, aliás, de variabilidade da estrofe. A canção *A vida já passei,* se bem que respeite esses limites, não se inclui em nenhum dos três grupos canónicos de variabilidade da estrofe. Já a canção *Porque a vossa beleza,* etc., tem índice igual ao de uma das canónicas (a II), enquanto a canção *Não de cores fingidas* se integra no 3.º grupo canónico (com 1,28, valor médio entre 1,23, que é de três canções, e 1,33, que é o de uma). *Glória tão merecida* aproxima-se do 3.º grupo canónico.

10. Em canções sem *envoi,* a variabilidade total é a da própria estrofe isolada, pelo que não cumpre comparar este índice com a variabilidade total das canções canónicas. No entanto, atendendo a que umas e outras se apresentam como obras completas em si mesmas (ou como tal devem aqui ser tomadas), observemos que, comparando com o quadro G do inquérito às canónicas, as exclusões seriam as mesmas. Quanto às não excluídas, a que começa *A vida já passei* continua fora de qualquer grupo canónico; a canção *Porque a vossa beleza,* etc., é de variabilidade praticamente igual à da canção canónica II; e a canção *Não de cores fingidas* tem índice igual ao de duas canónicas (IV e V). A canção *Glória tão merecida* tem índice praticamente igual à variabilidade total de outra (VI).

11. Resumamos agora, como fizemos para as canções apócrifas com *commiato,* os resultados individuais:

Nem roxa flor de Abril.

Com 7 estrofes, está *dentro* dos limites canónicos, e há uma canção canónica com igual número de estrofes;

Tem 9 versos por estrofe, o que *está abaixo* do limite canónico;

Tem 68 versos, o que *está dentro* dos limites canónicos;

Respeita o cânone, que impõe versos de 10 e 6 sílabas;

A sua percentagem de versos de 6 sílabas *está dentro* dos limites canónicos, embora nenhuma das canções que os definem esteja muito próxima desse valor;

Tem 8 grupos de alternância na estrofe, como três das canções canónicas, e segue um esquema métrico de alternância que não se afasta muito dos canónicos, mas não coincide com nenhum deles;

O seu esquema rímico da estrofe *não tem* qualquer correspondência no esquema canónico;

Tem 4 rimas por estrofe, o que a *exclui* dos limites canónicos;

O seu alto índice de variabilidade da estrofe *exclui-a* do limite canónico;

Tomado esse índice como variabilidade, a *exclusão persiste.*

Por meio de umas serras mui fragosas.

Tem 12 estrofes, o que está nos limites canónicos; e há uma canção canónica com igual número;

Tem 12 versos por estrofe, o que *está abaixo* do limite mínimo canónico (13), mas se aproxima muito dele;

Com 144 versos, está nos limites canónicos, embora com uma extensão que *não tem* correspondência nas canónicas;

Não respeita o cânon dos versos de 10 e de 6 sílabas, pois que inclui, em vez destes últimos, versos trissílabos;

Assimilando-se os versos de 3 aos de 6 sílabas, a sua percentagem (42 %) está nos limites canónicos, embora *nenhuma* das canções canónicas use de percentagem análoga;

Com 3 grupos de alternância estrófica, há, como ela, duas canções canónicas. Mas, nestas, o grupo intermédio é de *um* único verso, que se situa a meio da estrofe;

Segue um esquema rímico análogo ao de outras apócrifas, e apenas próximo do esquema da canção canónica III;

Tem, como as canónicas, 6 rimas por estrofe;

O seu baixo índice de variabilidade da estrofe *exclui-a* do cânon;

Essa exclusão *é confirmada,* tomando esse índice como variabilidade total.

Bem-aventurado aquele que ausente.

É análoga à canção anterior, em todas as características, e sofre pois, comparativamente, as mesmas consequências, à excepção do número de estrofes, que é 8 e, portanto, do número total de versos, que é 96, o que não altera a situação;

Quanto ao número de estrofes, está, como a sua análoga, em limites canónicos. Duas das canções canónicas têm o mesmo número;

Quanto ao total dos versos, está igualmente nos limites canónicos, e uma das canções canónicas tem 90 (descontado o *commiato*).

A vida já passei assaz contente.

Com 6 estrofes, está nos limites canónicos e tem o mesmo número que três canções do cânone;

Tem 15 versos por estrofe, como três canções canónicas;

O seu total de 90 versos está nos limites canónicos (uma das canções canónicas, descontado o *envoi,* tem o mesmo total);

Respeita o cânon do uso de versos de 10 e 6 sílabas;

A sua percentagem de versos de 6 sílabas (33 %) está nos

limites canónicos, e uma das canções canónicas tem percentagem muito próxima (35 %);

Tem sete grupos de alternância métrica da estrofe, como uma das canónicas;

O seu esquema rímico aproxima-se do da canção canónica II;

Com 7 rimas por estrofe, há, como ela, duas canções canónicas;

O seu índice de variabilidade, se bem que respeite os limites, não se inclui em nenhum dos três grupos canónicos de variabilidade da estrofe;

Tomado como variabilidade total, esse índice está nas mesmas condições: dentro dos limites, mas fora de qualquer dos grupos de variabilidade canónica.

Porque a vossa beleza a si se vença.

Com 4 estrofes, há, como ela, uma canção canónica;

Com 10 versos por estrofe, está *inteiramente fora* do limite canónico mínimo (13);

Com um total de 40 versos, está *inteiramente fora* dos limites canónicos;

Respeita o cânone do uso de versos de 10 e 6 sílabas;

A sua percentagem destes últimos (43 %) não a exclui dos limites canónicos, *embora* nenhuma das canções canónicas tenha percentagem próxima;

O seu esquema métrico, de três grupos, *não tem* qualquer correspondência canónica ou apócrifa;

O seu esquema rímico é próximo do da canção canónica III, nas condições descritas;

Com 5 rimas por estrofe, *está abaixo* do limite canónico;

O seu índice de variabilidade é *igual* ao da estrofe da canção canónica II;

Tomando como variabilidade, a identidade supra-referida mantém-se.

Glória tão merecida.

Com 6 estrofes, *não só está* nos limites canónicos, como *três* das canções canónicas, descontado o *commiato,* têm esse número de estrofes;

Com 9 versos por estrofe, está *fora* do mínimo canónico, que é 13;

Com 54 versos no total, *está* nos limites canónicos, e uma das canções canónicas, excluído o *commiato,* tem 52;

Respeita o cânone do uso de versos de 6 e de 10 sílabas;

A percentagem de versos de 6 sílabas (56%) *está dentro* dos limites canónicos; e, embora não tenha exacta correspondência com os grupos canónicos de percentagem, aproxima-se do composto pelos valores mais elevados;

Com o seu esquema métrico das estrofes, de 8 grupos de alternância, há *três* canções canónicas, mas *não há* coincidência exacta entre o dela e o comum a essas três;

O seu esquema rímico é *idêntico* ao dos primeiros 9 versos dos 13 da estrofe da canção III;

Com 4 rimas por estrofe, está *fora* dos limites canónicos;

O seu índice de variabilidade estrófica (1,19) *está dentro* dos limites canónicos de variabilidade da estrofe, e é, dos de todas as canções «apócrifas», o mais próximo de um valor canónico (1,23 — que é o de *três* canções);

Tomado como variabilidade total, este seu índice é praticamente igual ao de uma canção canónica (a VI).

Não de cores fingidas.

Com 10 estrofes, está nos limites canónicos, embora nenhuma das canções canónicas tenha igual número;

Com 7 versos por estrofe, está *inteiramente fora* dos limites canónicos;

Com 70 versos no total, está nos limites canónicos; e uma das canções canónicas, excluindo o *envoi,* tem igual número;

Respeita o cânone do uso de versos de 10 e de 6 sílabas;

Mas a percentagem destes últimos (43%), conquanto respeite os limites, *não tem correspondência canónica;*

Se o seu número de grupos de alternância métrica respeita os limites canónicos, *nenhuma* das canções canónicas tem 6 como ela; o seu esquema métrico é, todavia, com excepção de duplicação de verso num grupo, *idêntico* ao de igual número inicial de grupos na canção canónica III;

O seu esquema rímico *não tem* qualquer correspondência nas canções canónicas;

Com 3 rimas por estrofe, está inteiramente *fora* do limite canónico;

O seu índice de variabilidade da estrofe *integra-se* no 5.º grupo canónico;

Tomado como variabilidade total, é idêntica a sua variabilidade à de duas canções canónicas.

12. Que concluir, por agora, quanto a estas sete canções apócrifas sem *commiato,* que submetemos à prova da comparação

com os resultados do inquérito estrutural à forma externa das dez canções canónicas?

a) Que, quanto à forma externa, o inquérito estrutural confirma, em princípio, a *exclusão* de três canções apócrifas: *Nem roxa flor de Abril, Por meio dumas serras mui fragosas* e *Bem-aventurado aquele que ausente.* A exclusão destas duas últimas não é feita em função de terem versos de 3 sílabas, em vez de hexassílabos, razão que tem sido invocada (H. Cidade, ed. cit., vol. III, p. 374), mas sobretudo pela variabilidade delas, que *não é camoniana para canções.* E esta variabilidade não é função do número de sílabas dos versos não decassílabos;

b) Que a dúvida subsiste quanto às canções *Qu'é isto? Sonho?, etc., A vida já passei assaz contente* e *Porque a vossa beleza a si se vença,* que todavia se integram nos cânones dos parâmetros mais significativos;

c) Que há razões de análise estrutural da forma externa *para admitir, em princípio, autoria camoniana* das canções *Não de cores fingidas* e *Glória tão merecida,* que se conformam em parte aos padrões canónicos, tendo a primeira a mesma variabilidade que duas canções canónicas, e a terceira tendo perfeita identidade de variabilidade com uma canção canónica. A comparação com as odes, porém, ajudará a esclarecer o problema que elas constituem.

3) *AS CANÇÕES APÓCRIFAS À LUZ DO INQUÉRITO ESTRUTURAL*

Submetidas à análise estrutural que vimos exemplificando e seguindo, e comparados os resultados com o inquérito elaborado, nos mesmos moldes, para reconhecimento *objectivo* de um cânone da forma externa, o caso das canções apócrifas, com ou sem *commiato,* apresenta-se por enquanto do seguinte modo:

a) A presença ou ausência de *commiato* não influi na existência de características canónicas nas canções apócrifas;

b) O inquérito estrutural à forma externa leva-nos a *admitir, em princípio, a hipótese de autoria camoniana* para as canções *Oh pomar venturoso, Quem com sólido intento, Não de cores fingidas* e *Glória tão merecida;*

c) Que esse mesmo inquérito não dissipa as dúvidas quanto às canções *Qu'é isto? Sonho? ou vejo a ninfa pura, A vida já passei assaz contente* e *Porque a vossa beleza a si se vença;*

d) Que esse inquérito *confirma a exclusão,* em princípio, das canções *Nem roxa flor de Abril, Por meio dumas serras mui fragosas, Bem-aventurado aquele que ausente* e *Crecendo vai meu mal de hora em hora.*

4) ALGUMAS CONSIDERAÇÕES SUPLEMENTARES

Recapitulemos, ainda que sucintamente, as razões que têm presidido à exclusão ou inclusão das canções apócrifas no *corpus* camoniano. E façamo-lo para os três grupos em que a análise estrutural comparativa no-las repartiu.

Grupo de autoria provável.

Este grupo aparece-nos formado por duas das quatro canções inseridas em 1668, por outra apresentada por Teófilo Braga, e pela que consta do *Cancioneiro Fernandes Tomás.*

Essas duas canções inseridas em 1668 são, com a canção *Qu'é isto? Sonho?, etc.,* que o prosseguimento da análise estrutural talvez integrasse neste grupo (o inquérito à forma externa não a exclui, se bem que não a inclua), as três que, no lapso de tempo entre a edição de 1616 e a de 1668, haviam sido impressas em 1629, na *Miscelânea,* de Miguel Leitão de Andrade, e que a edição de 1668 integrou na produção de Camões. O descrédito sistemático em que tem sido tido Faria e Sousa, e que, em grande parte, é fruto da aversão que desperta a sua atitude política, quando da Revolução de 1640, somado à discreção com que o ilustre crítico seiscentista as recomenda como de Camões, é que mais contribuiu para a exclusão, em bloco, dessas três canções, além do facto da impressão prévia, sem indicação de autoria, na obra miscelânica de um outro autor. A malevolência «patriótica» que tem incidido em Faria e Sousa não é critério para ajuizar-se das suas qualidades de crítico, nem sequer das suas qualidades pessoais[1]. O facto de haver uma publicação prévia sem indicação de autor, na obra de outro, é circunstância demasiado corrente nas publicações dos séculos XVI e XVII, em todos os países para que possa tomar-se, em definitivo, como razão de exclusão. Só a escassez desse género de publicações miscelânicas em Portugal, e a ignorância da confusão tremenda de autorias ou anonimias que são essas publicações, por exemplo, na Inglaterra de então, podem militar, sem outras considerações de crítica à forma externa e interna, pela exclusão pura e simples. O critério dominante na aceitação da autoria camoniana, para as edições do século XVII, e levado por Costa Pimpão ao radicalismo extremo, baseia-se em que não merecem confiança, na edição de 1668, os textos provenientes dos manuscritos de Faria e Sousa, a menos que haja, entre essa edição e a de 1685, discrepâncias textuais[2]. Mas este critério, cujo extremismo é afinal flutuante conforme as produções são achadas boas ou más, não foi aplicado tão rigorosamente, por exemplo, aos sonetos, e é mera sobreposição, no caso das canções, ao critério que presidira, diverso, à edição de 1932. E, se Faria e Sousa fala de uns manuscritos em que as três canções aparecem *entre* outros poemas de Camões, sem indicação expressa de autoria (e é ele quem honestamente o diz), a verdade é que, na *Miscelânea* de Miguel Leitão, os textos já existiam, e publicados, independentemente de Faria e Sousa, que aliás não «tirou» do livro o muito mais que podia ter tirado...

Quanto à canção *Não de cores fingidas,* já tivemos oportunidade de discutir a irrelevância interna das considerações de Carolina Michaëlis, que devem ter induzido à sua exclusão. Mas o mesmo se não dirá para *Glória tão merecida,* que Carolina Michaëlis igualmente exclui para o número de «apócrifos e anónimos», porque a inclusão dela na autoria mesmo duvidosa não deixa de exigir uma verificação rigorosa do manuscrito que Teófilo diz ter usado.

Grupo requerendo investigação ulterior.

Se bem que todos os grupos requeiram, evidentemente, investigação ulterior, este a requer não apenas como confirmação, mas por o inquérito estrutural nada permitir decidir como nos outros dois grupos, com igual segurança.

É este grupo formado pela terceira canção da *Miscelânea* de Miguel Leitão, cujo caso acabámos de discutir, pela canção de 1685 e pela canção revelada por Juromenha e recusada por Pimpão. Com a menos a *Miscelânea,* os comentários que fizemos acerca de Faria e Sousa são repetíveis aqui para as duas primeiras.

A exclusão da canção *Porque a vossa beleza a si se vença,* nas edições modernas, só é feita por Costa Pimpão. J. M. Rodrigues e Lopes Vieira, em 1932, como H. Cidade em 1946, aceitam-na por acharem-na digna de Camões, conquanto as capacidades de crítico textual do visconde de Juromenha lhes não mereçam equivalente reconhecimento de dignidade. Mas a verdade é que o manuscrito do visconde, em que esse texto aparecia, revelava — o que é do maior interesse e importância — um texto da canção *Manda-me Amor que cante docemente.* De modo que, onde militou o agrado pelo texto, havia considerações eruditas, ainda que escassas, que o protegiam; e onde militou a indignidade de Juromenha, o agrado do texto, ao contrário do que sucedeu com redondilhas e sonetos, não o protegeu.

O caso da canção *A vida já passei assaz contente,* todavia, é curiosamente diverso. Parecem militar, *internamente,* contra ela algumas razões ponderáveis. Nenhuma canção ou ode canónica usa do último verso das estrofes como um estribilho repetido de estrofe para estrofe: e esta canção é assim construída. Mas, se na Écloga

III

chamada IV (*Frondoso e Duriano*), que é imensamente canónica, destacássemos as falas do pastor Frondoso, formaríamos um poema muito semelhante, *com igual uso de um estribilho em estrofes petrarquistas*. Estabeleçamos um quadro comparativo desta canção apócrifa e do extracto da citada écloga:

	Número de estrofes	Versos por estrofe	Total dos versos	Percentagem de versos de 6 sílabas	Esquema métrico
Canção	6	15	90	33	6(10) 1(6) 1(10) 1(6) 1(10) 1(6) 2(10)
Écloga	10	13	130	23	7(10) 2(6) 1(10) 1(6) 1(10) 1(6) 2(10)

Esquema rímico	Número de rimas por estrofe	Índice estrófico
abcbacc dd ee ff gg	7	0,65
abcbacc dd ee ff	6	0,80

Observando este quadro, notam-se analogias flagrantes. E, com excepção do esquema métrico e do esquema rímico, *que não têm correspondência nas canções canónicas,* a estrofe da Écloga respeita todos os cânones, a ponto de o seu índice estar entre os de duas canónicas, com 0,78 e 0,82. De modo que esta canção apócrifa, com o seu uso do estribilho de verso final, e com os seus esquemas métrico e rímico, poderia ser uma experiência análoga, na canção, ao que Camões fizera nas falas de um dos seus pastores canónicos. Mas porque a canção está cheia de referências pastoris, e porque não há um necessário nexo lógico de estrofe para estrofe, ela poderia ser, não uma experiência pastoril em canção, mas o *extracto de uma écloga perdida* ou desprezada pelo autor (na totalidade, ou no que não constituiu este extracto). Outra razão ponderável, bem mais interna que esta que criticamos, é o facto de a personagem que fala ser feminina. Mas, nas éclogas de Camões, *há* interlocutores femininos: Aónia (em *Umbrano e Frondélio*) e Belisa (em *Almeno e Belisa*), embora ambas falem em *terza rima*. De modo que, por considerações de análise da forma externa (e mesmo por estes aspectos focados da forma interna), não é possível de facto a exclusão pura e simples desta «canção» apócrifa. Note-se que a única canção petrarquista que Montemor inclui na sua *Diana* (livro I) é recitada por personagem feminina, e suas 6 estrofes de 15 versos concluem-se por um verso-estribilho («Ribera umbrosa, qué es del mi Sireno?»).

Acresce a circunstância de os esquemas métrico e rímico dela serem *exactamente* os desta canção «apócrifa» de Camões. Até no número de estrofes a coincidência é perfeita, apenas com faltar à apócrifa o *commiato* que a de Jorge de Montemor possui (esquema métrico: 1(10) 1(6) 2(10); esquema rímico: *aa* + *bb*, repetindo o esquema de igual número de versos finais da estrofe).

Grupo de não-autoria provável.

Este grupo é formado pela canção acrescentada em 1616, por uma das que aparece na edição de 1668, e pelas outras duas que Juromenha publicou.

A razão principal que tem levado à exclusão da primeira é a falta de *commiato,* que, como vimos, por si só não afasta nenhuma das canções apócrifas do cânon camoniano. É também a de não se conformar com os «moldes camonianos, que são os de Petrarca e Bembo»[3]. Veremos que não é possível afirmar, quanto à forma externa, que os moldes de Camões sejam os de Petrarca, senão em especialíssimas e muito limitadas condições; e que, quanto a Bembo, só na forma ideal Camões se aproxima dele. A verdadeira razão de excluir-se este texto é ainda o mesmo autor quem obliquamente no-la revela: «Se é de Camões, pertence à época juvenil dos ensaios». Como se tudo o que de inferior um grande escritor faça tivesse de pertencer aos ensaios de juventude, que, em contrapartida, se consideram como necessariamente incipientes... O inquérito, porém, mostrou-nos que há outras razões, e objectivas, pelas quais a canção não obedece ao cânon camoniano, independentemente de *commiato,* de Petrarca, de Bembo, ou da idade do autor (que não sabemos, fora de conjecturas, para nenhuma produção de Camões).

A outra canção de 1668, e uma destas duas de Juromenha *(Bem-aventurado, etc.),* têm em comum, diversa que é a proveniência manuscrita, uma estrutura estrófica exactamente igual. Não é, porém, pela presença de trissílabos em vez de hexassílabos que elas estão fora dos moldes camonianos, o que, juntamente com o pouco interesse delas, terá produzido a exclusão que se verifica desde 1932. Outras e mais complexas características da forma externa as excluem.

E o mesmo sucede, e não pela transcrição imperfeita que se alega (algum Camões estará livre dessa vicissitude?) ou a qualidade inferior, com a última do grupo, revelada também por Juromenha.

Vejamos, porém, o que as odes nos dizem.

NOTAS

1 Veja-se, por exemplo, como essa malevolência interpreta, *contra* Faria e Sousa, mesmo as circunstâncias que poderiam, desse ponto de vista, abonar em favor dele, no estudo historicista que Camilo Castelo Branco lhe dedicou (in *Mosaico e Silva,* Porto, Lello & Irmão, sem data).

2 Vide prefácio de Costa Pimpão à sua ed. cit. da obra não-épica.

3 H. Cidade, ed. e lugar citados.

IV

OBSERVAÇÕES ESTRUTURAIS SOBRE AS ODES DE CAMÕES, E COMPARAÇÃO COM AS CANÇÕES CANÓNICAS E APÓCRIFAS

1) *A ODE*

A ode do séc. XVI, que pode ser considerada uma criação do Renascimento italiano, através da confluência dos modelos clássicos fornecidos pela poesia de Píndaro, as canções anacreônticas, e as odes de Horácio, tem a sua origem moderna em composições latinas do humanista Francesco Filelfo (1398-1481). O hino coral de Píndaro e a canção ligeira de Anacreonte já haviam confluído no personalismo e no moralismo de Horácio. E é deste, com reminiscências dos grandes modelos originais, e com o peso da erudição «clássica», que a *ode* passa a Filelfo e às literaturas em vernáculo[1].

Em Portugal, Sá de Miranda, que vimos ter nas suas obras publicadas apenas duas canções, não tem nelas *nenhuma* ode. António Ferreira, nos *Poemas Lusitanos,* tem *treze* odes, contra nove elegias, doze éclogas, vinte e seis epístolas. Diogo Bernardes, no conjunto dos seus diversos volumes publicados, terá apenas *uma* ode, contra umas catorze elegias, vinte éclogas, mais de trinta epístolas. E vimos que Ferreira não coligiu canções, enquanto Bernardes publicou meia dúzia delas. Isto nos mostra que, se — como concluíramos —, a canção é praticamente uma actividade iniciada por Camões (pela proporção em que figura na sua obra, em relação ao que fizeram os outros, e pela importância pessoal que ele lhe deu, ao contrário deles), a *ode* o não é tanto, uma vez que Ferreira a cultivou amplamente. Mas que, tal como a canção, era uma forma ou espécie cujas exigências ou formalismos podiam não acordar-se com todas as personalidades, eis o que se vê no facto de Diogo

Bernardes, apesar do exemplo de Ferreira, não a haver praticado. Que, em face disto, Camões tenha desenvolvido, como desenvolveu, a canção e a ode (e as suas odes, pelo peso das referências ornamentais eruditas, bem ecoam o artificialismo dos modelos humanísticos) é prova adicional do seu espírito universalizante, capaz de apropriar-se de tudo, a uma escala que supera a da sua geração.

2) O CORPUS CAMONIANO DAS ODES

A edição de 1595 da lírica de Camões revelou *cinco* odes, nenhuma das quais até hoje a erudição fez abandonar o autor. A de 1598 dobrou aquele número, publicando *mais cinco,* e todas continuam parte do *corpus* camoniano. Aliás, uma destas cinco, dirigida ao conde de Redondo, vice-rei da India, fora a primeira e uma das raras poesias líricas de Camões impressas em sua vida; se a primeira edição não a recolhera em 1595, ela estava publicada, desde 1563, na obra de Garcia de Orta, *Colóquios dos Símplices e Drogas da Índia.* A edição de 1616 publicou *mais duas* que persistem nas edições modernas. A edição de Álvares da Cunha (1668) e a de Faria e Sousa (1685), que tanto acrescentavam, nas diversas espécies, a Camões, não trouxeram nenhuma ode de mais. A edição Juromenha (1860-69) revelou *mais duas,* extraídas do manuscrito de Luís Franco. As diversas edições de Teófilo Braga não acrescentaram nenhuma. O *Cancioneiro Fernandes Tomás* também não (em termos que corrigiremos).

As odes, portanto, e segundo as em geral não discutidas classificações específicas dos manuscritos ou dos publicadores, passaram, em três séculos, desde 1595, de *cinco a catorze,* enquanto as canções haviam passado de *dez a vinte e uma.* Triplicavam aquelas, contra uma duplicação do número destas[2]. Mas as odes tiveram mais sorte que as canções... Se os expurgos eruditos, como vimos, reduziram as canções (contando os vários textos de *Manda-me amor* como um) às dez de 1595, mais uma (que era aceita em 1932, Cidade incluiu, e Pimpão expulsou), fazendo voltar o número delas ao ponto de partida, das catorze odes apenas uma veio a ser recusada, e unânimemente, por J. M. Rodrigues e A. Lopes Vieira (1932), Costa Pimpão (1944) e H. Cidade (1946), e necessariamente também por Salgado Júnior (1963), que os acompanha a todos. Essa ode figura no mesmo manuscrito em que está uma das duas odes publicada por Juromenha e que todos aceitam. A fundamentação externa para a aceitação é válida para ambas: apenas a ode *Fora conveniente* é um texto julgado de qualidade muito interior, em comparação com o da outra, *Tão crua ninfa, mas tão fugitiva*, para a qual se alega que tem estrutura análoga à de uma das odes de 1595 *(Tão suave, tão fresca e tão formosa)*, o que só é verdade para o primeiro verso, para o esquema estrófico, e para o facto anormal de ambas terem um *commiato* de dois versos. Seriam ambas odes com *commiato*, como há canções sem ele (embora a falta dele seja considerada motivo de exclusão).

3) *INQUÉRITO ESTRUTURAL À FORMA EXTERNA DAS ODES*

Não nos ocupa aqui o estudo sistemático das odes. Todavia, na mesma medida em que fizemos um inquérito estrutural à forma externa das canções, cumpre-nos repeti-lo, pelos mesmos critérios, para as odes, já que, parecendo que são confundíveis até certo ponto as duas formas, a nossa ideia do cânone camoniano para canções não deixará de iluminar-se com a determinação das características das odes.

O quadro geral que, como para as canções, adiante se estabelece inclui todas as *catorze* odes atribuídas a Camões. Para as canções, e por motivos óbvios, separámos as canónicas e as apócrifas. Nem de outro modo obteríamos um cânone objectivo, pelo qual aferirmos as últimas. Para as odes, o cânone não é alterado pela inclusão da ode recusada, aliás por motivos de qualidade, e não de «apocrifia»[3].

Analisemos coluna a coluna este quadro, como fizemos para as canções. E, depois, estabelecida também a variabilidade rítmica, comparemos com os das canções os resultados obtidos.

I. *Número de estrofes.*

1. Todas as odes, menos duas, *não têm commiato;*
2. O número de estrofes varia, com exclusão daquele *commiato*, entre 6 e 18. Apenas uma ode tem 6; duas têm 7; e outra tem 9. Depois, há duas com 11, quatro com 13, duas com 15; e duas com 17 e 18, respectivamente. A média dos valores máximo e mínimo é 12; a média geral é 11. Próximas destes valores (que duas têm, sendo uma delas a desprezada) há 6 odes.

II. *Número de versos por estrofe.*

Varia entre 5 e 7, se não contarmos o *commiato* de dois versos que duas odes têm. Ambas as médias são 6, que é o valor para 4 odes.

| Número de ordem | Data | 1.º verso | Número de estrofes | Número de versos | | Medida dos versos | Percentagem de versos de 6 sílabas | Esquema métrico | Esquema rímico | | Observações |
				Estrofe	Total				Esquema	Número de rimas	
1	1595	*Detém um pouco*, etc.	15	7	105	10/6	57	1(10) 1(6) 1(10) 3(6) 1(10)	ababb cc	3	—
2	»	*Fermosa fera humana*	13	6	78	»	50	1(6) 1(10) 1(6) 1(10) 1(6) 1(10)	abab cc	3	—
3	»	*Nunca manhã suave*	6	7	42	»	43	1(6) 1(10) 1(6) 2(10) 1(6) 1(10)	ababb cc	3	—
4	»	*Se de meu pensamento*	18	5	90	»	60	1(6) 1(10) 2(6) 1(10)	ababb	2	—
5	»	*Tão suave, tão fresca*, etc.	7+e	7(e 2)	51	»	29	1(10) 1(6) 4(10) 1(6)	abcdefg (repete)	7	*Commiato* com o esquema métrico 1(10) rímico *fg*.
6	1958	*Aquele moço fero*	17	5	85	»	60	1(6) 1(10) 2(6) 1(10)	ababb	2	—
7	»	*Aquele único exemplo*	11	6	66	»	33	1(6) 1(10) 1(6) 3(10)	abab cc	3	—
8	»	*A quem darão do Pindo*, etc.	9	7	63	»	43	1(10) 2(6) 2(10) 1(6) 1(10)	a bb cc dd	4	—
9	»	*Fogem as neves frias*	13	5	65	»	60	1(6) 1(10) 2(6) 1(10)	ababg	2	—
10	»	*Pode um desejo imenso*	13	7	91	»	43	2(6) 3(10) 1(6) 1(10)	abab cdc	4	Com *d* rimando com a 6.ª sílaba do último verso.
11	1616	*Já a calma nos deixou*	13	6	78	»	33	1(6) 1(10) 1(6) 3(10)	abab cc	3	—
12	»	*Naquele tempo brando*	15	6	90	»	50	1(6) 1(10) 1(6) 1(10) 1(6) 1(10)	abab cc	3	—
13	1860/9	*Fora conveniente*	11	5	55	»	60	1(6) 1(10) 2(6) 1(10)	ababb	2	—
14	»	*Tão crua ninfa*, etc.	7+e	7(e 2)	51	»	29	1(10) 1(6) 4(10) 1(6)	abcdefg (repete)	7	As mesmas observações que para a ode 5.

III. *Total dos versos.*

Varia entre 42 (uma ode) e 105 (uma ode). A média destes dois valores é 73,5. A média geral é 72. Apenas 3 odes (uma com 66, e duas com 78) estão próximas destes valores.

IV. *Medida dos versos.*

1. Só há versos de 10 e 6 sílabas, que todas as odes contêm;
2. Das catorze odes, *dez* iniciam-se por verso de 6 sílabas (71 % do total).

V. *Percentagem de versos de 6 sílabas.*

1. Varia entre 29 (duas odes) e 60 (quatro odes);
2. A média destes dois valores é 44,5. A dos 14 valores é 46,5. Estão próximas de ambos quatro odes (três com 43 e duas com 50).

VI. *Esquema métrico das estrofes.*

1. Há oito esquemas métricos, um dos quais seguido por quatro odes (uma é *Fora conveniente*);
2. O número de grupos de alternância varia entre 4 (nove odes) e 6 (três odes).

VII. *Esquema rímico.*

O quadro destes esquemas é o seguinte, já coordenadas as coincidências e as semelhanças:

Esquemas	Odes	Observações
ababb	4, 6, 9, 13	—
ababb cc	1, 3	—
abab cc	2, 7, 11, 12	—
abab cdc	10	*d* rimando com a 6.ª sílaba do verso seguinte.
a bb cc dd	8	—
abcdefg	5, 14	As mesmas rimas repetem-se nas estrofes seguintes.

Examinando-se este quadro, é fácil verificar que o grupo rímico *ababb* (esquema básico da lira) é *prototípico,* já que 6 odes o possuem, e que mais 5 se aproximam dele.

VIII. *Número de rimas.*

Excluído o caso das odes 5 e 14, que têm um esquema «anormal» (que é, aliás, o da canção de Petrarca, *Verdi panni, sanguigni, oscuri o persi*), este número varia entre 2 (quatro odes) e 4 (duas odes). Todas as outras têm 3, que é a medida geral e a média da amplitude máxima.

IX. *Variabilidade rítmica.*

Esta variabilidade é, para doze das odes (e como acontecia para as canções sem *commiato*), o índice das estrofes respectivas. Para o cálculo geral, não entraremos porém com o *commiato* das duas que o têm, já que ele é apenas um breve prolongamento métrico e rímico da última estrofe.

Recordemos que é:

$$i = \frac{\text{Número de grupos métricos} \times \text{número de rimas}}{\text{Número de versos} \times \text{número de grupos rímicos}}$$

e estabeleçamos, para mais clareza, o correspondente quadro de cálculo:

	Número de grupos métricos	Número de rimas	Número de versos	Número de grupos rímicos	Índice estrófico
1	5	3	7	2	1,07
2	6	3	6	2	1,50
3	6	3	7	2	1,29
4	4	2	5	1	1,60
5	4	7	7	7	0,57
6	4	2	5	1	1,60
7	4	3	6	2	1,00
8	5	4	7	4	0,71
9	4	2	5	1	1,60
10	4	4	7	2	1,14
11	4	3	6	2	1,00
12	6	3	6	2	1,50
13	4	2	5	1	1,60
14	4	7	7	7	0,57

Os valores extremos são:

Máximo: 1,60 (quatro odes);
Mínimo: 0,57 (duas odes).

A média dos dois valores extremos é 1,085, e a média geral
para os catorze é 1,20.

Organizemos, por ordem crescente, uma lista dos índices; e,
em função das diferenças entre eles, organizemos conjuntamente
os grupos de variabilidade:

$$
\begin{array}{ll}
& 0,57\ (5,\ 14) \\
0,14\ < & \qquad\qquad 1.^\circ\ \text{grupo} \\
0,29\ < & \dfrac{0,71\ (8)}{1,00\ (7,\ 11)} \\
0,07\ < & \\
& 1,07\ (1) \\
0,07\ < & \qquad\qquad 2.^\circ\ \text{grupo} \\
& 1,14\ (10) \\
0,15\ < & \\
0,21\ < & \dfrac{1,29\ (3)}{1,50\ (2,\ 12)} \\
0,10\ < & \qquad\qquad 3.^\circ\ \text{grupo} \\
& 1,60\ (4,\ 6,\ 9,\ 13)
\end{array}
$$

média: 0,147

Observamos que entre a máxima variabilidade e a mínima se
formam três grupos, um de baixa variabilidade (3 odes), outro de
média variabilidade (5 odes) e outro de alta (6 odes). Duas das
odes do grupo médio quase coincidem com as suas médias dos
índices. E podemos notar que o desvio entre o grupo médio e o
grupo alto é inferior ao que se verifica entre o médio e o de variabilidade mais baixa.

4) COMPARAÇÃO DOS INQUÉRITOS ÀS ODES E ÀS CANÇÕES

Separemos, para os nossos fins comparativos, este cotejo em
duas partes, quanto às canções canónicas e quanto às apócrifas,
já que as conclusões que pretendemos buscar não são de igual teor.

I) *Com as canções canónicas.*

1. *Número de estrofes:*

a) Se as canções canónicas possuem todas *commiato,* as odes
todas (menos uma ou duas, conforme a aceitação delas) não o
possuem. Mas o facto de poderem possuí-lo, numa estrutura geral

que não é a da canção, mostra e reitera — o que aliás é reciprocamente da tradição — que *não é expressamente obrigatório que canções
(mesmo de Camões) o tenham;*

b) Quanto ao número de estrofes propriamente ditas, vemos
que as canções canónicas vão de 4 a 12, enquanto as odes vão de
6 a 18. O valor médio dos limites extremos, para as odes, é 12,
superior em 50 % ao das canções canónicas, que é 8. Portanto,
em geral, *as odes têm maior número de estrofes que as canções.*

2. Número de versos por estrofe.

Este número varia, nas canções, entre 13 e 20; nas odes, entre
5 e 7. Nem na amplitude, nem na ordem de grandeza, há coincidência; pelo que, neste particular, *as odes se definem como tendo estrofes de menor número de versos, número que é metade do mínimo para as
canções.*

3. Total dos versos.

Para as canções, o total de versos varia (se excluirmos a canção de dimensões imensas) entre 60 e 123, valores extemos que, para
as odes, são 42 e 105. Isto é extremamente curioso. Se as odes,
para Camões, podiam ser muito mais breves que as canções ($2/3$ da
menor canção), *a amplitude de variação é a mesma:*

Canções (sem a X)............................ 123 — 60 = 63;
Odes .... 105 — 42 = 63.

E não só isto: a extensão em que as canções são mais longas
que as odes é, em consequência da igualdade de amplitude, a mesma
em que as odes podem ser mais breves que elas. Por contraste,
portanto, e até no que coincidiam, *canções e odes distinguiam-se, no
espírito de Camões, quanto à sua extensão,* o que mais claro se torna,
desde que recordemos que o total dos versos é o produto do número
de estrofes pelo número de versos por estrofe, sendo estes últimos
sempre pelo menos metade nas odes do que são nas canções[4].

4. Medida dos versos:

a) Canções canónicas e odes só têm versos de 6 e de 10 sílabas;
b) Mas, se Camões fazia depender a densidade das canções do
início delas por verso de 10 sílabas, isso *é-nos confirmado pelas odes,*

das quais 71 % começam com verso de 6 sílabas, visto que a ode era uma composição tida por mais ligeira e formalizada.

5. *Percentagem de verso de 6 sílabas.*

Varia, nas canções, entre 5 e 68, numa amplitude enorme. Nas odes, a amplitude é metade desta, já que a variação vai de 29 a 60. Mas há quatro canções com percentagem superior à de qualquer ode (uma com 66, e três com 68); e cinco com percentagem inferior à delas (uma com 5, outra com 6, uma com 20, e duas com 22). De modo que se assiste a este fenómeno surpreendente: *das dez canções canónicas, só uma está dentro dos limites de percentagem de verso de 6 sílabas das odes,* e as outras todas ou têm mais, ou têm menos. Portanto, para Camões, *a ode era, também na percentagem de verso de 6 sílabas, algo que claramente se diferençava das canções.* Estas, ou se entregavam à respiração mais curta, ou avançavam a passo de hendecassílabo. Assim, a ligeireza da ode compensava-se com certa solenidade formalística, compensação incompatível no tom íntimo — apaixonado ou meditativo — das canções.

6. *Esquema métrico das estrofes.*

a) São oito para as odes, como para as canções canónicas, pelo que Camões varia mais para dez canções que para catorze odes;

b) Mas os grupos de alternância variam, nas canções, entre 3 e 10, e só entre 4 e 6 nas odes. É claro que, não tendo as odes mais de sete versos por estrofe, o número máximo de grupos possíveis seria 7 (que Camões não usa). O mínimo, como nas canções, seria 3 (que Camões também não usa nas odes). Vemos, pois, o poeta atendo-se, dentro da estrofe mais breve da ode, *a uma regularidade de alternância, que se acorda com a índole mais formalística, para ele, das odes,* em diferenciação das canções.

7. *Esquema rímico das estrofes:*

a) Há seis tipos para catorze odes e oito para dez canções, pelo que, na verdade, as odes eram, para Camões, uma *forma mais fixa que a canção;*

b) *Nenhum dos esquemas das canções aparece nas odes,* o que melhor nos patenteia como, para o poeta, odes e canções eram coisa diversa.

8. *Número de rimas.*

Não é comparável este parâmetro, dada a total incoincidência, que já observámos, do número de versos por estrofe.

9. *Variabilidade rítmica.*

A comparação mais rigorosa da variabilidade rítmica deve ser feita com o índice estrófico das canções camonianas canónicas (que todas têm *commiato*), e não com a variabilidade total delas. Ponhamos, frente a frente, e por ordem crescente, os índices delas e os das odes.

Notemos o seguinte, observando esta confrontação coordenada:

Canções	Odes
{ 0,34 (x)	—
{ 0,38 (II)	—
—	0,57 (5, 14) }
—	0,71 (8) }
{ 0,77 (I)	—
{ 0,78 (IX)	—
{ 0,82 (VII)	—
—	1,00 (7, 11) }
—	1,07 (I) }
—	1,14 (10) }
{ 1,23 (IV, VI, VIII)	—
{ —	1,29 (3) }
{ 1,33 (V)	—
{ 1,43 (III)	—
—	1,50 (2, 12) }
—	1,60 (4, 6, 9, 13) }

No intervalo (0,34-0,57), onde, com baixo índice, há *só canções,* estão situadas *duas* em dez: 20 %;

No intervalo comum (0,57-1,43), há um mesmo número de odes e de canções; ou seja, nele estão situadas 80 % das canções (oito) e 60 % das odes (oito);

No intervalo (1,43-1,60), onde, com alto índice, há *só odes,* estas são *seis* das catorze: 40 %;

É nítido que os grupos de variabilidade das odes e das canções (com a excepção de uma ode), mesmo no intervalo comum *não se sobrepõem;*

Nesse intervalo comum, a média dos índices das oito canções é 1,10. A média geral dos índices das oito odes do intervalo é também 1,10 — valor igual, sendo tão diferentes os índices;

Os limites máximo e mínimo de variabilidade para odes e canções, e as respectivas amplitudes, são:

	Canções	Odes
Limite máximo...............	1,43	1,60
Limite mínimo...............	0,34	0,57
Amplitude	1,09	1,03

Este pequeno quadro mostra-nos que, para todos os efeitos, *com uma mesma amplitude* de variação, *a variabilidade das odes é mais alta que a das canções*. Na verdade, quer a média geral dos índices das odes, quer a média dos oito índices diferentes que elas têm, são superiores em 25 % aos valores respectivos para as canções;

Se, porém, estabelecermos a média dos dezasseis índices diversos das odes e das canções, e a média geral dos índices das vinte e quatro composições, e os compararmos com os semelhantes parâmetros para as canções e para as odes, é-nos possível formar o seguinte quadro:

	Médias	
	Indices diversos	Gerais
Canções (8 índices — 10 canções).........	0,89	0,95
Odes (8 índices — 14 odes)	1,11	1,20
Odes e canções (16 índices — 24 peças)	1,00	1,10

Este quadro mostra-nos que, apesar de os grupos de variabilidade de odes e canções não se sobreporem, e de nenhuma ode ter o mesmo índice que uma canção, e de, para uma mesma amplitude, a variabilidade das odes ser, em média, superior à das canções, não obstante o valor médio dos índices diferentes que umas e outras, em conjunto, possuem, não altera substancialmente a média geral de só as canções (1,00 é aproximadamente igual a 0,95), do mesmo modo que, se todas as odes e canções têm uma média geral apenas superior em cerca de 10 % à média geral das dez canções, não menos aquela média geral é igual à média dos oito índices diversos que as odes possuem. De modo que, na inteira dissociação da forma externa das odes e das canções de Camões, nos fica patente como, na tão grande variedade das suas estrofes (que o índice representa na sua complexidade), as duas formas reciprocamente se completavam e harmonizavam. Podemos, no entanto, e reportando-nos às anteriores observações, ainda acentuar o seguinte:

Para odes e canções, Camões criou ou usou tessituras rítmicas muito definidas, já que, mesmo na faixa de variação (0,57-1,43), em que se situam oito odes e oito canções, não só os grupos de variabilidade não se sobrepõem, como não se sobrepõem os vários índices;

E, sendo em geral a variabilidade das odes superior à das canções, e havendo seis das catorze odes com índice mais elevado que o da canção de mais alta variabilidade, enquanto apenas duas canções o têm mais baixo que o das odes de mais baixo índice, a amplitude da variação é a mesma, e os valores médios gerais e específicos harmonizam-se entre si. *Camões, portanto, variando muito, e separando nitidamente odes e canções pelo menos na individualidade rítmico-expressiva delas, não queria todavia afastar-se do tipo médio ideal que tinha em mente*[5].

II) *Com as canções apócrifas.*

Das canções apócrifas (e a menos que supuséssemos a hipótese de, nas com *commiato,* este ser ainda mais apócrifo que elas, o que efectivamente sucede com apenas uma), só nos importa comparar com as odes as que não têm *commiato.* São sete, como vimos, contando nelas *Nem roxa flor de Abril* que é a do apocrifíssimo *commiato.* Recordemos os primeiros versos das outras: *Por meio de umas serras, etc., A vida já passei, etc., Bem-aventurado aquele, etc., Porque a vossa beleza, etc., Glória tão merecida* e *Não de cores fingidas.* Vimos que estas canções (ou composições dadas como tal) não podiam algumas delas ser canções camonianas, por não se coadunarem com o cânone objectivamente definido. Será que algumas não poderiam ser odes? É o que vamos ver, comparando-as com o cânone das odes, e sintetizando os diversos parâmetros para encurtarmos razões.

Com estrofes em número que varia de 4 a 12, todas poderiam ser odes;

Com 7 a 15 versos por estrofe, *só uma* pode sê-lo — *Não de cores fingidas;*

Com um total de versos entre 40 e 144, *duas estão fora* dos limites das odes: *Porque a vossa beleza a si se vença* (embora o seu

40 esteja muito perto do mínimo 42) e *Por meio de umas serras mui fragosas* (cujo 144 excede em muito o máximo);

Com versos de três sílabas, aquela última e a sua análoga *(Bem--aventurado aquele que ausente)* não respeitam o cânone das odes;

Com percentagens de verso de seis sílabas variando entre 20 e 56, só *não é ode* a composição *Porque a vossa beleza,* etc. (cujo 20 está abaixo do mínimo 29, que é aliás o valor para as duas odes extravagantes);

Só *duas* (com ressalva de a primeira ter nove versos por estrofe) podem, quanto a esquema métrico, ser odes: *Glória tão merecida* e *Não de cores fingidas;*

Quanto a esquema rímico só *uma* tem exacta correspondência (com uma das odes): *Não de cores fingidas;*

A variabilidade rítmica (o índice da estrofe, é claro) só *não exclui três: A vida já passei assaz contente, Glória tão merecida* e *Não de cores fingidas.* A primeira tem um valor (0,65) que é o médio do primeiro grupo de variabilidade das odes; a segunda está próxima da média geral das catorze odes; e a terceira tem praticamente o mesmo índice que a ode 3.

III) *Conclusões comparativas.*

Formemos um quadro de admissões e de exclusões destas sete canções apócrifas sem *commiato,* segundo os resultados a que chegámos comparando-as com os cânones de odes e canções. O critério seguido, ao classificarmos nele as admissões e as exclusões como absolutas ou relativas, pretende resumir todas as considerações críticas que, acerca delas, foram feitas em diversas oportunidades, e também ter em atenção a proporção «relativa» em que, podendo ou não ser canções, elas podem ou não ser odes.

«Canções» apócrifas sem *commiato*	Cânone	
	Canção	Ode
Nem roxa flor de Abril	Exclusão absoluta	Exclusão absoluta
Por meio de umas, etc.	Exclusão absoluta	Exclusão absoluta
Bem-aventurado aquele, etc.	Exclusão absoluta	Exclusão absoluta
A vida já passei, etc.	Admissão relativa	Exclusão relativa
Porque a vossa beleza, etc.	Exclusão relativa	Exclusão absoluta
Glória tão merecida	Admissão relativa	Admissão relativa
Não de cores fingidas	Admissão relativa	Admissão absoluta

Verificamos, assim, que as três canções que não podiam ser camonianas, não podem também ser odes de Camões. A exclusão, em qualquer dos casos, torna-se mutuamente absoluta. E, para elas, portanto, o inquérito estrutural — até ao ponto a que foi conduzido — confirma objectivamente as suspeitas que a erudição (com razões que vimos serem frágeis e em desacordo com os cânones) têm aventado.

As duas seguintes estavam na situação do benefício da dúvida e vimos que a primeira tinha analogias camonianas que não podem ser ignoradas. O cânone exclui ambas, mas não em absoluto essa, para a qual a questão continua em aberto. O mesmo não se pode dizer da segunda, que tem gozado dos favores editoriais. Com efeito, se dificilmente ela podia defender-se como canção, muito mais dificilmente se defende como ode. Não se enquadrando, pois, suficientemente em nenhum dos cânones, não parece possível continuar-se a aceitá-la, a menos que o prosseguimento do inquérito estrutural a dê como peça camoniana, ainda que, quanto à forma externa, num plano intermédio à canção e à ode (o que não se coaduna com o critério de Camões quanto à separação nítida dos dois tipos formais).

As duas últimas canções, vimos que poderiam sê-lo. Mas, com a ressalva de *Glória tão merecida* ter uma estrofe algo anormal (com 9 versos por estrofe, e um esquema rímico inconforme), ambas são muito mais *odes* que canções. *Não de cores fingidas* é mesmo um caso de nítido erro de classificação: é em tudo, e também na variabilidade rítmica, idêntica à ode canónica *Nunca manhã suave*. Isto nos leva a concluir que, das duas, a primeira é uma ode duvidosa, enquanto a segunda deve ser tida, em princípio, como composição de Camões e como ode (que aliás deveria ser, como próxima imitação de uma ode de Horácio).

IV) *Situação geral das «canções apócrifas» à luz dos inquéritos estruturais às canções e às odes canónicas.*

Resumindo o estudo que fizemos das canções apócrifas, em diversos planos, a situação delas é objectivamente a seguinte:

1) *Canções com* commiato.

Autoria camoniana provável:

Oh pomar venturoso (1668);
Quem com sólido intento (1668).

São duas das canções anteriormente inseridas na *Miscelânea,* de Leitão de Andrade.

Autoria camoniana duvidosa:

Qu'é isto? Sonho? ou vejo a ninfa pura (1668).

É a terceira das canções incluídas em 1668 e que fora publicada anónima na supracitada obra.

Não-autoria provável:

Crecendo vai meu mal de hora em hora (1860-1890).

Um dos «inéditos» que Juromenha extraiu do manuscrito de Luís Franco.

2) *Canções sem* commiato.

Autoria camoniana provável:

Não de cores fingidas (Cancioneiro Fernandes Tomás).

O inquérito classifica-a indubitavelmente como uma *ode camoniana.*

Autoria camoniana duvidosa:

Glória tão merecida (1880).

É uma das adições que Teófilo Braga fez em 1880 à lírica camoniana. A não ser de Camões — e é um poema muito belo —, será uma ode algo anormal de um excelente camonizante.

A vida já passei assaz contente (1685).

É a única canção indicada por Faria e Sousa (e que Álvares da Cunha não forrageou nos papéis dele), que não é positivo acerca da autoria, quer por crítica externa, quer interna. Vimos, porém, que são legítimas algumas suspeitas de autoria camoniana, como extracto de uma *écloga* perdida ou destruída pelo autor.

Não-autoria provável:

Nem roxa flor de Abril (1616);
Por meio de umas serras mui fragosas (1668);
Bem-aventurado aquele que ausente (1860-1869);
Porque a vossa beleza a si se vença (1860-1869).

A primeira é a única canção inédita da edição Domingos Fernandes, que, além dela, revelou todavia a outra versão geralmente aceita da canção *Manda-me amor*. É de notar, no entanto, que, se das cerca de sessenta composições inéditas do volume apenas uma meia dúzia pertencia a outros autores, as atribuições do índice do *Cancioneiro Pedro Ribeiro*, se executadas a rigor, dariam desta edição a Diogo Bernardes uns quatro sonetos, alguns dos quais muito estimadamente camonianos.

A segunda é excluída sem dúvidas; e a terceira — cuja analogia com a anterior deve ter sugestionado Juromenha, quando a encontrou num manuscrito — segue-lhe o destino. A quarta, já vimos como é difícil considerá-la camoniana.

V) *Consequências dos presentes inquéritos para uma edição da lírica camoniana, até este momento da pesquisa.*

Em princípio, e sob pena de prosseguimento do inquérito estrutural (o que aliás faremos adiante, na Terceira Parte, 2, IV, 3, IV), o que deve suceder com as canções ditas apócrifas, em relação ao cânone camoniano, é em resumo o seguinte:

1) Regressam ao cânone *duas* canções apócrifas com *commiato*, ambas da *Miscelânea* de Leitão de Andrade e da edição de 1668: *Oh pomar venturoso* e *Quem com sólido intento;*

2) Deve ingressar no cânone, como *ode,* a composição *Não de cores fingidas,* proveniente do *Cancioneiro Fernandes Tomás;*

3) Deve figurar, em atenção às analogias camonianas, e apenas a título de curiosidade, o extracto de écloga, *A vida já passei assaz contente;*

4) Devem permanecer numa situação ambígua a canção *Qu'é isto? Sonho? ou vejo a ninfa pura* (a outra das composições no caso do primeiro número, quanto a publicação) e *Glória tão merecida;*

5) Deve, com efeito, sair do cânone camoniano a composição *Porque a vossa beleza a si se vença;*

6) Devem continuar excluídas as composições *Nem roxa flor de Abril* (1616), que não é uma composição de qualidade inferior, nem desrespeitosa do cânone petrarquiano, *Por meio de umas serras mui fragosas* (1668), *Bem-aventurado aquele que ausente* (1860-1869) e *Crecendo vai meu mal de hora em hora* (1860-1869).

O reflexo destes seis pontos numa edição da lírica de Camões (problema que não nos ocupa neste estudo) seria que, se dez canções de 1595-1598 haviam passado a vinte e uma antes da edição de 1932, e descido, até 1944-1946, a dez ou onze, elas passam provisoriamente a *doze,* com ainda o acréscimo de uma curiosidade que é o «extracto de écloga»; e que as odes, se, desde 1616 e depois Juromenha, eram treze que todos aceitam (e mais uma que ninguém acha que preste, sendo esta a verdadeira razão, já que o manuscrito Luís Franco afinal merece confiança, quando as composições são tidas por estimáveis...), elas passam a ser *quinze.*

É evidente que — e tornamos a repetir — o inquérito estrutural, uma vez prosseguido sistematicamente, pode não confirmar as admissões e as exclusões. No primeiro caso, estaríamos em face de imitações muito estritas da forma externa das canções e das odes camonianas, cuja linguagem e cujas concepções, etc., verificaríamos objectivamente que não eram camonianas. No segundo caso, estaríamos perante obras extravagantes em relação ao cânone, cujas características internas as apontavam como camonianas. Este segundo caso, porém, não afastaria a hipótese de precisamente essa discordância revelar a arte de um camonizante. No entanto, no estágio em que ficamos, as admissões e exclusões resultaram de um estudo objectivo e da paralela crítica das considerações eruditas (na verdade ou na aparência) acerca das composições em causa, que nos importavam indirectamente para a melhor caracterização do cânone camoniano das canções. Não se tratou mais uma vez de, apenas e caprichosamente, reinterpretarem-se essas considerações[6].

Nada nos impede de supor que, um dia, como sucedeu, e ainda pode suceder, com o índice do P.e Ribeiro, o manuscrito Luís Franco e o Cancioneiro Fernandes Tomás, mas mais sensacionalmente, novos documentos ou novos manuscritos (novos, mas suficientemente antigos) alterem as perspectivas da crítica camoniana, no que se refere aos problemas da autoria e de fixação dos textos. É bom meditar que aqueles três manuscritos, como outros de que há notícia como camonianos — além da massa imensa de outros manuscritos e mesmo edições impressas do século XVII e de outros poetas — estão muito longe de terem sido definitivamente estudados, e muito menos de, com actualizado critério, ter sido refeito ou revisto o que deles concluíram outros estudiosos mesmo ilustres e meritórios como Carolina Michaëlis, cuja admiração por Camões era afinal tão exclusivista como a de Faria e Sousa que ela desprezou numa competição de veemência germânica com Wilhelm Storck. A diferença é que Faria achava ser de Camões tudo o que lhe parecesse dele, e atribuía a Camões o que aparecesse *também* atribuído a outros; enquanto Carolina Michaëlis achava que só podia ser dele o de que não houvesse a mínima suspeita de poder ser de outro, como se o caso de atribuições directas e indirectas, nos séculos XVI e XVII, pudesse, só por si, constituir critério de rigor. Mas, ao organizar uma antologia de sonetos portugueses, não menos que em Faria e Sousa a idolatria se revelou, pois que Carolina Michaëlis (na esteira da mitologia germânica de Friedrich Schlegel, para quem, romanticamente, Camões valia uma literatura inteira) declarava que teria bastado fazê-la com sonetos de Camões...

Os critérios de hoje — já o dissemos introdutoriamente, e repetimo-lo após alguma investigação — não podem apenas ser os da crítica externa, ampliados à crítica interna, que, no século XIX e já no nosso, permitiram que se abrisse proveitosamente o processo do cânone camoniano. É necessário que a investigação seja objectivada por inquéritos estruturais que possam orientar-nos na selva compacta e duvidosa das opiniões daqueles que, em abono delas, alegam o seu muito convívio com Camões e a erudição respectiva. Passou o tempo já de o gosto e a experiência de cada um, se não primacialmente indispensáveis, serem suficientes. Porque passou, em crítica como em tudo, o critério da *autoridade* pura e simples, e era válido, no caso de Camões, quando os problemas deste eram apanágio de meia dúzia de professores que os transmitiam a seus alunos (embora seja de estranhar a falta de uma escola de camonistas...), sem que no fundo as questões interessassem a ninguém, fora do intercâmbio dos eruditos, mimoseando-se com folhetos clandestinos em tiragem restrita, e fora da obrigação universitária de ouvirem-se as exposições didácticas para conquistar-se o direito de ir massacrar os alunos do ensino secundário com a «análise lógica» das estâncias de Os Lusíadas... E impõe-se, portanto, que toda a crítica se revista da máxima objectividade possível, já que a literatura e o seu estudo são bens comuns, e se desfizeram, na multiplicação gigantesca do ensino dela, três mitos que eram tacitamente aceitos: o da relação pessoal (o que nos impõe que o gosto e a experiência sejam *impessoalmente transmissíveis*), o do confinamento da literatura não-moderna às escassas universidades (onde meia dúzia de professores justificava a sua existência ocupando-se daqueles autores do passado, que o público se dispensava e era dispensado de ler), e o da vulgarização precipitada e tendenciosa (pela qual atingiram *status* de eruditos, entre o grande público, muitos indivíduos que apenas mistificavam a sua boa fé). Tudo isso, queiram-no ou não, acabou, ou está em vias de ser subvertido pela exigência de uma tão grande massa de estudiosos, que a ciência não precisa vulgarizar-se para atingir o maior número, nem pode refugiar-se na cátedra, de onde lhe exigem que desça.

O que se fez, neste inquérito estrutural às canções de Camões, apócrifas ou não, foi tentar superar as dificuldades da crítica actual, indo ao encontro dos novos tempos, e quebrando o círculo vicioso da escolaridade camoniana, discutindo e rediscutindo interminavelmente os mesmos documentos (quando não apenas as mútuas opiniões sobre eles). Como dissemos, talvez um dia outros documentos (ou os mesmos...) nos revelem atribuições que, a serem aceitáveis pelas críticas externa e interna, alterem as perspectivas hoje existentes. Mas a verdade é que, na falta disso, há que passar à crítica interna objectiva, aplicada à forma externa e à forma interna das obras literárias[7]. Os documentos existentes e as ilações deles tiradas não desmentem as atribuições e exclusões que, com um método objectivo de análise à forma externa, fizemos das canções apócrifas de Camões. E, ao contrário do que possa dizer-se ou deixar-se sugerido, alguns destes poemas não desmerecem do cânone correntemente reconhecido. Manda mesmo a verdade que se acrescente: muitas das composições canónicas de Camões, ninguém as quereria (subjectivamente) dele, se, em vez de garantidas pelas edições dos séculos XVI e XVII (e será que não é do século XVI o índice de Pedro Ribeiro, que não garante o célebre soneto *Mudam-se os tempos, mudam-se as vontades?*), elas tivessem aparecido em manuscrito (mesmo do século XVII, como o Cancioneiro Fernandes Tomás) a um Juromenha qualquer...

NOTAS

1 Seguimos, até certo ponto, e porque não estamos historiando a origem da ode, a breve exposição de Paul J. Antal (*Comparative Literature,* vol. XIV, summer 1962, n.º 3, p. 311), ao criticar a obra de Carol Maddison, *Apollo and the Nime: a History of the Ode,* Baltimore, 1960, em que parece não haver referência a Camões, e que não nos foi possível obter.

Convém esclarecer que, na estrutura da ode renascentista, foi muito influente, com as suas *liras,* Bernardo Tasso (1493-1569). Covarsí *(ob. cit.)* aponta que os primeiros imitadores da ode grega terão sido Luigi Alammani (1495-1556) e Bernardino Rota (1509-1575), como será Gabriello Chiabrera (1552-1637) quem transforma a canção petrarquista em canção pindárica. Isto explica, pelas datas em que estes homens viveram (e que Covarsí não refere nem utiliza), e confirma o nosso ponto de vista, que a *ode* que Camões vai ser, em Portugal e com António Ferreira, o primeiro a praticar, tenha um carácter mais «erudito», por descender da linhagem latino-humanística de Filelfo, do que leveza graciosa, mesmo a leveza «alirada» em que liras, odes e canções renascentistas acabarão se fundindo no século XVII, para, nos árcades do século XVIII, serem apenas uma imitação distantemente anacreôntica, a par de estritas imitações de padrões greco-latinos (a ode «pindárica» dos árcades, por exemplo). Convém referir que, em França, foi a «Pleïade», sobretudo Du Bellay e Ronsard, que começou o cultivo da *ode,* fazendo confluir Horácio e Píndaro; e que Anacreonte foi publicado em 1554 por Henri Estienne, e traduzido na mesma altura por Rémy Belleau, o que deu origem à *odelette* ou ode anacreôntica. Du Bellay, na sua *Déffense* (1549), recomenda expressamente o epigrama, a elegia e a ode, e o abandono das formas poéticas medievais. O Chiabrera, pindárico e anacreôntico acima referido, nascia quando Ronsard publicava as suas colectâneas de odes. Quanto aos elementos supostamente «pindáricos» de Camões, o ensaio de August Ruegg (*Das Pindarische in der Poesie des Camões, Coimbra,* 1931, publicado primeiro na «Miscelânea (...) dedicada ao Dr. J. Leite de Vasconcelos», de que é separata) não trata realmente de aspectos formais do pindarismo quinhentista, nem de afinidades entre o lirismo dos dois poetas, mas sim do que, em *Os Lusíadas,* haverá de atitude semelhante à de Píndaro na celebração dos acontecimentos históricos ou historificáveis, e na interpretação filosófico-religiosa dos mesmos.

2 As classificações específicas são muito inseguras e levianas; e não pode basear-se nelas um critério de conformidade da forma externa. Vimos já no inquérito às canções apócrifas, e melhor vemos no que se segue para as odes, que duas das canções recusadas, por não poderem ser canções, podem ser odes, enquanto uma das aceitas como canção não pode sê-lo nem ode.

3 A ode «*Fora conveniente*» tem o mesmo número de estrofes que uma das outras; tem, como elas, só versos de 6 e de 10 sílabas; não tem *commiato,* como onze delas; tem o mesmo esquema métrico e o mesmo esquema rímico que três odes canónicas. A sua forma externa não só não permite excluí-la, como até reforça as médias «canónicas». Note-se que estas quatro odes tecnicamente o não são, mas *liras,* pelo modelo de Bernardo Tasso e da chamada canção quinta de Garcilaso, e que Fr. Luís de Léon usou na maior parte das suas composições originais. Esta ode é proveniente do Ms. Luís Franco (como *Tão crua ninfa, nem tão fugitiva*), onde figura a fl. 89, tendo antes, pela ordem, um soneto incluído na edição de 1598, a «elegia a D. Álvaro da Silveira que mataram na Índia» (*Eu só perdi o verdadeiro amigo,* que Juromenha incluíu na sua edição, e é tida como apócrifa), e os tercetos *Não me julgueis, senhora, atrevimento* (incluídos na edição de 1668, e aceitos por J. M. Rodrigues e H. Cidade). Após a ode está uma «epístola de Don D de M», e segue-se a esta uma écloga de Sá de Miranda (cujas éclogas largamente figuram no manuscrito). A ode *Tão crua ninfa, nem tão fugitiva* (fl. 47 do Ms.) figura entre a canção *Vão as serenas águas* e os tercetos *Ganhei, senhora, tanto em querer-vos* (publicados por Juromenha, como as duas odes o haviam sido, e recusados pelos editores recentes). Como se vê, no Ms. Luís Franco, a situação de ambas as odes é semelhante quanto a duvidosa autoria camoniana. Note-se que, no Ms., a ode *Fora conveniente* vem escrita em estrofes de 10 versos (e assim a transcrevera Juromenha); mas, na verdade, não há unidade de esquema rímico entre esses cada 10 versos, que são duas estrofes aliradas de 5 versos cada.

4 Poderia supor-se que, dada a estrofe de menos versos, isto seria uma regra geral. Não é. A canção quinta ou lira de Garcilaso tem apenas cinco versos

mais que a mais extensa ode de Camões. Mas as liras de Fr. Luís de Léon, com estrofes de cinco versos, chegam a um máximo de 210 versos, que é dobro do máximo de Camões nas odes.

5 Ainda aqui a centralidade exemplar da canção *Manda-me amor, etc.*, se manifesta, porque o índice dela é o que mais próximo está da média dos índices das oito odes do intervalo em que ela também se situa, média que é 0,92.

6 A este respeito, é conveniente esclarecer o conceito de erudição. Pode ser-se erudito do muito que se tem escrito, por exemplo, sobre Camões, sem que se seja na verdade um erudito. A erudição autêntica refaz permanentemente as investigações do passado, completa-as e critica-as, não se contentando com as afirmações seja de quem for, por mais douto que tenha sido o autor venerando que nos informa. Quando modernamente, por intercâmbios culturais, é relativamente fácil falsificar a erudição, transformando-a em montanhas de fichas permutadas, mais do que nunca se impõe definir a verdadeira erudição como aquela que, não só não se alheia dos contextos, mas procura retornar às fontes e situar-se sempre numa base de comparativismo científico e de sólida e actualizada informação geral. E mais: se a sociologia da cultura nos ensina a que ponto os juízos e as conclusões são «condicionados», também sob este aspecto não podem estar isentas de críticas as ilações da erudição, por mais honestamente que elas tenham sido tiradas.

7 O autor destas linhas, por exemplo, *não gosta* da canção *Oh pomar venturoso,* que, além do mais, lhe parece, no lugar da *Miscelânea* em que vem inserida, bastante vinculada ao texto. Mas também o celebrado soneto *Se tanta glória, etc.,* que, nos séculos XVI e XVII foi atribuído a toda a gente, a começar por Sá de Miranda, e a Camões também, lá está mui habilmente inserido por Leitão de Andrade. A menos que seja afinal só dele...

V

PROSSEGUIMENTO DO INQUÉRITO ESTRUTURAL

Propondo e, simultaneamente, aplicando e desenvolvendo um método de análise estrutural, fizemos um inquérito, que julgamos suficientemente sistemático, à *forma externa* das canções camonianas. Numa primeira fase, esse inquérito incidiu no grupo das dez canções «canónicas», ou sejam as canções reveladas pela edição de 1595 da obra não-épica de Camões. Numa segunda fase, tornámos o inquérito extensivo às canções «apócrifas», isto é, às canções atribuídas a Camões, da edição de 1616 em diante, e que, por considerações de ordem vária, têm sido descontadas ao *corpus* das canções camonianas. Numa terceira fase, esclarecemos o inquérito às canções, repetindo-o para as odes e mesmo investigando e cotejando os resultados.

A primeira fase do inquérito, e de acordo com o método proposto, visava vários objectivos que a fecundidade analítica e a objectividade concreta desse método, ambas, nos permitiram ultrapassar para muito além das nossas intenções iniciais. Mas a fecundidade e a objectividade, que surpreenderam a nossa modéstia, devem-se, em parte que nos cumpre e interessa relevar, à originalidade e à força intrínsecas da personalidade poética de Camões. Isto não significa, de modo algum, que a nossa modéstia fosse ao ponto de considerarmos que o método proposto não merecia a nossa confiança, para lá da admiração que Camões merece, e que, sem um grande poeta, não há método que seja fecundo e objectivo. Trairíamos, nessas condições, o princípio, a que sempre temos obedecido, de, ao mesmo tempo, admirar as grandezas pelo que efectivamente as torna ímpares, e de insistir sempre em que tais grandezas se tornam ímpares, precisamente na medida em que se elevam acima do que é imitado, recebido, ou comum a elas e a outros que, em contrapartida, não é necessário diminuir para que as grandezas *pareçam* maiores. E, além disso, faríamos depender um método, que não criámos especificamente apenas para estudar Camões, mas adaptámos ao caso particular das suas canções, fá-lo-íamos depender estritamente, nos seus resultados, de uma riqueza camoniana que, fosse qual fosse o método, sempre daria tesouros suficientes para dourá-lo. Sem dúvida que, com um grande e prestigioso escritor — e Camões tem recebido, nos povos de língua portuguesa e nos industriais estrangeiros de camonologia, proporções absurdas de sacralização, que nada acrescentam, e antes diminuem, as suas proporções genialmente humanas —, não há método de estudo (ou falta de método e de estudo) que não permita trazer, ao *mare magnum* da bibliografia camoniana, um autor e um título. Mas a legitimidade de um método e da investigação que ele proporciona não se mede pela vastidão ponderosa e prolixa das generalidades caóticas, nem pela limitação rigorosa do objecto monográfico. Compendiar é útil, e restringir é indispensável. Acontece, porém, que aquela legitimidade se aquilata, na sua objectividade de inquirição fenomenológica, pela forma como, no método e em seus resultados, a generalização e a particularização se harmonizam, aplicados, sem distorção, à investigação geral e à inquirição específica. Quando assim é, o método patenteia a sua eficácia na dialéctica que, por decorrência analítica, se estabelece entre o geral e o particular; e, então, a especificidade do particular é comprovada pelas características do conjunto, enquanto destas características resulta nítido o carácter específico do particular.

135

Forma externa e interna, nunca é de mais repeti-lo, não são aspectos independentes ou dissociáveis um do outro. Se a identidade de uma forma externa, com um modelo, não prova a falta de originalidade, que só uma análise da forma interna pode comprovar ou desmentir, isso deve-se exactamente, e ao contrário do que poderia parecer, àquela indissociabilidade do externo e do interno na expressão. A imitação de uma forma externa significa apenas a eleição de um molde veiculador da expressão; mas a liga com que esse molde é enchido — *forma interna* e não apenas «conteúdo» —, eis o que não só significa muito mais do que aquilo, como dá *sentido* a essa eleição.

Inquirir, portanto, das constantes típicas de uma forma externa é, implicitamente, inquirir das características de uma personalidade criadora, tal como ela se revela na sua obra. Mas não é, nem pode ser, interpretar essas características como subordinadas às ou decorrentes daquelas constantes típicas, quando precisamente o contrário é que é a verdade. Foi o que fizemos na primeira fase do nosso inquérito, para as dez canções «canónicas» de Camões.

É óbvio que um inquérito desta ordem, limitado à forma «canção» e à ode, quando Camões é um autor que escreveu copiomente em verso, e, ainda que minimamente no *corpus* existente, em prosa também; quando cultivou o género épico, o género lírico, escreveu canções, odes, elegias e éclogas e sonetos, e ainda redondilhas do mais diverso carácter — é óbvio que um tal inquérito incide sobre uma pequena parte, em quantidade, de uma obra vasta e variada. Mas, na medida em que um método é aplicado com inteira generalidade ao estudo de uma fracção determinada dessa obra una, as suas conclusões iluminam a personalidade do autor, *enquanto* manifesta nessa fracção específica. A iluminação reveladora, para ser categórica e irrefragavelmente científica no seu carácter *fenomenológico,* teria de ser complementada por uma análoga investigação sistemática, para todas as outras fracções específicas do *corpus* camoniano, a fim de obter-se, enfim, aquela objectiva e desmistificada base para admirarmos Camões, exigida pela sensibilidade e a inteligência de hoje. É um caminho que se aponta; mas a fracção dele que foi trilhada, temos que já objectivou e desmistificou alguma coisa, ao revelar Camões como um poeta coerentemente lúcido das suas próprias exigências expressivas, e personalidade forte e vigorosa não apenas na versatilidade que se lhe tem admirado, como na estrita subordinação dessa versatilidade à pesquisa de uma expressão adequada à sua intrínseca experiência vital. O inquérito estrutural à forma externa das canções camonianas provou, em carácter objectivo, concreto e estatístico, que *há, para as canções camonianas, parâmetros pessoais e específicos, e que esses parâmetros, na sua variabili-*

dade, visam um ideal típico de coordenação expressiva. Antes de estabelecidos e determinados aqueles valores, será apenas empírico e disperso, ocasional e sem significado profundo, quanto se afirme sobre a forma externa da canção camoniana. Mas não seria necessário ter-se verificado concretamente a existência de um ideal típico de canção em Camões — e aqui foi que o método, confirmando as nossas suspeitas, ultrapassou as nossas intenções —, para, uma vez determinados os valores paramétricos típicos, os aplicarmos ao problema das canções apócrifas.

Nesta segunda fase do nosso inquérito estrutural, procurámos comprovar o interesse do método em problemas de autoria, partindo de um pressuposto irrefutável. Qual? Se se aceita, em bloco e individualmente, a autoria camoniana das dez canções da edição de 1595; e se a aplicação de um método objectivo (e independente de Camões, ou das suas canções), patenteia, nessas dez canções, características comuns que o impressionismo da crítica ou o prestígio da edição têm suposto ou adivinhado haver nelas — a comparação das apócrifas, uma por uma, com esse «cânon» médio da canção camoniana (sem esquecer nunca as semelhanças particulares), poderá contribuir decisivamente para o esclarecimento da autoria. Foi o que, na segunda fase do inquérito, fizemos, tendo concluído que a situação das canções apócrifas, em relação à forma externa da canção camoniana, é a seguinte: admitir, em princípio, a autoria camoniana para quatro (duas canções e outras duas que afinal são odes); recusá-la para outras cinco; e nada decidir quanto às restantes duas. Os três casos exigem, evidentemente, para sua completa elucidação, o prosseguimento do inquérito estrutural que efectuámos.

Como? Vejamos como. O nosso inquérito estrutural incidiu na forma externa. Em conformidade com o tipo que estávamos estudando, a incidência deteve-se, primeiramente, nos elementos paramétricos simples, observáveis na canção, tal como, de Dante a Camões, ela se materializou. E, assim, observámos o que se passava quanto à presença ou ausência de *commiato,* quanto ao número de estrofes, quanto ao número de versos nestas ou no *commiato,* quanto à extensão da peça lírica (avaliada pelo número total de versos), quanto à percentagem de versos de 6 sílabas no total dos versos, quanto ao esquema métrico da estrofe e do *commiato,* quanto ao esquema rímico destas unidades estróficas, quanto ao número de rimas existentes nelas, analisando, ao mesmo tempo, o significado isolado ou conjunto destes parâmetros elementares. Dessa análise passámos a parâmetros mais complexos, que inventámos e definimos, como o *índice de variabilidade* da estrofe (e do *commiato*) e a *variabilidade total,* mais complexos e mais intrinsecamente signifi-

137

cativos do que os outros. À luz destas investigações — e a menos que se considerem as canções canónicas tão duvidosas e tão pouco «canónicas» como as apócrifas —, examinámos estas últimas, com os resultados que vimos.

Mas o inquérito estrutural deve ir muito mais longe, passando da forma externa à forma interna.

Um inquérito rigoroso e sistemático à *forma interna* pode, quanto a nós, processar-se em três fases metodológicas (e não de aplicação, como as duas que foram efectuadas na forma externa).

Na 1.ª fase, o inquérito faz o inventário vocabular das canções «canónicas», simples e por frequência, isto é, registando os vocábulos quanto à sua aparição e quanto à sua recorrência. Mas o mero registo vocabular não permitiria mais que incipientes conclusões. Seria necessária uma classificação morfológica dos vocábulos, que mostrasse não só quais os vocábulos típicos, mas também quais as categorias morfológicas dominantes por canção e no conjunto.

Mas como os vocábulos, só por si, não têm sempre um significado independente de unidades mais largas, em que o significado deles é elemento de um significado mais amplo (ou, quantas vezes, mais exacto e preciso), ao inventário vocabular seguir-se-ia um inventário dos *sintagmas* existentes, por canção e no conjunto. E a esse inventário adicionar-se-á um inventário das *expressões tópicas*.

Estes inventários, devidamente classificados, cada um deles de per si e em conjunto, definir-nos-iam, em princípio, a linguagem camoniana *nas canções*. Mas essa linguagem não é, de modo algum, uma abstracção dicionarial que possamos consubstanciar com abonações extraídas deste ou daquele verso. Mesmo os índices de frequência de vocábulos e sintagmas não seriam suficientes, ainda que importantes como são, para caracterizar rigorosamente uma linguagem. E tem sido, na crítica moderna, a maior claudicação de tais inventários: o ficarem-se neste passo da investigação. É preciso que, ao inventário morfológico, se acrescente o inventário sintáctico.

O inventário sintáctico, em lugar de limitar-se a verificar que Camões usa desta ou daquela construção (como dispersamente têm feito os gramáticos), observará a frequência e a predominância dessas construções[1]. Porque (é evidente, ou deveria sê-lo) nada significa constatar-se que num autor ocorre esta ou aquela construção sintáctica. Há que verificar quantas vezes ocorre, e em que circunstâncias, a construção em causa, cujo uso pode *não ser* característico dele. Ora, é do conhecimento empírico e impressionista de quem lida com textos e autores literários que, assim como há autores que, quanto às formas verbais, por exemplo, são condicionais, são «mais-que-perfeito», etc., autores há que, quanto às construções sintácticas, são subordinativos e, adentro disto, são concessivos, ou consecutivos, ou comparativos, etc.

Mas o inventário sintáctico não é ainda o último passo, na 1.ª fase completa da nossa investigação. As construções sintácticas, só por si, consideradas em abstracto da sua colocação na frase, não revelam a ênfase que o autor realmente lhes atribui. É necessário, pois, que, ao inventário delas, se adicione um inventário das *figuras*. Sabemos, apenas porque o sentimos ou o observámos dispersamente, que Camões é anacolútico, anafórico, anastrófico, siléptico, etc. Observemos, com rigor sistemático, quantas vezes e em que circunstâncias o é.

Se, após estes estudos sucessivos, acharmos que a linguagem de Camões está suficientemente caracterizada, pensemos que o estará apenas em dissociação total do condicionalismo para que foi criada. Ela, com efeito, não existe nem significa, apenas, pelo tom geral do discurso, porque foi, no verso e em função deste, que essa linguagem assumiu efectivamente algum significado que tenha ou pretenda ter. Mas, para que essa conexão nos apareça, há que estudar primeiro o verso em si mesmo, como entidade definida. É o começo da 2.ª fase do inquérito.

No caso das canções «canónicas» de Camões, os versos são de 10 e 6 sílabas. O decassílabo, segundo os tratados de metrificação, pode ter acento tónico na 6.ª e na 10.ª sílaba (e é *heróico*), ou na 4.ª, 8.ª e 10.ª (e é *sáfico*). Mas pode também ter, e teve, na aparência ou na realidade, acentuações diferentes. A análise da metrificação, mais ainda que o inventário vocabular, exige quanto possível um retorno à publicação original. Com efeito, a substituição, para alindamento, de um vocábulo por outro pode não alterar o sentido imediato (alterará sempre o profundo, já que um poeta de grande categoria é inspirado, precisamente no *rigor* de uma expressão, em que a substituição de vocábulos não é indiferente), mas pode alterar gravemente a metrificação (contribuindo, assim, para maior traição ao sentido profundo). Por outro lado, uma vez que os valores fonéticos e rítmicos da linguagem não são os mesmos em épocas diversas da existência desta, a gentil correcção de um verso «errado», em vez de melhorar o ritmo e consequentemente o sentido, pode destruir irremediavelmente o que não só estava *certo,* mas também o que estava *assim* por uma exigência rigorosa de uma determinada carga expressiva. O problema para Camões é tanto mais grave, quanto a preferência por uma lição não obedece a um critério de prioridade ou valor de autógrafos que não existem, ou cuja existência é ignorada. Estabelecido o texto, e

139

verificada então a realidade ou aparência dos versos «errados», há que inventariar ritmicamente os versos todos. Por canção e no conjunto, observaremos a predominância relativa dos versos heróicos, dos sáficos e dos outros.

Acontece, porém, que os versos de dez sílabas não são heróicos, sáficos ou outros, por acaso ou por capricho, a menos que um poeta seja tão mau que o ritmo e o sentido passem o poema em briga um com o outro. E, por isso mesmo, a 2.ª fase de investigação se amplia. Um inventário desses versos dará, para cada canção e para o conjunto delas, a proporção característica em que cada tipo rítmico aparece. Só por si, esse inventário seria significativo de uma determinada respiração rítmica. Mas, como já frisámos, esta não é independente ou ocasional. A sua dependência, porém, pode relacionar-se mais externamente ou internamente com o sentido, ou, se quisermos, mais globalmente ou mais especificamente.

Com efeito, a variação de posição de determinados tipos de versos, numa organização estrófica que, quanto à localização das medidas e das rimas, é rígida, pode ser, diversamente, uma forma de indicar o andamento do discurso, e é então ingrediente do sentido global, ou especificamente a acentuação de um sentido parcelar, no âmbito de uma unidade rítmica. *Ingredientes do sentido global,* os versos serão inventariados segundo a sua posição na estrofe. *Acentuadores de um sentido parcelar,* cuja integração é feita e representada pelo sentido global, serão observados segundo *as palavras neles portadoras dos acentos tónicos.*

Mas mesmo isto não seria ainda penetrar totalmente na realidade rítmico-expressiva dos versos. Os versos, por exemplo, os de 10 sílabas da contagem actual, não são apenas heróicos, sáficos ou outros tidos por anormais. E a subtileza da análise não poderá prescindir — como veremos — da consideração mais atenta da natureza rítmica dos versos, que teremos de observar *podalicamente,* para que nenhuma acentuação (e nenhuma ambiguidade expressiva) se nos escape, como não terão escapado à sensibilidade formal de um grande poeta de apurado ouvido. Se a rigorosa expressão de um grande poeta reflecte e é uma estrita síntese dos valores expressivos e dos valores rítmicos, um inquérito daquela ordem é decisivo e insubstituível para o funcionamento de uma reciprocidade fundamental: o acerto rítmico dos versos iluminará a interpretação do sentido, e esta permite-nos conferir as características semânticas da metrificação (e, em consequência, é importante auxiliar da crítica textual, para a fixação de uma leitura crítica). É este o princípio basilar do que poderíamos chamar *semântica do ritmo.*

Numa primeira aproximação, por certo as palavras tonicamente acentuadas são portadoras de sentidos essenciais à estrutura global do poema. Só um medíocre poeta poria em relevo (ou a indisciplina do seu inconsciente as poria, revelando-nos sentidos diversos dos pretendidos), acentuando-as, unidades semânticas sem relevante valor estrutural. Mas a subtilização destas unidades no discurso, a função diferencial que desempenham, depende de uma unidade mais vasta — sintagmática ou sintáctica — em que são integradas. Daqui, portanto, a importância de todas as restantes acentuações que um verso contenha, já que, numa estrutura de sentido, como um poema é, cada verso constitui, mesmo que haja *enjambement,* um grau cumulativo da construção total da significação do poema. De outro modo, se assim não fosse, qual a razão de escreverem-se versos como tal?

As análises científicas da prosa mostram que ela se compõe de unidades rítmicas, certas constantes globais, e muitas vezes de versos «certos», de medidas variáveis mas afins, agrupando-se em mais amplas unidades rítmico-semânticas. O *verso* não se opõe à *prosa;* a construção cumulativa por unidades destacadas, que é o poema, é que se opõe ao *continuum* da prosa. O verso livre dos poetas modernistas, por investigações a que temos procedido, está em geral podalicamente correcto, e apenas constitui uma ampliação dos quadros da metrificação, dentro da manutenção do esquema cumulativo.

A maneira de avaliarmos da variabilidade rítmica dos versos reside, pois, em a observarmos segundo as regras da metrificação clássica, o que é, aliás, para poetas dos séculos XVI e XVII, tão imbuídos de poesia lida em latim (e práticos até da composição de versos nessa língua, como exercício escolar que era), um cuidado que devemos ter sempre, ao estudar-lhes a metrificação. A assimilação das sílabas breves e longas do latim às sílabas, respectivamente, acentuadas e átonas da nossa língua (assimilação de que os nossos antepassados cultos ainda eram agudamente conscientes, como se pode inferir, por exemplo, do que pensavam sobre a rima os poetas dos nossos cancioneiros medievais, segundo o fragmento de poética apenso ao chamado Cancioneiro da Biblioteca Nacional, cf. J. J. Nunes, *Crestomatia Arcaica,* 5.ª ed., Lisboa, 1959, p. CXXXII), autoriza-nos a fazer uma transcrição rítmica dos versos, por forma a relevar, sílaba a sílaba, as acentuações que eles contêm e as cadências rítmicas que elas constituem.

Numa poesia rimada, a rima não é um acidente, mas um ingrediente estrutural, a menos que o poeta seja tão pouco poeta que rime apenas para respeitar os esquemas, e não para que os esquemas sejam chamados a participar da significação. Daqui que, desde sempre, a crítica se preocupasse com a natureza das rimas dos poetas. Preocupou-se sobretudo, durante séculos de literaturas modernas, em sentido normativo, que foi o critério dominante nas poéticas. Daqui resulta que a revolta dos poetas contra a rima não foi apenas um efeito do retorno aos modelos clássicos, que não conheciam a rima, mas também revolta contra um elemento que era visto ornamentalmente, e na absurda situação de ser, ao mesmo tempo, *obrigatório* e *acessório ornamental*. Mas, onde e quando a rima foi aceita e usada sistematicamente, há que compreendê-la não só como o elemento característico que ela em si mesma então é, mas igualmente como a palavra portadora de um dos acentos tónicos do verso, que ela também é.

De modo que o inventário das rimas pode ser feito em vários planos. As rimas finais — e é delas só que estamos tratando —, nada impede que sejam tratadas como elementos característicos em si mesmos, do ponto de vista fonético e do ponto de vista vocabular. Os resultados obtidos, num inquérito ou noutro, não deixarão de ser indícios característicos, já que a predominância de, por exemplo, substantivos ou verbos, ou a predominância de, por exemplo, rimas finais em *e* serão sem dúvida elementos definidores do comportamento criador de quem as usa. Mas, quer um, quer outro dos inquéritos rímicos, integra-se afinal num inquérito às palavras portadoras de acento tónico. O segundo faz parte do *inquérito global dos fonemas dominantes*. E este último inquérito não é apenas, como pode julgar-se, estritamente fonético, porque, na criação poética, há frases que são, *por razões de significado,* onomatopeias complexas.

Mas, de um ponto de vista da expressividade, não devemos sobrestimar — como críticos, e até muitos poetas o têm feito — os ingredientes fonéticos. Estes só valem significantemente, quando estão contribuindo para a formação de onomatopeias complexas, ou quando a aliteração ou outro tipo de rima, adentro dos versos, associa foneticamente duas unidades semânticas diversas que, no espírito do poeta, devem ser aproximadas num plano superior ao do mero entendimento lógico. É por isso, e não só por desprezarem as conexões rítmico-semânticas, que as paráfrases lógicas destroem tantas vezes, senão sempre, o sentido exacto ou a complexidade originária que ele pretende ter. Mas é também por isso que um inquérito fonético excessivo, uma excessiva atenção às peculiaridades fonéticas, atribui ou acaba atribuindo à linguagem uma função puramente musical que não é exclusivamente ou primordialmente a sua, e que culmina numa metafísica absurda e solipsista da intraduzibilidade humana. Só por associação aliterante de duas unidades semânticas (ou caso semelhante) as palavras significam mais que elas mesmas, já que o signo — dos seus valores vocais e gráficos — é uma criação arbitrária da comunicabilidade humana, apenas carregado de valores culturais ou emocionais. Portanto, onde e quando tenha sido feito um rigoroso inquérito rítmico, dirigido para a compreensão da construção do sentido, a investigação fonética é meramente ancilar. Daí que, em certo grau de precisão analítica, possamos ater-nos a, por exemplo, rimas finais, uma vez que elas são palavras acentuadas dos versos que elas concluem.

Com estes últimos inquéritos, estamos no limiar da 3.ª fase de investigação à forma interna. Com efeito, de posse dos dados que todos os inquéritos, até estes, nos foram fornecendo, é possível enfim penetrar, *objectivamente,* nas *análises de sentido,* certos e seguros de que tais análises não abstraem do contexto uma quintessência, um filosofema perfeitamente incaracterístico.

Terá sido este o erro mais terrível da tão saudável insistência na necessidade de atentar-se, como não se há atentado, no *sentido,* e não, mais ampla e justamente, na *construção de um sentido,* que um texto literário é. A diferença essencial entre um texto literário e um texto científico ou jurídico reside precisamente em que o texto científico ou jurídico é *formular,* isto é, não constrói complexamente um sentido, mas reduz o sentido a uma fórmula cuja aplicação exige então o comentário. A predominância, em séculos de civilização, da mentalidade jurídica nos estudos humanísticos fez com que, ainda quando era reconhecida a autonomia específica do texto literário, lhe fosse aplicada a metodologia jurídica do comentário ou paráfrase, como se o texto literário rosse algo cuja interpretação dependesse de ressaltar-se o que de ético e normativo houvesse nele. Mas o texto literário é, antes de mais nada, *expressão.* E a análise de sentido tem, portanto, que dirigir-se fundamentalmente para a observação de como um sentido se exprime, visto que, sem isso, escapa-lhe por completo a realidade objectiva do próprio sentido que busca.

Quando dissemos do erro terrível das modernas análises de sentido, referimo-nos ao facto de elas, como no pólo oposto as análises estilísticas, colocarem a ênfase na forma interna, que as análises estilísticas sacrificam à forma externa. Nenhuma análise de sentido é válida como mais que exercício, se não partir do princípio de que a forma externa *não é* apenas o veículo de uma experiência humana, mas a reflecte e ilumina; e nenhuma análise estilística ultrapassa a minúcia escolástica, se não considerar que o estilo não é característico, senão na medida em que é chamado a exprimir algo que o seja. As modernas análises de sentido estão longe de ter perdido os preconceitos ético-jurídicos; e as modernas análises estilísticas, tão lamentavelmente confundidas por vezes com aquelas (quando a síntese é indispensável, mas a confusão é perniciosa), estão ainda mais longe de haverem perdido, por seu lado, os pressupostos de uma *ordem* transcendente às coisas e aos homens, de tão nefanda memória na escravização «teológica» de umas e dos outros.

Meditadas estas observações, a 3.ª fase de investigação está pronta a desenvolver-se por forma superativa das falsas dicotomias que, no mundo actual, se vem revelar na crítica literária. Por isso é tão importante, e defendemos como importante, que a análise de sentido se inicie, num discurso ritmado, a partir das *palavras portadoras de acentos tónicos do verso*. Se um discurso é ritmado, e se a grandeza de um criador poético nos é sensível pela acuidade com que o ritmo é expressão, absurdo seria não postularmos que *grande parte da carga significativa do poema está nessas palavras que o ritmo emocional acentuou.*

Daí para o poema total, e deste para os análogos (no caso das canções camonianas), e dos análogos para o típico (a canção chamada VII, no caso daquelas canções), a análise de sentido, como a propomos, está em condições de revelar, no seu esplendor, um pensamento poético. Essa revelação será completa, quando o inquérito *estrutural* se ampliar à obra inteira do poeta. É um trabalho hercúleo, que exige os anos de vida de muita gente. Mas é um trabalho possível, que ultrapassa o impressionismo actual de todas as formas de crítica. E não se vê que os resultados objectivos a que nos propomos possam ser obtidos por uma dispersão de métodos que, mutuamente se ignorando, mutuamente anulam os seus próprios resultados parcelares.

Mas, quando tudo isto estivesse feito, e caracterizado *fenomenologicamente* o pensamento camoniano, restava ainda a caracterização objectiva da sua *originalidade específica*. Sem dúvida que, em sentido genérico, e em comparação com o pensamento de outros poetas, e de filósofos, até por certas investigações parcelares teríamos caracterizado, no tempo genérico dos homens, esse pensamento, observando-lhe «originalidades específicas» que o distinguiriam. Mas não estaria ele caracterizado *em relação ao seu próprio tempo,* única originalidade que, como homem dotado de inteligência e de vontade sensíveis, estaria ao alcance de Camões como ser vivente. Para caracterizarmos, pois, a originalidade de Camões, em relação ao seu próprio tempo, que seria necessário? Que todos os inquéritos para ele feitos fossem repetidos para os seus antecessores imediatos e para os seus contemporâneos. Que um levantamento sistemático e total da língua literária do seu tempo fosse feito, para sabermos exactamente em que medida ele se elevou acima desses contemporâneos, recusando os meios de que eles se serviam, ou adaptando esses mesmos meios e transfigurando-os pela força do génio.

Tudo isto, porém, já é um sonho, no estado actual dos nossos conhecimentos linguísticos e da nossa organização luso-brasileira dos estudos. A nossa língua não está ainda *historicamente* dicionarizada. Não temos ainda, sequer para o vocabulário, quanto mais para as transformações semânticas, as datas de primeira aparição das palavras na língua escrita, nem ideia exacta e sistemática dos períodos em que se tornaram obsoletas aquelas que a evolução social foi suprimindo e substituindo por outras. A língua, porém, é um organismo vivo, a que poetas como Camões deram, em certos momentos, todo o refinamento expressivo de que ela era capaz. E esse refinamento não foi nunca uma criação *ad aeternam*, feita com os vocábulos que os dicionários inventariam como se a língua fosse, desde as suas origens, a língua morta que o latim passou a ser após séculos de vigorosa vida, mas sim uma criação tanto mais alta e tanto mais esplêndida quanto tenha sabido libertar-se, pela superação inteligente e sensível, de um circunstancialismo que hoje é História, como a pessoa que viveu se dezfez na poeira da morte. Nada, porém, é impossível à humanidade. Só os mortos não ressuscitam, porém, os outros mortos. E mesmo nas condições de carência que são as nossas, os inquéritos estruturais podem e devem fazer florir, com a vibração de uma vida, aqueles montes secos, feros e estéreis, junto dos quais Camões chorou nobremente a sua solidão de grande português. Parcelares que sejam, mas visando a totalidade, eles podem pressenti-la e objectivamente apontá-la. E contribuir para, «explicando puras verdades», libertar o poeta de todas as «fábulas sonhadas» por conta dele.

NOTA

[1] É o que, na parte que usa de Camões e de *Os Lusíadas* para exemplo da linguagem do século XVI, está feito correctamente em Ângela Vaz Leão, *O período hipotético iniciado por «se»*, Belo Horizonte, 1961.

4

A CANÇÃO CAMONIANA E O PROBLEMA
DAS INFLUÊNCIAS

I

A CANÇÃO CAMONIANA E AS CANÇÕES DE PETRARCA

1) *O PETRARQUISMO*

Desnecessário é repetir-se o lugar comum de como o prestígio internacional da cultura italiana, e em especial da literatura, influiu decisivamente, nos fins da Idade Média e no primeiro século e meio da Idade Moderna[1], nos ideais estéticos da Europa. Directa ou indirectamente, os modelos italianos difundiam-se, quer formais, quer ideológicos, e configuraram em grande parte a orientação geral da cultura literária europeia. O modo como a difusão se processou, a profundidade que ela variamente atingiu (conforme as artes e os lugares), as deformações e adaptações que as circunstâncias e as personalidades impuseram àqueles complexos formais e ideológicos, tudo isso está longe de ter sido, em conjunto ou em partes, estudado sistematicamente, ou pelo menos revisto em face das mais recentes aportações da História Geral ou da crítica estética.

A crítica tradicional, nas suas tão meritórias investigações, colocou sempre a ênfase destas em dois aspectos exageradamente ou dissociadamente extremos. Mesmo aquela expressão do parágrafo anterior, «influiu, etc.», não deixa de ser uma concessão a um desses extremos, os quais podemos definir assim: ou, em termos de «influência», se decretou que a Itália desempenhou um papel de avassaladora *influência,* pelo qual tudo tem de ser aferido, sem levarem-se em conta as modificações peculiares; ou, em termos de

147

nacionalismo político-estético, se estabelecem nexos de continuidade, às vezes artificiais ou forçados, entre estádios sucessivos de uma cultura nacional, cujas transições não podem afinal ser compreendidas sem a presença de outra cultura. No primeiro caso, acentuando-se a influência, e conjuntamente a *imitação* dos modelos, perde-se de vista o que precisamente pode constituir a originalidade dos artistas e dos escritores, ou o significado diverso que as obras deles pretendiam assumir ou eram chamadas a significar noutro contexto cultural. Com efeito, onde e quando todos «imitavam», todos se «inspiravam em», todos punham em modelos ideais o fito da sua expressão, a imitação não representa, de modo algum, a subserviência que as ideologias do Romantismo viram em qualquer forma dela (às vezes justificadamente, pela degradação e a mediocridade a que as imitações haviam chegado no século XVIII), e é, pelo contrário, o mais sólido sintoma de uma cultura esclarecida, visando a universalidade. Consequentemente, as metamorfoses locais e individuais que os modelos sofrem podem, muito diversamente, representar, por sua vez e conforme os casos, o grau de absorção possível a um determinado ambiente sócio-cultural, sem que daí possa inferir-se, automaticamente, uma menoridade intelectual desse ambiente. Em contrapartida, a resistência à absorção de complexos ideológicos-estéticos importados não significa necessariamente, e ao contrário do que pretende o historicismo ilusoriamente nacionalista, que exista um estádio cultural suficientemente desenvolvido e destituído de provincianismo, estádio esse que tornaria muito secundárias as aportações externas. Ainda no primeiro caso, o da influência avassaladora, é frequente aferir-se a maturidade autónoma das culturas nacionais pela demora na assimilação. Assim, por exemplo, o «atraso» da cultura portuguesa no século XVI seria exemplificado pelo facto de as formas italianizantes aparecerem com Sá de Miranda, membro proeminente do grupo (ele, Bernardim Ribeiro e o mais velho João Rodrigues de Sá e Meneses) que introduz os novos interesses ideológico-estéticos. Ora esse grupo, lamentavelmente surgido para as letras quando Pulci, Boiardo e Poliziano já estão mortos e sepultados, quando Sannazaro é gloriosamente imitado, e que é a geração de Bembo, Ariosto e Trissino, seria sinal certo de um atraso que ainda teria tido, de permeio, a importância de Garcilaso e de Boscán, poetas muito mais moços. Mas a verdade é que a Península Ibérica recebeu, mais rapidamente que qualquer outra região linguístico-literária, o influxo italiano. Na Inglaterra, alguns dos mais importantes introdutores das novas formas e interesses são, mais lamentavelmente, muito mais moços no tempo: Thomas Wyatt é da idade de Garcilaso, e mais jovem vinte anos do que Sá de Miranda; Henry Howard, conde de Sur-

148

rey, é mais jovem do que este quase quarenta; e o primeiro grande poeta da nova linhagem, Edmund Spenser, é quase trinta anos mais novo do que Camões, cuja geração é a de Ronsard e dos poetas da *Pléiade* que introduzem o ítalo-classicismo em França. Por outro lado, admitir implicitamente que a latinidade possuía, pelas afinidades linguísticas, uma permeabilidade maior (que, no caso da Península Ibérica, chegaria à subserviência), é esquecer que o domínio do latim e da cultura latina era inteiramente e igualmente comum a todas as classes cultas dos povos europeus, desde a Irlanda à Hungria e à Boémia; e que, por exemplo, poucos ou nenhum dos países europeus terá assumido, em face da Itália, nesses séculos, uma atitude de mais devotada fascinação que a Inglaterra, precisamente a nação não-latina do conjunto civilizacional atlântico-mediterrânico da Europa[2].

Será óbvio que nem uma nem outra das posições extremas, cujas contradições pusemos sucintamente em relevo com alguns exemplos, está de acordo com a tão complexa realidade do facto literário (ou, em mais amplo sentido, cultural). Esta realidade, para ser compreendida na sua integridade ou no alcance da interdependência dos seus vários factores, não se compadece com generalizações de qualquer ordem, nem com a estreiteza do entusiasmo monográfico. É à luz destas considerações que devemos aproximar-nos de um fenómeno tão amplo e tão nuançado como é a importância de Petrarca.

Quase pode dizer-se que, com variações e ocultações, toda a poesia do chamado Ocidente não deixou de «petrarquizar» até hoje. São seis séculos de uma presença excepcional que poucos poetas, desde que a literatura funciona *como literatura,* terão desempenhado com tão vasta acção catalítica, directa ou indirecta, nas artes literárias ocidentais. Mas seria levar muito longe o significado do fenómeno, se o entendêssemos em sentido estrito (de ideológica e formal influência pessoal), e não quiséssemos, num curioso paradoxo, ser ao mesmo tempo mais modestos e mais generosos.

Nenhuma perenidade literária se mantém fora e acima de qualquer persistência de estruturas sócio-culturais que não só a possibilitam, como lhe fornecem os ingredientes para metamorfosear-se sem alteração essencial. Se, com os tempos e os lugares, a nossa aceitação e a nossa compreensão de uma obra de arte, variando, permanecem, isso não se deve, por forma alguma, a uma «eternidade» imanente à própria criação artística. Demasiado são confundidos, quanto a este ponto, dois aspectos inteiramente diferentes. Um desses dois aspectos é o *sentido estético,* comum à humanidade em suas obras desde a mais remota antiguidade, e tão reconhecivel na singela elegância funcional de um machado pré-histórico como na complexa estrutura, igualmente funcional, da Catedral de Chartres; tão comovidamente apreensível na majestade da épica de Gilgamesh, o mais antigo texto de alta categoria, como nos *Cantos* de Ezra Pound ou no *Ulysses* de James Joyce.

O outro desses aspectos não é já essa apropriação estética da matéria (a palavra, a pedra, etc.), comum a todas as manifestações do acto criador, mas o carácter peculiar de *objecto estético,* que, de per si, cada criação terá de possuir para individualizar-se e atingir um sentido que lhe amplie as meras dimensões funcionais. Estes dois aspectos não são identificáveis um com o outro, embora ambos dependam de um *reconhecimento* da nossa parte, que pode ser *impressionista* ou *fenomenológico.* Mas este reconhecimento, quer se dê por apreensão global (caso do impressionismo), quer por diferenciação descritiva (caso da fenomenologia), se é inerente à condição do objecto estético, e mais amplamente à existência do sentido estético, não se dá só por isso, necessária e suficientemente. Ainda que descontemos a acção de preconceitos e hábitos intelectuais adquiridos, o reconhecimento estético depende estreitamente das circunstâncias sócio-históricas. Infinitos são os exemplos de flagrante injustiça, na negação desse reconhecimento por parte da crítica e do público[3]. E não menos numerosos, nem menos significativos, são os reconhecimentos da categoria de objectos estéticos a objectos apenas reconhecidos, até então, como manifestações rudimentares do sentido estético. De modo que a chamada perenidade, ou é muito mesquinhamente resultado de ressurreições que não sabemos a que ponto são provisórias, ou é, ainda mais mesquinhamente, efeito de sobrevivências obsoletas de esquemas culturais; ou terá de ser consequência de um caminho corajosamente e despreconceituosamente trilhado ao invés, em que, pela compreensão histórico-cultural, nos é possível valorar as obras, na medida em que sabemos situá-las no tempo e no espaço.

Não só, porém, a perenidade de um dado fenómeno se explica por um reconhecimento estético, ancilarmente apoiado na cultura histórica, pelo qual tornamos nosso o que deixou de o ser há séculos. Nem por sobrevivência espúria. Mais profundamente, explica-se por uma ambivalente identidade de situações. Uma voz que sofreu, em paralelas circunstâncias, análogas vicissitudes, pode tornar-se, de súbito, impressivamente próxima. Esta uma das faces daquela ambivalência. Mas, com todas as diferenças de linguagem que o tempo e as circunstâncias intercalaram entre nós e uma voz distante, pode acontecer que essas circunstâncias não tenham mudado tão radicalmente, que essa voz se nos torne estranha e inacessível. É de certo modo o que sucede na Europa, desde que, no século XIV, em tempo de Petrarca, se configuram as nações modernas, cujas civilizações são variantes de uma mesma organização capitalista que então sucede à atomização feudal unificada sob a égide da Igreja Romana.

Todavia, cumpre-nos aprofundar ainda mais esta análise que nos mostra como um fenómeno — o *petrarquismo* — pode prolongar-se demoradamente. A acuidade da intuição sensível, a lucidez de apreensão da dialéctica histórica, e a permanência arquetípica no seio do sentido estético, há casos raros em que se associam fulgurantemente. Mas, antes de prosseguirmos, atentemos na correlação do sentido estético com as vivências arquetípicas.

A íntima relação entre as vivências arquetípicas e o sentido estético é talvez o melhor modo de compreender, na sua essência, este último. Com efeito, quase poderia afirmar-se que o sentido estético, quer no espírito do criador, quer na obra realizada, quer no reconhecimento desta por parte de um observador, é função daquelas vivências, de que ele não seria mais do que a representação, no plano da relação entre forma específica e impulso criador, por um lado, e observador e objecto, por outro.

Os *arquétipos* não são recorrências tópicas, embora estas últimas, na maior parte dos casos, por certo devam a sua existência ao facto de, clara ou ocultamente, unívoca ou ambiguamente, apelarem para eles, e não sejam, no plano civilizacional, mais do que «traduções» (conscientemente ou subconscientemente reconhecidas) de algumas dessas vivências profundas. Estas, conexas com a situação da humanidade em si mesma, remontam à noite dos tempos, e parecem às vezes ressurgências insólitas e terríficas do que julgávamos para sempre esquecido ou diluído, ou do que até imaginávamos que jamais tivesse existido como obsessão fundamental. Daí que, a muitos títulos, as artes, e em especial a literatura, pareçam ser teimoso refúgio de primitivas crenças, de convicções anteriores ao progresso científico, de pavores irracionais medonhamente arraigados no âmago do nosso ser.

É verdade que, e muito bem o sublinhou um sábio e visionário como o P.ᵉ Teilhard de Chardin[4], a viagem da humanidade, através dos tempos e da conquista da natureza, é ainda muito breve em relação à idade dos mundos. E que não estamos, pois, tão longe, quanto gostaríamos de supor-nos, daqueles tempos que, em face das descobertas actuais da psicologia, não mais podemos qualificar de imemoriais, já que tudo, mesmo a invenção do novo, é memória. O homem não atingiu ainda, individualmente e colectivamente, uma relativa liberdade e uma relativa segurança do seu *estar no mundo*. E, com este ou aquele rosto aparentemente diverso, a maior parte dos pavores persiste, se não é que precisamente o carácter arquetípico deles foi trazido à nossa consciência pelo facto de esses pavores se terem modernamente consubstanciado a uma escala que, por não mais ser totémica ou tribal, mas universal, com maioria de razão esmagam, mesmo no seio do grupo, o indivíduo murado na sua solidão.

A análise arquetípica, inaugurada por Jung em obras suas, demasiado foi construída sobre uma visão idealista e retrógrada, para que não suscitasse desconfiança quanto à legitimidade de ressurgências que seriam sintoma de perigosos retrocessos primitivistas. Mas os arquétipos não são apenas os hábitos ancestrais de uma humanidade perdida — e defendendo-se — no seio de uma natureza indiferente ou hostil. São também, e quem sabe se mais poderosamente, os motores de todo e qualquer progresso, uma vez que os mitos básicos da humanidade (as divindades trinitárias como símbolo da estruturação dialéctica, por exemplo) não apenas representam ideais de segurança, mas ideais de superação, de amplificação de poder, de ascensão acima da «mísera sorte, estranha condição». Daí a extrema ambiguidade dialéctica das representações arquetípicas, pois que são susceptíveis de concentrar polarmente, no seu significado, o regresso a circunstâncias antigas, supostamente excelentes, ou o anseio progressista de projectá-las no futuro. Desta ambiguidade, não haverá mito mais exemplar do que o da Idade de Ouro.

O carácter de mito ascensional e progressista persiste sob as máscaras mais inesperadas. Por exemplo, o modo petrarquiano de versificar as emoções, que, numa fórmula sintética, já uma vez classificámos de «intelectualização conceptual do formalismo cavalheiresco das *cortes de amor*»[5], não é apenas uma evasão intelectual do amor físico, que negue espiritualisticamente a dignidade eminente deste último. A dignificação idealizante da mulher amada significava todo um processo de dignificação social da mulher como ente, e da vida erótica como vivência espiritual. E, consequentemente, se consagrava na vida erótica uma dicotomia, ao estabelecer esta última não menos consagrava a actividade sexual como superado acto animal, tornando-o um acto humanizado pela consciência[6]. De modo que a espiritualização divinizante, que culmina para Petrarca na maravilhosa canção *Vergine Bella,* está bem mais longe de um horror ao sexo, do que poderia supor-se, quando afinal estabelece uma longa cadeia purificadora, desde o carácter impuro dos desejos carnais, à carnalidade espiritual de uma figura divina, cuja virgindade dogmática de virgem e mãe é o próprio símbolo da dignidade suprema de um amor que se quer completo e perfeito. Há um abismo entre as invectivas dos primeiros padres da Igreja contra as mulheres (invectivas que nem sempre foram, nem ainda são hoje, compreendidas como esforço polémico de dignificação do corpo humano, e da sua beleza, acima de mero objecto do prazer sensual), e esta revolução de que S. Bernardo foi um dos primeiros intérpretes, precisamente quando as *cortes de amor* iam conhecer o seu apogeu. Se essa revolução, no plano da grande poesia, começa esplendidamente com Dante e o *dolce stil nuovo,* é com Petrarca que, como ideologia sentimental, ela se despe de sujeições teológicas, para mais amplamente transformar a visão do mundo. Com efeito, se a vivência básica é a mesma, o processo inverte-se no seu significado histórico-cultural. O homem deixa de ser alguém que se vê mínimo no seio de um universo regido pelo *Amor che muove i sole e l'altre stelle,* que lhe é dado contemplar intelectualmente, para tornar-se uma individualidade que leva até ao céu a sua carnalidade redimida. Poderíamos dizer que, após a prodigiosa inquirição filosófica que foi a Escolástica, a vera essência do cristianismo como redenção atinge aqui a mais adequada expressão literária da sua fundamental ambiguidade de carne-espírito, homem- -Deus, virgem-mãe[7].

Mas a virgindade reconstituída e imarcescível era atributo essencial das Deusas-Mães da antiguidade. E é todo um ideal de purificação da natureza o que se manifesta nesse mito básico. Portanto, o petrarquismo é em Petrarca (se assim se pode dizer) a consubstanciação fulgurante, em termos de um determinado estádio civilizacional, de uma obsessão de liberdade, inerente à condição humana. E a sua persistência explica-se, pois, pela coincidência da intuição sensível com a lucidez de apreensão da dialéctica histórica, e com a permanência arquetípica, para criarem o que poderíamos chamar uma expressão aparentemente «arquetípica», duradoura enquanto as condições civilizacionais não se modificarem tanto que essa intuição, conexa com a exigência de libertação sexual de todos os tabus, não suscitar, para ser-se, uma nova arquetipia que claramente se vislumbra nas literaturas modernas em nossos dias.

Estes problemas de renovação (ou persistência) da expressão são mais flutuantes e fugidios do que as convicções vocabulares e formais possam fazer crer. Neles, a imitação voluntária ou inconsciente desempenha relevante papel. É, porém, preciso atentar em como o desempenha. No breve estudo já citado, apontámos que o uso de um *modo de expressão,* «nos criadores autênticos, é um método da consciência criadora, um sistema convencional de representação da realidade como o intelecto a apreende». E acrescentávamos que, «nos epígonos dessas escolas (literárias), naqueles em quem já a ‹literatura› se decompõe sob o influxo de novos modos de expressão, esse método pode vir a ser *precisamente a consciência criadora*».

153

Isto nos permite, juntamente com quanto foi dito neste capítulo, reabordar com a devida cautela a questão da *imitação* e das influências...

Há muitas maneiras de influir, ou de ser-se imitado, desde a mais evidente à mais oculta, desde a mais superficial à mais funda, e nem sempre a mais evidente é a menos superficial. Se nos ativermos primeiramente aos aspectos externamente literários, a imitação pode fazer-se por adopção de análogos esquemas rítmicos, por apropriação de certos sintagmas, certos tópicos, ou, mais amplamente, certos tipos de desenvolvimento discursivo ou de proliferação imagística. É, em geral, a imitação mais tradicionalmente aceita como sendo imitação. Mas é, muitas vezes, a imitação menos significativa. Citemos, a título de exemplo, o caso inglês nos séculos XVI e XVII. A impregnação de italianismo foi profundíssima, talvez mais profunda do que na Espanha; e, no entanto, com excepção do soneto que teve na Inglaterra uma fortuna incomparável, as formas italianas quase não apareceram, não predominaram sobre o que, em historiografia literária portuguesa, se chamaria a «medida velha», ou sobre readaptações desta última. E o caso inglês é muito interessante, já que, como a Península Ibérica, se nos afigura correntemente como periférico em relação à área cultural mediterrânica. Mais internamente, a imitação pode fazer-se por selecção de um mesmo tipo de sensibilidade (tanto quanto possível), por aceitação de um mesmo complexo ideológico, por restrição da personalidade a uma idêntica configuração poética. É esta a imitação que mais escapa à chamada «crítica de influências»[8], e seria ela a mais importante para ver-se até que ponto a imitação terá sido mais um *fim* (caso em que a originalidade se *apaga ante* o modelo) do que um *meio* (caso em que a originalidade se *afirma através* do modelo).

As imitações que, neste passo, chamamos *externas* e *internas* não correspondem, nem pretendem corresponder, à diferenciação de *forma* e *conteúdo*. São estas as duas faces de uma mesma e indissociável realidade que é o *objecto estético*, e só o carácter específico da arte literária, mais subordinada na aparência às sujeições dos significados, faz parecer que existe nela um conteúdo extractável que se admite não haver nas outras artes, ou em algumas delas, em idênticos termos de filosofema. Mesmo o chamar-lhes duas «faces» não implica a aceitação de que o conteúdo é preexistente e independente de uma determinada forma, à qual se adaptaria, ou a cuja adequação se subordinaria selectivamente; nem a concomitante aceitação de que são preexistentes as formas, sem que elas impliquem necessariamente um *tom* limitado na sua gama emocional. Isto, mesmo no auge das codificações formalistas, não deixaram de reconhecer as poéticas do século XVII e do século XVIII, prolongadas até meados do século XIX com igual critério normativo, quando insistiam na propriedade ou impropriedade de certas formas mais ou menos fixas, para exprimirem alguns estados de alma, algumas situações da sensibilidade. E isto é o que Camões declara no soneto *Transforma-se o amador na cousa amada*, glosando tão liberrimamente o verso do Petrarca de *I Trionfi*: «L'amante nel amato si transforma»[9]. Com efeito, a «matéria simples» não é um conteúdo buscando um continente, a forma; mas algo que, como matéria, é impensável sem a forma que é o próprio «estar no pensamento como ideia».

O conteúdo, que melhor é chamarmos, hoje, *sentido global*, não é redutível a filosofemas últimos e essenciais. Se podemos desmontar as inúmeras peças componentes de um objecto estético para, na correlação e coordenação delas, descobrirmos o seu sentido mais íntimo, isso não significa que este sentido seja um extracto da «tradução» que fizermos da linguagem que o exprima. Significa, sim, que buscamos, sob a aparente estruturação sintáctica, o nexo analítico que o *raciocínio analógico* — base de toda a criação artística, e que radica nas mais profundas vivências arquetípicas — elide em favor da ambiguidade, sem a qual uma obra de arte literária não seria *estilo* (no mais amplo e estrutural sentido), mas o Código Civil ou a Constituição da República, que precisamente o não podem ser. Se o sentido global fosse redutível a filosofema, tal como tantas vezes se procura que seja, toda a criação artística não passaria de ornato supérfluo, para encobrir meia dúzia de banalidades filosóficas. Não importa, ou importa relativamente pouco, que o pensamento de um escritor, de um poeta, seja original em si mesmo. Em geral, o poeta — ainda que não em Camões — serve-se da filosofia que tem mais à mão, sem preocupar-se sequer com as contradições que ela possua. O que importa, e é decisivo, é como, a partir disso, ele transmite toda uma experiência vital, dá a sua carne e o seu sangue a uma esquelética ideia, esburgada e seca, que se torna assim apenas o ponto de partida de uma cristalização magnífica, cujo colorido e cujas múltiplas facetas a transfiguram. Não é a pedra-sabão que é bela; os profetas do Aleijadinho é que o são, talhados nela. Não são todos os profetas bíblicos que têm o dom de nos comover: a ideia que deles teve o Aleijadinho é que lhes deu aqueles narizes e aqueles olhos.

Postas estas reservas, prossigamos as nossas considerações. A imitação externa é, não raro, bem pouco concludente. Em geral, esquecemos, em favor dos grandes e prestigiosos escritores, sobreviventes na nossa cultura, a massa enorme dos medíocres que constituem com eles uma cadeia ininterrupta, até ao momento em que a *quantidade deles todos propiciou a qualidade de um só que recordamos.* Também neste fenómeno a transmutação dialéctica não é menos verdade; e registamos nas histórias literárias apenas as transmutações, e entre elas estabelecemos um nexo directo que, às vezes, foi nuançadamente indirecto e distante, a par das relações directas.

No caso particular da canção camoniana, quantos poetas italianos haviam cultivado essa forma, desde que Petrarca a elevara à dignidade de imitável modelo transmitido ao mundo do século XVI pelas edições de 1472 e 1501 do *Canzoniere?* Não só os poetas maiores fizeram em seu tempo a literatura que hoje nos parece ter sido feita apenas por eles. A imitação faz, no futuro, a popularidade dos grandes exemplos. É certo que, nas suas cartas em prosa, Camões refere apenas eminentes figuras: Vergílio, Petrarca, Jorge Manrique, «Crisfal», Bernardim Ribeiro, Sannazaro, Garcilaso, Boscán... — o que, aliás, será para a sua época, e para o mundo hispano-italiano, o grupo por excelência. Em geral, figuras menores, quando são mencionadas, são-no por minudência ou por equívoco de valoração, e Camões não pecava, nem pecou nunca, por esses dois defeitos. Dado, porém, que o prestígio da forma *canção* é fundamentalmente petrarquiano, e que Camões notoriamente petrarquizou, ainda que em muito especial e já apontada maneira, estudemos as características da forma externa das canções de Petrarca, para depois observarmos como Camões se aproximou ou divergiu dessa forma externa. E tenhamos sempre em mente, quanto ao petrarquismo, as corajosas palavras de quem foi talvez o maior dos críticos italianos, publicadas há um século quase: «Está por fazer uma obra que é determinar o que está vivo e o que está morto. Dar-nos-emos conta de que, em Petrarca, está morto tudo o que é imitado e imitável, o duplo petrarquismo retórico e platónico. Muito de vivo ficou; e compreenderemos também que se, nesta vida dele, existe o defeituoso, o exausto e o mecânico, é porque não abundou nele, como nos maiores, o poder criador, a virilidade, a força de realização; e chegaremos a esta conclusão: que o que os idealistas reputam a sua glória foi justamente a sua debilidade»[10]. O que é precisamente o contrário do caso de Camões, em que poder criador, virilidade e capacidade de realização transcendem quanto seja imitado e imitável.

2) *AS CANÇÕES DE PETRARCA — INQUÉRITO ESTRUTURAL*

No *Canzoniere* de Petrarca (consultado na ed. Carducci e Ferrari, reimp. de Florença, 1949) a forma «canção» representa 8 % do número total de composições: 29 canções, contra 337 baladas, madrigais, sextinas e sonetos. É evidente que o número 29 é suficientemente elevado para que, apesar da percentagem, as canções não deixem de representar, na obra lírica de Petrarca, um dos eixos expressivos fundamentais, e não só pelas dimensões individuais das diversas canções. Mas há uma curiosíssima circunstância a apontar quanto ao papel das canções nesse eixo expressivo.

Como é sabido, as composições repartem-se por *In Vita di Madonna Laura* e *In Morte di Madonna Laura*. Esta segunda parte é, numericamente, muito inferior à primeira. Se, «em vida» de Laura de Noves, as composições são 266, «em morte» dela são apenas as restantes 100. As canções, porém, distribuem-se igualmente por essas duas tão desproporcionais partes que somam tantas composições quanto o maior número de dias que um ano pode ter[11]. À primeira parte cabem 21, contra 8 à segunda. Ou seja, em percentagem: 8 % de canções em ambas as partes. O que por certo significará uma expressa intencionalidade quanto ao valor do pensamento poético contido nelas, uma vez que a proporção de canções em ambas as partes é não só igual entre si, como à proporção no conjunto total. O sentimento divinatório desta realidade numérica terá sido um dos ingredientes do fascínio que as canções exerceram, quando, no século XVI, os espíritos cultos se entregaram deliciadamente a especulações, em que o pitagorismo e o ocultismo astrológico representam importante papel na libertação da imaginação — libertação provisória e tenteante, aventurosa, e com seu quê de desafio juvenil —, das peias da teologia dogmática.

Resumamos num quadro, e por ordem alfabética dos primeiros versos, as canções de Petrarca, registando por ora apenas o número de estrofes, o de versos por estrofe e por *commiato,* e o número total dos versos de cada canção.

Agrupadas num quadro, e segundo pertencem a (V) *In vita di Madonna Laura* ou (M) *In Morte di Madonna Laura,* as canções de Petrarca, que são 29, e inscritos para elas os valores correspondentes às primeiras quatro colunas do quadro geral que estabelecemos para as canções de Camões, podemos observar o seguinte:

I) *Número de estrofes.*

1. Todas as canções (29), menos duas, possuem *envoi,* o que, aceito um cânon típico dessas 29 canções, praticamente, mas sem carácter absoluto, impõe que canções o possuam.

2. As canções com maior número de estrofes são duas, com 10 (excluído o *envoi* ou *commiato*).

3. O menor número de estrofes é (nas mesmas condições) 5. Há 7 canções com esse número.

CANÇÕES DE PETRARCA

	1.ᵒˢ versos	Número de estrofes	Número de versos Por estrofe	Comiato	Total	Observações
M	Amor, se vuo'ch'i'torni al giogo antico	7+e	15	3	108	—
V	Ben mi credea passar mio tempo omai	7+e	13	7	98	—
M	Che debb'io far? Che mi consigli, Amore?	7+e	11	5	82	—
V	Chiare, fresche e dolci acque	5+e	13	3	68	—
V	Di pensier in pensier, di monte in monte	5+e	13	7	72	—
V	Gentil mia donna, i'veggio	5+e	15	3	78	—
V	In quella parte dove Amor mi sprona	7+e	14	8	106	—
V	Italia mia, ben ché'l parlar sia indarno	7+e	16	10	122	—
V	I'vo pensando, e nel penser m'assale	7+e	18	10	136	—
V	Lasso me, ch'i'non so in qual parte pieghi	5+o	10	—	50	Mínimo
V	Mai non vo' piú cantar com'io soleva	5+o	15	—	75	—
V	Ne la stagion che'l ciel rapido inclina	5+e	14	8	78	—
V	Nel dolce tempo de la prima etade	8+e	20	9	169	Máximo
V	O aspettata in ciel beata e bella	7+e	15	9	114	—
V	Perché la vita è breve	7+e	15	3	108	—
V	Poi che per mio destino	6+e	15	3	93	—
V	Qual piú diversa e nova	6+e	15	7	97	—
M	Quando il soave mio fido conforto	6+e	11	5	71	—
M	Quell'antiquo mio dolce empio signore	10+e	15	7	157	—
V	Se'l pensier che mi strugge	6+e	13	3	81	—
V	Si è debile il filo acui s'attenne	7+e	16	8	120	—
V	S'i'l dissi mai, ch'i'vegna in odio a quella	6+e	9	5	59	—
M	Solea da la fontana di mia vita	5+e	12	4	64	—
V	Spirto gentil che quelle membra reggi	7+e	14	8	106	—
M	Standomi un giorno solo a la fenestra	6+e	12	3	75	—
M	Tacer non posso, e temo non adopre	7+e	15	7	112	—
V	Una donna piú bella assai che'l sole	7+e	15	7	112	—
V	Verdi panni, sanguigni, oscuri o persi	8+e	7	2	58	—
V	Vergine bella che di sol vestita	10+e	13	7	137	—
	Valores médios	7+e	14	6	97	

4. O valor médio do número de estrofes é 7. Há 11 canções que têm exactamente esse número.

5. Se juntarmos ao número das canções que têm 7 o número de canções que têm 6 ou 8, valores contíguos, o valor 6-7-8 corresponde a 20 das canções.

II) *Número de versos por estrofe.*

1. Este número varia entre 7 e 20.
2. O valor médio do número de versos por estrofe é 14.
3. Esse valor será, de certo modo, característico, já que 17 canções se aproximam dele.

III) *Número de versos por* envoi.

1. Nas 27 canções que possuem *envoi,* o número de versos deste oscila entre um mínimo de 2 e um máximo de 10.
2. Apenas uma canção tem *envoi* de 2, e duas canções têm de 10.
3. Sete canções têm *envoi* de 3 versos, e outras 7 têm *envoi* de 7 versos.
4. Metade das canções com *envoi* têm outros valores, cuja média ponderada é 7.
5. Consideradas as duas alíneas anteriores, o valor 7 parece ser dominante. Mas a frequência do valor 3 em 25 % das canções não nos permite pô-lo de parte, apesar de a média ponderada do número de versos do *envoi* ser 6.

IV) *Total dos versos.*

1. O número total de versos oscila, nas 29 canções, entre um mínimo de 50 e um máximo de 169.
2. Para as 27 canções com *commiato,* essa oscilação processa-se entre um mínimo de 58 e o mesmo máximo.
3. A média para as 29 canções é 97 versos.
4. A média para as 27 com *envoi* é 92 versos.
5. A amplitude da oscilação é, no caso do número 1: $169 - 50 = 119$; e, no caso do número 2: $169 - 58 = 111$.

V) *O grupo «médio» de Petrarca.*

Estabeleçamos, num quadro extraído do quadro geral das canções de Petrarca, as características das canções que mais se aproximam do esquema médio ideal de Camões. Essas canções são 7. Com efeito, 12 canções têm 7 estrofes e *envoi*. Mas, dessas 12 canções, 5 não têm número de versos por estrofe e por *commiato* que ambos coincidam, quanto possível, com os valores médios que determinámos. No quadro, e considerando apenas aquelas 7 canções, fixemos para elas as restantes colunas, correspondentes às do quadro geral das canções de Camões: medida dos versos; percentagem do verso de 6 sílabas sobre o de 10; esquema métrico e esquema rímico.

De um tal quadro será possível extrairmos algumas considerações acerca da estrutura desse grupo «médio» das canções de Petrarca que nos elucidem quanto ao modelo ideal que a canção petrarquiana poderia fornecer, independentemente dos exemplos e sugestões formais que o grupo das 29 canções forneceria com o fascínio individual de cada uma.

Observemos, desde já, que, dessas 7 canções, apenas *duas* pertencem à 2.ª parte do *Canzoniere*, o que faz pender a proporção aparente delas em favor da 1.ª parte. Mas a proporção real é em favor da 2.ª parte, já que duas canções em 7 (28 %) é quase quatro vezes os 8 % das proporções que tivemos ocasião de observar.

VI) *Medida dos versos.*

1. Todas as canções são compostas por versos de 10 e de 6 sílabas.
2. Das 7, só *uma* se inicia por verso de 6 sílabas.
3. Observemos que, na totalidade das 29 canções, só 6 se iniciam por verso de 6 sílabas. A percentagem (24 %), com ser superior à do grupo das sete canções seleccionadas (14 %), é, mesmo assim, muito baixa.

VII) *Percentagem de versos de 6 sílabas em relação ao total do número de versos.*

1. Nas sete canções que seleccionámos, a amplitude destas percentagens vai de 8 a 27.
2. Esta amplitude, se notarmos que um dos sete valores se destaca, do grupo dos outros seis, mais que a divergência entre quaisquer de outros dois valores consecutivos (trata-se da percentagem 8), é, na verdade, e com apenas essa excepção, de 15 a 27.
3. A média dos valores é, para as sete canções, 20. Esta média, porém, sobe para 22, caso excluamos o caso de extrema divergência.

VIII) *Esquema métrico das estrofes.*

1. A alternância dos versos de 6 e de 10 sílabas é de regra em todas as canções, à excepção de uma, naturalmente aquela em que a percentagem de hexassílabos é divergentemente mínima.
2. Vimos já o predomínio (6 para 1) de as canções se iniciarem por verso decassílabo.
3. O esquema de alternância, com algumas diferenças para mais ou para menos no número de versos dos grupos, é bastante semelhante em todas as canções.
4. A média do número de grupos de alternância métrica na estrofe é, para as sete canções, 7. E três canções têm esse valor, do qual duas outras se aproximam.
5. O número de grupos varia entre um mínimo de 3 e um máximo de 9.
6. Na canção que tem 3, aquela em que há, por estrofe, um só verso de 6 sílabas, este não se encontra a meio dela, como em Camões, mas a um quarto do final da estrofe.

IX) *Esquema métrico do* commiato.

1. Em 5 das canções (70 %), o esquema do *commiato* repete o esquema dos últimos versos da estrofe.
2. As duas em que o não repete fazem parte das três canções em que o número de grupos estróficos é mínimo (1 e 3).
3. O número de grupos varia entre um mínimo de 1 e um máximo de 6.

X) *Esquema rímico das estrofes.*

1. O 1.º grupo estrófico é *abcbacc* em 4 das sete canções.
2. Em duas outras, esse 1.º grupo estrófico é:

> *abbc baac*
> *abbc baac (c)*

3. Em outra, esse grupo é:

> *abbc abbc (c)*

4. Os paralelismos das repartições possíveis do 1.º grupo estrófico em duas células rímicas análogas, nas 3 canções referidas nos dois números anteriores, são patentes. E também o será

161

C-11

a amplificação obtida por mais um verso rimando com o último da 2.ª parte. Com efeito, em todas há, primeiro, *abbc*. Este arranjo repete-se numa, ou é substituído, nas outras duas, por *baac*, com ou sem acrescento de *c*.

5. O que chamámos 1.º subgrupo existe efectivamente numa só canção apenas (a última do quadro), e precariamente noutra (a segunda do quadro), já que a repetição de pares rímicos não individualiza grupos ou subgrupos.

6. O 2.º grupo estrófico só em 2 das sete canções apresenta a configuração: *deed(e)* ou *deed(d)*. Mais duas têm-no reduzido a *ee*, ou se quisermos, decomposto em *dd* e *ee*.

7. Todos os esquemas rímicos das estrofes, em seis das canções, terminam por um par rímico final, mesmo aquela que tem, no 2.º grupo, um arranjo complexo: *deedfdff*, em que podemos distinguir o grupo — célula ideal — *deed*.

8. O último subgrupo é complexo numa das canções, em que se poderia dizer que ele é um 2.º grupo com a posição trocada em relação ao 2.º subgrupo[12].

XI) *Esquema rímico do* commiato.

1. Não há predominância, nas 7 canções, de qualquer esquema.
2. Acontece, porém, que *todos* os *commiatos* repetem o esquema rímico do mesmo número de finais de versos de estrofe.

XII) *Número de rimas por estrofe.*

Este número é exactamente 6, nas sete canções todas.

XIII) *Número de rimas por* commiato.

1. Há 5 das sete canções com 4 rimas no *commiato*.
2. As restantes duas têm duas rimas.

XIV) *Aspectos da variabilidade rítmica.*

Quanto na generalidade dissemos ao estabelecer estas noções tem cabimento aqui. Calculemos, pois, em quadros análogos aos construídos para as canções camonianas, os índices de variabilidade das estrofes e dos *commiatos* das 7 seleccionadas de Petrarca, usando a mesma expressão:

$$i = \frac{\text{Número de grupos métricos} \times \text{número de rimas por estrofe}}{\text{Número de versos} \times \text{número de grupos rímicos por estrofe}}$$

ESTROFE

Número de ordem	Número de versos	Número de grupos métricos	Número de rimas	Número de grupos rímicos	Indice de variabilidade	Observações
1	15	7	6	2	1,40	—
2	13	7	6	4	0,81	—
3	14	5	6	3	0,71	—
4	15	8	6	2	1,60	Máximo
5	14	3	6	3	0,43	Mínimo
6	15	7	6	3	0,84	—
7	15	9	6	3	1,20	—

COMMIATO

Número de ordem	Número de versos	Número de grupos métricos	Número de rimas	Número de grupos rímicos	Indice de variabilidade	Observações
1	3	1	2	2	0,33	Mínimo
2	7	6	4	4	0,86	—
3	8	5	4	3	0,83	—
4	3	1	2	2	0,33	Mínimo
5	8	3	4	3	0,50	—
6	7	3	4	3	0,57	—
7	7	5	4	3	0,95	Máximo

Calculemos, agora, a variabilidade total destas sete canções segundo a mesma expressão já usada, ou seja:

$$V = \frac{\text{Número de estrofes} \times \text{índice da estrofe} + \text{índice do } \textit{commiato}}{1 + \text{número de estrofes}}$$

Número de ordem	Número de estrofes	Indice de estrofe	Indice do *commiato*	Variabilidade total	Observações
1	7	1,40	0,33	1,27	—
2	7	0,81	0,86	0,82	—
3	7	0,71	0,83	0,73	—
4	7	1,60	0,33	1,44	Máximo
5	7	0,43	0,50	0,44	Mínimo
6	7	0,84	0,57	0,81	—
7	7	1,20	0,95	1,17	—

Tal como anteriormente fizemos para as 10 canções camonianas, comecemos por comparar os índices das estrofes e dos *envois,* e a influência dos últimos na variabilidade total, antes de estudarmos propriamente o significado dos valores desta.

1. Os índices de variabilidade das estrofes oscilam entre um máximo de 1,60 e um mínimo de 0,43. A média geral deles todos é 1,00. A média entre os valores máximo e mínimo é 1,02.

2. Os índices de variabilidade dos *commiatos* oscilam entre 0,95 e 0,33, cuja média é 0,64. Mas a média geral dos 7 valores é 0,62.

3. Os índices dos *commiatos* apenas em dois casos são superiores aos das estrofes. Em média, o valor deles é 60 % do valor médio dos outros. O valor médio das divergências é 0,44; e o da máxima e mínima é 0,66. Mas em valor absoluto, a máxima divergência é 1,27, e a mínima é 0,05. Em valor absoluto, a divergência máxima entre a variabilidade total e o índice da estrofe é 0,13. E a divergência é máxima, em favor do predomínio do índice da estrofe, para a canção numerada 4, precisamente a de maior índice da estrofe e a de menor (conjuntamente) índice do *envoi.*

4. Quanto à variabilidade total, observemos o seguinte:

1. Ela oscila entre um máximo de 1,44 e um mínimo de 0,44, com uma amplitude de 1,00.

2. O valor médio da oscilação é 0,94.

3. O valor médio dos sete índices de variabilidade é 0,95.

4. Ordenando por ordem crescente os valores, notemos como as sete canções se agrupam, sendo 0,17 a média das divergências:

$$
\begin{array}{ll}
0,44 & \\
& 0,29 \\
\left.\begin{array}{l} 0,73 \\ \\ 0,81 \\ \\ 0,82 \end{array}\right\{ & \begin{array}{l} 0,08 \\ \\ 0,01 \end{array} \\
& 0,35 \\
\left.\begin{array}{l} 1,17 \\ \\ 1,27 \end{array}\right\{ & 0,10 \\
& 0,17 \\
1,44 &
\end{array}
$$

5. No número anterior vemos quatro grupos, cujos índices médios são, respectivamente, 0,44; 0,79; 1,22; 1,44. Prototípico será o grupo 2, cujo valor médio é o mais próximo da média dos quatro (0,97).

6. Organizemos um quadro em que as canções apareçam seriadas por índice crescente da estrofe e crescente da variabilidade total.

Indice da estrofe	Seriação por índice da estrofe	Seriação por variabilidade total	Variabilidade total
0,43	5	5	0,44
0,71	3	3	0,73
0,81	2	6	0,81
0,84	6	2	0,82
1,20	7	7	1,17
1,40	1	1	1,27
1,60	4	4	1,44

Como neste quadro se vê, a alteração da ordem, por influência do índice de variabilidade do *commiato,* apenas se dá em dois casos, que são os das duas canções que mais próximos valores possuem, e que trocam entre si as posições.

7. A variação de valor do índice da estrofe, para transformar-se em variabilidade total, é praticamente nula em 3 canções: aquelas três em que os índices da estrofe são mais baixos. E é altíssimo nas duas de maior índice: cerca de 10 %.

8. Dá-se intensificação da variabilidade (intensificação praticamente nula) em 3 canções, aquelas de índice mais baixo. E abrandamento dela nas 4 outras, sendo que em duas delas o abrandamento é francamente sensível.

3) CAMÕES E PETRARCA: COMPARAÇÃO DOS INQUÉRITOS ESTRUTURAIS

Estabelecemos, para as 10 canções «canónicas» de Camões, uma avaliação sistemática das características da sua forma externa. Dessa avaliação resultaram diversos valores típicos que nos levaram a concluir a existência de *protótipo* médio ou ideal, para o qual tendem as canções. Um quadro geral das 29 canções de Petrarca forneceu-nos os valores respectivos das características numéricas que constituíam as primeiras colunas do quadro camoniano (número de estrofes, número de versos por estrofe, número de versos por *commiato,* número total de versos). Essas características das 29 canções permitiram-nos procurar entre elas as que se aproximavam mais do protótipo ideal da canção camoniana. Eram sete as canções nesse caso. Os restantes valores, mais complexos, foram calculados apenas para elas, como em tempo foi detidamente explicado.

Podemos, agora, cotejar os resultados obtidos para as canções de Camões e as canções de Petrarca. Façamo-lo, valor por valor.

Número de estrofes.

1. As dez canções de Camões têm todas *commiato*. Das vinte e nove de Petrarca só duas o não têm. Pode afirmar-se que, praticamente, Petrarca fixou uma forma em que o *commiato* é de regra. Isto respeitou Camões nas suas dez canções. Mas a ausência de *commiato* era autorizada pelo próprio Petrarca.

2. O número de estrofes (não contando o *commiato*) oscila para Petrarca entre 5 e 10. Camões, se bem que por modo discreto, ampliou esta variação para um limite mínimo de 4 e um máximo de 12, usando de uma tripla amplitude ($3 \times 4 = 12$), onde Petrarca se continha numa amplitude dupla ($2 \times 5 = 10$).

3. O valor médio do número de estrofes, para as dez canções de Camões e para as 29 de Petrarca, é, porém, idêntico entre si e igual a 7. Em Camões, 60 % das canções aproximam-se desse valor médio, enquanto em Petrarca mais 15 % delas se aproximam dele (um total de 69 %).

4. Resumindo, e quanto ao número de estrofes, Camões não respeitou os limites extremos de Petrarca e usou de uma amplitude muito maior, sem todavia deixar de ter por ideal um mesmo número de estrofes (7).

Número de versos por estrofe.

1. Em Camões, nas suas dez canções, esse número oscila entre 13 e 20. Em Petrarca, nas suas vinte e nove, a amplitude é maior, e vai de 7 a 20.

2. O valor médio, 14 para Petrarca e 15 para Camões, é sensivelmente o mesmo. Mas em Camões todas as canções menos uma se aproximam dele; e em Petrarca apenas 59 % delas.

3. Resumindo, e quanto ao número de versos por estrofe, Camões não excedeu o limite máximo de que usara Petrarca, mas elevou substancialmente o limite mínimo que ele atingira (elevou-o de mais do dobro), sem todavia se afastar de um mesmo valor médio ideal (14). Este valor médio ideal da extensão da estrofe é basilar em Camões, e não o é tanto em Petrarca. Podemos, pois,

afirmar que a extensão da estrofe em Camões se tornou muito mais conexa com uma específica índole expressiva da forma *canção*, cuja densidade intelectual ele considera incompatível com a ligeireza de uma estrofe pouco extensa. Digamos, acidentalmente, que, nos géneros líricos maiores, com variabilidade de metro (a ode e a canção), Camões separou firmemente o andamento mais formal da ode, e o andamento mais majestoso e meditativo ou mais apaixonado da canção. Para este andamento ideal, que o próprio Petrarca não procurou sistematicamente, tende a esmagadora maioria das canções camonianas.

Número de versos por commiato.

1. Este número oscila em Petrarca entre 2 e 10; e em Camões entre 3 e 9.

2. O valor dominante em 60 % das canções camonianas é 3, valor esse que só 25 % das canções de Petrarca seguem.

3. O valor dominante nas canções de Petrarca é 7. Mas o facto de 4 das dez canções camonianas se aproximarem dele mostra que, em Camões, um valor não exclui o outro.

4. Resumindo, e quanto ao número de versos do *commiato*, verifica-se que Camões, tal como fizera para o número de versos por estrofe, reduz substancialmente a amplitude dentro da qual se movia Petrarca, sem se afastar do mesmo valor médio (6). Mas não pode dizer-se que siga Petrarca na predominância desse valor médio. Em Camões, predomina o valor 3, que é o de 6 das 10 canções. As outras quatro canções têm 5, 7, 8 e 9; isto é, experimentam em torno do valor dominante de Petrarca, que é próximo do valor médio ideal. Portanto mais se confirma que, para Camões, existem valores médios correspondentes a uma específica índole expressiva da forma canção. Mas, no caso do *envoi,* essa correspondência surge-lhe de duas formas: o valor 3, conexo com um final rígido que não pode conter, em termos musicais, uma *coda* desenvolvida (6 das 10 canções, mais a variante Juromenha de *Manda-me amor,* assim são estruturadas); ou um valor que se aproxima da média ideal (que só as outras versões de *Manda-me amor* efectivamente seguem), e que constitui, no fluxo discursivo, uma ampla *coda.* A oscilação, tão tipicamente expressa pelas versos de *Manda-me amor,* comprovará que, sem perder de vista o valor médio ideal, Camões considerou com liberdade não-petrarquista o *commiato,* cujos limites reduziu. O facto de aumentar o limite inferior acentua que, mesmo ao repudiar um desenvolvimento do *commiato,* lhe atribui funções efectivas de *coda,* e não apenas as de final convencional.

No caso específico da canção *Manda-me amor,* a oscilação entre 3 e 7, conexa com a predominância do valor 3, poderá ser elemento decisivo na determinação da anterioridade de uma das versões, se uma análise estrutural confirmasse, para as canções de *commiato* de 3 versos, a idade relativa do grupo na produção de Camões.

Número total dos versos.

1. O número total de versos oscila, em Petrarca, para o conjunto das vinte e nove canções, entre 50 e 169 versos. O limite mínimo eleva-se para 58 nas canções com *commiato* (27 delas). Neste último caso, que é o rigorosamente comparável com as dez canções camonianas (todas com *commiato*), a amplitude de Petrarca é 111 versos, com um valor médio dos limites extremos igual a 114, e um valor médio de todos os totais igual a 92. Em Camões, o número total de versos oscila entre 60 e 249 para todas as canções, e o limite máximo desce verticalmente para 123, se excluirmos a canção *Vinde cá, meu tão certo secretário,* cujo número de versos é mais do dobro do número de versos da mais extensa das outras. A amplitude de Camões, nas dez canções, é 189, com uma média de limites extremos igual a 155, e um valor médio de todos os totais igual a 107. Estes três valores, se excluirmos a canção supracitada, descem respectivamente para 63, 92 e 91.

2. É evidente que, dentro do procedimento, que vimos observando, de fidelidade a uma específica índole expressiva de um modelo ideal, Camões diminuiu, com uma audaciosa excepção confirmativa da sua independência, a amplitude petrarquiana de quase 50 %. Essa diminuição é feita de muito curiosa maneira, não por elevação do limite mínimo, mas por decrescimento substancialíssimo do limite máximo (em 28 % dele). E não é menos curioso notar que, se a diminuição sistemática é da ordem dos 50 %, a audaciosa excepção excede de 50 % também o limite máximo petraquiano. Portanto, ao mesmo tempo que se confirmava na dimensão antiprolixa de uma extensão ideal, e achava (como achara para o número de versos) que o limite mínimo não devia ser abaixado, Camões duplamente manifesta, e de equilibrada maneira, a sua originalidade, visto que ou reduz sistematicamente a amplitude petrarquiana, ou a excede na mesma escala em que a reduz.

3. Em relação à média dos limites extremos da amplitude (114 em Petrarca, e 155 ou 92 em Camões, com ou sem a citada canção excepcional), verificamos que se confirma não só a independência de Camões, como a sua decisão de criar uma equilibrada

e ideal forma. Com efeito, ele não só diminuiu a amplitude de Petrarca, nos termos que apontámos, como o fez abaixando decisivamente a média dos limites extremos. De tal modo assim procedeu, que mesmo o valor médio dos totais dele (com a canção excepcional) é inferior à média dos valores extremos de Petrarca (107 é menor que 114). E que das extensões tão variáveis de Petrarca ele extraíra para seu uso um *módulo* é comprovado pela sensacional identidade de três valores: a média dos valores extremos e a média geral deles, entre si, exceptuada a canção referida, e com o valor médio dos totais de Petrarca. Isto é, uma identidade que Petrarca não buscara, visa-a Camões especificamente e equilibradamente.

4. Notemos que esse equilíbrio é especialmente obtido para a canção *Manda-me amor,* cujo número de versos (97) está contido entre os dois valores médios de Camões (107 e 91, com e sem a canção mencionada), e é exactamente igual ao valor médio (97) de todas as canções de Petrarca[13].

Medida dos versos.

1. Em todas as canções de Petrarca, e nas dez «canónicas» de Camões, há apenas versos de 10 e 6 sílabas.

2. Petrarca inicia 24% das suas 29 canções com versos de 6 sílabas, pelo que o início com decassílabo é característico do conjunto. Nas sete canções próximas do modelo ideal médio que destacámos a percentagem é mais baixa ainda (14%). Camões reparte-se igualmente entre um início e outro: 5 canções começam com hexassílabo, e 5 com decassílabo.

3. Não há, em Petrarca, qualquer conexão entre o início da estrofe com verso de 10 sílabas e a extensão das canções. Há canções curtas que começam pelo verso mais longo, embora as canções mais extensas se iniciem, em geral, por esse verso. Em Camões, pelo contrário, e com uma única excepção, o início com decassílabo, é estritamente conexo com a extensão: mais breves as canções iniciadas com hexassílabo, mais longas as canções iniciadas por verso de dez sílabas. Se aquelas têm uma extensão que vai de 60 a 107 versos, as canções iniciadas por verso de 10 sílabas teriam uma extensão entre 115 e 249 versos, se a canção *Manda-me amor* não tivesse 97 versos.

4. Notemos, pois, o seguinte: tal como fizera para valores anteriores, Camões usa *igualmente* dos dois modos de iniciar a estrofe (e, curiosamente, essa proporção não se alteraria, se as canções apócrifas fossem suas), ao contrário de Petrarca, que prefere francamente o decassílabo para início da estrofe. E, também ao contrá-

rio de Petrarca, há em Camões conexão firme entre o início decassilábico e a extensão das canções. Em sentido estrito, a canção *Manda-me amor* parece uma excepção. Em sentido lato, não o é. De facto, apenas uma das canções iniciadas por verso de 6 sílabas é mais extensa do que ela (e só em 10 % mais de versos, visto que 107 — 97 = 10), e vimos já que a extensão dela corresponde a um número de versos que é média ideal. De modo que ela, longe de ser excepção, representaria o equilíbrio entre as duas maneiras de início: menor que as mais extensas para aproximar-se do número de versos ideal, e iniciada por decassílabo para pertencer ao grupo das mais densas em conteúdo meditativo.

Percentagem de versos de 6 sílabas em relação ao total de versos.

1. A percentagem de versos de 6 sílabas, nas sete canções «ideais» de Petrarca varia entre 8 e 27. Em Camões oscila entre 5 e 68 para as dez canções «canónicas».

2. Em Petrarca, portanto, a amplitude da variação é 19, incluindo uma canção com 8 %, desvio excepcional; e é 12, se considerarmos apenas as restantes percentagens, todas afins. Em Camões, a amplitude é 63, ou seja, mais de quatro vezes superior à das sete canções de Petrarca, tomadas em conjunto. Mas, tendendo a que, como foi visto, as canções camonianas se agrupam, quanto à percentagem, em grupos nítidos, aquela amplitude desce para 48 sem o grupo de 5 e 6 %, de percentagem próxima à da canção excluída em Petrarca; e descerá para 24, se, além desse, excluirmos o grupo de percentagem superior a 60 %, que é valor três vezes superior ao mais elevado de Petrarca.

3. A média dos limites máximo e mínimo é, em Petrarca, 18; valor este que sobe para 21, com a exclusão efectuada supra. Em Camões, essa média é 37; e sobe para 44, se excluirmos o grupo mais baixo. Com a exclusão também do grupo mais alto, a média dos limites é 18.

4. O valor médio das percentagens, em Petrarca, é de 20 ou 22, conforme se inclui ou não a canção com 8 %. E é em Camões 38 ou 46, conforme se inclui o grupo de percentagem 5-6, ou não. Com exclusão também do grupo mais alto é 18; e é 24, se excluirmos este grupo e não conjuntamente o mais baixo.

5. Resumindo e concluindo, observemos agora os seguintes factos, de grande interesse:

a) Camões não respeita os limites de percentagem entre os quais usa Petrarca do verso de 6 sílabas, nem para mais, nem para menos. Quando quase exclui o verso de 6 sílabas (como faz em duas canções e Petrarca em uma), a exclusão é mais absoluta. Quando decide usar dele amplamente (como faz em quatro canções), emprega-o nas estrofes com uma profusão que triplica de longe o máximo de Petrarca. E, se ligara a extensão das canções a um início com verso de 10 sílabas, vejamos como, em termos de percentagem de verso de 6 sílabas, a subordinação se processa. Para tal, observemos o gráfico a seguir inscrito, em que, em ordenadas, estão inscritas as percentagens e, em abcissas, o número total de versos de cada canção. No gráfico estão marcados com um círculo os pontos correspondentes às canções que têm início com verso de 10 sílabas, e em todos vai inscrito o número de ordem delas no quadro geral, do qual extraímos os elementos que vão no pequeno quadro-guia do gráfico.

Número de ordem	Percentagem de versos de 6 sílabas	Número total de versos	Início de 10 sílabas
I	22	81	⊙
II	6	115	⊙
III	35	75	—
IV	68	60	—
V	66	93	—
VI	68	107	—
VII	22	97	⊙
VIII	68	68	—
IX	20	123	⊙
X	5	249	⊙

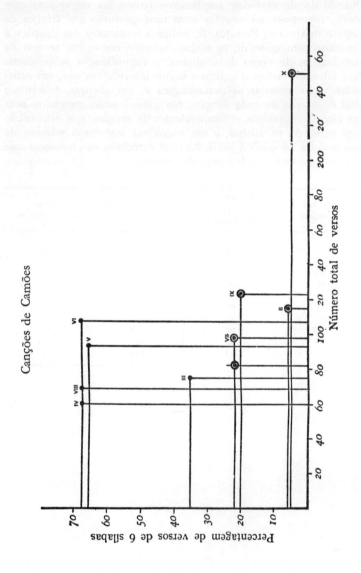

b) Por este gráfico, podemos ver que, com duas únicas excepções, as das canções numeradas V e VI, que já havíamos notado a propósito da conexão entre a extensão e o início com verso de 10 sílabas, *as canções mais extensas não só se iniciam com verso de 10 sílabas, como todas elas são das de mais baixa percentagem de hexassílabo*. Que significa isto, complementarmente ao que antes observámos já? Significa a confirmação de que Camões nitidamente conferiu a um andamento rítmico decassilábico as mais densas e reiteradas exposições meditativas, cujo tom é logo dado pela medida do verso inicial. E, no gráfico, é evidente o papel de forma ideal intermédia que ele conferiu ao esquema da canção numerada VII. Um gráfico analogamente preparado para as sete canções de Petrarca, cuja forma se aproxima do ideal médio das dez canções camonianas, mostra-nos que, na menor escala de variação petrarquiana, não há lugar para estas penetrantes configurações camonianas;

Número de ordem	Percentagem de versos de 6 sílabas	Número total de versos	Início de 10 sílabas
1	19	108	⊙
2	27	98	⊙
3	25	106	⊙
4	26	108	—
5	8	106	⊙
6	20	112	⊙
7	27	112	⊙

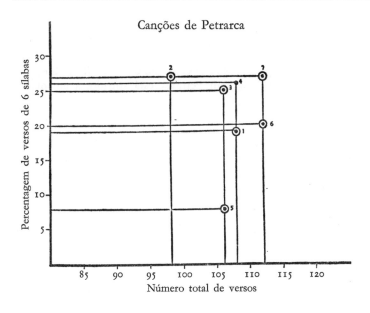

c) Quanto às médias dos limites máximo e mínimo, vimos que, em Petrarca, essa média é 18 ou 21, conforme se inclui ou não a canção de valor mais baixo. Camões, na sua maior amplitude, duplica estes valores. Mas integra-se neles, se excluirmos o grupo mais alto e o mais baixo. Isto significa (aprofundando-se as análises anteriormente feitas) que Camões buscou um tipo ideal (representado, como temos visto, pela canção VII), do qual soube deliberadamente afastar-se, quando as exigências da expressão *adequada* o levaram à coordenação agudíssima de forma externa e interna;

d) Isto é claramente reiterado pelo que sucede ao valor médio das percentagens, que é duplo do de Petrarca, mas se aproxima dele com a exclusão dos grupos de percentagem mais alta ou mais baixa que as de Petrarca.

Esquema métrico da estrofe.

1. Petrarca usa um número de grupos de alternância que varia entre 3 e 9, com um valor médio de 7, nos esquemas métricos das estrofes individuais de cada canção. Camões praticamente usa dos mesmos valores, já que o número de grupos, nele, oscila entre o mesmo 3 e 10, com um igual valor médio de 7 para as dez canções.

2. Acontece, porém, que enquanto em Camões apenas 40 % das canções se aproximam desse valor médio, ele é seguido por 5 em 7 das canções seleccionadas de Petrarca (70 %).

3. Nas canções com 3 grupos métricos por estrofe, que é o mínimo valor possível para alternância, o grupo médio, um verso de 6 sílabas em Camões e em Petrarca, não se encontra, todavia, na mesma posição para os dois poetas. Em Camões, divide a estrofe exactamente a meio dela; em Petrarca está situado, a um quarto do final.

4. Em Camões, 7 das 10 canções têm um esquema análogo, isto é, um esquema com aproximadamente o mesmo número de versos de medida igual em cada grupo, e o mesmo número de grupos. Mas uma observação comparativa dos quadros respectivos mostra que esse esquema dominante não domina em Petrarca.

5. Em resumo, e quanto ao esquema métrico das estrofes, observamos o seguinte: Camões, se se atém sensivelmente aos limites do número de grupos de alternância métrica, nas estrofes, que Petrarca usara, isso não significa que siga Petrarca. O limite mínimo é o mínimo valor possível para alternância, e até Deus omnipotente estaria seguindo Petrarca, ao ter forçosamente de respeitá-lo...

O limite máximo de Camões surge em canções com 14 e 15 versos por estrofe, enquanto em Petrarca ela aparece numa canção com 15 versos por estrofe: do que se conclui que, onde lhe aprouve, Camões intensificou a alternância do limite canónico de Petrarca. E, nas duas canções em que, como Petrarca, Camões usa de um único verso de 6 sílabas por estrofe, serve-se dele para quebra intermédia de uma estrofe longa, e não para anunciar o fim da estrofe. Além de que, usando os grupos de alternância, estabelece um esquema que lhe parece ideal para aproximar-se do valor médio, mas esquema que não é dominante em Petrarca.

Esquema métrico do commiato.

Tal como Petrarca, Camões repete no *commiato* o esquema métrico de igual número de versos finais da estrofe. Usa dessa regra em 8 das 10 canções. Mas torna a regra mais regular, já que só 70 % das canções de Petrarca a cumprem. O que confirma o carácter de necessidade interna que ele conferiu ao *commiato*.

Esquema rímico das estrofes.

Para estudarmos este esquema de rimas por estrofes, observámos quantos grupos independentes de rimas diversas combinadas era possível estabelecer em Camões. Daí resultou que podíamos considerar a existência de, alternadamente, o que chamáramos dois grupos (mais amplos) e dois subgrupos (com número mínimo de versos), que, para não complicarmos a nomenclatura, não mencionámos pelos nomes das poéticas clássicas italianas. Ora:

1. Nas dez canções camonianas são distinguíveis em todas (quadro B do inquérito estrutural) *três* agrupamentos: o 1.º grupo, o 2.º grupo e o 2.º subgrupo. Nas sete canções seleccionadas de Petrarca, essa regularidade não existe, senão remotamente.

2. Em 9 das dez canções camonianas, o 1.º grupo rímico compõe-se de 7 versos. Só 4 das sete canções de Petrarca têm esse número, que é 8 em uma e 9 em duas.

3. O 1.º grupo é, naquelas quatro canções de Petrarca, *abcbacc*, e variante do núcleo *abbc* nas outras três (com repetição ou alteração). Este núcleo não aparece em Camões, que se reparte igualmente por *abcbacc* (em quatro canções mais a versão de 1616 de *Manda-me amor*) e *abcabcc* (em cinco das dez canções).

4. Em duas das canções camonianas há, e destacadamente, o 1.º subgrupo. Este existe só numa das sete canções de Petrarca,

e precariamente noutra que se desdobra em pares rímicos sucessivos. Mas, naquela em que pode dizer-se que existe, é possível supor inversão de posições entre o 2.º subgrupo e o 2.º grupo, e, consequentemente, inexistência do 1.º subgrupo.

5. O 2.º grupo e o 2.º subgrupo são claramente separados em *todas* as canções de Camões, com a reserva de, numa delas, estar relacionado o par rímico, constituinte do 2.º subgrupo, com uma rima solta, intercalada no 2.º grupo. Este mesmo arranjo existe numa das sete canções de Petrarca. Mas, nestas, a distinção entre 2.º grupo e 2.º subgrupo não é tão de regra. Se ela existe em 5 das canções (uma das quais é aquela em que se repete o arranjo supracitado), nas outras duas o 2.º grupo decompõe-se em pares semelhantes ao 2.º subgrupo, ou 2.º grupo e 2.º subgrupo parecem invertidos entre si, de suas respectivas posições.

6. Nas cinco canções petrarquianas, em que há 2.º grupo, é reconhecível a célula ou núcleo rímico *deed*. Mas esse núcleo existe em 2.º grupo em *todas* as canções camonianas, com a reserva de, numa delas, ser transformado em *dede*.

7. O 2.º subgrupo é, destacável, um par rímico em *todas* as canções camonianas, menos uma, aquela em que o 2.º subgrupo é *eefe*, com *f* rimando com a 6.ª sílaba do último verso. Em Petrarca, o par rímico final é de regra em todas as canções, menos naquela em que o 2.º grupo e o 2.º subgrupo parecem trocados em suas posições.

8. Das considerações n.os 11, 12 e 13 do inquérito estrutural ao esquema rímico das estrofes das canções camonianas, concluímos que os esquemas da canção *Manda-me amor* (*abcabcc* + *dd* + + *effe* + *gg*, na versão de 1595-98, e *abcbacc* + *dd* + *effe* + *gg*, na versão de 1616), eram protótipos, mais ainda o segundo do que o primeiro. Só duas das canções de Petrarca se aproximam dele, e na forma do segundo.

9. Em resumo, e quanto ao esquema rímico das estrofes, podemos concluir que Camões, nas suas directrizes de adequação formal, transforma os esquemas reconhecíveis em Petrarca em modelos essenciais que usa e varia com independência, procurando um equilíbrio rímico entre os diversos agrupamentos.

Esquema rímico do commiato.

1. Na decorrência de ser repetido o esquema métrico de igual número de versos finais da estrofe, todas as canções seleccionadas de Petrarca repetem igualmente o esquema rímico correspondente. Camões repete-o também nas suas todas, menos numa.

2. Em Petrarca não há predominância de um esquema rímico do *commiato*. Em Camões 6 das canções, mais a versão de 1616 de *Manda-me amor* seguem o esquema *a + bb*, decorrente da predominância do *commiato* de 3 versos.

3. Em resumo, Camões, para o esquema rímico do *commiato*, tira as consequências lógicas das estruturas ideais que se haviam formado no seu espírito, sem dependência alguma dos aspectos particulares e concretos dos modelos petrarquianos[14].

Número de rimas por estrofe.

1. Em todas as canções de Petrarca esse número é 6. Em Camões, 7 das canções têm também 6 rimas por estrofe; mas duas têm 7, e uma atinge 9.

2. O valor médio desse número de rimas é, em Camões, de 6,5.

3. Do que podemos concluir que Camões achou ser 6 um limite razoável de número de rimas por estrofe, e não desceu dele. Mas aumentou-o, quando achou conveniente. E que o seu respeito pela razoabilidade alheia não era subserviente prova-o a média 6,5 que não só é superior a 6, como se aproxima do número de rimas de 9 das canções.

Número de rimas por commiato.

1. Em Petrarca, 5 das canções têm, no *commiato*, rimas em número de 4. As outras duas têm 2. Em Camões, 6 das canções têm 2, três têm 4 e uma tem 3.

2. Em Petrarca, não há correspondência entre essa variação e o número de rimas por estrofe, já que as estrofes têm sempre 6 rimas. Mas, em Camões, o número menor (2) corresponde às canções que têm menor número de rimas por estrofe (6), assim como o número maior (4) corresponde às canções de maior número de rimas por estrofe. E a canção que tem 3 (por ampliação do esquema dominante) ainda pertencerá (com 6 rimas por estrofe) ao grupo de mais baixo número por estrofe.

3. É evidente que, também neste aspecto, a coerência construtiva peculiar a Camões, muito sensível às proporções, se manifesta, em reiteração do que para outros aspectos vimos observando.

Índice de variabilidade das estrofes.

1. Em Camões, nas dez canções «canónicas», esse índice de variabilidade oscila entre 0,34 e 1,43, cuja média de limites é 0,89, sendo 0,95 o valor médio dos dez índices. Em Petrarca, a oscilação processa-se entre 0,43 e 1,60, com uma média de limites igual a 1,02; sendo que o valor médio dos sete índices é 1,00.

2. Segundo as divergências entre índices ordenados por ordem crescente, as dez canções camonianas agrupam-se em 3 grupos nítidos, um dos quais, o intermédio, se aproxima claramente dos valores médios, dos quais decididamente os outros dois grupos se afastam, especialmente o 1.º grupo. Em Petrarca, basta olhar o quadro do inquérito respectivo para ver-se que este comportamento dos índices não se repete para as sete canções seleccionadas.

3. Das observações supra, podemos concluir, com rigor, o que já suspeitaríamos das deduções feitas a propósito dos quatro parâmetros definidores do índice de variabilidade da estrofe (número de versos, número de rimas, número de grupos métricos, número de grupos rímicos). Camões, na sua intuição da importância do esquema estrófico como núcleo portador da expressão, diminui francamente o índice da variabilidade petrarquiana. Não só o seu índice de variabilidade é mais baixo, como o seu máximo o é também. Isto significa que, como havíamos visto em determinações parcelares, Camões atribui à canção, e consequentemente à estrofe respectiva, um andamento e um tom que não são compatíveis com variabilidades elevadas da estrofe. É o que claramente simboliza a média mais baixa dos limites extremos. Mas essa variabilidade é função de vários ingredientes paramétricos que, como também vimos, se afastam dos valores petrarquianos. De modo que a redução da variabilidade não é simplesmente e primariamente operada por redução dos ingredientes que a aumentariam, e elevação daqueles cujo aumento a diminuiriam, mas por coordenação conjunta dos quatro elementos que destacámos. O que comprova a que ponto a *estruturabilidade camoniana é uma característica original que decisivamente se distingue logo ao nível da estrofe*. E que essa estruturabilidade tem sempre por objecto a transformação das experiências petrarquianas num cânon ideal é posto em evidência pela proximidade dos respectivos valores médios dos índices de variabilidade.

Índice de variabilidade do commiato.

1. Em Petrarca, tal índice varia entre 0,62 e 0,95, valores extremos que estão contidos dentro dos limites extremos do índice

de variabilidade da estrofe. Em Camões, o índice do *commiato* oscila entre 0,22 e 1,50, valores extremos que, inversamente, contêm os limites da estrofe; e que, além disso, são respectivamente inferior e superior aos correspondentes limites extremos para o *commiato* de Petrarca.

2. A média dos limites extremos é, em Petrarca, de 0,64, quase igual à média dos índices dos sete *commiatos* (0,62). Em Camões, aquela média dos limites extremos é 0,86, superior à média dos dez índices de *commiato* (0,80).

3. Podemos resumir e concluir, quanto ao índice de variabilidade do *commiato*, que Camões não só amplia largamente a variabilidade do *commiato*, em relação aos limites de Petrarca, *como os inverte*, ao contrário daquilo a que se atém Petrarca. De facto, os limites da variação camoniana para o *commiato* não são só mais amplos, como contêm os limites de variação para a estrofe. Isto confirma objectivamente o que já, por parâmetros isolados, disséramos do *commiato* em Camões: tem a função definida de uma *coda* breve e conclusiva, ou de uma ampla *coda*, cuja variabilidade acentua, por intensificação ou abrandamento, o tom geral da canção. Que ele atribui ao *commiato* uma variabilidade que Petrarca lhe não via é provado pelo facto de os valores médios para 9 das canções serem 60 % superiores aos valores médios de Petrarca.

Comparação dos índices da estrofe e do commiato.

Esta comparação permitir-nos-á aprofundar as considerações que tecemos para qualquer dos índices, tomados isoladamente, em Camões e em Petrarca.

1. Em Petrarca, só em duas das sete canções o índice do *commiato* é, para cada canção, superior ao índice da estrofe. Em Camões, a superioridade do índice da estrofe é categórica em 7 das dez canções.

2. Em valor absoluto (isto é, divergências em favor da estrofe ou do *commiato*), as divergências máxima e mínima são respectivamente 0,56 e 0,05 em Camões. Em Petrarca são 1,27 e 0,05.

3. A média das divergências máxima e mínima, tomadas em valor absoluto, é 0,66 para Petrarca e 0,31 para Camões. A média das divergências todas é 0,44 em Petrarca, e também 0,31 em Camões.

4. Concluamos, pois, para os índices comparados em Camões e em Petrarca, o seguinte: a conexão estrutural entre o índice da estrofe e o do *commiato,* em Camões, é evidente, visto que a divergência máxima é menos de metade da que maximamente se verifica em Petrarca. Há, pois, uma conformação estrutural da varia-

179

bilidade do *commiato* com a variabilidade da estrofe, em Camões, o que é reiterado pelo facto de a média das divergências extremas ser *igual* à das divergências todas. Em Petrarca, este último valor é dois terços daquele.

Variabilidade total.

1. A variabilidade total das sete canções seleccionadas de Petrarca varia entre 0,44 e 1,44, com uma amplitude de 1,00. A variabilidade total das dez canções «canónicas» de Camões oscila entre 0,33 e 1,34, com uma amplitude idêntica (1,01).

2. O valor médio das sete variabilidades totais em Petrarca é 0,95, sendo sensivelmente igual à média das duas variabilidades extremas (0,94). Em Camões, o valor médio das dez variabilidades totais é 0,93; e a média das duas variabilidades extremas é 0,89.

3. No grupo prototípico que definimos em Camões, a variabilidade média é 0,79. Para o grupo de análogo papel em Petrarca, essa variabilidade média é 0,97.

4. Em conclusão, quanto ao importantíssimo valor que temos verificado ser a variabilidade total, podemos dizer que a tendência de Camões é para uma variabilidade mais austera que a de Petrarca. Não só o limite máximo é mais baixo do que o atingido por Petrarca, como Camões não procura variabilidade tão alta como a dele. Que a maestria de ambos os poetas é idêntica em obter a variabilidade adequada às suas tão diversas personalidades, eis o que se evidencia na igual amplitude em que criam a diversa variabilidade que pretendem inspiradamente, ou de que são capazes. É curioso observar como todos os valores médios supracitados (menos dois de Camões) se aproximam da amplitude comum. Divergem a média das divergências extremas e a variabilidade do grupo prototípico, em Camões. Aquela proximidade, de que será ela representativa? Por certo da identidade prototípica que, em princípio, havíamos atribuído, no caso de Petrarca, às sete canções seleccionadas. O mais baixo valor da média das duas variabilidades extremas, em Camões, sem dúvida confirma a tendência deste para baixar a variabilidade total. E a divergência entre o grupo prototípico que foi destacado em Camões, e os valores de Petrarca, não duvidemos que patenteia a autonomia da forma ideal de canção, para Camões.

Influência do índice do commiato *na variabilidade total.*

1. O *commiato,* em Petrarca, abranda a variabilidade das estrofes em 4 das canções, e intensifica-a nas outras 3. As inten-

180

sificações são, porém, praticamente nulas, embora se verifiquem só em canções de mais baixo índice estrófico. Os abrandamentos são substanciais nas duas canções de mais alto índice. Esse abrandamento é, para elas, da ordem dos 10 %. E só nas de alto índice o abrandamento incide.

2. Em Camões, o *commiato* abranda a variabilidade das estrofes em 4 das 10 canções; e intensifica-a em outras 3. Pareceria, à primeira vista, que se daria o mesmo que em Petrarca quanto à predominância do efeito de abrandamento. Mas tal não sucede. Os abrandamentos e as intensificações *não* estão conexos com o valor mais baixo ou mais alto do índice da estrofe. São abrandados os índices das duas canções de baixíssimo índice. O abrandamento mais alto (10 %) dá-se para a canção que, em ordem crescente dos índices das estrofes, estaria em terceiro lugar. Das três canções com 1,23 de índice da estrofe uma é intensificada e duas são abrandadas. E o abrandamento que se verifica nas duas canções de mais elevado índice não excede 6 % do índice das suas respectivas estrofes.

3. Quanto à influência do *commiato* na variabilidade total, podemos então observar o seguinte: em Petrarca, o *commiato* tem nitidamente uma função convencional de elegante fecho que intensifica o efeito final das canções de mais baixo índice da estrofe, e abranda esse efeito continuado nas que o possuem mais alto. Há, portanto, busca de uma aparente compensação que, ainda que discretamente, neutralize o sentido global das canções, tal como a variabilidade delas o transmite. Isto quando, como sucede afinal na maioria das canções, o poeta não se dá por satisfeito com a variabilidade que vinha sendo repetida. O contrário sucede em Camões, em quem vemos o *commiato* acentuar vigorosamente a quase invariância das canções de índice mais baixo, e quase não retirar nada da variabilidade elevada às que a têm. Pelo que o *commiato* em Camões exerce funções que diríamos *românticas,* por opostas às *clássicas* que exerce em Petrarca. A atitude «romântica», não por analogia histórico-literária, mas como *emoção dinamicamente estruturada na obra feita*[15], patenteia-se, de facto, na ostensividade da manutenção ou acentuação de um tom geral, por contraposição à tendência para corrigir discretamente o «excesso» a que o poeta, na obra, se entregara. A *coda* (que vimos ser o *commiato* em Camões) reafirma ou acentua o tom *apaixonado* do poeta, em vez de prolongar ou elegantemente variar um tom contido que Camões é por de mais sensual para respeitar.

Conclusões finais.

Cotejámos sucessivamente vários aspectos da forma externa nas canções de Camões e de Petrarca, e terminámos por ver como esses aspectos — combinados na variabilidade total que postulamos — funcionavam em cada um dos poetas. Foi sucessivamente, portanto, que fomos concluindo. Importa agora compilar os resultados a que chegámos, para concretizar objectivamente o comportamento comparativo de Petrarca e de Camões, no âmbito da forma «canção».

1. Quanto ao número de estrofes por canção, em remate das quais Camões usa sempre o *commiato* que falta em duas canções de Petrarca, Camões não respeitou os limites extremos de Petrarca e usou de uma amplitude muito maior, sem todavia deixar de ter por ideal médio um mesmo número médio de estrofes (7).

2. Quanto ao número de versos por estrofe, Camões não excedeu o limite máximo de que usara Petrarca, mas elevou substancialmente o limite mínimo que ele atingira (elevou-o de mais do dobro), sem todavia se afastar de um mesmo valor médio ideal (14). Este valor médio da extensão da estrofe é *basilar* em Camões, e não o é tanto em Petrarca. A extensão da estrofe, em Camões, tornou-se muito mais conexa com uma específica índole expressiva da forma «canção», cuja densidade intelectual Camões considerou incompatível com a ligeireza de uma estrofe pouco extensa.

3. Quanto ao número de versos por *commiato,* verifica-se que Camões, tal como fizera para o número de versos por estrofe, reduz substancialmente a amplitude dentro da qual se movia Petrarca, sem afastar-se do mesmo valor médio (6). Mas não segue Petrarca na predominância *real* desse valor médio. Em Camões, predomina (em 6 das 10 canções) o valor 3, enquanto as outras 4 canções experimentam em torno do valor dominante de Petrarca, que é próximo da média ideal. Mais se confirma que, para Camões, existem valores correspondentes a uma específica índole expressiva da «canção». Mas, no caso do *envoi,* essa correspondência surge-lhe de duas formas: o valor 3, conexo com um final breve (6 das 10 canções, mais a variante Juromenha da *Manda-me amor*), ou um valor que se aproxima do médio ideal (que só as outras versões de *Manda--me amor* efectivamente seguem). A oscilação, tão tipicamente expressa pelas versões supracitadas, comprovará que, sem perder de vista o valor médio ideal, Camões considerou com liberdade não-petrarquista o *commiato,* cujos limites reduziu. O facto de aumentar o limite inferior acentua que, mesmo ao repudiar o desen-

volvimento do *commiato*, lhe atribuiu funções efectivas de *coda* emocional, e não apenas de final convencional. No caso específico da canção *Manda-me amor,* a oscilação entre 3 e 7, conexa com a predominância do valor 3, poderá ser elemento decisivo na determinação da anterioridade de uma das versões, se uma análise estrutural confirmasse, para as canções de *commiato* de 3 versos, a idade relativa do grupo na produção de Camões.

4. Quanto ao número total de versos, e em manifesta fidelidade a uma específica índole expressiva da «canção», Camões diminuiu, com uma audaciosa excepção confirmativa da sua independência, a amplitude petrarquiana de quase 50 %. Tal diminuição é feita de curiosa maneira, não por elevação do limite mínimo, mas por decrescimento substancialíssimo do limite máximo (em 28 % do limite petrarquiano). E, se a diminuição sistemática é da ordem dos 50 %, a audaciosa excepção excede, também de 50 %, o limite máximo de Petrarca. Portanto, ao mesmo tempo que se confirmava na dimensão antiprolixa de uma extensão ideal, e achava que o limite mínimo (tal como para o número de versos) não devia ser abaixado, Camões amplamente manifesta a sua originalidade, visto que ou reduz sistematicamente a amplitude petrarquiana, ou a excede na mesma escala em que a reduz. Mas Camões não apenas pratica aquela redução sistemática, como a pratica abaixando a média dos limites extremos a um valor que, sendo inferior às médias de Petrarca, não deixa de incluir, como média, a canção de excepcional extensão. E comprova-se a criação por Camões de um *módulo* pessoal, pela identidade de vários valores médios, como se apontou. Essa criação é particularmente sensível para a canção *Manda-me amor.*

5. Quanto à medida dos versos, que em Camões como em Petrarca é de 10 e 6 sílabas (excluídas as canções apócrifas), verifica-se que Camões usa *igualmente,* para início de estrofe, de uma ou outra das medidas, ao contrário de Petrarca, que prefere francamente o início com decassílabos. Há em Camões, como não há em Petrarca, conexão firme entre o início decassilábico e a extensão das canções. A canção *Manda-me amor* representaria um equilíbrio entre os dois tipos de início: menor que as mais extensas para aproximar-se do número de versos ideal, e iniciada por decassílabo para pertencer ao grupo das canções mais densas em conteúdo meditativo.

6. Quanto à percentagem de versos de 6 sílabas em relação ao número total de versos, Camões não respeita os limites de percentagem de Petrarca, nem para mais, nem para menos. Quando quase exclui o verso de 6 sílabas, a exclusão é mais absoluta. Quando

183

decide usar dele mais amplamente, emprega-o com uma profusão que triplica de longe o máximo de Petrarca. E as canções mais extensas, não só se iniciam com decassílabo, como todas elas são das de mais baixa percentagem de hexassílabo. Em Petrarca, nada há que se assemelhe a isto. Nitidamente, Camões conferiu ao andamento rítmico decassilábico as mais densas e reiteradas exposições meditativas, cujo tom é logo dado pela medida do verso inicial. E resultou graficamente evidente o papel de forma ideal intermédia conferida ao esquema da canção numerada VII *(Manda-me amor)*. Estas conclusões são confirmadas por análises ulteriores das percentagens médias, que mais revelam a independência de Camões e como ele visou um módulo ideal e pessoal (representado pela canção referida).

7. Quanto ao esquema métrico das estrofes, Camões se se atém sensivelmente aos limites do número de grupos de alternância métrica, que Petrarca usara, isso não significa que o siga. O limite mínimo é o mínimo valor com que alternância haja. O limite máximo de Camões surge em canções com 14 ou 15 versos por estrofe, enquanto em Petrarca aparece numa canção de 15 versos por estrofe. Camões, pois, onde lhe aprouve, intensificou a alternância do limite canónico ideal de Petrarca. E, nas duas canções em que, como Petrarca, Camões usa de um único verso de 6 sílabas por estrofe, serve-se dele para quebra intermédia de uma estrofe longa, e não para anúncio do fim da estrofe. Além de que, usando os grupos de alternância, estabelece um esquema que lhe parece ideal para aproximar-se do valor médio, mas esquema que não é dominante em Petrarca.

8. Quanto ao esquema métrico do *commiato,* Camões, tal como Petrarca, repete o esquema de igual número de versos finais da estrofe, mas torna essa repetição mais regular e sistemática, o que confirma o carácter de necessidade interna da expressão total, conferida ao *commiato.*

9. Quanto ao esquema rímico das estrofes, Camões transforma os esquemas reconhecíveis em Petrarca em modelos essenciais que usa e varia com independência, procurando um equilíbrio rímico entre os diversos agrupamentos adentro da estrofe, que não pode dizer-se que Petrarca tenha sistematicamente procurado.

10. Quanto ao esquema rímico do *commiato,* Camões tira as consequências lógicas das estruturas ideais que se haviam formado no seu espírito, sem dependência alguma dos aspectos particulares dos modelos petrarquianos.

11. Quanto ao número de rimas por estrofe, Camões achou ser 6 — valor de Petrarca — um limite razoável, e não desceu dele.

Mas aumentou-o, quando lhe aprouve. E que o seu respeito pela razoabilidade alheia não era subserviente, prova-o a sua média, não só superior a 6, como da qual se aproximam 9 das canções.

12. Quanto ao número de rimas por *commiato,* verifica-se a coerência construtiva peculiar a Camões, pela correspondência entre esse número e o de rimas da estrofe, o que não sucede em Petrarca.

13. Quanto ao índice de variabilidade das estrofes, Camões, na sua intuição da importância do esquema estrófico como núcleo portador da expressão, diminui francamente o índice de variabilidade petrarquiano. Não só o seu número é mais baixo, como o seu máximo o é também. Isto significa que Camões atribui, de facto, à «canção», e consequentemente à estrofe respectiva, um andamento e um tom que não são compatíveis com variabilidades elevadas da estrofe. Mas esta variabilidade é função de vários parâmetros que, como vimos, também se afastam dos valores petrarquianos. De modo que a redução da variabilidade não é previamente e simplisticamente obtida por redução dos parâmetros que a aumentariam, ou elevação daqueles que, crescendo, a diminuiriam, mas por coordenação conjunta que só uma excepcional sensibilidade é capaz de realizar. O que mais comprova a que ponto a *estruturalidade camoniana é uma característica original que decisivamente se distingue logo ao nível da estrofe.* Que essa estruturalidade visa a refundição das experiências petrarquianas num cânon ideal, ficou igualmente comprovado pela proximidade dos respectivos valores médios dos índices de variabilidade.

14. Quanto ao índice de variabilidade dos *commiatos,* Camões não só amplia largamente essa variabilidade, em relação aos limites de Petrarca, como os *inverte.* Os limites da variação camoniana para o *commiato* não só são mais amplos, como contêm os limites de variação para a estrofe. Isto confirma, com mais exacta objectividade, o que já fora observado acerca do *commiato* em Camões. Tem ele a função definida de uma *coda* breve (ou ampla), cuja variabilidade *acentua* (quer por intensificação, quer por abrandamento) o tom geral da canção. Que Camões lhe atribuía uma variabilidade que Petrarca lhe não via é provado pelos valores médios de 9 das canções, que são em 50 % superiores aos valores médios de Petrarca.

15. Quanto à comparação dos índices da estrofe e do *commiato,* em Petrarca e em Camões, é neste último evidente a conexão estrutural entre o índice da estrofe e o do *commiato,* conexão que se processa a um nível impensável por Petrarca.

16. Quanto à variabilidade total das canções, verifica-se que a tendência de Camões é para uma variabilidade mais austera que a de Petrarca. Não só o limite mínimo dele é mais baixo, como

o mais alto se fixa muito aquém do de Petrarca. Os diversos valores confirmam a identidade prototípica que conferimos às canções seleccionadas deste poeta, mas confirmam igualmente a autonomia da forma ideal da canção para Camões.

17. Quanto à influência do *commiato* na variabilidade total, ficou esclarecido que, em Petrarca, ele tem uma função convencional de elegante fecho, cuja variabilidade própria compensa a que seria imposta pela variabilidade das estrofes, quando não apenas a prolonga. O contrário sucede em Camões, em quem o *commiato* acentua vigorosamente a quase invariância das canções de índice mais baixo, e quase nada retira da variabilidade elevada às que a têm. Pelo que o *commiato,* na função que exerce na canção camoniana, é revelador da atitude romântica de Camões, quanto à emoção estruturando-se dinâmicamente, e também da tonalidade apaixonada que é peculiar ao poeta.

Será necessário compendiar, ainda mais sinteticamente, estas dezassete conclusões? Elas caracterizam Camões. E proclamam — não impressionisticamente, mas em concreta investigação fenomenológica — a superioridade e a originalidade do seu génio, ao exprimir-se na «canção» que ele assume e recria. E haverá superioridade e originalidade de uma *forma externa* que não impliquem necessariamente a originalidade e a superioridade de uma *forma interna?* Duas faces de um mesmo todo, a forma externa e a forma interna só não coincidem, onde e quando, entre elas, se interpõe o vazio de um espírito medíocre, destituído de experiência da vida e falho de reflexão sobre essa dolorosamente adquirida experiência. Nada temos a temer da mediocridade de Camões, da sua falta de experiência, de uma superficialidade dos seus dotes de reflexão. As canções de Camões transbordam de quintessenciadas vivências, e estas, para exprimirem-se, ultrapassaram altivamente os pressupostos da forma externa que Petrarca tenteara. Ultrapassaram-na de um modo que, pelo anseio de módulo ideal, pessoal e austero, é esplendorosa confirmação de uma altitude de espírito, uma nobreza de intenções e uma dignidade do homem perante o seu próprio destino, que, nas canções como no restante de uma obra vasta e portentosa, são timbre de uma rara figura de intelectual e de artista, que era também uma rara figura de profunda humanidade. Dessa humanidade, mandou-lhe Amor que cantasse docemente, naquela ambiguidade dolorosa da palavra «doce» que era, para o poeta, ao mesmo tempo a doçura feliz da vida e a suavidade angustiada de sonhá-la. E, desse cântico íntimo e universal, as canções são a «voz nua e descoberta»[16], contra a qual não prevalece «a instabilidade da Fortuna».

NOTAS

1   Estamos neste passo, e para comodidade de exposição, aceitando a periodização tradicional da História: Idade Média (476-1453) e Idade Moderna 1453-1789). Acerca de fixação periodológica da Idade-Média, são muito interessantes as bem informadas considerações de E. R. Curtius, em *Literatura Europeia e Idade Média Latina*, trad. port., Rio de Janeiro, 1957, no cap. II, 3.

2   Vide, por exemplo, A. Lytton Sells, *The Italian influence in English Poetry (From Chaucer to Southwell)*, London, 1955.

3   Vide o terrível requisitório que é Henry Peyre, *Writers and Their Critics*, New York, 1944.

4   P. Teilhard de Chardin, *Le Phénomène Humain*, Paris, 1955.

5   Vide do autor o estudo de 1948, *A Poesia da Camões*, republicado em *Da Poesia Portuguesa*, Lisboa, 1959. [In *Trinta Anos de Camões*, 2 vols., Lisboa, 1980]

6   Anotemos, desde já, como, em face destes comentários, não têm qualquer sentido as teses de um Camões considerado como mais «duplo» que dialéctico, sustentadas, por exemplo, por A. J. Saraiva.

7   Uma excelente análise da reversão que o cristianismo opera da noção de amor do paganismo, indispensável para compreender-se o aspecto ascensional do amor cristão e neoplatónico, é dada, por exemplo, por Max Scheler em «Amour et Connaissance», in *Le Sens de la Souffrance*, trad. fr., Paris, 1936.

8   Que não deve ser confundida com a utilíssima, se bem que perigosa, crítica de fontes, sempre verdadeira onde a cultura livresca predomina, e de resultados limitados pela impossibilidade de estabelecer-se um nexo que não seja mera coincidência que o ambiente cultural, quando homogéneo, extremamente favorece.

9   É o verso 162 do *Trionfo del Amore*. Já foi apontado (H. Cidade, ed. cit., vol. I, p. 197) que a ideia do soneto de Camões aparecera antes no *Cancioneiro Geral*. Aparece aliás mais amplamente e difusamente do que se depreenderia da citação que é feita, e não será de admirar, uma vez que o Petrarca dos *Trionfi* foi, mais que o dos sonetos e canções, uma celebridade europeia do século XV. Mas é possível concretizarmos peninsularmente a presença desse petrarquismo. Entre o verso de Petrarca, que apontamos, e o *Cancioneiro Geral*, a mesma «ideia» fora usada, nos meados do século XV, pelo marquês de Santillana, na sua célebre Carta-Proémio ao Condestável de Portugal, o filho do regente D. Pedro, onde diz: «(...) asy como la materia busca la forma»... Note-se que o soneto de Camões não pode ser tido — como correntemente o é, mesmo por pessoas filosoficamente responsáveis — uma expressão da ideologia platónica. Se a identificação do amador com e coisa amada é platónica (e o conhecimento que Petrarca tinha da filosofia platónica, sabe-se que era escasso e indirecto, — cf. Giovanni Gentile, «I dialoghi di Platone posseduti dal Petrarca», em *Studi sul Rinascimento;* Florença, 1923 —, apesar de um entusiasmo que lhe é comunicado por Cícero, uma vez que a difusão do verdadeiro Platão data dos primeiros anos do século XV, e, até aí, ele era sobretudo conhecido, na Idade

187

Média, através da cristianização dele operada por Santo Agostinho, ou da sua metamorfose neoplatonista em termos do Pseudo-Dinis ou de Macróbio), a noção da matéria buscando a forma é aristotélica. E — factor bem significativo — a comparação do autor e da «semidea» com o «acidente» e o «sujeito» é fruto da discussão escolástica do problema dos universais, a qual, aliás, é precisamente — como no soneto de Camões — a ponte dialéctica entre o platonismo e o aristotelismo (tal como opostamente a Idade Média os viu, e como o Renascimento continuou a vê-los, por antiescolasticismo). A poesia de Camões é coisa para ser tratada com grandes cautelas filosóficas... Não, é claro, porque ele seja um filósofo profissional, mas porque a ciência dessas questões era, no seu tempo (como não no nosso), património de todo o homem de cultura. Quanto ao próprio Petrarca, na sua reacção antiaristotélica, mas também contra o averroísmo paduano — e para não confundirmos petrarquismo com platonismo, que não coincidiram sempre, mesmo depois da popularização de Platão nos meados e fins do século XV — é altamente elucidativo o próprio Petrarca, no seu magnífico ensaio *Sur ma propre ignorance et celle de beaucoup d'autres,* trad. fr. do original latino, Paris, 1929.

10 Francesco de Sanctis, in «A Crítica de Petrarca», estudo de 1868. Trecho traduzido da tradução espanhola, *Ensayos sobre la Crítica,* Buenos Aires, 1946.

11 Assinale-se de passagem, já que não parece ter sido nunca posto em relevo, que o mesmo sucede com o número de versos da fundamental redondilha camoniana *Sobre os rios:* 365, o número do ano ideal.

12 Embora tenhamos, para prosseguimento da análise, destacado apenas sete das vinte e nove canções de Petrarca, é interessante citar o levantamento paradigmático referido por E. S. Covarsí para todas elas. Os paradigmas estróficos (ou sejam, os conjuntos, na mesma notação, de um esquema métrico e de um esquema rímico) são 26. Das vinte e nove canções, três têm um mesmo esquema estrófico, e duas têm outro (e uma outra tem afinal três, um para cada par sucessivo das seis estrofes que a compõem). Quando, sob este aspecto, Petrarca oferecia quase tantos modelos como canções que escreveu, temos de concordar que só dentro de muito especiais limites é possível falar-se de um «cânon» petrarquiano...

13 Na versão de 1616, o número total de versos é 94, para o qual, por aproximação, continuam verídicas as afirmações supra.

14 Fizemos, para certos parâmetros, o cotejo com todas as canções de Petrarca. Prosseguimo-lo para as sete que, segundo as nossas verificações, se aproximavam mais do padrão médio ideal de Camões. Cotejando, porém, os esquemas estróficos (ou paradigmas) globalmente considerados, verifica-se o seguinte:

a) Em 10 canções canónicas, Camões apresenta 8 paradigmas, enquanto Petrarca tem, para 29 canções, pelo menos 26. Isto confirma as nossas observações quanto à estruturalidade camoniana, já que, relativamente, Camões varia de paradigma muito menos que Petrarca;

b) Das dez canções de Camões, apenas *duas* seguem estritamente, na estrofe e no *commiato,* dois paradigmas de Petrarca. São a canção «anormal», *Vinde cá, meu tão certo secretário,* cujo paradigma, como veremos, também fascinou Garcilaso e, aliás, todo o mundo; e a canção *Tomei a triste pena,* cujo paradigma é o de *Chiare, fresche e dolci acque,* outra das mais estimadas canções de Petrarca. Mas, na verdade, uma analogia integral da forma externa só se dá com aquela última que tem o mesmo número de estrofes que o modelo petrarquiano. A outra tem vez e meia o número de estâncias do seu modelo externo. Outras duas canções de Camões — *Vão as serenas águas* e *Com força desusada* — igualmente seguem o paradigma de *Chiare, fresche e dolci acque,* mas a primeira tem menos estrofes e *commiato* diferente, e a segunda, com *commiato* análogo, tem quase o dobro das estrofes do modelo formal;

c) Portanto, como se conclui deste cotejo integral de «paradigmas», os de Petrarca não entram individualmente, ainda quando seguidos, na estruturação da forma ideal que Camões buscava, e sim no carácter de adequação selectiva, que o nosso estudo destacou.

[15] Ver do autor *Ensaio de Tipologia Literária,* separata da *Revista de Letras* (vol. I, 1960), p. 14. [in *Dialécticas Teóricas da Literatura,* Lisboa, 1977]

[16] Canção *Com força desusada,* verso 22.

II

A CANÇÃO CAMONIANA E AS CANÇÕES DE SANNAZARO E BEMBO

1) *O PETRARQUISMO ITALIANO*

Propositadamente, para deixarmos a questão na generalidade, ao tratarmos do «petrarquismo» como movimento estético-intelectual não o historiámos, ainda que sucintamente. Na verdade, o petrarquismo é um movimento europeu que, na literatura, se inicia na Itália pela imitação de Petrarca. Sendo assim, ele simultaneamente é um movimento generalizado que acompanha a difusão do humanismo na Europa (e seria um erro simplista não compreender que o humanismo não se inicia na Itália, mas converge para ela, e dela se difunde em moldes complexamente renascentistas), e é uma tradição literária italiana que, através do prestígio que a literatura italiana tirava dos seus humanistas (um dos primeiros dos quais é o próprio Petrarca), se difunde na Europa, precisamente quando a Itália do Renascimento era um cadáver sobre que tripudiavam as potências europeias. Sob este último aspecto, a importância de Petrarca não é exclusiva, e pode em muitos casos ser considerada como inferior à dos seus mais diversos continuadores.

Portanto, para entender-se mais concretamente o petrarquismo que nos importa, é necessário ter-se uma ideia da evolução da literatura italiana, desde os meados do século XIV, em vida de Petrarca, até dois séculos depois, quando se extinguem, no momento em que morre Camões, os últimos fulgores — já muito transformados então — da agitação intelectual e artística de que, nos séculos XV e XVI, a Itália foi o centro. No entanto, e porque a cultura italiana perdeu em Portugal os seus nexos tradicionais, convém recordar que a Itália, com ser um centro irradiador de formas e de teorias estéticas, não era, pelas oposições políticas e sociais que a dilaceravam, e pelo extremo regionalismo das suas cidades e estados soberanos (ou dependentes de soberanos estrangeiros), por forma alguma, unitária e unívoca na sua projecção. Nos séculos XV e XVI, o que, para o resto do mundo, tornava a Itália uma unidade aparente era o glorioso espectro do Império Romano de que ela fora a cabeça e o centro, mas em cuja reconstituição imperial ninguém acreditava ou queria acreditar já. Se todos os italianos de alta categoria sabiam ou julgavam saber, naqueles dois séculos, o que a Itália era, e sonhavam com a sua unidade política, não menos deixavam de ser, como ainda hoje, vincadamente florentinos, romanos, sicilianos, venezianos, napolitanos, etc. Esta realidade — que aliás existe análoga para a Alemanha, a Inglaterra, a Espanha, e mesmo para a França — é largamente impensável para os estudiosos portugueses, confinados, sem se darem conta, na tradição político-social de um dos países unitariamente mais antigos da Europa, e facilmente iludidos pelas propagandas imperialístico-culturais dos unitarismos políticos do século XIX, com que foram e são escritas, na sua maioria, as histórias da Europa. De modo que, em Portugal e nos estudos portugueses, é vulgar assimilar-se uma cultura como a portuguesa, ainda que na sua continuidade precária, a essas mistificações nacionalistas dos grandes países europeus, que apresentam os movimentos regionais (e não «regionalistas») como marginais de uma continuidade ideal que nunca existiu senão na medida em que o somatório deles aponta para ela.

Equívocos desta ordem têm prejudicado grandemente a compreensão da importância e do significado que a literatura italiana assumiu nos séculos XV e XVI, para a Europa toda e, no presente caso, para Portugal. Está longe de ter sido feito, sistematicamente, nos nossos autores daqueles séculos, o levantamento das referências a autores italianos, e dos paralelismos formais ou ideológicos que possam ter decorrido de uma impressão que eles tenham causado, para que possamos, com a possível objectividade, avaliar da extensão e da profundidade com que o italianismo se difundiu entre nós. Mas, ainda quando isto estivesse feito, seria necessário para que as proporções e as perspectivas se não perdessem ante o material coligido, que os estudiosos fizessem uma ideia, mesmo pálida, da profundidade e da extensão que o italianismo atingiu, na mesma época, nas literaturas de outras línguas. A Itália, por exemplo na Inglaterra, assumiu dimensões de mito, que nunca teve entre nós. Por outro lado, e na falta daquele inventário e desta cultura, os males da simplificação não são obviados por um conhecimento suficientemente íntimo da literatura italiana dos séculos XV e XVI, ou da História local em que ela se enquadra, de modo que apenas são referidos alguns nomes e obras mais celebrados, sem qualquer concretização do que eles eram e podiam significar dentro e fora da Itália a que pertenciam — e, mesmo assim, a leviandade, em doutas criaturas, já chegou ao ponto de confundirem-se os dois Tassos, pai e filho, o Bernardo e o Torquato...

Tentemos, pois, para elucidação dos leitores desprevenidos, compendiar resumidamente e elementarmente a evolução da literatura italiana naqueles dois séculos, num contexto cultural e de especial atenção ao petrarquismo, a fim de que, embora nos limites de uma simples introdução, não se imagine que, para quem naqueles dois séculos se interessava por ela, não haveria senão os nomes que hoje os ignorantes dela ainda sabem a propósito de Camões.

O petrarquismo italiano teve três fases principais e distintas que, em geral, os manuais escolares não se dão ao trabalho de apontar (e as histórias italianas, com a sua mania de tríades geracionais, herdada de Vico, e o seu culto ainda romântico dos grandes homens, nem sempre ajudam a corrigir o quadro multitudíneo): a dos imitadores imediatos e servis, a dos que desenvolvem as virtualidades cultistas do petrarquismo, que culmina na chamada «escola de Serafino», e a reacção purista e intelectualista chefiada por Pietro Bembo. Na primeira, poderiam distinguir-se diversas orientações que todas frutificarão mais tarde; e as duas últimas praticamente se sobrepõem. Vejamos como as três se integram no movimento geral da literatura na Itália[1].

A Petrarca e a Boccaccio, ambos mortos cerca de 1375, segue-se o desenvolvimento da actividade humanística, com o grego Crisoloras em Florença (1397), com Salutati (1331-1406), que é continuador de Petrarca[1], com Giovanni Poggio Bracciolini (1380--1459), descobridor do Quintiliano completo, com os relatos cavalheirescos de Andrea da Barberino (1370-1431), lidos sobretudo no Sul da Itália, e com um grupo compacto de bibliófilos e literatos, que utilizará a imprensa, no último quartel do século XV, para propagar, com o apoio dos príncipes e das repúblicas (que existem, não o esqueçamos, só ao norte da Roma papal, com excepção do reino aragonês de Nápoles), as obras dos clássicos greco-latinos. Uma meia dúzia de figuras consubstancia a primeira metade do século XV: Leonardo Bruni (1374-1444), tradutor de Platão, Leonardo Giustinian (1388-1446), tradutor de Plutarco e poeta de veia popular (ainda que petrarquizante), Gianozzo Manetti (1396--1459), protegido de Afonso V de Aragão, e um dos introdutores, com o bizantino e cardeal Bessarion (1403- 1472), dos estudos helenístico-platonistas, Francesco Filelfo (1398-1481), cantor dos Sforzas, Eneas Sílvio Piccolomini (1405-1464), que foi o papa Pio II, e grandes figuras de escritores, filósofos e sábios, como Lorenzo Valla (1407-1457) e Leon Battista Alberti (1407-1472).

Vem então, na Florença dos Médicis (de Cosimo e de Lorenzo), o grande grupo dos neoplatonistas: Marsílio Ficino (1433-1499), tradutor integral de Platão (completo só em 1482), os seus discípulos Cristoforo Landino (1424-1498) e Pico de Mirandola (1463--1494) e os poetas e humanistas elegantes que são Poliziano (1454--1494) e o próprio Lorenzo de Médicis (1449-1492). Mas, a par deles, desenvolvia-se a epopeia cavalheiresca com Pulci (1432--1484), amigo do Magnífico, e com Boiardo (1434-1494), protegido dos Estes, duques de Ferrara. Toda esta gente, como se vê, morre no fim do século, enquanto, na Nápoles aragonesa, Pontano (1426-1503) é o poeta de um erotismo à maneira de Catulo (praticamente desconhecido até meados do século XV, embora pareça que Petrarca o lera), e só distantemente de Petrarca[2], que Sannazaro (1456-1530), napolitano também, desenvolverá muito pessoalmente[3]. No entanto, por volta de 1450, tinham igualmente nascido personalidades tão diversas como Leonardo da Vinci (1452-1519), Savonarola (1452-1498) e Benedetto Chariteo (1450--1514), este último o poeta que é um dos maiores expoentes da «escola de Serafino» ou «cariteana»[4].

Que sucedera, entretanto, ao petrarquismo? De uma imitação servil, sem originalidade, ou desviando-se para o tradicionalismo popular, tornara-se cada vez mais um jogo elegante de sutilezas, quando não tendia, através da pompa das imagens, para ser transposta expressão de uma sensualidade muito livre, diversamente praticada no Norte (mais filosofante e neoplatonista) e no Sul (mais tradicionalmente sensual ou ortodoxamente religiosa). Chariteo e os seus seguidores principais, que são Panfilo Sassi (1455?--1527), Antoni Tebaldeo (1463-1537) e Serafino Aquilano (1466-

-1500), conciliarão brilhantemente a complexidade dos conceitos e das imagens, com uma sensualidade desbragada que chega ao obsceno. A poesia deles — que, por exemplo na Inglaterra, é tanto ou mais importante que a linhagem do purismo petrarquista — não deixa de estar de acordo com o pensamento de Machiavelli (1469-1527) e de Pomponazzi (1462-1525), o realista político e o aristotelizante, como se esta gente reagisse em uníssono contra o platonismo que estava sendo um disfarce galante de uma muito aguda ciência de viver. E da idade deles será o judeu português Leão Hebreu (1465?-1535?) que representa já, contra eles, o erotismo intelectualista e espiritualizado de que Pietro Bembo (1470--1547) será o apóstolo em prosa e verso.

Mas a geração de Bembo é muito complexa: Ariosto (1474--1533), Miguel Ângelo (1474-1564), Castiglione (1478-1529), Trissino (1478-1550). No primeiro temos a afirmação da independência da arte como arte; no segundo, o cruzamento do novo idealismo com a espiritualidade dramática de Savonarola; no terceiro, de quem se deve aproximar o poeta petrarquizante Giovanni della Casa (1503-1556), a codificação do perfeito cortesão, a que ambos se entregaram (*Il Cortegiano,* que Boscán traduzirá com prefácio de Garcilaso, e *Il Galateo,* respectivamente); e no quarto, a preocupação de imitar no teatro os modelos clássicos.

Se alguns poetas continuam a linhagem de Bembo — duas mulheres, como Veronica Gambara (1485-1550) e Vittoria Colonna (1490-1547), e um Francesco Maria Molza (1489-1544) —, é a vez agora dos teóricos da literatura e dos tragediógrafos humanísticos — Vida (1480-1566), Giulio Cesare Escaligero (1484-1558), Speroni (1500-1588), Giraldi (1504-1573)[5] —, dos poetas festivos e burlescos — Folengo (1496-1544), que satiriza as epopeias cavalheirescas[6], e Berni (1498-1538) —, das tentativas poéticas da conciliação de tendências, como a de Bernardo Tasso (1493-1569), e do aventureirismo da pena, com Pietro Aretino (1492-1556). Mas é também outro mundo, o do Maneirismo, que Cellini (1500-1571) autobiografará, e no seio do qual são cientistas um Cardano (1500--1576), que será criticado pelo nosso Pedro Nunes, e um Telesio (1508-1588). Entre eles, Giovanni Guidiccioni (1500-1541) petrarquiza[7], Annibal Caro (1507-1566) traduzirá a *Eneida*[8], Angelo di Costanzo (1507-1591) e Berardino Rota (1508-1575) representarão já uma reacção esteticista (que abre o caminho ao marinismo) contra o bembismo, e Luigi Tansillo (1510-1568) prolongará em Nápoles, como aliás também Rota, o bucolismo à Sannazaro, enquanto, em oitavas, passará do poema obsceno ao poema religioso.

A correspondência portuguesa destas personalidades é curiosa e importante. Gil Vicente e Garcia de Resende são da idade dos

193

C-13

cariteanos e de Bembo. Sá de Miranda e Bernardim Ribeiro são da idade de Castiglione e de Trissino, como de G. C. Escalígero e de Vida. O duque de Aveiro e o infante D. Luís são da idade de Cellini. Camões é da idade de Gaspara Stampa (1523-1554), um dos mais puros «bembistas» finais, e de Francesco Patrizi (1529--1597), um dos últimos tratadistas de poética (1582) do século, já quando, com Giambattista Guarini (1537-1612) e Torquato Tasso (1544-1595) — homens entre cujas idades se situam os nossos Fernão Álvares do Oriente e Frei Agostinho da Cruz —, o Maneirismo morria — como o filósofo e poeta Giordano Bruno (1548-1600) morreu na fogueira — no conformismo artificioso ou na loucura, que precedem a cisão absoluta do Barroco, tão bem representada pelas personalidades do poeta Marino (1569-1625) e do cientista Galileu (1564-1642)[9].

Como se vê desta tão rápida viagem através de dois séculos de uma literatura riquíssima e complexa, de que aproximámos a cronologia portuguesa, o petrarquismo italiano (e todos os poetas mais ou menos petrarquizaram nas suas obras líricas), nos séculos XV e XVI, não foi uma coisa tão simples e tão «reconhecível», como se pode fazer crer de simplesmente se cotejarem Petrarca, ou Sannazaro e Bembo, com Camões. Entre o iniciador (que o não foi, mas o sistematizador admirável de tendências literárias do «Midi de l'Europe»), e Sannazaro ou Bembo, como entre estes dois, as diferenças são muitas, e correspondentes a dois séculos decisivos na vida da Itália e da Europa. O bucolismo sensual de Sannazaro, docemente cortesanesco, não tem correspondência na elegância intelectualizada de Pietro Bembo, e ambos estão separados de Petrarca por uma multidão de petrarquizantes — usando e abusando dos conceitos, das imagens complicadas, entregues à ascese espiritual ou abandonando-se ao desbragamento moral — que não permitem ver-se o petrarquismo senão como denominador comum do formalismo pessoal que Petrarca desenvolvera, e com o qual e para além do qual tudo era possível: imitação estrita e superficial, expressão apaixonada e dolorida, simplicidade extrema da idealidade contemplativa, jogo de conceitos ou de metáforas, alegria festiva e galante, religiosismo contrito ou desesperado, paganismo agressivo, grosseria e requinte, musicalidade ou brilho, etc.

Como *ideologia estética,* porém, em que se postula uma independência laica do amor (até na divinização dele), se procura um conhecimento da vida através do amor e da meditação sobre ele, e se propicia a revelação de uma vivência pessoal e subjectiva da experiência erótica, o *petrarquismo* é um vasto e imenso movimento literário, no qual, inclusivamente, não é lícito supor que o platonismo ou o neoplatonismo predominam necessariamente, já que o empirismo, o aristotelismo, o relativismo filosófico, o pirronismo quinhentista, etc., igualmente nele desempenharam papéis preponderantes[10].

2) COMPARAÇÕES ESTRUTURAIS DE CAMÕES COM SANNAZARO E BEMBO

Observámos estruturalmente as canções de Petrarca, e cotejámos os resultados do inquérito à forma externa, obtidos a partir delas, com os resultados «canónicos» das canções camonianas, quando, em capítulo anterior, havíamos analisado o significado histórico-sociológico do *petrarquismo*. Petrarquizantes eminentes do renascimento da poesia em língua vulgar, na Itália da viragem quinhentista, são Sannazaro e Pietro Bembo. O primeiro, da geração de Poliziano, foi autor, com a sua *Arcadia,* de uma das obras matrizes das literaturas modernas; o segundo, da geração de Ariosto e Miguel Ângelo, com os seus diálogos neoplatonizantes, foi um dos teóricos da erotização do pensamento filosófico. São ambos, porém, poetas notáveis e por direito próprio[11]; e porque, como líricos, precedem Camões ou os petrarquistas espanhóis, natural seria que fossem buscadas neles algumas analogias que os dessem como reformulações próximas do modelo longínquo que seria Petrarca. E, com efeito, essas supostas analogias continuam a ser apontadas[12].

No que se refere às canções camonianas, que são escopo do presente estudo, o paralelo foi denunciado entre a canção «canónica» *A instabilidade da fortuna* e uma canção de Sannazaro, entre a canção *S'este meu pensamento* e uma de Bembo, e entre a canção *Manda-me amor que cante docemente* e outra canção de Bembo.

Vejamos, por comparação das formas externas respectivas, se há bases estruturais para essas afirmações que vêm sendo repetidas, ainda quando o foram ou são para mostrar, obliquamente, que Camões faz melhor...

Sannazaro.

A canção de Sannazaro, que foi destacada para estes fins de analogia apreciativa e de coincidências formais, é a que começa *Qual pena, lasso è si spietata e cruda,* o número LXXV da 2.ª parte dos seus *Sonetti e Canzoni (Opere Volgari,* a cura di Alfredo Mauro, Bari, 1961).

Anotemos, parâmetro por parâmetro, o que se passa com ela, com as canções «canónicas» e, destas, em especial, com a canção incriminada de Camões.

1. A canção de Sannazaro tem *commiato,* como todas as canónicas de Camões;

2. Tem 7 estrofes como só a canção *A instabilidade da fortuna;*

3. Essas estrofes têm 16 versos, como também só aquela canção;

4. O *commiato* dela, porém, tem 8 versos, como só outra canção canónica *(Vão as serenas águas),* enquanto a de Camões tem, no *commiato,* o valor dominante 3, das canónicas;

5. No total, os versos da canção de Sannazaro são 120, valor do qual estão mais próximas a dita canção de Camões e outra *(Junto de um seco, fero e estéril monte);*

6. Os versos, em Sannazaro, são de 10 e de 6 sílabas. Mas, enquanto a percentagem destes últimos é 6 % na canção de Camões, uma das mais baixas percentagens camonianas, ela é 50 % na canção de Sannazaro, valor que *nenhuma* canção de Camões possui de resto, e que não coincide sequer com a percentagem média delas (18 %). Para que se aproximasse, seria preciso excluir as duas canções canónicas de percentagem mais baixa (o que elevaria a percentagem média para 46 %), uma das quais precisamente é *A instabilidade da fortuna;*

7. Quanto ao esquema métrico da estrofe, Sannazaro inicia-o com verso decassílabo, como são iniciadas metade das canções canónicas de Camões, uma das quais a que está em causa. Mas o esquema completo de Sannazaro é: $1(10)+2(6)+2(10)+2(6)+$ $+1(10)+3(6)+1(10)+1(6)+3(10)$.

Com este esquema não coincide *nenhuma* das canções canónicas, e muito menos a canção em causa, cujo esquema estrófico é dos mais sóbrios que Camões usou quanto à alternância de grupos métricos;

8. O mesmo sucede com o *commiato.* O esquema métrico deste é, em Sannazaro: $3(6)+1(10)+1(6)+3(10)$.

Se paralelismo existe com a canção de Camões, só pode ser encontrado, se dissermos que Camões suprimiu, no *commiato,* os primeiros três grupos de alternância métrica, o que, em matéria de supressão paralelística, se nos afigura excessivo...

9. O esquema rímico da estrofe de Sannazaro é: *abbcbaacc+* *+ddeed+ff.*

Nenhuma canção canónica de Camões excede o número 7, para versos do 1.º grupo rímico; esta de Sannazaro tem nove num grupo. E Camões jamais rima três vezes com a rima *a* ou com a rima *b,* nesse grupo. Poderia dizer-se que o 2.º grupo, na canção de Camões em causa, que é um dos mais complexos que ele usou — *ddeedfeff* — é «complicação» dos dois últimos de Sannazaro. A repetição inicial *dd* só aparece nesta canção de Camões e na *Manda-me amor*. É pouco como coincidência; quando muito, pode aceitar-se, muito limitadamente, como sugestão formal, usada à semelhança de tantas outras, por Camões, na pesquisa da «canção ideal», tipo de que a sua canção em causa é aliás das que mais se afasta;

10. Quanto às rimas do *commiato*, a argumentação é a mesma. Sannazaro usa o seguinte esquema: $a+bbccb+dd$.

A canção que estamos comparando está muito longe dele. Duas, porém, ecoam esse esquema rímico: *Manda-me amor* e *Vinde cá;* e uma segue-o com relativa proximidade *(Já a roxa manhã clara);*

11. Vejamos o que sucede em Sannazaro, quanto ao índice de variabilidade da estrofe:

Número de grupos métricos: 9
Número de rimas na estrofe: 6
Número de versos: 16
Número de grupos rímicos: 3

Daqui resulta que o índice é 1,12.

Com este valor não há nenhuma estrofe de canção camoniana, cujas médias estão abaixo dele. A canção: *A instabilidade da fortuna* tem para a sua estrofe a *terça parte* daquele valor;

12. O índice de variabilidade do *commiato* da canção de Sannazaro é:

Número de grupos métricos: 4
Número de rimas: 4
Número de versos: 8
Número de grupos rímicos: 3

De onde resulta que o índice é 0,67.

Na canção em causa, este valor é *metade*. Uma canção canónica o obtém (*Tomei a triste pena,* etc.), por combinação de valores inteiramente diferentes;

13. A variabilidade total da canção de Sannazaro é, pela fórmula que estabelecemos, este: 1,06. Com este valor não há *nenhuma* canção canónica de Camões, e a média delas é-lhe inferior;

14. O índice do *commiato* é, em Sannazaro, inferior de 0,47 ao da estrofe. Na canção em causa de Camões essa diferença é a *mínima* das canções canónicas (0,05). A divergência de Sannazaro

aparece numa canção canónica (*Fermosa e gentil dama, etc.*, com 0,44); mas passa-se a um nível muito mais baixo, já que o índice da estrofe dela (0,77) se situa no grupo médio de Camões;

15. Não será preciso estudar outros parâmetros, ou levar mais longe a comparação, para concluirmos que, quanto à forma externa, *não há* qualquer coincidência significativa entre a canção de Sannazaro e a de Camões, que têm sido aproximadas. E uma análise da forma interna, mesmo superficial, e quase apenas limitada à leitura paralela, mostraria que entre o *adagio apassionato*, que é a canção camoniana, e o *allegro agitato*, que é a de Sannazaro, não há também qualquer coincidência. Se acaso Sannazaro contribuiu com sugestões para Camões, a acção dele foi por este utilizada em total independência, tão total, que não parece legítimo invocar-se Sannazaro mais que como grande figura prestigiosa do novo mundo das letras, o que é aliás o carácter das referências que Camões lhe faz.

Pietro Bembo.

O caso do cardeal-poeta é duplo do de Sannazaro no que se refere ao número das canções camonianas «influídas». Duas das suas foram invocadas como modelo de duas de Camões.

A produção poética de Bembo é, na sua esmagadora maioria, sonetística (*Prose e Rime,* a cura di Carlo Dionosotti, Turim, 1960). Nas suas *Rime,* em cerca de duzentas composições, só cerca de trinta não são sonetos. Nos diálogos, *Gli Asolani,* há composições poéticas intercaladas; e estas representam a maior concentração de canções de Bembo, já que metade das composições (18) o são. Natural seria, pois, dada esta circunstância, e dado também o prestígio dessa obra naquele tempo[13], que a esta se fossem buscar as «referências» camonianas... Com efeito, as duas canções apontadas figuram ambas nos *Asolani,* uma no livro II e outra no livro III. A do livro II, *Se'l pensier 'che m'ingombra,* foi invocada a propósito da canção *S'este meu pensamento.* No livro III foi destacada uma, a propósito de *Manda-me amor.* Vejamos o caso de cada uma.

S'este meu pensamento.

Da supracitada canção de Bembo, comparemos as características com as desta canção camoniana, no que se refere à forma externa, sem perdermos de vista o conjunto «canónico» de Camões, tal como fizemos para Sannazaro.

1. A canção de Bembo tem 10 estrofes e *commiato* final. Nenhuma canção canónica tem este número, nem a média geral (7), que é tangenciada por seis das dez canções canónicas (uma das quais, com 6 estrofes, é a canção em causa), se aproxima dele;

2. As estrofes da canção de Bembo têm 15 versos cada. Esse número é o médio ideal nas canções canónicas, e três delas o seguem: a canção em causa, *Manda-me amor* e *Junto de um seco, fero, etc.;*

3. O *commiato* de Bembo tem 3 versos, como a maioria das canções camonianas, entre elas a canção em causa;

4. A extensão da canção de Bembo está fora dos padrões camonianos, com os seus 153 versos;

5. Os versos, em Bembo, são de 10 e 6 sílabas. A percentagem destes últimos, em relação ao total, é de 66 %. Este valor é exactamente o da canção de Camões em causa;

6. O esquema métrico da estrofe na canção de Bembo é: $2(6)+1(10)+2(6)+1(10)+4(6)+1(10)+1(6)+1(10)+1(6)+1(10)$. Com este esquema há uma canção camoniana, que é esta em causa;

7. Três canções camonianas (V, VI, IX), nenhumas das quais a que comparamos, têm o mesmo esquema métrico do *commiato* que esta de Bembo;

8. O esquema rímico da estrofe de Bembo é: *abcabcc+deeffd+ +gg*. A canção em causa, de Camões, coincide neste esquema só quanto ao primeiro grupo rímico. No resto, é inteiramente diferente. Com esquema semelhante, ainda que trocada a colocação da 2.ª rima *e*, há uma única canção canónica: *Junto de um seco, fero, etc.* A canção *Manda-me amor* tem um esquema que pode considerar-se aperfeiçoamento ideal deste, pois que separa *dd* entre o 1.º grupo e um segundo formado com a troca apontada: *effe;*

9. O *commiato* de Bembo rima *a+bb*, como seis canções canónicas, uma das quais a cotejada;

10. O número de rimas na estrofe de Bembo é 7. A canção cotejada tem 6. Mas duas canónicas têm também 7: *Manda-me amor* e *Junto de um seco, etc.;*

11. O índice de variabilidade da estrofe de Bembo é:

Número de grupos métricos: 10
Número de rimas: 7
Número de versos: 15
Número de grupos rímicos: 3

de que resulta ser o índice 1,56.

Este valor excede em quase 10 % o valor máximo para as estrofes das canções camonianas (1,43). A canção *S'este meu pen-*

samento, com 1,33 de índice (e segundo valor na ordem decrescente das canções), ainda se afasta mais dele (quase 20 %);

12. O índice do *commiato,* em Bembo, é 1,00, valor idêntico ao de três canções canónicas: *S'este meu pensamento, Com força desusada* e *Junto de um seco, etc.;*

13. A variabilidade total da canção de Bembo é 1,51. Este valor excede em quase 15 % o valor máximo da variabilidade total nas canções camonianas (1,34). A canção *S'este meu pensamento* tem 1,28;

14. A divergência dos índices da estrofe e do *commiato* em Bembo (0,51) está muito acima das médias camonianas (0,31), das quais, com 0,33, a canção *S'este meu pensamento* é uma das que mais se aproxima. Em duas canções (III e VIII) Camões excedeu aquele valor de Bembo; mas essas canções são precisamente aquelas em que o *commiato* reduz mais a variabilidade que a estrofe imprimiria, e a redução é feita quase ao dobro da influência que se verifica o *commiato* ter em Bembo.

Manda-me amor, etc.

No livro III dos *Asolani* há apenas duas canções, e que começam *Perche'l piacer a ragionar m'invoglia* e *Dapoi ch'Amor in tanto non si stanca.* Ambas se iniciam pelo motivo do Ditado feito pelo Amor, o que deve ter contribuído sugestivamente para a aproximação com a canção em epígrafe. Mas a segunda raciocina, em desenvolvimento, das relações do poeta com a sua *Madona,* sem que nela ocupem especial lugar as metamorfoses e a dialéctica do pensamento e do sentimento, que preenchem as versões da dita canção camoniana. Atenhamo-nos, pois, à análise da forma externa da primeira, na qual, aliás, há fugidios paralelos que justificariam a aproximação.

1. A canção tem 5 estrofes. Como ela há duas canónicas. Mas *Manda-me amor* tem 6;

2. As estrofes da canção de Bembo têm 15 versos, que é o valor médio das camonianas, e o número de versos da estrofe da canção em causa;

3. O *commiato* de Bembo tem 3 versos, valor dominante em Camões. A canção *Manda-me amor,* com 5 em 1595, e 7 em 1598 e 1616, só tem 3 na variante Juromenha;

4. A canção de Bembo, com um total de 78 versos, está abaixo das médias ideais camonianas. A sua extensão é, porém, intermédia à de duas das menos extensas (III, com 75, e I, com 81). A extensão da canção *Manda-me amor* é-lhe superior em 20 %.

5. As medidas na canção de Bembo são as habituais, com 27 % de percentagem de versos de 6 sílabas em relação ao total. Com mais uma estrofe, a canção *Manda-me amor* tem apenas 22 %; e, com aquela percentagem, não há nenhuma canção canónica de Camões;

6. O esquema métrico da estrofe da canção de Bembo é o *mesmo* da de Camões (ver quadro geral).

7. No *commiato*, a coincidência dá-se apenas na versão de 1861;

8. O esquema rímico da estrofe de Bembo é o *mesmo* da de Camões nos textos de 1595-1598 e de 1861 (mas não no de 1616. Ver quadro geral);

9. Tal como no n.º 7, a coincidência do esquema rímico do *commiato* dá-se apenas com a versão de 1861 da canção de Camões;

10. Dadas as circunstâncias apontadas nos números anteriores, vejamos o que sucede com os índices das estrofes e dos *commiatos* em Bembo e em Camões. O índice de variabilidade da estrofe é 0,82 em Bembo e em todas as versões da canção de Camões, que têm todas o mesmo número de grupos métricos, de rimas, de versos e de grupos rímicos. O índice de variabilidade do *commiato*, em Bembo, é, como na sua canção anterior, 1,00. Diferentes que são os *commiatos* de Camões em 1595, em 1598-1616 e em 1861, os seus índices não são os mesmos. Calculados, são (e adiante estudaremos melhor estes *commiatos*):

1595   — 1,20;
1598-1616 — 1,14;
1861   — 1,00.

Estes valores divergem, à excepção do último, e, para mais, do valor de Bembo;

11. A variabilidade total da canção de Bembo, com as suas cinco estrofes, é 0,85. Conforme as versões ou textos, a variabilidade da canção de Camões é:

1595   — 0,87;
1598-1616 — 0,87;
1861   — 0,85.

Do que se observa que, fixado em seis estrofes, Camões *tendeu a elevar* a variabilidade total do modelo de Bembo, já que a versão de 1861, a mais próxima quanto à forma externa, é também, de todas, a mais inferior artisticamente. E, como sabemos, é 0,87 que está mais próximo das médias camonianas;

12. A intensificação da variabilidade total, operada pelo *commiato* de Bembo, é de regra em Camões, em condições idênticas. A divergência negativa dos índices da estrofe e do *commiato*, que é a mesma para a variante Juromenha da canção de Camões, é ampliada nas outras versões, por forma a conformar-se com a divergência média canónica.

Estudadas que foram duas canções inseridas nos *Asolani* de Bembo, invocadas como análogas de duas camonianas, podemos, reunindo as conclusões de uma e outra das análises comparativas a que procedemos, afirmar o seguinte:

1. A canção *S'este meu pensamento,* comparada a sua forma externa com a de Bembo, *Se'l pensier' che m'ingombra,* tem o mesmo número de versos por estrofe e por *commiato,* mas é muito mais breve (menos *quatro* estrofes); tem, e é a única que o tem, o mesmo esquema métrico da estrofe; é uma das três que tem o mesmo esquema métrico no *commiato;* não *tem,* na estrofe, o mesmo esquema rímico embora duas outras se aproximem dele; *não o tem,* também, no *commiato,* embora outras três o tenham (uma das quais é a que tem aproximado esquema rímico da estrofe); *tem menos* uma rima por estrofe que a de Bembo, imitada nisso por outras duas (uma, a IX, que tem todas as coincidências acima apontadas; outra, a VI, que tem só algumas); os índices de variabilidade da estrofe e do *commiato,* assim como a variabilidade total, são muito inferiores aos valores de Bembo; e a divergência dos dois índices, em Bembo, está muito acima da divergência camoniana, que, precisamente, esta canção de Camões é das que mais a respeita;

2. A canção *Manda-me amor* tem o mesmo número de versos por estrofe, mas *mais uma* estrofe, que a de Bembo, *Perchè'l piacer a ragionar m'invoglia;* tem, em quase todos os textos, mais versos no *commiato;* é mais extensa que a de Bembo. A sua percentagem de versos de 6 sílabas é *inferior;* tem o mesmo esquema métrico da estrofe e só na variante Juromenha o mesmo esquema métrico de *commiato.* Em todas as versões, menos na de 1616, o esquema rímico da estrofe é o de Bembo; o do *commiato* só coincide na variante Juromenha. O índice de variabilidade da estrofe é o mesmo; o índice do *commiato,* variável de versão para versão, só coincide na variante Juromenha, sendo todos os outros valores superiores ao de Bembo; o mesmo sucede, ainda que ligeiramente, com a variabilidade total. Mas a divergência dos índices é, em Bembo, inferior à média canónica de Camões, para a qual tendem os valores nas versões do texto camoniano;

3. Se a canção *S'este meu pensamento* segue de perto, na aparência, o modelo externo da canção de Bembo, *Se'l pensier' che*

202

m'ingombra, diverge profundamente dela em características fundamentais da forma externa. E as aparências não são, no conjunto, superiores (ou mais íntimas) às que a análise revelou para outras canções canónicas de Camões, como as V, VI, VII e IX, que também se aproximam da citada canção de Bembo, por forma curiosíssima;

4. A canção *Manda-me amor,* mais extensa que a de Bembo invocada para sua análoga, *segue esta sobretudo na variante de 1861. A versão de 1595-1598 afasta-se; e mais ainda a de 1616.* A estas proximidades relativas acrescentam-se analogias complementares, no mesmo livro de *Asolani,* e que não haviam sido pressentidas;

5. Resumindo, e em relação a Bembo, é-nos lícito afirmar que o comportamento de Camões difere aqui do que se passara com Sannazaro. Mais do que este, ou ao contrário deste, Bembo *contribuiu para a forma externa ideal da canção camoniana.* Mas o seu contributo não atingiu o cerne da originalidade de Camões, que, fundiu, para seu uso, duas canções dos *Asolani,* exigindo da fusão uma equilibrada dimensão e uma variabilidade total mais regulares e médias que as dos supracitados e separados modelos;

6. Basta ler, porém, as duas canções de Bembo para ver-se que, na forma interna, a coincidência não vai além de meras superficialidades cenográficas, muito fugidias; da semelhança dos inícios das canções; e da recorrência ocasional de tópicos tão vulgares como o *Ditado do Amor,* a revelação de *coisas novas,* as *tranças de ouro,* as *auras estivas,* e pouco mais. Tudo todavia utilizado, num e noutro poeta, com bem diversa orientação: espectacular e galante, em Bembo; meditativamente interiorística nas locubrações de Camões.

NOTAS

[1] É muito importante observar a evolução das edições de Petrarca no século XVI, pelo que reflectem de difusão do petrarquismo. Segundo V. L. Saulnier (*La Littérature Française de la Rennaissance,* Paris, 1957), a 30 edições anteriores a 1500 (contadas por certo desde a primeira, Veneza, 1470), correspondem 140 durante o século XVI, das quais 64 se concentram entre 1537 e 1565, lapso de tempo que é o apogeu do interesse por Petrarca. Na verdade, a uma edição por ano no século XV, estão correspondendo em média, no século XVI, cerca de 3 edições em cada dois anos; mas esta média, no quarto de século supramencionado, sobe para quase o dobro: 2,6 por ano. Repare-se em como a data média do apogeu petrarquista — 1551 — coincide exactamente com a idade em que podemos supor Camões atingindo a sua plena maioridade artística (é o suposto período de Lisboa, anterior ao embarque para a Índia,

203

quando terá endereçado à juvenil D. Francisca de Aragão, segundo os folhetins biográficos e a epígrafe editorial, a tríplice e elegantíssima glosa ao mote dela).

Acerca da literatura italiana, não será inútil recordar que os historiadores nacionais costumam ater-se à comodidade tradicional dos séculos — «Cinquecento», «Seicento»... É o que faz Francisco Flora. O grande crítico e historiador literário que foi De Sanctis repartia assim: *Le origini, La Divina Commedia, Dal Petrarca al Boiardo, Dall'Ariosto al Tasso, La nuova scienza, La nuova letteratura*. Um ensaísta como Papini (*L'Imitazione del Padre — saggi sul Rinascimento*, 3.ª ed. accresciuta, Firenze, 1946), que não será muito suspeito de anti-contra--reformismo, reparte do seguinte modo o Renascimento italiano: (1304-1374), ou seja a vida de Petrarca; (1374-1494), ou seja até à morte do Poliziano e ao início das Guerras de Itália; (1494-1564), última fase, até à data da morte de Miguel Ângelo e da conclusão do Concílio de Trento. É evidente, nesta curiosa divisão, o predomínio de um critério «biográfico» dos grandes homens. O Renascimento entrara em agonia cerca de 1530, como é de notar que De Sanctis sabe muito bem. E Burckhardt, na sua obra fundamental, acentua que a reacção contra o humanismo, o culto da antiguidade e dos clássicos, ou a predominância dos temas pagãos estava vitoriosa na Itália, a partir dos meados do século XVI (cf. a trad. ingl. *The Civilization of the Renaissance in Italy*, London, 1951, pp. 162 e segs.).

2 Pontano não escreveu poemas em «vulgar», e são apócrifos os que lhe foram atribuídos. Mas a sua obra latina — em prosa e em verso — teve enorme repercussão na criação e difusão das novas «formas» e das novas ideias, com que os «renascentes» se academizavam ou exacerbavam já. A primeira edição das suas obras completas é de 1556.

3 É de notar que — e não deixa de camonianamente ter interesse — a obra que celebrizou Sannazaro, a sua *Arcadia*, primeiro publicada em 1502, foi traduzida para o castelhano e impressa em 1547, uma dúzia de anos antes da publicação da *Diana* de Jorge de Montemor. O tradutor, Jeronimo de Urrea, foi-o também do *Orlando Furioso* de Ariosto; e é autor de uma novela de cavalaria, *Clarisel de las Flores*, a que se refere Henry Thomas (em *Spanish and Portuguese Romances of Chivalry*, Cambridge, 1920).

4 «Il Chariteo» não é um italiano, mas um barcelonês que se nacionaliza literariamente, através do reino aragonês de Nápoles. É curioso notar que Boscán, o introdutor castelhano dos metros italianos, mais jovem quase quarenta anos que o Chariteo, é barcelonês também. O *Endimione* do Chariteo foi publicado em 1506. As *Rime* do Tebaldeo foram impressas em 1499, como Sassi o foi; e, já póstumas, são de 1502 as *Opere* de Serafino. O surto editorial do purismo bembista é posterior. Sobre o Chariteo são muito interessantes as considerações de Menéndez y Pelayo, no tomo X da sua *Antologia de Poetas Líricos Castellanos* («Juan Boscán — estúdio crítico» — pp. 387 e segs. da ed. Espasa-Calpe, Buenos Aires, 1952).

5 No nosso estudo sobre Inês de Castro, e a propósito da *Castro* de Ferreira, pode encontrar-se um quadro muito completo das polémicas dos precep-

tistas poéticos e dos tragediógrafos humanísticos (em *Estudos de História e de Cultura*, 1.ª série, Ocidente, 1963, em publicação).

6 Observe-se que a posição de Camões, em *Os Lusíadas*, moralizante, por um lado, e, por outro, oposta à fantasia, que tem sido interpretada unicamente como reflexo do seu historicismo patriótico, é culturalmente mais complexa, já que, na Itália, se discutiam os direitos da fantasia e da arte pela arte, sem que os daquela coincidissem necessariamente com os desta, e era possível, com gáudio geral, um Folengo, em linguagem «macarrónica», satirizar os heróis das epopeias cavalheirescas.

7 Guidiccioni já foi apontado como uma das fontes do soneto de Camões *Alma minha gentil*. Mas parece que nunca se reparou — sendo de «fontes» a questão — que a mais impressionantemente análoga e provável é a primeira estrofe da magnífica canção de Bembo que começa *Alma cortese, che dal mondo errante*. Este ponto desenvolvemo-lo no nosso estudo *Alma minha gentil*, do volume *Estudos Camonianos e de Poesia Portuguesa dos Séculos XVI e XVII*. [in *Trinta Anos de Camões*, 2 vol., Lisboa, 1980]

8 Note-se, a este respeito, que a primeira tradução italiana completa, a de Atanágoras Graco (1476), é posterior de meio século à primeira castelhana (1428), de Enrique de Villena, tradutor também da *Divina Comédia*, e ilustre figura do século XV. A tradução de Caro provocou polémicas, sobretudo entre Benedetto Varchi, que a defendeu, e Castelvetro, que a atacou. A primeira tradução portuguesa da *Eneida* parece ser a de João Franco Barreto (o revedor da edição de 1631 de *Os Lusíadas* e das *Rimas* de 1666), publicada em 1664-1670.

9 Não podendo ser citado a par de uma grande figura como Guarini e de um grande poeta como Tasso, há que referir — e já foi mencionado nesta obra — um Luigi Groto (1541-1585), «il cieco d'Adria», autor de *Dalida* (1572) e de *Hadriana* (1578), dramatização de uma novela de Bandello, que será, no teatro, um pré-*Romeo and Juliet*. Faria e Sousa, como vimos, cita-o conspicuamente nos seus comentários às *Rimas* de Camões, para o caso de *A vida já passei assaz contente*. Os poemas — *Rime* — de Groto foram primeiro coligidos e impressos em 1577 e tiveram êxito imenso: mais quatro edições até 1610, que explicam o interesse com que Faria e Sousa os refere.

10 Acerca do italianismo, ver do presente autor, além dos estudos sobre o Maneirismo, o ensaio *A Viagem de Itália*, publicado nos suplementos literários do *Estado de S. Paulo* (8/9/62) e *Comércio do Porto* (9/10/62 e seguinte). [in *Estudos de Literatura Portuguesa* - I, Lisboa, 1982]. E também o ensaio *Maquiavel e o Príncipe*, na obra colectiva *Livros que Abalaram o Mundo*, S. Paulo, 1963. [in *Maquiavel e outros estudos*, Porto, 1974]

11 O prestígio de Sannazaro era tal, como poeta pastoril, que Bembo, quando ele morreu, em 1530, reclamava, num epigrama latino, que os seus restos repousassem ao lado dos de Vergílio. O poeta inglês Sir Philip Sidney (1554-1586), autor de uma *Arcadia*, dizia que, na pastoral, só havia Teócrito em grego, Vergílio em latim, e Sannazaro em italiano. Para francês, a *Arcadia* de

Sannazaro foi traduzida em 1544. Carolina Michaëlis (ed. de Halle das *Poesias de Sá de Miranda*, p. 802) informa que, no século XVI, esse livro teve 60 edições.

[12] V. G. Juromenha, na sua edição, e H. Cidade, no seu estudo citado na obra lírica.

[13] A primeira impressão dos diálogos, ainda em vida de Bembo, foi feita em 1505, e precede todavia de um quarto de século o nascimento de Camões.

III

A CANÇÃO CAMONIANA
E AS CANÇÕES DE GARCILASO E DE BOSCÁN

1) *CONSIDERAÇÕES PRELIMINARES SOBRE OS PETRARQUISTAS ESPANHÓIS E CAMÕES, COM OBSERVAÇÕES SOBRE OS PORTUGUESES*

Quando coordenámos algumas observações sobre a «canção» em Espanha, antes e no tempo de Camões, referimos os nomes de interesse e o número de canções petrarquistas que produziram. Vejamos agora o que se passa com eles quanto à imitação das formas externas de Petrarca; e limitar-nos-emos, para tal, ao exame dos *esquemas métricos e rímicos* das estrofes[1].

Das dez canções de Boscán, seis seguem cinco esquemas estróficos de Petrarca. As outras quatro não seguem nenhum. Mas, daquelas cinco, uma não respeita o paradigma do *commiato* do modelo.

Das cinco canções de Garcilaso, três seguem três esquemas estróficos de Petrarca, mas uma delas com *commiato* diferente do do modelo.

Das cinco canções de Mendoza, duas seguem modelos de Petrarca.

Gil Polo respeita os modelos de Petrarca em quatro das suas cinco canções[2].

Cetina tem esquemas estróficos de Petrarca em oito das suas dez canções, mas três delas não respeitam o modelo respectivo de *commiato*.

Montemor, na sua dúzia de canções, só tem seis que sigam Petrarca na estrofe, mas apenas uma delas o segue também no *commiato* do modelo respectivo.

206

Das quatro canções de Silvestre, duas são aliradas e duas petrarquistas. Estas duas têm uma anormalidade imensa na sua pequenês: ambas possuem apenas duas estrofes, uma com, e outra sem *commiato*. Os paradigmas são, respectivamente, ABCBACcDdEeFF, que é o de *Ben mi credea* de Petrarca, e AbbCBAaDdeeFfGG, que não tem correspondência em Petrarca. O *commiato* da primeira repete o esquema do *piedi* da estrofe.

As duas canções de Acuña seguem dois modelos estróficos de Petrarca, mas, ao contrário das respectivas canções seguidas, *não têm commiato*.

Não haverá como um quadro em que se destaque tudo isto, para vermos em que medida estes petrarquistas imitaram realmente, e com que fidelidade, os modelos de Petrarca. E, em face do quadro, coloquemos Camões que, nas suas dez canções canónicas, segue, em quatro, dois esquemas estróficos de Petrarca, mas só em três delas respeita os respectivos *commiatos*.

Dado que estamos computando imitação dos esquemas estróficos, em cada canção, da estrofe e do *commiato*, ou seja de duas unidades diversas por canção, será legítimo que imitação total seja, para matematização do cálculo, o dobro da imitação parcial (já que não entramos com o número de estrofes das canções, o que ainda mais diminuiria a «imitação»), ou esta metade daquela.

Autores	Número de canções	Imitação de Petrarca		Percentagem de imitação total
		Total	Parcial	
Boscán	10	5	1	55
Garcilaso	5	2	1	50
Mendoza	5	2	—	40
Polo	5	4	—	80
Cetina	10	5	3	65
Montemor	12	1	5	29
Silvestre	4	—	1	12,5
Acuña	2	—	2	50
Totais	53	19	13	—
Médias	7	—	—	48
Camões	10	3	1	35

A análise deste quadro é do maior interesse. O caso de Polo, o continuador da *Diana* de Montemor e o introdutor do alexandrino na Península Ibérica, que é de todos estes poetas o que, com Montemor, chegou a ser impresso em vida, é curioso: ele reage contra o pouco italianismo do Montemor, que novelisticamente imitava. O caso de Cetina não é tão significativo, atendendo-se a que viveu na Itália e traduziu Petrarca para o castelhano. Salvo estas duas explicáveis excepções, a imitação da forma externa — e tratamos só de paradigmas — a canção de Petrarca não foi absoluta, mesmo por parte dos seus introdutores espanhóis, e tende a declinar à medida que o século avança[3]. Por outro lado, que as percentagens de imitação em Montemor e em Camões sejam as mais baixas, eis o que, à primeira vista, poderia ser argumento em favor da tese de uma importação estrita das formas e metros italianos por via espanhola, e recebida morosamente pelos portugueses. Mas não é assim, porque a percentagem de imitação em Camões é superior à de Montemor, que se castelhanizou totalmente, e porque seria absurdo supor que Camões era, na adopção das já adoptadas novidades ítalo-castelhanas, e vivendo em Portugal, mais receptivo do que Montemor ou Silvestre (que não cultivou aquelas formas), vivendo ambos no mundo espanhol. O que se verifica é que Camões, por sobre a Espanha e de acordo com ela, segue o padrão do seu tempo europeu, quando o petrarquismo renovado e depurado era já um meio de expressão, e não uma imitação por repetição (como fora na Itália) ou por «modernismo» (como começara por ser na Península Ibérica, quando Petrarca já era menos que o petrarquismo).

Há que notar ainda, observando a média de imitação total em percentagem para o conjunto das canções castelhanas antecamonianas ou contemporâneas, que ela é muito superior à de Camões. Que significará isto, se o número que encontramos para ele é inferior ao de seis dos sete poetas referidos e que o precedem na idade? Sem dúvida que este facto, além de confirmar o que acima dissemos, esclarece como Camões individualmente se destaca da influência conjunta que a canção italiana escrita em castelhano poderia exercer sobre ele, e confirma assim, mais uma vez, *a autonomia das suas atitudes criadoras*.

Anteriormente (em nota ao capítulo I da 1.ª parte), mencionámos os poetas espanhóis cultivadores da canção nascidos nos vinte e vinco anos posteriores ao nascimento de Camões; e notámos que, neles, o cultivo da canção se difunde, mas que a canção se torna menos estritamente petrarquiana. É agora o lugar de justificarmos a asserção. Com efeito, a maioria das canções de Frei Luís de Léon são aliradas, sem respeito pelos esquemas de Petrarca. Das de Francisco de la Torre, seis, apenas duas seguem o mestre, no esquema estrófico[4]. O grande Herrera — que teve na fixação da linguagem poética castelhana um papel análogo ao de Camões para a portuguesa, sendo, *note-se,* dez anos mais novo (e não sem razão os historiadores o aproximam de Ronsard, cujo papel foi semelhante em França, e que é da idade do nosso poeta) — nas vinte e duas canções que escreveu só segue Petrarca em duas. Padilla não é imitador dos esquemas petrarquianos em nenhuma das suas vinte e cinco canções. Figueroa, que viveu longamente na Itália e foi tido por um admirável poeta «italiano», não imita Petrarca estritamente. Cantoral, com doze canções, imita-o estritamente em quatro apenas. Barahona de Soto não reproduz esquemas de Petrarca nas suas cinco canções. Galvez de Montalvo só parcialmente. O mesmo sucede a Maldonado, nas catorze canções do seu *Cancionero* (1586). O genial Cervantes, em onze canções, segue Petrarca em três, varia-o em quatro, e não imita mesmo parcialmente os seus esquemas estróficos nas restantes quatro[5]. Isto, computado em bloco, mostra que, se os antecessores castelhanos de Camões haviam seguido Petrarca em 48 % da sua produção de canções, quando Camões o segue em 35 % da sua, os castelhanos imediatamente sucessores de Camões no tempo apenas respeitam Petrarca em menos de 20 % de uma produção que é dupla da daqueles. O que confirma claramente o que dissemos acerca da evolução da canção na Península, e põe bem a claro o lugar central que Camões ocupa na prática dela.

Quanto a Frei Luís de Léon, é interessante acrescentar algumas precisões mais, visto que ele é quase exactamente da idade de Camões. Covarsí *(ob. cit.)* diz das canções dele que são todas aliradas, e sem apresentar um levantamento completo e discriminado, que, por nossa conta, fizemos e nos permite corrigir a generalização apressada do prestimoso investigador espanhol. Nas suas obras originais (isto é, excluídas as suas traduções em verso), Frei Luís tem 22 canções aliradas e 4 canções petrarquistas. Aquelas, na sua maioria, são na verdade mais odes que canções, e duas delas mesmo com anormalidade estrófica em relação ao esquema da lira. Das quatro canções petrarquistas, duas têm e duas não têm *commiato,* e só uma delas (precisamente uma das que será de duvidosa autenticidade) tem esquema estrófico análogo a um paradigma de Petrarca (a sempre espelhada *Chiare, fresche, e dolci acque*), que todavia não respeita quanto ao *commiato*. Mais identificado com a evolução do Maneirismo que Camões — ausente da Península tantos anos —, Frei Luís, com estes dados que apresentamos, confirma-nos a posição ocupada por Camões em relação a uma evolução que antecipa (e de que é o maior pelo espírito, pela arte, pela variedade e pelo fôlego), mas da qual a vida o exila, ao contrário do que sucedeu ao frade teólogo e poeta, apenas três anos mais novo que Camões.

O escasso número de canções de portugueses (e com exclusão de Montemor e de Silvestre, que são «castelhanos» e como tal observámos), antes e no tempo de Camões, pouco alterará os nossos considerandos e conclusões. Mas ficaria incompleto o estudo, que da canção fazemos, se as não examinássemos quanto à imitação petrarquiana. E em nota estudamos a que o Cancioneiro Fernandes Tomás atribui a Bernardim Ribeiro[6].

Nas obras de Sá de Miranda, há — não contando a canção que veremos poder ser de Bernardim Ribeiro, e que pertence ao *Epitalâmio Pastoril* — seis canções, duas de direito próprio (que já referimos), e as outras intercaladas nas éclogas. Numa daquelas duas («À festa da Anunciação de Nossa Senhora»), Miranda segue o paradigma da canção de Petrarca *Chiare, fresche, e dolci acque,* e o mesmo faz na que pertence (como a que pode supor-se de Bernardim Ribeiro) àquele Epitalâmio, e na da écloga *Nemeroso* («En la muerte del buen pastor Nemeroso, Laso de la Vega»). Na outra das isoladas, na «Canções do Encantamento» da écloga do mesmo nome, e na de *leixa-pren* da écloga *Alejo,* não segue qualquer paradigma de Petrarca. A sua imitação dos paradigmas petrarquianos é, pois, da ordem dos 50 %, como a de Boscán e de Garcilaso (ou 57 %, se é também dele a que dá como cantada por Bernardim). O que mostra prevalecer, em Sá de Miranda, mais o petrarquismo que Petrarca, no que à imitação de canções respeita. Mas porque nenhuma dessas três ou quatro canções que não imitam paradigma de Petrarca o tem em comum com Garcilaso, é conveniente notar — já que tem sido acentuada (sobretudo desde Carolina Michaëlis, ed. de Halle, 1885, p. 768) a reverência de Sá de Miranda ante Garcilaso (confundindo-se a admiração comovida que um grande poeta «modernista» use para chorar a morte de outro grande poeta «modernista», com subserviência de discípulo a mestre que podia ser filho dele...) — que, havendo imitação total (em metade das suas canções) do paradigma de *uma* só canção de Petrarca (que Garcilaso também imitou, como todo o mundo), e não havendo, nas outras canções que não imitam paradigma petrarquiano, coincidência paradigmática com Garcilaso, tudo isto contribui para esclarecer como Sá de Miranda é um petrarquista directo, devendo pois a Garcilaso, se é que deve, muito menos do que é hábito afirmar-se aliás sem objectivas análises.

Quanto a Andrade Caminha (contemporâneo de Camões, e de possível confusão com ele, já que, nos cancioneiros de mão, a atribuição marginal «C» ou «Cam» pode referir-se também a Caminha), o caso é o seguinte, para as 5 canções publicadas por Priebsch, uma vez que a edição de 1791 não arquivara nenhuma: duas, a I e a III (n.os 90 e 133 da edição), usam, mas com alterações que o desfiguram, o paradigma de *Spirito gentil, che quella membra reggi* de Petrarca. A II (n.º 104) tem o complexo esquema encadeado da canção de Petrarca *S'il dissi mai, ch'i vegna in odio a quella* (a única sobrevivência, no cantor de Laura, dos complicados esquemas «dolcestilnovistas»), e segue-o fielmente. A IV (n.º 160) tem o paradigma da inevitável *Chiare, fresche, e dolci acque,* na estrofe e no *commiato,* tal como, sucede, em relação a *Che debbio far, che mi consigli, Amore?,* com a V (n.º 170). Isto dá, com referência ao quadro de imitação de Petrarca, que estabelecemos para os castelhanos anteriores a Camões e para este, uma percentagem de imitação total, por parte de Caminha, de 60 % (três canções com imitação total, em cinco), quase o dobro de Camões. Esta percentagem coloca Andrade Caminha entre Cetina e Boscán, ainda que abaixo do mais fiel seguidor de paradigmas de Petrarca, que é Gil Polo; e mostra que Caminha é mais «escolar» que Camões, mais preso aos modelos.

Mas Diogo Bernardes ainda é mais estritamente petrarquiano, na forma externa, do que Caminha. Das 6 canções que tem (duas em *Várias Rimas ao Bom Jesus,* e quatro em *Rimas Várias: Flores do Lima*), 3 seguem o paradigma de *Se'l pensier che mi struggi,* uma é muito afim da canção *Nel dolce tempo della prima etade,* cujo paradigma da estrofe segue, com alteração da ordem de duas rimas no *piedi,* e não respeitando o do *commiato,* uma está em análogas condições em relação ao paradigma estrófico de *Nella stagión che'l ciel rapido inchina,* com a alteração da medida de dois versos da *sirima,* e uma *(O Virgem...)* não tem correspondência petrarquiana. A imitação dos paradigmas, feita por Bernardes, é, como se vê (três com imitação total e duas com parcial, em seis canções), da ordem dos 70 %, o que o torna, mais que Caminha, e com Gil Polo, o mais próximo dos modelos de forma externa da canção de Petrarca. Sendo ele provavelmente nascido em 1530, e uns cinco ou seis anos mais novo que Camões (e dez do que Caminha), é muito curiosa a sua posição neste caso, e a sua comparação com Caminha, por exemplo, pode fazer-se em absoluto, já que as percentagens de ambos se referem, sensivelmente, a um mesmo número de canções que escreveram. Bernardes, que, pela fluidez da sua linguagem poética, nos surge como um poeta dos novos tempos pós-renascentistas, como Camões, o que Caminha parece não ser, está mais atrasado que qualquer deles quanto à sujeição à forma externa de Petrarca, no que a canções respeita. E este homem, cuja linguagem (aliás muito pessoal, e que está exigindo, para as peças indiscutíveis, uma caracterização objectiva que o defina ante Camões) o fez, no seu próprio tempo e depois, ser confundido com o lírico que era o autor de *Os Lusíadas* (pelo que há neles de comum, numa época de que ambos são, diversamente, expoentes), aparece-nos, na canção que não ocupa todavia na sua obra posição destacada, como o petrarquista formal que, em Portugal, ninguém foi, e como muito mais «escolar» na composição delas, na Península, que todos os outros salvo o extremamente italianizante Gil Polo. Na evolução da canção petrarquista peninsular, Bernardes constitui uma excepção que confirma a regra, e que contrasta nitidamente com a charneira epocal que, como consciência estética, Camões foi. Ele era um espírito novo, mas docilmente enquadrado nos exemplos e mestres do tempo, a ponto de ser mais papista que o papa, numa forma que exigia extremo equilíbrio entre a fluência e o domínio de um rígido formalismo. Camões — até pelas circunstâncias da sua vida, ou pelas circunstâncias que o seu gosto da predestinação criou à sua vida — estava, acima e fora dessas sujeições (ou de afastar-se delas que não pela superação original), entregue à perigosa liberdade de ser ele mesmo, o que o transformou em «paradigma» de uma época que ele precedia, e sobre a qual, do alto da sua visão do mundo, pairava, ainda quando, das profundas dela, se dava repetidamente a clamar contra o Destino[7].

NOTAS

[1] Ampliando, para tanto, largamente a investigação efectuada por Covarsí *(ob. cit.)*.

[2] Destas canções de Polo, duas — citadas por Faria e Sousa, ao comentar a canção apócrifa *Por meio dumas serras, etc.* — têm por isso especial importância para o nosso estudo. Uma está no Livro I da *Diana Enamorada,* e a outra no Livro V. A primeira tem oito estrofes e não tem *commiato;* e é dialogada, estrofe a estrofe, entre duas personagens da novela. A segunda, que não é dialogada, tem seis estrofes e *commiato.* O esquema métrico de ambas é 5(10) 5(5) 2(10), análogo ao de *Por meio dumas serras, etc.,* e *Bem-aventurado, etc.,* com a diferença de o grupo intermédio de alternância ser de versos trissilábicos (pela contagem actual) nas duas apócrifas. O esquema rímico destas duas, que é o mesmo, é o da canção do Livro V da *Diana* de Gil Polo, com e estrofe da qual ambas coincidem paradigmaticamente. Mas esta canção de Polo é a que tem *commiato,* que as duas apócrifas não possuem; e, em número de estrofes, uma destas tem o mesmo número da outra das referidas canções da *Diana Enamorada.* É interessante mencionar que o organizador da edição («Clássicos Castelhanos», prólogo, ed. y notas de Rafael Ferreres, Madrid, 1953) desta novela, discutindo a classificação que o próprio Polo dá a estas canções, «Rimas provençales», abona-se de Menéndez y Pelayo para afirmar que se ignora qual seja o modelo provençal que Polo terá seguido, a não ser que ele estivesse confundindo catalães

e provençais, embora de catalães não se conheça aquele tipo de estrofe (esta salada está a p. 30). E cita, a propósito, o *De Vulgari Eloquentia,* de Dante, em que, precisamente acerca de canções provençais, e para infelicidade desta erudição hispânica, se autoriza o verso «pentassilábico» (pela contagem antiga) que Gil Polo usou...

3 O caso de Acuña, com apenas duas canções, não é numericamente concludente, embora a desobediência do poeta seja manifesta. E muito menos o é o de Silvestre.

4 É de notar, no caso de Francisco de la Torre, e reportando-nos ao que dissemos sobre a produção relativa de odes e de canções, que ele, nas suas poesias completas, tem 11 odes para as 6 canções.

5 Quanto a Baltazar de Alcázar, a sua obra recolhida é brevíssima: algumas cantigas, epigramas, um romance, dois sonetos, uma curta ode horaciana. Não há, neste espólio, canções petrarquistas (*Poetas Líricos de los Siglos XVI y XVII,* collección ordenada por Adolfo de Castro, vol. II, B. A. Españoles, ed. de Madrid, 1951). As poesias de Aldana foram postumamente recolhidas, por seu irmão, em duas partes (1589 e 1591), com reedição conjunta em 1593. *Poesias* de Francisco de Aldana (Clássicos Castelhanos, prólogo, edición y notas de Elias L. Rivers, Madrid, 1957) é uma vasta antologia que se apoia naquelas edições, noutras ulteriores e em manuscritos. Segundo o organizador da edição, Aldana tem *quatro* canções petrarquistas, das quais I e II, «fragmentarias, son de un estilo y contenido mui trillados». Das outras duas, inseridas na antologia, nenhuma segue qualquer dos paradigmas de Petrarca. Estes dois poetas, Alcázar e Aldana, portanto, em nada alteram, e até confirmam, o quadro geral da situação, apresentado aqui.

6 O Cancioneiro Fernandes Tomás atribui a Bernardim Ribeiro uma canção à italiana em seis estrofes, que deve estar falha de uma segunda estrofe, como observa Carolina Michaëlis nas suas notas acerca daquele manuscrito (p. 129), e em que transcreve o texto. Na verdade, cada estrofe inicia-se pela repetição (aproximada) do último verso da anterior, o que não acontece entre a primeira e a segunda do texto. Aquela estudiosa aponta, «quanto à técnica», as canções V e XVI de Petrarca. Não sabemos quais sejam. Covarsí, seguindo a edição Bellorini (1929) das *Rime,* dá os paradigmas das 29 canções, e nenhum coincide com o desta canção (*ABABCcbbddEE,* em que o par *bb* é às vezes uma outra rima, ainda que com semelhante toância); e a numeração das canções naquela edição coincide com a da edição Carducci e Ferrari (reimpressão de 1949), pela qual a conferimos. Por outro lado, Petrarca *não tem nenhuma* canção construída no esquema de *leixa-pren,* o que verificámos. Quanto ao paradigma ou esquema estrófico, encontramos analogia parcial no *dolce stil nuovo,* por exemplo, em Cino da Pistoia. De resto, é de notar que, na écloga *Alejo,* de Sá de Miranda, dois dos pastores cantam alternadamente, «como si fuese Ribero», as estrofes de uma canção cujas primeiras quatro (de nove, com paradigma *ABBAaCDDC*) são em *leixa-pren.* Carolina Michaëlis, que notou a circunstância na sua edição de Sá de Miranda, Halle, 1885 (e, porque menciona então como

modelo a écloga II de Sannazaro, deve ter assim feito a confusão que notámos acima), depois não correlacionou tal facto com a canção do Ms. Fernandes Tomás, embora, naquela edição, se refira aos fragmentos de uma canção atribuída a Bernardim, publicados por Juromenha nas notas à sua edição de Camões, e avente que duas das canções apócrifas deste («a XIV e a XVI») deveriam merecer investigação como de Bernardim, já que, nas obras de Estêvão Rodrigues de Castro, elas apareceriam assinaladas com as iniciais D. B. R. Não nos tendo sido possível examinar a edição de Rodrigues de Castro, queremos crer que aqueles números se referem à edição Juromenha, e correspondem pois a *Quem com sólido intento* e *Por meio dumas serras mui fragosas*. A primeira havia sido impressa na *Miscelânea* de Leitão de Andrade, e ambas foram depois incluídas nas obras de Camões por Álvares da Cunha, como sabemos. Para a primeira, a hipótese Bernardim parece-nos *ab initio* absurda, por o texto ser demasiadamente «camoniano». Já a segunda (cujo texto o não é quase nada), com a diferença de os versos mais breves dela terem (pela contagem actual) 3 sílabas, possui o mesmo paradigma que a canção atribuída a Bernardim no Cancioneiro Fernandes Tomás: *ABABCcddeeFF*.

Carolina Michaëlis, acerca da autoria desta, aponta que há outro poeta, Bernardim Ribeiro, ou, mais completamente, Bernardim Ribeiro Pacheco, que seria o tal autor das poesias assinadas *B. R.* (aliás *D. B. R.*) na colectânea de Estêvão Rodrigues de Castro (diga-se de passagem que este «florilégio» não foi publicado pelo exilado, médico do grão-duque de Toscana, mas por um seu filho, em Florença, depois da morte do pai, ao contrário do que poderá depreender-se do que diz Carolina Michaëlis: «mais algumas poesias que (...) meteu no seu *Florilégio*»), e no cancioneiro manuscrito de Évora, de que Hardung e Barata fizeram extractos. Esse B. R. Pacheco era pai de um, em 1595, moço fidalgo de Filipe II de Espanha (I de Portugal), «quase um século depois» (p. 116) do nosso Bernardim. Mas, se este é o que morreu louco em 1552, como Carolina Michaëlis aceita, com cerca de setenta anos, o seu homónimo (que, em 1595, era o pai de um moço fidalgo) não existiu quase um século depois dele, a menos que o «quase» valha uns trinta anos pelo menos: o «moço fidalgo» teria nascido por volta de 1575-1580, e o pai em 1550-1555, quando o homónimo louco morria. Sem que pretendamos defender a autenticidade bernardiniana da canção, não deixa de ser estranho que um poeta quase da geração de Estêvão Rodrigues de Castro (1559-1632) se dedicasse em Évora (onde é amigo dos Severins) a compor canções à italiana, por esquemas anteriores à reformulação formal de Petrarca e dos petrarquistas. Mais lógico será que uma forma *obrigada* e provençalesco-stilnovista tenha sido experimentada, uns setenta anos antes, por aquele que primeiro na península usou de outra forma obrigada a provençalesco-stilnovista como a sextina: «El primero en quien las hallo en España (...) aunque no en versos endecassilabos mas en redondillas», diz Faria e Sousa, citado pela própria Carolina Michaëlis (p. 62 de *O Cancioneiro do Padre Pedro Ribeiro*). Não é de estranhar que tenha uma só canção destas quem afinal compôs (sendo, com Sá de Miranda, o introdutor delas) uma só sextina como é o caso de Arnaut Daniel, o criador da sextina, que tem apenas uma, a par das 17 canções suas que nos chegaram, ou o caso de Sá de Miranda que (e não tem sido notado) tem também uma sextina. Os versos não-hendecassilábicos da canção «apócrifa» não são de 6 sílabas, mas, na transcrição de Carolina Michaëlis, oscilam metricamente entre as 4 e as 5 sílabas (10 dos 30 versos existentes, não--decassilábicos, têm aquelas 4 sílabas métricas). Esta oscilação aparente — que as transcrições «modernas» acentuam muito em Bernardim Ribeiro — é característica dele, pois que a sua metrificação é extremamente silabada e usa do hiato com intenção expressiva (ver o nosso estudo «A Sextina e a sextina de Bernardim Ribeiro», em *Revista de Letras* n.º 4, 1963). [in *Dialécticas Aplicadas da Literatura,* Lisboa, 1978]. O uso, em canção, de versos de menos de 6 sílabas não é petrarquiano; mas é *antepetrarquiano,* pois que Dante, no seu *De vulgari eloquentia,* autoriza expressamente o verso de 5 sílabas para a alternância, em canção, com o verso de 10 sílabas. Note-se que o «pentassílabo» da metrificação dantesca poderá ser, na metrificação de Bernardim Ribeiro, aquela «oscilação» aparente entre as 4 e as 5 sílabas. Ainda a propósito de Bernardim Ribeiro, registemos que, no *Epitalâmio Pastoril* («a António de Sá, no casamento de sua filha, etc.»), está intercalada a já referida canção petrarquista em castelhano, anunciada pelos versos «Ribero, todo demudado y frio, / cantó temblando los versos siguientes», e também pela rubrica «Canta Ribero los males de Amor», e continuada por este verso: «Ansi cantó Ribero, etc.». Não será, na verdade, um texto realmente de Bernardim, que Sá de Miranda intercalou, possivelmente traduzindo-o para castelhano? São oito estrofes de paradigma *abCabCcdeeDfF,* com *commiato AbB* repetindo o esquema final das estrofes, como o da célebre e muito imitada canção de Petrarca *Chiare, Fresche, etc.* O poema pode ser uma hábil evocação — feita por Miranda — dos temas e motivos do seu amigo: mas, ele sim, mereceria investigação como de Bernardim. Mais adiante, no mesmo *Epitalâmio,* vem outra canção de igual extensão e paradigma.

7 Será interessante, para precisar as ilações sobre o petrarquismo feitas no texto, fornecer aqui alguns dados extraídos da nossa tese *Os Sonetos de Camões e o Soneto Quinhentista Peninsular — as questões de autoria, nas edições da obra lírica até às de Álvares da Cunha e de Faria e Sousa, revistas à luz de um inquérito estrutural à forma externa, e da evolução do soneto quinhentista ibérico, com apêndices sobre as redondilhas em 1595-98, e sobre as emendas introduzidas pela edição de 1598,* S. Paulo, 1964, edição mimeografada que teve distribuição muito restrita, e cuja reedição em volume, revista e ampliada, está em preparação. [Lisboa, 1969; 2.ª ed., Lisboa, 1981]. Petrarca, nos seus sonetos, usou sete formas diversas de rimar os tercetos. Dessas sete, uma não é usada por nenhum dos seguintes poetas: Ariosto, Miranda, Boscán, Cetina, Garcilaso, António Ferreira, Diogo Bernardes, Camões (edição de 1595-98). Usam-na acidentalmente Bembo, Diego Hurtado de Mendoza e Andrade Caminha (ou variações dela). Já a citámos em nota ao 1.º capítulo da Segunda Parte da presente obra. Quanto aos outros seis esquemas rítmicos, canónicos, e de Petrarca, para os tercetos de soneto, só Ferreira usa deles todos, usando ainda de mais dois, não-petrarquianos, que são comuns a Ariosto, Bembo, Garcilaso e Andrade

Caminha. Se considerarmos os quatro esquemas preferenciais de Petrarca, com as suas respectivas percentagens, observaremos que só lhes dão a mesma ordem de preferência (mas com percentagens diversas) três poetas: Cetina (que só usa os dois primeiros), Mendoza (que usa os três primeiros) e Camões, que usa dos quatro, como, com diversas ordens de preferência, fazem só Ariosto, Bembo, Boscán e Ferreira. Se chamarmos *obediência* a Petrarca a soma das percentagens desses poetas todos, para esses quatro esquemas preferenciais petrarquianos (usem ou não de todos eles), teremos o seguinte:

Petrarca	98	%
Ariosto	73,5	
Bembo	75,6	
Miranda	97	
Boscán	100	
Garcilaso	88	
Cetina	88	
Mendoza	61	
Caminha	61	
Ferreira	58	
Bernardes	93,5	
Camões	100	

Nesta lista, a ordenação cronológica (que apenas alteramos para Bernardes e Camões) evidencia nitidamente, depois de Petrarca, *cinco* grupos que definem a evolução (em soneto) do petrarquismo. No primeiro (Ariosto e Bembo), temos a preparação do retorno a Petrarca (de que Bembo foi o grande arauto). No segundo, o dos inovadores peninsulares (Miranda e Boscán) que aderem ao movimento, a obediência é ainda maior, ou iguala a do próprio Petrarca. No terceiro, que é o da geração seguinte (aqui representada por Garcilaso e Cetina, mas que o poderia ser também pelo infante D. Luís, que apresenta a mesma percentagem que eles nos sonetos que lhe foram atribuídos), a obediência desce. Ela, dilui-se no quarto grupo, que é o dos cortesãos ibéricos (Mendoza, Caminha, Ferreira). Bernardes já tem uma atitude de outra época que é a definida por Camões que, nos sonetos *autênticos* da edição de 1598, *só usa dos quatro esquemas preferenciais de Petrarca, e de mais nenhum outro*. Um amplo quadro geral, que também estabelecemos, de todos estes poetas e das formas todas de que usam, confirma e amplia esta caracterização, que está de acordo com o que vimos dizendo para a canção petrarquista. Se fizéssemos o mesmo estudo para Aldana e para Herrera, ulteriores a Camões (e, como ele, componentes do Maneirismo peninsular), encontraríamos uma obediência igual à dele: 100 %. É de notar que a obediência petrarquista em sonetos se processa sempre a um nível mais intenso que a das canções, e mais regularmente. Não admira que assim seja: o prestígio e o cultivo do soneto firmaram-se na Itália muito antes, e a canção petrarquista, como vimos, não apela igualmente para todos os poetas.

216

2) *AS CANÇÕES DE GARCILASO E DE BOSCÁN — INQUÉRITO ESTRUTURAL*

Garcilaso de la Vega e Juan Boscán; nascido o primeiro em 1503, dezasseis anos depois do segundo, e morto em combate seis anos antes da morte dele, é lugar comum da crítica apontar a antítese que são como biografia e como personalidade poética os dois amigos. É breve e esteticamente refinada a obra do cavaleiro, grande senhor, protótipo viril de quem tinha numa das mãos a espada e na outra a pena. Mais extensa que a do toledano, e mais pesada de reflexão literária, é a do barcelonês, preceptor de duques, tradutor do *Cortegiano,* de Castiglione, de que o amigo e prefaciador da tradução seria a réplica viva. Na obra de Garcilaso, as canções, em número de cinco, ombreiam com três éclogas, duas elegias, uma epístola, alguns sonetos. Na de Boscán, em que a «medida velha» é mais largamente cultivada, as novas formas ou géneros são representados sobretudo por canções e sonetos, duas epístolas, umas oitavas. Quer num, quer noutro, as canções ocupam, pois, lugar preeminente. Submetamo-las a um inquérito estrutural[1].

Agrupámos num quadro as 5 canções de Garcilaso de la Vega e as 10 canções de Boscán, inscrevendo apenas, como fizemos para as 29 canções de Petrarca, o número de estrofes e os diversos totais de versos (da estrofe, do *commiato,* do total geral), ou sejam as colunas correspondentes às quatro primeiras que fixámos para o quadro geral das canções de Camões. Observemos agora o seguinte:

I) *Número de estrofes.*

1. Tanto Garcilaso como Boscán escreveram uma canção inteiramente anormal. A de Garcilaso é-o pelo carácter miniatural da estrofe, o número elevado de estrofes e a ausência de *commiato.* A de Boscán é-o apenas pelo desmedido número de estrofes, de que o poeta se desculpa no *commiato.*

2. Excluída, para Garcilaso, a canção anormal, o número de estrofes oscila-lhe entre 4 e 8; e todas as canções possuem *commiato.* Excluída, para Boscán, a canção com trinta estrofes, o número de estrofes oscila, para as nove restantes, entre um mínimo de 7 e um máximo de 13; e *todas* as canções (mesmo a excluída) possuem *commiato.*

3. As médias, sem as canções desmedidas, são, para Garcilaso, 6 estrofes com *commiato;* e, para Boscán, 9 estrofes com *commiato.*

217

QUADRO GERAL

Autor	1.ᵒˢ versos	Número de estrofes	Número de versos			Observações
			Estrofe	Commiato	Total	
Garcilaso	Si a la region desierta, inhabitable	4+e	13	7	59	Mínimo.
	La soledad siguiendo[1]	5+e	13	3	68	—
	Con un manso ruido[1]	5+e	13	8	73	—
	El asperesa de mis males quiero	8+e	20	9	169	Máximo.
	Si de mi baja lira	22+0	5	—	110	—
	Médias { Com a última	9+e	13	5	96	—
	Sem a última	6+e	15	7	92	—
Boscán	Quiero hablar un poco	30+e	15	3	453	Máximo I.
	Claros y frescos rios	13+e	13	3	172	—
	Gentil senora mia	7+e	15	3	108	Mínimo.
	Ya yo vivi y anduve ya entre vivos	10+e	13	7	137	—
	Yo voy siguiendo mis procesos largos	10+e	18	10	190	Máximo II.
	Tiéntame zmor con peligrosas pruebas	7+e	15	7	112	—
	Anda en revueltas el zmor conmigo	9+e	13	7	124	—
	Gran tiempo ha que amor me dice: Escribe	8+e	18	10	154	—
	Bien pensé yo pasar mi triste vida[1]	9+e	15	3	138	—
	Gran tiempo amor me tuvo de su mano[1]	10+e	15	3	153	—
	Médias { Com a primeira	11+e	15	6	174	—
	Sem a primeira	9+e	15	6	143	—
	Média de ambos os poetas					
	Com inclusões	10+e	14	6	135	—
	Sem inclusões	8+e	15	7	118	—
	Média	9+e	15	7	127	
	Valores dominantes...............................	—	13	3	—	—

[1] Canções «ideais».

4. Nas quatro canções análogas de Garcilaso, 2 (ou seja 50 %) aproximam-se desse valor médio seu; nas nove canções análogas de Boscán, 6 se aproximam do valor médio delas.

5. Se as médias de ambos os poetas podem significar uma impressão conjunta de dimensão estrutural, e de escala, no espírito de quem leu as obras deles, essas médias, para ambos, dos quatro valores médios determinados, oscilam entre 8 e 10.

II) *Número de versos por estrofe.*

1. A canção anormal em Garcilaso é-o também quanto a este número. Sem ela o valor médio dos versos por estrofe é 15; com ela é 13. A canção anormal de Boscán é-o apenas pelo número de estrofes, que, em média, com ela ou sem ela, é também 15.

2. Porém, em Garcilaso, 3 das cinco canções têm 13 versos por estrofe. E, em Boscán, 5 das dez canções têm 15 versos por estrofe, números sem dúvida característicos para cada um deles.

III) *Número de versos por* commiato.

1. Já vimos que, com excepção de uma citada canção de Garcilaso, todas as canções dos dois poetas possuem *commiato*.

2. Nas quatro canções «canónicas» de Garcilaso o número de versos é diferente no *commiato* de cada uma. A média, porém, é 7, valor de que duas canções se aproximam (50 %).

3. Nas dez canções de Juan Boscán a média é 6. Mas metade das canções têm versos por *commiato*.

IV) *Total dos versos.*

1. O número total de versos oscila, para Garcilaso, entre um mínimo de 59 e um máximo de 169, e dentro destes dois valores contém-se o número de versos da canção «não-canónica».

2. Em Boscán, se excluirmos os 453 versos da canção extensa (máximo I), a oscilação do número total de versos processa-se entre um mínimo de 108 e um máximo II de 190.

3. As amplitudes são, nos casos acima descritos, muito diversas para os dois poetas:

Garcilaso: 169 — 59 = 110
Boscán : 190 — 108 = 82

4. O valor médio dos limites extremos, de certo modo um índice do fôlego de cada um na forma canção (ou, inversamente, da concisão respectiva), é 114 para Garcilaso e 149 para Boscán.

V) *Percentagem de versos de 6 sílabas e esquema estrófico.*

Tal como fizemos para as canções de Petrarca, investiguemos agora, num outro quadro, as percentagens de versos de 6 sílabas e os esquemas estróficos daquelas canções de Garcilaso e de Boscán que se aproximam dos esquemas médios ideais que o quadro anterior nos forneceu. Essas canções são duas de Garcilaso (com 5 estrofes, *commiato* e 13 versos por estrofe) e 2 de Boscán (com 9-10 estrofes, *commiato* e 15 versos por estrofe).

Estas quatro canções não são apenas representativas, em função do que acabámos de apontar. São-nos também da medida do verso inicial, em cada um dos poetas. Com efeito, 3 das cinco canções de Garcilaso (60 % delas) começam por verso de 6 sílabas, enquanto 7 das dez canções de Boscán (70 % delas) iniciam-se com verso de 10 sílabas.

VI) *Percentagem do verso de 6 sílabas em relação ao total dos versos.*

1. Nas duas canções de Garcilaso que seleccionámos como ideais, adentro dos esquemas dele, a percentagem é igual: 68 %.

2. Nas duas canções de Boscán, seleccionadas pelos mesmos motivos e pelo mesmo método, a percentagem é também igual para ambas: 13 %.

3. Estes valores característicos não devem fazer-nos esquecer que a mais extensa canção de Garcilaso *(El aspereza de mis males quiero)*, com 1 verso de 6 sílabas por estrofe, e nenhum no *commiato,* tem uma percentagem excepcionalmente baixa: 5 %.

VII) *Esquema métrico das estrofes.*

1. A alternância dos versos de 6 e de 10 sílabas é de regra nos dois pares de canções, portanto em Garcilaso e em Boscán.

2. O número de grupos de alternância é maior para Garcilaso (8) que para Boscán (5), que ambos repetem os respectivos números.

VIII) *Esquema métrico do* commiato.

1. Três das 4 canções seleccionadas repetem, no esquema do *commiato,* o do número correspondente de versos finais da estrofe. É exactamente o que sucede com as canções, com *commiato,* de Garcilaso.

2. Concomitantemente, o número de grupos estróficos é muito variável, mas entre 1 e 6.

IX) *Esquema rímico das estrofes.*

1. Para todos os efeitos, o número de grupos rímicos é 3, com a ressalva de, em 2 das 4 canções, o par de rimas finais estar ligado a uma rima solta no grupo anterior.

2. O 1.º grupo é *abcabcc* nas duas canções de Garcilaso. É *abcbacc* nas duas de Boscán.

3. Observemos que o 2.º grupo, se é *deed* nas de Garcilaso, não se afasta dele nas duas de Boscán, em que esse núcleo está intacto e apenas prolongado com uma rima no que seria um 3.º grupo.

X) *Esquema rímico do* commiato.

1. Predomina o esquema $a+bb$, em que a é rima solta.

2. A maioria das canções repete o esquema de igual número de versos finais das estrofes.

XI) *Número de rimas por estrofe.*

Este número é 6 para as quatro canções.

XII) *Número de rimas por* commiato.

Predomina, como resulta do número X, o esquema de duas rimas.

XIII) *Aspectos da variabilidade rítmica.*

O que discreteámos e estabelecemos para as canções de Camões e de Petrarca, podemos repeti-lo identicamente para as de Garcilaso e de Boscán, que seleccionámos. Apenas para quatro canções não será necessário estabelecer um quadro prévio. Limitemo-nos a calcular pela expressão:

$$\frac{\text{Número de estrofes} \times \text{índice da estrofe} + \text{índice do } commiato}{1 + \text{número de estrofes}}$$

a variabilidade total, em que os índices da estrofe e do *commiato* são calculados por

$$\frac{\text{Número de grupos métricos} \times \text{números de rimas}}{\text{Número de versos} \times \text{número de grupos rímicos}}$$

Para simplificar, chamemos, no quadro, G_1 e G_2 às duas canções de Garcilaso e B_1 e B_2 às de Boscán.

Designação	Indice de estrofe	Indice do *commiato*	Variabilidade total
G1	1,23	1,00	1,19
G2	1,23	1,50	1,28
B1	0,67	0,33	0,64
B2	0,67	0,33	0,64

Observemos, a partir deste pequeno quadro, o seguinte:

1. O índice da estrofe para Garcilaso é 1,23.
2. Maior ou menor que esse valor em 20 %, o índice do *commiato* altera-o pouco.
3. Um valor médio da variabilidade total ideal, em Garcilaso, será 1,24.
4. A identidade de valores, para Boscán, é perfeita: 0,67 para as estrofes, 0,33 para os *commiatos,* e 0,64 para a variabilidade total.
5. Os valores do índice da estrofe e da variabilidade total, em Boscán, são cerca de 50 % dos respectivos valores em Garcilaso.
6. Dá-se intensificação ou abrandamento em Garcilaso. Apenas abrandamento, ainda que moderado, em Boscán.

3) *COMPARAÇÃO ENTRE O INQUÉRITO ESTRUTURAL ÀS CANÇÕES «CANÓNICAS» DE CAMÕES E O MESMO INQUÉRITO ÀS CANÇÕES DE GARCILASO E DE BOSCÁN*

Cotejemos, valor por valor, os resultados obtidos nos dois inquéritos, tal como fizemos para a comparação com Petrarca. Vimos, da análise das dez canções «canónicas» de Camões, a existência de um *protótipo médio ou ideal,* para o qual tendem as canções. Um quadro geral das canções de Garcilaso e das 10 de Boscán deu-nos os valores respectivos das características numéricas correspondentes às primeiras colunas do quadro geral camoniano (número de estrofes, número de versos por estrofe, número de versos do *commiato,* número total de versos). Estas características autorizaram-nos a procurar e seleccionar, das quinze, as que mais se aproximavam do cânon médio de Camões. Eram duas canções de Garcilaso e duas canções de Boscán. Para estas quatro foi prosseguido o inquérito, com o cálculo das características mais complexas, ou compostas. Observemos agora, face a face, Camões e o par espanhol de poetas.

Número de estrofes.

1. Todas as canções «canónicas» de Camões possuem *commiato,* tal como as canções de Boscán. Das cinco de Garcilaso, uma, que é inteiramente anormal quanto às suas características, não o possui.

2. O número de estrofes, em Camões, oscila entre 4 e 12. Excluídas a canção anormal de Garcilaso (com 22) e uma canção anormalmente extensa de Boscán (com 30), o número de estrofes varia entre 4 e 8 para Garcilaso e entre 7 e 13 para Boscán.

3. Sem as canções desmedidas, as médias do número de estrofes são, para Garcilaso, 6; e para Boscán 9 estrofes. Se os dois poetas podem ter um significado conjunto, a média de ambos é 8. Em Camões, o valor médio «canónico» é 7.

4. Em Camões, *seis* canções se aproximam de ou têm aquele valor 7. Só duas das quatro análogas de Garcilaso se aproximam de 6, enquanto 6 das nove análogas de Boscán se aproximam de 9, valor médio delas.

5. Resumindo, quanto ao número de estrofes das canções: Camões, se não desceu abaixo do mínimo nos dois poetas (4 em Garcilaso), ultrapassou de 50 % o limite máximo de Garcilaso, ficando aquém do máximo de Boscán (13). *O seu valor médio (7) está entre a média de Garcilaso (6) e a média de ambos os poetas (8).* E, com 6-7-8 estrofes, há *seis* canções «canónicas» (mas apenas *uma* de Garcilaso e *três* de Boscán).

Número de versos por estrofe.

1. Excluindo a canção de Garcilaso com número anormalmente baixo de versos por estrofe, a média do número de versos por estrofe é, para ele, 15. Essa canção faz baixar a média para 13,

223

valor dominante em três das cinco canções. Em Boscán, cuja média é 15 também, metade das suas dez canções têm 15 versos por estrofe. Em Camões, o valor médio «canónico» é 15.

2. Mas, enquanto a variação em Camões vai de 13 a 20, como em Garcilaso (nas quatro canções normais), essa variação em Boscán faz-se entre 13 e 18.

3. Do que podemos concluir que, quanto ao número de versos por estrofe, Camões respeitou o limite normal e comum aos dois poetas (13), que é também o seu, e, ultrapassando o limite de Boscán, usou como limite máximo o de Garcilaso (20). Esse limite mínimo é valor dominante em Camões, como em Garcilaso. A identidade, nos três, do valor médio (15) mostra que todos se ativeram a uma extensão ideal, que é ligeiramente superior à de Petrarca (14). Mas, enquanto Boscán se atinha efectivamente a ela (metade das canções o têm), Garcilaso não a buscou na prática, e Camões adoptou uma posição *intermédia* (três das suas dez canções «canónicas» têm 15 versos por estrofe).

Número de versos do commiato.

1. Em Camões, esse valor varia entre 3 e 9, dominando o primeiro, que seis canções têm nos seus *commiatos*. São esses os limites de Garcilaso, mas, nele, nenhum valor é dominante. Em Boscán, a variação processa-se entre 3 e 10, dominando o valor 3 (cinco canções).

2. Camões usou dos limites de Garcilaso, mas preferiu um valor dominante que é o de Boscán.

Total dos versos.

1. Em Garcilaso, o número total de versos oscila, para as cinco canções, entre 59 e 169. Em Boscán, se excluirmos a canção desmedidamente extensa, essa variação dá-se entre 108 e 190. Em Camões, o total dos versos vai de 60 a 249.

2. Segundo esses valores, a amplitude de Garcilaso é 110, a de Boscán é 82 e a de Camões 189 (valor que desce abruptamente para 63, se excluirmos a sua canção desmedida em relação à maioria do cânone).

3. O valor médio dos limites extremos é 114 para Garcilaso, 149 para Boscán (com exclusão da canção de 453 versos) e 107 e 91 para Camões (com ou sem a canção X).

4. Concluindo: Camões respeitou o limite mínimo de Garcilaso, do qual se aproximou em apenas uma canção, e em nove das suas canções ficou muito aquém do limite máximo de Garci-

laso (169, quando das nove camonianas menos longas a maior tem 123). Mas, na sua canção extensa, ultrapassou de 50 % esse limite máximo; e também ultrapassou o limite máximo de nove canções de Boscán (190) em 30 %, mantendo-se, porém, a menos de metade da extensão da canção anormal deste último poeta. A amplitude de Camões é, assim, superior às dos dois poetas (com a canção X), ou inferior às deles (sem a dita canção), enquanto a média dos limites extremos é, em qualquer caso, inferior às de ambos. Isto tudo significará que Camões buscou coerentemente *uma forma ideal que se afasta da de ambos,* e que, num caso, deliberadamente criou uma canção que mostra ele ser capaz de uma amplitude superior que sabe conter-se, todavia, em limites que não deformam substancialmente a estrutura canónica.

Medida dos versos.

1. Todos, Garcilaso, Boscán e Camões, são fiéis a um cânone de uso de versos de 10 e 6 sílabas.

2. Garcilaso inicia 3 das suas cinco canções com hexassílabos (60 %). Boscán, pelo contrário, só inicia por tal medida 3 das suas dez canções (30 %). Em Camões 5 das suas dez canções iniciam-se por verso de 6 sílabas (50 %).

3. Em Garcilaso iniciam-se, com verso de 10 sílabas, a canção mais curta e a mais longa; o mesmo sucede em Boscán (quer se exclua ou não a canção desmesurada na extensão). *Em Camões, com uma única excepção, o início com decassílabo está estritamente conexo com a extensão das canções;* e a excepção demonstrado ficou que o não é, mas peculiar conquista de um equilíbrio entre a leveza e a extensão.

4. Em resumo: quanto à medida dos versos, os três poetas quinhentistas são fiéis ao cânone de Petrarca (versos de 6 a 10 sílabas). Mas, em Camões, ao contrário dos outros dois, para os quais *não há* nexo entre a extensão da canção e a medida do verso inicial das estrofes, existe por forma estrita e coerente esse nexo.

Percentagem de verso de 6 sílabas em relação ao total dos versos.

1. Nas duas canções de Garcilaso, que seleccionámos por mais afins do cânone ideal de Camões, a percentagem é a mesma e igual a 68 %. Nas duas de Boscán, seleccionadas pelo mesmo critério, essas percentagens são também iguais entre si e a 13 %. A variação da percentagem, em Camões, vai de 5 a 68 %. A canção mais extensa de Garcilaso *(El aspereza de mis males quiero)*, com 1 verso de 6 sílabas por estrofe e nenhum no *envoi* (tal como a X

de Camões, que é 50 % mais longa), tem excepcionalmente 5 % de versos de 6 sílabas no total. Em Camões, uma canção tem 68 %, além de outra ter 66 %. Mas nenhuma das canções tem 13 %.

2. Camões, ao que se vê, moveu-se livremente nos limites mínimo e máximo de percentagem, dados respectivamente por Garcilaso e por Boscán, mas não seguiu a percentagem ideal deste, embora tenha experimentado (em 40 % das canções) com a percentagem ideal de Garcilaso.

Esquema métrico das estrofes.

1. As canções ideais de Garcilaso têm ambas 8 grupos estróficos; e 5 grupos as de Boscán. *Três* canções de Camões têm 8 grupos, e *duas* têm 5.

2. Quanto ao esquema, nas duas canções de Camões que têm 5 grupos, esses grupos não são todos correspondentemente idênticos, pelo que os dois esquemas divergem. Um deles é paralelo do esquema comum às duas canções de Boscán, com uma diferença: menos três versos no 1.º grupo de alternância métrica. Nas três canções camonianas e canónicas, com 8 grupos, as três têm o mesmo esquema estrófico, que é o de uma das duas canções ideais de Garcilaso *(Con un manso ruido)*.

3. Quanto ao esquema métrico, a forma ideal de Camões aproxima-se de Garcilaso (em três canções coincide com uma das dele) e tende a afastar-se de Boscán.

Esquema métrico do commiato.

1. Garcilaso, em todas as suas canções com *commiato* (4 das 5), repete o esquema de versos finais da estrofe. Boscán, nas duas canções ideais, repete-o numa, e noutra não. Camões repetiu-o em oito das dez canções, sendo assim simultaneamente fiel e livre; a repetição faz-se na proporção da totalidade das canções de Garcilaso, mas não é regra absoluta.

2. Duas canções canónicas de Camões (I e II) têm o mesmo esquema que as duas ideais de Boscán, e são ambas das que repetem o esquema final da estrofe. Uma delas é a que se aproxima, com a divergência apontada, do esquema estrófico comum a essas duas canções de Boscán. A outra, porém, nada tem de comum com estas, quanto à estrofe. Três canónicas de Camões (III, VI, IX) imitam o esquema da primeira ideal de Garcilaso; mas o esquema da estrofe é o da *outra* ideal, para duas delas, enquanto a estrofe da outra (IX) não coincide com Garcilaso, nem com Boscán.

3. Quanto ao esquema métrico do *commiato,* Camões, se segue, embora livremente, a regra de repeti-lo no final da estrofe, não aceita como modelos os esquemas dos dois poetas espanhóis, e sobretudo não estabelece entre o esquema do *commiato* e o da estrofe as mesmas subordinações.

Esquema rímico das estrofes.

1. O esquema rímico da primeira canção ideal de Garcilaso é o das três canções canónicas de Camões, que têm um esquema idêntico (IV, VI, VIII). O esquema comum às duas ideais de Boscán não existe nesse cânone.

2. Quanto ao esquema rímico das estrofes, Camões sem dúvida teve gosto especial pelo da canção de Garcilaso *La soledad siguiendo.* Mas acontece que, das três canções de Camões que seguem o rímico daquela, só uma (a VI) tem o mesmo esquema estrófico.

3. A independência de Camões, em relação a Garcilaso e Boscán, é, portanto, e quanto ao esquema rímico das estrofes, total, ao contrário das primeiras aparências.

Esquema rímico do commiato.

1. A primeira canção ideal de Garcilaso e as duas de Boscán têm, no *commiato,* o esquema rímico $a+bb$. Este esquema é comum a 6 das canções canónicas de Camões. O esquema da segunda canção ideal de Garcilaso é idêntico ao da IV canónica de Camões, e ambas têm o mesmo esquema métrico na estrofe e no *commiato.* Quanto àquelas 6 canções, não há que aprofundar a análise, já que a existência de par rímico no final das estrofes (regra em Camões, como em Garcilaso e em Boscán), implica aquele esquema *abb,* quando haja repetição de esquema métrico num *commiato* de três versos, como é habitual em Camões.

2. Em resumo, apesar das aparências, a subordinação de Camões a modelos não é maior, quanto ao esquema rímico do *commiato,* do que já ficara demonstrado que não era para o esquema estrófico.

Número de rimas por estrofe.

1. As quatro canções ideais têm 6 rimas por estrofe. Esse é o número em sete das dez canções de Camões.

2. Quanto aos possíveis modelos do par espanhol, Camões mantém a sua independência em relação ao número de rimas por estrofe.

Número de rimas do commiato.

1. Três das canções «ideais» (uma de Garcilaso e as duas de Boscán) têm duas rimas no *commiato*. É decorrência do esquema *abb*, e por isso seis canções canónicas de Camões têm, também, 2 rimas.

2. Destas circunstâncias não resulta nenhum argumento em favor de dependência estrita, como já víramos para outros aspectos do *commiato*.

Índice de variabilidade das estrofes.

1. É, nas duas canções de Garcilaso, 1,23; e é 0,67 nas duas de Boscán. Em Camões há três canções com 1,23 (IV, VI, VIII), e nenhuma com 0,67, valor que se encontra fora dos três grupos canónicos de variabilidade das estrofes.

2. Daquelas três canções «canónicas», a IV coincide com a segunda canção ideal de Garcilaso *(Con un manso ruido)*, enquanto as outras duas *parecem* coincidir com a primeira «ideal» do mesmo poeta *(La soledad siguiendo)*, já que o esquema métrico da estrofe é, nelas, o daquela segunda ideal.

3. Do que resulta Camões ter experimentado, em 3 das suas 10 canções, a variabilidade estrófica e os esquemas métricos das estrofes das duas canções «ideais» de Garcilaso.

Índice de variabilidade do commiato.

1. Este índice é, respectivamente, 1,00 e 1,50 nas duas canções de Garcilaso; e 0,33 para ambas as de Boscán. Três canções de Camões têm 1,00 (V, VI e IX), uma tem 1,50 (IV) e duas 0,33 (I, II).

2. As três canções camonianas com 1,00 têm, no *commiato*, o mesmo esquema métrico, e rímico, que a de Garcilaso *(La soledad siguiendo)*. Mas só uma delas (VI) tem igual variabilidade estrófica. A canção IV *não tem*, no *commiato*, o mesmo esquema métrico e rímico que a de Garcilaso de igual índice do *commiato*. As duas canções com 0,33 (I, II) têm esquemas métricos e rímicos do *commiato* iguais ao comum às duas «ideais» de Boscán. Mas, quanto aos outros valores, e ao esquema métrico e rímico das estrofes, elas *não são* idênticas entre si, *nem a nenhuma* das duas de Boscán.

3. Tal como vimos para o índice da estrofe, a identidade observa-se entre Camões e Garcilaso, e em circunstâncias peculiares que não se registam para Boscán.

Variabilidade total.

1. As duas canções de Garcilaso têm, respectivamente, 1,19 e 1,28 de variabilidade total. É 0,64 a variabilidade total das duas de Boscán. Uma canção de Camões (VI) tem 1,20; e duas (IV, V) 1,28. O valor 0,64 está fora dos grupos de variabilidade camoniana.

2. A canção camoniana com 1,20 difere da canção de Garcilaso *La soledad siguiendo* apenas pelo número de estrofes (mais 3) e, consequentemente, pelo total dos versos.

3. A canção IV difere da canção de Garcilaso *Con un manso ruido* no número de estrofes (menos uma), no número total dos versos (menos treze), *e no esquema rímico da estrofe.*

4. A canção V difere desta segunda canção «ideal» de Garcilaso, *totalmente,* em parâmetros elementares, e nos esquemas métricos e rímicos da estrofe e do *commiato.*

5. Quanto à variabilidade total das canções observa-se que, no que respeita à forma externa, das dez canções canónicas de Camões, uma imita uma das canções ideais de Garcilaso estritamente, enquanto outra imita a outra, alterando-lhe o esquema rímico da estrofe.

6. Em valores médios, porém, temos 1,24 para Garcilaso e 0,64 para Boscán de variabilidade total. O valor médio das variabilidades totais das dez canções canónicas de Camões é 0,93. Se tomarmos, para as quatro canções «ideais» de Garcilaso e de Boscán, a média dos limites mínimo e máximo de variabilidade, teremos

$$\frac{1,28 + 0,64}{2} = 0,96$$

Este último valor médio é, para Camões, 0,89. Todas estas médias demonstram-nos sensacionalmente o seguinte: *ainda quando Camões tenha imitado, na forma externa* (e só dessa verificação estamos tratando), *as duas canções de Garcilaso, que seriam idealmente configuradas como ponto de partida para a forma ideal que ele buscava, o conjunto das suas realizações na canção define um cânone de variabilidade, exactamente médio do que aquelas duas canções de Garcilaso e as duas canções igualmente ideais de Boscán (às quais não imitou) lhe davam como exemplo.*

Com efeito: $\dfrac{1,24 + 0,64}{2} = 0,94$ (média de Garcilaso e de Boscán).

E, praticamente, são iguais este valor, a média de Camões e a média dos limites de variabilidade em Garcilaso e Boscán. E aquele cânone médio caracteriza-se por uma austeridade na amplidão da variabilidade total, comprovada pelo facto de 0,89 ser inferior a 0,96.

Comparação de índices, e influência do commiato *na variabilidade total.*

1. Nas duas canções «ideais» de Garcilaso, a influência é necessariamente a mesma que se observou nas duas, que lhes são análogas, de Camões; ou seja, respectivamente, uma divergência positiva de 0,23 na primeira, e negativa de 0,27 na segunda.

2. Nas duas canções «ideais» de Boscán, a divergência — igual para ambas — é 0,34, valor positivo este que quase coincide com o de uma canção camoniana. Mas esta canção tem índice da estrofe *duplo* do das canções de Boscán.

3. Nas quatro canções «ideais» supra-referidas predomina, por influência do *commiato,* o abrandamento do índice da estrofe, para constituir-se a variabilidade total (3 canções em 4, ou sejam 75 %). Em Camões, igualmente predomina o abrandamento, e numa idêntica proporção (7 canções em 10, ou sejam 70 %, embora em duas das canções o abrandamento seja praticamente nulo). Esse abrandamento é, porém, em Boscán, maior do que o aplicado por Camões em canções de baixo índice estrófico.

4. Quanto aos aspectos em epígrafe, podemos concluir que, mesmo incluindo os dois casos específicos em que Camões se aproxima das duas canções «ideais» de Garcilaso, ele, na sua pesquisa de uma forma cuja índole se conformasse com a sua personalidade, preferiu seguir o exemplo do abrandamento, que os dois poetas lhe davam, a ater-se à intensificação e ao abrandamento, igualmente usados, como era exemplo isolado de Garcilaso, que, quanto à forma externa das canções, ele imitou duas vezes no cânone ideal.

Conclusões finais.

Compendiemos agora as conclusões a que chegámos, ao compararmos os sucessivos aspectos da forma externa nas canções «canónicas» de Camões e nas de Garcilaso e Boscán.

1. Usando *commiato,* como sempre Boscán e nem sempre Garcilaso, Camões, quanto ao número de estrofes, se não desceu abaixo do mínimo dos dois poetas (4 em Garcilaso), ultrapassou de 50 % o limite máximo de Garcilaso, ficando aquém (com 12) do máximo de Boscán (13). O seu número médio de estrofes (7) está entre a

média de Garcilaso (6) e a média de ambos os poetas (8), havendo *seis* canções canónicas com 6-7-8 estrofes, valores só existentes em uma canção de Garcilaso e em três de Boscán. De tudo isto resulta uma base objectiva para, em princípio, afirmarmos que Camões se coloca, na sua pesquisa de uma forma ideal e pessoal para a canção, e quanto ao número de estrofes, *entre a sugestão exercida por Garcilaso e a sugestão conjunta exercida pelos dois poetas.*

2. A mesma suposição se pode fazer quanto ao número de versos por estrofe, já que, se Camões usou como limite mínimo o comum a ambos os poetas, avançou até ao maior dos máximos, que é o de Garcilaso, criando um valor médio (14), que, aliás comum a ele e aos outros dois, só ele respeita equilibradamente no seu gosto de variar. Com efeito, Garcilaso não tem qualquer canção com esse número de versos por estrofe, ele tem três (30 %), e Boscán metade das suas canções. Mas três canções de Camões têm o mesmo número de versos (13) que é dominante em Garcilaso.

3. O mesmo equilíbrio se observa quanto ao número de versos do *commiato,* para o qual Camões se fixou nos limites de Garcilaso, mas preferiu como dominante um valor que é dominante em Boscán.

4. Quanto ao total de versos, valor em que se combinam os três anteriores, vimos que Camões buscou coerentemente uma extensão ideal que se afasta da de ambos, superando os limites máximos normais a eles; e que, num caso de criação excepcionalmente extensa, mostrou ser capaz de uma amplitude que, todavia, sabia conter-se num limite que não deformasse a sua extensão «canónica», como Boscán não faz.

5. Os três são fiéis ao cânone de uso de versos de 6 e 10 sílabas, como Petrarca. Mas, em Camões, ao contrário dos outros dois, que não estabelecem nexo entre a extensão da canção e a medida do verso inicial das estrofes, existe, e firmemente, esse nexo, embora 50 % das canções comecem, como em Garcilaso 60 %, por hexassílabo.

6. Quanto à percentagem desta última medida, Camões moveu-se livremente nos limites mínimo e máximo, dados respectivamente por Garcilaso e por Boscán, mas não seguiu nunca a percentagem ideal deste, enquanto 40 % das canções experimentam com a percentagem ideal de Garcilaso.

7. Quanto ao esquema métrico das estrofes, a maioria das canções afasta-se de Boscán, e tende a aproximar-se de Garcilaso (com cujo esquema de uma das canções ideais três de Camões coincidem).

8. Quanto ao esquema métrico do *commiato,* Camões segue a regra de repeti-lo do final da estrofe (ainda que não em absoluto),

mas não estabelece, na generalidade, as mesmas conexões que os outros dois poetas, entre esse esquema e o da estrofe.

9. A independência de Camões em relação aos dois poetas, no que se refere ao esquema rímico das estrofes, é total, com a ressalva de uma das canções canónicas imitar o esquema de uma das «ideais» de Garcilaso.

10. O mesmo se dirá do *commiato,* já que a analogia de uma maioria (6) de esquema *a+bb,* em Camões e nas quatro canções «ideais», não constitui uma lei, mas uma decorrência da repetição, em *commiato* de três versos, do esquema final da estrofe. E só em uma daquelas seis canções os esquemas integrais são o de uma canção «ideal» de Garcilaso.

11. Em relação ao número de rimas por estrofe: enquanto as quatro canções «ideais» têm 6 rimas por estrofe, Camões só em 6 das suas dez canções respeita esse valor.

12. Sobre o número de rimas do *commiato,* dir-se-á o mesmo que se disse no n.º 10, ante o facto de 6 canções de Camões terem 2 rimas.

13. Quanto ao índice de variabilidade da estrofe, verifica-se que Camões experimentou, em 3 das 10 canções «canónicas», a variabilidade estrófica (e os esquemas métricos das estrofes) das duas canções «ideais» de Garcilaso.

14. Do índice de variabilidade do *commiato* pode repetir-se o que foi dito anteriormente, restringindo-se, porém, o âmbito da aproximação com Garcilaso.

15. Quanto à variabilidade total das canções, observa-se que, no que respeita à *forma externa,* é possível precisar mais as verificações feitas. Das dez canções «canónicas» de Camões, uma imita uma das canções ideais de Garcilaso (mas com mais 3 estrofes), e outra imita a outra (mas alterando-lhe o esquema rímico da estrofe). Todavia, a análise dos valores médios autoriza-nos a aprofundar estes resultados e a afirmar que, ainda quando Camões tenha imitado, *na forma externa,* as duas canções de Garcilaso, que seriam idealmente configuradas como ponto de partida para a forma ideal que ele buscava, o conjunto das suas realizações na canção define um cânone de variabilidade, exactamente médio do que o par «ideal» de Garcilaso e o par ideal de Boscán (par que não imitou) lhe davam como exemplo.

16. A análise da contribuição do índice do *commiato* para a variabilidade documenta, porém, a que ponto era complexa e pessoal a maneira como Camões adoptava as sugestões alheias. De facto, mesmo incluindo os dois casos específicos em que Camões se aproxima das duas canções «ideais» de Garcilaso, ele, na sua pesquisa de uma forma cuja índole se conformasse com a personali-

dade sua, preferiu seguir o exemplo de abrandamento da variabilidade da estrofe, que os dois poetas *em conjunto* lhe davam, a ater-se à intensificação e ao abrandamento, igualmente usados, como era exemplo isolado do Garcilaso «ideal» que, quanto à forma externa, ele imitou duas vezes.

4) PROSSEGUIMENTO DO INQUÉRITO

Uma proximidade da 4.ª canção «canónica», *Vão as serenas águas,* e da canção «ideal» de Garcilaso, *Con un manso ruido,* tem sido notada[2]. Mais recentemente, os estudiosos têm preferido insistir na também já notada proximidade com a canção de Boscán *Claros y frescos rios,* que, como vimos, não faz parte, para Camões, do tipo «ideal» de Boscán[3]. A proximidade entre a 6.ª canção «canónica», *Com força desusada,* e a de Garcilaso *La soledad siguiendo,* que o inquérito à forma externa nos revelou, não nos consta que o tenha sido, e muito menos recentemente. Estas circunstâncias postulam algumas observações.

Repartamos tais observações em dois grupos: um reportando--se ao método de análise que vimos propondo e exemplificando; outro à necessidade e à forma de prossegui-lo.

Quanto ao nosso método, pareceria à primeira vista um desnecessário esforço escolástico estabelecer as características da forma externa das canções de Camões, extrair delas um cânone ideal, procurar no conjunto das canções de Garcilaso e de Boscán os tipos «ideais» mais conformes com aquele cânone, comparar este com esses tipos «ideais», para, no fim, encontrar uma proximidade com Garcilaso, já observada empiricamente e impressionisticamente, e *não* encontrar proximidade da mesma canção camoniana com Boscán, que tinha igualmente sido, e de idêntico modo empírico e impressionista, reconhecida também. A observação não colhe; e vejamos porquê. Além de havermos encontrado (e iremos encontrar ainda) certos parentescos formais individualizados com Garcilaso, *que não têm sido notados,* é do maior significado que o parentesco velhamente reconhecido entre uma canção de Camões e uma de Garcilaso, individualmente aproximadas pelos estudiosos, tenha decorrido de uma análise dedutiva em que a importância desse cotejo não só surgiu gradualmente da própria análise, como ficou enquadrada e situada na demonstração da originalidade de Camões quanto à forma externa. Relevar o cotejo de duas obras, sem que previamente tenha sido avaliada *objectivamente* a originalidade do autor em estudo, no conjunto da sua produção, em relação ao conjunto da produção do outro, é contribuir, por via *subjectiva,* para empanar uma originalidade que, para mais, não estava fenomenologicamente demonstrada. Isto quanto à aproximação com Garcilaso, no nosso caso concreto. A aproximação com Boscán e o facto de o nosso inquérito a não ter confirmado individualmente iluminam-se, uma e outra, de luz nova; e esta, por sua vez, contribui para acentuar o interesse do inquérito que vimos estabelecendo. Com efeito, ficou demonstrado que, *quanto à forma externa,* e independentemente de coincidências individuais desta ou daquela canção, *Camões situou a sua forma ideal numa posição média entre Garcilaso sozinho e a sugestão conjunta de Garcilaso e de Boscán.* Se, demonstrado objectivamente este comportamento de Camões, e *que é do maior interesse característico,* uma das canções (e aliás a mesma que se aproxima de Garcilaso) afinal seguirá também *uma* de Boscán (e *não* Boscán), isso reduz esta última proximidade às suas proporções modestas de coincidência formal e externa com uma canção que, no conjunto canónico, não desempenhou para Camões um papel prototípico. De resto, é muito provável que as duas canções paralelas, a de Garcilaso e a de Boscán, publicadas conjuntamente, tenham exercido uma sugestão simultânea em quem as leu ao mesmo tempo, *sugestão essa que se produziu,* como demonstrámos, *segundo uma diluição de Boscán na impressão mais dominante exercida por Garcilaso.* E isto nos conduz à necessidade de prosseguimento do inquérito.

É óbvio que os estudiosos, não tendo iniciado os seus cotejos por um sistemático inquérito estrutural à forma externa, como procurámos fazer agora, foram levados a aproximar a canção de Camões *Vão as serenas águas,* a canção de Garcilaso *Con un manso ruido,* a canção de Boscán *Claros y frescos rios,* e, mais antigo e original protótipo delas todas, a canção de Petrarca *Chiare, fresche, e dolci acque,* pelo idêntico início *aquático,* muito fácil de encontrar à leitura, sobretudo após a secura que o compulsar erudito dos textos literários não pode deixar de provocar. Mas aqui se insinuam precisamente as vantagens do inquérito estrutural à forma externa, e a discussão de como as investigações sistemáticas e objectivas devem ser prosseguidas. Não basta, com efeito, apontar que vários textos se iniciam de análogo modo expressivo, usando das mesmas ou de semelhantes imagens para tal início. Este processo, que demasiado seria qualificar de método, além de atentatório contra a determinação correcta da originalidade intrínseca e profunda[2], é *uma extrapolação típica da crítica erudita e externa, para o campo da crítica estrutural e interna.* Porque, entendamo-nos, os paralelos por si mesmos não levam a mais que uma verificação superficial, uma vez que são, ao serem exibidos, prova de que se esqueceu o que mais importa na consideração crítica de um texto: não só a sua autonomia fraseológica, mas, e sobretudo, a sua autonomia estrutural e global. A crítica que estabelece paralelos daquela ordem implicitamente confessa que não olha a obra de arte como uma estrutura *orgânica e organizada,* em que as partes e os paralelos não têm outra importância além daquela que representam na constituição do *todo* que a obra é. E esse todo é por de mais complexo, e num grande autor por de mais individualizado, para que as recorrências tópicas sejam, no seu carácter de parentesco formal, outra coisa que veículos de uma significação pessoal e original atribuída a certas representações verbais ou imagéticas de vivências arquetípicas.

Não basta apontar coincidências que para mais são tópicas. Necessário se torna determinar que função exercem num todo diverso e estruturalmente organizado. E não basta mostrá-las, e depois dizer que o autor, ao servir-se delas, foi muito original. É preciso determinar como, e de que modo o foi. E importa, acima de tudo, observar se, enquanto obra de arte, individualizada e orgânica, há paralelo profundo, onde e quando o paralelo superficial foi apontado entre essa obra e uma outra, tida como prototipicamente anterior a ela. Tudo isto, porém, não pode nem deve ser feito, tomando isoladamente as obras, antes de havê-las enquadrado na determinação das características que elas assumem na produção dos autores. Ainda quando Camões tivesse decalcado uma sua canção «canónica» numa canção de Garcilaso ou de Boscán, apenas teria ficado provado que decalcara *essa. E ficavam intactas as outras nove canções «canónicas», proclamando que esse decalque era, no âmbito da obra camoniana, um acidente.* E este acidente seria apenas significativo de uma mentalidade epocal que autorizava o decalque, já que não poderia sê-lo de que o decalque era elemento constitutivo da personalidade criadora de Camões.

A título exemplar, prossigamos pois o nosso inquérito, restringindo-nos à canção camoniana *Vão as serenas águas.*

Já vimos que, quanto à forma externa, a identidade entre essa canção e a canção de Garcilaso *Com un manso ruido* é completa, menos no que se refere ao número de estrofes (tem 4 e a de Garcilaso 5), e ao esquema rímico da estrofe. Este esquema rímico é, em Camões, o da canção de Boscán *Claros y frescos rios,* que por sua vez já era o da de Petrarca *Chiare, fresche, e dolci acque.* A canção de Boscán, porém, tem 13 estrofes, e oito versos no *commiato,* enquanto este último tem três versos em Garcilaso e em Camões. A canção de Petrarca tem 5 estrofes, como a de Garcilaso, e *commiato* de 3 versos, como Garcilaso e Camões. De modo que, a partir do protótipo petrarquiano, Boscán, sempre mais extenso, aumenta o número de estrofes e o de versos do *commiato,* enquanto Garcilaso e Camões se aproximam mais das dimensões do protótipo, que Garcilaso respeita, e que Camões não hesita em condensar ainda mais. E que Camões preferiu a condensação ao contrário de Boscán, é reiterado pelo facto de ambos terem seguido o esquema rímico de Petrarca, que Garcilaso não seguiu (caso em que a condensação de Garcilaso perde, assim, um nexo estrutural).

Uma comparação, mesmo rápida e superficial, entre a canção de Camões e a de Garcilaso mostra que, além do tópico do «lugar ameno», que Garcilaso coloca no *tempo actual* da canção e Camões no *tempo decorrido* que a sua canção rememora, e do tópico da «amante esquiva», e o do «apartamento», demasiado genéricos e comuns, não há qualquer paralelo possível entre as duas canções, além do facto, geograficamente incontroverso, de o Mondego e o Danúbio serem rios...

Quanto à canção de Boscán, que se diz traduzir a de Petrarca[5], o que não é verdade, já que em Petrarca predomina o desenvolvimento do *locus amenus* como contraste, e em Boscán o analitismo de uma situação psicológica colocada num lugar que, afora o frescor e a limpidez dos rios mansos, não timbra por «ameno», e não é mais que uma indicação cenográfica inicial, vejamo-la em comparação com a de Camões. A concisão da canção camoniana, já condenada[6] por Faria e Sousa (é a sua canção mais breve), contrasta incisivamente com a prolixidade da canção de Boscán (é a sua canção mais longa, se descontarmos a canção desmesurada). Tal como sucedia em Garcilaso, o *locus amenus* é o cenário *actual* da canção, enquanto em Camões todo o desenvolvimento assenta no facto de o poeta *ter vivido* naquela amenidade de que se encontra apartado. O tópico do «apartamento» surge conexo com o do *locus;* e, na sua brevidade e na sua variabilidade rítmica (é uma das três canções canónicas de mais alta variabilidade), a canção de Camões sugere que essa conexão (acentuada pelo *commiato,* que é o de mais alta variabilidade em Camões) não é meramente tópica, mas intrínseca à expressão. Nada disto sucede em Boscán, que Camões ecoa fugidiamente na canção cujo paralelo tem sido acentuado. E é curioso notar que passos desta canção de Boscán ecoam, sim, *noutra* canção de Camões, a que começa *Junto de um seco, fero, estéril monte*[7] e em que, como raras vezes terá acontecido, a inversão do *locus amenus* assume proporções alucinantes. Desnecessário será dizer mais, para demonstrar objectivamente que não é importante, para um estudo aprofundado da canção camoniana em causa, insistir na proximidade com a de Boscán, a não ser para mostrar que essa proximidade, para lá de aspectos da forma externa, e de um ou outro paralelo tópico e superficial, *não existe.*

Comparemos agora, em maior profundidade, a analogia, que esse inquérito nos revelou, entre a canção de Camões *Com força desusada* e a de Garcilaso *La soledad siguiendo*. A coincidência de ambas, quanto à forma externa, como vimos, é total, com a diferença de a de Camões ter mais 3 estrofes do que a de Garcilaso. Mas, quanto à forma interna, basta olhar uma e outra para ver que nada há de comum entre elas.

Portanto, e concluindo: o prosseguimento do nosso inquérito reiterou que, para lá de analogias da forma externa, e de fugidias e superficiais analogias internas (quando as há), Camões se houve, mesmo em face daquelas canções de Garcilaso e Boscán que parece seguir, com total independência na criação da sua própria e original expressão.

NOTAS

1 Usamos, para tal, a edição conjunta Aguilar, Madrid, 1954. Esta edição não inclui a «canção XI» de Boscán, só revelada em 1875, proveniente de um apógrafo do século XVI. Tal canção, cujos versos de 10 sílabas têm acentuação de «arte maior», e cujo esquema estrófico varia de estância para estância, não é de atribuição segura a Boscán (E. S. Covarsí, *ob. cit.*, p. 102), como de resto já Menéndez y Pelayo sugeria (p. 234 do citado estudo sobre Boscán). Não querendo entrar no mérito da questão (a edição de 1875 é a preparada por William Knapp, e que Pelayo considerava «buena pero no definitiva») aceitamos a exclusão dela, que, aliás, em nada contribuiria para o estudo das relações formais entre Boscán e Camões. Cumpre-nos registar aqui o êxito editorial das obras de Boscán e de Garcilaso, no século XVI. Publicadas no volume conjunto e póstumo de 1543, tiveram, até 1597, mais duas dezenas de edições, uma das quais em Lisboa, meses depois da 1.ª edição barcelonesa. Desta primeira é interessante notar que alguns exemplares, segundo Menéndez y Pelayo (p. 139 do estudo e edição citados), têm privilégio para Portugal e se destinavam, pois, expressamente à venda no nosso país.

2 V. g. Juromenha, na ed. cit., vol. II, p. 507. Este autor notava também a proximidade com a canção de Boscán *Claros y frescos ríos*.

3 É o caso de H. Cidade, *ob. cit.*, p. 150, e de Filgueira Valverde, *Camoens*, Barcelona, 1958, p. 201. No seu estudo sobre Boscán, Menéndez y Pelayo dissera, ao afirmar que *Vão as serenas águas* não procedia da canção de Boscán: «No es hija suya, sino hermana aunque con gran ventaja de hermosura. Ambas se derivan del Petrarca, *Chiare, fresche e dolce acque*» (p. 344 da edição cit.).

4 É bem significativo que Filgueira Valverde, na *ob. cit.*, ao escolher para análise uma canção de Camões, escolha *logo e só* aquela que, por este processo, coloca o poeta na posição de discípulo de Boscán, preocupação muito típica

do nacionalismo espanhol, no seu afã de enquadrar a literatura portuguesa na espanhola, com largas tradições eruditas desde Menéndez y Pelayo; mas enquadrá-la não, como seria certo, no âmbito de uma evolução conjunta das literaturas peninsulares, mas na supremacia da literatura castelhana sobre elas todas. E de modo algum pode dizer-se que essa canção de Camões, aliás belíssima e estimada, seja porém a que melhor documenta o fôlego e a original capacidade meditativa de Camões, adentro da forma «canção».

[5] Filgueira Valverde, *ob. cit.* e *loc. cit.* De resto, Valverde deveria ter tido presente o juízo, acerca do assunto, de Menéndez y Pelayo, quando (*ob. e ed. cit.,* p. 253) o eminente erudito e pai da crítica hispânica diz que já Boscán, na sua canção, só conserva o movimento inicial e o tom do poema de Petrarca...

[6] Juromenha cita o parecer de Faria e Sousa, condenando a falta de uma estrofe para o limite de 5, que observámos ser o de Petrarca.

[7] Paralelo apontado por H. Cidade, muito discretamente, na *ob. cit.,* p. 151. Mas poderia apontar-se também uma analogia com o início da canção de Garcilaso, *Si a la región desierta, inhabitable,* se não fosse que o deserto ardente deste poeta está só para contraste com o gelo e a neve logo referidos a seguir.

IV

AS CANÇÕES APÓCRIFAS À LUZ DOS INQUÉRITOS FEITOS A PETRARCA E OUTROS POETAS

O inquérito que fizemos às canções canónicas de Camões foi cotejado por Petrarca, Sannazaro, Bembo, Boscán e Garcilaso, que, em conjunto ou por composições individuais, têm sido apontados como afins do cânone ou ingredientes decisivos na formação dele. O cotejo mostrou-nos, objectivamente, como afirmações dessa ordem são superficiais e como o cânone camoniano é extremamente pessoal e original, ainda quando naturalmente recolhe e adapta sugestões alheias. Algumas observações acerca da evolução da canção petrarquista na Espanha ajudaram-nos a melhor situar no tempo estes problemas.

Tínhamos, por outro lado, e à luz do estabelecido cânone, estudado a situação relativa das canções «apócrifas»; e, completando o nosso estudo com o estabelecimento do cânone das odes de Camões, opinamos acerca da camoniana autoria provável ou improvável delas. Todavia, isto não é ainda suficiente para objectivar-se, em face de todas as análises a que temos procedido, uma clara definição crítica quanto às canções apócrifas, já que, por vezes, aqueles autores italianos e espanhóis têm servido para condenarem-se textos apócrifos, com a alegação de que estes não respeitam o cânone de Petrarca ou de Bembo, que seria o de Camões. Além de que o cânone de Petrarca não é exactamente o de nenhum dos outros poetas, possuímos agora, nesta fase do nosso estudo, alguns elementos para comparação objectiva. Tomemos, pois, as canções apócrifas e, sucessivamente em face delas, cada um daqueles autores.

Petrarca.

1. A não existência de *commiato*, como já vimos, é autorizada (ainda que limitadamente — 2 canções em 29). As seis apócrifas que o não têm, só por isso, não são menos «petrarquistas»;
2. Quanto ao número de estrofes — 5 a 10 em Petrarca, com uma média geral de 7 —, só uma, *Por meio de umas serras,* etc., está fora dos limites. E uma, *Nem roxa flor de Abril,* com 7, coincide com aquela média geral, que é, aliás, seguida por 12 canções de Petrarca;
3. Quanto ao número de versos por estrofe, que varia de 7 a 20 em Petrarca, nenhuma está fora;
4. Quanto aos versos do *commiato,* que Petrarca varia de 2 a 10, do mesmo modo as apócrifas estão dentro dos limites;
5. Quanto ao número total de versos, e Petrarca variando de 50 a 169, só *uma está fora: Porque a vossa beleza,* etc. E não há falta de *commiato* que a salve;
6. Petrarca não usa versos de 3 sílabas, o que *exclui: Por meio de umas serras, etc.,* e *Bem-aventurado aquele, etc.;*
7. O início com verso de 6 sílabas, que se dá em cinco apócrifas, é mais camoniano que petrarquiano, pois que em Petrarca só seis das 29 canções se iniciam por hexassílabo;
8. Nas canções de Petrarca, que seleccionámos como ideais em relação ao cânone camoniano, a percentagem de verso de 6 sílabas varia entre 8 e 27. Nesta zona de conformidade relativa dos dois cânones só cabem *duas* apócrifas: *Porque a vossa beleza, etc.,* e *Crecendo vai meu mal de hora em hora;*
9. Nas sete canções seleccionadas, os esquemas métricos não desmentem nenhuma das apócrifas. Se os grupos de alternância em Petrarca vão de 3 a 9, elas estão nesses limites;
10. Quanto aos esquemas rímicos, os primeiros grupos de Petrarca são sempre muito mais complexos. Mas, tomada ao pé da letra esta comparação, quase nenhuma canção canónica de Camões nos ficaria... *E mesmo o uso de grupos finais de pares rímicos, que se alega para excluir apócrifas, é sancionado por Petrarca*[1];
11. Quanto ao número de rimas por estrofe, ele é sempre 6 nas sete canções seleccionadas. Isto excluiria as seguintes apócri-

fas: *Nem roxa flor de Abril, A vida já passei assaz contente, Porque a vossa beleza, etc., Glória tão merecida, Não de cores fingidas;*

12. Quanto ao índice de variabilidade da estrofe, ele é, naquelas sete canções de Petrarca, variável entre 0,43 e 1,60. Excluem-se, assim, *Nem roxa flor de Abril, Por meio de umas serras, etc., Bem-aventurado aquele, etc., Porque a vossa beleza, etc.;*

13. Quanto ao índice do *commiato*, variável de 0,33 a 0,95 só se salva, das apócrifas que o têm, *Qu'é isto? sonho, etc.;*

14. Quanto à variabilidade total, que, nas ditas canções, varia entre 0,44 e 1,44, as exclusões são as mesmas do n.º 12.

Vemos, pois, no que a Petrarca respeita e nos limites do inquérito feito, que as exclusões não são tão radicais nem tão absolutas como no que respeita ao cânone camoniano. E não é lícito, pois, invocar Petrarca e Camões em conjunto para admitir ou excluir seja o que for. *Porque a vossa beleza, etc.,* que é a admitida, os cânones de Camões para as odes e para as canções excluem-na, e o cânone das canções de Petrarca não a salva. Em compensação, a excluída (também por nós) *Nem roxa flor de Abril* é bem mais petrarquista que algumas das canónicas...

Sannazaro e Bembo.

Apenas três canções de Sannazaro e de Bembo fomos levados a estudar em conexão com o cânone camoniano. Vejamos, todavia, quais as analogias entre elas e as apócrifas.

A canção de Sannazaro tem 7 estrofes como *Nem roxa flor de Abril;* 16 versos por estrofe (*A vida já passei assaz contente* tem 15); 120 versos (*Quem com sólido intento* tem 100); 50 % de versos de 6 sílabas (*Que'é isto? sonho, etc.,* tem 45 % e *Glória tão merecida* tem 56 %); 9 grupos de alternância métrica como *Qu'é isto? sonho, etc.;* 4 grupos de alternância no *commiato,* como *Oh pomar venturoso;* um esquema rímico complexo, estritamente petrarquista, como nenhuma canção canónica de Camões, ou apócrifa; 7 rimas por estrofe, como *A vida já passei, etc.,* e 4 no *commiato,* como nenhuma apócrifa e como três das canónicas. O seu índice de variabilidade estrófica é 1,12: *Glória tão merecida* tem 1,19. O índice do *commiato* é 0,67 (o mais próximo é o de *Qu'é isto? sonho, etc.,* que é 0,50). A variabilidade total é 1,06, valor de que estão mais próximos o de *Glória tão merecida,* já referido, e *Oh pomar venturoso,* que é 1,20.

A comparação com Sannazaro —apenas um exemplo eventual, já que não estabelecemos, mesmo parcialmente, o seu cânone— mostra todavia como o cânone dos «petrarquistas» era extremamente fluido, como já temos visto que deveria ser na vasta difusão de formas que eles variavam; e mostra que não se pode, em nome estrito de Petrarca ou deste ou daquele dos seus continuadores, achar, sem cautelosa análise, que alguma coisa não é canónica... Note-se que a invocada canção de Sannazaro, logo, por coincidência, sanciona as atribuições camonianas que fizemos a algumas das apócrifas, e não permite rigidez muito grande na exclusão de outras...

Vimos já a proximidade de três canções canónicas de Camões, e não apenas de uma, com a forma externa da canção de Bembo *S'el pensier' che m'ingombra* (cujo esquema estrófico é idêntico, no *piedi*, à canção de Petrarca que analogamente começa *Se'l pensier che mi strugge*, mas não tem, na *sirima*, correspondência petrarquiana). E vimos que essas três e mais uma se aproximavam da forma externa de outra, *Perchè'l piacer a ragionar m'invoglia* (cujo esquema estrófico só no *piedi* tem correspondência em Petrarca). Desnecessário seria, dadas essas afinidades com o cânone camoniano pelo qual cotejámos as apócrifas, fazermos um cotejo minucioso destas últimas, pelas de Bembo. Façamo-lo, todavia; e suponhamos, já que ambas participaram idealmente na formação do cânone camoniano, que os parâmetros de ambas são os limites entre que fazer a verificação.

O número de estrofes (5-10) exclui *Por meio de umas serras, etc.,* e *Crecendo vai, etc.;*
A falta de *commiato* é um truísmo dizer-se que exclua as apócrifas que o não têm;
O número de versos por estrofe (15) exclui todas;
Nenhuma tem *commiato* de 3 versos (mas só 6 canónicas têm *commiato* de 3 versos);
O total de versos (78-153) exclui *Nem roxa flor de Abril, Qu'é isto?, etc., Porque a vossa beleza, etc., Glória tão merecida.* Mas é importante notar que há canções de Bembo (no modelo que será mais tarde o *madrigal*) com uma única estrofe;
As duas canções autorizam o começo por verso de 6 ou de 10 sílabas;
Não autorizam versos de 3 sílabas, o que exclui *Por meio de umas serras, etc.,* e *Bem-aventurado, etc.;*
A percentagem de versos de 6 sílabas (20-33) só não exclui *A vida já passei, etc., Crecendo vai meu mal, etc., Porque a vossa, etc.;*
A canção *Oh pomar venturoso* tem o mesmo esquema métrico que os primeiros 13 versos da estrofe de *Se'l pensier che m'ingombra;*
A mesma canção tem o esquema rímico da outra canção de Bembo, suprimido o 1.º subgrupo rímico;

241

C-16

Os índices estróficos (0,82-1,56) excluem *Crecendo vai, etc.*, *Nem roxa, etc.*, *Por meio, etc.*, *A vida já, etc.*, *Bem-aventurado, etc.*, *Porque a vossa beleza, etc.;*

O índice do *commiato* (1,00 para ambas) é igual ao de *Oh pomar venturoso;*

A variabilidade total (0,85-1,51) faz as mesmas exclusões que o índice das estrofes.

Desta comparação podemos concluir que também as duas mencionadas canções de Bembo confirmam as admissões e exclusões que fizéramos, e em particular favorecem a apócrifa canção *Oh pomar venturoso.*

Garcilaso e Boscán.

O caso de Garcilaso de la Vega, já tivemos oportunidade de observar como ele é interessante para o esclarecimento da personalidade poética de Camões. Através da importância conjunta de Garcilaso e de Boscán, foi-nos dado notar que o cavaleiro-poeta desempenhava um papel dominante, ainda que nos limites em que alguém ou alguma coisa que não ele mesmo (e...) pode dominar Camões. Por isso, limitar-nos-emos ao estudo das apócrifas em comparação com as canções de Garcilaso, mas levando-o inclusivamente mais longe do que foi necessário para o estabelecimento do cânone camoniano. Na verdade, esta investigação suplementar é importante, já que, na hipótese de algumas das canções apócrifas serem obra juvenil do nosso poeta (hipótese que nos importa pouco, por nos parecer que nada há de mais aleatório que extrair referências biográficas — e *datas* — de obras poéticas de um autor de quem não se saiba praticamente nada), teríamos, em Camões, um Garcilaso antes de integrado no cânone... Mas não só isto: pela aproximação mais minuciosa com Garcilaso, poderemos situar melhor as apócrifas no panorama da produção de canções petrarquistas.

Garcilaso tem, como sabemos, cinco canções apenas, que cotejaremos com as apócrifas de Camões.

Quatro canções têm *commiato,* e uma não. De modo que as apócrifas não são condenáveis por não o terem; e com maioria de razão, comparando Garcilaso com Petrarca, já que a proporção de falta de *commiato* é maior naquele;

Quanto ao número de estrofes, a canção sem *commiato,* com as suas 22, daria exemplo para tudo, em limite superior... O limite mínimo de Garcilaso (4) não exclui nenhuma;

242

O número dominante de versos por estrofe em Garcilaso é 13 (em três), que é o de três apócrifas: *Oh pomar venturoso, Qu'é isto? etc.*, e *Crecendo vai meu mal, etc.* E as outras estão todas dentro dos limites (5-20);

Os *commiatos* de Garcilaso têm 3 a 9 versos, limites em que se contêm as apócrifas;

Quanto ao número total de versos, varia entre 59 e 169, o que exclui duas apócrifas: *Porque a vossa, etc.*, e *Glória tão merecida;*

Nenhuma das canções de Garcilaso tem versos de 3 sílabas, o que exclui *Por meio de, etc.*, e *Bem-aventurado, etc.;*

Quanto a percentagem de versos de 6 sílabas, ela é nas canções de Garcilaso:

Si a la region	23 %
La soledad siguiendo	68 %
Con un manso ruido	68 %
El aspereza de mis males	5 %
Si de mi baja lira	60 %

Entre 5 e 68 % estão todas as apócrifas, uma das quais tem 68 % *(Oh pomar venturoso)*, outra 22 % *(Crecendo vai, etc.)*, outra 56 % *(Glória tão merecida);*

Quanto aos esquemas métricos de Garcilaso, dois, que já vimos, são iguais entre si (com 8 grupos de alternância); os outros três não diferem muito entre si e destes dois, e têm 3, 4 e 7 grupos de alternância. Uma das canções apócrifas tem o mesmo esquema que *Con un manso ruido,* seguido por três canónicas: é *Oh pomar venturoso.* Como é sabido já, a canónica *Vinde cá, etc.*, segue o esquema de *El aspereza de mis males quiero.* Mas, com quatro grupos de alternância, há quatro apócrifas: *Nem roxa flor, etc.*, *Oh pomar, etc.*, *Quem com sólido, etc.*, e *Glória tão merecida.* Com três grupos há três: *Por meio, etc.*, *Bem-aventurado, etc.*, e *Porque a vossa, etc.;*

O esquema métrico do *commiato* é inteiramente diverso para as quatro canções de Garcilaso, que o têm. Nenhum deles se repete nas apócrifas de Camões, salvo o 8(10) de *Crecendo vai, etc.*, muito semelhante ao 9(10) de *El aspereza de mis males...*, que é igual ao de *Vinde cá, etc.* Dos outros três esquemas, três canções canónicas seguem um, uma segue outro, e não há nenhuma que siga o terceiro;

O número de grupos de alternância no *commiato* é 1, 3, 4 e 6 em Garcilaso. Vimos já uma apócrifa com um. Há duas com três grupos: *Nem roxa flor, etc.*, e *Quem com sólido intento;* e uma com quatro, *Oh pomar venturoso;*

Os esquemas rímicos das estrofes de Garcilaso são quatro.

243

Apontemo-los, com as coincidências com os das canónicas e apócrifas de Camões:

Si a la region... — abcbacc dd ee ff.

O primeiro grupo aparece em quatro canções canónicas, e nas apócrifas *Crecendo vai, etc.* (que tem o resto do esquema exactamente igual), e *A vida já, etc.* (que tem o mesmo esquema, com mais um par rímico). Com pares rímicos finais, há ao todo *seis* canções apócrifas.

La soledad siguiendo
Con un manso ruido } *abcabcc deed ff.*

O esquema é igual ao de três canónicas e ao de uma das apócrifas, *Oh pomar venturoso.*

El aspereza de mis males... — O esquema, muito complexo, é o de *Vinde cá, etc.*[2].

Si de mi baja lira — ababb.

Este núcleo é o 1.º grupo rímico da apócrifa *Não de cores fingidas.*

O esquema rímico do *commiato* é sempre diferente nas quatro canções, que o têm, de Garcilaso. Nenhum deles existe nas apócrifas. Mas também nenhuma canção canónica ou apócrifa de Camões usa de pares rímicos finais no *commiato,* em número superior a um, ao contrário do mau exemplo que Garcilaso dá duas vezes e, portanto, em metade das suas canções com *commiato:*

Si a la region...   *— a bb cc dd*
El aspereza de mis males... — a bccb dd ee

Note-se que o último destes esquemas, mas sem o último par, é o dos *commiatos* da canónica *Manda-me amor, etc.,* em 1598 e em 1616. Mas os das estrofes não coincidem;

Os índices de variabilidade das estrofes e dos *commiatos* e a variabilidade total das cinco canções são:

1.º verso	Indice estrófico	Indice do *commiato*	Variabilidade total
Si a la region...	0,80	0,57	0,75
La soledad...	1,23	1,00	1,19
Con un manso...	1,23	1,50	1,28
El aspereza...	0,34	0,14	0,32
Si de mi baja...	0,40	—	0,40
Médias..............	0,80	0,80	0,80
Amplitudes.........	0,89	1,09	0,96

Notemos, desde já, o interessante facto de as três médias de Garcilaso serem iguais entre si; mas, para estudarmos isso e para fazermos a comparação com Camões, mais eficazmente e com maior clareza, formemos um quadro sinóptico dos dois poetas, quanto às médias gerais, às amplitudes ou divergências máximas, e registemos nele também os máximos de cada um para os três parâmetros em estudo.

Nome	Indice estrófico			Indice do *commiato*			Variabilidade total		
	Máximo	Divergência máxima	Média	Máximo	Divergência máxima	Média	Máximo	Divergência máxima	Média
Garcilaso ...	1,23	0,89	0,80	1,50	1,28	0,80	1,28	0,96	0,80
Camões	1,43	1,09	0,95	1,50	1,36	0,81	1,34	0,99	0,93

Podemos agora aprofundar as observações que tínhamos feito comparando o cânone de Camões com as duas canções de Garcilaso que assumiam, em face daquele, as características de canções afins do padrão médio; e, nesse aprofundamento, conferir as conclusões a que chegáramos, a respeito de parâmetros tão sutilmente significativos como estes:

O índice estrófico das canções «ideais» de Garcilaso é o seu máximo. Camões ultrapassou-o em 16 % e ampliou a divergência máxima, mantendo o limite inferior;

Com o índice do *commiato* aconteceu o contrário; mantendo o limite superior, Camões diminuiu-lhe a divergência máxima. Mas é curioso que, ao contrário do que sucedera com a média dos índices estróficos, que em Camões ficava mais alta, a dos índices de *commiato* mantém-se idêntica;

Quanto à variabilidade total, verifica-se que o máximo de Camões, como seria de esperar, é mais alto que o de Garcilaso. Mas, quer no máximo, quer na média, a variabilidade total de Camões é inferior aos valores respectivos de Garcilaso;

Camões e Garcilaso ambos contêm os limites do índice estrófico nos limites do índice do *commiato,* ao contrário do que vimos acontecer em Petrarca; mas a amplitude para a estrofe, como dissemos, é maior em Camões que em Garcilaso, enquanto a do *commiato* é menor;

O facto de, em Garcilaso, as três médias serem iguais, e iguais ao índice estrófico da canção *Si a la region...* (do qual nenhum outro valor de Garcilaso se aproxima), mostra claramente a que ponto essa estrofe era «ideal» intensamente para Garcilaso. Tal não sucede para Camões, que, todavia, experimentou estrofes com próximo índice (canção I com 0,77; IX com 0,78; VII com 0,82). A canção VII de Camões, que é o seu protótipo ideal, obtém aquele valor, sem que os seus esquemas métrico e rímico da estrofe coincidam com os da estrofe prototípica de Garcilaso;

A canção X de Camões, que tem o mesmo esquema estrófico que *El aspereza de mis males, etc.*, termina com *commiato* muito diferente;

A canção II tem índice estrófico (0,38) muito próximo do da lira de Garcilaso, mas esquema estrófico inteiramente diverso;

Basta olhar os valores da variabilidade total em Garcilaso para vermos que, nitidamente, se repartem em três grupos de variabilidade, como os das canções de Camões:

Garcilaso	Camões
0,32	—
—	0,33
—	0,37
0,40	—
—	0,71
0,75	—
—	0,80
—	0,87
—	1,14
1,19	—
—	1,20
1,28	1,28 (duas canções)
—	1,34

As médias dos três grupos, em Garcilaso e em Camões, são praticamente semelhantes, com excepção do 2.º grupo de Camões, que tem 0,79, indicativo de que, para Camões, este grupo tendia a uma prototipia de índice mais elevado, que é representada pela média geral 0,93, superior à de Garcilaso;

O cotejo dos índices, revelando-nos em profundidade o comportamento de Camões em face de Garcilaso, indica como este realmente exerceu, na mente de Camões, o papel que lhe atribuíramos, com menos elementos de observação, que, no entanto, por reciprocidade, são confirmados. Camões, todavia, na sua busca da adequação expressiva para a canção, atribui às formas uma substancialidade maior, como é visível, por exemplo, no uso que faz do *commiato*. À parte o facto de Camões ter seguido a forma externa de canções de Garcilaso — de duas delas para a formação do seu cânone ideal, e de uma outra para a criação da sua canção desmesurada (em que o aumento do número de estrofes, em relação a Garcilaso, em 50 %, dá à canção uma majestade que a do espanhol, apesar de belíssima, não tem na sua contenção emocional) —, a ampliação das nossas observações, se foi utilíssima neste ponto em que a fizemos, em nada alterou a visão com que havíamos ficado das relações formais de Camões com Garcilaso. Essa visão, porém, subtilizou-se bastante, por forma a dissipar quaisquer equívocos acerca de uma «influência» que, para sê-lo, é tão mais superficial e mais profunda, que perde o sentido que, nas concepções vulgares, poderia ter.

Vejamos agora o que se passa com as canções apócrifas em relação aos índices de Garcilaso. Das que têm *commiato*, *Oh pomar venturoso* tem o mesmo índice estrófico, quase o mesmo de *commiato*, e praticamente a mesma variabilidade total que *La soledad siguiendo*, o que aliás já saberíamos, pois que ela é muito semelhante às canónicas cuja forma externa se aproxima da dessa canção de Garcilaso. Das que não têm *commiato*, só estão fora dos limites do índice estrófico de Garcilaso: *Nem roxa flor, etc.*, *Por meio de umas, etc.*, *Bem-aventurado, etc.*, *Porque a vossa, etc.*, *Não de cores fingidas*. Note-se que a exclusão desta última, que vemos repetir-se com os cânones de canções, só a excluiria em absoluto do cânone da obra de Camões, se ela não se classificasse como *ode;* assim, estas exclusões reiteram-lhe essas diversas características formais.

Síntese dos resultados.

As comparações que fizemos entre as canções de autores italianos e espanhóis e as canções canónicas e apócrifas de Camões autorizam-nos a afirmar que, de um modo geral, elas confirmam e dilucidam os resultados que havíamos obtido já, e não alteram as admissões e exclusões prováveis que a comparação entre o cânone de Camões e as apócrifas nos havia indicado.

O cânone petrarquiano exclui: *Nem roxa flor, etc.* (não absolutamente), *Por meio de umas, etc.*, *A vida já passei, etc.* (que têm outras defesas camonianas, como vimos), *Crecendo vai, etc.*, *Bem-aventurado aquele, etc.*, *Porque a vossa, etc.*, e *Glória tão merecida* e *Não de cores fingidas* (a primeira das quais duas últimas pode ser ode, sendo que a segunda o é).

Sannazaro, em diversos parâmetros, defende de um modo geral todas as canções (ou odes) apócrifas que seleccionámos como de autoria provável.

O caso de Garcilaso é extremamente significativo; e, por ele, nenhuma das canções admitidas é em absoluto excluível, e *Oh pomar venturoso,* por exemplo, vê altamente reiterada a sua admissão.

Os inquéritos estruturais a que procedemos — canções canónicas e apócrifas de Camões, odes de Camões, canções de Petrarca, Sannazaro, Bembo, Boscán e Garcilaso (e para este o inquérito teve a extensão e a profundidade do feito para Camões, confirmando-se como fora correcta a ilação de usarem-se, em primeira análise, apenas canções «ideais») — terão provado à saciedade que Camões, independentemente das aproximações de forma externa a que se entregou, criou com isso e sobre isso uma estrutura pessoalíssima para as suas canções; que, mesmo quando há coincidências da forma externa, a forma interna é totalmente independente; que algumas das canções apócrifas respeitam cânones de Petrarca e de Garcilaso e o cânone de Camões (para odes ou para canções), e que, portanto, nem por Camões, nem pelos seus *soi-disant* modelos, é lícito excluí-las, no que à forma externa (sempre invocada) diz respeito.

Petrarquistas espanhóis.

Tivemos oportunamente ocasião de observar, nos petrarquistas espanhóis e em Camões, o grau de imitação dos esquemas formais de Petrarca. O nosso estudo não ficaria completo, se não integrássemos às nossas pesquisas e conclusões o comportamento das apócrifas nesse particular.

No conjunto das apócrifas (que, independentemente de autoria duvidosa, constituem uma amostragem que foi tida, ainda que precariamente, como tendo características comuns, já que outras composições do mesmo género, que os vários compiladores terão tido em mãos, as não seleccionaram como «camonianas»), a obediência aos esquemas estróficos de Petrarca é diminuta, como vimos no cotejo dos esquemas métricos e rímicos. Em 11 que elas são, só uma é estritamente petrarquista no esquema estrófico (e não no *commiato*). Se a obediência à imitação total de Petrarca se verificava, em Camões, para 35 % da sua produção canónica de canções, como se transformaria ela, caso as apócrifas fossem todas suas?

Para este cômputo, cumpre-nos na verdade retirar, *ab initio,* do número das apócrifas, a composição que é manifestamente uma ode sua *(Nem de cores fingidas)*. Teremos então 10 peças, em que a imitação total, como a definimos, é 0,5. Isto significaria que, sendo 3,5 em 10 canções canónicas, ela passaria a ser 4 em 20, o que força a percentagem a descer para 20 %.

Reconsideremos, porém, que os inquéritos nos deram como provavelmente camonianas apenas *duas (Oh pomar venturoso* e *Quem com sólido intento)* e deixaram numa situação ambígua outras *duas (Qu'é isto?, etc.,* e *Glória tão merecida)*; e que uma das outras *(A vida já passei, etc.)* está numa situação peculiar. Teremos, portanto, mais estritamente, apenas 14 canções ao todo. Para este número, o índice 4 de imitação corresponde a 20 %.

Se, todavia, apenas entrássemos em consideração com as duas composições de mais provável autoria, o índice 4 é para 12 canções de 33 %.

Que concluirmos de tudo isto? A baixa de 35 % para 33 % (da ordem dos 6 %) não é significativa, e Camões continuaria mantendo, na tão curiosa comparação com os seus predecessores e sucessores espanhóis, a mesma posição. A descida para 29 % já o é bem mais (17 % de 35). E 20 % do que chamamos imitação total equipararia Camões aos seus sucessores no tempo.

Portanto, esta análise da «imitação» dos esquemas estróficos (e de *commiato*) petrarquistas sugere-nos que as composições *Oh pomar venturoso* e *Quem com sólido intento* não alteram a situação central de Camões quanto a este aspecto; que as outras duas forçam demasiado o afastamento de modelos estróficos; e que as restantes «apócrifas» — que excluíamos —, ao conduzirem Camões para uma época que, quanto a esta característica do cultivo da canção, não é já a sua, se classificarão como peças tardias e de autores que, na verdade, nem sequer serão, neste aspecto, os «camonizantes» que tanto gosto tem havido em achar-se que toda a gente portuguesa era, na segunda metade do século XVI e princípios do século XVII[3].

NOTAS

[1] Podemos mesmo ir mais longe na análise dos esquemas estróficos em relação a Petrarca, e afirmar que dir-se-ia eles serem, pelo menos parcelarmente e sob este duplo aspecto (métrico e rímico), quase mais petrarquistas que as canónicas, ao contrário do que costuma afirmar-se... Na verdade, *Oh pomar venturoso* tem o mesmo esquema estrófico que a celebrada *Chiare, fresche, etc.; Ben mi credea pasar, etc.,* que é uma das sete que seleccionámos, autoriza a *sirima*

em pares rímicos que se verifica em quatro das canções apócrifas; e duas destas, *A vida já passei, etc.,* e *Crecendo vai meu mal, etc.,* têm ambas o mais petrarquiano dos *piedi*...

2 Este esquema é também, por exemplo, o da bela canção de Luís Barahona de Soto (1548-95), «À la pérdida del Rey Don Sebastian». É muito curioso notar que, segundo citação de Marques Braga (Diogo Bernardes, *Várias Rimas ao Bom Jesus,* «O. Completas», vol. III, Cl. Sá da Costa, 1946, p. 211), Rodriguez Marín, na sua edição monumental das poesias de Soto, Madrid, 1903, diz: «É pena que sejam demasiado extensas as estrofes, pois constam de 20 versos, todos decassílabos excepto um, o que torna penosa a leitura». Será que é penosa a leitura de *El aspereza, etc.,* de Garcilaso, ou de *Vinde cá, etc.,* de Camões, por o esquema ser esse?...

3 Por exemplo, nas vastas «Obras» de Frei Agostinho da Cruz (1540-1619), coligidas por Mendes dos Remédios (Coimbra, 1918), se é que tudo é dele, há apenas *duas* canções, ambas petrarquistas, contra numerosos sonetos, elegias, éclogas, epístolas, etc. Uma delas *(A Nossa Senhora)* não tem *commiato,* e o esquema estrófico não coincide exactamente com nenhum de Petrarca. A outra em castelhano *(A la Muerte),* cujo *commiato* não repete o esquema final de igual número de versos da estrofe, tem um esquema estrófico cujo *piedi* é como dois de Petrarca, e cuja *sirima* (com pares rímicos) é como a de outras duas canções de Petrarca. E nenhum dos dois esquemas estróficos do frade da Arrábida coincide com os das canções canónicas de Camões. Porém, com a diferença de o 7.º verso da estrofe ser de 10 sílabas, o esquema estrófico de *A la Muerte* é o da canção apócrifa *Crecendo vai meu mal de hora em hora;* os *commiatos,* todavia, não coincidem de esquema. Vamos concluir daqui, sem mais análise, que esta apócrifa de Camões é um dos salvados da destruição devota que Frei Agostinho fez dos seus versos profanos?...

Canções, seleccionadas ao acaso e uma de cada, de Fernão Álvares do Oriente (1540-1595), Estêvão Rodrigues de Castro (1550-1632) e Jacinto Freire de Andrade (1597-1637) não apresentam coincidência de esquema estrófico com canções canónicas ou apócrifas de Camões (a não ser a de Andrade — *Invencível mosquito,* imitada de Lope de Vega — que tem quase o de *Não de cores fingidas*), e também não com Petrarca (a não ser a de Rodrigues de Castro, *Já vi mais claros estes horizontes,* com apenas quatro estrofes, cujo esquema é quase o da canção 22 de Petrarca, com divergência do *commiato*). A de Álvares do Oriente *(O tempo que profana)* não tem *commiato;* a de Andrade tem uma estrofe mais longa que as outras em conclusão.

V

ORIGINALIDADE DA FORMA EXTERNA DAS CANÇÕES CAMONIANAS

Após termos estudado sistematicamente a forma externa das canções camonianas (incluindo nesse estudo os textos tidos por apócrifos), e de posse de uma noção objectiva e definida do cânone dessa parte da obra lírica de Camões, necessário era ver, pelo mesmo método, o que se passava com as canções de autores tidos como influentes no nosso autor. Foi assim que inquirimos da estrutura geral das canções de Petrarca, e que, destacadas de entre elas as mais afins daquele cânone para prosseguimento do inquérito, as comparámos com as de Camões. Não bastava, porém, analisar o significado do petrarquismo e ver como, nos seus aspectos de origem, ele teria pontos de contacto com o poeta português. Na época deste, o petrarquismo italiano não era apenas Petrarca ressurgindo para o prestígio internacional, mas também outros poetas, como Sannazaro e Bembo, dos quais canções houvera assimiladas a canções de Camões. Essas canções deles foram estudadas e comparadas quanto à forma externa. Mas o petrarquismo italianizante, no complexo cultural da Península Ibérica, ao que pertence Camões, era então, e sobretudo, a veneração de que eram objecto Garcilaso e Boscán. Usando a mesma parcelação metodológica aplicada a Petrarca, estudámos as canções destes espanhóis, comparando-as com as camonianas. E, em todas estas direcções do nosso inquérito, as observações foram completadas e iluminadas por dispersas análises à forma interna, onde e quando alguma dúvida subsistisse, não apenas impressionisticamente, mas em aparência fenomenológica, quanto à originalidade da forma externa das canções camonianas, ou quando esta originalidade não era suficiente para, dissipadas as dúvidas, demonstrar-se a originalidade de Camões. O inquérito às odes e a observação integral do cânone de Garcilaso ampliaram e confirmaram as nossas observações.

Os resultados a que chegámos falam suficientemente por si mesmos, e categoricamente, em favor da originalidade global e individual das canções, independentemente das semelhanças individuais, *ou até em função destas*. Mas, dispersos os resultados pelos capítulos respectivos, não haverá como compendiá-los: não só se tornarão mais evidentes, mas também melhor e mais eficazmente tiraremos deles as conclusões finais, que se impõem, quanto à forma externa das canções, e sua específica originalidade.

1. O inquérito estrutural à forma externa, além de caracterizar individualmente e objectivamente cada uma das canções canónicas, mostrou que havia, entre elas, afinidades que não eram apenas consequência de uma mesma autoria, mas manifestação da tendência nítida de Camões para individualizar, na sua variabilidade, a forma «canção», e para torná-la especificamente adequada à expressão pessoal de um pensamento poético. Tal adequação manifesta-se curiosamente na busca de um tipo «ideal», médio, de forma externa, que a canção *Manda-me amor, etc.*, pela sua harmonia paramétrica em relação às variações dos parâmetros, claramente representa.

2. No âmbito tão vasto do petrarquismo, comparadas as canções de Camões e as de Petrarca, verifica-se que, se este último é para aquele naturalmente, como foi durante dois ou três séculos para todo o mundo culto, um ideal de poetização das emoções, de modo algum o foi num sentido estrito. Camões não respeitou nunca ou quase nunca os limites de Petrarca. Ampliou-os ou reduziu-os, sempre que, assim fazendo, obtinha uma concisa densidade, um andamento mais sóbrio, ou uma dramaticidade mais individualista, que os das convenções artificiosas de Petrarca. Para este, a canção era sobretudo uma forma em que tudo seria possível, adentro da maestria elegante. Para Camões, era sobretudo uma forma de nobre dicção de meditações austeras e da lucidez de um espírito observando as vicissitudes do seu *estar no mundo*. Sob este aspecto, nenhuma superstição cultural nos inibe, hoje, de afirmar que *Camões é muito maior poeta do que Petrarca.*

3. Quanto aos petrarquistas do renascimento italiano, como Sannazaro e Bembo, mostrou-nos o inquérito estrutural que só do segundo, no que respeita à forma externa, efectivamente se aproximou Camões. Na depuração formal do petrarquismo, que eles representavam, e em obediência a uma mentalidade que Petrarca apenas pressentira, é evidente que, histórico-sociologicamente, nada há de peculiar ou de estranho nisto. Bembo, mais do que Sannazaro, é poeta e expositor da vivência intelectualista da sensualidade, em que petrarquismo e as filosofias neoplatónicas se fundiam. Não admira que o cardeal-poeta tenha contribuído, mais do que Petrarca, para o ideal típico da canção camoniana, tal como este é representado pela canção *Manda-me amor, etc.* O contributo, porém, não excede os limites interessantíssimos de ter Camões achado que as canções dos *Asolani,* fundidas as suas sugestividades respectivas, eram esquema ideal de que partir para uma *superação audaciosa do pseudomisticismo neoplatónico.* A evolução das versões de *Manda-me amor, etc.,* ou, se menos quisermos, a diversidade delas, mostra que essa superação foi buscada expressamente, com

um refinamento arguto em que a poesia excede, de muito longe, a missão *ilustrativa* que, naquela obra, Bembo lhe atribui.

4. Mais próximos no tempo e no espaço, nas afinidades linguísticas como nos condicionalismos ideológicos, os espanhóis Garcilaso e Boscán não representaram, todavia, na estruturação da canção camoniana, um papel mais extenso ou mais profundo que o representado por Bembo. O inquérito mostrou que Camões situou a sua forma ideal numa posição média entre Garcilaso sozinho e a sugestão conjunta das canções de Garcilaso e de Boscán. Mas esta colocação — tão psicologicamente interessante e esclarecedora — não assume proporções de coincidência interna, nem mesmo quando as coincidências externas, ainda que parcelares, são evidentes. E, externamente, cumpre acentuar que, menos do que Bembo, um Garcilaso e um Bóscan só distantemente e indirectamente contribuíram para a forma ideal da canção camoniana.

5. Estas observações permitem-nos concluir que, colocado no ambiente literário petrarquista, que era ainda o do seu tempo, Camões o transformou num *modo de expressão,* em que a sua personalidade poética tem um papel preponderante; que essa transformação se opera em termos *mais europeus que peninsulares;* que o modo como Garcilaso domina e *não* domina o seu espírito prova que o cavaleiro-poeta terá sido, para Camões, apenas *um mito vital de grande senhor, de guerreiro e de cortejador elegante, cujas infelicidades convencionais e cuja secura estilística eram afinal incompatíveis com a terrível densidade da experiência humana de Camões;* e que ninguém, desde Petrarca a Boscán e a Garcilaso, estava em condições de conter, nos seus esquemas formais, o impetuoso fluxo daquela densa experiência, que não só era a de um novo tempo e de uma nova situação vital, como exigia do formalismo deles todos uma *estruturalidade essencial,* impreterivelmente necessária a quem tinha de dar, a um mundo em derrocada (mundo em que eles todos haviam sido conspícuos, eminentes e *triunfadores* luzeiros), o exemplo de que as amarguras, as incertezas e as injustiças da vida não só eram superáveis pela coragem dialéctica de aceitá-las (como sinais de uma ainda possível ordem transcendente em que a liberdade humana se salvasse), como eram, também, a última possibilidade expressiva de essa ordem transcendente ser entendida em termos de autonomia espiritual. A busca, a que Camões procede, de uma forma «ideal» para as *suas* canções, e a independência com que ultrapassa o exemplo dos outros patenteiam — e os inquéritos procuraram que objectivamente, e não por adivinhação imaginosa, isso ficasse patenteado — a que ponto ele se sente a *culminação predestinada* de todo um processo histórico de consciencialização individual do destino humano, e a que ponto sabe que, no termo decomposto

desse processo, no limiar de um mundo que retrograda à falsa paz de espírito (cindindo a experiência e a consciência), lhe cabe salvar a dignidade humana da meditação poética, e a *responsabilidade intelectual e ética,* sem a qual a dignidade não é possível. No momento em que, para quase três séculos, o espírito europeu vai instalar-se na cisão de ciência e de consciência, não é uma pretensa liberdade humanística e «renascentista» do Homem Integral, que nunca verdadeiramente existiu[1], o que Camões procura defender e transmitir ao futuro. Seria pouco, muito pouco, salvar e transmitir uma confusão filosófica e ética que, em grande parte e declaradamente, ele considerava culpada dos males do seu presente. A estruturalidade intrínseca não é, na verdade, prerrogativa característica daquelas aventuras intelectuais ou artísticas, para lá das aparências exteriores de harmonia e de coerência. Ele procura defender e transmitir ao futuro o que essas aventuras não podiam ter tido: uma *consciência infeliz,* coisa bem mais profunda e mais humana do que o brilho exterior do Homem Integral. Essa consciência culpada da impotência humana — culpada por impotente, quando é da consciência a superação activa — exigia, como jamais exigira, uma forma ideal, simultaneamente tão *fechada* e tão *aberta,* que a culpa se redimisse na sua própria descrição fenomenológica *interminável,* e se fixasse num *módulo* que fosse a culminação da vivência dialéctica. Essa consciência exigia estruturalidade, uma estruturalidade tão concreta, que uma vida individual se tornasse exemplar; e tão abstracta, que essa exemplaridade nada perdesse daquela humanidade que, se a poesia a não salva, a morte a mata. Uma estruturalidade em que, no mais alto ponto de consciência, atingida a *douta ignorância,* definida por Nicolau de Cusa[2] se resolve a contradição suprema, como Camões diz:

Conheci-me não ter conhecimento.

NOTAS

[1] Vide, por exemplo, o que diz Ortega y Gasset, em *La Idea de Principio en Leibniz,* Madrid, 1958. Curtius (*ob. cit.,* cap. II, 5, nota 46) é mais radical, no que se refere a «Renascença» italiana: «Não é admissível a ideia de que também a Espanha, a França, a Alemanha, etc., tenham tido uma ‹Renascença›. O que tiveram esses países foi uma ou mais ondas de italianismo.» Não corresponde esta radical opinião ao nosso pensamento (ver, por exemplo, os capítulos e notas sobre o petrarquismo italiano, nesta obra), mas são de ponderar

juízos que restringem o Renascimento a limites mais modestos que os que lhe dá a ignorância.

2 É do maior interesse acentuar que a *docta ignorantia* definida pelo Cusano (1401-1464), nos seus tratados de 1440 e 1449, veio a constituir uma contradição dialéctica com a *docta pietas* (ou seja o «humanismo») de que Marsílio Ficino (1433-1479), tradutor e comentador de Platão, terá sido o melhor definidor (cf. Giuseppe Toffanin, *Historia del Humanismo, etc.*, trad. esp., Buenos Aires, 1953). Sobre a infinidade divina como centro resolutivo das contradições e dos contrários, no pensamento de Nicolau de Cusa, ver o monumental estudo *La Philosophie de Nicolas de Cuse*, de M. de Gandillac, Paris, 1941, ou E. Cassirer, *Individuo y Cosmos en la Filosofia del Renascimiento*, trad. esp. Buenos Aires, 1951.

LUGAR DAS CANÇÕES NA LÍRICA CAMONIANA

I

CONSIDERAÇÕES GERAIS. REIVINDICAÇÃO DA ALTA CATEGORIA ESPECULATIVA DO LIRISMO CAMONIANO

Ainda no século XIX, iniciada, desenvolvida e até já defunta a revolução romântica na literatura portuguesa, três tratadistas, repetindo as poéticas tradicionais, quando os géneros e as formas caminhavam — pelo menos na aparência — para a subversão total do Modernismo, definiam *canção* em termos muito semelhantes. Em 1840, Francisco Freire de Carvalho dizia que ela era «só diferente da ode pelo modo com que remata; pois, sendo ordinariamente formada de estâncias regulares, pelo que respeita ao número de versos, e à disposição de rima em cada uma delas, costuma ser fechada por uma estância composta quase sempre de menor número de versos, do que o de cada uma das estâncias antecedentes, na qual o poeta, falando, por exemplo com a Canção, a repreende de extensa, ou lhe recomenda, que por ele diga o sentimento, que o domina, etc. Ainda que nos diferentes poetas portugueses se encontrem canções sobre toda a variedade de assuntos, já símplices e ordinários, já medíocres, já até algumas vezes sublimes; contudo esta espécie de poesia lírica encontra-se as mais das vezes empregada para descrever situações campestres, ou as penas do coração motivadas pelo amor, pela ausência, pela saudade, etc.»[1]. E cita cinco poetas, cujas canções seriam «dignas principalmente de serem lidas»: Sá de Miranda, Diogo Bernardes, Camões, Fernão Álvares do Oriente, Garção e Bocage. A estas ideias sobre a canção, quinze anos depois Bernardino J. de S. Carneiro, mais resumido, acrescenta apenas que «o seu estilo é o da ode anacreôntica»[2], o que bem aponta que mais se elidira a impressão de sublimidade possível dos assuntos, ainda apontada por Freire de Carvalho. Resumindo mais as noções dos antecessores, Henrique Midosi, em 1875, reitera todavia a não sublimidade, pois que expressamente declara que «o estilo próprio desta espécie de poesia é o médio, elevando-se ou descendo segundo a matéria que trata...»[3]. Segundo ele, esse estilo médio era também o da ode anacreôntica, a que Bernardino Carneiro assimilava a canção. O estilo sublime era para odes sagradas e heróicas, pois que mesmo à ode filosófica ou à ode epódica não competia mais que o médio...[4].

Não nos detenhamos nas devoções camonianas do final do século XIX e princípios do século XX, para as quais tudo era bom que fosse de Camões, ou, sendo bom, era dele; e tudo era medíocre que o não fosse, ou, sendo mau, não poderia ser dele... — e para as quais a sublimidade não era função de estilo apropriado ou de elevado assunto, mas apenas da atribuição desejada ou repelida[5]. No que quase todos os estudiosos pagaram, imitando Faria e Sousa, o pouco respeito em que o tiveram sempre!

A edição de 1932 da lírica camoniana, apesar de subscrever mais ou menos a chamada Tese da Infanta (o que, sem dúvida, em matérias de objecto amoroso, é a sublimidade posta logo abaixo de imperatriz e de rainha) não abundava, no que respeita à expressão poética, em ver densidade de pensamento, e consequente sublimidade intelectual, no maior cultor daquelas canções a que, para os tratadistas retardados do século anterior, bastava o estilo médio. Foi o que António Sérgio enfim denunciou num dos seus mais célebres, brilhantes e controvertidos ensaios[6], chamando a atenção para a intelectualização profunda do pensamento poético de Camões, e para a natureza «mística» dessa intelectualização do seu lirismo amoroso, natureza que transcendia em muito o erotismo vulgar de um grande apaixonado que contasse entre as suas conquistas tudo, desde as barregãs do Mal Cozinhado às princezas disponíveis na corte de D. João III. E apoiava as suas teses, que o não eram, mas em parte uma evidência (já que, no conceptismo camoniano se revelavam os tesouros, e não aquela superficialidade lúdica e de mau gosto que os «prefaciadores» viam), em numerosas citações, em que as canções não eram menos usadas que sonetos ou elegias ou odes.

Numa fórmula particularmente feliz, José Régio aderia em 1944 com prudência (que, aliás, não faltara a António Sérgio na sua tão necessária atitude polémica), às observações de António

Sérgio: «Não místico puro, mas homem de tendências místicas; não constante moralista, mas homem de profundas preocupações moralistas; não indiscutível metafísico, mas homem muito capaz de meditação, especulação e análise — permeável, portanto, à metafísica —, tal nos aparece Camões»[7].

Mas, em 1947, Joaquim de Carvalho ainda repetia: «Camões não teve, como Antero, inquietudes metafísicas, nem o seu espírito se debateu num conflito de ideias, que lhe impusesse a necessidade intelectual de racionalizar o real, ou duma idealização pessoal, consistente e coerente, da vida». E, mais adiante, reiterava explicitamente: «O alto espírito que escreveu algumas estâncias de *Os Lusíadas,* as eternas redondilhas — *Sobre os rios que vão* — e alguns sonetos, poderia ter escrito poesias filosóficas, horacianamente, de serena contemplação da ordem cósmica, ou, sobretudo, de inquieta vibração moral, sobre o ser e o destino da natureza humana; mas o seu temperamento, impenitente e ardorosamente amoroso, não lhas ditou»[8].

Estas observações do eminente estudioso da cultura portuguesa são da maior gravidade e exigem detida análise, para o que as analisaremos, membro a membro de frase.

«Camões não teve, como Antero, inquietudes metafísicas»: Para um historiador da filosofia, e, além disso, erudito investigador das origens do pensamento de Antero, como foi Joaquim de Carvalho, o pensamento camoniano, a existir com categoria especulativa, não se equipara ao de Antero. Porquê? Antes de mais, por certo, a resposta estará em que Camões não compôs, como aquele, ensaios de prosa filosófica, já que o próprio Joaquim de Carvalho dá, nos seus três estudos, elementos para supormos que a cultura de Camões, em matéria filosófica, era não só mais que literária, como até capaz de reelaboração original. O que será inquietude metafísica? Sem dúvida que não é o «debate num conflito de ideias», logo, na parte seguinte da frase, oposto a esta primeira afirmação de carência camoniana. Não sendo isto, terá de ser um vago anseio escatológico, uma angústia kierkegaardiana, ou uma *consciência infeliz,* hegeliana, que Antero teria sofrido, e Camões não. Ora, tudo o que há sido dito de Camões, ou relevado nele, aponta para aquele anseio, aquela angústia, ou aquela consciência infeliz. Se o Amor, como individuação ôntica e ontológica, estava na raiz de todas as especulações heterodoxas dos séculos XV e XVI, não se vê, nem se entende (mais que por um preconceito do filosofema como incompatível com poema) em que medida as angústias expressas através dele possam revelar menos inquietude metafísica que as angústias do *inconsciente* de Eduardo von Hartmann, vibrantes nos

sonetos de Antero. E, se o lirismo fosse incompatível com a poesia filosófica — metrificação de filosofemas, ao que se depreenderia —, pior ainda se vê o que subsistiria validamente do lirismo de Antero.

«*Nem o seu espírito se debateu num conflito de ideias, que lhe impusesse a necessidade de racionalizar o real, ou duma idealização pessoal, consistente e coerente, da vida*»: Temos então que, não havendo apenas inquietudes metafísicas, mas, mais lucidamente, debate do espírito num conflito de ideias, resultam daqui, ou a necessidade de racionalizar o real, ou a necessidade de uma idealização pessoal, consistente e coerente, da vida. Esta disjunção é estranha. Haverá idealizações da vida, consistentes e coerentes, que possam não partir da racionalização do real? E haverá racionalizações autênticas do real que possam não organizar-se em *visão sistemática* da vida (pois que «idealização», termo perigoso, estará ali por compreensão *abstracta* e sistemática)? Parece que não. Mas a disjunção é muito significativa de um entendimento tipicamente *idealista* da especulação filosófica, segundo o qual há pensadores metódicos sem sistema (os que sentem a necessidade de racionalizar o real, mas não de organizá-lo) e pensadores sistemáticos sem método (os que sentem a necessidade de organizar uma visão da vida, mas não a de racionalizar a compreensão desta). Essa disjunção é ainda típica de uma tradição idealista, anterior igualmente às críticas a que foi submetida, quer pelo materialismo dialéctico, quer pela fenomenologia de Husserl. Para essa tradição, a dissociação de sistema e método implicitamente se apoia na distinção categorial e epistemológica entre o *real* (objecto de inquirição *ontológica*) e a vida (objecto de inquirição *ética*). Mas uma compreensão actual da especulação filosófica recusa esta falsa dicotomia, quer dinâmicamente veja o real como dialecticamente sendo causa e efeito da actividade humana, quer estaticamente o isole, para descrevê-lo em termos de *redução eidética*. E, no tempo de Camões (tal como hoje o existencialismo nas suas mais recentes aportações procura uma síntese superior das duas atitudes extremas, *mas não opostas,* acima referidas), assim o neoplatonismo procurava, pela síntese, a superação da falsa dicotomia representada pelo platonismo e pelo aristotelismo, cujas fixações escolásticas haviam delido quanto o segundo era decorrência *sistemática* da *metodologia* do primeiro. Terá sido isto mesmo o que, em termos que não poderiam ser de dialéctica social, compreenderam sucessivamente homens como o Petrarca ensaísta contra Averróis, ou Pietro Pomponazzi[7]. No tempo de Camões, e em termos petrarquístico-neoplatónicos, aquela dicotomia não tem sentido. Mas, admitindo que o debate de ideias, em termos idealistas, gera a necessidade evasiva de um espírito se refugiar numa idealização pessoalmente assumida, ou de racionalizar o real, parece que Camões terá sido, na sua lírica, um dos poetas do seu tempo mais estritamente e devotadamente atidos a qualquer de ambas as atitudes: já que pratica firmemente uma idealização sistemática que o conduz a uma inquietação *ética* permanente, e o faz em termos de racionalização ontológica do real que, claramente, para ele, se revela nas contradições da própria e pessoal vida.

«*O alto espírito que escreveu, etc.*»: É curiosíssimo notar como Joaquim de Carvalho, em 1947, aderia ainda a uma noção da poesia de Camões como a de um poeta sem dúvida grande, mas alto espírito especulativo em solitários e isolados fulgores que seriam «algumas estâncias de *Os Lusíadas,* as eternas redondilhas *Sobre os rios* e alguns sonetos». É nítido que não se pensava então em *Os Lusíadas* como uma estrutura gigantesca de significado ético e metafísico; e é nítida a *exclusão de todos os géneros líricos maiores* — canções, elegias, odes, éclogas — em que Camões pôde mais largamente se entregar, pela própria economia mais ampla das formas (a amplidão de *Os Lusíadas* estava sujeita a um estrito plano), à meditação e à análise.

«*Poderia ter escrito poesias filosóficas, horacianamente, de serena contemplação da ordem cósmica, ou, sobretudo, de inquieta vibração moral, sobre o ser e o destino da natureza humana*»: Esta frase, à luz do que viemos comentando, começa por declarar que Camões não escreveu poesia filosófica, à excepção daqueles passos, fulgurantes e ocasionais, supracitados. E, dentro da mesma dicotomia que pusemos em relevo, a frase considera que a «poesia filosófica», ou é de serena contemplação da ordem cósmica, à maneira do epicurismo de Horácio, ou de inquieta vibração moral, à maneira não se sabe de quem (Vergílio? Lucrécio?). Aí estamos nós divididos entre a inquirição ética e a inquirição ontológica. Mas, curiosamente, a filosofia de Horácio é *uma recusa à especulação* (aliás reconhecida, na frase, quando é referida a serena contemplação da *ordem* cósmica) e não uma superação dela... E, curiosamente, a poesia de Camões, toda ela vibrante de inquietações sobre o ser e o destino da natureza humana, só se eleva à serena contemplação da *ordem* cósmica por *superação* especulativa: é o que sucede precisamente até na contrição cristã de *Sobre os rios,* ou na majestade cosmológico-ética do canto X de *Os Lusíadas,* para não citarmos as monumentais canções *Manda-me amor, etc.,* e *Vinde cá, meu tão certo secretário.*

«*Mas o seu temperamento, impenitente e ardorosamente amoroso, não lhas ditou*»: Deste, mais que curioso, estranhíssimo membro da frase, concluir-se-ia, enfim, que foi o erotismo impenitente e ardoroso de Camões o que o impediria de ascender à serena contemplação ou à inquieta vibração, com que se fazem as poesias filosóficas. Das duas uma, ou a filosofia é incompatível com as actividades sexuais, absurdo que não estaria no espírito de Joaquim de Carvalho, por muito que admirasse a castidade de Spinoza ou de Kant[10]; ou, não sendo, necessário se torna que o erotismo não seja nem ardoroso, nem impenitente. Ora ninguém mais do que Joaquim de Carvalho estaria em condições de cultura histórico-filosófica para não tomar ao pé da letra, como haviam feito os prefaciadores da edição da lírica de 1932, o erotismo camoniano, tão empenhado em ascender ardorosamente e impenitentemente à «Beleza Geral»[11]. Mas o preconceito em favor de um Camões de «carne e de sentidos», que ele é admiravelmente na sua poesia, associado ao preconceito de que a poesia lírica (que não seja as odes de «estilo sublime»...) não é de ordem filosófico-moral, fazia esquecer que o neoplatonismo é *precisamente, na literatura,* uma linguagem superativa das dicotomias morais, em que se ascende coerentemente e constantemente do acto sexual praticado com ardor, à contemplação da *Vergine Bella, di sol vestita, coronata di stelle.* Ou só resta a hipótese de não se tomar a sério a ideologia filosófica a que adere Camões, ou o nível a que essa adesão se regista, o que é incompatível com a grande poesia que se lhe reconhece.

Foram considerações desta ordem, ainda que não tão declaradamente expressas, que nos levaram, em 1948, a reivindicar a acuidade e originalidade do pensamento camoniano[12]. Não se tratava — longe disso — de reassumir as teses de António Sérgio[13]. A ideia de uma capacidade especulativa de Camões não fora afinal posta nunca em causa, desde o século XVII, senão quando o dessoramento do lirismo, nas décadas que precedem a revolução Modernista, projectou sobre o lirismo como género a mediocridade intelectual dos seus cultores mesmo mais insignes, e transformou, no campo da crítica erudita, a investigação ideológica em pesquisa de «fontes». Tratava-se de, retomando as melhores tradições (em que Sérgio não cuidara de inserir-se), não apenas elidir a dissociação entre essa capacidade especulativa e o formalismo petrarquizante e neoplatónico em que ela se exprimia, mas inquirir da peculiaridade individual que tal expressão assumia. Esta peculiaridade seria a específica *dialéctica camoniana,* pela qual petrarquismo e neoplatonismo eram chamados a servir de *fórmulas* exprimíveis de algo que era uma intuição complexa, requerendo uma nova linguagem. Na rarefacção abstracta de uma compreensão poética da realidade, e em que o próprio devir dialéctico das ideias se identificava com a *criação poemática,* aquele serviço formular — que parecia o menos importante de um Camões «imitativo» — era o último recurso expressivo do poeta, a sua defesa contra o silêncio angustioso que ele tão bem descreve em numerosos passos, extremamente significativos de como, numa genial intuição dialéctica, a clássica e tópica «fuga do tempo» se confundia, nele, com a *aufheben* hegeliana. E era isto mesmo o que se sintetizava, ao dizermos do génio camoniano que é um «génio abstracto (ou seja: em que se define o *universal concreto* hegeliano), que reduz sempre as emoções a conceitos, conceitos que não são ideias, mas a vivência intelectual delas»[14].

Esta distinção de que os conceitos não são, em Camões, ideias, mas a vivência intelectual delas, é de suma importância na valorização do pensamento camoniano, mas, é claro, não será sensível a pessoas que, por deficiência de cultura filosófica, não distinguem as duas coisas.

É notório que — ainda que não suficientemente atentado — a expressão camoniana releva da *intelecção discursiva*. Com efeito, na expressão artístico-literária, podemos distinguir a *intelecção* segundo o modo como a linguagem literária desenvolve e significa os dados iniciais que é chamada a exprimir. Neste plano de entendimento da expressão, há, em casos extremos, intelecção *metafórica,* quando se dá *translatio similitudinis,* e intelecção *discursiva,* quando a expressão intelectiva opera por identificações racionais[15]. As metáforas camonianas são por de mais alegóricas, ou ornamentais, ou de significado mnemonicamente tópico, para que constituam a base da intelecção dos dados imediatos da consciência estética de Camões. E a poesia deste é demasiado *discursiva,* demasiado operante por identificações racionais de conceitos gerando-se uns dos outros, para que o seu tipo de intelecção não seja, efectivamente, *discursivo,* por oposto a metafórico. Se precisarmos de exemplo, e de latinos da grande época clássica, teremos um metafórico em Propércio, e um discursivo em Horácio (cuja concisão elegante não deve iludir-nos). A conceituação sistemática das emoções, que Camões pratica, reiterada pela sua posição psico-epistemologicamente *intelectualista,* condu-lo necessariamente, porque ele é evidentemente um *erótico sensual*[16], a uma lógica *vitalista* e não mecanicista, na sua visão do mundo. E, portanto, a sua discursividade intelectiva — se motivos de ordem histórico-sociológica não houvesse para tal — não poderia conter-se nos limites de uma conceituação estática, mas na fluidez dinâmica dos conceitos como vida intelectualmente apreendida.

Mas, se os conceitos não são ideias, e se portanto não tendem para uma realidade arquetipicamente platónica, isto significa que, especulativamente, a dialéctica camoniana se afasta da dialéctica de Platão, e que o dualismo de Camões, ultrapassando a simples dialéctica do ser e do não-ser[17], se aproxima de uma concepção moderna, que, numa época crucial, Camões genialmente intuiu. E de acordo com isto (mutuamente se iluminando os dois aspectos do pensamento camoniano) estaria a posição de Camões sobre a «matéria-prima» de Averróis, posição cuja originalidade e cuja discrepância foi posta em relevo precisamente por Joaquim de Carvalho[18]. Com efeito, se «as ideias não eram exemplares absolutos exteriores a Deus porque existiam no pensamento divino», como queria Tomás de Aquino; se a matéria-prima não é coeterna com Deus, ao contrário do que queria Averróis; e se os conceitos, não sendo ideias, são emanações da própria dialéctica vital em que Deus se cumpre e humaniza, a *dialéctica camoniana não só é originalíssima, como não é vivência mística, mas identificação da consciência individual com a compreensão da ordem cósmica*. E, ainda que Camões não tenha sido um filósofo, não se vê que a história das literaturas ofereça muitos exemplos de mais alta categoria intelectual e especulativa do que a dele.

É sem dúvida um perigo, tão grande como negar filosofia aos poetas, reafirmar-lhes calorosamente a excelência de incipientes filosofemas. Arriscamo-nos grandemente a diminuí-los, quando estamos devotados a amplificá-los. Porque o pensamento poético não é, evidentemente, nem pretende ser, um tratado de lógica dedutiva ou indutiva. Mesmo quando opera, em carácter eminente, por intelecção discursiva, não abandona nunca o raciocínio analógico. Mas a filosofia actual não acredita — como idealisticamente acreditava a anterior, ou alguma dela — que a Verdade seja algo de externo e independente dos termos em que seja expressa, e a própria redução desses termos a uma descrição essencial, de ordem fenomenológica, não prescinde de uma filosofia da linguagem, em que esta já não surja como veículo provisório de uma verdade eterna. De modo que — e mesmo não entrando em linha de conta com uma sociologia da cultura — a filosofia, como especulação metafísica, nem está ilibada das acusações de analogismo que impendem sobre a expressão poética, nem partilha do carácter logístico da ciência, a menos que se reafirme, em casos concretos, em termos de *práxis*. Por outro lado, na medida em que tendermos para uma concepção fenomenológica, ainda que dinâmica, da realidade, o que importa fundamentalmente não é um *critério de verdade*, mas um *critério de certeza*. E este critério de certeza corresponde, na expressão literária, a um *critério de rigor*. E, então, sobretudo, e menos que a «altitude» das concepções (que não sabemos mais o que seja), importa o rigor com que é descrita uma *situação* concreta do espírito, conceituando-se. Camões que, quanto ao tipo de *observação* que pratica, usa de um *descritivismo fenomeno-*

lógico, mais interessado em comentar a *eventualidade* isolada do objecto das suas meditações, que o *comportamento* desse mesmo objecto (caso em que o descritivismo, por globalizante, seria *impressionista*), até por esse aspecto se define como um pensador «moderno». Pensador-poeta, antes e acima de tudo. Mas naquele «antes» e naquele «acima» em que a poesia é mais duradoura e mais actual do que a filosofia, pois que parte de uma experiência vital. Camões insiste, constantemente, nos dados *dessa* experiência que não é experimentação. E, num grande poeta, já o dizia Paul Claudel na sua *Art Poétique,* esse «saber de experiência feito», é, às vezes, uma *toute petite chose,* irrisória para filósofos profissionais. Mas, acrescentava Claudel, e a filosofia de hoje concorda com ele, o que vale é a maneira como tudo o resto vem compor-se e coordenar-se em torno desse pequeno e insignificante núcleo.

No caso de Camões, esse núcleo não é pequeno nem insignificante. Busquemos dele os fragmentos que estruturam as *canções.*

NOTAS

1 Francisco Freire de Carvalho, *Lições Elementares de Poética Nacional, seguidas de um Breve Ensaio sobre a Crítica Literária,* Lisboa, 1840, pp. 42 e 43. Note-se como Freire de Carvalho se refere aos assuntos simples e ordinários, medíocres, e sublimes — seguindo fielmente a terminologia dos poetas clássicos. Já no século XV, exactamente em 1449, segundo Amador de los Rios, na sua biografia (*Vida del Marqués de Santillana,* Col. Austral, Buenos Aires, 1947), o marquês de Santillana, na sua «carta-proémio», classificava semelhantemente, e em função dos assuntos e da técnica adequada a eles, os géneros da poesia: ínfimo, medíocre e sublime. É evidente que os termos não implicam conotações judicativas e muito menos pejorativas, ao contrário do que, em fins do século XIX e ainda no nosso tempo, se tem pensado. O sublime, para Santillana (traduzimos), «se poderia dizer por aqueles que as suas obras escreveram em língua grega ou latina»; do medíocre «usaram aqueles que em vulgar escreveram»; ínfimos «são aqueles que, sem nenhuma ordem, regra ou conto, fazem estes romances e cantares de que as gentes de baixa e servil condição se alegram». Santillana, pois, e tal como pensariam muitos tratadistas no segundo quartel do século XVI (na polémica europeia sobre as virtudes literárias da «língua vulgar», que já Dante na viragem para o século XIV, defendia... em latim), reservava a sublimidade para as línguas clássicas. Em comparação com elas, as línguas nacionais eram «medíocres»; e é claro que a literatura que, sem «engenho e arte» (ou sejam, os metros «modernos» do italianismo), como diria Camões, se escrevesse nelas, só podia ser, dentro da mediocridade generalizada dessas línguas, «ínfima»... Não havia, porém, contradição alguma em que Santillana

e, um século depois, Camões se esforçassem por ser bons poetas «medíocres», e que, dentro dessa mediocridade, tivessem cultivado a graciosidade de algumas formas «ínfimas»... De resto, estes homens não usavam a palavra «ínfimo» com a conotação que tem hoje, mas como um latinismo, e então significava *mínimo*, ou *menor*. A língua e as formas é que eram isto ou aquilo, não a poesia que se escrevia nelas e por elas, como se comprova das referências que Santillana faz, no mesmo contexto, aos mais notáveis poetas europeus em «vulgar». O próprio Dante (e é Burckardt, *ob. cit.*, p. 122, quem releva o facto) empregara o termo *poeta* para o versejador em latim; o versejador em «vulgar» era *rimatore* ou *dicitore per rime*. No século XVII, e passadas as polémicas das línguas nacionais, Severim de Faria era já categórico acerca do que se diria sublimidade da «língua vulgar» em Camões, como é anotado adiante. No entanto, é curioso acentuar que de Camões se dizia que era bom *dizedor* — o que, lamentavelmente, já tem havido quem suponha referir-se às suas boas piadas...

2 *Poética para Uso das Escolas,* 4.ª edição, Coimbra, 1855, p. 38.

3 *Poesias Selectas para Leitura, Recitação e Análise, etc.* 10.ª edição, Lisboa, 1875, p. 155.

4 Manuel Severim de Faria, na sua biografia do poeta dos *Vários Discursos Políticos,* pensava de maneira firmemente oposta: «Nas odes e canções seguiu o estilo grandíloquo, e assim participam da majestade dos seus *Lusíadas*» (ed. de 1791, p. 334).

5 Nobilíssimas excepções interpretativas são Oliveira Martins, com *Camões, Os Lusíadas e a Renascença em Portugal,* Porto, 1891, e Latino Coelho, em *Luís de Camões,* Lisboa, 1880.

6 *Questão Prévia dum Ignorante aos Prefaciadores da Lírica de Camões,* in *Ensaios,* tomo IV, Lisboa, 1934. Esse estudo de António Sérgio, contemporâneo dos trabalhos de F. R. Leavis e de W. Empson, é um dos monumentos pioneiros da crítica de sentido.

7 *Luís de Camões,* introdução, selecção de textos e notas por José Régio, Lisboa, 1944, pp. 31-32. A introdução teve recente reedição revista em José Régio, *Ensaios de Interpretação Crítica,* Lisboa, 1964.

8 Estudos sobre as leituras filosóficas de Camões, in *Estudos sobre a Cultura Portuguesa do século XVI,* vol. I, Coimbra, 1947, pp. 228-29. Aliás, a responsabilidade de Joaquim de Carvalho, nesta matéria, é bem maior, porque o seu estudo havia sido publicado primeiro na *Lusitania,* fascículos V e VI (camoniano), 1925, e, mais de vinte anos depois, ele não achou que devesse alterá-lo quanto a estas graves afirmações analisadas no texto. E note-se que, não sendo J. M. Rodrigues, e muito menos Lopes Vieira, as autoridades filosóficas que J. de Carvalho seria para eles, a sua opinião pelo menos coonestou, se não influiu nela, a deles sobre um Camões que só às vezes, fora do lirismo namoradeiro ou do «detestável» conceptismo, era capaz de ascender às altas belezas intelectuais (e isto apesar de Camões ter sido tido, por eles todos, como membro de honra da Associação dos Antigos Alunos da Universidade de Coimbra...). Que depois de António Sérgio, Joaquim de Carvalho nada tivesse alterado do seu estudo

(além de, a vinte anos de distância e de não publicação em volume, continuar a achá-lo integralmente válido), eis o que é muito típico dos métodos de trabalho da universidade portuguesa, com a sua falta de tempo para composição e revisão de estudos críticos, e com a sua oposição a deixar-se contaminar pelos não-universitários. Não foi muito diferente a atitude de Hernâni Cidade, ao reeditar os seus três volumes sobre Luís de Camões, e quando se refere, em prefácio, aos estudos de António Salgado Júnior, António Sérgio, José Régio e do autor destas linhas, entretanto aparecidos, em termos encomiásticos de reconhecimento, mas tais que dir-se-ia não terem esses estudos «contaminado» o texto... É curiosíssimo observar que o próprio José Maria Rodrigues, ao discutir a inanidade histórico-biográfica das Natércias todas, na obra e na vida de Camões, teve a intuição da verdade: «Porque não hei-de supor que a celebrada Natércia, que tanto tem dado que cuidar aos seus biógrafos, não é mais que um parto da sua imaginação para, por sua conta, filosofar do amor?» (citado por Aquilino Ribeiro, *Luís de Camões — fabuloso — verdadeiro,* vol. I, p. 121, Lisboa, 2.ª ed., s. d.). Mas este assomo de bom-senso destinava-se a identificar aquele «filosofar do amor» com a infanta D. Maria...

9 Vide *The Renaissance Philosophy of Man,* edited by E. Cassirer, P. O. Kristeller, J. H. Randall Jr., Chicago, 1948.

10 Ou de Antero de Quental também...

11 É esquecer de resto a doutrina da «dupla verdade», tão importante nas formas aristotelizantes do platonismo, e que Faria e Sousa, remontando na metodologia exegética a Clemente de Alexandria, magistralmente usou nos seus comentários a *Os Lusíadas.* Sobre uma revalorização da crítica de Faria e Sousa, assim entendida, ver Edward Glaser, *Manuel de Faria e Sousa and the Mythology of «Os Lusíadas»,* in *Miscelânea de Estudos a Joaquim de Carvalho,* n.º 6, 1961; e consultar a própria «fonte» metodológica: Clemente de Alexandria, *Le Protréptique,* int., trad. e notas de Claude Mondésert, 2.ª ed. «revue et augmentée» du texte grec, «Sources Chrétiennes», Paris, 1949.

12 *A Poesia de Camões — Ensaio de revelação da dialéctica camoniana.* Conferência de 1948, primeiro publicada em 1951 e mais tarde recolhida em *Da Poesia Portuguesa,* Lisboa, 1959. [in *Trinta Anos de Camões,* 2 vols., Lisboa, 1980] Não conhecemos qual o sentido de um estudo oitocentista germânico — H. von Suttner, *Camoens, ein philosophischer Dichter,* Wien, 1870 — que não conseguimos consultar, nem sabemos se ele representava de facto uma tentativa para reabilitar a capacidade filosófica de Camões *enquanto* poeta.

13 Não se tratava, como é evidente e claro, de fazer reverter Camões a um idealismo racionalista que culminasse em contemplativismo religioso, ou justificasse a tese de Camões como Poeta da Fé. E parece ser este o sentido de várias alusões de António José Saraiva (*Luís de Camões,* Lisboa, 1959) às nossas teses de 1948 sobre a dialéctica camoniana, embora adira, por certo por coincidência, a diversas observações que havíamos consignado naquele estudo, como por exemplo o facto de o petrarquismo e o platonismo serem, para Camões, «modos de expressão». Como em dialéctica histórica poderiam sê-lo, se não

houvesse, no espírito de Camões, uma compreensão dialéctica da apreensão do mundo, sua correlata, e pela qual Camões superasse a situação histórica, é o que se não deixa ver então... Desta contradição (que não é uma contradição «dialéctica», mas *em termos* e em superficialidade histórico-filosófica), Saraiva habilmente quis sair, insistindo numa dualidade de estilos em Camões (a ideia de dualidade havia sido também exposta por nós, mas não em «estilos», e sim como um maniqueísmo inerente à linhagem a que Camões pertence), e invocando mesmo (num paralelo que não se vê que ciência dialéctica autorize, a não ser alguma desculpável demagogia que tem feito as vezes dela) a heteronímia de Fernando Pessoa, confundindo portanto os estilos adequados aos géneros e às formas, de que usa naturalmente Camões (e que as poéticas preceituavam), com a criação poético-romanesca de «estilos individuais» como expressão de diversas atitudes possíveis ante a natureza e a vida, que faz Pessoa. O problema da fé e da descrença no século XVI foi estudado superiormente por Lucien Febvre — *Le Problème de l'Incroyance au XVIème Siècle* — *La Rél180n de Rabelais,* Paris, 1942, que citávamos no nosso estudo *A Poesia de Camões — Ensaio de revelação da dialéctica camoniana,* para onde remetemos o leitor. Tem sido controvertida a interpretação de Febvre, sobretudo porque se confunde com ateísmo (como os antagonistas confundiam nesse tempo) o deísmo que tentou florescer no fim da Época Maneirista (últimos anos do século XVI e primeiro quartel do século XVII), do mesmo modo que se confundem, para o mesmo efeito, os «libertinos» desse tempo, com os seus homónimos do século XVIII, que vieram a ter outra e decisiva importância na formação do complexo ideológico que presidiu à Revolução Francesa. No Renascimento propriamente dito, não há deísmo, mas atitudes deístas, segundo Burckhardt (*ob. cit.,* p. 341) que acentua nelas a visão do mundo como um macrocosmos moral e físico. Do desconcerto deste cosmos, sabemos nós qual a maneirística opinião de Camões. O caso da França nos ajuda a compreender isto. Por volta dos anos 20 do século XVII, a França emergia de quarenta anos de guerras civis de religião (1560 — conjuração de Amboise; 1598 — édito de Nantes), tal como, em 1660, com a Restauração «libertina», a Inglaterra saía de mais de um século de sucessivas e opostas ditaduras político-religiosas. A aristocracia britânica, com a sua clientela, em grande parte emigrara para França, durante as guerras civis e a República Puritana, e aí participara ou assistira ao reprimido surto «libertino» que a centralização definitiva do poder real, operada por Richelieu, se apressara aliás em liquidar. O Padre Mersenne, em 1624, publicara uma ponderosa obra, dedicada àquele cardeal, cujo título é altamente significativo: *L'Impiété des Deïstes Athées et Libertins de ce temps combattue et renversée de point en point par raisons tirées de la Philosophie et de la Théologie.* As confusões que mencionámos, este título as revela: os deístas (ou seja, os partidários da religião da Natureza) eram, *ipso facto,* identificados como *ateus* e como *libertinos.* Um ano antes de Mersenne, o jesuíta Garasse publicara, sobretudo contra o grande poeta Théophile de Viau (1590-1626) — e outro poeta, Étienne Durand (1590-
-1618), fora executado não apenas por razões políticas —, o seu *La Doctrine*

curieuse des beaux esprits de ce temps ou prétendus tels. Nesta obra polémica (e circulavam clandestinamente em França os celebrados e anónimos *Quatrains du Deïste ou l'Anti-Bigot,* poema contra as religiões estabelecidas, em favor da religião da Natureza, e contra os devotos e beatos, em favor da religiosidade tolerante e adogmática), Garasse menciona os autores que seriam, segundo ele, os mestres do «ateísmo» libertino do perigoso Viau e seus sequazes: Pomponazzi (1462-1525), Maquiavel (1469-1527), Paracelso (1493-1541), Cardano (1500-1576), Charron (1541-1603), o amigo e sistematizador de Montaigne, e Lucílio Vanini (1589-1619), itálico autor dos tratados latinos *Amphitheatrum, etc.* (1615), e *De admirandis natureae, etc.* (1616), condenado à morte e queimado vivo em Toulouse, por suspeição de «ateísmo». É claro que, acima de todos, e com a sua demoníaca arte literária, figurava o abominável Rabelais (1493?-1553)... Quer dizer que os «mestres» eram sobretudo os racionalistas averroístas e os empiristas do naturalismo filosófico, que iam até ao ocultismo (como é o caso de Paracelso, Cardano, e do próprio Vanini), e nenhum deles um ateu no sentido actual do termo (o que, para Charron, seria um supino disparate). Será muito difícil identificar esta linhagem (aliás configurada, mais que em si mesma, no fanatismo de Garasse), com qualquer aspecto do pensamento camoniano, cuja dialéctica é intelectualista e não a de um apaixonado da religião da Natureza, ateu e (ou) libertino segundo as concepções do primeiro quartel do século XVII. E há que, adicionalmente às várias confusões polémicas que acabamos de observar, não estabelecer outra: a de, levianamente, identificar-se a sensualidade de Camões com o naturalismo religioso. Aliás, um século depois das polémicas supracitadas, Anthony Collins (1676-1729), deísta extremado e *anticristão,* jovem amigo de Locke, ainda era considerado, por isso, um *ateu.* Acerca de Mersenne, Garasse e Viau, ver o excelente *Le Préclassicisme Français* — presenté par Jean Tortel, Cahiers du Sud, Paris, 1952; e, sobre Collins e o deísmo — cujo primeiro sistematizador foi Herbert de Cherbury (1583-1648), numa obra, *De Religione Gentilium,* publicada postumamente em 1663, nos primeiros anos da Restauração inglesa —, ver *A Literatura Inglesa,* S. Paulo, 1963, do autor destas linhas, e como primeira aproximação a uma compreensão actual do problema. A personalidade do carmelita italiano Vanini, muito difamada ou enaltecida — sobretudo na base das tendenciosas informações de Mersenne e de Garasse —, é a de um atrabiliário e juvenil último abencerragem do aristotelismo averroísta de Pádua, propagado por Pomponazzi, Cardano e Telésio, e que fora aliás uma das acusações contra Giordano Bruno, de quem Vanini é também discípulo.

14 Vol. cit., p. 55.

15 Vide, do autor, *Ensaio de uma Tipologia Literária,* separata da *Revista de Letras,* vol. I, 1960, p. 20. [in *Dialécticas da Literatura,* Lisboa 1973; 2.ª ed. ampl., 1977, como *Dialécticas Teóricas da Literatura.*]

16 A conexão do intelectualismo e da sensualidade erótica tem sido — e ao contrário da convicção corrente em crítica literária — repetidamente

reiterada pela psicologia moderna, e em particular para o donjuanismo em que se insiste para Camões. Bastaria citar Freud, Otto Ranke, Marañon.

[17] Lapidarmente resumida no final do *Parménides,* de Platão.

[18] Estudo citado.

II

O PENSAMENTO CAMONIANO NAS CANÇÕES

1) *CONSIDERAÇÕES SOBRE O CONCEPTISMO*

A desvalorização de Camões como poeta de alto nível intelectual foi concomitante da que sofreu, em épocas ulteriores, toda a poesia europeia dos finais do século XVI, do século XVII e das primeiras décadas do século XVIII. Nessa desvalorização, entraram diversos factores de ordem ideológica, em que os aspectos políticos desempenharam importante papel. Não foram apenas os chamados «gongoristas» peninsulares que passaram a ser objecto das chufas dos espíritos «esclarecidos». O mesmo se passou com os poetas *metafísicos* ingleses, com os marinistas italianos, com os silesianos alemães, com os poetas franceses do pré-classicismo. E tal desvalorização não se limitava à arte literária. Salvo uma ou outra excepção de génio (cujo génio era, em geral, reconhecido pelas razões erradas), o mesmo se deu com as artes plásticas, ou com a música. Por sobre uma época inteira que, a par das mais monumentais criações, desenvolveu (e não em contradição consigo própria) os conceitos da ciência moderna, as bases da metodologia científica e os critérios epistemológicos do conhecimento humano (pois que Bacon, Kepler, Galileu e Newton pertencem a essa época), desceu, num equívoco verrinoso que ainda hoje produz os seus frutos, uma acusação geral de obscurantismo, de artifício, de oca actividade lúdica, de monumentalismo ridículo, de devoção espectacular e superficial, de autoritarismo político-social, em resumo, tudo o que irrisoriamente se consubstanciava num epíteto: *Barroco.* As virtudes e as glórias, ainda quando — concedia-se — se haviam apurado nessa época tão vasta (tão vasta que não era, afinal, uma só época), ou decorriam das majestades clássicas do chamado Renascimento, ou provinham das belezas racionalistas, precursoras imediatas da Revolução Francesa. E, na obsessão demo-liberalista com que quase dois séculos eram desprezados em bloco, não se queria ver que o chamado Renascimento não descobrira a metodologia

270

científica, senão depois de ter acabado; que o autoritarismo político havia sido teorizado e aplicado pelos «renascentistas»; que foram os racionalistas burgueses do século XVIII quem se fez adepto do «despotismo esclarecido»; e que os ideais da Revolução Francesa devem tanto ou mais ao irracionalismo de Diderot e de Rousseau, que ao empírio-racionalismo de Montesquieu ou de Voltaire.

Não eram — hoje se vê — autênticos ideais de liberdade o que levou os meados e os finais do século XVIII e os oitocentistas a menosprezar ferozmente uma época que, mesmo ornamentalmente, cultivou acima de tudo a inteligência[1]. Eram, tipicamente, ideologias de classe, em que a liberdade política e a liberdade intelectual acabaram chamadas a dissimular o livre comércio que interessava aos potentados da Revolução Industrial (contra o mercantilismo monopolista, ou contra o fisiocratismo agrário), e, consequentemente, o domínio das estruturas políticas pelos detentores do poder económico-financeiro. A ordem positivista que chegou depois a ser um ideal prático (e de que os autoritarismos do nosso século são ainda uma decorrência ideologicamente burguesa), não foi nunca, onde os interesses que defendia se viam ameaçados, menos dura que o hierarquismo seiscentista, tão rígido até nas codificações cortesãs da etiqueta.

O individualismo romântico (de que, no plano colectivo, as mitologias do *Volkgeist* são análoga expressão), ao retomar por sua própria conta os ideais revolucionários, invertia-os, porém, e por forma curiosa, já que esses ideais haviam sido racionalistas (a par de irracionalistas), e haviam chamado a si uma ressurreição das estruturas «clássicas» que, para os adeptos do despotismo esclarecido, tinham sido a própria expressão dos seus anseios estéticos. Essa inversão, porém, complexa como é, demonstra a que pontos os juízos sobre o «seiscentismo» eram impregnados de má-fé. Porque se detestava no aristocratismo do século XVII aquilo mesmo que se desejava para o burguesismo do século XIX, com outras atitudes exteriores. E, em matéria de arte, admirava-se o equilíbrio do «classicismo» francês, apoiado num despotismo integral; acusava-se o seiscentismo espanhol ou italiano de ser mau por apoiado no obscurantismo católico; e esquecia-se que o grande Milton era precisamente o poeta do despotismo puritano e republicano...

Hoje, em crítica literária e artística, a ressurreição do Barroco é indiscutível. Lamentavelmente, essa ressurreição foi muitas vezes conexa com uma nostalgia do autoritarismo hierárquico, dirigida contra o gosto liberal de um despostismo ao alcance só de todos os burgueses. E, paralelamente, reiterou ainda mais, nas suas posições, aqueles que, mesmo mais modernamente esclarecidos, não deixam de ser herdeiros do positivismo comtiano. Essa série de equívocos, que deveria ser alheia às preocupações da crítica (não por isenção sociológica dela, mas por uma consciência histórico-sociológica mais aguda, que ela deveria ter), vai desaparecendo.

E, a tal ponto desaparece, que não só o Barroco é estudado e estimado como uma das grandes épocas da humanidade moderna ocidental, como a exigência de compreendê-lo recuou historicamente os limites do chamado Renascimento, que hoje nos surge como um período que, iniciado em meados do século XIV, está esgotado nas primeiras décadas do século XVI, enquanto o Barroco, definido na sua dupla linha de estruturalidade clássica, e de ornamentalismo estrutural, se desenrola desde os meados do século XVII até aos fins do século XVIII. Entre um Renascimento que afinal foi uma série sucessiva de abortos excepcionais, a que é difícil estabelecer um denominador comum (no tempo, no espaço e nas personalidades mais marcantes), e o Barroco, que se caracterizou, na infinita variabilidade das formas e dos aparentes pressupostos ideológicos (foi opostamente anglicano e puritano na Inglaterra, quando era diversamente católico na Espanha, na Áustria, na França e na Itália, e era luterano na Alemanha), por uma unidade extraordinária, veio imiscuir-se, em História de Arte, um período fortemente autónomo e caracterizado — o Maneirismo — que temos defendido seja aplicado igualmente à compreensão dos fenómenos literários[2]. E pensamos que a distinção, como natural seria, não menos verídica é para o campo da especulação filosófica, com o português Francisco Sanches, ou o italiano Giordano Bruno.

Não está, porém, no âmbito deste trabalho a defesa do maneirismo de Camões ou de outros. O que, neste ponto, nos importa, para início das considerações sobre o pensamento camoniano, é registar que as objecções que arrastaram a sua desvalorização não têm mais razão de ser, quando Gongora, Marino ou John Donne foram repostos pela crítica numa grandeza que não é apenas reconhecimento e aceitação da imensa influência que exerceram.

Sem dúvida que o culto da subtileza verbal era uma velha tradição, muito mais inerente aos próprios estudos da literatura greco-latina do que longamente se pensou[3]; e que o *trobar clus* dos provençais representa um outro aspecto de certa atracção hermética que sempre se transfundiu do ocultismo religioso para a vida literária. Numa e noutra das linhagens, o petrarquismo não deixou de usar largamente de distinções finamente consignadas em lavores de estilo. Mas o que, no fim do chamado Renascimento, surge de novo e de diverso é a transformação de tudo isso, de acessório ornamental que era, em *ornamentalidade estrutural*. Na harmonia absoluta que foi o sonho barroco — quer pensemos no *Paradise Lost,* quer na *Paixão segundo São João,* quer em *Phèdre,* quer nos

Principia Mathematica, quer na *Monadologia,* quer nos quadros de Rubens, para focarmos obras significativas nos diversos campos —, essa ornamentalidade estrutural dominaria tudo e até também a rigidez do geometrismo intrínseco. Porque o sonho era harmonizar o estático e o dinâmico, o esquema fixo e o movimento dele. Antes dessa vitória que foi atingida, e depois da frustração da liberdade que o Renascimento não conseguira impor, intercala-se a originalidade autónoma (ou precursora, se quisermos) de *os homens se sentirem divididos entre uma liberdade vitalista do espírito e uma consciência mecanicista do mundo,* que, esta última, o Barroco teria como ideal especulativo. Nessa divisão tremendamente simbólica, de que Cervantes deu a mais alta expressão *figurativa* no *Quijote,* surgiram inevitavelmente o cepticismo integral (com Sanches), a pluralidade dos mundos (com Bruno), a rendição da criação individual a Deus (com Miguel Ângelo), ou a «agudeza e arte de engenho» (com Camões).

Com efeito, o homem ou duvidava sistematicamente, ou projectava cosmogonicamente a sua pluralidade, ou — temente de Deus e do Destino — lhe restavam dois caminhos: curvar-se humilde, confessando a inanidade de criar (como o Miguel Ângelo poeta e o Camões de *Sobre os rios*), ou defender-se desesperadamente dessa inanidade, transfigurando-a em vivência aguda do fluir dos conceitos, como o Camões todo.

Não sem razão, o grande crítico e pensador que foi Baltazar Gracián, ao teorizar de *Agudeza y Arte de Ingenio,* dava a Camões um proeminente lugar. Gracián fascinava-se justamente com a agudeza do conceptismo camoniano, que lhe parecia manifestação excepcional de uma consciência criadora[4].

Demasiado se têm confundido, mesmo ao louvar o Barroco (quanto mais ao depreciá-lo!), *cultismo* e *conceptismo*[5]. Mas erro concomitante seria destrinçá-los excessivamente, tomando como exemplo a rivalidade de grandes poetas como Quevedo e Gongora, que eram mais conceptista o primeiro e mais cultista o segundo. Característica da arte barroca é-o mais o cultismo que o conceptismo, dada a predominância dos elementos espectaculares nela, como signos exteriores e analógicos da sonhada harmonia interna. Antes do Barroco predomina o conceptismo, em que a «consciência infeliz» se instala no antagonismo doloroso das contradições conceptuais. E nem o desprezo de Quevedo e dos seus seguidores por Gongora têm afinal outro sentido que não o de repulsa por uma satisfação transcendente que eles ainda não encontravam na harmonia preestabelecida do melhor dos mundos possíveis, como a definiria Leibnitz.

273

C - 18

O abstraccionismo conceptual do lirismo da viragem do século XVI, apesar de, até certo ponto, oposto ao cultismo seiscentista, não podia deixar de ser, como foi, antipático às ideologias românticas. Estas, instaladas num irracionalismo sentimental, teriam sempre por odioso ou por inumano o exercício da inteligência, quando a racionalidade obsessiva do século XVIII acabara fazendo crer, por oposição, no mito da espontaneidade intuitiva do «génio». Mas o racionalismo setecentista, de raiz empírica, pouco ou nada tem de comum com a supra-racionalidade do conceptismo, de raiz predominantemente introspectiva. Simplesmente, quando era difícil crer que o génio raciocinasse, mais difícil seria reconhecer que o *sentimento pensasse*. Só a revolução mental do Modernismo, que podemos consubstanciar no *O que em mim sente está pensando,* de Fernando Pessoa, poderia de novo abrir as portas ao entendimento da profunda humanidade contida naquele supra-racionalismo, de que um Camões fez o melhor da sua criação artística.

Os próprios seiscentistas, sem dúvida, troçaram largamente dos abusos que o cultismo e o conceptismo permitiram. Mas isso, longe de poder reafirmar-nos na convicção da inferioridade necessária de tais hábitos criadores, dever-nos-ia esclarecer quanto à liberdade autêntica com que eram assumidos, já que esses homens sabiam criticar-se a si mesmos. E, se muita produção da época é intolerável, pela repetição de *clichés* ou pela mediocridade dos assuntos, acontece que hoje, para nós, é muito difícil salvar de igual desgraça grande parte dos mesmos geniais suspiros românticos, que não têm sequer a desculpa do brilho da inteligência ou da metáfora.

2) *AS CANÇÕES CAMONIANAS CANÓNICAS COMO EXPRESSÃO DE PENSAMENTO, CONSIDERADAS SEGUNDO A SUA VARIABILIDADE. SITUAÇÃO DAS APÓCRIFAS*

O inquérito estrutural que fizemos às canções camonianas provou a originalidade da sua forma externa; e, prosseguindo um pouco, onde e quando necessário, mostrou a que ponto, e quão autonomamente, Camões se distancia dos seus predecessores italianos ou espanhóis, como Petrarca, Sannazaro, Bembo, Garcilaso ou Boscán, cujas canções têm sido, por diversas razões, aproximadas das suas. Essas observações, com que prolongámos o inquérito estrutural, contribuem sem dúvida para dissipar dúvidas quanto à independência e à originalidade específicas de Camões.

Se a forma externa (ainda quando se trate de composições, como a canção, que, permitindo uma grande variabilidade, não menos se conformam a um esquema rígido) não é afinal mais do que a radiografia esquemática de um organismo mais completo e colorido do que as sombras escuras que a sua carne deixa na chapa do inquérito, ela terá de ser o suporte de um pensamento que, usando dela para exprimir-se, transfundiu-se nela e com ela para constituir uma nova entidade, um objecto autónomo que é a obra de arte.

Sem, portanto, reduzirmos forma externa e forma interna a um pensamento, e sim buscando este na própria forma sem a qual não existe, observemos as canções camonianas, perquirindo nelas, em função dos contextos, o que Camões fez da agudeza que a sua personalidade, o seu tempo e o seu destino lhe deram.

Das dez canções «canónicas», *três (Fermosa e gentil dama quando vejo, S'este meu pensamento e Tomei a triste pena)* assumem o tom de cartas fictícias dirigidas a uma dama; *quatro* são meditações subitamente cortadas por apóstrofe à «Senhora» *(Já a roxa manhã clara, Vão as serenas águas, Com força desusada, Junto de um seco, fero, estéril monte)*; e *três* são puras meditações de autobiografia espiritual, sem a ficção epistolar ou sem o calculado efeito do desvario apostrófico *(A instabilidade da fortuna, Manda-me amor, etc., e Vinde cá, meu tão certo secretário)*.

Vejamos se há, entre este tom que observamos nelas e a variabilidade total que lhes determinámos, alguma conexão. *Há.* Todas as canções que assumem o tom epistolar, ou em que o poeta se deixa arrebatar apostroficamente, são das de mais alta variabilidade total. *Manda-me amor, etc.,* cuja variabilidade prototípica é intermédia às de mais alta e mais baixa, já é uma meditação. E são meditações, sem qualquer referência apostrófica, as duas canções de mais baixa variabilidade. *Esta variabilidade,* portanto, e como seria de esperar, *é função do tom assumido pela canção,* e não a conformidade do tom ao esquema previamente escolhido.

Observemos agora, num esquema, como assim é:

III — 1,34 — semiepistolar ou apostrófica
IV — 1,28 — semiepistolar
V — 1,28 — epistolar
VI — 1,20 — semiepistolar
VIII — 1,14 — epistolar
VII — 0,87 — meditação
IX — 0,80 — semiepistolar
I — 0,71 — epistolar
II — 0,37 — meditação
X — 0,33 — meditação

A média dos quatro índices de variabilidade total das canções que são meditações cortadas por exclamações apostróficas (o que chamámos também *semiepistolar*) é, 1,16. A média para as três canções epistolares é 1,04. A média para as três canções que são puras meditações é 0,52. Olhando estas médias, não resta dúvida de como *a alta variabilidade é conexa com a exclamação dirigida, e de como a baixa variabilidade o é com a meditação ensimesmada.* Mais curiosamente ainda: é evidente que, onde e quando estava destinado que a explosão apostrófica se desse, a variabilidade total média é mais alta, ainda que não muito, que a média para o tom declaradamente epistolar. Mas a proximidade relativa destas médias e o enorme afastamento de ambas em relação à das «meditações» patenteiam como, na canção camoniana, a *exacerbação «romântica» da variabilidade dependia da concentração imaginosa na existência de interlocutor ideal.* Quando se fechou consigo mesmo, Camões fez que a variabilidade descesse a graus baixíssimos, consentâneos com o amargor lancinantemente sereno das canções meditativas.

Verifiquemos o que se passa, nas três classes em que as dez canções se distribuíram, quanto às amplitudes definidas pelos índices extremos das canções que constituíram cada uma.

Classes	Máximo	Mínimo	Amplitude
Apostróficas	1,34	0,80	0,54
Epistolares	1,28	0,71	0,57
Meditativas	0,87	0,33	0,54
Média	—	—	0,55

As canções, com índices muito diversos, distribuem-se regularmente pelas três classes (quatro na primeira; três na segunda; três na terceira). A distribuição delas foi feita em função de características expressivas muito evidentes. No entanto, *a amplitude das classes assim criadas é praticamente a mesma para todas elas, sendo que duas são mesmo iguais.* Pode ser uma coincidência, mas é uma maravilhosa coincidência que parece espelhar como *a estruturalidade camoniana* (que vimos revelar-se logo ao nível das estrofes individualizadas) *se manifesta coerentemente no conjunto das canções, não só tomadas de per si, mas segundo o tom dominante de cada uma.* Reciprocamente, este parâmetro da variabilidade rítmica assume, ainda mais intimamente, um carácter de representatividade essencial.

Formemos um quadro em que, por valor decrescente dos índices, e por classes, as dez canções fiquem inscritas:

Apostróficas	Epistolares	Meditativas
1,34	—	—
1,28	1,28	—
1,20	—	—
—	1,14	—
0,80	—	0,87
—	0,71	—
—	—	0,37
—	—	0,33

Notemos que, sendo as mesmas as amplitudes das três classes, no paralelo destas acontece que as canções se repartem em quatro grupos. No primeiro, de mais alto índice, há uma canção apostrófica; no segundo, de índice imediatamente inferior, há duas apostróficas e uma epistolar; no terceiro, que é de certo modo o grupo médio de variação, há apenas uma apostrófica, as últimas duas epistolares e a primeira das meditativas; no último dos grupos estão as duas canções meditativas restantes e as de mais baixo índice. *A regularidade desta distribuição não é menos impressionante que a identidade das amplitudes em que, por classes, elas se repartem.*

Estudemos agora, de per si, cada um dos grupos de canções.

Canções epistolares.

São a canção I *(Fermosa e gentil dama, quando vejo)*, a V *(S'este meu pensamento)* e a VIII *(Tomei a triste pena)*.

A I é a de tom epistolar mais comedido, já que a sua variabilidade total (0,71), ainda que muito superior à média da variabilidade das «meditações», é a mais próxima dela. Compreende-se que assim seja, pela elegância respeitosa de que teria de revestir-se uma composição que é, de ponta a ponta, uma epístola convencional, em que morrer de amor ou sofrer por ele são apenas refinamentos sentimentais e retóricos com que se penitenciam as «fraquezas do corpo, que é da terra». A acumulação de metáforas ou qualificativos tópicos — Dama *formosa e gentil,* testa de *ouro e neve,* aspecto *lindo,* boca *graciosa,* colo de *cristal,* o peito *branco,* os *arcos* das sobrancelhas, a linda *corda* dos cabelos, os olhos *belos,* o *doce* riso —, que se concentra sobretudo no início, é muito significativa da convenção literária e tradicionalmente cultista do retrato, e é demasiado continuada para que não corresponda a um dramatismo graciosamente assumido. É, de resto, o que o breve *commiato* claramente denuncia ao ser dito, através dele, que os arrazoados apenas servem, usando-se o tópico da ausência, para enganar com palavras o desejo. É uma canção galante esta, em que a vivacidade mesurada das antíteses reitera como o tom convencional não pretende significar terríveis vivências profundas, que apenas afloram por exemplo na doçura inesperada do *quinário jâmbico,* com que termina o conjunto estrófico: *se satisfaz c'o bem que não alcança.*

A V é, pelo contrário, a canção epistolar de mais intensa variabilidade, aliás de valor idêntico ao de uma das que contêm explosões apostróficas (a IV). É ainda uma composição em que abundam os tópicos elegantes, as descrições convencionais. Mas a intimidade dramática das efusões é muito superior à da canção anterior, com as suas *trimembrações adjectivas* (tormento cruel, áspero e grave; pássaro solitário, humilde, escuro; cisne puro, brando e sonoro; nariz bem proporcionado, lindo, afilado) que culminam na plurimembração complexa da penúltima das estrofes, com a reiteração da «humildade» do poeta, na intensidade da resposta: *Morro, porque é tão bela, que inda não sou para morrer por ela,* em que o convencionalismo da morte de amor se soma esplendidamente ao da indignidade humana ante a beleza suprema.

A VIII parece, e intermédia às duas anteriores, uma das mais fracas canções canónicas. Não pode dizer-se que haja, na individualização dos versos, ou no efeito acumulado por eles construído, nada que especialmente se destaque, a não ser os três versos finais que precedem o *commiato,* e que são de vigorosa intensidade expressiva. É uma «epístola» sem a beleza graciosa da I, nem a ironia elegante, mas um pouco ácida, da V. A sua expressão caracteriza-se, porém, por uma perturbante circunstância fonética: um ciciado permanente em que ς, *ss, s* entre vogais, χ, *s* inicial, etc., constituem uma continuidade, mais acentuada ainda pela persistência da vogal *e*. Numa canção cuja variabilidade é superior à média geral, ou à média dos valores máximo e mínimo de variabilidade, que significado pode ter este facto?

Trata-se de um discurso inteiramente abstracto, em que os raciocínios descritivos de uma situação resultante do afastamento e da esquivança se encadeiam. Todavia, este encadeamento progride por mera lógica dedutiva, até à explosão representada pelos três versos acima referidos, em que, na força rítmica dos jambos consecutivos, o ciciado desaparece. Por certo, à descrição de uma situação obsessiva de carência, segue-se o reconhecimento de que nada pode alterar a contraditória segurança do poeta. De modo que o texto sugere que entre aquela situação zumbindo no pensamento e fixando-se dedutivamente numa cadeia de impotentes verificações, por um lado, e a consciência autêntica profunda, por outro, vai toda a distância que o *commiato*, agindo exactamente como *envoi*, impõe à canção que, agora escrita, percorra. Sem graça e sem elegância, com uma expressão por vezes mecânica, esta é, pois, uma curiosa «epístola» transposta.

Canções apostróficas.

São apostróficas, sem deixarem de ser sobretudo meditativas, as canções III *(Já a roxa manhã clara)*, IV *(Vão as serenas águas)*, VI *(Com força desusada)* e IX *(Junto de um seco, fero, e estéril monte)*. A primeira, a de mais alta variabilidade de todas as canções, é um prodígio de comovente musicalidade. A segunda, de variabilidade muito próxima da daquela (e igual à da «epístola» *S'este meu pensamento*), é a canção mais breve que Camões escreveu. A terceira (de variabilidade intermédia à das suas «epistolares» *S'este meu pensamento* e *Tomei a triste pena*) tem pontos de contacto com a monumental seguinte, a IX, que é uma das mais extraordinárias peças de Camões e com, todavia, dois terços da sua variabilidade total.

Vejamos em que posição a apóstrofe surge nelas, e que correlação possa haver entre isso e a variabilidade.

Na canção III o apelo surge no verso 48, ou seja a $3/10$ do final. Na canção IV no verso 32, ou seja a $4/10$ do final. Na canção VI no verso 56, ou seja a $5/10$ do final. Na canção IX no verso 94, ou seja a $2/10$ do final. Para calcularmos esta posição dos versos, diminuímos ao total de cada canção o *commiato*, cuja função é global. Agora, recordemos que a variabilidade total destas canções é, respectivamente: 1,34; 1,28, 1,20 e 0,80. E, sendo assim, teremos de concluir que, *nas canções apostróficas de alta variabilidade total, o apelo surge tanto mais longe do final quanto menor é aquela variabilidade.* O que, sem dúvida, é indicativo do dramatismo monologal que Camões intencionalmente atribui a cada uma destas canções. Mas o que se passa com o apelo, na canção IX, parece contrariar esta pequena lei. Com efeito, a sua variabilidade é $2/3$ da mais baixa das outras; e o apelo aparece apenas quase no fim, ou pelo menos numa proporção menor que a de qualquer delas. Não a contraria, todavia. Porque, precisamente na proporção em que a sua variabilidade é menor de $2/3$ à da VI, a posição nova, quase final, da apóstrofe está a sensivelmente $2/3$ da posição que ocupa nessa VI

— e devemos concluir que, numa canção próxima da variabilidade média, e que para mais é extensa, necessariamente aquela lei se inverteria, tal como estamos vendo. Por estranho que pareça, era inevitável que numa composição votada à densa e vigorosa expressão da solitária amargura, cadenciada numa variabilidade intermédia, a explosão apostrófica surgisse apenas quando a carga expressiva atingisse uma tal acumulação emocional, que a explosão resultasse numa rajada impetuosa e sublime, em que não é mais um apelo, mas uma visão desesperada. E, em poucos poemas, como nesse, a reiterativa acumulação se terá processado, para tal, com tamanha intensidade.

Canções meditativas.

São, como vimos, três: a VII *(Manda-me amor, etc.)*, A II *(a instabilidade da fortuna)* e a X *(Vinde cá, meu tão certo secretário)*.

A primeira tem variabilidade total muito próxima da canção apostrófica *Junto de um seco, fero, etc.*, e já observámos o que isto significaria como mais uma prova do seu carácter idealmente médio e prototípico. É uma canção inteiramente despojada de teatralidade dramática, como o é também de reflexiva angústia. No seu andamento sereno, atinge as mais altas emoções intelectuais, com o seu minucioso descritivo *fenomenológico* das metamorfoses dialécticas. A transposição absoluta de toda a circunstancialidade biográfica é realizada com uma firmeza rítmica quase incalculável, e tudo se tornou visão alegórica do próprio fluir do pensamento poético. Quanto à exposição deste pensamento em Camões, ela é uma peça fundamental, quer na versão de 1595, quer na de 1616.

A segunda, com alguns belos versos (versos 3, 4, 6, 8, 27, etc., e os finais da última estrofe antes do *commiato*), é muito forçado nos seus símiles demasiado expositivos para brilharem como alusões cultas. A sua pouca variabilidade resulta mais do artificialismo de todo o desenvolvimento que de uma emoção transfigurada[6].

Já a X, com a sua variabilidade total tão incrivelmente baixa e a sua desmesurada extensão, é precisamente tudo, e mais, que aquela não foi. Assim como a IX é a definitiva expressão da destituição humana, e a VII é a harmoniosa e imortal fixação daquilo que é, por natureza, a própria infixidez, esta é uma vida inteira, decantada e reflectida na desgraça maior que é nada ter senão coração sangrando e inteligência implacavelmente arguta. Tudo aquilo que na canção VII, nesse equilíbrio maravilhoso, é a própria impessoalidade a que o poeta sacrifica a vida, é na canção X o que, como homem, lhe resta: uma solidão como a das águas vazia, onde só

280

as vãs memórias — vãs porque de nada servem a quem deu tudo ao fluir da vida universal — perpassam continuamente, quase, ah! quase, a tornarem-se uma apóstrofe, um apelo, que se esboça na última estrofe, mas que discretamente, numa amargura imensa, é silenciado... Acabou-se já o «gosto do louvor», e nem mesmo a «lembrança da longa saudade» pode mais contra a miséria gloriosa de quem nascera para «ter por certo que era verdade quanto adivinhava».

*

Os inquéritos e análises feitos ao longo deste estudo, no que se ocuparam das canções apócrifas de Camões — que não são o objectivo primacial deste estudo, senão na medida em que constituem material de aplicação de um método e contribuem reflexamente para o estabelecimento do cânone camoniano —, aconselharam a inclusão de princípio, neste cânone, de duas das canções apócrifas — *Oh pomar venturoso* e *Quem com sólido intento,* ambas inseridas na edição de 1668, e anteriormente já impressas, anónimas, na *Miscelânea* de Leitão de Andrade. Outras duas — *Qu'é isto? sonho, etc.,* e *Glória tão merecida* — não podemos, em princípio, e à luz dos mesmos inquéritos, admiti-las ou excluí-las. Uma outra será um extracto de écloga, em estrofes de canção. E ainda outra é, não uma canção, mas uma ode de Camões.

Interessa, portanto, neste ponto, observar como se comportam aquelas canções — as duas mais certas e as duas mais duvidosas —, no âmbito das conclusões a que chegámos acerca das canções canónicas, no que respeita ao índice de variabilidade total como expressão de pensamento. Para as primeiras duas, resultados positivos serão mais uma confirmação; e, para as segundas, por certo que a investigação contribuirá para esclarecer a situação delas.

Quem com sólido intento. — O seu alto índice de variabilidade total — 1,31 —, inserido na ordem decrescente das variabilidades canónicas, colocaria esta canção em 2.º lugar, logo depois da III, que tem o mais alto índice (1,34). Quanto ao tom que essa variabilidade é chamada a exprimir, esta canção seria uma canção meditativa, já que não há, ao longo dela, uma explosão apostrófica, nem é, desde o início, dirigida a ninguém. Sob este aspecto, ela situa-se muito acima das outras três canções canónicas meditativas (VII, II, X), entre as canções epistolares e semiepistolares de mais alto índice. Seria, portanto, nas canções meditativas, uma excepção, pois que se situa muito fora da gama de amplitude das três classes, que, como vimos, é a mesma aproximadamente para todas. Mas nada impede que, de certo modo, a entendêssemos como estruturalmente semiepistolar ou epistolar, na medida em que o seu carácter meditativo assenta na alusão aos efeitos desastrosos da paixão por «uma linda fera» que é, como causa imediata, destacada das generalidades, e referida a menos de metade (verso 41) da canção. Mais exactamente, então, ela poderia ser semiepistolar ou apostrófica. *Qu'é isto? sonho, etc.* — É nitidamente uma canção apostrófica ou semiepistolar, também, em que sucessivas apostrofações (aos olhos da ninfa, na 2.ª estrofe; aos cabelos dela, na 3.ª; à vida e aos olhos do poeta, na 4.ª estrofe), que são apóstrofes aparentes, culminam na dirigida à «Aurora avara», na estrofe que precede o *commiato*. O índice de variabilidade total desta canção é 1,23, e situa-se pois correctamente dentro da classe das canções apostróficas.

Oh pomar venturoso. — Com uma variabilidade total de 1,20, igual à da canção VI (que classificámos de semiepistolar), é dirigida sempre a uma entidade específica — o «pomar venturoso» —, ainda que não personalizada. Isto a classifica, de certo modo, como epistolar. O seu índice, situado entre dois desta classe, não levanta qualquer problema.

Glória tão merecida. — Esta composição, pelo seu índice estrófico que é 1,19, poderia incluir-se, quer na classe apostrófica, quer na epistolar, já que, no caso da primeira inclusão, o seu índice é praticamente igual ao que constitui o limite inferior da classe. Ela é, porém, nitidamente uma composição epistolar, dirigida «A uma promessa de uma glória cuja vinda tardava» (que é o seu título), a qual é apostrofada na segunda pessoa (do singular, na 1.ª estrofe; do plural, na última).

A título de curiosidade, examinemos também *A vida já passei assaz contente.*

Vimos que ela — por análise à forma externa e por considerações de crítica interna — é assimilável a um fragmento (ou fragmentos sucessivos) de uma écloga, o que, se a defende camonianamente alguma coisa, não a classifica com segurança como canção. O seu índice estrófico é 0,65. É uma composição epistolar, com apóstrofe ao pastor fixada no verso 74, a $8/10$ do final do texto. Sendo 0,71 o índice da canónica epistolar de mais baixo índice, não se pode dizer que ela se exclua substancialmente da classe a que teria de pertencer; e a colocação da apostrofação não é discordante do que vimos para esta classe de canções.

Retomemos o quadro das canções por classes e por valores decrescentes de seus índices, e inscrevamos nele as quatro canções apócrifas que nos importam, cujos índices figuram, para melhor destaque, em itálico.

Designação	Classe	Indices por classes		
		Apostróficas	Epistolares	Meditativas
III	a	1,34	—	—
Quem com sólido, etc.	a	*1,31*	—	—
IV	a	1,28	—	—
V	e	—	1,28	—
Qu'é isto? sonho, etc.	a	*1,23*	—	
VI	a	1,20	—	—
Ob pomar venturoso	e	—	*1,20*	—
Glória tão merecida	e	—	*1,19*	—
VIII	e	—	1,14	—
VII	m	—	—	0,87
IX	a	0,80	—	—
I	e	—	0,71	—
II	m	—	—	0,37
X	m	—	—	0,33

Antes de mais, notemos que a inclusão das apócrifas no quadro não altera os limites máximo e mínimo das classes respectivas. Verificamos o que sucede, em cada classe e cada grupo, por força dessa inclusão.

Acerca do primeiro grupo da primeira classe, nada de especial haverá a notar.

O mesmo não acontece nos coincidentes (quanto a limites de índices) segundo grupo da primeira classe e primeiro grupo da segunda. Com efeito, se as médias dos índices eram, respectivamente, 1,24 e 1,28, a inclusão no segundo grupo da primeira classe das duas apócrifas não altera a primeira média, enquanto a inclusão, no outro grupo, da apócrifa faz com que a média desça para 1,24, valor igual àquele. Dado o conjunto harmónico que, estruturalmente, as canções constituem (porque a composição de canções, em torno de um padrão médio idealmente pressentido, assim se foi corporizando no espírito e na realização artística de Camões), não é isto um acidente de somenos, e as três canções ficam bastante favorecidas quanto a poderem fazer parte daquele conjunto.

Vejamos o terceiro agrupamento (última canção apostrófica; as últimas canções epistolares; e a primeira das meditativas). A média dos três índices das canónicas (apostrófica e epistolares) é 0,88.

Se fizermos a média das duas epistolares (0,93), e desta com o índice da apostrófica, o valor que determinamos é 0,87. Também no âmbito destas considerações expressivas, como se vê da identidade daqueles valores médios entre si e com o índice da canção VII, *a centralidade desta é evidente*. A inclusão de *Glória tão merecida* neste agrupamento altera um pouco este equilíbrio grupal (a média de 0,80 com a média das outras três sobe para 0,90, e a média das quatro para 0,96). Isto poderia ser argumento em favor da exclusão dessa apócrifa? Só até certo ponto; porque, dada a quase identidade do seu índice com o de duas canções do agrupamento anterior (uma das quais canónica), apenas poderia estar indicando que ela pertence ao agrupamento superior com que se identifica. De qualquer modo, mesmo com ela, a posição idealmente central da canção VII não deixa de subsistir.

O que sucede às classes, por efeito da inclusão das quatro canções apócrifas? As apostróficas, que eram 4, passam a ser 6; as epistolares, que eram 3, sobem para 5; as meditativas continuam a ser o número que eram. As proporções eram e passam a ser as seguintes:

$$4 : 3 : 3$$
$$6 : 5 : 3$$

e a relação 7 : 3 entre apostróficas e epistolares, por um lado, e as meditativas, no cânone, aumenta para 11 : 3, em cerca de 50 %. No entanto, as médias dos índices, por classes e com e sem as apócrifas, bem como a média geral, com e sem as apócrifas, não se alteram substancialmente:

	Apostróficas	Epistolares	Meditativas	Geral
Com apócrifas ...	1,19	1,10	0,52	1,02
Sem apócrifas ...	1,16	1,04	0,52	0,93
Diferenças ...	—0,03	—0,06	—	—0,09

O aumento das médias produzido pela inclusão das apócrifas faz, todavia, com que a média de apostróficas e epistolares, por um lado, com a média das meditativas, suba ligeiramente, aproximando-se mais do índice da canção VII.

Portanto, se a proporção (apostróficas : epistolares : meditativas) sobe pelo facto da inclusão, no cânone, daquelas quatro canções, o conjunto que elas vão ampliar torna-se mais conforme com a exemplaridade da canção *Manda-me amor, etc.* Não esqueçamos, porém, que concedemos o benefício da dúvida a duas canções menos «canónicas» que outras duas. Sem elas, o quadro canónico seria mais harmónico, sem que a posição daquela canção-chave (que determinámos independentemente de canções apócrifas, pelo só conjunto das canónicas) deixasse de ser a privilegiada que é.

3) *AS CANÇÕES COMO COROAMENTO DA LÍRICA CAMONIANA*

Ainda quando, das dez canções canónicas que acabámos de apreciar segundo a correlação da variabilidade e do tom do pensamento expresso, todas não sejam, como por essa mesma análise também vimos, peças capitais do lirismo camoniano, apesar do maior ou menor interesse que quase só falta a uma ou duas, a verdade é que pelo menos seis delas o são sem dúvida. Referindo-as pela numeração mais tradicional que adoptámos no quadro geral, são elas: I, III, IV, VII, IX e X. Neste conjunto que contém as duas canções de variabilidade mais alta, todo o grupo médio, e a de mais baixa variabilidade, encontram-se, portanto, configurações exemplares da riquíssima gama expressiva com que Camões se houve num esquema que soube adaptar à sua vigorosa intencionalidade de poeta supremamente lúcido.

É evidente que, numa vasta obra de excepcional categoria, como é a dele, abundam as peças capitais. Mas talvez, nas redondilhas, nos sonetos, nas elegias, nas odes, nas éclogas, etc., enfim nos diversos esquemas líricos de que usou prodigamente, não seja possível, para cada um desses esquemas, encontrar, entre as peças aceitas como suas, 60 % de peças não só admiráveis, mas também altamente portadoras de um pensamento superiormente dedicado à *investigação contínua da condição espiritual dos homens.* Temos que às canções confiou ele especialmente a missão de concentrarem, multifacetada, a quintessência de uma vida «pelo mundo em pedaços repartida», a qual só pela meditação lírica, tanto ou mais que pela transfiguração da sua vivência do colectivo em História e Ordem Cósmica, poderia reencontrar o seu *temps perdu.*

A tipicidade verdadeiramente surpreendente da canção *Manda-me amor, etc.,* destacando-se num grupo de poemas que, por sua vez, se destacam pelo refinamento arquitectónico e pela individualidade de um estilo que vai ao fundo da recriação estrutural, leva-nos a preferi-la para um estudo revelador de um pensamento que, por disperso que esteja numa vasta obra, ou subjacente ocultamente a ela, não poderá deixar de concentrar-se numa configuração estética a que Camões votou especial insatisfação e carinho[7]. Debruçando-nos atentamente sobre ela, tal como o autor a teve no seu coração de poeta, por certo nos dirá dele e do seu pensamento o que ele exactamente queria que ela dissesse.

NOTAS

1 Neste ponto, e reportando-nos ao nosso subcapítulo de considerações gerais sobre o lugar das canções na lírica camoniana, «reivindicação da alta categoria especulativa do lirismo camoniano», é interessante recordar o que, de Camões, pensavam o padre-mestre da revolução educacional do despotismo esclarecido (Verney) e um pseudo-romântico, árcade retardado e pré--romântico, que longamente foi mestre de românticos (António Feliciano de Castilho). O que Verney pensava e disse no seu *Verdadeiro Método de Estudar* (1746) é suficientemente conhecido, e é acessível na excelente edição desta obra, feita por A. Salgado Júnior (Clássicos Sá da Costa, Lisboa, 1950), em cujo volume III se encontra. É menos conhecido e merece especial estudo (que preparamos) o que o «Corvo do Mondego» das chufas dos Árcades, Francisco de Pina e de Melo, lhe respondeu (*Balança Intelectual em que se Pesava o Merecimento do Verdadeiro Método de Estudar,* Lisboa, 1752), defendendo inteligentemente a subtileza conceptual e a liberdade da imaginação. António Feliciano de Castilho, num dos diversos negócios editoriais em que assentava as suas rendas e o seu domínio literário, ocupou-se dos sonetos de Camões (e de outros autores com ele confundidos), cuja selecção preparava para a «Livraria Clássica». As anotações pejorativas, à margem da edição que usou (e era a de Juromenha) são um modelo inominável e inultrapassável de pedanteria, estupidez e curteza de vistas. Podem ser lidas no fascículo camoniano de *Lusitania* (1925), onde as transcreveu Agostinho de Campos. Eis algumas amostras (datadas de 1866): «*Eu cantarei de amor tão docemente*» — «Vá lá por favor (...) É mais por condescendência com certos Cabeleiras do que por ditame da consciência própria». «*Transforma-se o amador na coisa amada*» — «Que metafisicadas! Mas enfim vá lá (...) para dar gosto a alguns avós da família». «*Num jardim adornado de verdura*» — «Tolice e calembur dos mais ridículos». «*Busque amor novas artes, novo engenho*» — «Vá lá este (...) por causa dos tercetos». «*Alma minha gentil, que te partiste*» — «Vá lá (...) apesar de que os dois últimos versos me parecem bem pouco lógicos». «*Aquela triste e leda madrugada*» — «Os tercetos não valem os quartetos, e o total vale pouco». Como lamentável amostra que sirva de escarmento aos devotos, qual Castilho era, da «simplicidade», cremos que baste. No prefácio a *D. Jaime* (1862) de Tomás Ribeiro, famosa peça que desencadeou os primeiros ataques contra o seu magistério, já Castilho dera largas à sua ideia da superioridade poética e metrificadora do tempo dele sobre o de Camões, comparando o autor de *Os Lusíadas,* desfavoravelmente, com o autor prefaciado: «Nenhum bom poeta dos nossos dias, ainda que inferior a Camões, se

286

resignaria, cuido eu, a assinar como sua uma única estância inteira de todos os dez cantos. Se há alguém que diga que ousava, que me aponte qual é essa estância fénix que ao fim de quase três séculos está ainda tão lustrosa e juvenil». O sofisma da relatividade histórica é patente, e não tem sequer as desculpas pedagógicas de Verney. Mas a resposta a Castilho foi dada, em 1921, pelo modernista brasileiro Mário de Andrade, nos seus artigos de ataque aos «mestres» parnasianos: «Ouvi repetir a exclamação de um poeta (...) que nunca teria assinado um verso de Camões! Burro» (transcr. em Mário da Silva Brito, *História do Modernismo Brasileiro*, São Paulo, 1958, p. 225).

2 Vide estudos do autor, já citados, sobre o *Maneirismo de Camões e dos seus contemporâneos*, e sobre *maneirismo e barroco*, do vol. *Estudos Camonianos, etc.* [in *Trinta Anos de Camões*, 2 vols., Lisboa, 1980]

3 Cf. Ernst Robert Curtius, em *Literatura Europeia e Idade Média Latina*, tradução portuguesa, Rio, 1957.

4 Baltazar Gracián (1601-1658), cujas obras foram sempre publicadas em nome de um seu irmão, talvez por dissidências para com a Companhia de Jesus, no seio da qual Gracián era um ilustre elemento tão incómodo como o nosso padre Vieira seu contemporâneo, deu a lume a *Arte de Ingenio y Tratado de Agudeza* em 1642. A obra teve muito êxito, foi reeditada, e na 3.ª edição (1648) é que assumiu a forma e o título definitivos. Camões, nesta obra, é citado não apenas nominalmente, mas, na maioria dos casos, com transcrições integrais, umas dezasseis vezes, coisa de que muito poucos mais poetas do tempo se podem gabar. E as referências são deste teor: conceituoso, grave e sutil, sempre agudo, celebrado, imortal. O soneto *Alma minha gentil...* (que já era conhecido e apreciado em Espanha, à morte de Camões — embora a afirmação corrente de que Herrera o imita requeira crítica que faremos oportunamente) é considerado «o rei dos sonetos». É citado com mais dez, três redondilhas, e uma das canções (a I), tudo da edição de 1595 e da de 1598, com excepção de um dos sonetos *(Horas breves do meu contentamento)*, que é de autor incerto, e que andava desde 1605 na antologia *Flores de Poetas Ilustres,* de Pedro de Espinoza e Juan Antonio Calderon, impresso, como outros, em versão castelhana. É em castelhano que Gracián o cita, atribuindo-o a Camões, como aqueles antologistas (e ele deve ser do Infante D. Luís); mas cita outros textos em português. Todavia, a citação deve ter sido feita da antologia, porque o soneto só foi incorporado à lírica de Camões, por Álvares da Cunha, na edição de 1668, posterior ao tratado de Gracián e à vida deste. Não nos foi possível compulsar aquela antologia; mas parece que Gracián, a menos que se fie só dela, não conheceu a edição de 1616, que muito acrescentava aos sonetos e às redondilhas. Importa acentuar que o facto de Gracián apenas escolher uma canção para os seus exemplos (e, das mais belas, a mais formalizada talvez) de agudeza e de engenho, quando dá tanto lugar aos sonetos, desmente as acusações de excessivo abstraccionismo conceptista, que, em geral, estão latentes no menosprezo tácito da crítica pelos géneros líricos maiores. Porque, se eles fossem só o que se acha que são, por certo Gracián (a não ser que as não tenha conhe-

287

cido, hipótese pouco provável em homem tão lido em poetas e admirador de Camões) era o homem indicado para relevá-los. E não deixa de ser uma ironia do destino (e do castigo imanente à crítica superficial) que Gracián, teórico do barroco poético, seja, por razões diametralmente opostas, da mesma opinião que José Maria Rodrigues e Joaquim de Carvalho quanto à importância dos sonetos... E não se suponha que entre os sonetos por ele citados figuram apenas dos menos «estimados». Com *Alma minha gentil que te partiste,* são citados, por exemplo, *Sete anos de pastor, etc., Apartava-se Nise de Montano, Num bosque que das ninfas, etc., Está-se a Primavera trasladando, Num jardim adornado de verdura, Quando da bela vista e doce riso,* que contam entre os mais graciosos e elegantes da edição de 1595. Tirando *Alma minha...,* nenhum deles é dos intensamente dramáticos ou doridos — mas reconheçamos que não era disso que Gracián estava teorizando e exemplificando.

5 São muito valiosas, ainda que breves, as considerações, a este respeito, de crítico tão insuspeito como António Sérgio, ao defender António Vieira da acusação de ter praticado o «cultismo» que condenava (no prefácio à publicação de *Sobre as Verdadeiras e Falsas Riquezas,* 2.ª edição, Lisboa, 1947).

6 Paralela, e mais elegante que a canção *A instabilidade da fortuna,* usando até as mesmas alusões, é a ode que começa, quase como outra das canções «convencionais», por *Se de meu pensamento.*

7 As variantes que se observam nas diferentes impressões da obra lírica de Camões (e não nos referimos às «emendas» modernas) serão, em grande parte, como veremos pela comparação dos textos de 1595 e de 1598 da canção *Manda-me amor, etc.,* retoques que é discutível se não constituem apenas «trabalho editorial» dos coleccionadores e dos impressores, e não variantes autorais, aliás muito compreensíveis estas em quem nunca publicou a sua obra lírica. Mas, independentemente disso, não constitui nunca um caso tão configurado como o da canção *Manda-me amor, etc.,* vasta composição de grande transcendência, de que possuímos três textos muito diversos (e em mais que um aspecto), de cujas autenticidades não há motivos sérios para duvidar. Só a magna canção *Vinde cá meu, etc.,* monumento da poesia universal, foi, depois daquela, a que se revelou como mais central no espírito do poeta. Dela, a edição de 1598 revelou novas estrofes intercaladas nas da edição anterior, que são aceitas como autênticas, embora seja de considerar se devem ser simplesmente intercaladas entre as outras, ou se são *alternativas* requerendo especial estudo. Uma e outra destas duas canções importantíssimas constam do índice do perdido *Cancioneiro do Padre Ribeiro* (1577), e não é possível saber-se que versões este compilador arquivava no seu manuscrito, quando os primeiros versos não são diferentes nelas, já que, pelo índice, só conhecemos esses primeiros versos e as atribuições respectivas de autoria. No caso de *Manda-me amor, etc.,* a menos que houvesse, por assimilação, descuido no registo do primeiro verso (como sucede no Cancioneiro Juromenha), é porém possível saber-se que versões aquele compilador copiara: não seria a versão de 1616 *(Manda-me Amor que cante o que alma sente),* pois que não é esse, mas o outro, o verso indiculado. Mas ficamos igno-

288

rando se era o texto de 1595 (com ou sem o acrescento do *commiato,* que aparece em 1598), ou o texto (estádio anterior e incipiente daquele) publicado por Juromenha. No cancioneiro que tem o nome deste camonista é, com o 1.º verso das outras versões, o texto de 1616 o que figura (Carolina Michaëlis, *ZRPh,* vol. 8, 1884, p. 21). Em compensação, no manuscrito de Luís Franco (coligido de 1557 a 1589) são aqueles dois os textos que figuram da canção VII, não figurando nele o texto de 1616, nem a canção *Vinde cá, etc.* Não deixa de ser curioso que o texto de 1616 só figure em um destes manuscritos apógrafos (Juromenha), como acontece com a versão incipiente de *Manda-me amor,* só do Ms. Luís Franco. O que parece apontar a anterioridade de ambos os textos em relação ao de 1595-1598. Mas mais estranho ainda é o facto de Pedro Ribeiro em 1577 ter só oito das canções canónicas (faltam-lhe *Vão as serenas águas* e *Tomei a triste pena),* e Luís Franco, entre 1557 e 1589, ter só sete das canónicas (menos *Tomei a triste pena, Junto de um seco, fero, etc.,* e *Vinde cá, etc.).* A falta das duas últimas pode fazer supor que as duas composições são tardias, ou que a data limite 1589 é falsa, pelo que Luís Franco não as recolhera no seu cancioneiro de mão (e isto sem irmos ao ponto de suspeitar que o manuscrito é uma mistificação de Faria e Sousa, como aventou Wilhelm Storck — já que ele poderia ser uma cópia mais tardia do manuscrito autêntico, em que aquele erro de data tenha sido introduzido); ou fazer supor, também que Luís Franco terá regressado a Lisboa depois da morte de Camões, e que o poeta não lhe comunicou já essas duas canções entretanto compostas (note-se, a este respeito, que não será internamente defensável, como oportunamente demonstraremos, que a canção *Junto de um seco, etc.,* tenha sido composta *in loco,* como tradicionalmente se admite). Que Luís Franco tenha sustado a cópia de *Os Lusíadas,* com a nota de que entretanto a obra se publicara, não prova que ele estivesse em Lisboa nessa altura (tanto mais que, no suposto convívio de ambos os poetas em Goa, teria tido imenso tempo de copiar o poema...), já que, pelo interesse de que, no Oriente, se revestiria a epopeia, por certo alguns exemplares dela terão chegado à Índia. Pode argumentar-se que o manuscrito de Luís Franco praticamente se encerra com o canto I de *Os Lusíadas* e a comédia *Filodemo* (o que não é exacto, pois que, nas cerca de 600 páginas do manuscrito, aquele canto está a fls. 203-216, e a comédia a fls. 269-287). Há contradição entre o rosto do cancioneiro, que dá a compilação como feita entre 1557 e 1589, e o facto de, a fl. 216, a cópia da epopeia ser suspensa no fim do canto I. Admitindo que o manuscrito foi feito seguidamente (e não ficava com páginas em branco para serem preenchidas depois, como sucede com as partituras dos maus compositores de música, nem foi reunido em volume e paginado ao acaso dos cadernos), não se vê como, nos anos 80 do século, e quando Camões já morrera com *Os Lusíadas* impressos desde 1572, Franco ainda os estava copiando, sem que, lá por fl. 50 (e mesmo adiante), tivesse conhecimento das duas magnas canções finais. Já foi apontado (Aquilino Ribeiro, por exemplo, na *ob. cit.*) que a epopeia teria chegado à Índia, onde L. Franco ainda estaria, com muitos anos de atraso. Isto parece altamente improvável, não só pela razão acima exposta,

289

C-19

como porque, se é verdade que a compilação do Ms. começou em 1557, Camões não ignoraria o carinho especial que Franco devotava às suas obras, e não deixaria de fazer-lhe chegar um exemplar da epopeia. Aliás, Camões seria o primeiro a gostar que, na Índia, o vissem em letra de forma. É provável que a última data limite (que, curiosamente, não tem dia, mês e ano, como a inicial tem) seja, com efeito, erro de traslado (se o rosto que as contém não é um «apócrifo» de Luís Franco), e esteja por, digamos, 1568 ou 1569, ou mais provavelmente, 1579. Sendo assim, e tendo Camões embarcado, ao que tem sido deduzido, da Índia para Moçambique am 1567, Luís Franco teria, até essa data, coligido dispersos fornecidos pelo poeta (o que explicaria a massa compacta de poemas de Camões, nas primeiras dezenas de folhas do manuscrito), prosseguira com outros que andavam na mão de amigos de mistura com obras alheias, e dera-se mais tarde a copiar *Os Lusíadas,* de que circulariam cópias manuscritas, mais ou menos completas. Se as havia, note-se que é estranho não possuísse ele uma que o dispensasse da cópia que começou a fazer. Quando viu o poema impresso, Franco passou a copiar o *Filodemo,* que só foi impresso em 1587, na *Primeira Parte dos Autos e Comédias Portuguesas Feitas por António Prestes e por Luís de Camões,* etc., cujo privilégio é de 21 de Março desse ano. Se é certo que este volume poderia ter chegado à Índia em 1589, e então, a ser verídica esta data limite, Luís Franco não copiou mais nada, pois que, afinal, estava sendo publicado tudo, não menos parece não haver outra solução que a apontada para o facto de ele suspender a cópia de um livro importantíssimo para a Índia, e que estava impresso desde 1572. Mas, com tudo isto, não menos uma suspeita que poderia ser assacada à versão de 1616 de *Manda-me amor, etc.,* será sobretudo extensiva à canónica *Tomei a triste pena,* que foi impressa na edição de 1595, e está em maiores condições de ausência, quanto a manuscritos apógrafos. Nos manuscritos vários de Juromenha, parece que ela é uma das canónicas que lá não figuram. Nestes manuscritos, e segundo declaração deste meritório estudioso (vol. II, pp. 521 e 522), figuram, da canção *Vinde cá, etc.,* as estrofes que faltavam em 1595 e a edição de 1598 reintegrou; mas não figuravam, senão a primeira, na mesma posição, já que a segunda estava *antes* e não depois da estrofe *Que género tão novo, etc.,* o que Juromenha achava ser a melhor ordenação. Segundo o índice do chamado Cancioneiro Juromenha, apresentado por Carolina Michaëlis, a canção *Vinde cá, etc.* figurava de fls. 104 v.º a 107, entre *As instabilidades da fortuna* («canção do Camões») e *Olvidé y avorresci* («o Camões de repente a este verso»), com a indicação «outra do mesmo». Como é sabido, estas voltas «repentistas» de Camões, que Juromenha, fiado no manuscrito, publicou na sua edição como inéditas, não são de Camões, mas de Garcí Sanchez de Badajoz, e haviam sido impressas em 1554.

Quanto às duas estâncias que a edição de 1598 intercalou no texto de 1595 da canção *Vinde cá, etc.,* é do maior interesse registar aqui, desde já, o que acerca da autenticidade delas revela um *inquérito vocabular.* Feito o cômputo global de verbos, substantivos e adjectivos (ou de palavras ou sintagmas com essas funções), no texto de 1595, e nessas duas estrofes tomadas em separado, verifica-se o seguinte:

	Percentagem		
	Verbos	Substantivos	Adjectivos
Vinde cá (95)	31	42	27
Estâncias de 98	33	41	26
Vinde cá (98)	32	42	26

Este pequeno quadro mostra claramente que, qualquer que seja em definitivo a situação delas no contexto, as duas estrofes se integram perfeitamente na tonalidade lógico-sintagmática da canção inteira. Um estudo mais completo do problema, em termos lógico-sintagmáticos estatisticamente computados, publicá-lo-emos oportunamente, compreendendo a discussão objectiva das diversas posições aventadas para estas duas estrofes que, segundo Rodrigues Lapa (ed. cit. p. 67), a censura teria suprimido na edição de 1595. Para autorizá-las em 1598 e nas seguintes? Seria Fr. Manuel Coelho, o revisor de 1595, mais exigente que Fr. António Tarrique, o de 1598, ou Fr. António Freire, o da impressão de 1607? Ou o contrário será a verdade, conforme se depreende da exaustiva e classificada análise que fizemos das 4000 emendas de 1598 aos textos de 1595 (cf. o respectivo apêndice, na nossa tese referida sobre os sonetos de Camões)?

Chamou-me a atenção o Prof. Emmanuel Pereira Filho para o facto de *Vão as serenas águas* não figurar em Pedro Ribeiro; e, em Luís Franco, estar situada na zona suspeita... Está, com efeito, em último lugar na série das canções, e é seguida por três composições, uma impressa em 1668, e duas que Juromenha atribuiu a Camões (uma, a ode *Tão crua ninfa, etc.*, aceita por editores modernos; outra, os tercetos *Ganhei, senhora, tanto em querer-vos*, que alguns repelem; e a outra a «elegia à morte de D. Telo de Meneses», de 1668, universalmente repudiada). À sequência praticamente ininterrupta de poemas de Camões, que abre o manuscrito e que termina, a fl. 51, com aquela elegia repudiada, sucede-se a primeira indicação de autoria, que não seja anotação marginal e ulterior: uns tercetos encabeçados pelos dizeres «Jerónimo Corte Real a Francisco de Sá, capitão-mor da Guarda del-rei». Aquela suspeita lançada sobre uma das canções mais canónicas — tão canónica, que dela se extraiu delirantemente a biografia da juventude de Camões em Coimbra... — não deixa de ser uma deliciosa ironia. E é extremamente sintomático reparar em como, para os editores recentes de Camões, as últimas composições daquela sequência acima referida foram perdendo autenticidade camoniana, na medida em que, no manuscrito, mais próximas estavam do nome de Corte Real... Parece que precisamente a presença desta autoria manifestada, após uma série quase ininterrupta de poemas canónicos, deveria ter feito hesitar a crítica. Mas o mais curioso é que esta tenha aceitado a «elegia da sexta-feira de Endoenças» *(Divino pastor, etc.)*, também publicada por Juromenha, e que, no manuscrito, está depois dos tercetos de Corte Real, tendo apenas de permeio (e de anteparo...) meia dúzia de sonetos mais ou menos canónicos, e sendo seguida por uma elegia que é de D. Manuel de Portugal. Aquela elegia, do pastor divino, apesar da altissonância pomposa, é um pastelão; mas é certo que um pastelão devoto, e o género não abunda no cânone camoniano, com a mesma virtuosa profusão com que abunda — *bélas!* — nos outros quinhentistas...

A este respeito da poesia religiosa ou devota de Camões, que não abunda entre a sua lírica insuspeita, é da maior importância o que diz Faria e Sousa, que contribuiu com vários apócrifos para essa variedade escassa: «Mostró que era escritor catolico, no olvidando de los argumentos que más importan, que son los tocantes a la salvacion de la alma: y si en ellos no es tan elevado de estilo y concetos, se debe entender que lo hizo de proposito, porque en semejante materia habla y escribe con más llaneza quien está más entrañablemente enamorado de la virtud (...)» (comentários ao soneto 35 da 3.ª Centúria, e que provavelmente pertence ao Infante D. Luís). É evidente que Faria e Sousa sentia escassez da produção camoniana em matérias devotas, e a «llaneza» estética dos apócrifos com que, na maior parte, aquela produção se constituía; e que procura defender «mi poeta» (como ele sempre diz) de perigosas suspeitas e acusações que confundissem o *laicismo* de Camões, com uma indiferença em questões religiosas, além das «que mais importam, que são as tocantes à salvação da alma» (para o que havia as redondilhas de paráfrase ao salmo penitencial *Super flumina...*). Menéndez y Pelayo (*Antologia,* tomo X, ed. cit., p. 229) chama de resto a atenção para o facto de que um Boscán «como casi todos los poetas del tiempo de Carlos V (Garcilaso, Cetina, D. Diego de Mendoza, Hernando Acuña...) nunca o muy raro compuso versos *a lo divino*». E releva seguidamente (pp. 346 e segs.) os ataques de que essa poesia profana e amatória foi depois objecto. Pelas citações de Pelayo (López de Úbeda, em 1582, e Malón de Chaide, em 1593), verifica-se que é no fim do século que se desencadeia a reacção religiosa e tacanha contra a poesia profana. Em 1575, as poesias de Garcilaso e de Boscán haviam sido publicadas, corrigidas por forma a poderem ser lidas «a lo divino». De resto, o mesmo havia sido feito com Petrarca, na Itália, já em 1537.

3.ª PARTE

A CANÇÃO
MANDA-ME AMOR, ETC.

Pode um desejo imenso
Arder no peito tanto,
Que à branda, e à viva alma, o fogo intenso
Lhe gaste as nódoas do terreno manto:
E purifique em tanta alteza o esprito
Com olhos imortais,
Que faz que leia mais do que vê escrito.

  CAMÕES, ode VI (com a pontuação da impressão original de 1598)

Esta canción es de tal magestad, y de tales pensamientos y bellezas...

  FARIA E SOUSA, *Rimas de Camões coment.*, tomo III

I

CARACTERÍSTICAS DA FORMA EXTERNA
DA CANÇÃO PROTOTÍPICA

Quando estabelecemos o quadro geral das canções «canónicas» de Camões, e, depois, a partir dele, desenvolvemos um inquérito estrutural, verificámos a existência de determinados valores médios e como idealmente os representava, enquanto «cânone ideal», a canção *Manda-me amor que cante docemente*. Antes de entrarmos num mais aprofundado estudo desse texto, recapitulemos e precisemos as nossas verificações no que lhe diz respeito.

1. Tem *commiato,* como todas as canções «canónicas»;

2. Com o seu número de estrofes (6), há três canções. Mas do valor médio (cerca de 7) aproximam-se essas três e outras três canções (60 % do total canónico);

3. Tem 15 versos por estrofe, como outra canção (a IX do quadro). Mas esse valor é o médio canónico, do qual se aproximam *nove* das canções;

4. Na versão de 1595, tem 5 versos no *commiato;* tem 7 versos nas versões de 1598 (que não é propriamente uma versão, a não ser por este facto) e de 1616. Na variante de 1861, porém, o número de versos é 3. O valor 3 é o *dominante* nas canções canónicas. Mas a média de 3 e 7, quase 5, corresponde exactamente à média para as canónicas: 5;

5. O total dos versos no texto de 1595 é 95. Nos de 1598 e 1616 é 97. No de 1861 é 93. O valor médio para as dez canções canónicas é 107. Se excluirmos a desmesurada canção X, a média das nove restantes desce para 91. Os três valores supracitados estão dentro do limite definido por 91 e 107;

6. Cinco das canções iniciam-se por verso de dez sílabas. É uma delas;

295

7. É uma das quatro canções cujo grupo de percentagem de versos de 6 sílabas mais se aproxima do valor médio da percentagem para as dez canções (18);

8. Tem, no seu esquema métrico da estrofe, 7 grupos de alternância, que é o número médio para as canções canónicas;

9. O seu esquema rímico da estrofe é $abcabcc+dd+effe+gg$, nos textos de 1595, 1598 e 1861. É $abcbacc+$(repete o resto do outro esquema), no de 1616. Mostrámos que estes esquemas corresponderiam, canonicamente, a uma prototipia ideal, maior para o último;

10. O esquema rímico do *commiato* é $a+bb$ no texto de 1861, como em seis canções. É $a+bccb$ no de 1595. E $a+bccb+dd$ nos de 1598 e 1616. Numa canção, o esquema aproxima-se daquele, enquanto o último é intermédio ao de outras duas;

11. É uma das nove canções canónicas cujo número de rimas por estrofe (7) se aproxima do valor médio canónico (6,5);

12. Conforme os textos ou versões, o número de rimas do *commiato* é 2 (1861), 3 (1595), 4 (1598 e 1616). Com duas há mais seis canções canónicas; com três há uma; com quatro há mais duas;

13. Quanto ao índice de variabilidade da estrofe, que não tem por que variar de versão para versão, verificámos ser 0,82. Este valor é, dos de todas as canções, o que mais se aproxima da média geral e da média dos limites extremos;

14. O índice de variabilidade do *commiato* é 1,00 (1861); 1,14 (1598 e 1616); e 1,20 (1595). Com 1,00 há três canções. O valor seguinte é limite do 1.º grupo de variabilidade quanto ao *commiato*, que inclui nove canções canónicas. O último situa-se (apenas em 5 %) fora desse limite, muito além do qual se situa apenas uma canção (a IV, com 0,50). Mas estes valores supra-indicados são os mais próximos da média geral dos índices da variabilidade;

15. A comparação do índice da estrofe e do índice do *commiato* mostra-nos que este último é, em todas as versões, superior àquele. Essa divergência negativa é 0,18 (1861); 0,32 (1598 e 1616); e 0,38 (1595). O segundo destes valores é o máximo dos negativos nas canções canónicas, cujas divergências entre os dois índices, em valor absoluto, têm uma média igual a 0,31. À primeira vista, o valor 0,38 seria anormal, superior que é a essa média em mais de 20 %; mas deve observar-se que está muito aquém da máxima divergência positiva, que é 0,56;

16. Vimos que a variabilidade total da canção era 0,87. Este valor refere-se aos textos de 1598 e de 1616, como se depreende do quadro geral. Superior em 1595 o índice do *commiato* em ape-

296

nas 5 %, é evidente que a variabilidade total, à escala de centésimas a que nos limitamos, é a mesma para a versão de 1595. Porém, em 1861, a diferença é mais substancial; e, com efeito, é fácil vermos que, ainda que insignificantemente, a variabilidade total da versão de 1861 desce para 0,85. Ora, havíamos visto que o valor 0,87 era o que mais se aproximava da média geral das variabilidades totais e da média dos limites extremos destas, e tudo o que então dissemos continua verdade para a versão de 1861. E a canção *Manda-me amor, etc.*, portanto, é prototípica quanto à variabilidade total da forma externa, independentemente de versões;

17. Quanto à influência do índice do *commiato,* verificou-se que (e o mesmo se dirá para a variante de 1861) ele intensifica a variabilidade muito discretamente, o que está de acordo com a regra quase geral, nas canções, de essa acção se dar conexamente com o nível de variabilidade total que as estrofes imprimiram.

Estas dezassete recapitulações, que ampliámos por forma a incluírem as diversas versões da canção em causa, patenteiam claramente que ela é o protótipo ideal da canção para Camões, já que *nenhuma* outra das canções canónicas reúne, e independentemente de versos, uma tamanha soma de características médias. Em relação à forma externa, que inquirimos, nem sequer é exacto dizer-se tamanha soma, porquanto ela reúne *todas* essas características de *forma ideal,* e em relação a todos os parâmetros (simples ou complexos) em que baseámos o nosso inquérito.

Não sem razão, num *corpus* tão acidentalmente e incoerentemente salvo, como é o da lírica camoniana, ela é a única composição de que, em tantas vicissitudes editoriais, nos chegaram várias versões (e mais que um texto delas). Na sua ansiosa pesquisa de uma expressão perfeita, o poeta criou 3 textos, já que só por comodidade de expressão se poderá chamar versão ao texto de 1598, que não altera profundamente o de 1595, apesar de algumas alterações *graves* que lhe introduz. A criação de três textos que, vistos aos raios X do inquérito estrutural à forma externa, têm um esqueleto praticamente idêntico, não releva apenas do anseio de corrigir e aprimorar uma *expressão encontrada,* mas, mais altamente, do anseio de exprimir idealmente algo de muito importante, tão importante, *e tão decisivo, que pode ser dito de maneira diversa.* Não se trata, evidentemente, apenas das várias virtualidades expressivas que a ambiguidade fundamental de uma intuição complexa permite sejam procuradas e experimentadas em diversos poemas. Trata-se, sim, de, num mesmo poema, procurar e experimentar os arranjos possíveis nas *metamorfoses* delas.

A expressão poética é selectiva, e tanto o é mais, quanto a sensibilidade do poeta seja *diferencial* e não *totalizante,* isto é, uma sensibilidade muito mais dirigida para a subtileza de variações dos estímulos que para o nível a que essa variação se produz[1]. Em poeta como Camões, em quem o dualismo da dialéctica constitui um dado imediato da consciência criadora, são as diferenças e a observação delas, *na própria expressão,* o que mais lhe importa. As semelhanças existentes, mesmo à impressão do crítico, entre tantas das produções de Camões são, assim, muito menos resultado da repetição mecânica de *tópicos* e de *clichés,* que exemplo dessa pesquisa essencial das *diferenças* que obsessivamente se estão revelando ao seu espírito, no acto dialéctico de criar e viver

De modo que, quando, ao lado de uma produção deste tipo, uma das obras chegou até nós em versões que divergem profundamente, sendo que essa obra é (como o inquérito estrutural à forma externa o demonstrou) um protótipo ideal adentro de uma certa configuração da expressão lírica (a «canção»), devemos considerar que tal obra é também prototípica quanto à forma interna, não só em si mesma, mas nas várias versões que lhe conhecemos.

A canção *Manda-me amor que cante docemente,* logo pelos dois inícios que possui, é altamente significativa, visto que a descrição da ordem que «amor» deu ao poeta (ordem com que, *trocaicamente,* se inicia um verso riquíssimo dos acentos principais e secundários que lhe dão o passo solene do *pentâmetro jâmbico*), se reparte em duas curiosíssimas analogias.

O amor mandou-lhe que cantasse. O quê? «Docemente o que já em minh'alma tem impresso», no texto de 1595. Apenas «o que alma sente», na versão de 1616. O paralelo ilumina reciprocamente os dois inícios, na tão curiosa *diferenciação camoniana.*

De facto, é pela versão de 1595 que sabemos exactamente «o que alma sente», já que, na de 1616, os dois versos seguintes são o encarecimento da singularidade excepcional do caso do poeta enquanto tal. A alma sente o que o amor já tem impresso nela. O canto de uma «imprimissão» como essa terá de ser executado «docemente». Reciprocamente, o que o amor tem impresso na alma é, e é só, o que ela sente. E, se repararmos que, para Camões, *imprimir* tinha acepções como «incutir», ou «infundir»[2], a impressão de que se trata não é o recebimento estático de uma imagem, mas o impulso dinâmico de um mandado. E se entende porque, numa e noutra das versões, um verso inicial de tão solene passo, é lançado pelo ritmo trocaico da palavra *Manda.*

Mas, logo a seguir, o ritmo do verso (numa ou noutra das versões), liga o pronome pessoal *me* mais a *amor* que ao verbo inicial de que é complemento. O que claramente nos aponta que a indissolubilidade do *eu* do poeta, e do amor que o determina, não é ocasional, mas algo que constitui, como do que se segue na expressão é depreendido, a própria singularidade do poeta.

Este breve excurso interpretativo, pelo método estrutural, em que este se não desapega do ritmo, nem ignora as observações da erudição, mostra-nos quanto o método é útil, e se cinge à realidade objectiva e total do texto como objecto estético. Nada é mais perigoso, e deve ser usado com mais cautela, que servirmo--nos de passos de um texto para iluminarmos outro, destacando-os do *contexto* em que ambos se encontram. Esse processo, tão comummente usado, só é válido em dois casos: quando a análise, superando a identidade corroborativa, está visando a determinação de algo essencial à personalidade de um poeta; ou quando se aplica a dois textos cujo contexto é estruturalmente coincidente, como é o nosso caso agora. Se assim não for, estamos por certo esquecendo que, acima de tudo, há não só um contexto, mas que esse contexto obedece a uma *estrutura orgânica sem a qual o seu sentido se perde*. Na busca, porém, de uma unidade essencial profunda, o destaque é válido, desde que não vise, ou não envolva, a interpretação do contexto, mas se limite a verificar que, nos passos isolados, se revela uma mesma *intuição fundamental*. Neste caso, a separação do contexto não se efectiva realmente, porque implicitamente penetramos nele, através de uma daquelas fissuras em que a expressão manifesta a sua mais funda razão de ser. A comparação do início das duas versões de *Manda-me amor que cante docemente,* que fizemos, participa dos dois casos provados como válidos, e mostra que, a um nível rigoroso de análise estrutural, esses dois casos tendem a fundir-se, como é da própria essência da estruturalidade.

Mas prosseguir, neste ponto, não é possível, antes de estabelecermos o texto, tal como primeiramente nos foi revelado[3].

NOTAS

1 Ver do autor o citado *Ensaio de uma Tipologia Literária,* p. 30.

2 Vide Afrânio Peixoto e Pedro Pinto, *Dicionário dos Lusíadas,* Rio, 1924.

3 É por isso que, se foi de certo modo possível estabelecer um dicionário de *Os Lusíadas* (que os autores ampliaram de alguns aditamentos no fascículo camoniano da revista *Lusitania,* logo após a publicação do volume), não é possível, antes de uma rigorosa fixação dos textos, fazer um análogo trabalho para a obra lírica. Claro que o esforço de A. Peixoto e P. Pinto não foi por estas considerações que se dirigiu de preferência para a epopeia, mas obedecendo ao fascínio do nacionalismo literário, para o qual *Os Lusíadas* eram incompara-

velmente mais importantes que a obra lírica. Todavia, apesar da multidão de pequenas diferenças já relevadas entre exemplares supostos de uma mesma primeira edição (que já fizeram supor que tivesse havido sete tiragens diferentes dela...), e porque, dada a publicação dela (ou delas...) em vida do poeta, os atrevimentos correctivos dos editores subsequentes da epopeia (salvo o caso ridículo da edição chamada dos Piscos e suas descendentes, as de 1591 e 1597) terão sido bem menores que para a obra lírica tão incerta, aquele trabalho era, como dissemos, de certo modo possível, tanto mais que não se tratava de um inventário estatístico. Este, para a obra lírica, terá um dia de ser feito por géneros, a fim de, na comparação destes, ser estabelecida uma caracterização objectiva da linguagem de Camões. Para tal, há que, primeiro (como aliás para a epopeia também), proceder, na medida conveniente, à restituição dos textos, eliminando as correcções, clarificações e embelezamentos, que, por não serem de Faria e Sousa, não serão menos abusivos que filológicos. Adiante se verá, com o exemplo da canção cuja análise é o coroamento deste estudo, a que podem levar essas actividades estranhas, com que autores relativamente modernos têm sido tratados como se os seus textos nos tivessem chegado em palimpsesto... Numa obra monumental, recentemente publicada (*The Printing and Proof-Reading of the First Folio of Shakespeare*, 2 vols., New York, 1963), que o autor destas linhas apenas conheceu, já durante a impressão da presente obra, por uma resenha descritiva e criticamente muito elogiosa (*Times Literary Supplement,* 12 de Julho de 1963), Charlton Hinman teria apresentado uma contribuição decisiva, independentemente do valor do seu trabalho para a fixação dos textos shakesperianos, para o esclarecimento objectivo dos hábitos de composição e revisão tipográficos, no primeiro quartel do século XVII, em Inglaterra. Para o estudo das divergências entre exemplares de uma mesma edição, nos dois primeiros séculos da tipografia, ou, no nosso caso camoniano, para explicação das «duas» primeiras edições de *Os Lusíadas* (ou da edição de 1607 da Primeira Parte das *Rimas,* que aparece também com dois frontispícios diferentes), a contribuição de Hinman parece-nos fundamental. Na verdade, se, na Inglaterra, para um volume publicado em 1623, quando, desde a transferência do impressor William Caxton, de Bruges para Westminster, em 1476, havia quase um século e meio de indústria tipográfica, os hábitos de composição e revisão eram os que uma investigação científica confirma, teremos de aceitar que os métodos de Hinman e as suas conclusões são, com maioria de razão, importantíssimos para entender-se o que se passou em Lisboa, por volta de 1572, quando a indústria tipográfica portuguesa, organizada como tal, não tinha um século ainda. Hinman cotejou pacientemente, com um aparelho projector que aperfeiçoou, mais de cinquenta exemplares do *First Folio* de Shakespeare, ou seja a primeira edição das obras completas. Não havia, naquele tempo, o hábito de lerem-se e corrigirem-se provas, antes de as folhas serem impressas. Estas iam-no sendo, e, se algum erro era descoberto (às vezes por desconfiança em que o impressor--chefe tinha o operário que compusera aquela folha), emendavam-no, a impressão continuava, e as folhas impressas com a emenda iam somar-se, no monte, às já impressas sem ela. E nem sequer as diversas folhas que comporiam o volume eram compostas (e impressas) pela ordem em que ficariam, sendo a medida aproximada de original para cada uma, distribuída pelos compositores, o que levava, por vezes, a «alargar» ou «encolher» o original... É o que, sensacionalmente e para Camões, nos é confirmado pelo que está a fl. 19 v.º da *Segunda Parte* de 1616: o tipógrafo, distraidamente, compôs a anotação de quem já repartira os textos pelas folhas de impressão e respectivas tarefas dos compositores, e, logo abaixo do título «outra ode do mesmo nunca impressa», está impresso: «Esta pode bem passar até ao fim da página seguinte». De tudo isto, resulta que, em vários exemplares de *uma mesma edição*, pode não haver coincidência de folhas emendadas. Isto é, se, num deles, a terceira folha está emendada, noutro pode não o estar, figurando neste, emendada, a primeira folha, que, naquele, não o havia sido; e, num outro exemplar, as emendas dessas folhas podem não ser as mesmas. Hinman, observando as recorrências de tipos quebrados ou defeituosos, foi capaz de estabelecer, com grande rigor, a ordem por que as folhas foram compostas e emendadas (quando o foram), quantos compositores participaram da composição da obra, qual o compositor (A, B, C, etc.) que compôs as diversas folhas, e, estimando o rendimento do trabalho deles, o número de exemplares da edição (1200, para este volume de Shakespeare). O estudo de Hinman, por outro lado, confirma investigações anteriores, acerca dos diversos *hábitos ortográficos e de pontuação,* que teriam os compositores do *First Folio,* e que já haviam sido notados nas «variantes» dentro do próprio volume. Repare-se como isto explica as incertezas ortográficas que têm sido observadas em Camões... O crítico anónimo do *T. L. S.* sugere, muito acertadamente, que o exame das marcas de água do papel usado (já aplicado com êxito na investigação de outras impressões antigas) seja feito, em cotejo com as descobertas de Hinman, por forma a poderem datar-se exactamente os volumes, comparando-lhes os papéis com os que foram empregados noutras obras impressas na mesma tipografia de Stratford-on-Avon. Escusado será encarecer as perspectivas, para o estudo dos textos de Camões (ou outro autor), que estes métodos e investigações abrem, e como, desde já, eles contribuem para desfazer, de uma vez, as lendas que ainda subsistem acerca das «duas» primeiras edições de *Os Lusíadas.* Note-se, de resto, a seguinte e decisiva afirmação do editor dos *Poemas Lusitanos,* de António Ferreira, na 1.ª edição de 1598: «Em muitos volumes se não verão a mor parte destes erros que se atalharam no decurso da impressão» (cit. por Júlio de Castilho, *António Ferreira,* estudos biográficos literários, Rio de Janeiro, 1875, tomo I, p. 253). O que, na sua carta a D. João de Castro, de 1547, diz André de Resende, longe de apontar para uma contrária solução da questão, mais confirma o que realmente se passava: «(...) por ao presente estar embaraçado em lhe imprimir o Breviário que eu já por mandado do Cardeal (...) tinha começado a fazer para o Arcebispado de Évora (...) que me leva tanto à longa, que passa de um ano que trabalho na impressão e nom tenho chegado a mais que à metade e a pôr boa diligência, hei ainda mister seis meses largos. Isto com nunca sair de casa do impressor, porque só meio

301

dia que lá não vou arruínam tudo» (André de Resende, *Obras Portuguesas,* pref. e notas de J. P. Tavares, Cl. Sá da Costa, Lisboa, 1963). A obra a que este Resende se refere é o *Breviarium Eborense* (Anselmo, 1050) que o colofon dá como acabado de imprimir-se, em Lisboa, por Luís Rodrigues, em Abril de 1548. Este impressor, ou livreiro-editor apenas, trabalhou — que se saiba — entre 1539 e 1549, e a sua oficina, para realizar tão complexo trabalho tipográfico como o Breviário era, não podia ser de somenos categoria. Conhecem-se dele uns cinquenta trabalhos, numa média de dois por ano; e poucos se terão perdido, já que o *Breviário Eborense* levou ano e meio a fazer, nas condições descritas por Resende que se via obrigado a acompanhar a composição e a impressão das folhas, para que a «ruína» destas fosse a menor possível...

302

2

A VERSÃO DE 1595-1598

I

O TEXTO DE 1595

O problema dos textos camonianos foi incisivamente resumido por Rodrigues Lapa, do seguinte modo, ao apresentar uma antologia de líricas, que preparara: «Fomos, como sempre, às fontes; e ficámos espantados com o processo de deturpação que tem sofrido a obra de Camões. Todos, ainda os mais prudentes, lhe meteram as mãos, procurando com boníssima intenção melhorá-lo e corrigi-lo. Não se partiu desta ideia simples: buscar compreender a língua do poeta e a do seu tempo, as leis da sua versificação, os seus processos de estilo, que diferem naturalmente dos nossos. Partiu-se do princípio que Camões, para ser grande, devia corresponder ao gosto especial de cada época. E vá de o alterar, substituindo as palavras, e alterando a sua ordem, para agradar às gentes. Se o poeta voltasse a este mundo e visse as tropelias que lhe têm feito à obra, remorreria de riso ou talvez de desgosto»[1].

Se Rodrigues Lapa, mais experiente e conhecedor das tropelias dos seus colegas em erudição, ficou espantado com o que chama processo de deturpação, que dirá um pobre crítico para quem a poesia de qualquer poeta, e sobretudo de um poeta como Camões, só é, e só pode ser, aquilo que o poeta *fez* ou *terá* feito, e não aquilo que, abusivamente, desejássemos que ele tivesse feito?

Poucos poetas foram tão orgulhosamente altivos da sua própria arte como Camões. E poucos, portanto, terão concomitantemente sido tão rigorosos na expressão criadora. Corrigir um poeta destes não é, quanto a nós, apenas ir contra o que Lapa chama, modestamente ou ironicamente, uma «ideia simples» e que o não será afinal tanto, já que parece ter sido sempre difícil partir dela... É, sobretudo, confessar que não se acredita na poesia como expressão superior, como a mais alta expressão rigorosa que nos é dado ter da vida humana; e que se vê a poesia como uma gentil marginalidade que, podendo manifestar-se nela a dor de um homem, não representa afinal o total sacrifício desse homem à elucidação da dor de todos os homens. É como se se pensasse que uma tão aguda e tão comprometida experiência, em que se joga a vida inteira, não seria mais que a imprecisa manifestação de um sujeito que escolheu falar em público, para tornar mais agradável, por momentos, a vida dos outros. Mas a poesia só é tal coisa para os falsos poetas, ou para quantos têm da poesia uma noção falsa, em que ser-se Camões ou um poetastro, não faz grande diferença. Com efeito, nem tudo é cego amor ou boníssima intenção; porque muitas vezes é, na profunda verdade, uma visão fácil e marginal da poesia, em que esta, mesmo de Camões, é algo que vale menos do que o nosso gosto, sem que as pessoas se interroguem sobre se esse gosto é mau, ou sobre se, bom ou mau, é suficientemente inteligente para compreender que um texto não se clarifica com as nossas emendas, já que estas arrastam consigo uma amputação da riqueza ambígua que poderia estar contida na «imprecisão» que corrigimos.

A má consciência de toda uma civilização luso-brasileira criou ou amplificou o mito de Camões ter morrido de miséria ou desgosto. Não sofre dúvidas de que o poeta tinha, e continua a ter, largas razões para isso, grande de mais que ele era para escrever numa língua que elevou a um nível expressivo, de que ela não precisava para os jogos verbais com que sempre encobriu as traições à liberdade e à autenticidade da consciência pura. Temos, para nós, que Camões remorreria de desgosto, certo de que a altitude sem par do seu pensamento originalíssimo e a expressão penetrante e justa de uma vida exemplarmente dedicada à criação poética (pois não é imensa a produção provável de um homem que, com uma vida que adivinhamos cheia de vicissitudes e viagens, morreu com cinquenta e tantos anos?) continuavam à mercê da falta de respeito e consideração, pela conquista das quais ele lutou, como a sua obra exprime a cada passo, dolorosamente?

É esta luta pelo respeito e pela consideração de contemporâneos e vindouros, um dos aspectos que sempre mais nos comoveu na obra de Camões. E foi sobretudo por isso que, além de termos em vista os correctos princípios da crítica textual, nos dirigimos aos pristinos textos, para ouvirmos o poeta. É tudo o que nos resta dele; e, tão sabedor dos segredos da vida e da morte, melhor que ninguém o sabia ele que mais não restaria.

Cuidemos, pois, do que se passou com a revelação, em 1595 e em 1598, da canção prototípica *Manda-me amor que cante docemente*. Faremos tábua rasa de todas as emendas que têm sido propostas (confessa ou sub-repticiamente), para podermos exactamente avaliar o que sucedeu ao texto nos três anos que medeiam entre as as suas duas primeiras impressões.

Na edição de 1595, o texto da canção ocupa totalmente as páginas 32 v.º, 33, 33 v.º e 34, e o *commiato* está no cimo da 34 v.º É, na ordem da publicação, a «Canção Sétima». O texto, na edição de 1598, começa a meio da 39, ocupa seguidamente 39 v.º, 40, 40 v.º e metade da 41. E é também, na ordem da publicação, a «Canção Sétima».

Rigorosamente transcrito, o texto de 1595 é o seguinte, actualizando-se apenas a ortografia onde e quando uma actualização não possa ferir a estrutura dos versos.

TEXTO DE 1595:

> *Manda-me amor que cante docemente,*
> *O que ele já em minh'alma tem impresso,*
> *Com prossuposto de desabafar-me:*
> *E por que com meu mal seja contente,*
> 5 *Diz que ser de tão lindos olhos preso*
> *Contá-lo bastaria a contentar-me,*
> *Este excelente modo de enganar-me*
> *Tomara eu de amor por interesse,*
> *Se não se arrependesse*
> 10 *Co a pena o engenho escurecendo.*
> *Porém a mais me atrevo,*
> *Em virtude do gesto de que escrevo,*
> *E se é mais o que canto que o qu'entendo,*
> *Invoco o lindo aspeito,*
> 15 *Que pode mais que amor em meu defeito.*
>
> *Sem conhecer amor viver soía,*
> *Seu arco e seus enganos desprezando,*
> *Quando vivendo deles me mantinha*
> *O amor enganoso, que fingia*
> 20 *Mil vontades alheias enganando,*
> *Me fazia zombar de quem o tinha:*
> *No Touro entrava Febo, e Progne vinha*
> *O corno de Aqueloo Flora entornava,*
> *Quando o amor soltava*

305

C-20

25   *Os fios d'ouro, as tranças encrespadas,*
     Ao doce vento esquivas,
     Dos olhos rutilando o lume vivas,
     E as rosas antre a neve semeadas,
     Co riso tão galante,
30   *Que um peito desfizera de diamante.*

     Um não sei que suave respirando,
     Causava um admirado e novo espanto,
     Que as cousas insensíveis o sentiam:
     E as gárrulas aves levantando
35   *Vozes desordenadas em seu canto,*
     Como em meu desejo se encendiam,
     As fontes cristalinas não corriam,
     Inflamadas na linda vista pura,
     Florescia a verdura
40   *Que andando cos divinos pés tocava,*
     Os ramos se abaixavam,
     Tendo inveja das ervas que pisavam,
     (Ou porque tudo ante ela se abaixava)
     Não houve cousa enfim
45   *Que não pasmasse dela, e eu de mim.*

     Porque quando vi dar entendimento
     As cousas que o não tinham, o temor
     Me fez cuidar que efeito em mim faria
     Conheci-me não ter conhecimento,
50   *E nisto só o tive, porque amor*
     Mo deixou, por que visse o que podia:
     Tanta vingança amor de mim queria,
     Que mudava a humana natureza:
     Os montes, e a dureza
55   *Deles, em mim por troca traspassava:*
     Oh que gentil partido,
     Trocar o ser do monte sem sentido,
     Polo que num juízo humano estava!
     Olhai que doce engano,
60   *Tirar comum proveito de meu dano!*

     Assi que indo perdendo o sentimento
     A parte racional me entristecia,
     Vê-la a um apetite sometida,
     Mas dentro n'alma o fim do pensamento

65 *Por tão sublime causa me dezia*
Qu'era razão ser a razão vencida.
Assi que quando a via ser perdida,
A mesma perdição a restaurava,
E em mansa paz estava
70 *Cada um com seu contrário num sujeito,*
Oh grã concerto este:
Quem será que nã julgue por celeste
A causa donde vem tamanho efeito,
Que faz num coração
75 *Que venha o apetite a ser razão?*

Aqui senti de amor a mor fineza,
Como foi ver sentir o insensível,
E o ver a mim de mim mesmo perder-me:
Enfim senti negar-se a natureza,
80 *Por onde cri que tudo era possível*
Aos lindos olhos seus, senão querer-me,
Despois que já senti desfalecer-me,
Em lugar do sentido que perdia
Não sei que m'escrevia
85 *Dentro n'alma co as letras da memória,*
O mais deste processo
Co claro gesto juntamente impresso,
Que foi a causa de tão longa história,
Se bem a declarei
90 *Eu não a escrevo, d'alma a trasladei.*

Canção se quem te ler
Não crer dos olhos lindos o que dizes,
Pelo que em si escondem,
Os sentidos humanos lhe respondem
95 *Bem podem dos divinos ser juízes.*

Antes de compararmos a transcrição supra com o texto de 1598, consignemos algumas observações necessárias acerca da forma como a transcrição foi feita.

1. A pontuação original foi integralmente respeitada.
2. Igualmente foram respeitadas as elisões onde se verificavam, e mantidas as ausências delas, onde e quando as não havia.
3. Escreveu-se «por que» ou «porque», sempre que isso se conformava com a própria clareza do texto, sem envolver antecipados juízos interpretativos.

4. Não se corrigiu qualquer ortografia, e apenas se adoptou a actual, sempre que ela não colidia com os valores fonéticos. Corrigir uma ortografia é mais do que adoptar. Assim, por exemplo, mantiveram-se *grã* no verso 71, e *nã* no verso 72. Constituem uma rima interna, e o ritmo do verso 72 exigiria que «*nã*» não fosse «*não*», para a forte acentuação de «*julgue*» não ser perturbada por um forte acento que o «*não*» teria. Além disso, se estivessem lá *grão* e *não,* os versos 71 e 75 teriam um excesso do *ão* que constitui o par rímico final, quando a palavra *razão* já fora usada duas vezes na estrofe, logo seguida por *perdição*.

NOTA

[1] *Luís de Camões — Líricas,* sel., pref. e notas de Rodrigues Lapa, 2.ª edição, Lisboa, 1945.

II

AS VARIANTES DE 1598

Posto isto, e para um cotejo, não será necessário transcrever integralmente o texto de 1598. Bastará, e será muito mais eficaz, inventariar as alterações que ele introduz no texto de 1595. Algumas dessas alterações são gravíssimas, enquanto a maioria delas é ridícula. O estudo de tais alterações, a uma luz estrutural, poderá orientar-nos sobre o valor relativo dos dois textos.

ALTERAÇÕES DE 1598:

v. 1 — *Mandam'amor...*
v. 2 — *O qu'ele...*
v. 7 — *Est'excelente... d'enganar-me*
v. 8 — *... eu só d'amor...*
v. 9 — *... s'arrependesse*
v. 10 — *Com a pena...*
v. 11 — *... m'atrevo*
v. 12 — *... qu'escrevo*
v. 13 — *... qu'o qu'entendo*
v. 14 — *... Invoc'o lind'aspeito*

308

v. 15 — ... *qu'amor*...

v. 22 — ... *vinha,*

v. 23 — ... *d'Acheloo*...

v. 24 — *Quand'o amor*...

v. 26 — ... *vent'esquivas*

v. 27 — ... *rutilando* chamas *vivas*

v. 30 — *Qu'um*...

v. 33 — *Qu'as*...

v. 36 — *Como* no *meu*...

v. 40 — *Qu'andando*...

v. 41 — ... *s'abaixavam*

v. 42 — Ou *d'inveja*...

v. 43 — ... *tud'ant'ela s'abaixava* (e desaparição do parêntesis)

v. 44 — *cous'*em fim

v. 45 — *del', e eu de mim:*

v. 47 — ... *qu'o não*...

v. 48 — ... *cudar, qu'efeit'em*...

v. 50 — ... *porqu'amor*

v. 51 — ... *viss'o que*...

v. 52 — ... *vinganç'amor*...

v. 53 — ... *mudav'a humana natureza* (e sem os dois pontos no fim)

v. 54 — Nos *montes*

v. 55 — *Deles em mim*

v. 58 — Pelo *que*...

v. 59 — ... *doc'engano*

v. 61 — ... *qu'indo*...

v. 62 — ... *m'entristecia*

v. 63 — *Vel'a um*...

v. 70 — *Cad'um*...

v. 72 — ... não...

v. 73 — ... *tamanh'efeito*

v. 76 — ... *d'amor*...

v. 79 — ... *negars'a*...

v. 80 — ... *tud'era*...

v. 84 — ... quem

v. 93 — ... *qu'em si* s'esconde

v. 94 — ... responde

v. 95 — Não *podem*... (e vírgula final)

v. 96 — Senão d'um pensamento

v. 97 — Que a falta supra a fé do entendimento.

Eis a lista das alterações que se verificam. Importa classificá-las.

Número de emendas: 64, e acrescentamento de dois versos.
Classificação geral das emendas:

Elisões:

Marcadas por apóstrofe........................... 44
Suprimidas 1

Mudanças de palavras:
Por alteração:
Ortográfica 3
Morfológica 2
Por substituição................................... 6
Por acrescentamento 1

Mudança de pontuação (uma delas provocada pelo
acrescento dos dois versos finais) 7
————
64

Como se vê, as emendas são de três classes, cabendo 45 alterações à primeira, 12 à segunda e 7 à terceira. O total de 64 alterações afecta 48 versos, ou seja sensivelmente metade do número de versos (95) do texto.

Acontece, porém, que, das 64 alterações, muitas não afectam o sentido do texto. Quanto a este decisivo aspecto, a classificação delas é a seguinte:

Classificação das emendas conforme afectam ou não o sentido:
a) *Não* afectam o sentido:
1) Indicações de leitura 44
2) Alterações específicas 8   52
b) Afectam o sentido:
3) Palavras acrescentadas.................... 1
4) Palavras substituídas 6
5) Palavras sofrendo alteração morfológica 2
6) Mudanças de pontuação.................... 3   12
————
64

Analisemos, agora, cada uma destas categorias.

1) *Indicações de leitura.*

Chamamos assim às elisões marcadas por apóstrofe, e que foram prodigamente introduzidas no texto pela edição de 1598. Tão prodigamente que elas constituem *dois terços* do total das emendas.

310

É absurdo supor que elas possam ter jamais correspondido a uma nova colação editorial com manuscritos. O texto de 1595 usa do apóstrofo, comedidamente, *catorze* vezes. Dessas, algumas das quais são apenas formações derivadas (como *n'hum*), nenhuma é apenas indicação de leitura, mas sempre *reforço sintagmático*. Basta enumerar *minh'alma, d'ouro, dentro n'alma, m'escrevia*, etc., para verificar-se este importante aspecto. Por outro lado, que manuscrito de um poeta, ou copiado dele, pode alguma vez ter existido, com um delírio de indicações apostróficas de leitura de versos? Para um autor, a leitura dos seus próprios versos não oferece dúvidas. A profusão destas emendas, que já significa a tendência para defender Camões das críticas à sua «metrificação defeituosa», é da maior importância como denunciadora do carácter *correctivo* da edição de 1598[1].

2) *Alterações específicas não afectando o sentido.*

Dissemos que elas são *oito*. Vejamos quais, e se elas nos esclarecem alguma coisa.

A primeira é a elisão suprimida no verso 10, em que substituíram *Co* por *Com*. Parece, à primeira vista, um procedimento contrário à prodigalidade dos apóstrofes... Não é. Porque o *Com* foi nitidamente introduzido para que não houvesse o hiato, ou o houvesse ao mínimo, em *pena o engenho*.

A segunda é a vírgula final do verso 22, que só a correcção gramatical, que não a clareza, exigiria. É nitidamente uma emenda que pode inclusivamente referir-se a gralha do texto de 1595.

A terceira é a alteração ortográfica, no verso 44, de *enfim,* para *em fim,* o que é uma petulância desnecessária.

A quarta é a mudança de pontuação final do verso 45. Onde estava ponto final passou a haver dois pontos. Trata-se de uma intenção correctiva, por a estrofe seguinte iniciar-se em *porque*. Mas este, além de partícula de realce, é recomeço estilístico e causal de um período que era imenso. E, na canção, Camões jamais transita sintacticamente de uma estrofe para outra.

A quinta é a vírgula após *cuidar,* no verso 48. Era inteiramente desnecessária.

A sexta é a alteração ortográfica de *Polo* para *Pelo*, no verso 58, quando a forma mais arcaica é mais ritmicamente correcta.

A sétima é, no verso 72, a emenda de *nã* para *não*, que já estruturalmente vimos poder não ser aceitável.

A oitava e última consiste na adaptação da pontuação final do verso 95 ao acrescentamento dos dois versos que a edição de 1598 revela.

Em resumo: à semelhança do que sucedia com as indicações, tão inquietas, para leitura, as alterações específicas não afectantes do sentido não se categorizam como oriundas de um texto mais aperfeiçoado, e sim como correcções arbitrárias introduzidas no já publicado, para «aperfeiçoá-lo».

Vejamos o que sucede com as alterações, em número de 12, algumas das quais gravemente afectam o sentido.

3) *Palavras acrescentadas.*

No verso 8 é intercalada a palavra *só.* Se estava dito que o poeta tomara do amor, por interesse, «este excelente modo de enganar-me», não parece que o *só* reiterativo acrescente alguma coisa à afirmação. Pelo contrário, restringe-a, quer consideremos que deve interpretar-se como «só de amor» ele tomara, quer como tomara «só por interesse». Na primeira interpretação, o *só* não colhe, já que o poeta não estava tomando nada de ninguém que não do amor; e na segunda igualmente não, porque a métrica não impedia que estivesse lá «só por interesse», reiteração que o resto da estrofe dispensava na condicionalidade que desenvolve. A razão do acrescento é outra: eliminar metricamente o hiato em *tomara eu.*

4) *Palavras substituídas.*

Estas substituições são *seis.* Observemo-las, uma por uma.

Verso 27 — «*chamas*» *por* «*o lume*».

A substituição parece exigida pelo adjectivo *vivas* imediatamente seguinte. Mas seria plausível, mesmo numa má cópia (e a cópia não pareceu má, já que estas emendas são poucas), uma tão estranha incongruência? Por que não admitir, antes, que se trata de um passo extremamente (e ricamente) elíptico? Com efeito, o texto da variante Juromenha, mais próximo deste no seu conjunto, e o texto da versão de 1616, ambos dizem expressamente: *Os olhos rutilando em lume vivo.* De onde se concluirá que o texto de 1598 emendou *erradamente* o texto de 1595, que, nesse passo, não estava certo. O que é confirmado pela coincidência do verso anterior em todas as outras versões: *Ao doce vento esquivo* (ou estivo). E o verso seria então *Dos olhos rutilando o lume vivo* e a emenda para *chamas,* não autorizada por nenhuma colação visível, foi uma emenda ingénua, bem intencionada, mas descuidada, que alterou um sentido que era elegantíssimo (e o era tanto que em todas as versões Camões se satisfez com ele).

Verso 36 — «Como *no meu*», em vez de «Como *em* meu».
Trata-se, é evidente, de mais uma correcção supersticiosa dos hiatos... e da possível cacofonia.
Verso 42 — «*Ou* d'inveja», em vez de «*Tendo* inveja».
A correcção é paralela do que sucede na versão de 1616, nesse verso. Não era intrinsecamente necessária. E que o não era, é plenamente comprovado pela existência do parêntesis no verso seguinte, em 1595; parêntesis que, em 1598 e 1616, é suprimido. Com efeito, «os ramos se abaixavam tendo inveja das ervas que os divinos pés pisavam (ou porque tudo ante ela se abaixava)». A troca de *tendo* por *ou* acarretava, como acarretou, a supressão do parêntesis, para o equilíbrio da disjunção ser perfeito. Parece poder concluir-se que não se trata de uma *correcção camoniana,* mas talvez de uma contaminação que o texto de 1595 sofreu do de 1616, que os editores já conheceriam mas não publicaram[2].
Verso 54 — «*Nos* montes», em vez de «*Os* montes».
Esta alteração é gravíssima, e dela têm resultado sem dúvida as maiores deturpações que o texto tem sofrido neste passo. O que está na edição de 1595 é perfeito, elegantíssimo como estrutura, e admirável. Vejamos como, e analisando do mesmo passo, porque são conexas, as mudanças de pontuação sofridas pelos versos 53 e 55.
O texto de 1595 dizia: «(o amor) mudava a humana natureza: (e) os montes, e (com eles ou por eles) a dureza deles, em mim por troca traspassava».
O texto de 1598 transformou este notável equilíbrio da mútua metamorfose num disparate *esclarecedor:* «(o amor) mudava a humana natureza nos montes, e a dureza deles em mim por troca traspassava». E que é a primeira lição a que deve prevalecer, eis o que é comprovado pelos versos 57 e 58, quando afirmam explicativamente a mútua metamorfose: a troca do «ser do monte sem sentido», «polo (ser) que num juízo humano estava». E a dureza dos montes, o ser deles, que não tem sentido, opõe-se muito justamente à doçura do juízo humano de Camões. Se a humana natureza é mudada em montes, e a dureza destes é que se traspassa no poeta, a bimembração da frase corrigida representa um disparate, como dissemos. E Camões, em matéria de disparates, só tratou dos alheios e da Índia...
Verso 84 — «*quem*», em vez de «*que*».
Esta substituição, que tem gozado dos favores da posteridade, não é indiferente para o rigor a que Camões nos habituou. Estava em 1595: «Não sei que me escrevia...» — e o *que* referia-se evidentemente à impessoalidade anónima e misteriosa do que «dentro n'alma» se passa, em matéria de escrita, «co as letras da memó-

ria». Se esse *que* fosse por inadvertência um *quem*, a incongruência surgiria, pois que, nesse caso, Camões saberia muito bem, no plano em que aquela impessoalidade se *entificasse*, quem tal ente seria... E sabê-lo-ia, porque, para o seu pensamento, e na própria canção, ele declara cantar docemente, por ordem do amor, «o que ele (o amor) já em minh'alma tem impresso». Parece que, portanto, também esta emenda não decorre daquela coerência interna que se encontra em Camões, mas da coerência externa que tanto preocupa os seus admiradores mais solícitos.

Verso 95 — «*Não* podem», em vez de «*Bem* podem».

Esta alteração envolve consigo todo o problema do *commiato* ampliado, que se é forçado a considerar à parte.

5) *Palavras sofrendo alteração morfológica que afecta o sentido.*

Estas palavras são *escondem* (verso 93) e *respondem* (verso 94), que, no texto de 1598, passam ambas ao singular com anteposição de *se* à primeira delas. Estas alterações, é fácil verificar que não são dependentes, directamente, do acrescentamento de dois versos ao *commiato*. Com efeito, fossem ou não fossem os sentidos humanos capazes de ajuizar dos divinos (e veremos em que sentido isto deve ser entendido), isso não depende de quem responde às dúvidas de quem não crer na canção, nem depende do que ou quem se esconde.

Examinemos verso a verso o que se passou.

Verso 93

1595 — Pelo que em si escondem
1598 — Pelo que em si se esconde
1616 — Pelo que em si lhe esconde

Verso 94

1595 — Os sentidos humanos lhe respondem
1598 — Os sentidos humanos lhe responde
1616 — Os sentidos humanos lhe responde

Postos assim, lado a lado, os varios textos mostram que, quanto a estes versos, as diferenças são maiores para o verso 93 que para o verso 94. Mas, para qualquer deles, a proximidade é maior entre a versão de 1598 e a de 1616 que entre qualquer delas e a versão de 1595. Ora, sucede que os dois versos anteriores do *commiato*

314

(versos 91 e 92), que o iniciam, são exactamente os mesmos em 1595 e 1598, e são, na versão de 1616, variante desses coincidentes versos. Havendo, como há, uma gravíssima alteração de sentido no verso 95, alteração que coincide com a lição de 1616, somos tentados a crer em duas hipóteses prováveis: ou a alteração dos versos 93 e 94 resultou da contaminação, que já supusemos, do texto de 1595 pelo de 1616, e os editores fizeram as alterações para conformarem o texto ao novo *commiato;* ou o texto de 1595 é arranjo encurtado de um *commiato* cujo final não pecava pela clareza luminosa. Por agora, e estritamente em relação com as emendas sofridas pelos versos 93 e 94, atentemos em que é perfeito e completo o sentido do *commiato* em 1595, no que a esses versos se refere. Leiamos: «Canção, se quem te ler não crer dos olhos lindos o que dizes, pelo que (esses olhos) em si escondem, Os sentidos humanos lhe (a ele) respondem (por ti) (que) bem podem dos divinos ser juízes». É evidente, e o contexto da canção o comprova, que *sentido* está por *senso,* no sentido genérico que engloba não só os órgãos dos sentidos mas a percepção inteligente dos dados deles. E que só a exigência interpretativa de ser a canção a responder, e não os sentidos, obriga à singularização do verbo, arrastando a do verbo «esconder». Este, porém, não é indiferente que se refira aos «olhos» ou a «pelo». No primeiro caso, quem esconde são *eles;* no segundo, algo se esconde *neles.* Que a concordância, para Camões, se fazia com *olhos,* é comprovado pela versão de 1616, em que estes olhos se tornam, mais latamente, «claro gesto», com que «esconde» concorda. De modo que, das duas hipóteses prováveis que delimitamos, apenas a primeira da contaminação, entre 1595 e 1598, pela lição de 1616, parece a possível.

6) *Mudanças de pontuação alterando o sentido.*

Verificadas nos versos 43, 53 e 55, já conexamente com outros casos, a que importavam, tratámos delas.

NOTAS

1 Estas conclusões são inteiramente confirmadas pelas observações sistemáticas a que temos procedido, no cotejo das edições de 1595 e 1598. Por exemplo, na écloga *Frondoso e Duriano,* em 88 emendas que foram feitas na 2.ª edição, 62 são elisões marcadas com apóstrofe, e sem valor sintagmático. Pretendem ser nitidamente indicações de leitura. E é curiosíssimo notarmos que a percentagem destas «indicações», que é, na canção VII, em relação ao total das

emendas, 70 %, na écloga citada é 73 %. O que manifestamente indica que as correcções extrínsecas ao texto foram feitas, nos dois textos, com idêntico critério de «ouvido» rítmico e, portanto, muito provavelmente pela mesma pessoa. O carácter abusivamente correctivo da edição de 1598, quanto aos textos de 1595, fica plenamente demonstrado no apêndice do nosso estudo citado sobre os sonetos.

2 Adiante, ao tratar-se do Ms. Luís Franco, esta discussão será retomada.

III

O PROBLEMA DO *COMMIATO*

Destaquemos e completemos, quanto ao *commiato,* as observações que fizemos ao compendiarmos as características próprias da forma externa da canção *Manda-me amor, etc.*:

a) Na versão de 1595, o *commiato* tem 5 versos; e 7 no texto de 1598 e na versão de 1616. Na versão de 1861, porém, o número de versos é 3. O valor 3 é o dominante nas canções canónicas; mas a média de 3 e 7, que é 5, corresponde exactamente à média 5 para as dez canónicas, uma das quais tem 5 versos num *commiato* que também assim não repete o esquema final da estrofe;

b) Em qualquer das versões, menos na de 1595, o *commiato* repete o esquema métrico do igual número de versos finais da estrofe. Essa repetição é comum a mais sete canções camonianas. A percentagem de versos de 6 sílabas é sensivelmente a mesma (40 %) em 1595 e 1598-1616;

c) O esquema rímico do *commiato* é *a+bb*, em 1861, como em seis canções canónicas. É *a+bccb*, em 1595. E *a+bccb+dd* nos textos de 1598 e 1616. Em uma canção canónica o esquema aproxima-se daquele segundo, enquanto o último é intermédio dos de outras duas canónicas;

d) O índice de variabilidade é 1,00 (1861), 1,14 (1598 e 1616) e 1,20 (1595). Com 1,00 há três canções. O valor seguinte é limite do 1.º grupo de variabilidade das canções quanto ao *commiato,* que inclui nove canções canónicas. O último dos valores situa-se fora desse limite (em apenas 5 %), mais além do qual, mas muito, se situa uma só canção. Mas qualquer deles é o mais próximo da média geral dos índices de variabilidade dos *commiatos;*

e)   Comparados os diversos índices de variabilidade do *commiato* com o índice da estrofe, que é constante para a estrofe de 1595, a de 1598 e a de 1616, verifica-se que, quanto a essa divergência característica, só a do *commiato* de 1595 pareceria anormal, por afastar-se da média geral das divergências; mas é muito inferior à máxima divergência em valor absoluto. A versão de 1861 não se afasta da regularidade prototípica;

f)   A variabilidade total prototípica de 0,87 é a mesma para 1595 ou 1598-1616;

g)   A influência do *commiato* na variabilidade total é da mesma ordem em todos os casos.

Estas oito conclusões compendiadas permitem-nos analisar a situação do *commiato* de 1595 e do *commiato* quase coincidente do texto de 1598 e da versão de 1616, que é o problema que nos importa esclarecer em relação ao texto de 1595, e às emendas que recebeu em 1598. Seria forçar um pouco as conclusões, que o rigor nos impõe, declarar que a igualdade de circunstâncias para os três *commiatos* é idêntica e semelhantemente conforme às características canónicas, no que se refere à forma externa. Não é. Mas seria também levar o rigor e a exigência demasiado longe declarar que algum deles, em particular o de 1595, está fora daquelas características canónicas, por modo a que tivéssemos de considerá-lo impróprio ou incompleto. Não está. Quanto à forma externa, eles se nos afiguram igualmente válidos, ainda que sejamos levados a supor que dos 3 versos conformes com o estrito modelo de Bembo (texto de 1861), ele passou aos 5 versos de 1595, enquanto, num outro equilíbrio da sua conquistada *forma ideal,* estabelecia os 7 versos de 1616.

A análise da canção de Bembo, conexa com esta, permitiu-nos observar como Camões partiu dela, e doutros pontos também, na convergente estruturação de elementos, que lhe daria a *sua forma ideal.* Vejamos o que nos esclarece uma análise da forma interna dos *commiatos* isolados, para que os próprios textos da canção completa, em seu sentido global, nos não influam na investigação.

1861:

Canção, se duvidarem poder tanto
Somente ũa vista bela,
Dizei que olhem a mim, crerão a ela.

1595:

> *Canção, se quem te ler*
> *Não crer dos olhos lindos o que dizes,*
> *Pelo que em si escondem,*
> *Os sentidos humanos lhe respondem*
> *Bem podem dos divinos ser juízes.*

1598:

> *Canção, se quem te ler*
> *Não crer dos olhos lindos o que dizes,*
> *Pelo que em si s'esconde,*
> *Os sentidos humanos, lhe responde,*
> *Não podem dos divinos ser juízes,*
> *Senão d'um pensamento*
> *Que a falta supra a fé do entendimento.*

1616:

> *Canção, se te não crerem*
> *Daquele claro gesto, quanto dizes,*
> *Pelo que em si lhe esconde,*
> *Os sentidos humanos (lhe responde)*
> *Não podem de contino ser juízes,*
> *Senão um pensamento*
> *Que a falta supra a fé do entendimento.*

Nota. — Na transcrição da variante Juromenha repusemos *ũa* no 2.º verso, como a métrica, a grafia corrente e o próprio Ms. Luís Franco exigiam. Na transcrição do texto de 1595, apenas introduzimos uma vírgula depois da palavra *canção*. Na transcrição do texto de 1598, introduzimos também a mesma vírgula; pusemos apenas entre vírgulas, para destacar a oração intercalada, «lhe responde»; e, *respeitámos* o *de* fundamental do penúltimo verso, que os editores subsequentes, influenciados pelo texto de 1616, suprimem, mesmo quando declaram estar transcrevendo o texto de 1598. Na transcrição do texto de 1616, apenas introduzimos a supracitada vírgula, depois de *canção*[1].

Por insólito que pareça, o *commiaco* de 1595 é apenas ampliação explicativa e retórica do texto da variante revelada em 1861. Com efeito, se as pessoas duvidavam que, por si só, uma vista bela possa tanto, a canção que lhes diga que olhem o poeta, e crerão (no poder) da vista bela. Isto era o que literalmente aquela variante dizia. Vejamos a transformação, membro a membro, das frases:

1861	1595
se duvidarem	*se quem te ler não crer*
... poder tanto	*dos olhos lindos o que dizes*
Somente ũa vista bela	*pelo que em si escondem*
dizei que	*Os sentidos humanos lhe respondem*
Olhem a mim crerão a ela.	*Bem podem dos divinos ser juízes.*

A impessoalidade da dúvida torna-se especificamente a dúvida de quem ler a canção. Essa dúvida, que era do tamanho poder de uma vista bela, torna-se explicitamente originada pelo que os olhos lindos escondem em si, mas revelaram ao poeta. Todavia, se os que duvidavam daquele poder, olhando para o poeta, creriam nela, isso era porque, como se explicitou, os sentidos humanos — ou sejam as faculdades do homem que é poeta — podem, por ele ser poeta (olhem para ele), ser juízes dos sentidos divinos, que não são os de Deus, mas os da essência cujo poder ao mesmo tempo se oculta e revela na «vista bela», rosto em que fulgem os «olhos lindos».

Passemos ao texto de 1598. Ao estudarmos as emendas que esta edição introduziu no texto de 1595, vimos que nos versos 93 e 94, antepenúltimo e penúltimo neste texto, aquela edição introduziu alterações que coincidem com o texto de 1616, mas que o acrescento de dois novos e últimos versos (semelhantes, com mais um *de,* aos de 1616), e mesmo a alteração do início do verso 95, não exigiam. Em literalidade, o texto de 1595 era perfeitamente claro, como havíamos dilucidado e diversamente dilucidamos agora. E inclinámo-nos, então, para a hipótese de contaminação do texto de 1595, em 1598, pelo texto revelado em 1616. É curiosíssimo apontar que o *de* desaparecido em 1616 devia realmente desaparecer nesse texto, tal como o exigia o rigor da expressão. «Os sentidos humanos não podem ser juízes (mas pode sê-lo = = senão) *um* pensamento, etc.». O *de,* porém, era indispensável no texto de 1598: «Os sentidos humanos não podem ser juízes *dos* divinos (mas podem sê-lo = senão) *de* um pensamento, etc.».

Poderíamos esquecer este incómodo *de,* como tantos editores modernos têm feito, tanto mais que o esquecimento nos facilitava enormemente as conclusões que buscamos. Com efeito, é ele que se atravessa no caminho da nossa tese da contaminação. Mas atravessará? Quando tudo indica que a contaminação existiu, e quando existe, em meio desta, uma partícula que foi suprimida ou esquecida, não será que este *de* não só reforça a tese da contaminação, como, reforçada esta, nos poderia até levar a concluir que ele foi *suprimido* na transcrição do texto de 1616?

Com efeito, em 1616, tal como o texto aparece (e reposto no devido lugar aquele *de contino* que os editores, sugestionados pela lição de 1595-1598, substituem por *dos divinos*), diz-se que «Os sentidos não podem ser juízes de contino (mas podem sê-lo = senão) *um* pensamento, etc.». Sem o *de contino,* como propositadamente fizemos atrás, estaria certo[2]. Mas, com intercalada essa expressão, a questão complica-se. Está-se afirmando, então, que os sentidos humanos, *continuamente* e *ininterruptamente*[3] não podem ser juízes, mas que o pode ser, *assim,* um pensamento, etc.? Ou será que se afirmava que os sentidos humanos não podiam, ininterruptamente, dar fé daquilo que se escondia deles, mas que podiam dá-la *de* um pensamento, etc.? Porque reflictamos em que pensamento é este. E, para tal, atenhamo-nos à ausência de crase, em qualquer dos artigos definidos *a,* que é manifesta em 1598 e em 1616.

Que esse pensamento era qualquer coisa de muito e complexamente transcendente, no-lo patenteia esse último verso — lapidar e sibilino — que o define. E como o define? Dizendo que ele é algo pelo qual a fé do entendimento (e fé do entendimento não é a Fé, pois que «entendimento» é a «inteligência») supre a falta de continuidade de que os dados imediatos da consciência («os sentidos humanos») não são capazes. Se assim é — e qualquer crase nos afigura obscurecer um sentido que já é suficientemente obscuro —, não haveria coerência alguma em dizer que a continuidade judicativa, vedada aos «sentidos humanos», o não era a um pensamento que suprisse tal carência da fé do entendimento. Seria demasiado sibilino para uma distinção óbvia (género de complicação em que, por muito que pese aos detractores do conceptismo camoniano, Camões não abundou). Coerente, sim, seria que a incredulidade natural a quem lê um traslado feito directamente da alma pelo poeta (que não escreve e apenas traslada), resultasse de uma descontinuidade apreensora, inata aos dados imediatos da consciência, que só pela força do pensamento estão em condições de suprir-se dessa carência natural. E assim, do mesmo passo que o *de* se nos afigura indispensável, verificamos o rigor da descrição fenomenológica que Camões nos oferece dos actos da inteligência, recusando-se precisamente àquela *fé* (com minúscula) que fez a comentadores ver misticismo (de Fé, com maiúscula), neste final esplêndido que é todavia apenas um admirável tratado de psicologia ontológica[4].

320

Resumamos:

1. Parece, pois, de aceitar que o *commiato* de 1595 é completo em si mesmo.

2. Que razões de crítica interna e externa nos levam a supor que, em 1598, esse *commiato* sofreu a contaminação de 1616.

3. E que, no *commiato* de 1616, o *de* (tão desprezado) de 1598 não faria estruturalmente má figura, se é que, como tudo indica, e a contaminação nos induz a supor, antes de impresso ele já não estava lá.

Resta apenas, para encerrarmos este debate, a aparente contradição interpretativa entre o final de 1595 e o de 1616. Em 1595, os sentidos humanos podiam ser juízes dos divinos. Em 1616 não podem, mas podem sê-lo de um pensamento, etc. Não há, porém, contradição alguma. *Daqueles* «divinos», num traslado d'alma, eles *bem* podiam sê-lo. E em 1616 a impossibilidade está no *de contino,* com que se introduz uma cisão subtil entre a descontinuidade dos dados imediatos da consciência, e o fluxo dialéctico inerente ao pensamento *em si,* cujas metamorfoses não são descontinuidade, mas, por acumulação quantitativa, mudanças de qualidade. Do que resulta que o *de contino* ou é uma flor de retórica inquisitorial, que Camões não usaria num final tão complexo e denso, onde todo o espaço dos versos seria pouco para a concentração expressiva, ou os *divinos* de 1595, somados em 1598 dos dois versos finais de 1616, são um disparate que mais reforça a convicção da contaminação que o cotejo das variantes da canção toda nos levou a considerar.

*

No Ms. Luís Franco, a canção *Manda-me amor, etc.,* figura (além da variante Juromenha) com o texto de 1595-1598, sem coincidir exactamente com nenhum dos dois primeiros textos impressos. O problema das variantes desses três textos de uma mesma versão estudá-lo-emos mais adiante. Por agora, importa-nos comentar em que medida o Ms. Luís Franco contribui para esclarecer ou complicar a questão do *commiato*. Este, no referido manuscrito, é, com variantes, o de 1598. Ei-lo:

> *Canção, se quem te ler*
> *non crer dos lindos olhos o que dizes*
> *polo que em si lh'esconde:*
> os sentidos humanos, lhe responde,
> non podem do divino ser juízes
> *senão com o pensamento*
> *que a falta supra a fé do entendimento.*

321

Nota. — Na transcrição apenas introduzimos vírgulas depois de «canção», e antes e depois de «lhe responde», o que é feito em 1598 e não altera o sentido; e lemos «si» onde parece estar «se».

As variantes são:

2.º verso: «lindos olhos», em vez de «olhos lindos», em 1595 e em 1598; e falta da vírgula final que estas edições ambas colocaram;

3.º verso: «polo» por «pelo»; «lh'» por «s'»; e falta da vírgula final;

5.º verso: falta da vírgula final;

6.º verso: «com o» em vez de «d'um».

A falta de pontuação em relação à edição de 1595 — e só o cotejo total dos dois textos pode confirmar a assertiva — parece denunciar-nos que, como seria natural, o Ms. Luís Franco estará mais próximo de um autógrafo, e que a pontuação de 1595 será, em conformidade com os comentários feitos a essa questão, mais editorial que autoral. A inversão de «olhos lindos», que coloca o acento tónico em «olhos», é difícil discuti-la resolutivamente, já que, quer o adjectivo, quer o substantivo, ambos têm peso na visualidade íntima da canção, e quanto à beleza suprema a que esta se refere. Mas, se o acento tónico em «lindos» marcava melhor a toância comum com «dizes» e «juízes», a deslocação dele para «olhos» transfere a toância — mais fracamente todavia — para com «esconde» e «responde». Parece que, ritmico-semanticamente, «olhos lindos» era mais feliz. O erro que relevamos e o «polo» são de somenos importância, neste passo, até porque o «pelo» de 1595 se repete em 1598. O «lhe» em vez de «se», como a variante do 6.º verso, exigem, pelo seu interesse, o mais atento exame. É que, assim, o 3.º verso do *commiato* coincide mais com o da versão de 1616, e *não* com os correspondentes de 1595 ou 1598. Seria talvez um indício de que o texto que Luís Franco transcreve tem ainda alguma coisa em comum, quiçá por via autoral, com o de 1616. Detenhamo-nos na variante do 6.º verso.

Encontrámo-nos, nos três textos conhecidos deste *commiato,* com três aspectos diversos de um mesmo passo de difícil interpretação. Não se trata de elegermos, como se fazia dantes, aquele que nos parece melhor e mais correcto: trata-se, sim, de compreender a legitimidade relativa de todos eles e de avaliar, através deles, o sentido que este passo poderá ter tido sucessivamente para quem os escreveu e quem os copiou. Cotejemos então.

1598 — *Senão d'um pensamento*
1616 — *Senão um pensamento*
L. F. — *Senão com o pensamento*

Nitidamente, pela regência preposicional, Luís Franco está mais próximo de 1598 que de 1616, ao contrário do que sucedia no 3.º verso. Por outro lado, o «com» do Ms. Luís Franco (que está em vez do *de* de 1598) exautora — se necessário fosse — qualquer leitura moderna que se deixa contaminar pelo verso de 1616. Mas será aceitável como variante a variante *com?* Esclarecerá ela melhor o sentido do verso? Havíamos interpretado 1598 assim: os sentidos humanos não podem ser juízes dos divinos, senão (mas podem sê-lo) *de* um pensamento que (cuja) falta a fé do entendimento supra. Neste outro *commiato* (que afinal é outro, por força de uma outra preposição), é dito que: os sentidos humanos não podem ser juízes dos divinos, senão *com* (a menos que com) o pensamento que a (cuja) fé supra a falta do entendimento. A preposição *com,* curiosamente, arrasta-nos para a leitura que Faria e Sousa fazia do último verso, e que nos não parece clara com o *de* que está no texto que ele usa. O último verso permitiria, pois, e como que independentemente da preposição do verso anterior, uma *ambiguidade dialéctica* (em que tese e antítese estão equilibradamente presentes no mesmo membro de frase) que penderia para uma leitura ou outra, conforme a regência preposicional, sem que o sentido excluído deixasse de estar ocultamente presente. O «de» torna a frase menos definida, e menos audaciosa, do que ela é na regência de «com». Na verdade, em 1598, os sentidos humanos não podiam julgar dos divinos, mas podiam julgar do pensamento (a representação destes), cujas deficiências a fé do entendimento (o poder da razão) suprisse. Em Luís Franco há uma possibilidade de os sentidos humanos julgarem dos divinos, como acontecia em 1595 (e a negativa do 4.º verso só é absoluta na aparência), desde que se sirvam do pensamento cuja fé supre as deficiências da razão (o entendimento). Será o *de,* que é necessário, um subterfúgio preposicional introduzido para tornar aparentemente inócuo, por aparentemente ininteligível, um fecho de poema que era afinal a ampliação do que havia sido categoricamente afirmado em 1595: «bem podem dos divinos ser juízes»? E para — na ambiguidade — tornar contraditoriamente mais fundo o sentido de uma canção que, toda ela, era um manifesto da razoabilidade do Saber Absoluto? É *bem* possível. Mas não temos que escolher para construirmos uma versão ideal: quem nos diz que, conforme as ocasiões, Camões não escreveu todos estes *commiatos?* E é meramente conjectural supor, ou querer supor, qual deles foi realmente o último, e o que mais amplamente e mais profundamente veio a representar, para ele (se é que ele escreveu os dois derradeiros versos acrescentados), a coroação definitiva de um dos mais transcendentes e trabalhados poemas que escreveu.

No «Cancioneiro Juromenha», o *commiato* de 1616 — e é este texto de 1616 o que lá figura, mas com o primeiro verso idêntico ao dos outros textos (o que não tem sido atentado pelos supostos fiéis leitores de Carolina Michaëlis) — apresenta algumas curiosas variantes que, apesar do carácter duvidoso de manuscritos que Juromenha aproveitou tão descuidadamente e C. Michaëlis estudou dispersamente com tanta reserva, muito contribuem para esclarecer o problema, que nos ocupa, do *commiato.* Eis como este — integrando nele as variantes anotadas por Carolina Michaëlis (e que não há possibilidade de conferir, pela inacessibilidade dos manuscritos, se é que eles ainda existem) — lá surge:

> *Canção, se* não te *crerem*
> *Daquele claro gesto, quando dizes*
> *Pelo que em* ti se *esconde,*
> Que *os sentidos humanos (lhe responde)*
> *Não podem* do divino *ser juízes,*
> *Senão* só o *pensamento.*
> *Que a falta* supre *a fé do entendimento.*

Destas variantes que destacámos acima, sem dúvida apenas a primeira (troca de *não* e de *te*) é de somenos interesse. No 3.º verso, a mudança de *si* (comum a 1595, 1598, e 1616 impressas, bem como a 1595-98 como está no Ms. Luís Franco) para *ti* afasta este texto de todos os outros, enquanto a mudança, no mesmo verso, de *lhe* para *se* o aproxima de 1598 (impresso) e de 1598 (Luís Franco). No 4.º verso, a introdução do *que* inicial, inexistente em todos os outros textos, torna claramente integrantes, e objecto de *lhe responde,* os *sentidos humanos,* afastando-os do papel de sujeito que desempenhavam em 1595. No 5.º verso, *do divino* (ainda que num singular que anula a correlação adjectiva com *sentidos,* comum a todos os textos, se não é um erro de cópia) identifica este verso da versão de 1616 com todas as demais lições. No 6.º verso, a determinação definida (*o*) de *pensamento* levanta — o que é reiterado pela presença contígua de *só* — a ambiguidade referencial de *um* pensamento, marcada pelo artigo indefinido comum a 1598 (impressa) e 1616 (impressa); essa determinação, porém, existia em 1598 (Luís Franco), ainda que limitada pela regência de *com*. No último dos versos, a mudança do verbo *suprir*, no subjectivo em 1598 (impressa e Luís Franco) e em 1616 (impressa), para um presente do indicativo, transforma a possibilidade de juízo dos sentidos divinos (ou do que é *divino* substantivamente) numa capacidade efectiva de, para tal, o *pensamento* substituir-se aos *sentidos humanos*. O problema de uma correcção censória do *divino*, pondo em seu lugar o *contino* tão absurdo, já o tratámos, como o caso requeria. E essa muito provável «correcção» atrevida, se aliada a este cotejo, que agora fizemos, da proximidade deste outro texto do *commiato* em relação aos demais, parece confirmar decisivamente que, para a impressão, feita em 1616, da diferente versão de *Manda-me amor, etc.*, o *commiato* foi corrigido, de modo a aproximar-se de 1598, que ele parecia repetir, e também de modo a que dele desaparecessem uma precisão e uma clareza perigosamente afirmativas, que, aliás, e paralelamente, haviam sido feitas desaparecer do texto impresso em 1598.

NOTAS

1 No volume que examinámos da edição de 1616 é duvidoso haver uma vírgula depois de *juízes*. Todavia, colocámo-la, pois que os possíveis sentidos em nada são perturbados, e antes esclarecidos, por ela.

2 Uma outra hipótese seria que a censura substituiu, no *commiato* de 1616, «dos divinos» por «de contino», no receio de que o verso pudesse ser libertinamente interpretado. A edição de 1616, não o esqueçamos como sucede à maior parte dos camonistas, é constituída *apenas* pelos «inéditos», e não inclui, pois, as composições impressas anteriormente em 1595 e 1598. É efectivamente a *Segunda Parte,* como o seu título diz, e que Domingos Fernandes, ao reeditar em 1607 a edição de 1598, declarava estar preparando. Na penúltima página dos prólogos, prefácios e índices (XXIV não numeradas), este livreiro anuncia os «Livros que têm impressos deste autor: *Os Lusíadas* sem comento, *Os Lusíadas* comentados, *Rimas* primeira parte, *Rimas* segunda parte». E tinha, na verdade, todas recentes, a edição de 1612 de *Os Lusíadas* (esta era a «sem comento»), a de 1613 (com os comentários do P.[e] Manuel Correia), a reedição de 1614 da primeira parte das *Rimas* (ou seja a 4.ª edição delas, ou, mais exactamente, a 3.ª edição do volume ampliado de 1598). A licença para o volume de 1616, que era obra nova, tinha de ser outra (embora todas as reedições fossem à censura para verificação), e lá está datada de 12 de Fevereiro de 1615, tendo a «taxa» sido marcada em 19 de Março de 1616. Nesta mesma página das Licenças de 1615 (será gralha uma das datas, 1605, que lá figura), estão incluídas as referentes a *Eufatriões* e *Filodemo* (que estão habitualmente encadernados no mesmo volume,

mas são as impressões avulsas do ano anterior, e por isso há exemplares da edição de 1616 em que os dois autos não figuram), e a de 1608 para as oitavas *Da Criação e Composição do Homem* (com publicação avulsa também em 1615, mas aqui encadernadas juntas, e o índice de alguns volumes menciona expressamente as comédias e *Três Cantos da Criação do Mundo* — o poema, que tem algum interesse, que mais não seja pela sua analogia, por exemplo, com *The Purple Island or the Isle of Man,* 1633, de Phineas Fletcher, não é de Camões, mas de André Falcão de Resende, como é sabido; e o próprio Domingos Fernandes não ignora no prólogo da *Segunda Parte,* que ele é alheio, embora nem por isso o retire). À cabeça destas licenças todas está o parecer final para a Segunda Parte:

Vi este caderno e o parecer dos Padres revedores, e me parece que mudado e riscado o que em seus lugares de minha letra aponto, tudo o mais se pode imprimir. Em S. Domingos, 20 de Janeiro de 1615 — Frei Vicente Pereira.

Esta declaração expressa — muito diferente, no tom, das que se respigaram de Frei Bartolomeu Ferreira (cf. Sousa Viterbo, *Frei Bartolomeu Ferreira, Apontamentos para o Estudo Literário do Primeiro Censor de «Os Lusíadas»,* «Círculo Camoniano», n.ᵒˢ 7 e 12, 1890, e do mesmo autor, *Fr. Bartolomeu Ferreira, o Primeiro Censor dos Lusíadas — Subsídios para a História Literária do Século XVI em Portugal,* Lisboa 1891), em 112 das obras que ele reviu desde 1571 a 1595 — permite supor que a hipótese aventada, e no caso de um verso tão perigoso, tem algum fundamento. É certo, no caso de atentados da censura contra o texto camoniano, que o próprio Frei Bartolomeu Ferreira, mudando o seu parecer benigno de vinte anos antes (se é que a benignidade não era resultado de um acordo entre o autor e ele), sancionara a edição dos «Piscos» (1584) com as seguintes palavras: «assi emendado como agora vai não tem cousa alguma contra a fé, e os bons costumes, e pode-se imprimir».

Mas o parecer, não datado, de Frei Manuel Coelho — que serve de base à licença de 3 de Dezembro de 1594 para a edição de 1595 das *Rimas* — diz o seguinte: «Vi por mandado de Sua Alteza o livro intitulado *Rimas,* de poesia de Luís de Camões, assi como vai não tem cousa contra a nossa santa Fé Católica, ou contra os bons costumes e guarda deles, antes com sua poesia pode ensinar, e com a variedade deleitar a muitos», após o que discute e explica — como Frei Bartolomeu Ferreira fizera para a 1.ª edição de *Os Lusíadas* —, com citações teológicas, os vocábulos Deuses, Fado, Fortuna, «e outros semelhantes», declarando-os aceitáveis, «como mostrei longamente na aprovação que dei às *Lusíadas* do mesmo autor, que agora novamente se imprimem, o que, visto bem, se pode este livro imprimir». Frei Manuel Coelho, é óbvio, deixou passar em *Manda-me amor, etc.,* o *commiato de 1595.*

O parecer que permitira a licença (datada de 8 de Maio de 1597) para a edição de 1598 das *Rimas* dizia apenas: «Neste livro não há cousa alguma contra a fé ou os bons costumes — (sem data) Frei António Tarrique».

É muito curioso o parecer para a licença de reedição da compilação de 1598, que foi feita em 1607 (edição que, como as «duas» primeiras de *Os Lusíadas,* tem dois frontispícios diferentes...): «Vi este livro que se intitula *Rimas* de Luís de Camões, o qual já foi muitas vezes impresso e emendado: mas assi como vai não tem cousa contra a nossa Santa Fé, e bons costumes. Em o Convento de Nossa Senhora da Graça de Lisboa, a 15 de Junho de 1606 — Frei António Freire». Na verdade, a menos que tenha realmente existido uma reedição de 1601, citada por Faria e Sousa, e que sumiu, as muitas impressões haviam sido... uma única, a de 1598, já que esta, por sua vez, era o volume de 1595 muito ampliado. Mas o «já (...) muitas vezes (...) emendado» pode entender-se como lançando alguma luz sobre a fórmula banal e comum da licença de 1594 («assi como vai...»), que fora usada para a edição dos «Piscos», e sobre o seco parecer de 1597, no sentido de os textos terem sido retocados para as edições de 1595 e de 1598, e também no de ter havido várias tiragens (que os revisores fiscalizavam).

O parecer para a licença da edição comentada de *Os Lusíadas,* datado de 10 de Fevereiro de 1611, e assinado por Frei António de Saldanha, louva Camões — apoiando-se nos termos de Frei Bartolomeu na 1.ª edição e nos de Frei Manuel Coelho anteriormente citados — e também o comentador (por ter explicado, como se vinha achando necessário, «alguns termos poéticos de que usou Camões para mais elegância dos versos, como é Fortuna, Fado, Deuses, e cousas semelhantes» — e não deixa de ser divertido admitir-se implicitamente que, sem aqueles artefactos pagãos, a elegância dos versos seria menor...), e não declara expressamente restrição alguma.

O parecer para a licença da edição de 1614 da primeira parte das *Rimas* (e que é reimpresso na edição de 1621, que é também só da Primeira Parte) diz o seguinte: «Vi estas *Rimas* de Luís de Camões impressas no ano de 1598, e assi como vão emendadas em 4 ou 5 lugares que julguei por indecentes, me parece que se podem imprimir. N.ª S.ª da Graça de Lisboa, 11 de Julho de 1614 — Frei António Freyre». Atente-se, neste caso, em duas coisas: primeiro, o editor não levou a revisão um exemplar das edições mais recentes, já revistas acumuladamente, mas um exemplar de 1598, como se depreende do parecer; e segundo, Frei António Freire, nos oito anos que envelhecera, desde o parecer que dera para o mesmo volume, tornara-se mais «prude», ou sua atenção fora chamada a capítulo: 4 ou 5 lugares indecentes haviam-lhe escapado...

Quando, na edição de António Álvares da Cunha (1668), são publicados novos inéditos que constituem o volume Terceira Parte (que só ele é da responsabilidade do Cunha, e que as bibliografias e os camonistas misturam, como as encadernações, com a «Primeira Parte» e a «Segunda» revistas por João Franco Barreto, publicadas respectivamente em 1666 e 1669), a licença de 21 de Janeiro de 1667 diz:

Vistas as informações que se houveram, pode se imprimir a Terceira Parte das *Rimas* de Luís de Camões, na forma que vai emen-

327

dada, e depois de impressa tornará ao Conselho para se conferir, e se dar licença para correr, e sem ela não correrá (seguem-se a data e as assinaturas de seis conselheiros).

Esta licença é da maior importância. Tem Faria e Sousa sido acusado de retocar os textos camonianos, que indubitavelmente retocou; e, onde as composições comuns à sua edição e à de Álvares da Cunha (que se serviu dos manuscritos de Faria, ao que se tem concluído) têm lição independente, é norma seguida usarem-se as lições da edição do Cunha. Parece que os editores nunca se interrogaram sobre este dilema: não estariam preferindo as lições dos devotos censores de Cunha às lições de Faria e Sousa, cuja devoção é sobretudo a Camões?...

Em resumo: as rimas de 1595 haviam sido licenciadas com um discreto «assi como vai», ominosamente semelhante ao que sanciona a edição dos «Piscos», mas, no ponto que mais directamente importa a esta nota, Fr. Manuel Coelho deixou passar o *commiato* de *Manda-me amor, etc.;* as rimas de 1598 haviam passado relativamente incólumes, tanto quanto se pode deduzir do parecer respectivo, e do facto de, reimpressas em 1607, se achar que já foram muito emendadas, e de, para a edição de 1614, terem sido corrigidas em 4 ou 5 lugares tidos por «indecentes»; a segunda parte, publicada em 1616, já foi declaradamente vítima do mesmo critério, e pôde imprimir-se, depois de mudado e riscado no original o que foi apontado pelo censor; a terceira parte, de 1668, não se sabe, como da anterior, em que extensão foi emendada.

Quanto à presumível emenda de «dos divinos» para «de contino» na edição de 1616 da Segunda Parte das *Rimas,* é de sublinhar que, na edição de 1607 (com o seu parecer tão estranhamente redigido) e na de 1621 (cujo parecer é o da edição de 1614), *não foi corrigido* o «dos divinos» do texto de 1595-1598 de *Manda-me amor, etc.,* pelo que foi esse *lugar* um dos tidos por indecentes pelo censor da reedição de 1614, à qual logo se seguiu a 1.ª edição da Segunda Parte. Nada obsta, porém, que o tenha sido, na versão que 1616 revelaria, para o respectivo censor que não estava revendo também a Primeira Parte, que era outro sujeito, e que emendou e riscou o que lhe apeteceu, conforme expressamente declara. E assim será, com efeito, se ponderarmos o seguinte. Nas variantes deste texto de 1616, que é o que figura nos Mss. Juromenha (Carolina Michaëlis, ZRPh, vol. 8, 1884, p. 21), segundo a enumeração de C. Michaëlis, o que figura no v. 95 é mesmo *do divino* (assim no singular). Por duvidosos que aqueles manuscritos fossem, é da maior importância que também o texto deles coincidia *com todos os outros textos;* e tanto mais, que, no texto impresso de 1616, também no v. 45 os *benignos espíritos* do manuscrito foram substituídos por uns estranhíssimos *espíritos continos* (?)... E note-se que, no v. 40 (e embora Carolina Michaëlis não registe variante), o texto impresso de 1616 tem *ditosos pés* onde o texto de 1595 (e o de 1598, como o que, deles, figura no Ms. Luís Franco) tem *divinos pés.* Como se está vendo, o perigo da indecência estava na palavra *divino,* onde quer que ela aparecesse...

É interessante notar algumas obras que foram revistas por Fr. Manuel Coelho (que deu o parecer para as *Rimas* de 1595), e por Frei António Tarrique (que o deu para as de 1598). Feito um levantamento dos censores mencionados por A. J. Anselmo, nas suas descrições bibliográficas (que nem sempre mencionam quem deu os pareceres), para obras impressas entre 1572 e 1600 (esta última data é o limite do nosso levantamento, porque Anselmo não vai além dela), encontram-se pareceres assinados por Fr. Manuel Coelho entre 1594 e 1600, e por Fr. António Tarrique em 1597-99. Manuel Coelho, além das *Rimas* de 1595, aprovou *Os Lusíadas* de 1597, *O Lima* (1596), de Diogo Bernardes, o *Naufrágio da Nau St.º Alberto* (1597), de Lavanha, a Primeira Parte de Fr. Bernardo de Brito, da *Monarquia Lusitana* (1596), esta com Fr. Luís de Sottomaior, a Primeira Parte das *Crónicas* (1600), de Duarte Nunes do Leão, e uma edição comentada do *Cântico dos Cânticos* (1598), esta com Fr. António Tarrique, e ainda diversas outras obras. Tarrique, além dos pareceres mencionados, reviu, por exemplo, uma edição lisboeta (1598) do *Primaléon* (primeiro editado em 1512) e outra (1600) do *Guzmán de Alfarache*. No volume dedicado a Fr. Bartolomeu Ferreira, Sousa Viterbo computa-lhe 140 pareceres, desde 1571 a 1603; e acidentalmente menciona que encontrou seis pareceres de Fr. António Tarrique, entre 1596 e 1601. Nós levantámos quatro entre 1597 e 1599, pelo que isto, com os mais dois que se situarão de 1599 a 1601 (e que não identificámos), classifica o Tarrique como um revedor eventual.

3 Acepção confirmada por *Os Lusíadas* e pela anotação do *Dicionário* de A. Peixoto e P. Pinto.

4 Nos seus excelentes comentários à lírica camoniana, que estão a exigir magna antologia crítica, Faria e Sousa (ed. de 1685-88, III, p. 61) discorda desta interpretação. Diz ele que o verso deve entender-se:

que a fé supra a falta do entendimento

— e lembra a analogia com um passo de uma canção de Petrarca, que não nos parece relevante. Muito mais interessante é recordarmos os vs. 31-32 da canção de Camões, *Fermosa e gentil dama, quando vejo:*

Fraquezas são do corpo qu'é da terra,
Mas não do pensamento, que é divino.

A palavra «pensamento» surge aqui numa acepção análoga à dos «sentidos» no discutido *commiato*. Os sentidos humanos, aquilo que é a capacidade humana de *senso,* e através dos quais o realizado na consciência (o pensamento) se estrutura, são também essa realização, na consciência, da actividade espiritual que, como tal, oposta à natureza física e pecaminosa, é divina na medida em que é reflexo do pensamento «divino», gerado pelos sentidos «divinos». Postas estas observações, convém recordar um verso do hino de S. Tomás de Aquino, *Pange lingua gloriosi,* que está na celebrada estrofe «*Tantum ergo...*». Esse verso é *Praestet fides supplementum sensuum defectui* (literalmente: «Que a fé suplemente o que falta ao sentido»). Faria e Sousa não o aduz, mas, por certo, ele estaria na sua memória subconsciente, já que o *Tantum ergo* é de grande relevância litúrgica nas exposições do Santíssimo Sacramento. Estaria também o verso na memória de Camões? Sobre S. Tomás de Aquino como poeta, ver Rémy de Gourmont, *Le Latin Mystique* (2.ª ed., Paris, 1892).

IV

ANÁLISE ESTRUTURAL DO TEXTO DE 1595

1) *OBSERVAÇÕES DIVERSAS*

Para fixarmos o texto de 1595, e podermos consequentemente analisá-lo, consideraremos que ele, segundo as exigências de uma pontuação rítmica, está perfeitamente em ordem, tal como foi então publicado. Apenas para maior clareza faremos quatro insignificantes alterações de pontuação nele. Na edição de 1595, o verso 22 não tem qualquer pontuação no fim. Compreende-se que, para a leitura rítmica, a não tenha, para que «vinha» possa ligar-se ao «o» do início do verso seguinte. Colocar-lhe-emos uma vírgula que nada perturba o sentido, nem pressupõe separação (já interpretativa) de membros de uma mesma unidade rítmico-sintáctica. Também o verso 48 não tem ao fim qualquer pontuação; é falha que em 1598 não foi (aliás curiosamente) corrigida, quando houve uma tal mania correctiva. Mas parece que uma vírgula não será um excesso gramatical. Também em 1598 não foi corrigida a vírgula final dos versos 70 e 81, que poderá ser, sem inconveniente, um ponto final. Uma outra vírgula colocá-la-emos no verso 91, após o vocativo «Canção», para destacá-lo na leitura moderna. E faremos, além destas três alterações de pontuação (que propriamente o não são), uma concessão à crase, e marcá-la-emos no início do verso 47, onde sem ela o sentido é crásico indubitavelmente.

Tendo, portanto, presentes ao espírito estas «correcções» humildes e modestas, tomemos para análise o texto transcrito.

Como inquéritos ancilares da interpretação estrutural, limitar--nos-emos, a título de exemplo, ao inventário rítmico dos versos e ao inventário das rimas finais.

Mas, antes de os apresentarmos e interpretarmos, atentemos em alguns aspectos da conexão de forma externa e interna[1].

1. Quanto ao esquema rímico, que é *abcabcc+dd+effe+gg*, notemos como Camões não subordina o desenvolvimento do discurso poético aos grupos rímicos, a não ser, e nem sempre, para o último par, que, quanto ao sentido, é um remate estrófico. E não só não pratica aquela subordinação, como em geral encerra uma das grandes unidades de sentidos das estrofes, no fim do 10.º verso.

2. Quanto ao esquema métrico, que é $8(10)+1(6)+1(10)+ +1(6)+2(10)+1(6)+1(10)$, verifiquemos, em função da observação anterior, que os três primeiros grupos de alternância, com o seu peso de decassílabos, constituem a grande unidade de sentido da estrofe, à qual se segue uma outra em que, todavia, os versos de 10 sílabas não deixam de predominar.

3. Estas circunstâncias revelam que Camões, na liberdade total com que imagina a *sua* forma ideal, integra nesta a velha tradição estrófica de *piedi* e *sirima* (as duas partes da estrofe da canção), mas que apenas a segue, onde convém, adentro da estrutura estrófica, ao desenvolvimento ou à suspensão rítmica do discurso. Segue-a nas 1.ª, 4.ª e 5.ª estrofes; e não a segue nas 2.ª, 3.ª e 6.ª. E não se pode dizer que haja conexão estrita entre a suspensão e a importância do *piedi*. Se essa conexão existe sobretudo na 4.ª e na 5.ª estrofes, não existe na 6.ª, em que a transição é do maior valor significativo.

2) *INQUÉRITO RÍTMICO*

Para tomarmos conhecimento da riqueza rítmica dos versos de Camões, nesta canção e neste texto, não comecemos por avaliá-los segundo as poéticas tradicionais (se assim se pode chamar o que acabou codificado por António Feliciano de Castilho). Partamos imediatamente para uma avaliação *podálica*, já que dois versos «heróicos» podem não ter a mesma constituição rítmica, quando um singelo critério da acentuação dominante simplesmente os iguala.

Levar-nos-ia muito longe a discussão de se a nossa língua retém ou não uma constituição ritmicamente quantitativa, em que as sílabas sejam longas ou breves. O conhecimento científico da realidade fonética dela — e não das idealizações gramaticais — é

331

ainda rudimentar e parcelar, para que haja a esse respeito pronunciamentos categóricos e definitivos. Mas uma realidade é que os ritmos existem na linguagem, e sobretudo na linguagem artisticamente reelaborada, e que eles não são apenas os versos correctos segundo as poéticas supracitadas[2]. A construção artística de um texto literário ergue-se sobre uma estruturação rítmica, em que determinadas constantes são pressentíveis ou detectáveis. E essas constantes, ou a recorrência delas, são, sem dúvida, reguladas por agrupamentos silábicos que podemos assimilar ao podalismo da antiga metrificação clássica[3]. Há fecundos precedentes desta prática, por exemplo em análises de prosa poética[2].

Para escandirem-se os textos, basta lê-los segundo as acentuações (e as sílabas átonas), sem atenção prévia à metrificação padronizada. É óbvio que esta implicitamente estará presente nas sílabas que assim destacaremos. Os agrupamentos silábicos mínimos *(pés)* aparecerão constituídos por uma ou duas sílabas átonas, seguidas ou precedidas por uma acentuada, salvo num ou noutro caso em que o podalismo se revele mais complexo.

Assimilando-se estes esquemas à nomenclatura greco-latina, teremos:

troqueu	/—
jambo	—/
espondeu	/ /
pírrico	— —
dáctilo	/— —
anapesto	— —/
tribráquio	— — —
molosso	/ / /

Estes ritmos, combinando-se em unidades mais amplas, darão versos *binários, ternários, quaternários, quinários* — e mais não nos aparecem numa composição como a que estudamos, em que não há mais de onze sílabas por verso.

A 11.ª sílaba, não só segundo a leitura habitual, mas também segundo a metrificação latina, não a contaremos.

Escandidos os 95 versos do texto, destaquemo-los, por estrofe e por número de pés, registando-os individualmente por espécie. Ficar-nos-á patente a estrutura rítmica de cada estrofe, e de cada verso *per se*.

1.ª estrofe (1-15):

Versos ternários:

Três jambos -9-11-14

Versos quaternários:

Dois dáctilos, dois jambos -3
Dois anapestos, dois jambos -5-12-13

Versos quinários:

Jâmbico -2-6-8-10-15
Jâmbico com troqueu inicial -1-7
Jâmbico com troqueu no 4.º pé -4

2.ª estrofe (16-30):

Ternários:

Três jambos -26-29
Troqueu, dois jambos -24

Quaternários:

Dois anapestos, dois jambos -19-20-21

Quinários:

Jâmbico -16-17-22-25-27-28-30
Jâmbico com troqueu inicial -18
Jâmbico com troqueu no 4.º pé -23

3.ª estrofe (31-45):

Binários:

Dois anapestos -39

Ternários:

Três jambos -41-44

Quartenários:

Dois anapestos, dois jambos -34-38-42
Um anapesto, três jambos -36

Quinários:

Jâmbico -31-32-33-37-40-43-45
Jâmbico com troqueu inicial -35

4.ª *estrofe* (46-60):

Ternários:

Três jambos -54-59
Troqueu, dois jambos -56

Quaternários:

Dois anapestos, dois jambos -46-49-51-53

Quinários:

Jâmbico -47-48-50-57-60
Jâmbico com troqueu inicial -52-55-58

5.ª *estrofe* (61-75):

Ternários:

Três jambos -69-71-74

Quaternários:

Dois anapestos, dois jambos -61-63-72

Quinários:

Jâmbico -62-64-65-67-68-70-73-75
Jâmbico com troqueu inicial -66

6.ª estrofe (76-90):

Ternários:

> Três jambos -84-89
> Jambo, troqueu, jambo -86

Quaternários:

> Dois anapestos, dois jambos -77-83-85

Quinários:

> Jâmbico -76-79-80-81-82-87-88-90
> Jâmbico com troqueu no 4.º pé -78

Commiato (91-95):

Ternários:

> Três jambos -91
> Troqueu, dois jambos -93

Quaternários:

> Dois anapestos, dois jambos -94

Quinários:

> Jâmbico -92-95

Para a análise estrutural do sentido, esta individualização rítmica dos versos, em que a podalização deles, a que procedemos, nos revela o andamento, e também as palavras acentuadas em cada um (e não apenas estas palavras, destacadas daquele andamento), ser-nos-á da melhor utilidade.

Ainda segundo as regras da metrificação clássica, nesta individualização não fomos ao ponto de, em cada categoria que observámos, destacar os versos em que um jambo apareça substituído por um *pírrico,* e que não constituiu por si verso característico. Mas, pela importância de que se revestem os ritmos trocaicos, individualizámos os agrupamentos jâmbicos em que eles aparecem.

Se a individualização registada nos auxiliará na descoberta da *construção de sentido* que o texto, como objecto estético de ordem poética é, um quadro geral da canção, segundo as várias categorias de versos, mostrar-nos-á, do ponto de vista rítmico, qual o andamento geral dela.

Estrofes	2	3			4			5		
	2a	3j	t, 2j	j, t, j	2d, 2j	2a, 2j	1a, 3j	5j	4j, ti	4t, t4
1.ª	—	3	—	—	1	3	—	5	2	1
2.ª	—	2	1	—	—	3	—	7	1	1
3.ª	1	2	—	—	—	3	1	7	1	—
4.ª	—	3	1	—	—	4	—	5	3	—
5.ª	—	2	—	—	—	3	—	8	1	—
6.ª	—	2	—	1	—	3	—	8	—	1
Commiato	—	1	1	—	—	1	—	2	—	—
Totais	1	15	3	1	1	20	1	42	8	3
	1	19			22			53		

A notação seguida no quadro é:

    a = anapesto.
    j = jambo.
    t = troqueu.
    d = dáctilo.
    4j, ti = quinário jâmbico com troqueu inicial.
    4j, t4 = quinário jâmbico com 4.º pé trocaico.

A análise deste quadro indica-nos o seguinte:

    1. Os versos quinários (53) dominam mais de metade da canção: 56 %;

    2. Os ritmos trocaicos ou dactílicos aparecem em 16 versos (17 %); mas pode dizer-se que, contidos sempre entre jambos, só dominam uma única vez (verso 3 da 1.ª estrofe);

    3. Ritmos jâmbicos ou anapésticos puros (sem interferência trocaica ou dáctila) dominam a canção inteira (83 %);

4. Mais de metade desse domínio cabe ao ritmo jâmbico sem interferência anapéstica (42 versos, ou sejam 44 % do total dos versos).

Estas quatro observações podem ser interpretadas do seguinte modo:

1. O domínio quase absoluto dos ritmos jâmbicos e anapésticos puros manifesta-nos não só um tipo de fluência camoniana, nesta canção, como o facto de Camões dar-se, com ela, a uma continuidade rítmica descendente que revela claramente a natureza discursiva do seu pensamento poético;

2. A predominância do jambo sobre o anapesto, que, na quase generalidade, aparece ainda associado a ele, mostra como, no domínio supracitado, a escansão binária é reveladora de um *andamento pausado e grave* que pondera rigorosamente, acentuando-as, quase todas as palavras;

3. A ausência quase total de troqueus e praticamente total de dáctilos não só é decorrente das interpretações anteriores, como, pela colocação dominante deles no início do verso (12 versos dos 16 em que aparecem) revela que essa ausência é estrita função de *recomeços fortemente acentuados* (que a metrificação habitual não revelaria) do discurso poético, em que uma palavra inicial desempenha, na articulação deste, um papel de charneira. É esplêndido exemplo disto o próprio início da canção, por quinário jâmbico com troqueu inicial. Camões não necessitaria de começar pela palavra *Manda*. Poderia ter dito: *Amor me manda*. Mas este começo teria dado ao Amor como entidade uma ênfase que, na origem da canção, está mais nas ordens do Amor que no próprio Amor. *O troqueu simboliza o Império do Amor,* sob cuja égide toda a canção se desenvolve;

4. É muito curioso notar que, se os ritmos trocaicos e dactílicos aparecem em 17 % dos versos, essa proporção se mantém no *commiato* (20 %), o qual, portanto, e como já sabíamos, não destoa do ritmo geral, de que é a *coda* especificamente conclusiva.

3) *INQUÉRITO RÍMICO*

Como é óbvio, esta canção de 95 versos tem 95 rimas finais. Tais rimas podem ser observadas foneticamente, conforme o som em que o acento delas recai, ou morfologicamente, conforme a natureza das palavras que elas são. Dado que, numa estrutura como a canção camoniana, a rima não é acidente, mas uma das exigências da própria estrutura, e que um dos muitos acentos que o podalismo dos versos contém recai nela, o inquérito rímico, assim conduzido, releva palavras que são duplamente importantes (como portadoras de acentuação, e como fonemas conclusivos da unidade rítmica, que cada verso é, do somatório que eles fazem assim a canção ser).

I) *A rima morfologicamente considerada*

Este aspecto da rima podemos dividi-lo em dois: abstractamente, verificamos as categorias morfológicas; e, concretamente, observamos que tipo de significação predomina em cada uma das categorias. Procedamos, primeiro, à verificação das *categorias morfológicas,* por estrofe e na totalidade da canção.

1.ª estrofe:

Verbos	9
Substantivos	3
Adjectivos	2
Outros	1

2.ª estrofe:

Verbos	9
Substantivos	1
Adjectivos	5
Outros	—

3.ª estrofe:

Verbos	9
Substantivos	3
Adjectivos	1
Outros	2

4.ª estrofe:

Verbos	5
Substantivos	10
Adjectivos	—
Outros	—

5.ª estrofe:

Verbos	4
Substantivos	6
Adjectivos	4
Outros	1

6.ª estrofe:

Verbos	8
Substantivos	5
Adjectivos	2
Outros	—

Commiato:

Verbos	4
Substantivos	1
Adjectivos	—
Outros	—

Total:

Verbos	48	51 %
Substantivos	29	30
Adjectivos	14	15
Outros	4	4
	95	100

Notemos que:

1. Na totalidade das rimas, os *verbos* são a *metade* delas;
2. Da restante metade, 60 % são *substantivos;*
3. Mas a variação ao longo das estrofes é muito interessante. Nas três primeiras estrofes mantém-se uma predominância constante de *dois terços* de verbos para o restante das categorias. Subitamente, na 4.ª estrofe, a proporção *inverte-se,* e os dois terços cabem a substantivos, contra um terço de verbos. Mantendo-se sensivelmente o mesmo nível de verbos na 5.ª estrofe, os substantivos repartem a sua predominância com outras categorias. Na 6.ª estrofe, começa a reconstituir-se a posição existente nas três primeiras estrofes; aos verbos cabe metade das rimas, contra metade às outras categorias. E o *commiato* dá aos verbos, para fecho da

canção, um triunfo quase total. Este triunfo é atenuado com a excrescência, em 1598, de dois substantivos: mas a atenuação não diminui a supremacia deles.
Que concluir destas observações? E dos números anteriores?

1. Que a predominância de verbos rímicos denuncia o carácter *dinâmico* da composição;
2. Que o carácter *descritivo* desse dinamismo é marcado pela restante predominância de substantivos;
3. Que a baixa aparição de adjectivos (15 %) aponta como a descrição é *fenomenológica,* já que prescinde de qualificativos;
4. Que a quase nula aparição de outras categorias confirma como aquela fenomenologia dinâmica se eleva do circunstancial ao *essencial;*
5. Que o dinamismo marcado nas três primeiras estrofes se suspende na 4.ª, e inverte, e que essa inversão se prolonga na 5.ª e na 6.ª estrofes, precisamente porque, então, é feita, durante essas estrofes, a *descrição efectiva da metamorfose,* cuja inevitabilidade era assumida nas três expositivas primeiras estrofes «dinâmicas»;
6. Que a consumação da metamorfose e a sua possibilidade de repetir-se é projectada na futuridade, pelo retorno do predomínio dos verbos, no *commiato.*

Adiante, ao estudarmos a extensão do inquérito rímico às outras canções, veremos como estas observações se confirmam e ampliam. Por agora, verifiquemos o que, nesta, sucede com a *significação* (semântica) das rimas.

Apresentemos, pela ordem em que aparecem, e separando-as por estrofes, as diversas categorias morfológicas. Sublinham-se os vocábulos repetidos, ou de famílias derivadas, com analogia semântica.

1.ª estrofe:

Substantivos...... interesse, aspeito, defeito.
Verbos .... (tem) *impresso,* desabafar-me, *contentar-me, enganar-me,* arrependesse, escurecendo, atrevo, escrevo, entendo.
Adjectivos .... *contente,* preso.
Outras........... docemente.

2.ª estrofe:

Substantivos...... diamante.
Verbos .... soía, desprezando, *mantinha,* fingia, *enganado, tinha,* vinha, entornava, soltava.

| *Adjectivos* ...... | encrespadas, esquivas, vivas, semeadas, galante. |
| *Outras* .... | — |

3.ª estrofe:

Substantivos	espanto, canto, verdura.
Verbos	respirando, *sentiam,* levantando, encendiam, corriam, tocava, *abaixavam,* pisavam, *abaixava.*
Adjectivos	pura.
Outras	enfim, mim.

4.ª estrofe:

Substantivos	*entendimento,* temor, conhecimento, amor, natureza, dureza, partida, *sentido, engano,* dano.
Verbos	faria, podia, *queria,* traspassava, estava.
Adjectivos	—
Outras	—

5.ª estrofe:

Substantivos	*sentimento,* pensamento, sujeito, efeito, coração, razão.
Verbos	entristecia, dezia, restaurava, *estava.*
Adjectivos	sometida, vencida, *perdida,* celeste.
Outras	este.

6.ª estrofe:

Substantivos	fineza, *natureza,* memória, processo, história.
Verbos	perder-me, *querer-me,* desfalecer-me, *perdia, escrevia, impresso,* declarei, trasladei.
Adjectivos	insensível, possível.
Outras	—

Commiato:

Substantivos	juízes.
Verbos	ler, dizer, escondem, respondem.
Adjectivos	—
Outras	—

Vejamos o que sucede, estrofe por estrofe.

1.ª estrofe:

1. Dos três substantivos, só um, e muito genericamente, não é inteiramente abstracto;
2. Dos nove verbos, tomados em relação ao contexto, todos eles se referem à descrição abstracta de fenómenos morais, e todos eles são dinâmicos em relação a acções que esses fenómenos implicam;
3. O mesmo sucede com os dois adjectivos;
4. E também com o advérbio «docemente».

2.ª estrofe:

1. O substantivo não o é propriamente, mas parte de um genitivo adjectivante («de diamante»), e não se refere, pois, senão por analogia, ao mineral que significa;
2. Os dez verbos, todos eles se referem a dinâmicas situações morais, menos três que dizem respeito à descrição metafórica da época do ano em que a acção do poema é alegoricamente colocada;
3. Os adjectivos referem-se todos, na segunda parte da estrofe, à descrição de uma imagem sublimemente feminina, que é como que a «Primavera» de Botticelli.

3.ª estrofe:

1. Dos três substantivos, um é significativo da abstracta fenomenologia moral. Dos outros dois, um faz parte da descrição paisagística alegórica. Mas o outro — «canto» —, pela comparação em que está empregado (o canto das aves levantando vozes desordenadas como as que se levantavam no desejo do poeta), faz opostamente parte da abstracção moral;
2. O adjectivo faz parte da descrição alegórica;
3. As outras duas palavras exercem a função de encarecer a intensidade da situação excepcional, cuja dinâmica o poeta está apostado em descrever.

4.ª estrofe:

1. Os dez substantivos — predominância máxima da categoria em qualquer estrofe — são todos, menos na aparência um, adstritos à definição de uma transformação moral, com uma inten-

sividade abstracta total. Tendo em conta o alegorismo da permuta entre a natureza sensível e a insensível, a *dureza* dos montes o é afinal menos que os outros;

2. Os cinco verbos (até o *estava,* no imperfeito do indicativo) são todos de acção.

5.ª estrofe:

1. Os cinco substantivos são todos definidores de características de ordem moral;

2. Os quatro verbos (com um *estava* como o da estrofe anterior) são todos activos;

3. Os quatro adjectivos são-no também, à excepção de um; mas esse um («celeste») caracteriza precisamente a qualidade excelsa de uma *causa* moral de um *efeito;*

4. O adjectivo demonstrativo aponta sinteticamente toda a metamorfose anteriormente descrita.

6.ª estrofe:

1. Os cinco substantivos são empregados em sentido estritamente abstracto e moral; e três deles *(memória, processo, história)* são nitidamente definidores de acções complexas;

2. Os oito verbos são todos de acção moral;

3. O mesmo se dirá dos dois adjectivos, já que «insensível» está contido num verso espantoso pela incisividade descritiva de uma acção dessas («como foi ver sentir o insensível»), em que se concentram, sucessivos, três verbos.

Commiato:

1. Os quatro verbos representam acções morais;

2. O substantivo único —*juízes*— é de extraordinário interesse, porque representa, mais que nenhuma palavra, a autonomia judicativa que toda esta canção pretende significar. E é eminentemente definidor de *uma activa responsabilidade moral livremente assumida.*

Deste exame feito, estrofe por estrofe, podemos concluir que, nas rimas, as categorias morfológicas e os seus significados são chamados a desempenhar um papel destacadamente e acentuadamente representativo de uma acção que se passa abstractamente no plano moral, em que a predominância dos verbos (48 em 95 palavras: 51 %) representa a própria acção, enquanto a mínima aparição de adjectivos (na sua maior parte qualificativos da *motivação alegórica*) representa como essa acção é essencial, repartida entre a subjectividade do sujeito e a acção «verbal» da dialéctica que se processa nele em condições de absoluta essencialidade.

II) *A rima foneticamente considerada*

Estabeleçamos, por estrofe e no total, um inventário dos fonemas em que recai o acento da palavra rímica.

1.ª estrofe:

en: 4
ê: 4
ei: 2
é: 2
ar: 3

2.ª estrofe:

á: 4
an: 4
i: 7

3.ª estrofe:

á: 4
an: 4
i: 5
u: 2

4.ª estrofe:

en: 2
ê: 2
á: 4
i: 5
ôr: 2

344

5.ª estrofe:

en: 2
ei: 2
es: 2
á: 2
ão: 2
i: 5

6.ª estrofe:

ê: 2
ei: 2
é: 2
êr: 3
i: 4
ó: 2

Commiato:

êr: 1
i: 2
on: 2

Vejamos que extrair deste inventário.

1. As rimas compostas de vários fonemas em *e* são 32, ou seja 34 % do total;

2. As rimas compostas de fonemas em *a* são 27, ou seja 28 % do total;

3. As rimas compostas de fonemas em *i* são 28, ou seja 29 % do total;

4. A restante percentagem cabe a rimas em *o* e em *u*, na proporção mútua de 3 para 1;

5. Na 1.ª estrofe, quatro quintos são rimas em *e*, com um quinto de rimas em *a;*

6. Na 2.ª estrofe, as rimas em *e* desaparecem; as rimas em *a* passam a metade, cabendo a outra metade mais escassa à aparição de rimas em *i;*

7. Na 3.ª estrofe, as rimas em *e* continuam desaparecidas; as rimas em *a* mantêm-se na mesma proporção da estrofe anterior; mas as rimas em *i* repartem o seu domínio, parcialmente, com a primeira, e aliás única, aparição de rimas em *u;*

8. Na 4.ª estrofe, as rimas em *e* reaparecem, mas só em pouco mais de um quinto; as rimas em *a*, com proporção igual a elas, perdem metade da posição que tinham nas duas estrofes anteriores, em favor delas; as rimas em *i* mantêm o mesmo número que tinham na estrofe anterior; mas as duas rimas em *u* transformam-se em rimas em *ôr*, primeira aparição das rimas em *o;*

9. Na 5.ª estrofe, as rimas em *i* mantêm o valor que tinham nas duas anteriores; e as rimas em *a* o que na anterior haviam mantido; as rimas em *e*, porém, começam a retomar um predomínio inicial que lhes é permitido pela desaparição de outras rimas, e ocupam dois quintos do número total;

10. Na 6.ª estrofe, as rimas em *e* reconquistam o domínio que tinham no início da canção (1.ª estrofe), antes de desaparecerem em duas estrofes, e ocupam três quintos do total; as rimas em *a* desaparecem; as rimas em *i* descem ligeiramente; e estas perdas são ocupadas pela reaparição de duas rimas em *o;*

11. No *commiato*, mantendo o mesmo número que agora corresponde a dois quintos, lá estão as rimas desaparecidas; as rimas em *i* ocupam dois quintos; e o equilíbrio entre *i* e *o* deixa um quinto às rimas em *e*.

Coordenemos melhor os resultados anteriores:

1. As rimas em *e*, em *i*, em *a* (por esta ordem de quantidades) repartem entre si o domínio rímico da canção, com quase exclusão de rimas em *o* ou *u;*

2. As rimas em *u* e em *o* revelam-se incompatíveis entre si na canção, já que, nas suas escassas aparições, não coincidem nas mesmas estrofes;

3. A rima em *u* é incompatível com a rima em *e* também (mas não com *a* ou *i*);

4. A rima em *e*, de um altíssimo domínio na 1.ª estrofe, que nenhuma outra atinge (nem ela mesma volta a atingir, quando novamente ascende, da 4.ª à 6.ª estrofe), tende todavia, onde e quando aparece, a predominar sobre as outras (o que só não sucede, em relação a *i*, mas com pequena disparidade, na 4.ª estrofe, ao reaparecer);

5. A rima em *a*, que, da sua aparição modesta na 1.ª estrofe, reparte com *i*, sobrepondo-se-lhe, o domínio das 2.ª e 3.ª estrofes, declina na 4.ª e na 5.ª, para desaparecer na 6.ª estrofe e no *commiato;*

6. A rima em *i*, que só não aparece na 1.ª estrofe, está, daí em diante, presente em toda a canção;

7. Em classificação fonética elementar, a 1.ª estrofe tem duas rimas diferentes (*e* e *a*), como a segunda (*a* e *i*); a 3.ª tem *três* (*a, i* e *u*); a 4.ª tem *quatro* (*i, a, e* e *o*); a 5.ª tem *três* (*e, i* e *a*); a 6.ª tem também *três* (*e, i* e *o*); e o *commiato* tem *três* (*i, o* e *e*);

8. A canção inicia-se por uma baixa multiplicidade rímica, na 1.ª e na 2.ª estrofes, que cresce até ao máximo (4) atingido na 4.ª estrofe, e daí desce a um valor médio e dominante 3, que se mantém, com presença de rimas em *e,* até ao final;

9. Tudo se passa, quanto às rimas finais, como se musicalmente houvesse algum tema altamente significativo na 1.ª estrofe, seguido por um subtema cujo desenvolvimento elimina aquele do início, até que, ao exaurir-se o desenvolvimento deste subtema, o tema inicial retomasse os seus direitos e ascendesse de novo a um domínio de que decai para o final do *commiato*. É uma interpretação do que se passa com as rimas em *e* e as rimas em *a;*

10. Mas a suspensão do anúncio temático da 1.ª estrofe é indicado pela entrada de um novo tema, simbolizado pelas rimas em *i,* que desde então, acompanhado quase sempre pelo contrabaixo das rimas em *o* e *u,* se entrelaça às rimas em *a;* e, quando estas desaparecem, declina ante a ascensão das rimas em *e,* e depois com elas, para os acordes finais em *e, i* e *o,* quando *a,* que vinha desde o início, já desaparecera;

11. E é curioso notar que o subtema acompanhante, em *u* ou *o,* é precisamente o que surge a aumentar a tessitura harmónica (e o número de rimas foneticamente consideradas, na estrofe), mas só o faz quando *a* ou *i* declinam.

Vejamos que correspondência haja entre esta interpretação musical que demos, e o sentido das palavras portadoras de rima, e, consequentemente, desta ou daquela vogal acentuada.

III) *Coordenação da rima foneticamente considerada e da rima morfologicamente considerada*

As 10 rimas em *e,* que dominam a 1.ª estrofe, todas elas se referem ao poeta *enquanto sujeito do Amor*. As 3 rimas em *a,* nessa estrofe, referem-se-lhe *enquanto sujeito individualizado*. Quando as rimas em *e* desaparecem na 2.ª estrofe, para reaparecerem na 4.ª estrofe, nesta, as 4 rimas em *e* referem-se, directa ou indirectamente, a atributos ou qualidades do intelecto, tomado na generalidade do sujeito. E, nessa mesma 4.ª estrofe, como na 5.ª, as rimas em *a,* que vão desaparecer daí em diante, assumem um carácter ambíguo de simultaneamente se referirem ao poeta como sujeito genérico do Amor, e como sujeito individualizado. Mas, na 2.ª e na

347

3.ª estrofes, onde haviam predominado, elas servem ora ao sujeito individualizado do poeta, ora à descrição da visão que o Amor lhe fez ter. Na 6.ª estrofe, a rima em *e* culmina novamente. E a rima em *a* desapareceu. Mas a rima em *e* refere-se então, integralmente, ao poeta. Compreende-se que assim seja: *processada* a metamorfose, o poeta não mais pode ver-se como o sujeito individualizado que a visão surpreendera, mas como um *genérico sujeito do Amor,* em que a sua individualidade se integrou. E as rimas que representavam apenas o sujeito do Amor passam a ter, também, o papel de representarem as que eram referentes à visão e ao sujeito individualizado, que, ambos, na generalidade metamorfoseada do universal concreto, se transfundem.

Vejamos agora o que significarão, neste contexto, as rimas em *i.* Elas simbolizarão algo que, ausente na 1.ª estrofe, está presente em todo o mais da canção. Basta vê-las para notar que elas representam outro tema dominante essencial às mutações dos restantes, e sem o qual tais mutações não são, na *criação poética,* possíveis: referentes ao poeta como sujeito genérico, ao poeta como indivíduo, à visão que o amor lhe dá, às metamorfoses, e ao registo escritural delas, constituem o denominador comum da actividade poética, o *motor dialéctico* entre as várias recorrências temáticas. Por isso não estão presentes na 1.ª estrofe, que é expositiva, e por isso acompanham até ao acorde final a própria metamorfose que a canção é.

As duas únicas rimas em *u,* num par rímico da 3.ª estrofe, na ausência de rimas em *e,* e acompanhando *a* e *i,* acentuam pelo insólito sonoro (e pela conexão com «pureza», transparência e colorido da visão), o apagamento do sujeito que, como poeta (rima em *i*) aparece só no fim da estrofe.

As rimas em *o,* da 4.ª estrofe (com *a, e* e *i*), que é a mais rica de sonoridades rímicas, são apenas duas, *temor* e *amor,* como um contrabaixo acentuando o motivo do amor que tudo pode, subjacente à orquestração dos outros temas. Na 6.ª estrofe, reaparecem com *memória* e *história,* ou sejam como a situação da metamorfose que o amor dirigiu, tal como era *antes* e *depois* de escrita.

E é natural que, no *commiato,* desaparecidas as rimas em *a,* e ocasionais as rimas em *u,* todas as outras estejam presentes: a poesia, o poder do amor, e o poeta rendido e transfigurado pela síntese dialéctica daqueles[5].

IV) *Coordenação dos dois inquéritos: rítmico e rímico*

Aproximando os números inscritos no quadro geral em que registámos por estrofe e no total o inquérito rítmico, e as condiderações feitas sobre o inquérito rímico, observemos se nos é possível estabelecer entre uns e outras algum nexo estrutural e, consequentemente, significativo.

1. A 1.ª estrofe (onde predominam 12 rimas em *e* contra 3 em *a*) e a 4.ª (com 4 rimas em *a*, 4 em *e*, 2 em *o* e 5 em *i*) são as de mais intensa presença trocaica ou dactílica (respectivamente 5 pés na 1.ª e 4 na 2.ª);

2. A estrofe de mais fraca presença trocaica ou dactílica é a 5.ª, com 6 rimas em *e*, 5 em *i* e 4 em *a;*

3. Essa presença decresce da 1.ª à 3.ª estrofes, com 5 pés (na 1.ª), 3 (na 2.ª), 1 (na 3.ª). Sobe repentinamente a 4 na 4.ª estrofe. Volta a 1 na 5.ª estrofe, ascende depois com os 2 pés existentes na 6.ª, e desce de novo a 1 no *commiato;*

4. Todos os pés trocaicos e dactílicos, na 1.ª estrofe, concentram-se nos primeiros sete versos (versos 1, 3, 4 e 7);

5. Na 2.ª estrofe, esses pés estão no 3.º, no 8.º e no 9.º versos (versos 18, 23 e 24);

6. Na 3.ª estrofe, o único está no 5.º verso (verso 35);

7. Na 4.ª estrofe, estão no 7.º, no 10.º, no 11.º e no 13.º versos (versos 52, 55, 56 e 58);

8. Na 5.ª estrofe, o pé único está no 6.º verso (verso 66);

9. Na 6.ª estrofe, estão no 3.º e no 11.º versos (versos 78 e 86);

10. No *commiato,* o pé único está no verso intermédio (verso 93);

11. Tomando nós os 7.º e 8.º versos como os intermédios de estrofes de 15 versos, verifica-se que, do total dos pés em causa, *menos* de metade se encontra *além* da 1.ª metade de cada estrofe, e só num caso (verso 58) é que tal ritmo está próximo do fim da estrofe;

12. Na 1.ª estrofe estão todos concentrados na 1.ª metade dela; na 2.ª concentram-se em torno do meio; na 3.ª voltam ao centro da 1.ª metade; na 4.ª estrofe estão *todos* na 2.ª metade e um deles próximo do fim; na 5.ª regressam à 1.ª metade; na 6.ª repartem-se entre a 1.ª e a 2.ª metade; e, no *commiato,* o pé único encontra-se a meio;

13. Do ponto de vista desta distribuição, verifica-se que a 4.ª estrofe e, depois dela, a 6.ª conterão algo que as excepcionaliza;

14. Com efeito, a 4.ª estrofe, não só tem uma distribuição «anormal» de troqueus e dáctilos, como é, no conjunto das cinco estrofes que se seguem à expositiva primeira, a que tem também uma concentração «anormal» desses ritmos; e é ela também, de todas as estrofes, aquela que possui maior variabilidade rímica (quatro vocalizações diversas: em *a,* em *e,* em *i,* em *o*);

349

15. A 6.ª estrofe, que, diferentemente das outras, se constitui com as mesmas vocalizações que o *commiato* (em *e, i, o*) — o que indicaria a afinidade de final parcial e final total que cada uma dessas unidades é —, caracteriza-se, além disso, por um máximo de rimas em *e,* que a aproxima da 1.ª estrofe, a de mais forte presença trocaica ou dactílica. Disto se poderia concluir que simultaneamente algo haverá que a irmana à 1.ª estrofe expositiva (como conclusiva que é) e à culminância expressiva que a 4.ª estrofe será;

16. A análise estrutural da construção do sentido, com as suas correlações complexas, só ela poderá sintetizar completamente as observações músico-temáticas que fazemos sobre as rimas e o que estas, pelo seu efeito de presença, revelam em relação aos ritmos «abruptos». Como guia dela, e evidenciação gráfica do que acabamos de consignar, estabeleçamos, estrofe a estrofe, a sucessão dos versos como podalicamente os representámos:

1.ª estrofe	2.ª estrofe	3.ª estrofe	4.ª estrofe	5.ª estrofe	6.ª estrofe	*Commiato*
1t,4j	5j	5j	2a,2j	2a,2j	5j	3j
5j	5j	5j	5j	5j	2a,2j	5j
2d,2j	1t,4j	5j	5j	2a,2j	4j,t4	1t,2j
4j,t4	2a,2j	2a,2j	2a,2j	5j	5j	2a,2j
2a,2j	2a,2j	1t,4j	5j	5j	5j	5j
5j	2a,2j	1a,3j	2a,2j	1t,4j	5j	
1t,4j	5j	5j	1t,4j	5j	5j	
5j	4j,t4	2a,2j	2a,2j	5j	2a,2j	
3j	1t,2j	2a	3j	3j	3j	
5j	5j	5j	1t,4j	5j	2a,2j	
3j	3j	3j	1t,2j	3j	j,t,j	
2a,2j	5j	2a,2j	5j	2a,2j	5j	
2a,2j	5j	5j	1t,4j	5j	5j	
3j	3j	3j	3j	3j	3j	
5j	5j	5j	5j	5j	5j	

NOTAS

[1] Apenas metodologicamente se deve entender *conexão,* que não tem sentido na obra global, nem interpretada estruturalmente esta como *construção de sentido.*

[2] A tal ponto assim é que, reconhecendo-se o carácter rítmico de uma «bela prosa», se não julga «boa» aquela em que abundem, e regularmente, os versos «correctos».

[3] Tentada, aliás, para a nossa língua e expressamente, por exemplo, por Frei António de Portalegre, no seu *Auto dos Passos da Paixão* (1547), que

precede as experiências semelhantes de Jean-Antoine de Baïf nas suas *Etrenes de Poezie* (1574).

4 Pius Servien, *Lyrisme et Structures Sonores — Nouvelles Méthodes d'analyse des rythmes appliquées à Atala de Chateaubriand*, Paris, 1930.

5 Como vemos, as rimas em *a* e em *e* referem-se, nesta canção de Camões, ao homem-poeta, as rimas em *i* à criação poética, as em *o* ao Motivo do Amor, e as rimas em *u* transmitem noções de pureza, transparência, colorido de visão. Camões não é, quanto à correlação descritiva (nos termos da nossa análise tipológica), um «impressionista», mas um poeta dado à descritividade fenomenológica. E nada há pior em crítica do que fazer aproximações, já que estas correm o risco de o ser apenas de aspectos parcelares, e parcelarizados para o efeito. Mas é curioso e interessante desenvolver, neste ponto, um breve excurso sobre as *vogais*. Para tal, registaremos o que Castilho e Olavo Bilac dizem delas nos seus respectivos tratados de versificação, e evocaremos o célebre soneto *Voyelles* de Rimbaud. A obra deste estava conclusa, quando Bilac dava início à sua actividade poética; e pode parecer incrível que o parnasiano brasileiro seja mais novo —e onze anos— que o *crapaud pustuleux* (epíteto que Rémy de Gourmont apôs a Rimbaud), cuja obra é das que se projectam no futuro com uma categoria a que a persistência do parnasianismo bilaquiano não pode ser equiparada. Por outro lado, não só o seu parnasianismo, como o facto de estar compondo um tratado que tinha em Castilho o antecessor ilustre na nossa língua, contribuiriam para identificar, de certo modo, o mestre dos ultra-românticos com Bilac. Posto isto, António Feliciano de Castilho, citado pelo brasileiro, dizia das vogais o seguinte: «o A é brilh*a*nte e arroj*a*do; o E t*é*nu*e* e inc*e*rto; o I sut*i*l e tr*i*ste; o O anim*o*so e f*o*rte; o U carranc*u*do e t*u*rvo». Para Olavo Bilac, o A «exprime alegria, admiração, carinho, entusiasmo (...), em todas as composições em que o A insiste há sempre uma expressão boa e agradável»; o E, que tem «pouca distinção», exprime «moleza, calma, pacificidade»; o I, «que parece um grito, dá entretanto ideia de estreiteza e pequenez»; o O é uma vogal «mais clangorosa, mais imperiosa» que o A; e o U «é funéreo, parece apropriado sempre aos sentimentos negativos, à tristeza, ao luto». O tratado de Castilho foi publicado em 1851, e o de Bilac e Guimarães Passos (que citamos da 6.ª edição, Rio de Janeiro, 1930) em 1905. Em 1871, no seu soneto, Arthur Rimbaud começava por atribuir cores às vogais («A noir, E blanc, I rouge, U vert, O bleu: voyelles» — é o 1.º verso), e essas cores desdobravam-se em imagens sombrias para A, vaporizações, tremulinas e canduras luminosas para E, púrpuras e risos malignos para I, vibrações marinhas e campestres de uma doce paz para U, enquanto, no final, o O é a suprema estridência e, ao mesmo tempo, o silêncio dos mundos e dos anjos. Note-se que, se computarmos as coincidências, apesar de tudo os três poetas coincidem nos valores dados a E e I; Castilho e Bilac concordam quanto ao A e ao U (opondo-se-lhes Rimbaud, sobretudo pelas representações decorrentes das cores que atribuiu); e Bilac e Rimbaud se opõem ambos a Castilho, quanto ao I. Isto é, Castilho e Bilac concordam entre si para quatro vogais, Bilac concorda com Rimbaud em três, e este com Castilho só

para as duas em que os três poetas estão aliás de acordo. Que três personalidades poéticas tão diversas se comportem assim, no plano do impressionismo não intelectualizado (em que os três «vocalicamente» se estão movendo nestas declarações), eis o que apresenta algum interesse, se bem que os três pertençam ao mesmo século XIX, e se integrem, culturalmente, na mesma área de influência do francês literário. Camões, como acentuámos, não é «impressionista», e a sua área cultural é a hispano-italiana da segunda metade do século XVI, acrescida da sua muito individual experiência e da atmosfera da expansão portuguesa. Vejamos, porém, com a reserva de não estarmos perante as opiniões de Camões quanto às vogais, mas sim de uma interpretação fonético-semântica nossa, e respeitante a um único dos seus poemas, que analogias haverá entre as coincidências acima verificadas, e aquela interpretação de camonianas rimas finais, que demos. As rimas em *a* apareceram-nos como adstritas sobretudo ao homem, quer o homem que o poeta é, quer o ser humano generalizado, enquanto as rimas em *e* se referiam ao poeta como sujeito do amor, ou a atributos e qualidades do intelecto erótico. Há concordância, de certa maneira, com os outros três poetas, quanto ao valor de *e*, enquanto as rimas em *a* se aproximam mais da visão de Castilho e de Bilac. Se o *i* representa, nas rimas, a criação poética, eis o que pode abarcar igualmente a tristeza de Castilho e o vermelho de Rimbaud. Quanto ao Motivo do Amor, a que se referem as rimas em *o,* ele concorda integralmente com o acordo dos três oitocentistas. O *u* das rimas camonianas, por seu lado, concorda apenas com as visões de Rimbaud. Nos termos em que pusemos a questão, há acordo dos quatro poetas (isto é, os quatro concordam entre si, dois a dois), quanto a *e* e *o*. Para o *a*, os três poetas de língua portuguesa concordam entre si, dois a dois (o que até pode resultar de uma índole vocálica específica em relação ao francês). Para o *i,* a concordância é parcelar: Castilho concorda com Camões, este com Rimbaud, e Rimbaud com Bilac, não havendo concordância de Bilac com qualquer dos outros dois poetas de língua portuguesa, nem de Rimbaud com Castilho. Para o *u,* a divergência é curiosíssima: Castilho acorda-se com Bilac, e Camões com Rimbaud, não havendo mais acordo algum. Em todo o caso, resumindo esta análise combinatória que viemos fazendo, os acordos verificados são 20, ou seja 2/3 do total dos acordos possíveis (máximo de 6 acordos, deles dois a dois, por cada uma das cinco vogais, o que dá um limite de 30). Rimbaud —poeta tão *sui generis*— apenas afinal se separa de qualquer dos outros três quanto ao *a;* e é, quanto ao *u,* quem concorda com Camões. Computados individualmente os acordos, observa-se que Castilho, Bilac e Rimbaud concordam, cada um com cada um dos outros, 10 vezes; e é Camões quem mais amplamente os lidera a todos, com 11 acordos (4 com Castilho ou com Rimbaud, 3 com Bilac). Na cartilha de aprender a ler, que o cronista João de Barros (uma das «fontes» historicistas de *Os Lusíadas*) compôs e foi impressa em 1539, e que obedece à pedagogia audiovisual — e pela qual já Camões não aprendeu a ler, com os catorze anos que teria então —, o A é representado por uma árvore, o E por um espelho, o I (ou J) por um jarro, o O por um olho e o U (ou V) por uma viola (cf. Américo Cortês Pinto, *Da*

Famosa Arte da Imprimissão, Lisboa, 1948). Repare-se que há, entre estas imagens vocabulares das vogais e a temática rímico-vocálica de Camões, tal como a definimos, uma coincidência bastante estreita, que — não o esqueçamos — pode ser extremamente ocasional, uma vez que estamos em presença de um único poema da Camões, e que não sabemos se as representações audiovisuais de João de Barros tinham antecedentes em cartilhas que tivessem marcado Camões, como Rimbaud — ao que se sabe — o terá sido, para as cores, por aquela que, em criança, lhe deram. O aprendizado da leitura, em alto nível, fazia-se, na primeira metade do século XVI, pelo latim e não pelo vernáculo; mas isso não obsta a que uma pedagogia audiovisual viesse sendo empregada de longa data, e com representações tradicionais. É certo que, em latim, um espelho *(speculum)* não serviria para *e*, por exemplo; mas pode acontecer que a tradução para as crianças usasse dessa imagem. Uma cartilha de 1568 (Anselmo 1252) contém ainda o «alfabeto figurado», como o de Barros, de trinta anos antes. Não sabemos, porém, como seriam as cartilhas de D. Diogo de Ortiz, bispo de Ceuta, que devem ter dominado o ensino no primeiro quartel do século XVI, se é que não haviam sido projectadas apenas para o ensino de quem não sabia o português (fito pelo qual seriam, com mais forte razão, audiovisuais). Registe-se que, por estudos acústicos de Albert Wellek, em 1931 (citados por R. Wellek e A. Warren, na sua *Teoria da Literatura*), as vogais *e* e *i* associam-se a «objectos delgados, rápidos, claros, brilhantes», e as vogais *o* e *u* a «objectos volumosos, lentos, sombrios, escuros», o que concorda substancialmente, para E, I e U, com as imaginações dos poetas citados nesta nota. Stumpf e Kohler (citados por Wellek e Warren, *ob. cit.*) tinham, desde cerca de 1910, chegado a conclusões semelhantes da correlatividade som-luz, para as consoantes que classificaram em «escuras» e «brilhantes». Johannes Pfeiffer, em *La Poesia* (3.ª ed. esp., México, 1959), ao comentar um poema de Matthias Claudius, poeta germânico do século XVIII, fala dos «obscuros e ameaçadores sons do *u* e de *o*, entre os quais se incrustra a dureza do *a* e o agudo e estridente do *e*».

4) *A ANÁLISE ESTRUTURAL PROPRIAMENTE DITA DO TEXTO DE 1595*

Para efectuarmos estruturalmente a pesquisa da construção de sentido, tomemos individualmente as estrofes, uma por uma, no texto de 1595, tal como rigorosamente o transcrevemos, e tendo em conta as observações resultantes do cotejo com as emendas de 1598.

1.ª estrofe.

Vimos já como, trocaicamente, é indicada a força do *Ditado do Amor,* impondo que seja cantado docemente o que ele já na alma do poeta tem impresso. Após o início trocaico, a sequência jâmbica dos dois primeiros versos é total, indicando não só a doçura do canto, que é devida, mas a martelada intensidade da *impressão* firmada pelo amor na alma do poeta[1]. A unidade dos dois versos é acentuada pela toância da rima em *e,* de ambos. A violência dactílica do verso seguinte, em que a rima em *a* introduz o sujeito individualizado (cuja subordinação ao amor o primeiro verso marcara com a unificação podálica de *me* e de *amor*), aponta firmemente, e com firmeza que analogamente não se repete no poema, como a poesia tem missão expressiva, e como essa missão expressiva é, da parte do amor, um «pressuposto» enganoso, desde que, como nos é dito mais tarde, a metamorfose não haja elidido a diferença entre a transformação dialéctica e o «fingimento» poético.

Os três versos seguintes, em que a unidade aliterante de *contar* e de *contente* (e seu verbo derivado) sublinha a que ponto é poderoso o pressuposto do desabafo enganoso, repetem toantemente o esquema *eea* dos três primeiros versos quanto à rima final, e, no meio deles, o ritmo jâmbico é cortado por incidências trocaicas e anapésticas *(seja, diz que ser, de tão lindos)*. A consonância *ar* do verso seguinte, com o último dos três, é a última rima em *a;* daí em diante é absoluto o domínio da toância em *e*. A incidência trocaica, no 4.º verso, acentua a contradição do contentamento com o próprio mal, que o amor postula; assim como os anapestos do verso seguinte escandem, explicitando-os, os ditados do amor, segundo os quais ser preso de tão lindos olhos deveria bastar a contentar o poeta. O paralelo entre os primeiros seis versos, e o entrelaçamento temático que eles constroem é perfeito, como indica a totalidade jâmbica do último deles, em que precisamente a aliteração de *contar* e *contentar* se situa.

Mas a sequência prossegue ininterrupta, sem que precisemos ou devamos interrompê-la com um ponto final no 6.º verso, como tem sido feito. Os dois pontos no fim do 3.º verso continuam, de facto, a *supervisionar,* o resto da estrofe. E basta-nos supor que a incidência trocaica, que dá especial valor a *este* no início do 7.º verso, era, na intuição do poeta, suficiente para elidir a coordenativa que poderia lá estar, após a anterior vírgula. Essa incidência paraleliza exactamente a do começo da estrofe, visto que põe, lado a lado, a *ordem* do amor, e o *engano* específico, cuja natureza una (contra o sujeito individualizado pela rima final em *a*) é simbolizada ironicamente pela reiterada aliteração em *e,* ao longo do verso. E o adjectivo *excelente,* concentrando a maioria aliterante, é expressamente irónico. Daqui em diante, com duas quebras anapésticas em versos paralelos e gémeos pela consecutividade, pela igual medida e pela toância da rima final, o ritmo é jâmbico até ao fim.

354

Quem se não *arrepende,* porém, de tomar interesseiramente o engano do amor? E por que razão? E em que condições?

O verbo *arrepender* surge, em *Os Lusíadas,* com a acepção de «mudar de opinião»[2]. Mas quem muda de opinião? O poeta não, por causa do *se* reflexo. O amor? O interesse? O «excelente modo»? O arrependimento dá-se, em virtude de a pena escurecer o engenho. E é precisamente por isso que o poeta recua de tomar a sério o «excelente modo» de enganar-se, que o inibiria de permanecer lúcido. O que, pois, muda de opinião é esse «excelente modo», tão excelente, que se desmascara a si mesmo na obnubilação que produz. E a ambiguidade de sentido da palavra *pena* (várias vezes explorada por Camões na sua obra), em conexão aliterante com o escurecimento do engenho, manifesta que esta interpretação é a exacta.

Daí a adversativa que é o atrevimento de quem, obedecendo à ordem de cantar, para isso desobedece de enganar-se totalmente. O ritmo anapéstico, que domina inicialmente o par de versos seguintes, revela em que circunstâncias o atrevimento se processa. «Em virtude do gesto», o atrevimento é possível. E a desobediência é *o acto da criação poética,* pelo qual o poeta aceita cantar mais do que aquilo que entende. E é esse o sentido que tem o facto de, no «defeito» do entendimento, a imagem ideal, desde que *invocada,* ser mais poderosa que o próprio amor que a suscita.

2.ª *estrofe.*

A 1.ª estrofe não historia do passado, nem da experiência ideal da visão sublime. Descreve a situação do poeta, quando for, como Camões era, um poeta da própria poesia, e um poeta da visão sublime. O processo alegórico que a visão suscita, esse vai ser descrito agora.

Respeitando nos seis primeiros versos a pontuação de 1595, podemos considerar que eles formam uma unidade. Aliás a simetria vocálica é perfeita nas rimas delas: *iaiiai.*

Recordemos, à vista destas rimas foneticamente consideradas, que a rima em *e* desaparece nesta estrofe, para só reaparecer na 4.ª estrofe; e que essa desaparição correspondia à desconsideração do poeta como sujeito do amor. O que acabamos de observar reitera esta observação, já que o poeta, em virtude da obediência contraditória, deixou de sê-lo, para *ser-se* poeticamente.

Na retrospectiva fictícia, porém, ele não conhecia ainda o amor, «seu arco e seus enganos desprezando». E convém notarmos que a ordem das palavras no 1.º verso não é arbitrária. O poeta não soía viver desconhecendo o amor, ao contrário do que uma paráfrase gramatical poderia sugerir. A verbalização final e paralela dos dois 1.os versos, aliás, emparelhadamente quinários jâmbicos, mostra que a ênfase deve ser entendida pela exacta ordem inscrita. Sem conhecimento do amor é que ele viver soía, isto é, numa redução do geral ao particular, do abstracto da ignorância ao concreto do hábito... Do mesmo modo que o arco e os enganos do amor eram preexistentes à ignorância que o poeta tivesse deles.

A contradição dessa situação é logo posta em relevo pela trocaica e inicial acentuação da conjunção *temporal* «quando», no verso seguinte que, como o seu contíguo, reitera o tema musical da poesia-fingimento, implícito no *soía* do 1.º verso. É que o poeta vivia como dissera nos dois primeiros versos, quando afinal era vivendo deles (dos enganos) que o amor enganoso o mantinha, já que dos enganos dele (do amor) é feita a vida que sói viver-se. E como? O enganoso amor, enganando, fingia mil vontades alheias. Isto é, atomizava aparentemente a sua força una, na dispersão de mil imagens diversas, ilusoriamente representativas da *única* pela qual a metamorfose do homem comum em homem genérico é verdadeiramente possível. E tanto assim era, que a predominância anapéstica irmana esses dois versos e o seguinte, no qual é, com uma elegantemente omitida coordenação, declarado que aquele amor enganoso, que fingia mil vontades alheias (à essencial e à sua própria), o (ao poeta) fazia zombar de quem caíra já nas garras dele (do amor).

Está pois descrita a situação vital do poeta, às vésperas do momento privilegiado da visão decisiva. A ocasião é descrita exactamente: o Sol entrava no signo do Touro, regressavam as andorinhas ou as aves canoras, Flora entornava o corno da abundância[3]. Os dois versos que isto dizem são quinários jâmbicos com um troqueu em *Flora,* precedendo o troqueu inicial do *Quando,* no verso seguinte. É que Flora não é só descrição da época do ano: é também a paisagem de luxuriância feliz, a visão rutilante que consubstancia a beleza do mundo, e a sua mesma abstracção ideal.

E o *quando* introduz a visão que avança majestosa na sucessão jâmbica até ao fim da estrofe, numa contínua acentuação silábica que transfigura os tópicos descritivos, de lugares comuns (que são), em *atributos essenciais.* Mas a visão não vem por si mesma. *É solta pelo amor.* E a gradual transformação dessa libertação mágica para que ela apareça é magistralmente dada pelo quase insensível *anacoluto* que transfere a ênfase, dos «fios d'ouro» soltos pelo amor, ao lume rutilante dos olhos, às rosas na brancura da pele, ao riso tão galante «que desfizera um peito de diamante». Mas a ordem, como sempre, é rigorosa. Ao soltá-las o amor, as tranças, antes de o serem e encrespadas, são fios d'ouro. E são soltas ao doce vento esquivo (como apontámos no cortejo das corrigendas de 1598). E a visão avança: «dos olhos rutilando o lume vivo» (como também estabelecemos), etc. A ordem, neste verso, é subtilíssima, e exprime o próprio dardejar do brilho: dos olhos → rutilando → o lume vivo.

3.ª estrofe.

Estamos agora em pleno «admirado e novo espanto», que vai ser rigorosa e minuciosamente descrito. A unidade dos três primeiros versos, quinários jâmbicos, a que se seguem outras constituições podálicas, é profunda, e simbolizada pelos dois pontos, ao mesmo tempo suspensores e anunciadores. Sujeito complexo, o primeiro verso termina por uma vírgula que o isola do seu predicado, para evidenciar a sua qualidade complexamente substantiva: «Um não sei que suave respirando»[4]. A cadência jâmbica, forçando a clara repartição de «suave» em três sílabas, reitera a admirável ambiguidade de um qualificativo que é, simultaneamente, adjectivo e advérbio. E esse «não sei que» causava um «admirado (primeiro) e novo (depois) espanto», justamente porque a admiração precede o reconhecimento tácito da novidade. E a reiteração representada por esta sucessão dispensa elegantemente o *tão* a que poderá referir-se o *que* seguinte... A tal ponto causava, «que as cousas insensíveis o sentiam».

E segue-se, até ao fim da estrofe, numa acumulação esplêndida, de que as vírgulas finais dos versos escandem a respiração espantada, o descritivo, introduzido magnificamente por «E as gárrulas aves levantando vozes». Isto é, naquele momento privilegiado, ao começarem cantando os pássaros, as fontes não corriam, a verdura florescia, os ramos se abaixavam, (e) não houve coisa, enfim, que não pasmasse.

Mas tudo isto se passa com especial rigor expressivo. Em face da visão, daquela atmosfera estranha («um não sei que»), as vozes das aves, em seu canto, eram desordenadas *como* as que se encendiam no desejo do poeta — o que está logicamente certo, mas contradiz as pontuações abusivas que têm sido impostas a este passo. Não podia haver, ainda, no espanto causado pela visão, mais do que aquela desordem rítmica que precede o canto harmonioso. E é isso mesmo o que o ritmo desses três versos transmite: 2a, 2j/it, 4j/1a, 3j[5].

Temos, pois, que, tendo as aves levantado vozes desordenadas, as fontes cristalinas não corriam, (por) inflamadas na linda vista pura; (que) florescia a verdura que (ela) andando cos divinos pés tocava; (que) os ramos se abaixavam, tendo inveja das ervas que (esses pés) pisavam, ou porque (mesmo que a não tivessem) tudo ante ela se abaixava; (e que) não houve coisa enfim que não pasmasse dela (a visão), *como* o poeta pasmava de si próprio. Os encarecimentos metafóricos são, neste *allegro,* anapesticamente marcados: *as fontes inflamadas na linda, florescia a verdura, tendo inveja das ervas.*

Vimos já que a rima em *i,* no final desta estrofe, reintroduzia o poeta como tal. É o que sucede soberbamente com a 2.ª metade do último verso, em que o poeta subitamente se autonomiza do espanto *colectivo* de que participa, para pasmar de si mesmo. *Porque...* E é precisamente o que a 4.ª estrofe vai dizer.

4.ª *estrofe.*

É a estrofe mais densamente trocaica e anapéstica, e também a que, concentrando maior número de toâncias rímicas, vê reaparecer a rima em *e,* e logo no 1.º verso. Grandes coisas vão passar-se daqui em diante.

Porque (*sem vírgula,* ao contrário do que tem sido feito, pois que é enfático) quando (o poeta) viu (a visão) dar entendimento às cousas que o não tinham, o temor lhe fez cuidar que efeito nele faria. São os três primeiros versos, numa premonição anapéstico--jâmbica, que só na 2.ª metade da estrofe cederá ao ritmo abrupto dos troqueus, e em que a sucessão rímica de *e, o, i* nos dá sucessivamente o sujeito do amor que o poeta descobre que estava sendo, o temor que o poder dele lhe inspira, e o *fazer* que é poesia e é acção desse amor.

Imediatamente (e uma vírgula que ponhamos basta e sobra), na introspecção a que procedeu (o «cuidar»)[6], «conheci-me não ter conhecimento». Este verso esplendoroso de sentido, que é todo um tratado de epistomologia, não acentua o *me,* ao contrário do que aparentemente seria de esperar, mas *conheci, ter* e *conhecimento.* Deste modo, a impessoalidade do fenómeno, em que o acto de percepção e a faculdade de perceber são separadas pelo «ter ou não ter», que significa a relação dialéctica entre ambos, fica fulgurantemente definida.

«E nisto só o tive (isto é, no conhecer que não conhecia), porque amor mo deixou, (para) que visse o que podia». A acentuação anapéstica de «mo deixou» e «por que visse» reitera, após os jambos do verso anterior, a intencionalidade daquele amor cujo poder se manifesta portentosamente nos restantes versos da estrofe. E manifesta-se numa intensidade trocaica *que amplifica estentoricamente o troqueu com que o seu poder foi anunciado na primeira palavra da canção.*

«*Tanta* vingança amor de mim queria, que mudava a humana natureza». Vingando-se da ignorância ingénua de quem não fora ainda possesso de uma visão privilegiada, o amor levava a sua violência a ponto tão alto, quanto aquela ingenuidade fora *descuidada*. Um ponto em que «mudava a humana natureza», assim anapesticamente: *que muda' va a huma*. E como a mudava?

«Os montes, e (também e sobretudo) a dureza deles, em mim por troca traspassava». Isto é, transfundia no poeta a insensibilidade intelectual das coisas da natureza, na medida em que atribuía, a elas, a sensibilidade intelectual das coisas do espírito. O trocaico *deles* aponta claramente, no início do verso, esta interpretação.

«Oh que gentil partido», com efeito. A interjeição dá início trocaico a um verso irónico — que ecoa paralelisticamente aquele da 1.ª estrofe: «Este excelente modo de enganar-me», em que o adjectivo desempenha análogo papel, após o troqueu inicial. Não é caso para menos: «trocar o ser do monte sem sentido, *pôlo* que num juízo humano estava!» — e o troqueu da preposição inicial do 2.º verso, até ortograficamente está marcado, já que a forma mais moderna, *pelo,* que ocorre na canção (verso 93, mais fragilmente trocaico), não permitiria uma acentuação tão fortemente significativa da espantosa troca.

E, em mansidão jâmbica, musicalmente rematada pelas rimas em *â,* mais oclusas que as que precedem estas, o poeta convoca os leitores a contemplarem... o quê? Algo de muito sibilino, só explicável pela estrofe seguinte. Mas tentemos.

Porque, note-se, o amor tira comum proveito do dano do poeta. Comum a quem? À natureza e ao espírito? E era um doce engano? Que fora *doce* até aí? Apenas, no 1.º verso da canção, o modo como o canto deveria ser: *docemente;* e, no verso 26, o vento a que pelo amor são soltos «os fios d'ouro, as tranças encrespadas». Enganos, porém, já os houvera, genericamente, no verso 17, quando o poeta não sabia ainda o que eles eram.

Que concluirmos disto? Que *enganos* não é apenas algo que falseia, mas algo que ambiguamente *revela* para lá das aparências. Daí que, no caso da metamorfose descrita, cuja magnificência significativa vai *revelar-se* na estrofe seguinte, e culmina na 6.ª estrofe, o engano possa ser tido antecipadamente como *doce,* já que doce também terá necessariamente que ser, como postulado foi no 1.º verso da canção, o canto disso mesmo que esta canção é. E compreende-se, então, que doce tenha sido aquele vento que, brincando nas tranças encrespadas, se identifica com a visão para serem ambos, conjuntamente, aquele mágico «um não sei que *suave respirando*».

Resta-nos o «comum proveito». Ironicamente, era, como veremos, o que restava ao poeta.

5.ª estrofe.

Como na 3.ª estrofe e no *commiato,* também nesta estrofe há, na massa imensa da constituição podálica, apenas um pé trocaico, e igualmente inicial de verso. Na 3.ª estrofe, era a palavra *Vozes.* Aqui é, no verso 66, o início da integrante *Qu'era,* cuja força é marcada por uma das raras elisões expressamente indicadas no texto.

Explicativamente é que a estrofe se inicia: *«Assi...».* Vejamos a explicação.

«Assi que indo perdendo o sentimento / a parte racional me entristecia, / vê-la a um apetite sometida». Parece que faltam uma vírgula depois de «assi que», e outra depois de «racional», sendo inconveniente a que está depois de «entristecia». A ausência das duas vírgulas e a presença da errada são, porém, função da própria expressividade. Esta pretende unir sugestivamente, num mesmo membro de frase, o movimento em que o sentido (ou sentimento) vai perdendo a parte racional, e a transformação que esse movimento causa («me entristecia»), antes de ser separadamente dito como é que a causa. Os três versos são, com justeza, uma alternância anapéstica: *Assi qu'in do perden* e *Vê-la um apeti,* com um belo quinário jâmbico de permeio, em que os *tt* e os *rr* unem a «parte racional» e a «tristeza» conexa com a perda dela que o senso sofre.

Foi-nos esclarecido que o «traspasse» descrito na estrofe anterior se referia à «parte racional» do «sentido». Isto é, os montes sem sentido recebiam a parte racional (o «pôlo» que estava no juízo humano do poeta), enquanto este último recebia em si a essência «insensível» (na acepção de desprovida de *senso*) dos montes («e a dureza deles»). Por isso mesmo é que era epistemologicamente possível o «conheci-me não ter conhecimento».

O poeta, porém, entristecia-se com a perda (o «dano») resultante de a «parte racional» submeter-se «a um apetite». Note-se que a métrica não impedia que ele tivesse escrito: «a um apetite vê-la sometida», em que, parece, mais claramente o dano se antecipava. Mas não seria *tão exacto.* Com efeito, o que entristecia o poeta não é, em abstracto, a submissão da parte racional a um apetite, mas, sim, a circunstância de, na medida em que conhece não ter conhecimento, *ver* processar-se uma tal submissão.

Vêm, então, dois dos mais nobres versos da canção, e dos mais prnfundos, segundo os quais há uma adversativa para a tristeza que o poeta sentia: «dentro n'alma o fim do pensamento / / por tão sublime causa (lhe) dezia...».

360

A associação reiteradamente jâmbica de *dentro, alma, fim* e *pensamento* (como genitivo) é tremendamente sugestiva da profundidade de consciência, em que se passam tão insólitos e cruciais fenómenos. Não é só na alma, mas *dentro nela,* que o *fim* (a extrema ponta da mais aguda intuição, e também a *finalidade* a que a metamorfose visa, unidas na mesma intelecção reflexiva) do pensamento fala.

A ordem das palavras é, nestes dois versos, quase *hiperbaticamente* transposta. O fim do pensamento dizia-lhe que, por tão sublime causa, era, etc. Mas, em algo que com esta ordem chamada natural da frase se parecesse, a «tão sublime causa» justificativa não se anteporia, como lhe é devido, à explicação *razoável.* E o troqueu *Qu'era* está, como início, de acordo com os motivos do hipérbato.

«Era razão ser a razão vencida», com a sua subtilíssima *antanáclase,* é a própria expressão definitiva da *razoabilidade* da transfiguração dialéctica. Não se podia dizer melhor, nem mais sugestivamente, o que este verso (acompanhado pelos seguintes) diz. Hegel precisou, para tanto, de toda a sua *Lógica.* Era razoável, era da razão, que a razão fosse vencida pela visão do Real[7].

E é o que, com jâmbica serenidade, expõem fulguramente os versos seguintes, em que a rima em *i,* dominante até agora na estrofe, vai desaparecer, já que o poeta *reconhece* a justiça e a justeza da metamorfose, e se curva perante elas.

Há então três membros de frase, que a pontuação acertadamente reparte: verso 67, verso 68 e os dois versos 69 e 70. Esses três membros prolongam-se jâmbicamente no verso exclamativo que os resume e à aceitação que eles representam.

O *assi* com que começa o verso 67 paraleliza antiteticamente o do início da estrofe. Onde havia então tristeza que era incompreensão, há agora a serenidade profunda da revelação última. Por isso, o verso 67 está correspondendo aos versos 61 e 62, como o 63 ao 68, e os 64, 65 e 66 correspondem aos versos 69 e 70.

Quando o poeta se entristecia ante o facto de o sentimento ir perdendo a parte racional, agora isso transformou-se em sucintamente, e sem tristeza, em «quando a via ser perdida». O «vê-la a um apetite sometida» passou a ser o reconhecimento de que «a mesma perdição a restaurava». E, se o fim do pensamento dissera o que disse, é porque, agora, «em mansa paz estava, cada um com seu contrário num sujeito». E estes dois magníficos versos, pela espantosa densidade de pensamento, são a contraprova de como era razão que a razão fosse vencida...

Trata-se, sem dúvida, de um «grã concerto este», em vez do desconcerto que o poeta, na primeira surpresa, imaginava, tal como os pássaros desordenadamente haviam cantado. Já, a propósito da

361

transcrição do texto, nos referimos à subtileza rítmica e fonética que podemos supor nas grafias *grã* e *nã* no verso seguinte. Este verso e os restantes três *ajuizam* do «concerto», e convidam, pela interrogação final a que visam, os homens a partilhar do mesmo juízo. A pergunta é anapesticamente introduzida («Quem será que *nã* julgue por celeste»), caindo significativamente os acentos em *será, julgue* e *celeste*[8]. Quem efectivamente, após o que foi dito, não julgará por celeste «a causa donde vem tamanho efeito?» Que efeito; afinal? Aquele «que faz num coração / que venha o apetite a ser razão». As duas únicas rimas em *ão* não aparecem, curiosamente, como as antagónicas que as palavras «coração» e «razão» costumam ser. É que tudo, mesmo a transformação do apetite em razão, se passou no coração, isto é, na *sensibilidade estético-metafísica do poeta.*

6.ª estrofe.

Foi então *aqui,* neste passo da sua consciência de poeta, que Camões sentiu de amor a mor fineza (v. 76), como foi ver sentir o insensível (verso 77), e (como foi) «ver a mim de mim mesmo perder-me» (verso 78).

Estes três versos introduzem a estrofe final, em que, como vimos e agora sabemos melhor porquê, a rima em *a* desaparece. Há, neles, dois anapestos no segundo verso, cadenciando a excepcionalidade de *«como foi ver sentir* o insensível» com a sua vigorosa sequência de três verbos; e, um troqueu no 4.º pé do terceiro, reforçando a intensidade expressiva de um audacioso *mesmo* que tem afligido a sensibilidade dos correctores de Camões. Mas, sob o aspecto fonético-semântico, esse terceiro verso é admirável: «E o ver a *mim* de *mim mesmo* perder-*me*». Os *mm* reiteradamente personalistas aparecem concentrados entre o «ver» e o «perder», que são os pólos expressivos da canção.

Após uma tão categórica reafirmação da sua consciência dialéctica, o poeta reconhece que sentiu negar-se a natureza (por esta ordem, já que a negação é mais significativa), o que o fez crer que tudo era possível, aos lindos olhos da visão excepcional, «senão querer-me».

Porque não lhe era possível? Por ser uma infanta erudita? Por ser uma dama esquiva (como as próprias tranças ou como o vento nelas)? Nada há na canção que nos autorize a crer que a visão *não podia amá-lo* por essas razões meramente circunstanciais. Nada foi circunstancial, nem mesmo a aparição da bela imagem. De onde seremos levados a concluir que à visão não é possível amá-lo, como na sua fragilidade humana ele desejaria, porque não é uma pessoa, nem é uma deusa. É algo mais e menos: *a pró-*

pria essência ideal das transfigurações do espírito, movidas pelo amor que tudo rege. Não é um ente, é uma essência, após a visão da qual o poeta não poderá mais que desfalecer.

É o que já lhe sucedeu nos versos 81 e seguintes, quando diz que, «depois» disso, «em lugar do sentido que perdia», algo de ignoto lhe escrevia, lá «dentro n'alma» (lá onde o fim do pensamento lhe segredara a revelação), «co as letras da memória», «o mais deste processo, etc.». Mas tudo isto se processa com cuidados anapésticos e trocaicos como não podia deixar de ser. Há que reiterar *em lugar do sentido,* pois que a escrita interior é misteriosa. Há que reiterar *dentro n'alma* e *co as letras,* porque é no mais profundo do ser que tudo se passa, e é lá que a inscrição é feita. E há que acentuar abruptamente a palavra *deste,* pois que foi «deste» processo extraordinário, e não de outro, que o registo se fez.

E agora sabemos que o facto de o amor ter impresso alguma coisa, já, na alma do poeta, quando estas maravilhas estavam ainda para ser ditas, não significa que ele identificasse o amor com a criação poética, ou mais exactamente, as armas que a experiência humana (regida pelo amor) deixa no fundo da alma, e o acto de trasladá-las da alma ao «tão certo secretário». A visão (o claro gesto) «que foi a causa de tão longa história» ficou impressa juntamente com «o mais deste processo» que a consciência estético-metafísica registava para o futuro. E tão essencial é a visão, tão essencial o processo, tão essencial a dialéctica de ambos, que o poeta, se acaso foi feliz e justa a sua expressão, é porque ela não é uma *escrita,* mas um *traslado d'alma.* Não se poderia definir melhor a natureza da inspiração inteligente e sensível, nem a correlação dela com os dados da experiência interior[9].

A pontuação destaca habilmente estas gradações expressivas, virgulando *memória, impresso* e *história* (que são duas delas, as palavras com as únicas rimas em *ó*), essa história que não é longa por ser longa uma canção de extensão média ideal, mas porque o é como a própria essência inesgotável do mundo.

Commiato.

Depois de tudo isto, o *commiato* era obrigado à maior prudência. Tinham sido ditas coisas tão excepcionais, e descritos processos tão recônditos, que não haveria, para tanto, uma visão crível. Por isso é recomendado que, pela canção, os sentidos humanos respondam, ao incrédulo, «bem (poderem) dos divinos ser juízes». *Os sentidos humanos* são anapésticos, e o *pelo* (que em si escondem os olhos lindos) é troqueu inicial, num conjunto que é, quanto ao restante, jâmbico. Nessa oposição de quem assistiu a tudo, e do que incrivelmente se esconde na visão da beleza última que é a estrutura *razoável* do mundo, havia que marcá-los. E, ao longo da canção inteira, outra coisa afinal não nos fora dita, senão que os sentidos humanos podiam muito bem ser juízes dos (sentidos) divinos, isto é, daquilo que, naquela estrutura, é, por oposto a humano, o senso inteligente do universo. E esta canção é, precisamente, o cântico dessa descoberta gloriosa.

NOTAS

1 Que isto é assim, reitera-o a comparação, por exemplo, com o v. III da écloga III: «*Que amor já tem impresso n'alma minha*».

2 Cf. *Dicionário* citado.

3 Camões, dando como data a entrada do Sol (Febo é o nome de Apolo enquanto o «luminoso», o «puro», o «sagrado», o «dispensador de vida» — cf. Carl Kerényi, *The Gods of the Greeks,* trad. ing., Londres, 1951) no Signo do Touro, que se verifica a 22 de Abril, situa a acção em plena Primavera, época do regresso das andorinhas na Europa. Mas as implicações são muito mais amplas. O signo zodiacal do Touro estava sob a égide de Vénus: isto é, a «entrada» do «dispensador de vida», nele, simboliza uma conjunção genésica decisiva. A referência a Progne (a Procne do mito grego, cuja metamorfose Camões pode ter lido no Livro VI das *Metamorfoses* de Ovídio) é também muito mais complexa do que se tem julgado, identificando-a apenas com as andorinhas (como faz Hernâni Cidade, ed. cit., vol. II, p. 282, nota). Porque, se numa versão do mito os deuses transformam Procne em andorinha (e sua irmã Philomela em rouxinol), noutra versão ela é quem é transformada em rouxinol (sendo-o Philomela em andorinha então). Daqui resulta que há em Procne uma ambiguidade: ela pode ser, simultaneamente, o regresso primaveril das aves do céu (com tudo o que o voo significa de libertação e de potencial sexual), e a reaparição do *canto* que o rouxinol topicamente representou, como nenhuma outra ave. E esse canto, logo na estrofe seguinte desta canção, terá primacial papel. O sangrento mito de Procne e Philomela, as duas filhas do rei ateniense Pândion, é bom notar-se, tem conexões dionisíacas, situando-se estas num local especialíssimo em matérias poéticas: é durante um festival de Diónisos, *que se realizava no Parnaso,* que as duas irmãs sacrificam Itis (filho de Procne e do trácio Tereus), e o dão a comer a Tereus. De modo que as metamorfoses que as duas irmãs sofreram são consequência de um acto de vingança, praticado por elas no Parnaso, numa atmosfera de perturbação dionisíaca, o que carrega ainda mais a complexidade contraditória de uma alusão a elas. A tal ponto Camões, que usa delas noutros poemas seus, tem consciência disto tudo (e devemos reconhecer que Procne sin-

tetiza, nesta versão da canção, estas ambiguidades profundas), que, no texto Luís Franco-Juromenha, as duas irmãs são paralelamente nomeadas:

Antre a flor da semente anda chorando
Seu dano antigo, Procne e Filomela

— num curiosíssimo singular que mais identifica as duas personagens na sua reciprocidade significativa. Quanto ao «corno de Aqueloo», é conveniente acentuar que ele é algo mais que precisamente surge, noutros termos, na 3.ª estrofe. Achelous, o deus do rio que separava a Etólia e a Acarnânia, não era uma personalidade qualquer. Além de, como todos os deuses aquáticos, ter a faculdade da *metamorfose* (geralmente em *touro*), ele era o mais velho de todos os deuses fluviais, como primogénito de Oceano e de Téthis, e foi o progenitor das Sereias. Foi venerado, como a principal divindade das «águas correntes», em toda a Grande Grécia. O corno que ele, como touro, perdeu em luta com Hércules pela posse de Dejanira *não é* o referido. O referido é o que Zeus deu (segundo algumas versões) à cabra Amaltea, em agradecimento por ela o haver amamentado, e que esta cedera a Achelous. Nesse corno, poderia sempre encontrar-se o que se desejasse; e repare-se no que miticamente significa esta passagem do prémio, quando pertence primeiro a quem amamentou Zeus, e pertence depois a quem, mestre de metamorfoses, é por excelência o deus das águas doces e fecundantes. Para reaver o corno que, como touro, perdera na luta, Achelous deu a Hércules, em troca, o que recebera de Amaltêa. Este é que, na mitologia e sobretudo no alegorismo romano, passou, por sua vez, a atributo de Flora, deusa primaveril (e dos prazeres da juventude) de origem sabina. Repare-se como todas estas implicações mitológicas estão presentes na descrição feita na 3.ª estrofe: as aves cantando, as fontes cristalinas, a verdura florida, os divinos pés de uma deusa sincrética e omnipotente. É curioso notar que Achelous, Procne e Philomela são citados por Vergílio nas *Geórgicas,* sendo-o só a última nas *Éclogas.* Vergílio, nestes poemas, não menciona Flora nunca. Mas é de acentuar — e da maior importância para uma interpretação justa da canção que nos ocupa — que, para Vergílio, como para outros poetas da Antiguidade, a região nordeste da Grécia, e mais precisamente o vale do Achelous, era lendariamente o berço da civilização (cf. *Virgile, Les Bucoliques et les Geórgiques,* ed. bilingue de Maurice Rat, Paris, 1959). Sobre estas personagens mitológicas, ver, por exemplo: O. Seyffert, *Dictionary of Classical Antiquities* (consultado na edição de Nova Iorque, 1958).

4 Escusado será lembrar como este «não sei que» foi admiravelmente e fenomenologicamente descrito por Camões em outros passos da sua obra.

5 Observemos — com toda a reserva necessária na aproximação de artes diversas — a flagrante analogia com todo o início da 9.ª Sinfonia de Beethoven, quando a desordem rítmica e a rejeição sucessiva dos temas anteriores precedem a entrada triunfal das vozes humanas. O símile entre o canto dos pássaros e

os que se erguem no espírito do poeta transforma-se numa identificação — reiterativa da leitura que fazemos — na canção *Já a roxa manhã clara*, vs. 39-42:

> *Os pássaros que cantam*
> *os meus espritos são que a voz levantam,*
> *manifestando o gesto peregrino,*
> *com tão divino som que o mundo espantam.*

6 É esta a acepção mais filosófica do termo, nos séculos XV e XVI, conforme é verificável do rei D. Duarte ao *Cancioneiro Geral*, e deste a Camões.

7 Pode, deste passo, ser aproximado o soneto *Sempre a razão vencida foi d'amor*, primeiro publicado na Segunda Parte de 1616, e cuja atribuição a Camões o Índice de Pedro Ribeiro confirma. Este soneto figura também no Cancioneiro Luís Franco, a fls. 131, entre um soneto de 1598 e outro de 1595, ambos confirmados por Ribeiro. É o soneto 49 da 2.ª centúria de Faria e Sousa, a quem o paralelo com a canção que nos ocupa não escapou.

8 Este *celeste* é de uma extremamente rica ambiguidade. Nada, no espírito laicamente filosófico da canção, autoriza a supor que ele se refere expressamente ao céu cristão, a não ser que, tal como no *Burro de Ouro*, de Apuleio, a aparição de Ísis se revista dos atributos figurativos que Nossa Senhora da Conceição iconograficamente herdou, se queira retrospectivamente supor que a visão é essa imagem, mas tornada abstracta pelo tom de intelectualização erótico-metafísica, que é o da canção. Essa abstracção, porém, confirmaria apenas, *não* um carácter *místico* da vivência descrita, mas o carácter *arquetípico* que o mito atinge. E, com efeito, «*celeste*», na cosmologia ptolomaico-platónica, refere-se ao *Empíreo*, onde residem não as Ideias, mas aquilo que interpretamos como recorrências arquetípicas.

9 Ou, se quisermos, e referindo-nos às impressões gravadas pelo Amor, a natureza da *imaginação*, como «intermediário mágico entre o pensar e o ser, encarnação do pensar na imagem e posição da imagem no ser, (que é) uma concepção da mais alta importância, que representa papel de primeiro plano na filosofia da Renascença e que reaparece na do Romantismo». A. Koyré, *Paracelse*, in *Revue d'Histoire et de Philosophie religieuse*, 13ème année, n.os 1 e 2, 1933. A expressão «traslado d'alma» recorre no soneto 14 da *Segunda Parte* de 1616.

V

PARCIAL COTEJO INTERPRETATIVO DO TEXTO DE 1595 COM A VERSÃO DE 1616 E A VARIANTE JUROMENHA

1) *AS METAMORFOSES*

Mesmo uma leitura superficial e desatenta mostra que o texto de uma outra canção começada *Manda-me amor que cante docemente,* revelada por Juromenha em 1861, apesar das diferenças (que já fomos apontando), não passa de variante do texto de 1595. É aliás o publicador o primeiro a reconhecer este facto, quando diz: «Ao mesmo assunto da sétima e da oitava. Três vezes tentou Camões esta canção. A variante inédita que apresentamos encontra-se no meu Ms.»[1]. Mas considera o texto de 1616, *Manda-me amor que cante o que alma sente*[2], também variante do texto de 1595, o que é, por certo, levar muito longe a elasticidade da noção de variante. É o que igualmente sucede com H. Cidade, que chama variante a ambos os textos, o de 1616 e o de 1861[3]. É mais flutuante a terminologia de Costa Pimpão, que, do texto de 1616, de que oferece «uma variante», diz ser «um texto diferente» do de 1595[4]. Rodrigues Lapa, ao seleccionar o texto de 1616, diz discretamente que «Camões retocou pelo menos três vezes a canção»[5]. Quem dizia tudo era, porém, o editor de 1616: «Esta canção duas vezes fez o Autor com os mesmos conceitos, mas termos tão diferentes que totalmente é outra; uma se imprimiu que começa *Manda-me amor que cante docemente;* esta é tão boa que não se deixa ver qual é a que ele aceitou, e assim ambas são merecedoras de se imprimir»[6]. Quer-nos parecer que este estimável editor, cujos termos revelam que ele não conhecia a variante Juromenha[7], claramente define a posição recíproca dos textos de 1595 e de 1616: canção feita duas vezes, com os mesmos conceitos, mas termos tão diferentes que totalmente é outra... Isto é, não são *variantes* (caso em que os termos não seriam tão diferentes assim), mas *versões* diversas (caso em que o são) de uma mesma matriz originária.

Vimos já, ao longo deste estudo, que, quanto à forma externa, essa matriz é a forma média e representativa do cânone ideal da canção, para Camões.

Quanto à forma interna há, distantemente, matrizes apontadas que seriam, por exemplo, a canção de Petrarca, *Nel dolce tempo de la prima etade,* que é, após 22 sonetos, a primeira canção das *Rime.* A forma externa dessa canção é inteiramente diferente (assemelha-se aos esquemas da canção X do nosso quadro geral) e a única coincidência aparente entre ambas seria o tema comum: *metamorfoses*. Rodrigues Lapa diz: «Imita, mas muito por alto e superiormente, sem descer às minúcias do poeta italiano, que se imagina transformado em louro, cisne, estátua, fonte, eco, cervo. Os dois poetas seguem de longe o mestre deste género de poesia, o Ovídio das *Metamorfoses*»[8].

Quer-nos parecer, porém, que a análise estrutural, a que procedemos, do texto de 1595 terá deixado patente que a metamorfose de Camões nem por alto e superiormente é devedora dos símiles alegóricos (ou metáforas desenvolvidas) de Petrarca, que se destinavam, segundo o espírito de Ovídio, a exemplificar vicissitudes sucessivas de uma paixão amorosa, com todos os inconvenientes do que acontecia aos que se deixavam apaixonar por entidades divinas... O que nada tem que ver com esta canção de Camões.

O tema tópico da metamorfose é velho como o mundo, e faz parte de todas as mitologias, desde a mais alta antiguidade da vida religiosa que nos é conhecida, até ao recorrente imaginário popular. E não deixou de ter, nas literaturas modernas, uma impressionante e terrífica ressurreição na novela de Franz Kafka, *A Metamorfose*. É nitidamente um arquétipo da imaginação humana, que, na figuração que o corporizava na mitologia *literária* greco-romana, Ovídio magistralmente compendiou. Mas Apuleio, nas suas «metamorfoses», mais conhecidas por *O Burro de Ouro* (cuja tradução italiana, por Boiardo, foi publicada em 1518, tendo sido em 1550 publicada uma nova tradução, aliás muito livre, de Firenzuola)[9], deu à metamorfose um conteúdo espiritual superior, com o mito de Eros e Psyche, que, narração dentro da narração, desempenha nesta novela um papel tão nuclearmente essencial como o «sermão», de *Moby Dick,* de Melville, a «parábola do Inquisidor-Mor», nos *Irmãos Karamazov,* de Dostoievski, ou a «Ilha dos Amores», em *Os Lusíadas,* de Camões.

Uma tal espiritualidade representativa, na mais abstracta figuração, do significado dialéctico da metamorfose, parece que Petrarca não a desenvolveu, embora conhecesse Apuleio, porque os tempos para tal ainda não haviam chegado. E quem, suprimindo a figuração (ou reduzindo-a à imagem visionada e à alma do poeta), nos parece ter recolhido a maravilhosa intuição de Apuleio é precisamente Camões. Por conhecimento directo? Muito mais seguramente (e muito mais significativamente), porque o arquétipo vinha depurando-se cada vez mais na intelectualização progressiva dos conceitos que implicava, independentemente de uma referência estritamente tópica e directa aos textos. E que essa abstracção crescente da essência da metamorfose era uma exigência da cultura

368

do tempo de Camões provam-no as duas edições supracitadas de *O Burro de Ouro*[10].

Nesta linhagem, a *metamorfose* é, muito mais que em Ovídio, uma manifestação de pura espiritualidade. Mas tal manifestação — que, em Apuleio, é alegoria da ascese iniciática — não podia, no cristão e católico Camões (por muito esotérico-ocultista que ele fosse, e era), ser uma solução ateisticamente filosófica, nem um misticismo ascensional[11], ainda que ele o quisesse, pois que a religiosidade da época, mesmo com a tão típica teoria da «dupla verdade», não implica, como termo contrário, o ateísmo[12].

Por isso, a dialéctica camoniana se abstém — numa posição afinal muito moderna e metodologicamente correcta — de identificar-se supremamente com a essência divina, mantendo-se no cognoscível, em visão abstracta, da estrutura intelectual do universo. E, por isso também, lhe estavam vedadas as confusões platonizantes dos já então falecidos renascentistas, pelo que essa dialéctica não confunde (como ainda fazem os críticos de Camões) a ascensão da beleza particular à Beleza Geral, com uma experiência mística. Nem mesmo na magnífica paráfrase do salmo penitencial, que é a coroação da expressão camoniana em redondilha, a confusão é praticada, uma vez que Camões distingue cuidadosamente, no seu desespero amargo, a Beleza Geral como conhecimento atingível pela inteligência da arte, e Deus que a alma só conhece, de facto, se a Graça divina a elevar até Ele.

Eis porque a lírica camoniana, através do tema da metamorfose, faz o *relato transposto de uma arrebatadora experiência intelectual,* aliás filosoficamente, psicologicamente e esteticamente, muito mais rica e profunda, porquanto não culmina no silêncio estético que é o remate de *Sobre os rios que vão.*

Camões leva assim — e não conduzido por Ovídio ou por Petrarca — uma linhagem diversa à mais alta e intrínseca depuração. E esta, como vimos, está em perfeito acordo com os interesses e as preocupações profundas do seu tempo.

Nada há de místico em Camões, e o seu religiosismo — que é a confluência de uma visão estético-metafísica do universo, com uma atitude ética em face da sociedade do seu tempo — é demasiado intelectualizado, demasiado par, na dupla verdade, da análise estrutural do pensamento em devir permanente, para ser tão intrínseco — no sentido de prática íntima da religião como mais que um refúgio do espírito que se demite — quanto uns possam desejar, e outros temer, que esse religiosismo seja. Se *Os Lusíadas* são um tratado transposto de Ética e de Filosofia da História, em que Crença e Saber se não confundem (como confundem nas iniciações, ou no neoplatonismo), a obra lírica de Camões, cuja cul-

369

C-24

minação são as canções, constitui a vivência dos fundamentos epistemológicos daquela Ética e daquela Filosofia[13]. Nela, a metamorfose — não como inerente à condição humana nos seus contactos com o divino, como sucede em Ovídio e, por analogia, em Petrarca, mas como representação alegórica da essência estrutural do nosso conhecimento do universo — ocupa, e na canção *Manda-me amor, etc.,* uma posição evidentemente central. Esta centralidade, porém, situa-se num plano de actividade espiritual em que poesia e conhecimento se identificam, e mutuamente possibilitam as suas existências. A espiritualidade de Camões é das que, filosoficamente, elidem a distinção entre real e ideal, entre sujeito e objecto, entre o macrocosmos e o microcosmos, superação que é obtida precisamente pela metamorfose suprema: a representação poética de um universo, cuja essência se justifica através do poeta, desde que o poeta seja, com a sua cultura e a sua vida, as suas dores e os seus sonhos, um homem chamado Luís de Camões.

NOTAS

1 Ed. e vol. 2 citados, p. 526.

2 «Alma», na edição de 1616, e não «e alma», como tem sido impresso.

3 Ed. e vol. cits., pp. 364 a 368.

4 Ed. cit., pp. XIII e 476.

5 Ed. cit., p. 44.

6 Transcrito da edição de 1616, fl. 23 v.º.

7 Ou que, se acaso a conhecia, não lhe dava a importância de destacá-la a par do texto de 1595-98, que é a versão acabada dessa primeira tentativa.

8 A ordem das metamorfoses, na canção de Petrarca, é rigorosamente a da enumeração de Lapa, ed. e loc. citados. Já foi notado como o tema da metamorfose recorre constantemente nas obras de Sannazaro; mas — e é importante que o acentuemos — em conexão com a alusão a Orfeu (cf. David Kalstone, «The Transformation of Arcadia: Sannazaro and Sir Philip Sidney», em *Comparative Literature,* vol. XV, summer 1963, nr. 3). Ora Sannazaro, que foi precipuamente um poeta para poetas, ao fazer confluir o pastoralismo vergiliano com o petrarquismo, coloca a ênfase das metamorfoses na transformação que a poesia é, quer como criadora de estilo, quer como modificadora espiritual do poeta. Deste modo, vemos desenhar-se uma corrente sobretudo «literária» que está transmudando Ovídio (ainda muito presente em Sannazaro), na medida em que a criação poética autonomicamente considerada é uma ascese espiritual; e que, portanto, se aproxima da linhagem adiante defendida como essencial ao entendimento da ideologia camoniana.

370

⁹ Agnolo Firenzuola (1493-1543), humanista e escritor italiano, come-diógrafo e novelista, autor — o que nos importa aqui particularmente — de dois «discursos» *Delle bellezze delle donne* e *Della perfetta bellezza di una donna,* primeiro publicados em 1542. A primeira edição de obras completas de Firen-zuola, que foi também poeta, é de 1548. Os seus tratados da beleza feminina, escritos por este amigo e protegido do papa Clemente VII, e celebrado amante das damas, alinham, com a sua tradução livre de Apuleio, no culto do amor espiritualizado. Diz um crítico: «L'idolo del Firenzuola vuole essere adorato puramente, come una divinità» (Giuseppe Lipparini, na introdução às *Novelle,* 3.ª edição, Modena, 1923). Note-se que toda esta espiritualidade, nem Firen-zuola, nem os seus amigos e admiradores, acharam que fosse incompatível com o humor «boccacciano» daquelas suas novelas de 1525, respeitosamente dedicadas à duquesa di Camerino...

¹⁰ Que isto é assim pode verificar-se não só por essas duas edições, como pelas outras traduções anteriores igualmente a 1600. Muito curiosamente é a Espanha, como a Itália de Boiardo, quem primeiro se interessa pela obra de Apuleio: López de Cortegana, 1513. Seguem-se a França (Michel, 1522), a Alemanha (Sieder, 1538), novamente a Espanha (Alonso de Fuentes, 1543), precedendo Firenzuola. Após este, temos a Inglaterra (Adlington, 1566), e novamente a França (Louveau, 1591), esta última já posterior à morte de Camões. Sem dúvida que estas traduções não podem competir numericamente com as das *Metamorfoses* de Ovídio no mesmo período; mas o interesse por Ovídio apenas correspondia à popularização, pela imprensa, de um gosto secular. Apu-leio já era estimado, porém, no século XII, pois que John de Salisbury o cita (Cf. R. R. Bolgar, *The Classical Heritage and its Beneficiaries,* Cambridge, 1954 — note-se de passagem que, no apêndice II desta obra, a data da edição de Firenzuola — 1594 — é gralha não corrigida, porquanto a edição é de 1549 ou 1550). Quanto à espiritualidade conexa com o interesse por Apuleio, con-vém notar que o humanista sevilhano Juan de Mal-Lara (1525?-1571), homem da geração de Camões, escreveu um poema em verso solto, *La Hermosa Psyche,* em que comenta ético-didacticamente o mito de Eros e Psique, que é o núcleo central da obra de Apuleio. Aquele poema foi dedicado à princesa D. Joana, mãe do rei D. Sebastião (cf., acerca desta dedicatória, Marcel Bataillon, *Études sur le Portugal au temps de l'humanisme,* Coimbra, 1952, «Jeanne d'Autriche, Prin-cesse de Portugal»). Da princesa viúva do malogrado herdeiro de D. João III (aquele juvenil príncipe, tido como mecenas dos «modernistas», e cuja morte prematura Camões chorou, na écloga *Umbrano e Frondélio,* dando comovida-mente e anagramaticamente a palavra à princesa, e que foi chorado também pelos outros poetas portugueses do tempo), aponta M. Bataillon como ela foi íntima de *alumbrados* e de suspeitos de luteranismos (suspeitos pelo critério muito vago da Inquisição espanhola), ou de autores e pregadores cujo espiritualismo inte-lectualista e pietista se tornou suspeito, como S. Francisco de Borja e Fr. Luís de Granada. Este último, provincial que foi dos dominicanos portugueses, teve enorme influência na religiosidade lusitana, como o demonstram a estima em

371

que era tido e a grande difusão das suas obras que o *Index* castelhano de 1559 fulminou com o interdito (como às poesias religiosas de Jorge de Montemor, compostas para uso músico-poético da capela da mesma princesa D. Joana, a cuja casa ele pertencia). De tudo isto resulta a suspeita de que o ambiente em que Apuleio se difundia não era aquele em que Ovídio continuava a difundir-se (e já Savonarola queimara Ovídio, como aliás também Petrarca, em praça pública). Só a confusão entre misticismo e ascensão por exercício espiritual (que é a linhagem pietista de Borja, de Granada, e do Fr. Alfonso Muñoz que, em 1556, oferecia a D. Joana uma «sua tradução latina» das *Homílias* de Savonarola e a quem já no ano anterior oferecera a edição das suas obras completas — e recordemos aqui que Savonarola era dominicano) impedirá de reconhecer-se como Camões — e os filões diversos da espiritualidade portuguesa na segunda metade do século XVI estão muito longe de ter sido explorados e revistos, sem preconceitos ultramontanos ou jacobinos, para destacá-los das ponderosas e primárias generalizações — se integra, pelo intelectualismo dialéctico que era o seu, numa espiritualidade que vinha tendo raízes profundas, disseminadas, e de alta cultura civil e religiosa (e provavelmente, na primeira metade do século, será um dos seus eminentes representantes o infante D. Luís, tão confundido com Camões, e de quem, esquecidas de todos, o Cancioneiro de Luís Franco arquiva piedosamente as palavras, muito espirituais e suspeitas, que teria dito à hora da morte). Seria interessante estudar *Sobre os rios que vão* à luz destas considerações, nas quais de resto se integra o prestígio devocional do «Pseudo-Jerónimo» que (cf. Mário Martins, «Babel e Sião, de Camões, e o Pseudo-Jerónimo», *Brotéria*, vol. III, fasc. 4, Abril de 1951) lhe teria servido de fonte. Acrescente-se a estas circunstâncias que Jorge de Montemor também parafraseara o salmo *Super flumina Babylonis,* e que, se é nítida a sua identificação espiritual com os homens que, amigos da princesa D. Joana, a Inquisição perseguiu, também o é — totalmente comprovada — a sua coincidência com Savonarola, cujas obras, em tradução castelhana, vinham sendo impressas, na Península Ibérica, desde 1511, e o foram sete vezes até meados do século (em 1532, em Lisboa). Acerca de Montemor e Savonarola, ver a mesma colectânea de estudos de M. Bataillon, acima citada (o estudo «Une source de Gil Vicente et de Montemor: La méditation de Savonarole sur le *Miserere*»). Como um intelectualismo dialéctico, em que a noção de metamorfose seja mais de Apuleio que de Ovídio, vem unir-se em Camões com uma angústia do pecado e da Graça (pondo em causa, como acontece nas redondilhas célebres, a própria legitimidade da criação artística, e à semelhança, neste ponto, do que aconteceu, por via savonarolesca, a Miguel Ângelo, cujo soneto *Giunto è già il corso della vita mia* é concludente), eis o que não só nos dá uma perspectiva profunda do pensamento poético de Camões, mas também o coloca exactamente na Época Maneirista, de que ele é um dos primeiros e mais altos expoentes. Acrescente-se ainda — para colocação das relações entre a metamorfose apuleiana, o significado dessa espiritualidade laica, e o petrarquismo — que este último não continha, desde a sua origem, em matéria de *metamorfose,* apenas a imitação ovidiana tradicionalmente posta em relevo. Petrarca possuía as obras completas de Apuleio, e leu-as cuidadosamente. Mas, na própria poesia portuguesa da primeira metade do século XVI, o mito apuleiano de Eros e Psique encontrara já uma belíssima glosa: é a «Canção do Encantamento», da écloga do mesmo nome, dedicada por Sá de Miranda a D. Manuel de Portugal, outra figura eminente cuja poesia religiosa está a pedir uma atenção que a crítica ainda não lhe concedeu.

11 Note-se, a este respeito, que não é lícito assimilar, como tantas vezes é feito, a ascese iniciática a um misticismo, ainda quando este postule uma ascensão espiritual que percorra parte do caminho descendente da Graça divina. O iniciatismo assenta na negação (ou num carácter passivo) da Graça; enquanto o verdadeiro misticismo não é concebível sem ela ou sem a actividade dela. Se preciso fosse, os comentários de S. João da Cruz, contemporâneo espanhol de Camões, ao seu *Cântico Espiritual* (composto no esquema estrófico da lira), seriam concludentes: e ele era místico e poeta. É de resto o que claramente distingue Karl Vossler, ao dizer: «Existe constante luta entre a magia, que se serve da linguagem como de um instrumento, e desse modo procura colocar tudo quanto possível — até Deus — sob o seu domínio, e o misticismo que quebra, inutiliza e rejeita todas as formas» (cit. por Wellek e Warren, *Teoria da Literatura*, trad. port., p. 258). Sobre o carácter realístico do misticismo espanhol e a sua rejeição da dialéctica formal, ver E. Allison Peers, *El misticismo español*, trad. esp., «Austral», Buenos Aires, 1947.

12 Demasiado têm sido ilegitimamente confundidos, em estudos sobre a cultura do século XVI, o cepticismo filosófico (que atingiu então extremos de pirronismo metodológico no português Francisco Sanches — 1550-1623 —, precursor de Descartes) e o ateísmo que ele não implica necessariamente, mesmo quando se torna extensivo, e tornou, às áreas religiosas da cultura. Camões não é um céptico, nem sequer um relativista ou pluralista (como o foram naquele tempo, respectivamente, Montaigne e Giordano Bruno); mas, não sendo um místico, muito menos é um «ateu» (mesmo com a conotação que o termo terá no século XVII, quando ser-se *ateu* era ser-se apenas *deísta*), a não ser na medida em que, no ácume da vivência do universal concreto, a questão da existência ou não existência de Deus perde qualquer sentido. Por outro lado, a malícia, a sensualidade carnal, o gosto do obsceno pagão, por forma alguma são incompatíveis — antes de desenvolver-se uma aguda noção do pecado do intelecto, ou da inanidade de uma vida dedicada à criação artística, que figura em *Sobre os rios que vão* e nos sonetos de Miguel Ângelo — com a religiosidade. Haja em vista a Idade Média, desbragada e violentamente entregue aos prazeres da vida, e ansiadamente preocupada — na salvação individual e na justificação colectivamente racional — com a vida eterna e a vivência de Deus. O que da Idade Média para o tempo de Camões se altera é a concepção da salvação, que a Idade Média assentava na responsabilidade e na penitência, e no fim do século XVI assentará na obediência à ortodoxia (sempre muito indefinida nas polémicas medievais) e à hierarquia eclesiástica e social. É muito diversa, numa época e

373

noutra, a forma como os indivíduos existencialmente «nauseados» abandonam o mundo: ao fervor medieval sucede o desengano que, não sem razão, é tópico temático da literatura dos séculos XVI e XVII.

13 A distinção fundamental da Crença e do Saber, que Descartes criticará que falte a deístas como Herbert de Cherbury, e a consequente atribuição da categoria de critério de verdade religiosa à pureza do «amor Dei» vinham de longe, mas foram sobretudo definidas por Nicolau de Cusa, no seu *De pace fidei* (1454). Cf. *Descartes, Corneille et Christine de Suède,* de Ernest Cassirer, tradução francesa, Paris, 1942.

2) *O PARCIAL COTEJO*

I) *Os textos de 1616 e de Juromenha (L. Franco)*

Cotejaremos, portanto, as estrofes referentes à metamorfose, na versão de 1595, que analisamos, na variante dela, que foi revelada em 1861, e na versão de 1616. Em qualquer dos textos, essas estrofes são a 4.ª, a 5.ª e a 6.ª Dada, porém, a importância relativa da versão de 1616, daremos adiante o texto dela, segundo a edição original, a fim de que as estrofes da metamorfose possam ser lidas no contexto a que pertencem. E faremos o mesmo com o texto Juromenha, apesar de menos importante.

Eis o texto de 1616, conforme a sua publicação na Segunda Parte das *Rimas:*

> *Manda-me amor que cante o que alma sente,*
> *Caso que nunca em verso foi cantado,*
> *Nem dantes entre gente acontecido,*
> *Paga-me assi em parte o meu cuidado,*
> 5 *Pois que quer, que me louve, e represente*
> *Quão bem soube no mundo ser perdido.*
> *Sou parte, e não serei da gente crido,*
> *Mas é tamanho o gosto de louvar-me,*
> *E de manifestar-me,*
> 10 *Por cativo de gesto tão fermoso,*
> *Que todo impedimento*
> *Rompe, e desfaz a glória do tormento:*
> *Peregrino, suave, e deleitoso,*
> *Que bem sei que o que canto,*
> 15 *Há-de achar menos crédito, que espanto.*
>
> *Eu vivia do cego Amor isento*
> *Porém tão inclinado a viver preso,*

374

Que me dava desgosto a liberdade
Um natural desejo tinha aceso
20   Dalgum ditoso, e doce pensamento,
Que me ilustrasse a insana mocidade.
Tornava do ano já primeira idade:
A revestida terra se alegrava,
Quando Amor se mostrava
25   Em fios d'ouro ũas tranças desatadas
Ao doce vento estivo,
Os olhos rutilando em lume vivo,
As rosas entre a neve semeadas,
O gesto grave, e ledo
30   Que juntos move em mim desejo, e medo.

Um não sei que suave respirando
Causava um desusado, e novo espanto,
Que as cousas insensíveis o sentiam.
Porque as gárrulas aves entretanto
35   Vozes desordenadas levantando,
Como eu em meu desejo se ascendiam.
As fontes cristalinas não corriam
Inflamadas na vista clara, e pura,
Florecia a verdura,
40   Que andando c'os ditosos pés tocava.
Os ramos se abaixavam
Ou d'inveja das ervas, que pisavam,
Ou porque tudo ante eles se abaixava
O ar, o vento, o dia
45   D'espíritos continos influía.

E quando vi, que dava entendimento
A cousas fora dele, imaginei,
Que milagres faria em mim, que o tinha.
Vi, que me desatou da minha lei,
50   Privando-me de todo sentimento,
E noutras transformando a vida minha.
Com tamanhos poderes do Amor vinha
Que o uso dos sentidos me tirava
E não sei como o dava
55   Contra o poder, e ordem de Natura
Às árvores, aos montes,
À rudeza das ervas, e das fontes,

375

Que conheceram logo a vista pura,
Fiquei eu só tornado
60 Quase num rudo tronco de admirado.

Depois de ter perdido o sentimento
De humano, um só desejo me ficava
Em que toda a razão se convertia,
Mas não sei quem, no peito me bradava,
65 Que por tão alto, e doce pensamento,
Com razão, a razão se me perdia.
Assi que quando mais perdida a via
Na sua mesma perda se ganhava,
Em doce paz estava
70 Com seu contrário próprio num sujeito,
Ó caso estranho, e novo,
Por alta certamente, e grande aprovo
A causa, donde vem tamanho efeito
Que faz num coração,
75 Que um desejo sem ser, seja razão.

Depois de já entregue a meu desejo,
Ou quase todo nele convertido
Solitário, silvestre, e inumano,
Tão contente fiquei de ser perdido,
80 Que me parece tudo, quanto vejo,
Escusado, senão meu próprio dano,
Bebendo este suave, e doce engano:
A troco do sentido, que perdia,
Vi, que Amor me insculpia,
85 Dentro n'alma a figura honesta, e bela,
A gravidade, o siso,
A mansidão, a graça, o doce riso,
E porque não cabia dentro nela
De bens tamanhos tanto,
90 Sai pela boca convertido em canto.

Canção se te não crerem
Daquele claro gesto, quanto dizes,
Polo que em si lhe esconde.
Os sentidos humanos (lhe responde)
95 Não podem de contino ser juízes,
Se não um pensamento,
Que a falta supra a fé do entendimento.

376

Segundo as normas que temos seguido, o texto foi fielmente transcrito, apenas se actualizando a ortografia onde e quando ela não traísse, actualizada, a clareza do sentido possível ou o ritmo fonético-semântico dos versos. As únicas alterações foram gralhas manifestas do impressor: *gesto* (em vez de *gosto*) no verso 29, *abaixavam* (em vez de *abaixaram*) no verso 41, *bradava* (em vez de *bradara*) no verso 64, e a acentuação do «O» interjectivo-apostrófico no verso 71. Tal como está, o texto não oferece dificuldades de interpretação gramatical a quem está habituado à poesia moderna. No entanto, se quiséssemos, sem nos afastarmos da pontuação da impressão original, torná-la mais «correcta», bastariam as alterações seguintes:

v. 3 — acrescento de ponto e vírgula finais;
v. 5 — supressão da primeira vírgula;
v. 14 — supressão da vírgula final;
v. 18 — acrescento de ponto e vírgula finais;
v. 29 — acrescento de vírgula final;
v. 43 — acrescento de vírgula final;
v. 47 — supressão da vírgula final;
v. 49 — supressão da primeira vírgula;
v. 55 — acrescento de vírgula final;
v. 70 — acrescento de dois pontos, em fim do verso;
v. 77 — acrescento de vírgula final;
Commiato — o caso dele já foi, sob este aspecto, oportunamente discutido.

É de notar que fazemos ao todo 11 alterações de pontuação, das quais 7 são acrescentos e 4 são supressões. Como se vê, a nossa exigência não é maior que a dos editores de 1616 — é diferente. As supressões de vírgula, as quatro, duas referem-se a inútil vírgula de fim de verso, já que, não havendo *enjambement* configurado, o verso só por si marca a pontuação retórica; as outras três estavam separando do predicado três orações de objecto directo, introduzidas por *que,* o que hoje dificulta a leitura e não era pontuação retórica mas gramatical de critério diverso do nosso. Repare-se que não acrescentamos, dentro dos versos, pontuação alguma: deste modo, contribuindo para a «clareza», em nada traímos a unidade rítmico-semântica deles.

Quanto à Variante Juromenha, não diz este autor de onde extraiu o texto que publica, dizendo apenas «no meu manuscrito»... Depreender-se-ia que é o Cancioneiro Juromenha, cujo índice comentado — e com as notas marginais ou titulares dos manuscritos — Carolina Michaëlis publicou *(ob. cit.).* Por esse índice, a fls. 13 e seguintes estaria esta *Manda-me amor que cante docemente,* pela indicação de ser uma «canção do Camões, mui diversa da que anda impressa», mas o que lá figura é, com variantes, a versão de 1616[1]. No Cancioneiro Luís Franco, entre uma écloga canónica e a canção *Vão as serenas águas,* e de fls. 45 a 46, está este texto de *Manda-me amor, etc.,* que melhor será continuar chamando «Juromenha». E por mais: entre o texto publicado por Juromenha em 1861 e o texto do Ms. Luís Franco há algumas divergências estranhas (ainda que muito menos estranhas que as verificadas entre o texto dado em nota por Hernâni Cidade — ed. citada, vol. II, pp. 367 e seguintes — e quer o de Juromenha, quer o de Luís Franco). Como é em Luís Franco que o texto está, de lá o transcrevemos:

> *Manda-me amor que cante docemente*
> *o que ele já em minha alma tem impresso*
> *com pressuposto de desabafar-me.*
> *E por que com meu mal seja contente*
> 5 *diz que ser de tão belos olhos preso*
> *cantá-lo abastaria contentar-me.*
> *Bem diz. Mas eu não ouso tanto alçar-me*
> *porque vejo se a escrever o venho*
> *ser tão baxo o engenho*
> 10 *e tão alto o valor da vista bela,*
> *mais dina d'outro Orfeu*
> *que se com o canto as árvores moveu,*
> *que podera fazer cantando dela?*
> *Porém verei se posso.*
> 15 *Dai(s) vós Senhora ajuda a este vosso?*
>
> *Era no tempo que a fresca verdura*
> *torna aos campos, quando suspirando*
> *Zéfiro vem, com a primavera bela.*
> *Manam as fontes água clara e pura,*
> 20 *antre a flor da semente anda chorando*
> *seu dano antigo, Progne e Filomela.*
> *Minha ventura que então estava em vê-la*
> *por me mostrar do bem a maior parte*
> *soltava por linda arte*
> 25 *os cabelos em que fui enredado*
> *ao doce vento esquivo.*
> *Os olhos rutilando em lume vivo*
> *o rosto airoso e gesto delicado*
> *que Deus só fez na terra*
> 30 *por dar paz aos nascidos e a mim guerra.*

378

Do Aspeito suave e excelente
uns divinos (e)spíritos saíam
que o ar enchiam de suavidade.
Os passarinhos com a luz presente
35 pasmados uns aos outros se diziam
que luz é esta, que nova claridade
As fontes inflamadas da beldade
detinham sua água doce e pura,
florecia a verdura
40 que andando c'os divinos pés pisava.
Todo ramo abaixar-se
senti no bosque, e mais verde tornar-se,
de seu lugar somente s'abalava.
Amansavam-se os ventos
45 ao som dos suaves seus acentos.

Quando ao insensível sentimento
vi que dava, cuidei que em mi faria
homem feito de carne e de sentidos.
Conheci-me não ter conhecimento.
50 E nisto só o tive, porque via
meus 'spíritos serem de mim saídos.
Tal força era dos seus esclarecidos
que me mudava a humana natureza
aos montes, e a rudeza
55 deles em mim por troca traspassava.
Ó que gentil partido
trocar por dura aspereza o sentido
que em mi quietamente repousava.
Olhai que doce engano,
60 tireis comum proveito do meu dano.

O ser humano sendo já perdido
a parte racional também perdia
ao apetito dando o mais da vida.
Mas o mudado atónito sentido
65 por tão divina causa me dizia
que era Rezão ser a Rezão vencida.
Assi, que onde cuidava ser perdida
a mesma perdição a restaurava,
em branda paz estava
70 cada um com seu contrário em um sujeito.

379

Ó grão concerto este
quem será que não julgue por celeste
a causa, donde vem tamanho efeito,
que faz num coração
75 *o próprio apetite ser rezão?*

Aqui senti d'amor a mor fineza,
como foi ver sentir o insensível,
e ver a mim de mim mesmo perder-me.
Em fim senti negar-se a natureza,
80 *por onde vi que tudo era possível*
aos belos olhos seus senão querer-me
despois que já senti desfalecer-me.
Em lugar do sentido que perdia
não sei que me 'screvia
85 *dentro n'alma com letras da memória,*
o mais deste processo
com o lindo gesto juntamente impresso
que foi a causa de tão longa história
se bem na declarei
90 *eu não a escrevo d'alma a trasladei.*

Canção se duvidarem poder tanto
somente ũa vista bela,
dizei que olhem a mim, crerão a ela.

À semelhança do que fizemos com os textos das edições de 1595 e de 1616, a lição manuscrita foi rigorosamente transcrita, apenas com a adopção da ortografia actual, com as excepções recomendadas pela fonética do verso e a linguagem do tempo. De um modo geral o texto é satisfatório, exigindo porém as seguintes observações:

v. 6 — No manuscrito estará provavelmente «contá-lo», que corrigimos para «cantá-lo», de acordo com o contexto e as outras versões;

v. 8 — Estava «por que»;

v. 13 — O Ms. tem «podera». Será «pudera», ou «poderá»? Juromenha leu interpretativamente «poderei». O mais lógico será «pudera»: se venho a escrever disto, vejo ser tão baixo o engenho, e tão alto o valor da vista bela, mais digna de outro Orfeu, o qual (este Orfeu e *não o outro*), se moveu com o canto as árvores, que não *pudera* fazer cantando dela? Juromenha, para tornar lógico o seu «poderei», colocou um ponto e vírgula depois de «Orfeu»... Mas *poderá* é mais consentâneo com a escansão do verso;

380

v. 15 — O «vos» não estará acentuado. E a frase é interrogativa, o que Juromenha suprimiu. Parece que deveria lá estar «Dais», como sugerimos na transcrição, se não é a interrogação que está a mais;

v. 21 — Está «Filomena», erro manifesto, pela rima e pelo nome da personagem mitológica;

v. 30 — No manuscrito está *mim* (mĩ) e não *mi* como Juromenha transcreveu. Aliás, uma das farsas filológicas das edições modernas de Camões é uma arcaização fonético-ortográfica que, na maioria dos casos, o Cancioneiro Luís Franco e a primeira edição (1595) da lírica de Camões não autorizam.

v. 31 — O Ms. tem «Aspeito», como do contexto e da edição de 1595 se depreenderia ser correcto. Onde terá Juromenha ido buscar o «apetito» estranho por que o substituiu?

v. 33 — Em Juromenha, absurdamente, «piedade», em vez de «suavidade», que concorda com «um não sei quê suave respirando» da edição de 1595 (verso 31);

v. 42 — Colocámos uma vírgula final que o Ms. não tem, para destacar que quem «se abalava» era a visão, e quem se tornava mais verde era «todo ramo»; isto se depreenderia, sem vírgula, de uma leitura atenta, se suprimíssemos a vírgula que está depois de «bosque»;

v. 53 — «Mudavam» e não o «mudava» com que corrigimos. Mas é de notar o «me», importante intercalação reiterativa que esta versão possui;

v. 54 — O cotejo com «1595» em Luís Franco faz crer que deva ser «nos» e não «dos», que será erro de cópia. Neste caso está «aos». Mais significativo é *rudeza,* em *ambos* os textos de Luís Franco e na versão de 1616, em vez da *dureza,* que aparece *só* na edição de 1595. Tudo aponta para o facto de, em 1595, esta palavra ser um erro de cópia ou de tipografia, já que em três textos (dois dos quais do manuscrito camoniano mais antigo) está *rudeza,* e que «dureza» — que se perpetuou até hoje nas edições de Camões — só aparece na impressão de 1595. A interpretação que havíamos dado deste passo não apenas se não altera, como se subtiliza. E, se em 1598 a «dureza» subsiste, eis mais uma prova de que os editores dele não colacionaram os textos de 1595 por outros manuscritos, ainda quando os tenham tido para os seus acrescentos;

v. 57 — A «dura aspereza» — que passará a ser, em «1595», mais longamente «o ser do monte sem sentido» — parece confirmar que, no verso 54, estaria efectivamente «rudeza», mais semanticamente conforme com «aspereza dura» do que o seria «dureza»;

v. 76 — Suprimimos uma vírgula retórica depois de «d'amor», para não distribuirmos outras que, pelas gramáticas, seriam necessárias...;

v. 78 — O mesmo fizemos com outra vírgula retórica depois de «a mim». E chamamos a atenção do leitor para o carácter *retórico* da pouca pontuação que o texto possui;

vs. 81 e 82 — A pontuação final destes dois versos está manifestamente errada no Ms., e nem a retórica pode explicá-la. Luís Franco não tem pontuação alguma no fim do verso 81, nem no do 82. Mas não pode haver dúvida quanto a que foi isso mesmo o que escreveu, pois que o verso 83 inicia-se por maiúscula; mas, na outra mesma canção do Ms., só há ponto final em «memória». Guiemo-nos por essa outra variante e pelo texto impresso em 1595.

II) *Versão de 1595 e variante Juromenha*

As divergências são, no segundo dos textos, em relação ao primeiro, e sem atenção minuciosa à pontuação da qual não estamos exigindo rigor estrutural, as que adiante se registam e comentam.

4.ª estrofe:

vs. 46 a 48 — São diferentes, mas desenvolvendo com rigor a mesma ideia:

> *Quando ao insensível sentimento*
> *Vi que dava, cuidei que em mi faria*
> *Homem feito de carne e de sentidos*

No texto de 1595 está «entendimento» em vez de «sentimento», e «insensível» por «as cousas que o (entendimento) não tinham». Estas cousas haviam começado por ser «insensíveis», na estrofe anterior. Agora, tratava-se já da percepção inteligente. O «cuidei» corresponde a «me fez cuidar». «O que» passou, no texto de 1595, a «que efeito». A ampliação do rigor eliminou, para desenvolver-se, o belíssimo verso «homem feito de carne e de sentidos», que, todavia, era, por demasiado concreto, inconveniente.

v. 49 — Idêntico. E é um dos fundamentais.

vs. 50 e 51 — Está, na segunda metade do primeiro, «porque o via», em vez de «porque amor», a que corresponde um verso 51 diferente: «meus espíritos serem de mim saídos».

vs. 52 e 53 — Diferente o primeiro, o segundo é quase idêntico, se atendermos às observações oportunamente feitas acerca deste texto. Note-se que a explicação do que, na impressão de 1595, vai sendo o juízo final sobre os «sentidos divinos» já estava aqui claramente posta.

vs. 54 e 55 — A ausência de pontuação final do verso 53 e estes dois versos, tudo coincide com o texto de 1595, quando ele é *corrigido* na edição de 1598, e com o texto de 1595, tal como está no Ms. Luís Franco. Dir-se-ia que os editores de 1598 conheceram não só o texto que veio a ser publicado em 1616, como os que figuram em Luís Franco (e os «inéditos» deste manuscrito não parece que os editores de 1616 os conhecessem, pois que praticamente não há em Luís Franco composições reveladas em 1616)? É duvidoso. Uma pontuação retórica dos textos originais pode ter forçado as transcrições que conhecemos coincidentes. A lição impressa em 1595 é mais elegante e mais lógica, como demonstramos. E o *me* — que aparece intercalado em Luís Franco — mais reitera a oposição que é estabelecida na variante impressa em 1595. Lamentavelmente, porém, foi aí suprimida.

vs. 56 a 60 — Diferentes o 57 e o 58, ainda que dizendo pior a mesma coisa. Na aparência belos, são absurdos quanto à expressividade, porque não haveria oposição total entre uma dura aspereza (sem sentido) e um sentido repousando quieto.

5.ª estrofe:

vs. 61 a 63 — Divergem também no sentido da imprecisão:

> *O ser humano sendo já perdido*
> *A parte racional também perdia*
> *Ao apetite dando o mais da vida.*

vs. 64 a 66 — Divergem no primeiro, que é frouxamente, em relação ao texto de 1595:

> *Mas o mudado atónito sentido*

E em a «causa» ser «divina», em vez de «sublime», quando aquela caracterização só surge por acumulação no texto de 1595.

v. 67 — *Falta* na transcrição de Juromenha, e dos subsequentes editores, sem que a isso se refiram. Mas é o mesmo.

vs. 68 a 70 — São idênticos, com a diferença de a paz ser «branda», em vez de «mansa», que é mais incisivo; e de o «quando» ser impropriamente «onde».

vs. 71 a 75 — São idênticos, com a diferença de, no último destes versos, estar «o próprio apetite ser», em vez de «que venha o apetite a ser», que é logicamente mais exacto. E de estar «grão» e «não», que também figuram no texto análogo ao impresso em 1595. Se «grã» e «nã» são gralhas em 1595, eram-no bem oportunas e expressivas.

6.ª estrofe:

Esta estrofe é toda ela idêntica, com ligeiras diferenças: «por onde vi», em vez de «por onde cri»; «belos olhos», em vez de «lindos olhos»; «lindo gesto» em vez de «claro gesto». Como nas outras estrofes, as diferenças abonam em favor de um aperfeiçoamento visível no texto de 1595, para a realização do qual uma das emendas arrastou a outra. Note-se que, como no texto autêntico de 1595 (mas não em transcrições modernas) as «letras da memória» não possuem artigo e são assim indefinidas e absolutas.

III) *Versão de 1595 e versão de 1616*

As diferenças são tão fundas que o cotejo parcelar não é possível. Faremos, da segunda, uma estrita análise de sentido, comentando então, a par e passo, essas diferenças.

E quando vi que dava entendimento | a cousas fora dele — É maneira muito expressiva e rigorosa de dizer de outro modo o que foi dito no texto de 1595 («Porque quando vi dar entendimento às cousas que o não tinham»), pelo que o «fora dele» deve entender-se como coisas exteriores não ao entendimento, mas exteriores à característica geral de possuí-lo, e coisas, pois, de uma outra classe, ou sejam exactamente *as cousas*.

Imaginei | que milagres faria em mim, que o tinha. — O «temor» de 1595 desapareceu, para dar lugar a uma pura conceituação, no espírito, de um «efeito» que é encarecido para «milagres». O verbo *imaginar* não significa, neste passo, a actividade fantasiosa do espírito, mas, com rigor filosófico, o acto da conceituação probabilística de uma eventualidade, tal como sucede com *Os Lusíadas,* em que um verso esplendidamente define esta acepção: *Eu tenho imaginado no conceito* (I, 81). E é curioso observar que a ênfase de «ter ou não ter» entendimento passou de 1595 a 1616, de as cousas *não* o terem, para *tê-lo* o poeta.

Vi que me desatou da minha lei, | privando-me de todo sentimento. | e noutras transformando a vida minha. — A lei de que o desatou havia sido explicitamente dita no magnífico verso 49, comum a 1595 e a Juromenha, sem que houvesse transmigração da vida do poeta para outras vidas. *Com tamanhos poderes do Amor vinha* (a visão) | *que o uso dos sentidos me tirava.* — Eis o que transfere especificamente, para a acção directa da visão, um poder que, no texto de 1595, é expressamente dela. E, em 1595, os dois correspondentes versos não são apenas a perda do sentido, mas a metamorfose iniciada.

E não sei como o dava | contra o poder, e ordem de Natura | às árvores, aos montes, | à rudeza das ervas, e das fontes, | que conheceram logo a vista pura. | Fiquei eu só tornado | quase num rudo tronco de admirado. — Isto é, onde, no texto de 1595, é rigorosamente indicada, em abstracto, a transformação, agora é uma metempsicose bucólica, em que o sentido se distribui não só pelos montes, mas também pelas árvores, as ervas e as fontes (reiterando-se o reconhecimento da visão, que elas haviam tido na quase idêntica 3.ª estrofe), enquanto da grandeza dos montes, e da «dureza» ou «rudeza» deles, em que o poeta era transmigrado, se passou à modéstia botânica de um «rudo tronco».

Depois de ter perdido o sentimento | de humano um só desejo me ficava | em que toda a razão se convertia. — É o texto de 1595, em que a forma perifrástica «indo perdendo» acentuara melhor o dinamismo da metamorfose que o «Assi» reiterava, e o «Depois» aqui coloca no passado. Quem nos dizia que «desejo» seja esse era a tristeza de ver a parte racional do sentimento, submetida a um apetite. «Desejo» está exactamente por «apetite», que é a acepção camoniana[3].

Mas não sei quem, no peito me bradava | que, por tão alto, e doce pensamento, | com razão a razão se me perdia. — Cremos indiscutível que a beleza exacta e potente do texto de 1595 não admite comparação com a mera elegância rítmica de 1616, neste passo. «Mas dentro n'alma o fim do pensamento, por tão sublime causa me dezia, qu'era razão ser a razão vencida», eis uma dicção perfeita e sugestiva, cuja profundeza leva de «vencida» a que a de 1616 apenas indica.

Assi que quando mais perdida a via | na sua mesma perda se ganhava. — É também muito menos expressivo que *«assi que quando a via ser perdida a mesma perdição a restaurava»*, em que «restaurar» é mais absoluto como *reintegração* que «ganhar», pois que este verbo, no contexto, poderia parecer significar apenas um efeito de *compensação.*

Em doce paz estava | com seu contrário próprio num sujeito. — A paz dialéctica era incisivamente «mansa» em 1595, mais frouxamente «branda» em Juromenha, para ser, aqui, incaracteristicamente, «doce». E o restante da frase, com o «seu contrário próprio», em vez de apenas «seu contrário», perde em rigor e em euritmia o que se lhe vai com desaparição de «cada um».

Oh caso estranho, e novo, | por alta certamente, e grande aprovo | a causa, donde vem tamanho efeito | que faz num coração, | que um desejo sem ser, seja razão. — Temos, pois, que, do genérico e, como tal abarcador e definidor «grã concerto», passamos apenas a um «caso estranho e novo». A causa que era «celeste» passou a «alta, certamente, e grande». A pergunta «quem será» é agora uma simples aprovação do poeta, que não dependia dele, enquanto este, tão levianamente como aprova, desfaz o «venha a ser» em «seja», e dissolve, no «sem ser, seja», toda a metamorfose que vinha descrevendo.

Depois de já entregue a meu desejo, | ou quase todo nele convertido | | solitário, silvestre, e inumano, | tão contente fiquei de ser perdido, | que me parece tudo, quanto vejo | escusado, senão meu próprio dano. — Por belo que seja, e é, o verso «solitário, silvestre e inumano», esta sequência é muito menos vigorosa e clara do que as de 1595 e 1861.

Bebendo este suave, e doce engano: | a troco do sentido que perdia, | | vi que Amor me insculpia, | dentro n'alma a figura honesta e bela, | a gravidade, o siso, | a mansidão, a graça, o doce riso, | e porque não cabia dentro nela | de bens tamanhos tanto, | sai pela boca convertido em canto. — Como ritmo e dicção o último verso é esplêndido. Mas, nesta versão, perderam-se por completo, em favor da escultura minuciosamente convencional do que era a impressão concisa e firme de um «claro gesto», as «letras da memória» e o magnificente *traslado d'alma*[4].

*

Fizemos a interpretação rítmico-semântica do texto da edição de 1595 e cotejámos as estrofes essenciais da metamorfose pelas equivalentes da variante Juromenha e da versão de 1616, cujos textos originais — tanto quanto o são — publicámos. Da comparação, resultou evidente a esplêndida superioridade do texto de 1595, na sua pureza primeira.

A variante Juromenha, que era um inédito do Ms. Luís Franco, é estágio anterior da composição, e não é possível atribuírem-se a erros de cópia todas as deficiências métricas e expressivas que o desfeiam. Seria, porém, concluir precipitadamente dizermos que Camões anotava um primeiro borrão que, depois, usando a lima de Horácio recomendada pelas poéticas, afeiçoara cuidadosamente...

Nem o carácter de veemente ou sonhadora espontaneidade de grande parte da sua obra lírica nos autoriza a descrer do uso da lima (quanta fluência e quanta naturalidade expressiva de muitos poetas não são uma longa pesquisa?), nem o que há de áspero e de rude em muitos versos de Camões nos permite deixar de supor que muitas vezes isso não é rebuscadamente propositado. Depois, apenas podemos, no caso presente, concluir da tripla canção que estudamos, e em especial do texto Juromenha e do texto de 1595. A comparação de ambos — e bastaria lê-los, um após outro —, se não nos garante que seria necessariamente sempre assim que Camões compunha, comprova, todavia, e indubitavelmente (e a existência da versão de 1616 só contribui para reiterar esta conclusão), que quanto considerámos nuclear no pensamento do nosso poeta se desenhava com nitidez e com vigor no seu espírito, e constituía efectivamente o fulcro inspirador de *Manda-me amor, etc.* Alguns comentários e um cotejo total do texto de 1595 e da variante Juromenha confirmarão concretamente que assim é.

Se não computarmos os *commiatos diversos* (objecto de reiterado estudo específico), os dois textos têm 29 versos comuns e 18 quase coincidentes. Isto é, dos 90 versos que ambos os textos têm nas suas estrofes, 47 são comuns ou quase comuns aos dois. Mais de 50 % de coincidência entre uma versão imperfeita e outra que o não é será prova concludente do estreito parentesco entre ambas. Mas acontece que as coincidências são extremamente significativas, e não apenas de que os versos julgados felizes passaram mais ou menos incólumes à mais elevada estruturação rítmico-semântica que é o texto publicado em 1595. Na verdade, entre aqueles 47 versos comuns ou quase comuns, figuram 22 que são *os mais importantes,* ou dos mais importantes, no texto de 1595. Esses versos são os n.os 49, 65 a 70 e 76 a 90, que, idênticos ou com leves variantes, já estavam no «first draft» — *o que prova que a visão da transmutação dialéctica era a ideia central do poema,* como pela análise rítmico-semântica do texto também havíamos comprovado.

Os versos que não são comuns — e, para a visão essencial, podiam variar no sentido de *outro* apuramento expressivo — são precisamente aqueles que contêm as circunstancialidades. E não deixa de ser altamente revelador de como *o lirismo erótico era, para Camões, um pretexto,* que a «Senhora» da 1.ª estrofe do texto Juromenha dê lugar, no texto definitivo, a um abstracto «aspeito» apenas invocado. Poderíamos mesmo, a este propósito, sublinhar que a purificação se dá progressivamente da versão de 1616 para o texto Juromenha (que lhe é artisticamente inferior, e o seria, como expressão prévia, que é, de um *outro caminho* mais árduo para expressão da dialéctica camoniana), e do texto Juromenha para a majestade que Faria e Sousa muito justamente via na versão definitiva de *Manda-me amor que cante docemente.*

NOTAS

[1] No estudo citado sobre o Cancioneiro Juromenha, Carolina Michaëlis limita-se a publicar-lhe o índice comentado. Mas, no estudo *Neues zum Buche der Kamonischen Elegien* (*ZRPh*, vol. 8, 1884), e a propósito de *Manda-me amor que cante o que alma sente*, ela (que está anotando a edição Storck) pondera que nem este nem Juromenha disseram qualquer coisa sobre as «importantes variantes que o Ms. Juromenha fornece desta canção». E transcreve-as. Pela transcrição, ficamos sabendo que o texto do manuscrito *não é* o de 1595-98 ou o «inédito» de Luís Franco, mas o de 1616, com o 1.º verso comum àqueles dois.

[2] Será óbvio que Camões, ao dizer «homem feito de carne e de sentidos», não está afirmando que ele é o seu corpo sexuado e as faculdades sensoriais respectivas, ao contrário do que os precipitados gostariam e têm gostado de interpretar. Seria de resto um pleonasmo ou uma hendíadis absurda que os «sentidos» aqui não fossem outros: não os «cinco» definidos já por Aristóteles, mas a faculdade de conhecer imediata e intuitivamente, ou a capacidade de elaborar ou de identificar uma representação mental, que é o significado transposto, e que Quintiliano (posto em glória por Poggio, na primeira metade do século XV) aceitava. No seu soneto *Un rato se levanta mi esperanza*, Garcilaso de la Vega dissera nos últimos versos:

> *Muerte, prisión no pueden, ni embarazos,*
> *quitarme de ir a veros, como quiere*
> *desnudo espirtu o hombre en carne y hueso.*

Trata-se apenas de acentuar que nada pode impedir o poeta de ir ver a sua dama, quer como «carne e osso», quer como «desnudo espírito». Mas este «espírito» corresponde muito claramente à acepção correcta dos «sentidos», que, em Camões, completam, para que ele seja um homem inteiro, a carne (e osso) de que também é feito. Camões, aliás, ecoara o verso de Garcilaso no v. 68 da sua canção, *Já a roxa manhã clara:*

> *Que, se viver não posso,*
> *Um homem sou, só de carne e osso,*
> *Esta vida que perco, amor ma deu.*

A edição de 1598, achando que este v. 68 tinha uma sílaba a menos, ou o primeiro acento tónico errado, corrigiu-o para «homem formado só de carne e osso», sem se dar conta (como sucede na esmagadora maioria dessas emendas

388

introduzidas) de que o verso está correcto, desde que, como o método rítmico-
-semântico aconselha e a fonética camoniana autorizava, se lesse *soó*. Nesta
«canção de cisne», Camões refere-se apenas à sua mortalidade física de humano,
consubstanciada em «carne e osso». A ênfase posta no complexo carne-senti-
dos, que é nítido aumentar de Garcilaso para Camões, pode seguir-se, numa
evolução altamente significativa para a época, nos ensaios de Montaigne (1533-
-1592), que fora, em Bordéus, aluno do mesmo Buchanan (1506-1582), que,
em Coimbra como em França, lançou com as suas tragédias latinas as bases
do teatro moderno (António Ferreira e Jodelle terão sido ambos, cá e lá, seus
alunos). Em Montaigne, porém, a importância do complexo carne-inteligência
atinge, no fim da sua vida, o nível da perfeita cisão entre o conformismo religioso (a que Camões adere nas últimas estrofes de *Sobre os rios que vão*) e a liberdade da inquirição psico-intelectual da razão. O homem camoniano ainda não
é o ser *ondoyant et divers* que, ciente do relativismo de todas as coisas, vai à missa
e respeita a ordem constituída (da qual faz parte), sem que deixe de inquirir-se
sobre as causas primeiras... Ou é-o numa situação muito diversa, em que a
cisão é uma dialéctica da angústia (como foi em Miguel Ângelo), e não uma
separação de poderes. Deve, no entanto, considerar-se de um ponto de vista
complexo, e não simplista, a aparente duplicidade do relativismo supracitado,
porque há nele, intelectualmente, culturalmente, e por analogia social de impotência do indivíduo, uma nobilíssima parte de estoicismo do Império Romano,
tal como o definiram sobretudo Marco Aurélio e Epicteto, com a predominância de uma moral do dever, que não deve ser confundida com o imperativo
categórico de Kant. Acerca das circunstâncias sociais daquela definição, ver
Jean Cazeneuve, *Les cadres sociaux de la morale stoïcienne dans l'Empire romain,*
nos *Cahiers Internationaux de Sociologie,* vol. XXXIV, Janvier-Juin 1963. E note-
-se que Guillaume de Vair (1556-1621), não só tradutor francês de Epicteto,
mas expositor do estoicismo, influiu profundamente no pensamento de Charron, que, por outro lado, decorre de Montaigne. Uma tradução portuguesa,
feita do grego pelo frade dominicano António de Sousa, do *Manual* de Epicteto, foi publicada em 1594 e reeditada em 1595, ainda em vida de seu autor,
que morreu em 1597. Este Sousa fora pregador de D. Sebastião, doutor por
Lovaina, bispo de Viseu, e era filho legítimo do ilustre Martim Afonso de Sousa.
Acerca das ligações destes Sousas, ver os nossos *Estudos de História e de Cultura,*
1.ª série, em publicação em *Ocidente,* desde Fevereiro de 1963. [1.º vol., Lisboa 1967; 2.º vol. e reed. do 1.º no prelo] Sobre a importância da tradição estóico-cristã, em que, nas Espanhas, Séneca desempenha grande
papel «nacional», ver por exemplo Karl Vossler, *Introducción a la literatura
española del Siglo de Oro,* «Austral», Buenos Aires, 1945, ou Américo Castro,
El Pensamiento de Cervantes, Madrid, 1925, e também, no que a Séneca e
Portugal respeita, aqueles nossos *Estudos.* A importância geral do estoicismo
senequista na formação da mentalidade renascentista e seus derivados ulteriores tem sido posta em relevo por diversos estudiosos (cf., por exemplo,
C. S. Lewis, *English Literature in the Sixteenth Century, excluding Drama,* Oxford,

1954, pp. 52-54, em que não só o Séneca das «epístolas», com o seu conceito do *sage*, como o próprio Aristóteles, são apontados como geratrizes clássicas da auto-suficiência moral do Renascimento).

3 Cf. o citado *Dicionário dos Lusíadas*. A respeito destes versos, vejamos ao que pode levar uma bem intencionada *emenda interpretativa*, mesmo insignificante na aparência, como uma simples mudança de vírgula. Dos mais recentes estudiosos de Camões, Hernâni Cidade, Costa Pimpão e Rodrigues Lapa, todos escrevem:

> *Depois de ter perdido o sentimento,*
> *De humano um só desejo me ficava...*

A transposição da vírgula não é esclarecimento gramatical e lógico; implica uma alteração do sentido do texto. Porque, muito logicamente, o que é dito (e num belo *enjambement*) em 1616 é que ao poeta, depois de ter perdido o *sentimento de humano*, só ficava um desejo, etc. A mudança da vírgula, de depois de «humano» para depois de «sentimento», faz que fique dito: depois de ter perdido o sentimento (genericamente considerado), só lhe ficava um desejo que fosse humano — o que é muito outra coisa, e está em desacordo interno com a descrição fenomenológica que vem sendo feito no poema.

4 Já em 1948 relevámos a beleza deste «traslado». Como o «Ditado do Amor», é sem dúvida também um velho tópico, mas aqui revestido do profundo sentido, com que a metamorfose o enriqueceu. Já na elegia *Aquela que de amor descomedido* (que, na edição de 1595, é a «segunda», tal como *O sulmonense Ovídio*, etc., que vem a seguir), presumivelmente escrita muito antes, Camões dissera: «*a saudade escreve, e eu traslado*». É de notar como, da elegia para a canção, o «traslado» se subtilizou. Quem na alma do poeta escrevia, na elegia marroquina, era a saudade, cujos escritos ele se limitava a trasladar. Na canção, ele não sabe que (o que) lhe escrevia, «dentro n'alma», «o mais deste processo», que directamente «d'alma» ele translada. É que a metamorfose descrita na versão de 1595 da canção *Manda-me amor, etc.*, assumiu uma tal transcendência que o escrito no fundo da alma não o é apenas e subjectivamente pela saudade, mas algo que o próprio acto de conhecer escreve não se conhecendo. Que a análise dos tópicos nos sirva sempre para mais profundamente entendermos a originalidade de quem os emprega.

VI

MANDA-ME AMOR, ETC., E O CANCIONEIRO LUÍS FRANCO

Dissemos que o texto da versão definitiva de *Manda-me amor que cante docemente,* transcrito por Luís Franco no seu *Cancioneiro,* tem o *commiato* de 1598, com variantes que estudámos. Mas o texto das 6 estrofes da canção, de que estará mais próximo: 1595 ou 1598? Será na verdade o texto de 1595? Para ajuizarmos da importância e até da autenticidade relativas dos textos das duas primeiras edições (a segunda das quais nos apareceu como *correctiva*), o manuscrito da Biblioteca Nacional de Lisboa será de capital valor.

Estabeleçamos a lista das variantes que Luís Franco apresenta em relação ao texto impresso em 1595, e, em coluna paralela, registemos o resultado do cotejo dessas variantes com o de 1598, para vermos em que coincidem ou não.

1595 e Ms. Luís Franco	1598 e Luís Franco
v. 2 — sem vírgula final, e *Amor*	—
v. 3 — vírgula final, e *Alma*	—
v. 4 — sem vírgula final	—
v. 6 — ponto final	—
v. 7 — *e* este *modo excelente* d'enganar-me	d'enganar-me
v. 8 — *tomaria* eu d'Amor	d'amor
v. 10 — *com a*	com a
v. 11 — sem vírgula final	—
v. 13 — que entendo	—
v. 14 — sem vírgula	—
v. 17 — Arco	—
v. 19 — *d'Amor* enganoso que	—
v. 20 — sem vírgula	—
v. 21 — ponto final	—
v. 22 — *Tauro...* Febo e Progne...	—
v. 25 — *em fios* d'ouro as...	—
v. 26 — *estivo* e sem vírgula	—
v. 27 — *c'uns* olhos rutilando em lume *vivo*	—
v. 28 — *Rosas* e sem vírgula final	—
v. 29 — *o Riso* (sem vírgula final)	—
v. 30 — ...peito *vil fizera...*	—
v. 31 — *E* um não... (sem vírgula final)	—

391

v. 32 — sem vírgula final —

v. 33 — sem : —

v. 36 — *acendiam.* —

v. 37 — sem vírgula final —

v. 40 — *aos* —

v. 41 — s'abaixavam... (sem vírgula final)   s'abaixavam

v. 42 — *ou d'inveja* das...   ou d'inveja

v. 43 — sem parêntesis   sem parêntesis

v. 45 — ... dela e eu ... —

v. 47 — *às* cousas —

v. 49 — sem vírgula final —

v. 51 — sem *:* —

v. 53 — sem *:*   sem :

v. 54 — *nos montes, e a rudeza*   nos

v. 55 — deles em mim, por troca...   deles

v. 57 — *d'um* monte (sem vírgula final) —

v. 58 — ponto final —

v. 59 — sem vírgula final —

v. 60 — ponto final —

v. 62 — m'entristecia (sem vírgula final)   m'entristecia

v. 63 — ponto final —

v. 64 — *fino* pensamento —

v. 65 — *cousa* —

v. 66 — que era (e *Razão* com maiúscula) —

v. 67 — que *onde* cuidava (sem vírgula final) —

v. 69 — em *mãos a* (?) —

v. 70 — ponto final —

v. 71 — *grão* (e ponto final) —

v. 72 — *não*   não

v. 73 — interrogação final —

v. 75 — ponto final —

v. 76 — d'amor (sem vírgula final)   d'amor

v. 77 — sem vírgula final —

v. 78 — e ver-*me* a mim de mim (e ponto final) —

v. 81 — sem vírgula final —

v. 82 — dois pontos —

v. 84 — *quem*   quem

v. 85 — *com* as (e ponto final) —

v. 87 — *com* o —

v. 88 — ponto final —

v. 89 — vírgula final —

v. 90 — escrevo : —

Porque o estudo do *commiato* já foi feito, e porque as variantes dele se reportam apenas ao de 1598, não entramos com elas no cômputo geral das variantes.

Estas são em número de 90, entre 1595 e Luís Franco, não incluindo na contagem 2 duvidosas, quais sejam a do verso 60 (absurdidades de cópia no manuscrito original) e a do verso 64. O «fino», em vez de «fim do», se pode ser de facto uma variante, os editores de 1598 não tomaram conhecimento dela (que, por certo, pela banalidade maior, os teria seduzido). Que em 90 versos não consideremos na contagem 2 emendas (menos de 2 %) só válidas no domínio do disparate, eis o que em nada afecta as conclusões que tiremos.

	1595 e Luís Franco	Coincidência com 1958
Elisões:		
Marcadas por apóstrofe.........	4	4
Suprimidas	5	1
Mudanças de palavras:		
Por *alteração:*		
Ortográfica	8	2
Morfológica	5	—
Por *substituição*	13	3
Por *acrescentamento*	5	—
Por *supressão*..................	1	—
Por *inversão de ordem*	1	—
Mudanças de pontuação:		
Alteração	12	1
Acrescento	1	—
Supressão	25	2
	90	13

À primeira vista, o texto de Luís Franco seria mais divergente do impresso em 1595 que o impresso em 1598, já que este apresentava, como vimos, 64 emendas, e aquele apresenta 90 variantes. Mas tal não sucede. No texto de Luís Franco, a classe de emendas com valor mais acentuado é a *supressão de pontuação* (ou ausência dela) — menos 25 sinais que o texto de 1595 —, e os três tipos desta mudança, em 1598, somavam 7 sinais. O valor mais acentuado nas emendas de 1598 era o das elisões (cerca de $^2/_3$ do número total de emendas), e essas elisões, marcadas ou suprimidas, são

393

apenas uma dezena (meio por meio, sensivelmente, e manifestando um critério flutuante na matéria). As 64 alterações de 1598 afectavam 48 dos versos das estrofes; em Luís Franco, as 90 variantes afectam 60 versos na aparência, porque, em verdade, 25 desses versos são atingidos *apenas* por supressão de pontuação, o que desce o número deles para 35 e o das emendas afectantes para 65. O que poderemos chamar *índice de disseminação das variantes* (ou seja, para um mesmo número de versos, o quociente do número de versos afectados, e do número de emendas que os afectam) é 0,75 para (1595-1598) e 0,66 para (1595-Luís Franco). Quer dizer que, mesmo a partir de um cômputo não discriminatório em profundidade, 1598 e Luís Franco divergem quase igualmente (menos Luís Franco, note-se) do texto impresso em 1595, mas com critérios radicalmente opostos. Note-se que aquele *índice de disseminação*, que assim propomos e usamos, pode ser aplicado a qualquer outro tipo de texto, desde que se parta de um mesmo número aproximado de palavras (por exemplo, na prosa, linhas de equivalente composição tipográfica).

A menor pontuação que, em Luís Franco, verificamos nas estrofes confirma-nos a suposição feita, a partir da análise do *commiato*, de que a pontuação de 1595 será em grande parte *editorial;* mas esta *não foi correctiva* por manuscritos, já que, ao acrescentar 25 sinais que um possível autógrafo não possuía, apenas suprimiu 1 e alterou a posição de 12. E adiante veremos o que, em comparação, sucedeu em 1598. As mudanças de palavras por substituição e acrescentamento, em 1598, foram apenas 7. O texto de 1595, em relação a Luís Franco, substituiu 13 palavras, suprimiu 5 e acrescentou 1, num total de 19 alterações. Isto significa que o texto de 1598 é sobretudo eufonicamente correctivo, como havíamos depreendido da proporção das suas emendas, enquanto estas, de Luís Franco para 1595, serão realmente *variantes*.

Destas, pelo seu interesse, há que discutir 14, em 12 versos do Cancioneiro Luís Franco.

v. 8 — «tomaria» — em 1595 aparece o mais-que-perfeito substituindo o condicional, e 1598 aceitou esse mais-que-perfeito, ao mesmo tempo que acrescentava, por razões métricas, um «só» que não havia em parte alguma. Ora, neste passo, o texto de Luís Franco parece estar mais correcto, por duas razões: o condicional concordaria, por atracção e paralelismo, com o «bastaria» do verso 6, e garantiria até, aos ouvidos exigentes de 1598, a sílaba que eles acharam que faltava... Provavelmente, «tomara» é uma gralha de 1595, que se perpetuou; e, mais provavelmente ainda do que antes víramos, a edição de 1598 é mesmo correctiva, já que não

394

se interrogou a este respeito, e acrescentou, para dissipar dúvidas sobre a metrificação camoniana, uma palavra mais.

v. 25 — «em fios» — a construção de Luís Franco é mais elegante e mais lógica («quando o amor soltava em fios d'ouro as tranças encrespadas») do que a de 1595 («quando o amor soltava os fios d'ouro, as tranças encrespadas»). Pode tratar-se de uma emenda autoral, existente noutro texto que divergia neste ponto, e que os editores seguiram. Mas pode bem tratar-se de uma emenda editorial, feita por achar-se extravagante o refinamento de o amor soltar, *em fios d'ouro,* as tranças, e pela qual estas tranças e aqueles fios de ouro foram traduzidos em sintagmas paralelos, com a supressão do «em» e a introdução de uma vírgula.

vs. 25 e 27 — «estivo» e «vivo» — o Ms. Luís Franco confirma categoricamente as conjecturas que havíamos feito, por crítica interna, às rimas finais destes dois versos, morfologicamente erradas em 1595, e tendo arrastado a substituição, que denunciámos, de «lume» (que Luís Franco confirma) por «chamas», em 1598.

v. 29 — «o» riso — a diferença é mínima, e o «co» de 1595 parece preparar melhor o fim da estrofe.

v. 30 — «Vil fizera» — esta variante é extremamente curiosa, porquanto é o que a rigor se pode chamar variante autêntica. Na verdade, a mesma ideia, sem alteração alguma, é dada em termos opostos. Em 1595, a galantaria do riso desfazia um peito de diamante; em Luís Franco, ela faria de diamante, adamantino, um peito vil. Mais insólito o verso do Ms. Luís Franco, talvez ele tenha sido invertido pelo académico receio dos editores, que acharam a contradição demasiado aguda e engenhosa. É, todavia, de notar que, no soneto O *tempo acaba o ano, o mês, a hora,* Camões diz: «Mas de abrandar o tempo estou seguro / o peito de diamante (...)». O que coincide com a versão de 1595. Aquele soneto é da *Terceira Parte das Rimas,* e não mereceu o desfavor de nenhum dos editores recentes de Camões.

v. 40 — «aos» — pode ser erro de Luís Franco, mas pode igualmente ser uma variante subtil: a verdura que, andando ela (a visão), tocava *aos* divinos pés. E «aos», em vez de «os» que também poderia estar, refina imensamente a ligeireza do toque, e transfere-a dos pés para a verdura: não eram os pés que tocavam nela ou em nada, era a verdura que, só de roçá-los, florescia.

v. 42 — «ou» — neste passo, o texto de Luís Franco coincide com o de 1598 (e também na supressão do parêntesis do verso seguinte). Serão, pois, legítimas as considerações que tecemos no estudo das emendas de 1598? Que Luís Franco não conheceu *Manda-me amor que cante o que alma sente* é óbvio, porque tê-la-ia inserido na sua compilação, onde, evidentemente pela mesma razão, faltam canções tão importantes como *Junto de um seco, etc.*, e *Vinde cá, etc.* E o facto de a canção ser semelhante não constituiria óbice para ele que tivera o cuidado de arquivar os dois estágios de *Manda-me amor que cante docemente*. Qual o motivo então da coincidência? Provavelmente, a contaminação que deduzimos deste passo, no estudo das emendas de 1598, era, no texto que também Luís Franco conheceu e copiou, uma sobrevivência autoral do texto que veio a ser publicado em 1616.

v. 47 — «às» — a ausência do sinal crásico é realmente um defeito gráfico da edição de 1595, que está longe de ter sido impecável.

v. 54 — «nos»... «rudeza» — o caso de «rudeza» e «dureza», já o discutimos, concluindo por uma gralha de 1595, que se perpetuou. O «nos» é da maior importância, porque, com a falta de pontuação no fim do verso 53 e depois de «deles» no verso 55, este controvertido passo pode coincidir, em Luís Franco, com a lição de 1598. A lição de 1595, como demonstrámos, é a mais correcta; e não é de crer que, mais complexa, resultasse de cuidadosa emenda editorial, quando estas emendas, e no sentido de clarificação simplificadora, são sobretudo sensíveis em 1598. O que terá afinal acontecido, quer no apógrafo que conhecemos, quer no texto impresso em 1598, foi que o erro de cópia de «dos» por «nos», num texto autoralmente destituído de pontuação, arrastou — como nos editores modernos — a pontuação confirmadora da leitura mais simplista e mais concorde com aquele erro.

v. 78 — «me» — dada a evolução das emendas introduzidas neste verso, por editores sucessivos, no sentido de reduzirem a admirável pletora de «mm» pessoais, em que ele se estrutura, é de crer que a lição Luís Franco seja a mais próxima do que Camões audaciosamente escreveu, e até porque não parece provável que um compilador acrescente, de sua conta, aquilo que todos vieram a tirar: «e ver-me a mim de mim mesmo perder-me».

Assim, a interioridade que relevamos fundamental, e expressa pela sucessão reiterativa de referências ao eu-objecto, torna-se ainda mais incisiva. Em 1595, deve ter começado, com a eliminação do «me» (que aliás pode ter resultado apenas de lapso tipográfico induzido pelo paralelismo com o «ver» anterior, que não está personalizado reflexamente), o movimento correctivo que culminou, mais recentemente, na inconcebível substituição de «mesmo» por «próprio»...

v. 84 — «quem» — acentuámos que o texto de 1595 tem um «que», cuja categoria expressiva então sublinhámos. Luís Franco escreve «quem», mas tem «que» na versão anterior. É de crer que

396

Camões tenha escrito também na versão definitiva um «que» (mantendo o que fizera antes) existente no apógrafo que serviu aos editores de 1595, enquanto os editores de 1598 cometeram um erro natural que satisfez todos os subsequentes, como havia escapado, apenas por lapso de cópia, a Luís Franco.

Feito este exame das variantes entre Luís Franco e o texto impresso em 1595, importa-nos examinar agora a coincidência delas com as emendas de 1598.

No quadro de classificação, verificamos que, das 90 variantes de Luís Franco em relação a 1595, só 13 coincidem com as emendas de 1598. Isto comprova que, na realidade, *não há* parentesco entre Luís Franco e o texto de 1598. Vejamos, todavia, algumas dessas coincidências. As mais importantes são as dos versos, 42, 43, 53 e 54, que já analisámos, e o «quem» do verso 84 que acabamos de reanalisar. Estas coincidências não provam, porém, uma proximidade que é desmentida pela diversidade de numerosas outras variantes, num e noutro caso, em relação a 1595.

Resta, contudo, um problema sério que havíamos de certo modo deixado em suspenso: o do *commiato*. E o problema, agora, conceitua-se assim: o texto de Luís Franco é o das estrofes de 1595, com algumas variantes que não coincidem, senão em parte, com as de 1598, mas o *commiato* dele é, com variantes, o de 1598.

O facto de o *commiato* ser o de 1598, num manuscrito que ignora a versão de 1616, mostra, como já fizemos notar, a autenticidade relativa desse *commiato* ampliado; e leva-nos a supor que o *commiato* teve, nos autógrafos do autor, ou nos apógrafos, o aspecto de 1595 (que a edição respectiva arquivou) e o de 1598 (que esta e Luís Franco aceitaram). Que Luís Franco não tenha registado o *commiato* de 1595 é compreensível, já que, para um coleccionador que não era um editor crítico, a diferença dos finais, num mesmo texto (pois que as diferenças nas estrofes, relativamente, eram mínimas), se resolveria por certo em favor do mais desenvolvido, quando ele já estava arquivando, no seu cancioneiro, uma versão anterior do mesmo texto (o facto de, no manuscrito, as canções lá existentes de Camões estarem praticamente formando um grupo, todas numeradas por ordem, sendo a primeira e a penúltima respectivamente o texto definitivo e o texto provisório de *Manda-me amor que cante docemente,* parece confirmar que esta secção do manuscrito foi copiada numa mesma ocasião, o que depende aliás do estudo concreto do aspecto do original). Mas pode mesmo ter acontecido que Luís Franco não tenha sequer conhecido o *commiato* de 1595, estágio anterior ao de 1598. A edição de 1598, que estava *ampliando* em todos os sentidos a edição de 1595, logo incluiu

397

preferencialmente o *commiato* acrescentado, quando os editores o encontraram ou ele lhes foi comunicado. E a solução do problema parece então ser esta: *1595 serviu-se de um manuscrito que representava, para esta canção, um estágio intermédio entre os dois textos que Luís Franco arquivara; 1598 optou pelo último estágio, mas o texto da canção foi apenas emendado* ad hoc *e ampliado dos dois versos que o* commiato *não tinha na edição anterior.*

Quanto ao cuidado na compilação de inéditos, é de notar que a edição de 1598 não foi mais cautelosa que a de 1595. Sobre as provas objectivas de que assim foi, ver a nossa tese sobre os sonetos de Camões, em que as edições são comparadas quanto à proporção e à colocação dos apócrifos.

VII

MANDA-ME AMOR, ETC., E O CANCIONEIRO JUROMENHA

Como já referimos, no chamado Cancioneiro Juromenha figurava um texto de *Manda-me amor, etc.* À primeira vista, pelo índice publicado por Carolina Michaëlis, como também acentuámos, esse texto seria o de 1595, ou o de 1598, ou o do inédito do Cancioneiro Luís Franco, revelado por Juromenha, já que o primeiro verso indiculado é o comum a eles todos. Acontece, porém, que, se esse verso é idêntico, o resto do texto, ao que se depreende das variantes noutra ocasião publicadas por Carolina Michaëlis (*ZRPh,* vol. 8, p. 21, 1884), corresponde, como dissemos, à versão impressa em 1616. A seguir se transcrevem essas variantes, tal como C. Michaëlis as publicou:

v. 1 — que cante docemente
v. 2 — Um caso nunca em verso celebrado
v. 4 — Em parte satisfaz-me meu cuidado
v. 10 — de um gesto tão fermoso
v. 11 — Que todo impedimento
v. 14 — que o canto
v. 15 — Achará
v. 21 — a escura mocidade
v. 22 — Tornava o ano de sua prima idade
v. 23 — A revestir-se a terra se alegrava
v. 23 — Quando Amor

v. 25 — Em fio de ouro as tranças desatadas
v. 26 — esquivo (?)
v. 27 — em lume vivo
v. 30 — Que juntamente move amor e medo
v. 34 — em seu canto
v. 36 — se acendiam
v. 38 — casta e pura
v. 41 — se abalavam
v. 42 — Com inveja... que pisava
v. 43 — Porque todos à terra se abaixavam
v. 45 — De benignos espíritos enchia
v. 46 — Quando mais se movia o entendimento
v. 47 — Nas cousas
v. 48 — Que milagre seria
v. 49 — a humana lei
v. 50 — todo o sentimento
v. 51 — E transformada n'outra a vida minha
v. 53 — do sentido
v. 54 — Não sei
v. 56 — As árvores e montes
v. 59 — torvado
v. 60 — E como um rude tronco
v. 64 — me bradava
v. 72 — Por alto certamente e grande provo
v. 73 — As causas
v. 74 — Fazem um coração
v. 75 — E um desejo sem freio e sem rezão
v. 76 — Depois de já enganado meu desejo
v. 77 — E quase todo nela convertido
v. 78 — Solitário, silvático, inumano
v. 83 — do sentido
v. 85 — honesta e bela
v. 88 — E porque bem não cabe
v. 89 — Do vivo raio tanto
v. 90 — Pela boca me sai um rude canto

Não acrescentamos a esta lista as variantes do *commiato,* porquanto tivemos já, ao tratar do problema que ele constitui, a oportunidade de estudá-las. Mas, desta lista de Carolina Michaëlis, há *cinco* variantes que devem ser suprimidas... Na verdade, não o são, porque não se referem ao texto impresso em 1616 (em relação ao qual, por originário, as variantes devem ser avaliadas), e sim ao da edição Juromenha que Storck (a cuja obra C. M. estava apondo anotações críticas) usara. Se Carolina Michaëlis tivesse verificado o

texto do Cancioneiro Juromenha pelo da edição de 1616 (como lhe
cabia fazer, em vez de dar um tão mau exemplo, tão devotadamente
seguido pelos seus discípulos), houvera de notar que, no verso 11
e no verso 24, *não há* o artigo definido; que, no verso 27, está a
regência preposicional de *em;* que, no verso 83, *do sentido* não está
no plural; e que, no verso 85, está de facto *honesta* e não *ilustre*.
E, além destas cinco, ainda uma outra — verso 64 — não é também
propriamente uma variante, porque o *bradara* do texto impresso é
gralha manifesta.

Será interessante, agora, comentarmos as variantes da lista
anterior assim expurgada, apontando em que elas aproximam ou
afastam, dos textos que observámos, o que foi impresso na edição de 1616; e verificando, do mesmo passo, em que possam elas
contribuir para esclarecer alguns dos problemas textuais que tivemos ocasião de discutir.

Há apenas *quatro* variantes naquelas condições. A variante do
verso 1 faz com que o texto de 1616, nesse verso, coincida com
todos os outros: 1595, 1598 (impresso), 1598 (Luís Franco), Juromenha (Luís Franco). Não há, porém, razão alguma para supormos que possa ter sido, no texto impresso em 1616, uma emenda
abusiva aquele *o que alma sente*. Provavelmente, de certa altura em
diante, os autógrafos ou apógrafos camonianos desta versão da
canção andavam já contaminados pelo 1.º verso da outra versão
(que conhecemos em duas ou três fases, de uma das quais temos
dois textos). A variante do verso 26 é do maior interesse. Carolina
Michaëlis tem dúvida de que, no Cancioneiro Juromenha, estivesse efectivamente *esquivo* em de vez *estivo*. É de notar que o adjectivo no singular (seja ele qual for), que consideramos errado em
1595 e 1598 (arrastando, no texto impresso, ulteriores erros que
apontámos), também no singular estaria no Cancioneiro Juromenha.
Esse adjectivo, porém, só é *estivo* no texto impresso em 1616 e no
texto Luís Franco da versão de 1595-1598; nos outros quatro
— ainda que no feminino plural em 1595 e 1598 — é *esquivo* (isto
é, também na variante que Juromenha extraiu de Luís Franco, e
na do texto de 1616, que estava no seu cancioneiro). Parece, pois,
que o poeta, nos seus textos autógrafos ou apógrafos, terá osci-
lado entre um e outro dos adjectivos, já que não se vislumbra uma
lei clara para a passagem de um a outro. Se o inédito incipiente que
Juromenha extraiu de Luís Franco tem *esquivo,* no mesmo Luís
Franco o texto de 1595-1598 tem *estivo*. Na impressão de 1595,
como na revisão de 1598, está (erradamente quanto a género e
número), *esquivas*. A versão impressa em 1616 tem *estivo,* mas, entre
as variantes dela, que Carolina Michaëlis nos deu do Cancioneiro
Juromenha, será *esquivo* o que está. Isto significará que, quer em

400

variantes da mesma versão, quer de versão para versão, os dois adjectivos nos aparecem sempre em alternativa. Da maior importância é também a variante do verso 34. Com *em seu canto,* em vez de *entretanto,* o par de versos 34-35 fica, em 1616, igual ao que o mesmo par é no texto impresso em 1595 e revisto em 1598, e também no texto Luís Franco da versão de 1595-1598. A versão incipiente que Juromenha publicou, proveniente deste mesmo cancioneiro de Luís Franco, diverge bastante deles todos neste passo. Que concluir então? Que o *entretanto* único do texto impresso em 1616 será um erro tipográfico ou de leitura do original manuscrito, já que não parece aceitável uma discrepância que nenhum texto impresso ou manuscrito confirma. O mesmo é de crer que revele a variante do verso 36 — *acendiam —,* que coincide até ortograficamente com o texto Luís Franco da versão de 1595-1598. Nas edições de 1595 e de 1598, o verbo é o mesmo, escrito *encendiam.* Em 1616, o texto impresso tem *ascendiam.* O verbo «acender» ocorre pelo menos vinte vezes em *Os Lusíadas* (A. Peixoto, dicionário citado), enquanto a forma «encender» ocorre três vezes na epopeia (Salgado Júnior, glossário da edição Aguilar). «Ascender» parece que não ocorre em *Os Lusíadas.* As duas ortografias (acender e encender) coexistem, sem que possamos dizer, sem mais profundado estudo, se são ambas camonianas, ou se uma delas cabe a copistas ou tipógrafos. Mas o que não há em nenhum dos textos da canção, que formalmente coincidem neste passo, é o verbo *ascender,* embora as vozes desordenadas levantadas pelas aves fiquem melhor paralelizadas pela ascensão das que «ascendem» no desejo do poeta. Todavia, é precisamente este paralelo semântico o que, por atracção, pode ter induzido o copista ou tipógrafo do texto impresso em 1616 a supor que, entre *acender* e *ascender,* a identidade seria a mesma que entre, por exemplo, *nacer* e *nascer,* levando-o assim a um *ascender* sem correspondência correcta com nenhum dos outros textos que conhecemos.

As restantes 36 variantes são exclusivas desta versão. Como do texto do Cancioneiro Juromenha se passou para o impresso em 1616? Classifiquemos as diferenças, para depois registarmos algumas observações curiosas.

Alteração de versos completos: 2, 4, 22, 30, 45, 46, 51, 75, 89 e 90.

Supressão de palavras: 10, 50 e 88.

Acrescento de palavras: 14 e 54.

Alteração de palavras: 15, 23, 25, 53, 56, 73 e 74.

Substituição de palavras: 21, 38, 41, 42, 43, 47, 48, 49, 59, 60, 72, 76, 77 e 78.

Quanto às alterações que abrangem versos completos, podemos ainda separá-las em três classes: aquelas em que um bom e acertado verso foi substituído por outro equivalente (verso 2); aquelas em que um verso claro foi substituído por outro que é evidentemente frouxo ou confuso (4, 22, 30 e 45); e aquelas em que um verso confuso ou errado foi substituído por outro mais nítido (46, 51, 75, 89 e 90). Desta classificação resultaria que, se num caso o nível se manteve, ele piorou em quatro e melhorou em cinco.

As supressões de palavras referem-se a dois artigos (versos 10 e 50), com que a expressão melhora (verso 10) ou piora (verso 50), e à clara melhoria do verso 88, com a supressão de *bem* (acompanhada da alteração morfológica do verbo, para maior acordo na variação dos tempos dos verbos na estrofe). Os acrescentos de palavras são nítidas «beneficiações» abusivas, ambas desnecessárias: no verso 14, para evitar-se o hiato em *que o canto;* e, no verso 54, para esclarecimento da coordenação assindética (aliás de função subordinativa). As alterações morfológicas de palavras são indébitas algumas — *Hei-de achar* (por *Achará*), *revestida (a revestir-se), sentidos* (por *sentido*) — como também é o caso do verso 25, que piorou (salvo o possível e corrigido erro de cópia de *fio* no singular), quando provavelmente havia a intenção de melhorá-lo metricamente, pela eliminação patente de hiatos sensíveis. O verso 56 foi porém esclarecido, como também os 73 e 74, que eram absurdos.

As substituições de palavras merecem análise detida. Sete pioram ou deturpam o sentido, quatro melhoram-no, e três parecem ter sido feitas para conformar os passos aos correspondentes do texto de 1595-1598. Este último caso verifica-se no verso 41 (*abalavam* substituído por *abaixavam*); no verso 42 (*com* substituído por *ou d'*), sendo que o verbo no singular era um erro de transcrição, em desacordo com o esquema rímico; e no verso 43 (*todos à terra,* que pode aliás ser erro também, substituído por *tudo ante eles*). A melhoria — que pode ser resultado de erros de transcrição no ou do Cancioneiro Juromenha — é evidente nos versos 47, 48, 72 e 76. O sentido piorou ou ficou menos correcto em relação ao contexto nos versos 21 (uma *escura* mocidade era mais conforme com o desejo de ilustração dela), 38 (*clara* deve ter sido induzido por errada interpretação de *vista,* quando era semanticamente mais perfeito que a «vista» fosse casta e pura, por tratar-se de visão, imagem), 49 (*humana lei* era mais genérico e exacto no contexto que *minha lei* — e provavelmente aqui andou o mesmo dedo que substituiu *divino* por *contino...*), 59 e 60 (com *torvado* a antítese em relação a «vista pura» era mais perfeita, e melhor se completava com a coordenação copulativa do verso seguinte), 77 (a copulação era preferível à disjunção neste contexto), 78 (com *selvático* havia, no verso, uma harmoniosa gradação semântica que se perdeu no texto impresso em 1616).

De tudo isto se conclui que: em relação a um possível autógrafo transcrito com erros e variantes no Cancioneiro Juromenha, o texto impresso em 1616 não é melhor, embora tenha sido «melhorado» em alguns passos; e que, por vezes, se sente a influência, nas variantes que constituíram o texto impresso, dos textos que já anteriormente o haviam sido. Além disto, uma ou outra das variantes parece denunciar o dedo de um censor empenhado em eliminar transcendências ou subtilezas impróprias da frivolidade em que — mal menor — devia continuar-se a poesia...

3

SOBRE A EXTENSÃO DO INQUERITO RÍMICO ÀS RESTANTES CANÇÕES CANÓNICAS E ÀS APÓCRIFAS, CORRELAÇÃO COM A VARIABILIDADE TOTAL E OBSERVAÇÕES SOBRE A CORRELAÇÃO DO INQUÉRITO RÍMICO COM O INQUÉRITO VOCABULAR

I

SOBRE A EXTENSÃO DO INQUÉRITO RÍMICO ÀS RESTANTES CANÓNICAS E ÀS CANÇÕES APÓCRIFAS, E CORRELAÇÃO COM A VARIABILIDADE TOTAL

As observações feitas no inquérito rímico à canção *Manda-me amor que cante docemente* são amplamente confirmadas, se esse inquérito for ampliado, mesmo se sob apenas alguns aspectos, às restantes canções canónicas. É muito interessante acentuar, por exemplo, que a canção *Vão as serenas águas* tem, nas suas 60 rimas finais, morfologicamente consideradas, 42 % de verbos, 38 % de substantivos, 17 % de adjectivos e 3 % de outras categorias gramaticais (80 % de verbos e substantivos para 17 % de adjectivos), numa correspondência algo semelhante à proporção dessas categorias na totalidade dos 125 vocábulos daquelas três primeiras que a compõem: 34 % de verbos, 34 % de substantivos e 17 % de adjectivos (68 % de verbos e substantivos para 17 % de adjectivos). Isto mostra que as proporções categoriais das rimas de certo modo representam as das mesmas categorias na totalidade do poema. Mas, ainda quando divergências surjam, o inventário categorial das rimas finais não deixa de ser uma característica específica dos poemas, ou de seu autor. Vejamos então o que sucede com as restantes canções canónicas.

Feito o cômputo geral para todas elas, estabeleçamos um quadro em que se inclui, é claro, *Manda-me amor, etc.*, e ordenando-as segundo foram inscritas no quadro geral do inquérito estru-

405

tural à forma externa. Para simplificação da apresentação dos resultados, não registaremos os números de substantivos, adjectivos, etc., por canção, mas as percentagens a que esses valores encontrados correspondem na totalidade dos versos de cada uma das dez canções, estabelecendo-se um pequeno quadro à parte para os três textos (1595, 1616 e Juromenha-Luís Franco) da canção *Manda-me amor, etc.*, pela especial importância de que ela se reveste para nós.

Eis o primeiro dos quadros:

1.ᵒˢ versos	Percentagens categoriais			
	Verbos	Substantivos	Adjectivos	Outras
Fermosa e gentil dama, etc.	46	37	15	2
A instabilidade da fortuna	45	36	16	3
Já a roxa mahã clara	35	35	30	0
Vão as serenas águas	42	38	17	3
Se este meu pensamento	30	35	27	8
Com força desusada	30	45	20	5
Manda-me amor, etc. (1595-98)	51	30	15	4
Tomei a triste pena	43	35	21	1
Junto de um seco, fero, etc.	30	39	28	3
Vinde cá, etc. (com as estrofes de 1598)	35	31	28	6
Médias....................	39	36	21,5	3,5

A análise deste quadro, na generalidade, permite-nos notar o seguinte:

1. O máximo de verbos (51) é o máximo de todas as categorias;

2. O mínimo de verbos (30) é igual ao mínimo de substantivos (30);

3. A partir desse mesmo mínimo, a amplitude de variação da percentagem de substantivos (45-30) é inferior à dos verbos (51-30);

4. O máximo de adjectivos (30) não excede os mínimos idênticos (30) de verbos e substantivos;

5. A amplitude para os adjectivos (30-15) é igual à dos substantivos;

6. O máximo de outras categorias (pronomes, conjunções, preposições, etc.) é 8, cerca de metade do menor (15) dos mínimos de substantivos, adjectivos ou verbos; e o mínimo corresponde à total ausência delas na rima;

7. Nas médias para as dez canções canónicas, verbos e substantivos equilibram-se, com ligeira predominância daqueles, e sendo as outras categorias (adjectivos inclusive) apenas uma quarta parte do total vocabular das rimas finais.

Estas observações mostram como eram razoáveis os comentários e caracterizações que viemos fazendo. Na verdade, do ponto de vista da rima morfologicamente considerada, temos que:

1. As canções canónicas de Camões se caracterizam por um *dinamismo essencial,* representado pela predominância conjunta de verbos e substantivos, na qual aos verbos cabe o máximo, e aparecendo as qualificações adjectivas em quantidade máxima igual à mínima de qualquer daquelas duas categorias;

2. A natureza equilibrada de como, em Camões, variações se processam em torno de uma centralidade média é, também aqui, revelada ainda pela identidade de amplitude dos substantivos e dos adjectivos, apesar de estes, com as «outras categorias» restantes, constituírem apenas uma quarta parte do total;

3. A essencialidade dinâmica das canções é reiterada pelo facto de ser tão baixa a percentagem daquelas «outras categorias» (em média: 3,5 %);

4. A igualdade de mínimo entre verbos e substantivos (que, na média, se equilibram) patenteia claramente o equilíbrio da sobreposição dinâmico-essencial;

5. Esta sobreposição, em que o máximo de ocorrências cabe aos verbos, acentua como a ênfase no binómio cai sobretudo nos verbos (que, aliás, na média, são mais numerosos que os substantivos).

Conduzida agora na individualidade das canções, a análise do quadro aponta-nos o seguinte:

1. O máximo de verbos (51), caracterizando o dinamismo do pensamento, cabe à canção *Manda-me amor, etc.;*

2. Esta canção é também a que possui o mínimo de substantivos (30) e o mínimo de adjectivos (15), partilhando este último mínimo com a canção que, sob estes aspectos que vimos examinando, mais se aproxima dela (*Fermosa e gentil dama,* etc.);

3. O máximo de substantivos (45) coincide com o mínimo de verbos (30);

4. O máximo de adjectivos (30) verifica-se na canção em que substantivos e verbos se igualam (35), e em que desaparecem todas as circunstancialidades pronominais e conjuncionais *(Já a roxa manhã clara)*;

5. As canções em que se verificam máximos dessas circunstancialidades *(Se este meu pensamento,* com 8 %, e *Vinde cá, etc.,* com 6 %) são precisamente as de menor percentagem substantiva e das de mais alta percentagem adjectiva.

Estas observações particulares não só reiteram analiticamente as que fizemos na generalidade, como colocam a canção *Manda-me amor, etc.,* na situação de absoluta prioridade dinâmica e essencial que, no conjunto, lhe atribuímos.

Vejamos especificamente o que sucede com ela, comparando-se os textos de 1595-1598, o de 1616 e o de Juromenha-Luís Franco, cujos valores se compilam no seguinte quadro:

Manda-me amor, etc.	Percentagens			
	Verbos	Substan-tivos	Adjec-tivos	Outras
1595-1598	51	30	15	4
1616	38	34	25	3
Luís Franco-Juromenha	32	35	23	10
Médias....................	40	33	21	6

Como se vê deste quadro, o texto de 1595-1598 destaca-se nitidamente dos outros dois, muito análogos entre si quanto a estes valores. Mas o mais curioso, e novamente revelador da equilibrada criação que é a de Camões, é que as médias das 3 versões entre si coincidem muito aproximadamente com as médias para as dez canções canónicas (com o texto de 1595-1598 contado entre elas). Todavia, reiterando o carácter dinâmico atribuído a esta canção, aquela proximidade das médias acentua, duplicando mesmo a diferença, o predomínio dos verbos sobre os substantivos (39 — 36=3, na média das dez canções; 40 — 33 = 7, na média destes três textos análogos).

Poder-se-á objectar que esta situação se alteraria se os dois textos (1616 e Luís Franco-Juromenha) de *Manda-me amor, etc.,* fossem integrados no cômputo geral. Mas tal não sucede; ou sucede até que, por contraste, eles reafirmam o que temos notado. Com efeito, as médias gerais passam a ser:

Verbos	38 %
Substantivos	36 %
Adjectivos	22 %
Outras	4 %

É do maior interesse, ainda, reparar em como o dinamismo essencial aumenta do texto Luís Franco-Juromenha para o de 1616, culminando no de 1595-1598, com o aumento progressivo dos verbos e a diminuição dos substantivos, e com a manutenção das outras categorias em idêntico nível baixo e médio. Do mesmo passo, os adjectivos, que oscilam no mesmo nível naqueles dois textos (sendo que, em ambos, adjectivos e as outras categorias mantêm-se, conjuntamente em 28 %), caem verticalmente para o mínimo de 1595-1598. Notar tudo isto importa muito para a configuração de «Luís Franco-Juromenha» e de «1616» como estádios primários e divergentes da canção (um mais adiantado que outro), do primeiro dos quais brotou a forma extrema da expressão dialéctica que é a versão de 1595-1598, como uma compensação expressiva do impasse estético que era a versão publicada em 1616. E repare-se em como, tal como víramos para a forma externa, esta última versão se aproxima mais das médias, como mais conforme a um esquema médio ideal.

*

Para que todas estas observações melhor ressaltem, e para podermos, com maior clareza, prosseguir nelas, organizemos um gráfico em que as canções sejam inscritas, escalonadamente, *por ordem decrescente de percentagem dos verbos*. Esse gráfico permitir-nos-á ver a variação progressiva e concomitante de substantivos e adjectivos. Nele, pelos baixos valores e sua funcionalidade muito acessória, não traçaremos a linha de variação das chamadas «outras categorias». Mas inseriremos nele as outras duas versões de *Manda-me amor, etc*. Antes, porém, e a fim de ser o gráfico mais facilmente legível, reescrevamos o quadro geral das percentagens, por ordem decrescente das dos verbos.

409

1.ᵒˢ versos	Percentagens categoriais			
	Verbos	Substantivos	Adjectivos	Outras
Manda-me amor (1595-98)	51	30	15	4
Fermosa e gentil, etc.	46	37	15	2
A instabilidade da fortuna	45	36	16	3
Tomei a triste pena	43	35	21	1
Vão as serenas águas	42	38	17	3
Manda-me amor (1616)	38	34	25	3
Vinde cá, meu, etc.	35	31	28	6
Já a roxa manhã clara	35	35	30	0
Manda-me amor (Luís Franco-Juromenha)	32	35	23	10
Se este meu pensamento	30	35	27	8
Junto de um seco, etc.	30	39	28	3
Com força desusada	30	45	20	5
Médias	38	36	22	4

Neste quadro, quando a percentagem de verbos era igual, adoptou-se o critério de ordenar as canções por ordem crescente da percentagem de substantivos.

É fácil, nele, observar que os desvios verbos-substantivos são, respectivamente:

$$+ 21 \quad + 9 \quad + 8 \ / \ + 4 \quad 0 \quad - 3 \ - 5 \ / \ - 9 \ - 15$$

A média absoluta destes desvios é 6,75 — segundo a qual as canções se repartem em *três* classes.

Ver gráfico correspondente a este quadro entre as pp. 412-
-413.

Este gráfico põe extraordinariamente em relevo os comentários que fizemos e as conclusões que tirámos. Por ele se vê que, ordenando as canções canónicas (dez mais duas), segundo a ordem decrescente da percentagem dos verbos, temos:

1. Ainda que com alguns sobressaltos, uma curva ascendente dos substantivos, que, em certo ponto, se cruza com a descendente dos verbos;

2. Que, para esse ponto, se verifica o máximo de adjectivos, embora a curva destes, bastante irregular, nem por isso deixe de manter características ascendentes;

3. Que estas características, todavia, mantêm-na sempre abaixo da região limitada pelos substantivos ou, depois do cruzamento das curvas, pelos verbos.

Nitidamente, segundo as curvas e segundo o desvio médio antes determinado, para cada canção, entre verbos e substantivos, as canções classificam-se em *três grupos:*

«Verbal» — com predominância de verbos, acompanhada, em seu decrescimento, pela ascensão paralela de substantivos e adjectivos.

Quatro canções:

> *Manda-me amor, etc.* (1595-1598);
> *Fermosa e gentil, etc.;*
> *A instabilidade da fortuna;*
> *Tomei a triste pena.*

«Verbal-substantivo» — em que se dá a proximidade e até a coincidência de categorias principais.

Seis canções:

> *Vão as serenas águas;*
> *Manda-me amor, etc.* (1616);
> *Vinde cá, meu, etc.;*
> *Já a roxa manhã clara;*
> *Manda-me amor, etc.* (L. Franco-Juromenha);
> *Se este meu pensamento.*

«Substantivo» — com predominância de substantivos.

Duas canções:

> *Junto de um seco, etc.;*
> *Com força desusada.*

A repartição das canções nestes três grupos, que se caracterizam pela proporção relativa de verbos e substantivos, sem inter-

411

ferência do qualificante ou do circunstancial, temos visto como revela o carácter dinâmico *(dialéctico)* e o carácter essencial *(fenomenológico)* do pensamento poético de Camões. É a variação recíproca destas duas tendências o que mais intimamente o define.

Recordemos que, no subcapítulo que tratava de «As canções camonianas como expressão de pensamento, consideradas segundo a sua variabilidade» (Segunda Parte, 5, II, 2), havíamos verificado que, sob este aspecto, elas se repartiam em três classes — *apostróficas, epistolares* e *meditativas* —, para cada uma das quais (como para as canções individualmente) observámos a correlação existente com o que chamamos *índice de variabilidade total.* Vejamos agora se há, e qual, uma conexão entre esse aspecto estrutural e a classificação segundo as categorias gramaticais (nas rimas finais), que acabamos de estabelecer, excluindo desta análise, por ser desnecessária a consideração, os dois outros textos de *Manda-me amor, etc.*

Por cada uma das três classes — apostróficas, epistolares e meditativas —, consideremos as canções, inscrevendo-lhes os índices de variabilidade por ordem decrescente e acrescentando-lhes a classificação categorial.

Canções apostróficas:

1,34	*Já a roxa manhã clara*	verbal-substantiva
1,28	*Vão as serenas águas*	verbal-substantiva
1,20	*Com força desusada*	substantiva
0,80	*Junto de um seco, etc.*	substantiva

Canções epistolares:

1,28	*Se este meu pensamento*	verbal-substantiva
1,14	*Tomei a triste pena*	verbal
0,71	*Fermosa e gentil, etc.*	verbal

Canções meditativas:

0,87	*Manda-me amor, etc.*	verbal
0,37	*A instabilidade da fortuna*	verbal
0,33	*Vinde cá, etc.*	verbal-substantiva

Este cotejo imediatamente nos mostra que:

1. A predominância substantiva é bem clara nas canções apostróficas, a ponto de não haver nelas o tipo apenas verbal;

2. A predominância é verbal nas canções epistolares, com exclusão do tipo apenas substantivo;

3. Predomina, nas canções meditativas, quase absolutamente o tipo verbal.

Nas combinações que se observam das duas classificações, configuram-se *seis* tipos de grau superior:

Apostrófico-verbal-substantivas:

> *Já a roxa manhã clara;*
> *Vão as serenas águas;*

Apostrófico-substantivas:

> *Com força desusada;*
> *Junto de um seco, etc.*

Epistolar-verbal-substantiva:

> *Se este meu pensamento.*

Epistolares-verbais:

> *Tomei a triste pena;*
> *Fermosa e gentil, etc.*

Meditativo-verbais:

> *Manda-me amor, etc.* (1595-1598);
> *A instabilidade da fortuna.*

Meditativo-verbal-substantiva:

> *Vinde cá, etc.*

Se tivermos presente o que tivemos oportunidade de dizer quanto à «expressão de pensamento», o carácter dialéctico predomina efectivamente, como supúnhamos por outras razões, nas canções meditativas; o carácter fenomenológico-descritivo predomina nas canções apostróficas; e o equilíbrio substantivos-verbos é incompatível com o carácter dialéctico que predomina nas canções meditativas ou nas epistolares.

413

Estas correlações podem ser expressas mais largamente em conexão com os índices de variabilidade total, por forma a evidenciar-se como o sistema de composição camoniano se processa numa perfeita harmonia, de que aquelas correlações são apenas facetas iluminadas pela nossa progressiva análise, metodologicamente aplicada.

Registemos, em face das classificações que estabelecemos, os índices de variabilidade total das canções que lhes correspondem:

Apostrófico-verbais-substantivas.................	1,34	1,28
Apostrófico-substantivas	1,20	0,80
Epistolar-verbal-substantiva.....................	1,28	—
Epistolares-verbais	1,14	0,71
Meditativo-verbais.............................	0,87	0,37
Meditativo-verbal-substantiva...................	0,33	—

É evidente que a tendência para o predomínio dos verbos está em relação com o aumento da variabilidade total, nas canções apostróficas e nas meditativas, enquanto, nas epistolares, é contrário o efeito. Porque será assim? É o que melhor compreenderemos, se reescrevermos aqueles índices, agora segundo os três grupos de variabilidade, em que oportunamente vimos que eles se repartiam.

Classificação	Grupos de variabilidade								
	Alta			Média			Baixa		
Apostrófico-verbais--substantivas	1,34	1,28	-	-	-	-	-	-	-
Apostrófico-substantivas	-	-	1,20	-	-	0,80	-	-	-
Epistolar-verbal-substiva	-	1,28	-	-	-	-	-	-	-
Epistolar-verbais.........	-	-	-	1,14	-	-	0,71	-	-
Meditativo-verbais	-	-	-	-	0,87	-	-	0,37	-
Meditativo-verbal-substantiva	-	-	-	-	-	-	-	-	0,33

Por este quadro, é-nos possível observar o seguinte:

a) No grupo de alta variabilidade, em que não há canções meditativas, não há também nenhuma de predominância verbal: três canções são verbais-substantivas e duas são substantivas;

b) No grupo de variabilidade média, em que há canções apostróficas, epistolares e meditativas, nenhuma é verbal-substantiva: duas canções são verbais e uma é substantiva;

c) No grupo de variabilidade baixa, em que só há canções meditativas, nenhuma é substantiva.

Isto significa que o carácter *dialéctico,* expresso pela tendência dos verbos para o predomínio, e que é manifesto nas canções meditativas, se realiza com um baixo índice de variabilidade rítmica, do mesmo modo que o carácter *essencial,* expresso pela tendência dos substantivos para predominarem, e que se manifesta sobretudo nas canções apostróficas e epistolares, se configura em altos índices de variabilidade rítmica da forma externa. Não é de forma alguma um paradoxo isto, mas o resultado da profunda e indissociável natureza da forma externa e interna em Camões, e do seu peculiar pensamento poético. O carácter dialéctico não está — como se vê — em dependência de uma agitação rítmica: pelo contrário, é o oposto dela, como serena, ainda que amargurada, verificação de que o ser é antitético e se metamorfoseia. Quando, dirigindo-se o poeta a um ser imaginário, ou apostrofando-o subitamente no decurso do poema, esse carácter dialéctico cede o passo à essencialidade fenomenológica, e a forma externa tem um alto índice de variabilidade, eis o que revela, através da agitação rítmica, que o ser em causa, cujo conhecimento e posse última o espírito do poeta pretende atingir, e cujo reconhecimento deseja, *resiste* à sua própria natureza que deveria configurar-se na permanente superação de si mesmo, qual ao poeta acontece nas canções meditativas.

Que também neste mais elevado grau das nossas investigações, em que convergiram e se unificaram análises diversas, a canção *Manda-me amor, etc.,* ocupa uma posição privilegiada e altamente significativa, será patente do facto de o seu índice de variabilidade rítmica total (sendo ela uma canção verbal) ser o mais próximo da média das médias dos índices das canções substantivas (e ver-

bais-substantivas) e das restantes canções verbais que não ela.
Com efeito:

Verbais	Substantivas e verbais-substantivas
1,14	1,34
0,71	1,28
0,37	1,20
	0,80
	1,28
	0,33
Média: 0,74	Média: 1,04

$$\frac{1,04 + 0,74}{2} = 0,89 \simeq 0,87$$

*

Em que medida o inquérito às rimas finais das canções canónicas, consideradas aquelas do ponto de vista morfológico, nos permite prosseguir o inquérito estrutural às apócrifas, de modo a melhor esclarecer o problema da autoria por métodos objectivos? É o que vamos ver.

Feito o inventário rímico delas, inscrevamos por categorias morfológicas as percentagens no quadro seguinte, em que elas estão na mesma ordem do quadro geral do início da nossa investigação. Porque indubitavelmente *Nem de cores fingidas* se classificou como *ode,* não a incluímos agora.

1.os versos	Percentagens			
	Verbos	Substantivos	Adjectivos	Outras
Nem roxa flor de Abril	10	51	38	0
Oh pomar venturoso	25	31	40	4
Quem com sólido intento	35	36	28	1
Que é isto? Sonho, etc.	29	29	40	2
Por meio dumas serras, etc.	32	39	28	1
A vida já passei, etc.	24	46	24	6
Crecendo vai meu mal, etc.	28	42	27	3
Bem-aventurado aquele, etc.	32	38	28	2
Porque a vossa beleza, etc.	30	50	18	2
Glória tão merecida	30	52	18	0
Médias	27	42	29	2

Se o grupo constituísse uma unidade indivisível e camoniana na totalidade, ele alteraria bastante as percentagens médias que observamos no conjunto das canções canónicas. Mas não constitui: trata-se de um agrupamento ocasional que se congregou dos vários cantos do tempo e do acaso. Por isso, também, as médias do quadro não são em si significativas.

Vejamos o que se passa com os máximos e mínimos das quatro categorias, em comparação com os valores encontrados para as canónicas. A este respeito, é flagrantemente anormal a baixíssima percentagem (10 %) de verbos da canção *Nem roxa flor de Abril,* que desde já não incluiremos no estudo comparativo das amplitudes e dos valores extremos. Reunamos estes e aquelas num quadro, para as canónicas e para as apócrifas.

Canções	Categorias		
	Verbos	Substantivos	Adjectivos
Canónicas	51 — 30	45 — 30	30 — 15
Apócrifas	35 — 24	52 — 29	40 — 18

Em função deste quadro comparativo, consideremos quais as exclusões resultantes.

Por defeito de verbos excluem-se: *Nem roxa flor de Abril, Oh pomar venturoso, A vida já passei, etc.,* sendo relativa a exclusão de: *Que é isto? Sonho?, etc.,* e *Crecendo vai meu mal, etc.*

Por excesso de substantivos, excluem-se: *Nem roxa flor de Abril, Porque a vossa beleza, etc.,* e *Glória tão merecida,* sendo relativa a exclusão de: *A vida já passei, etc.*

Por excesso de adjectivos excluem-se: *Nem roxa flor de Abril, Oh pomar venturoso* e *Que é isto? Sonho?, etc.*

Computando-se estas exclusões a uma unidade por cada (com meio valor para uma exclusão relativa), teremos: com 3, *Nem roxa flor de Abril;* com 2, *Oh pomar venturoso;* com 1,5, *A vida já passei, etc.,* e *Que é isto? Sonho?, etc.;* com 1, *Porque a vossa beleza, etc.,* e *Glória tão merecida;* com 0,5, *Crecendo vai meu mal, etc.*

Em contrapartida, se compararmos as percentagens das apócrifas com as das canónicas, notaremos que a canção *Quem com sólido intento* coincide com *Já a roxa manhã clara,* por uma forma mais exacta que a de qualquer outra coincidência que se verifique.

Em face dos presentes resultados, que representam um avanço no inquérito estrutural que empreendemos, vejamos em que se alterariam ou reiterariam as 6 conclusões «para uma edição crítica da lírica camoniana», que alinhávamos no título V da «Comparação dos inquéritos às odes e às canções».

1. Considerámos resolvido, e como ode, o caso de *Não de cores fingidas,* que assim não incluímos nesta fase da investigação, que já lhe não dizia respeito;

2. O regresso de *Quem com sólido intento* ao cânone, até ulterior investigação, é reiterado por esta nova fase mais adiantada da pesquisa, não o sendo o de *Oh pomar venturoso;*

3. Acentua-se o carácter duvidoso de *A vida já passei, etc.;*

4. Piora a situação ambígua de *Que é isto? Sonho?, etc.,* e de *Glória tão merecida;*

5. Confirma-se a exclusão de *Porque a vossa beleza,* etc.;

6. Reitera-se por forma bastante radical a exclusão de *Nem roxa flor de Abril,* e mais uma suspeita objectiva se acumula contra *Crecendo vai meu mal, etc.* E nada há a acrescentar ao processo de exclusão de *Por meio dumas serras, etc.,* e *Bem-aventurado aquele, etc.,* que se consuma.

II

OBSERVAÇÕES SOBRE A CORRELAÇÃO DO INQUÉRITO RÍMICO COM O INQUÉRITO VOCABULAR

Para que não haja dúvidas acerca da realidade de o inquérito rímico representar as proporções categoriais na totalidade vocabu, lar das canções, foi feito o inventário vocabular das dez canónicas-classificando-se e computando-se os vocábulos ou os sintagmas elementares, com funções substantivas, adjectivas e verbais. Para não alongar demasiadamente, não se apresentam as triplas listas elaboradas para cada um dos textos, mas só os resultados percentuais[1]. No quadro seguinte, as canções estão já ordenadas por ordem decrescente das percentagens de verbos, estando por ordem crescente dos substantivos, quando as dos verbos eram iguais.

1.ᵒˢ versos	Percentagens categoriais		
	Verbos	Substantivos	Adjectivos
Manda-me amor (1595-1598)	45	40	15
A instabilidade da fortuna	44	40	16
Fermosa e gentil, etc.	43	41	16
Tomei a triste pena	42	31	27
Junto de um seco, etc.	37	38	25
Se este meu pensamento	37	42	21
Com força desusada	35	42	23
Vão as serenas águas	34	34	32
Vinde cá meu, etc.	32	42	26
Já a roxa manhã clara	31	38	31
Médias..................	38	39	23

Ao estabelecermos o quadro correspondente ao inquérito rímico, extraímos dele algumas observações que nos cumpre cotejar por este novo quadro, para vermos em que medida o que se concluiu da representatividade das rimas consideradas morfologicamente continua válido, quando esta consideração é tornada extensiva ao conjunto vocabular das canções.

Examinemos, pois, uma por uma, as conclusões que havíamos fixado.

1, Ainda que menor (45 menor que 51), o máximo de verbos continua a ser o máximo de todas as categorias;

2. O mínimo de verbos (31) continua sensivelmente o mesmo, e igual ao mínimo de substantivos (31);

3. A amplitude de variação da percentagem de substantivos (42 — 31) continua a ser inferior à dos verbos (45 — 31);

4. O máximo de adjectivos (32) continua sensivelmente o mesmo, e mal excede o mínimo de verbos e de substantivos;

5. A amplitude para os adjectivos (32 — 15) continua mais ou menos igual ao que era, e situada entre análogos limites;

6. A exclusão de «outras categorias», do nosso novo quadro, não altera as conclusões comparativas. Basta notar que o quadro primeiro apresentado poderia reduzir-se ao actual, distribuindo-se entre as três primeiras categorias as percentagens de «outras», o que adicionaria uma a duas unidades a cada percentagem daquelas, sem alterar-lhes substancialmente as proporções mútuas e relativas;

7. Nas médias para as dez canções canónicas, o equilíbrio médio de substantivos e verbos tornou-se ainda mais patente.

E as diferenças observadas agora mostram que esse equilíbrio não foi obtido à custa de um aumento visível das outras categorias (inclusive os adjectivos).

As conclusões que das observações paralelas destas havíamos retirado não são alteradas no cômputo geral. Apenas, neste, se subtilizam menos, dado que, como seria de esperar, o cômputo geral e morfológico do vocabulário «substantivaria» aquelas conclusões, diminuindo relativamente o vasto predomínio que, dos verbos, anteriormente se verificava. Tanto assim é que, nas canções tomadas de per si, a divergência máxima real entre verbos e substantivos, que era 21, desce para 10, diminuindo pois de 50 %.

Façamos agora a revisão das conclusões que notámos para as canções tomadas individualmente.

1. O máximo de verbos (45), ainda que de muito perto seguido por duas outras canções, continua a caber à canção *Manda-me amor, etc.;*

2. Esta canção continua a possuir o mínimo de adjectivos (15), o mesmo mínimo. A sua percentagem de substantivos deixa de ser a mínima, para ser praticamente a média. Porém, o carácter provisório do cômputo efectuado, assim como a relativa coincidência das percentagens de substantivos em todas as canções, tornam esta característica menos notável que a variação mais ampla da percentagem dos verbos;

3. O máximo de substantivos (42) continua a coincidir muito aproximadamente com o mínimo de verbos (31) num mesmo texto; possuem-no três das canções de mais baixa percentagem de verbos;

4. O máximo de adjectivos (32), muito destacado das restantes percentagens da sua categoria, deixa de coincidir com a igualdade de verbos e substantivos, mas continua a verificar-se na canção sem circunstancialidades vocabulares *(Vão as serenas águas);*

5. A supressão que fizemos das «outras categorias» não permite conferir esta conclusão, que, aliás, vimos ser de somenos importância, na generalidade.

Estas observações de ordem particularizada, como se vê, não alteram as que fizemos na generalidade, nem destituem a canção *Manda-me amor, etc.,* da situação que temos sido levados a conferir--lhe pela investigação.

Não parece, pois, que seja necessário refazerem-se as curvas de variação, que havíamos traçado, dado que elas, para os totais vocabulares, são menos diferenciadas entre si, e menos evidenciarão as características que, no entanto, em geral se mantêm. Do mesmo modo, pelo carácter provisório do cômputo morfológico--vocabular, mas sobretudo pelas escassas divergências verificadas, não nos parece expressivo fixar um desvio médio, para estabelecermos, como fizéramos, as classes verbal, verbal-substantiva e substantiva. Tomaremos apenas as diferenças absolutas. Sendo assim, as dez canções canónicas passam a distribuir-se em apenas *duas* classes, com a prática desaparição do tipo verbal-substantivo, a menos que, pelo contrário, e pelas pequeníssimas diferenças verificadas agora, considerássemos que a maioria delas era verbal--substantiva. Note-se, porém, que nenhuma canção verbal ou nenhuma canção substantiva deixa de o ser: as verbais-substantivas é que passam todas, menos uma, a substantivas.

Tudo isto nos conduz a uma conclusão do maior interesse. O inquérito rímico considerado morfologicamente, não só de certo modo representa, nas canções de Camões, o inquérito global morfológico-vocabular, como *amplifica* as frequências relativas das categorias vocabulares, de modo a torná-las mais significativas, já que diferencia mais destacadamente as classes categoriais. O inquérito vocabular tem, portanto, um significado diverso. Por ele, caracterizam-se os hábitos genérico-expressivos de autor, e é possível ver-se como o seu estilo pessoal se modifica dialecticamente para cingir o assunto, e para, a partir de uma intuição central, transformar-se numa *construção estilística* e numa estrutura de sentido, específicas e concretamente determinadas. O inquérito rímico, por seu lado, amplificando as categorias vocabulares, dá-nos o tom geral de composição, uma vez associado, como vimos, a outras ordens de análise da forma externa e da forma interna.

NOTA

[1] Estes resultados, estabelecidos sobre os textos de publicação originária, são todavia obtidos de um cômputo ainda provisório. O vocabulário crítico (e por funções morfológicas) das canções camonianas, como base para o conhecimento da expressão camoniana, bem como para o aprofundamento das questões de autoria dos apócrifos, será objecto de ulterior estudo do autor.

4

DA METAMORFOSE À VISÃO DO MUNDO

Da comparação das estrofes essenciais nos três textos da canção, verifica-se a proximidade da variante Juromenha e do texto de 1595, que lhe é superior, e a diferença profunda, no rigor e na exactidão, do texto de 1616, em relação àqueles dois. Pretendia Faria e Sousa[1] que a versão de 1616 fora a primeira que Camões terá escrito. Bela como é na sua superficialidade elegante, essa versão não atinge a força expressiva e a importância estético-metafísica da versão de 1595. Inclinamo-nos a crer que o devotado camonista tinha razão. E acrescentaríamos que a essa anterioridade (que as análises efectuadas implicitamente demonstravam, ao revelar a importância do texto de 1595) se somam duas fases do texto de 1595, uma das quais (a variante Juromenha) pode ter sido paralela da versão de 1616.

O inquérito estrutural à forma externa, porém, mostrou-nos que, se a canção *Manda-me amor, etc.*, se reveste de peculiaríssimas características prototípicas, estas, ainda que a diferença seja sob esse aspecto mínima, acentuam-se na versão de 1616, mais do que na de 1598, estando, por sua vez, a variante Juromenha mais próxima de um possível ainda que distante modelo. Cremos que tudo isto, longe de perturbar as investigações, lança sobre elas, e sobre a actividade criadora de Camões, uma luz decisiva.

Para dizer o mais essencial do seu pensamento poético em canção, Camões buscava uma estrutura ideal. O inquérito patenteou-nos que uma tal busca se processava em dois caminhos diversos e convergentes: num deles, Camões, extraindo e recriando um denominador comum às mais diversas sugestões, estabelecia uma forma ideal; noutro, transformava em forma própria qualquer modelo sugestivo, individualmente considerado.

423

Sendo assim, o texto de 1595 (partido este, através da variante Juromenha, de um modelo) e o de 1616 (conformado ao esquema ideal) são a convergência dos dois caminhos. E, se o texto de 1595 é mais rico, quando o de 1616 é mais «conforme» (na forma externa), é porque, em Camões, nenhuma conformidade excluía, para além dela, *a essencialidade da intuição poética,* pela qual os esquemas se justificavam, tal como, reciprocamente, nenhuma essencialidade deixava de ter como limite a estruturalidade ideal que era a sua própria razão de ser.

Indo mais longe e mais fundo numa versão ligeiramente divergente da estrutura ideal; e ficando-se mais convencionalmente próximo do nosso temeroso receio das verdades profundas, numa versão mais «conforme» — eis Camões no seu específico *dualismo* tipológico, de personalidade *egovidente,* quanto à sua atitude perante o valor relativo do eu e dos cosmos, e entregue a uma *vivência transcendente,* em que a sua posição visceralmente ontológica se revela como a de alguém que se crê «mediador entre uma escala de entes superiores, ou como hipóstase expressiva da racionalidade superstrutural»[2]. Que o seu eu e a sua convicção de mediador predominam sobre, respectivamente, o cosmos e uma mediação confiada mais à obra que a ele mesmo através dela, sem dúvida que as análises estruturais é o que revelam. Egocêntrico, mas egocêntrico na medida em que lhe cabe a missão transcendente de proclamar, no plano da psicologia como no da História, verdades excepcionalmente importantes e decisivas — como de outro modo se seria, como ele é, um lírico da vivência transcendente, e um épico da transcendentalização da História humana?

Manda-lhe o amor que cante as metamorfoses do espírito. Mas a própria altivez amargurada com que ele cumpre as ordens — quer atinja a serenidade suprema do traslado da alma, quer esteja com os heróis na visão da Máquina do Mundo — é sinal do homem que se sabe destinado, e que, em desespero tão comoventemente humano, aceita sacrificar a sua humanidade no altar da revelação da própria estrutura do mundo.

Porque Camões é da massa daqueles homens que, como o místico S. Bernardo apavoradamente denunciava no grande nominalista (como dialecta) Pedro Abelardo, «olham tudo face a face»[3]. E, ainda que ao preço de metamorfoses agudamente sofridas, Camões não temeu nunca olhar face a face aquele amor que, desde os tempos do místico e do dialecta inimigos, na medida em que se idealizava, se tornava um objecto da inteligência.

424

NOTAS

1 Citado por Juromenha, ed. e vol. cits., p. 516.

2 Do autor, *Ensaio de uma Tipologia Literária*, p. 24. [in *Dialécticas da Literatura*, Lisboa 1973; 2.ª ed. ampl. como *Dialécticas Teóricas da Literatura*, Lisboa 1977].

3 Citado por Henry Adams, *Mont-Saint-Michel and Chartres*, ed. Mentor Classics, New York, 1961. Que citar Abelardo (1074-1142), neste nosso contexto, possui um significado específico para a compreensão de Camões, eis o que se reconhecerá, se soubermos que, em *De Vita Solitaria*, Petrarca o menciona expressamente como precursor da sua pessoal atitude de renovação espiritual ante a escolástica. A importância de Abelardo, com a sua proposta de superação dialéctica do nominalismo e do realismo, é decisiva para o pensamento contemporâneo, em cujos pródromos se situa Camões. A inferível antropologia de Abelardo é muito bem sintetizada por Gordon Leff (*Medieval Thought, from Saint Augustine to Ockham*, Londres, 1958, p. 109), quando diz (traduzimos): «Um universal, dizia ele, correspondia ao que existia nas coisas. Isto não é o mesmo que tornar o universal uma coisa: em lugar de tomar-se o universal como a essência do individual, ele deve ser visto como referente à sua condição. Assim, ele não significa «homem», o que não é nada, mas «ser um homem», condição comum de todos os homens. Ora esta condição é inseparável do individual». O que estes comentários podem significar como expositivos de uma superação das interpretações idealísticas e não-dialécticas da «condição humana», será óbvio, e também o será quanto iluminam este fundamental sintagma camoniano, de que Camões parte para uma Visão do Mundo.

425

4.ª PARTE

CONCLUSÃO

Vívese con el entendimiento; y tanto se vive cuanto se sabe.

BALTAZAR GRACIÁN, *Agudeza y arte de ingenio.*

No prefácio do *Dicionário dos Lusíadas* — essa tão meritória antecipação do dicionário camoniano cuja realização se impõe —, Afrânio Peixoto diz que aquela epopeia emprega 5000 palavras diferentes, «dispersas e repetidas nas 55 000 que o compõem». E, comparando com contagens análogas efectuadas para Milton ou Shakespeare, e com o número de vocábulos registados nos dicionários comenta que «a prata da casa não sai toda, ainda nos dias solenes...»[1]. É que, para 8000 vocábulos em Milton e 15 000 em Shakespeare, o «Century britânico arquiva 250 000; e para os 5000 com que Camões fez *Os Lusíadas,* um dicionário da língua portuguesa regista 130 000...

Ainda que a maior riqueza vocabular seja perfeitamente sensível num Milton ou num Shakespeare, seria preciso, para uma avaliação correcta, que aquele dicionário se referisse estritamente ao estado da língua, no tempo em que eles escreviam; e, do mesmo modo, seria necessário que um dicionário da língua portuguesa se referisse também aos fins do século XVI, para avaliarmos da relativa pobreza de Camões[2].

Parece-nos, todavia, que essa pobreza é com efeito relativa em *Os Lusíadas.* Trata-se de uma obra forçosamente unificada por forte unidade de tom, que o estilo «grandíloquo e corrente» e a dignidade da epopeia exigiriam; o que excluía, por certo, uma enorme gama de vocábulos mais «populares» no seu uso. E, se afinal, em quase 9000 versos, cada palavra se repete nessas condições, em média, umas 11 vezes, isso quer dizer que, em média também, tal repetição é separada por centenas de versos... O que não deixa de ser uma espantosa riqueza.

Na obra lírica, para a qual não conhecemos dicionário igual, a diferença vocabular, entre por exemplo as redondilhas e as canções, parece-nos que será acentuada. As canções, julgamo-las caracterizadas por uma linguagem em que à naturalidade dos vocábulos se associa a dignidade do tom; e queremos crer que, nas canções, a língua com ser menos empolada e rara que em *Os Lusíadas,* é mais pobre por mais selecta e, diríamos, especializada para outros fins mais abstractos.

Vimos, na nossa análise estrutural do texto de 1595 da canção *Manda-me amor, etc.,* a que altitude espiritual, a que acuidade de sentimento, a que rigor de dicção, esses fins visam.

A riqueza e a categoria de um poeta não se avaliam pela sua multiplicidade vocabular. Milton não é, com toda a sua grandeza, maior do que Camões, apesar da opulência verbal. E, se Shakespeare o será, a razão não reside no seu vocabulário imenso, mas na profunda complexidade com que visionou e dramatizou as mais diversas situações humanas, criando personagens. Camões estava apenas interessado em criar *uma* personagem: a sua mesma, através da qual os portugueses, Portugal e a humanidade pudessem reconhecer-se.

A consciência que Camões tem, e insistentemente reafirma, da sua exemplaridade, não é dos menores factores da sua extrema originalidade. Porque não é a petulância renascentista do homem culto, exibindo as suas habilidades; não é a segurança do grande senhor, brincando de poeta; não é a simples humanidade de um lamuriento perseguido da sorte. É, sim, a convicção de um homem que é um alto espírito, e que, com o sacrifício dos sucessos mundanos, viu, em si mesmo, a imagem do mundo. Por um milagre da vida e da História, Camões assistiu à visão terrífica de rasgarem-se ante si os véus da realidade. Isso não aconteceu tantas vezes nas literaturas que não faça dele um dos maiores poetas de todos os tempos, e que não lhe dê o direito de falar orgulhosamente — num orgulho tão doridamente contraditório — como se fosse o último homem sobre a terra. A sua exemplaridade é essa; e uma cruz tão pesada, que não havia vida humana que não sucumbisse sob ela. O mito do Camões velho (quando, no fim de vida, tinha apenas cinquenta e cinco anos), doente e abandonado, e morrendo solitário, e enterrado num lençol de empréstimo, e de ossos incertos nas vicissitudes do tempo, corresponde alegoricamente, e merecidamente, ao poeta em quem tão agudamente se concentraram a visão filosófica e a visão histórica da humanidade, que o seu destino de homem era inescapável, e ele nascera para uma missão exemplar: a de ser destituído de tudo, para, do fundo mais fundo da realidade, nos restituir a dignidade humana·

Em raros poetas se verifica, como em Camões, o facto de um poema ser uma *mutação qualitativa,* derivada da acumulação da experiência e da reflexão. Em muito poucos, com efeito, a identidade de uma situação histórica, de uma vida (tanto quanto se depreende das suas queixas), de uma cultura, de uma reflectida experiência da vastidão do mundo, se terá configurado tão exactamente, numa tão impressionante unidade.

A grandeza e a «maioridade» de Camões estão na estruturalidade excepcional da sua linguagem poética. Ele é *grande,* porque as suas vivências se fixam em vertiginosas intuições que emergem de uma contínua reflexão; mas é um *poeta maior,* porque o seu espírito sabe não só compreender aquelas emergências, como contemplar a multiplicidade fenomenológica do que os seus olhos de alma fitaram deslumbrados[3]. Por isto, não é Camões um poeta da imaginação, por escandaloso que isto pareça... Ele o diz de resto muitas vezes, quer na lírica, quer na épica, quando afirma o carácter realístico da sua poesia, atenta à descrição efectiva ou rememorada da experiência individual (na lírica), ou à magnificação de uma História autêntica, que ele expressamente opõe às fábulas da antiguidade ou do Renascimento (na épica). Mas o seu realismo — ao contrário do que pensa quem se fascina com as excelentes descrições «literárias» de *Os Lusíadas* — é extremamente essencial. Ele não nasceu para contar, com pormenores mais ou menos concretos, as suas experiências de homem: o que ele descreve, na obra lírica, como vimos na canção *Manda-me amor, etc.,* são os processos do espírito humano, lá onde o conhecer e o conhecer-se mutuamente se defrontam, fundem e superam. É um *realismo do intelecto* e não das circunstâncias exteriores. Do mesmo modo, não nasceu para narrar o acidental, por pitoresco que seja, dos acontecimentos históricos: o que ele descreve é a essência deles, tal como se harmonizam na passagem, que ele visionou, da História portuguesa à História Universal, através da viagem de Gama. Toda a imaginação de que Camões dispunha — e era imensa — não podia consumir-se em fantasias líricas ou épicas; toda ela era forçada a aplicar-se na invenção de conceitos, cujo evoluir constante reflectisse o próprio movimento do espírito, ou na transfiguração dos acontecimentos históricos, cuja sucessão temporal se transformava assim num processo inteligível. Tornar inteligível (e visível e audível em palavras) o que é anterior à expressão e se perde nela e com ela; tornar razoável o que está antes ou depois da razão; tornar humano o que transcende a humanidade (e, no entanto, só existe por ela); dar ao mundo e ao homem uma estrutura poética, porque inventada pelo poema — a isto se aplicou exaustivamente e obsessivamente Camões. E isto é de uma grandeza tal, que não há método que não deva ambicionar revelá-lo e comprová-lo objectivamente. Para com Camões, a objectividade é de rigor. Tinha ele uma tão elevada concepção da arte poética, e diz com ela coisas tão afinadamente subtis e tão grandiosamente comprometidas com o nosso destino, que não podemos desperdiçar, nem deixar ao acaso, uma parcela que nos seja acessível de tão superior poesia.

É evidente, ou deveria sê-lo, que a nossa investigação, feita para demonstrar a estruturalidade de Camões e o seu mais profundo sentido, não partiu do princípio de que ele, na precisão quase matemática com que tudo se lhe estrutura, começou por estabelecer o que metodologicamente fomos descobrindo. Só se Camões fosse um péssimo poeta se preocuparia com formalismos extrínsecos à sua essencial visão. Mas não o compreenderíamos, nele mesmo, nem no seu tempo, se não tivéssemos presentes no espírito algumas verdades correlatas: como uma firme e intrínseca estruturalidade necessariamente terá leis próprias, cuja matematização não é impossível; e como Camões vivia num tempo em que ainda se não cindira a unidade das ciências (como especulação simbólica) e das letras (como transcrição estética e humana daquela simbologia), e em que, portanto, *as cogitações de um poeta não eram alheias ao entendimento científico do mundo, visto que este entendimento se fazia em termos estéticos.*

Que algumas aritméticas não assustem a crítica. Seria uma lamentável manifestação de atraso mental e social. Porque, afinal, há alguma razão para que se dediquem às letras os que tomaram medo às ciências, deixando as ciências por conta dos que não sabem que seja humanidade? Haverá alguma razão que não decorra do sistema em que vivemos, de taylorização perversa do espírito, pela qual são separadas duas linhas convergentes da tecnologia humana? E separadas para que fiquem indefesas, e se tornem utensílios alienados, pois que, de outro modo, o próprio caminhar por elas implicaria a evolução de sistemas que se querem inamovíveis?

Por outro lado, não nos iludamos com a falácia de que a poesia se perde, se esvai, se evola como um perfume quando se abre o vidro... É uma falácia que radica nas pretensas superstições acima descritas. Se a poesia fosse como perfume, quem, senão os próprios poetas, estaria em condições de cheirá-la? A ciência não tem outros limites que não sejam os dos métodos que aplica; e, portanto, de um qualquer método, só um crítico medíocre pode ter medo. Nenhum poeta jamais temeu que o estudassem: o seu grande e legítimo medo é de que o não estudem ou estudem mal.

Recordemos, porém, acerca destas questões, as nobres e rudes palavras de um grande crítico, Leo Spitzer: «Aqueles que se opõem à análise estética das obras poéticas parecem exibir uma sensibilidade de mimosas. A darmos crédito às suas palavras, isso dever-se-ia a que amam tão ternamente a obra de arte, e respeitam tão profundamente a castidade dela, que não quereriam desflorar a qualidade etérea e virginal da obra artística com fórmulas intelectuais; nem sacudir o pó dourado das asas das mariposas poéticas. Pela minha parte, atrevo-me a sustentar que a formulação de observações não é causa de que a beleza artística se evapore em vãs subtilezas intelectuais; antes pelo contrário, contribui para a formação de um mais amplo e mais profundo gosto estético. O amor, seja a Deus, aos homens, ou à arte, só pode sair ganhando com o esforço do entendimento humano para descobrir as causas das suas emoções mais sublimes, e para reduzi-las a fórmulas. Só o amor frívolo não é capaz de sobreviver à definição intelectual; o grande amor mais se engrandece ao ser compreendido»[4]. Estamos certos de que Camões subscreveria estas palavras. E, na verdade, só a violação fecunda da sua obra poderia satisfazer o intelecto de quem foi tão intensamente, como ele diz, precisamente na variante Juromenha da canção *Manda-me amor, etc.*: «Homem feito de carne e de sentidos».

Na «Nota final» da nossa recente história geral da *Literatura Inglesa*, S. Paulo, 1963, aludíamos à irritação que certas metodologias não podem deixar de causar, e à complacência com que, no mundo da nossa língua portuguesa, tudo é recebido e crido se de estrangeiro vier. Num mundo como esse, em que, na aparência, se tem a extrema originalidade como a máxima distinção, no entanto se duvida sempre da originalidade de cada um, e se reserva a estrangeiros medíocres o crédito de confiança, que não se dá a nacionais merecedores de respeito. E mais: por um vício da falsa cultura, sempre se preferem as generalidades brilhantes, ainda que duvidosas, à precisão e ao rigor com que um estudo possa concluir e possa abrir novos horizontes. Tudo no nosso mundo se escreve para raros apenas. Não porque se queira ou se deseje viver na Torre de Marfim, mas porque a associação numerosa das mediocridades constitui uma dessas inexpugnáveis torres, onde nada penetra que não venha de longe, com o selo eminente de outras línguas prestigiosas, mesmo que ignoradas. As exigências da cultura sempre foram difíceis; mas, neste nosso mundo vernáculo, a principal dificuldade não é essa, e sim a que resulta de tudo o que seja novo, exigente e original, ser (caso não seja preferido pelos medíocres o apresentá-lo como mera repetição do que se faz «algures»...) isolado e ignorado como coisa incómoda, e tanto mais incómoda quanto prove inescapavelmente o carácter de mediania amadorística do que goza da geral aceitação. No fundo, nós não queremos senão viver; e, por um avatar sociológico, não sabemos viver que não seja à custa de alguém, num vegetar feliz, em que as próprias amarguras da insatisfação contribuem para a delícia de ser-se covarde e irresponsável. Consolemo-nos pensando que já Sir John Falstaff dizia: «But it was always yet the trick of our English nation, if they have a good thing, to make it too common» (Shakespeare, Henry IV, 2.; parte, acto I, cena 2). Camões tem sido, a este respeito, um alimento perene. E não deixa de ser uma das mais dolorosas ironias deste nosso mundo que ele o tenha sido. Porque poucos homens da nossa língua foram tão exigentes de si e dos outros como ele foi. Ser-se original como ele, concordemos que é desagradável. Mas torná-lo original a ele, quando tê-lo por menos original é uma suprema desculpa para fingir que o somos, eis o que será sem dúvida um escândalo. Acontece que nunca nenhum escândalo desses é maior que o escândalo que o próprio Camões é, por ter existido no seio de quem não o merecia. Não precisamos, na verdade, de grande poesia para nada, e muito menos de estudos que, por novos métodos, nos mostram a que ponto ela o seja. Fica muito mais à nossa medida o velho recurso de supormos génios os medíocres, e de reduzirmos os génios à mediocridade geral. Não temos tradição de alta cultura: tivemos sempre grandes homens que se tinham enganado no lugar em que nasceram. E assim será, enquanto nos não dermos conta de que a língua que Camões falou é uma das primeiras línguas do mundo, e que, dentro em pouco, das velhas línguas do Ocidente europeu, só o inglês lhe poderá disputar o lugar. Não será esse o mundo que, pelos padrões do seu tempo e da sua mentalidade, Camões sonhou, nas suas visões desesperadamente imperiais. Mas será um mundo como só ele seria capaz de ter sonhado. Se lá no assento etéreo a que subiu, memória desta vida se consente, ele sorrirá tranquilo, enfim liberto, um dia, da hipoteca de ser-se grande poeta e português.

NOTAS

1 Ed. cit.ª pp. 9 e 10.

2 Observe-se que, mesmo nos termos citados, Milton não é mais «rico» que Camões, apesar da opulência verbal que é manifestamente a sua. Na verdade, o vocabulário dele é 3 % do dicionário referido, enquanto o de Camões (em Os Lusíadas) é 4 % dos 130 000 vocábulos a que lho referem. O cálculo para Shakespeare daria 6 %, que é o dobro de Milton, e vez e meia a percentagem para Camões. No entanto, repare-se que os dois conjuntos vocabula-

res, nas duas línguas (se o inglês pode servir para dar uma ideia da riqueza relativa de Milton e Shakespeare), não servem de base para uma comparação estatística, a menos que se aceite... que a língua portuguesa tem cerca de metade do vocabulário da inglesa... e então não era Camões o pobre, mas a língua que lhe haviam ensinado ao nascer, e com a qual fazia (e faz de facto) milagres de expressão, para conseguir dizer ricamente alguma coisa. No caso de Camões, devemos ter em consideração o carácter essencialmente *expressivo*, e não *ornamental*, das suas manipulações vocabulares. Shakespeare, e Milton ainda mais (apesar do neoclassicismo para que tende), são, sob este aspecto, e naturalmente, muito mais barrocos do que ele, e usam do ornamentalismo como um ingrediente essencial da expressão, enquanto em Camões a expressão não é cumulativa, mas uma pesquisa constante da expressão exacta. Das 120 «palavras peregrinas» que, na opinião de Faria e Sousa (cf. Afrânio Peixoto, *Camões e o Brasil*), ele pôs em uso em *Os Lusíadas,* uma centena passou à nossa linguagem corrente (ou pelo menos à linguagem literária corrente), ou seja 80 %. É de notar, todavia, que as coisas não serão tão simples como as julgou, com inocência académica, Afrânio Peixoto. Na verdade, só um estudo específico (que seria interessante fazer) nos poderia mostrar, e mesmo assim conjecturalmente, quais os vocábulos que ficaram por via camoniana, e quais os que chegaram mais tarde, por outras vias, em função de necessidades expressivas que nada tiveram a ver com uma difusão de *Os Lusíadas.* E só um dicionário histórico da língua nos diria se algumas dessas palavras não eram já «peregrinas» na nossa língua, antes de Camões as ter usado com especial distinção, e para dizer mais exactamente, numa palavra só, o que queria dizer.

[3] Ver o ensaio do autor, «Da poesia maior e menor», em *O Poeta é um Fingidor,* Lisboa, 1961.

[4] *Linguística e História Literária,* ed. esp. Madrid, 1959.

APÊNDICE

AS CANÇÕES E ODES APÓCRIFAS DE CAMÕES E A CANÇÃO DE PETRARCA NEL DOLCE TEMPO DELLA PRIMA ETADE

Tornar-se-ia de extrema dificuldade para o leitor interessado em Camões, e mesmo para o estudante e o estudioso especializados ou desejosos de especialização, seguir comodamente este minucioso estudo, se não lhes fossem fornecidos, dos textos discutidos, aqueles cuja acessibilidade não é imediata. Por outro lado, incorreríamos no pecado que verberamos em outros, se, expressamente discutindo, em várias partes deste trabalho, as «canções apócrifas», não comunicássemos ao público, para sua apreciação e seu juízo pessoais, o texto delas. Na verdade, como dissemos, das onze canções apócrifas, só a que começa *Porque a vossa beleza a si se vença* está impressa numa edição acessível. Das outras dez, oito estão sumidas nas edições de Juromenha e de Teófilo Braga (1874), com quase um século; uma outra *(Glória tão merecida)* figura só na rara edição de Teófilo, de 1880; e a que vimos ser uma ode não saiu das páginas do estudo de Carolina Michaëlis sobre o Cancioneiro Fernandes Tomás, apesar do juízo relativamente favorável que aí emitia a autora, há quarenta anos... Publicam-se aqui, neste apêndice, os dez textos de difícil ou quase impossível acesso corrente.

Por outro lado, houve que discutir as odes de Camões: treze das classificadas como tal quase todo o mundo publica, suprimindo uma outra que está assim nas mesmas condições de inacessibilidade das canções apócrifas. Aqui se publica, por isso, o texto da ode *Fora conveniente.*

As alegações da crítica chamada de «influências» (simplificação pouco metodológica da crítica genética) nos fizeram tratar, em especial, de algumas canções de Petrarca, Sannazaro, Bembo, Boscán, e das canções de Garcilaso, como de várias outras de outros autores referidos no texto. Se é certo que as edições desses poetas não abundam — e infelizmente — nas bibliotecas particulares ou públicas luso-brasileiras, a verdade é que não estão nas mesmas condições de inacessibilidade, muitas delas, ou a curiosidade pelos seus textos não será tão premente como a que este estudo provavelmente suscitará pelo das canções ou odes apócrifas de Camões. Por isso e para não sobrecarregar impossivelmente um volume que não é uma antologia da canção petrarquista no século XVI, limitamo-nos à canção de Petrarca que mais decisiva é para o estudo da «metamorfose», aspecto muito importante da canção basilar deste trabalho, e para que se veja como dela nada tem esta de Camões.

Sempre que possível, os textos das canções apócrifas foram conferidos pelas edições ou manuscritos de origem, segundo em cada uma vai indicado, mas sem entrar-se em minúcias de fixação crítica da lição delas, que não são especificamente problema deste estudo. Essa fixação, para as que nos importam como prováveis na autoria, virá a seu tempo. Isto não significa que à transcrição não tenham sido aplicados os mesmos critérios que viemos defendendo. Será do maior interesse que, para sua edificação, o leitor curioso compare, na edição Juromenha, ou outras, as lições (?) dos textos...

APÓCRIFOS DE CAMÕES

CANÇÕES

NEM ROXA FLOR DE ABRIL *(1616)*

Nem roxa flor de Abril
Pintor do campo ameno e da verdura
Colhida entre outras mil,
Foi nunca assi agradável à donzela
Cortez, alegre e bela:
De sua mãe deleite e glória pura,
Como a mim foi a inculta fermosura
Natural, que pudera
Render Saturno lá na sua esfera.

Natural fonte agreste
Não lavrada d'artífice excelente
Mas por arte celeste
Derivada do rústico penedo,
Não fez nunca tão ledo
Cansado caçador por sesta ardente,
Quanto o descuido a mim me fez contente
Do ver desconcertado,
Que fará brando a Júpiter irado.

Fruta, que sem concerto
Natureza entre os ramos dependura,
Achada por acerto,
A quem pintada a vê de sangue e leite,
Não lhe dá o deleite
Que essa graça me dá sem compostura
Ornamento da mesma fermosura,
E o toucado sem arte,
Que tornara pastor o bravo Marte.

A manhã graciosa,
Que derramando sai d'entre os cabelos
A flor, o lírio, a rosa,
Sem ajuda de ornato, ou de artifício,
Não faz o benefício,
Que faz a luz dos vossos olhos belos
A quem os vê tão puros e singelos,
E esse inocente riso,
Por que o Sol deixa pelo Tejo Anfriso.

439

Outeiros coroados
Das árvores que fazem a espessura
Cos ramos carregados
Alegre, que mão destra os não cultiva,
Graça tão excessiva
Não tem na sua natural verdura,
Quanta na desses olhos, clara e pura,
Deposita a esperança
Com que Amor gosto, e a mãe tormento alcança.

Dos simples passarinhos
A música sem arte concertada
D'entre os verdes raminhos
Tão suave não é, tão deleitosa
A quem no campo o goza,
[Como mente ouvindo está toda enlevada]
Quanto a mi essa fala alegre agrada,
E o natural aviso,
Tal que a Mercúrio rouba cetro e siso.

Dos rios frescos água,
Que clara entre arvoredos se diriva,
Caindo d'alta frágua,
Esmaltando de pérolas no prado
O verde delicado,
Com brando som aos olhos fugitiva,
Não nos alegra quanto a graça esquiva
D'essa voz soberana,
Que faz cortez a rústica Diana.

(Texto de 1616)

*

Ó POMAR VENTUROSO *(Miscelânia e Terceira Parte de 1668)*

Ó Pomar venturoso,
Onde com a natureza
A subtil arte tem demanda incerta,
Que em sítio tão fermoso
A maior subtileza
De engenho em ti nos mostras descoberta:
Nenhum juízo acerta,

De cego e de enlevado,
Se tem em ti mais parte
A natureza, ou a arte;
Se terra ou céu de ti tem mais cuidado,
Pois em feliz terreno
Gozas de um ar mais puro e mais sereno.

De teu formoso peso
Se mostra o monte ledo,
E o caudaloso Zêzere te estranha,
Porque olhas com desprezo
Seu cristal puro e quedo,
Que com Pera os teus pés rodeia e banha.
Em ti pintura estranha,
A que Apeles cedera,
Enigmas intrincados,
E mirtos animados
Vemos, que o próprio Escopas não fizera:
Em ti, co'a paz interna,
Tem o santo prazer morada eterna.

Os jardins da famosa
Babel tão nomeados,
Por maravilha o mundo não levante,
Inda que com gloriosa
Voz, que estão pendurados
Do instável ar a fama antiga cante?
Nem haja quem se espante
Dos famosos de Alcino;
Nem as mais doctas penas
Cantem os de Mecenas,
Cultor de todo o engenho peregrino,
Mas onde quer que voe,
De ti só fale a Fama, e te pregoe.

Que se era antiguamente
De pomos de ouro belos
O jardim das Hespérides ornado,
E, a pesar da serpente
Que os guardou, só colhê-los
Pode o famoso Alcides de esforçado:
Tu, mais avantajado,

441

Mostras a uma alma casta
Seguir o que deseja,
Fugir da torpe inveja
(Pomos de ouro que o tempo não contrasta):
Enfim co'a caridade,
Vencer o Inferno, abrir a Eternidade.

Por tanto da ventura,
Para ti reservada,
Te deixe o céu gozar perpetuamente,
Porque sejas figura
Da glória avantajada
Dele mesmo, e que em ti se represente;
Porque em quanto sustente
O Céu, o Mar e a Terra,
Seus feitos milagrosos,
Mistérios mais gloriosos,
Com que a morte das almas nos desterra,
Por onde em nossas almas
Com mais pompas triunfa e com mais palmas.

Goza, pois, longamente
Teu venturoso Fado,
Da mãe do teu Autor bem possuído,
Que em ti sempre contente
De seu sublime estado
A alma dos seus alegra, e o sentido.
Cada qual preferido
Nas grandes qualidades
Ao sábio Nestor seja,
Para que o mundo os veja
Exceder as longuíssimas idades,
E com a longa vida
Seja sua memória enobrecida.

Canção, pois mais famosas
Por ti não podem ser
Deste monte as estâncias deleitosas,
Bem pode suceder
Que aquele que os teus números governa
Por querê-las cantar te faça eterna.

(Texto de 1668)

QUEM COM SÓLIDO INTENTO

(Miscelânia e 1668)

Quem com sólido intento
Os segredos buscar da natureza,
Quanto de Atenas preza,
Entregue ao mar irado, ao leve vento;
Em forjar meu tormento
Nova Filosofia
De experiências feita Amor me ensina.
Das leis do antigo tempo bem declina,
Que Amor e a natureza em mim varia,
D'onde escola de sábios nunca viu
Em natural sujeito,
Quanto Amor em meu peito descobriu.

As aves no ar sereno,
O gado de Proteu nas águas pace,
Vive o homem e nace
Neste mundo, qual mundo mais pequeno:
Eu tudo desordeno,
Em todos dividido;
Na boca o ar, na terra o entendimento:
Dá-me esse Amor, dá-me esta o pensamento,
O coração no fogo é consumido:
Mas a água, que dos olhos sempre desce,
Tem efeito tão vário,
Que em um humor contrário o fogo cresce.

Da vista Amor soía
Abrir ao coração segura entrada:
Lei é já profanada,
Que quando a luz de uns olhos me feria,
Amando o que não via,
Qual de escopeta o lume,
Primeiro o querer vi, que a causa visse,
Quem o desejo com a esperança unisse,
Cego iria após cego, e vil costume,
Qu'eu desta alma, das leis do mundo isenta,
Morta a esperança vejo,
Onde sempre o desejo se sustenta.

Em vão se considera
Que um semelhante a outro busca, e ama,
E que foge e desama
Todo o mortal a morte esquiva e fera:
Seja uma linda fera,
Que esconde em vista humana
Coração de diamante, e peito de aço,
De meu sangue faminta, e satisfaço
Com cruel morte a sede desumana:
Assi que sendo em tudo diferente
Corro após minha sorte,
E se m'entrego à morte, estou contente.

Cai em maior defeito
Quem cuida ser ciência clara, e certa,
Que a causa descoberta
Sempre produz a si conforme o efeito:
Rendeu-me um lindo objeito,
Que sendo neve pura,
Vivo me abrasa, e o fogo interno aviva;
Que esta formosa fera fugitiva,
Com ser neve, do fogo se assegura:
Donde infiro por certo (e cesse a fama
Vã, mentirosa, e leve)
Que não desfaz a neve ardente chama.

Bem no efeito se sente
Cessar, cessando a causa donde pende;
Que o fogo mais se acende,
Estando à vista donde mais ausente;
Mas na alma vivamente
A trazem debuxada,
De noite Amor, de dia o pensamento,
E quando Apolo deixa o claro assento,
Por entre sombras vejo a Ninfa amada,
Pois se sem luz Amor os olhos ceva,
Cego, se não concede
Que em nada Amor impede a escura treva.

Erra quem atrevido
Pregoa ser maior que a parte o todo:
Amor me tem de modo,
Que estou numa alma minha convertido:
Desta glória há nacido

444

O temor de perdê-la,
E posto que o receio a muitos finge
Lá na imaginação Quimera e Esfinge,
De mal futuro, que urde imiga estrela,
Vejo em mim, por incógnito segredo,
Quando estou mais contente,
Que só do bem presente nasce o medo.

Tem-se por manifesto
Parecer-se ao sujeito o acidente;
Mas inda em mim se sente
O pensamento, a cor, o riso, o gesto;
[E, tendo todo o resto]
Da vida já perdido
Neste tormento meu tão duro, e esquivo,
[A gostos morto estou, a penas vivo.]
E sendo morto já vive o sentido,
Porque sinta que na alma despedida
Pode em meu mal unir-se
O ficar, e o partir-se, a morte, e a vida.

Destas razões, Canção, infiro e creio,
Que ou se mudou em tudo a forma usada
Da natural firmeza,
Ou tenho a natureza em mim mudada.

(Texto de 1668)

*

QUE É ISTO? SONHO? OU VEJO A NINFA PURA

(Miscelânia e 1668)

Que é isto? sonho? ou vejo a Ninfa pura
Que sempre na alma vejo?
Ou me pinta o desejo
O bem que em vão cada hora me assegura?
Mal pode a noite escura,
Amando a sombra fria,
Mandar-me em sonho a luz formosa, e bela,

445

Que se não torne em dia
De seus luzentos raios inflamada.
Oh vista desejada
De graciosa Ninfa, e viva estrela!
Que há tanto que por este mar navego
(Sem ver meu claro Polo) escuro, e cego.

Nesses formosos olhos, de enlevada,
Minha alma se escondeu,
Quando ordenava o Céu
Que vivesse comigo desterrada.
Vós a mais certa estrada
De ver a Suma Alteza,
Do efeito a causa abris a est'alma minha,
Assi mortal beleza
Só dela nasce e dela se resume,
Assi celeste lume
Lá dos céus se deriva, e lá caminha,
Pois como a Deus unir-me a vista possa,
Porque a negais, meu sol, a esta alma vossa?

Se me quereis prender a parte a parte
Cabelo ondado e louro,
Tecei-me a rede de ouro
Em que prendeu Vulcano a Cípria, e Marte.
Desque com gentil arte
Vestis de flores belas
A terra em que tocais com a bela planta,
Quantas vezes com vê-las
Quis numa dessas flores transformar-me?
Porque vendo pisar-me
Desse cândido pé que a neve espanta,
Pode ser que na flor mudado fora,
Que deu a Juno irada a linda Flora.

Mas onde te acolheste (ó doce vida)
Mais leve, e pressurosa,
Do que na selva umbrosa
Cerva de aguda seta vai ferida?
Se para tal partida,
Meus olhos, vos abristes,
Cerrara-vos o sono eternamente,
Antes que ver-vos tristes,
Perdendo tão suave e doce engano:

446

Agora, com meu dano,
Vedes, para mor mágoa, claramente,
Neste bem fugitivo, e sono leve,
Que mal não há mais longo, que um bem breve.

Ditoso Endimião, que a Deusa cara,
Que a noite vai guiando,
Teve em braços sonhando!
Ah quem de sonho tal nunca acordara!
Tu só, Aurora avara,
Quando os olhos feriste,
Me mataste, cruel, de inveja pura.
Mas se desta alma triste
A negra escuridão vencer quiseste,
Sabe que em vão nasceste,
Que para desfazer-se a nevoa escura
De meus olhos, importa estar presente
Outro Sol, outra Aurora, outro Oriente.

Se a luz de meu Planeta,
Não me aviva, Canção branda e quieta,
Qual flor de chuva em breve consumida
Verás desfeita em lágrimas a vida.

(Texto de 1668)

*

POR MEIO DE UMAS SERRAS MUI FRAGOSAS *(1668)*

Por meio de umas serras mui fragosas,
Cercadas de silvestres arvoredos,
Retumbando por ásperos penedos,
Correm perenes águas deleitosas.
Na ribeira de Buina, assi chamada,
Celebrada,
Porque em prados
Esmaltados
Com frescura
De verdura,
Assi se mostra amena, assi graciosa,
Que excede a qualquer outra mais fermosa.

447

As correntes se vem, que aceleradas,
As ervas regalando, e as boninas,
Se vão a entrar nas águas Neptuninas,
Por diversas ribeiras derivadas:
Com mil brancas conchinhas a áurea areia
Bem se arreia,
Voam aves,
Mil suaves
Passarinhos
Nos raminhos
Acordemente estão sempre cantando
Com doce acento os ares abrandando.

O doce Rouxinol num ramo canta,
E do outro o Pintassilgo lhe responde,
A Perdiz, entre a mata, em que se esconde,
O caçador sentindo, se levanta:
Voando vai ligeira mais que o vento,
Outro assento
Vai buscando;
Porém quando
Vai fugindo,
Retinindo
Traz ela mais veloz a seta corre,
De que ferida logo cai, e morre.

Aqui Progne de um ramo em outro ramo,
Com o peito ensanguentado anda voando,
Cibato para o ninho anda buscando;
A leda Codorniz vem ao reclamo
Do sagaz caçador, que a rede estende,
E pretende
Com engano
Fazer dano
À coitada,
Que enganada
De uns esparzidos grão de louro trigo,
Nas mãos vai a cair de seu imigo.

Aqui soa a Calhandra na parreira,
A Rola geme, palra o Estorninho,
Sai a cândida Pomba do seu ninho,
O Tordo pousa em cima da oliveira:
Vão as doces abelhas sussurrando,
E apanhando

448

O rocio
Fresco e frio,
Por o prado
De erva ornado,
Com que o bravo licor fazem, que deu
À humana gente a indústria de Aristeu.

Aqui as uvas luzidas penduradas
Das pampinosas vides resplandecem,
As frondíferas árvores se oferecem
Com diferentes frutos carregadas.
Os peixes na água clara andam saltando,
Levantando
As pedrinhas,
E as conchinhas
Rubicundas,
Que as jocundas
Ondas consigo trazem, crepitando
Por a praia alva com ruído brando.

Aqui por entre as selvas se levantam
Animais calidonios, e os Veados
Na fugida inda mal assegurados,
Porque do som dos próprios pés se espantam.
Sai o Coelho, e a Lebre sai manhosa
Da frondosa
Breve mata,
Donde a cata
Cão ligeiro,
Mas primeiro
Que ela ao contrário férvido se entregue,
Às vezes deixa em branco a quem a segue.

Luzem as brancas, e purpúreas flores,
Com que o brando Favonio a terra esmalta.
O fermoso Jacinto ali não falta,
Lembrando dos antíguos seus amores:
Inda na flor se mostram esculpidos
Os gemidos.
Aqui Flora
Sempre mora,
E com Rosas
Mais fermosas,
Com lírios e boninas mil fragrantes,
Alegra os seus amores circunstantes.

449

Aqui Narciso em líquido cristal
Se namora de sua fermosura:
Nele as pendentes ramas da espessura
Debuxando-se estão ao natural.
Adonis, com que a linda Citereia
Se recreia,
Bem florido,
Convertido,
Na bonina,
Que Ericina
Por imagem deixou de qual seria
Aquele por quem ela se perdia.

Lugar alegre, fresco, acomodado,
Para se deleitar qualquer amante,
A quem com sua ponta penetrante
O cego Amor tivesse derribado:
E para memorar ao som das águas
Suas mágoas
Amorosas,
As cheirosas
Flores vendo,
Escolhendo,
Para fazer preciosas mil capelas,
E dar por grão penhor a Ninfas belas.

Eu delas, por penhor de meus amores,
Uma capela à minha Deusa dava,
Que lhe queria bem, bem lhe mostrava
O bem-me-queres entre tantas flores.
Porém, como se fora mal-me-queres,
Os poderes
Da crueldade
Na beldade
Bem mostrou,
Desprezou
A dádiva de flores, não por minha,
Mas porque muitas mais ela em si tinha.

(Texto de 1668)

A VIDA JÁ PASSEI ASSAZ CONTENTE *(1685-88)*

A vida já passei assaz contente,
Livre tinha a vontade e o pensamento,
Sem receios de Amor, nem da Ventura:
Mas isto foi um bem d'um só momento;
E à minha custa vejo claramente
Que a vida não dá algum de muita dura.
No tempo em que eu vivia mais segura
De Amor, e seu cuidado,
Por me ver num estado
Em que eu cuidei que Amor não tinha parte,
Não sinto por qual arte
Me vejo entregue a ele de tal sorte,
Que em quanto tarda a morte,
A esperança do bem tenho perdida.
Ai! Quão devagar passa a triste vida!

Quantas vezes eu triste aqui ouvia
O meu Felício, e outros mil pastores,
Queixar-se em vão de minha crueldade!
E mais surda então eu a seus clamores,
Que áspide surda, ou surda penedia,
Julgava os seus amores por vaidade.
Agora em pago disto a liberdade,
A vontade, e o desejo,
De todo entregue vejo
A quem, inda que brade, não responde;
Pois vejo que se esconde
Já debaixo da terra este que eu chamo,
Que é aquele a quem amo;
Aquele a quem agora estou rendida.
Ai! Quão devagar passa a triste vida!

Que glória, Amor cruel, com meu tormento,
Que louvor a teu nome acrecentaste?
Ou que te constrangeu a tal crueza,
Que com tal pressa esta alma sujeitaste
A um mal onde não basta o sofrimento?
Mas se, Amor, és cruel de natureza,
Bastava usar comigo da aspereza
Que usas com outra gente;
Mas tu como somente
De ver-me estar morrendo te contentas,

451

Quando mais me atormentas,
Então desejas mais de atormentar-me;
E não queres matar-me
Porque este mal de mim se não despida.
Ai! Quão devagar passa a triste vida!

Onde cousa acharei que alegre veja?
A quem chamarei já que me responda?
Quem me dará remédio à dor presente?
Não há bem, que de mim já não se esconda;
Nem algum verei já, que a mim o seja,
Porque está quem o foi da vida ausente.
Eu alguma não vi tão descontente,
Que Amor tão mal tratasse,
Que inda não esperasse
A seus males remédio achar vivendo:
Eu só vivo sofrendo
Um mal tão grave, e tão desesperado,
Que tanto é mais pesado
Quanto a vida com ele é mais comprida.
Ai! Quão devagar passa a triste vida!

Suaves águas, dura penedia,
Arvoredo sombrio, verde prado,
Donde eu já tive livre o pensamento;
Frescas flores; e vós meu manso gado
Que já me acompanhastes na alegria,
Não me deixeis agora no tormento.
Se do mal meu vos toca sentimento,
Dai-me para ele ajuda.
Que eu tenho a língua muda;
O alento me vai já desamparando.
Mas quando? (ai triste!) quando
De um dia um'hora me virá contente,
Que eu te veja presente,
Pastor meu, e contigo esta alma unida?
Ai! Quão devagar passa a triste vida!

Mas não sei se é sobrado atrevimento
Querer-se esta alma minha unir contigo,
Pois dela foste já tão desprezado.
Amor me livrará deste perigo;
Que despois que lá vires meu tormento,
Creio que te haverás por bem vingado.

452

E s'inda em ti durar o amor passado,
E aquela fé tão pura,
Eu estou bem segura
Que hás lá de receber-me brandamente.
Aprenda em mim a gente
Quão cara uma isenção com Amor custa:
A pena dá bem justa
A um'alma que lhe é pouco agradecida.
Ai! Quão devagar passa a triste vida!

(*Texto Faria e Sousa*)

*

CRECENDO VAI MEU MAL DE HORA EM HORA *(Juromenha)*

Crecendo vai meu mal de hora em hora,
Creio que quer fortuna que pereça
Segundo contra mim sua roda guia.
Pois se a vida faltar, a pena creça
Que por muito que creça, cruel pastora,
Por fim fim há-de ter sua porfia.
Ũa cousa de ti saber queria
Que ganhas em perder-me?
Que perdes em valer-me,
Se à custa de me olhares brandamente
Me podes ter contente,
E com me dar remédio, e bem fazeres
Não deixarás por isso ser quem eres.

Se minha pena esquiva e meu tormento
Te desse d'alegria algũa parte
Contente viviria assi penando.
Porque como pretendo contentar-te
Com meu mal para tu contentamento
Me estaria sumamente deleitando.
Mas claramente estou de ti notando
Nesses teus olhos belos
Se acerto ũa hora a vê-los
Quão pouca conta tens co que padeço.
Ai que mui bem conheço,
Pastora, que por meu destino e sorte
Tens essa condição tão dura e forte.

Um tigre, qualquer fera irracional,
Com sua asperidade tem amor
E por ele vive em paz silvestremente.
Das aves a maior, e a menor,
Todas com um distinto natural
Possuem amor e o tem naturalmente,
E tu de perfeição tão excelente
De tanta honestidade,
De tanta divindade,
De tanta galhardia e gentileza,
Somente tens crueza.
Creio que com razão a ti compete
O nome de cruel Anaxarete.

Se cuidas que servir-te não mereço
Por minha indinidade e tua valia,
Engana-te pastora, o pensamento,
Que se tens gentileza e galhardia
Eu tenho fé e amor de tanto preço,
Que me iguala com teu mericimento.
Mas pouco presta ter tal fundamento
Quem tem contrário o fado.
Amar-te me é forçado
Teu merecer altivo me faz força
Mas quanto mais me esforça
A fé de meu amor e a confiança
Mais me desdenhas tu, com a esquivança.

Que val tua gentileza e alegre vista,
Que val que sejas tão fermosa dama,
Se tudo tens em ti são sumergido?
A fresca flor que tem coberta a rama,
A quem o tempo gasta sem ser vista,
N'ũa cousa presta haver nascido;
O ouro nada val se está escondido
Em sua própria mina,
E não se tira e afina,
Nem a pérola em sua concha feia
Escondida na areia,
Porque sem a humana companhia
Nenhũa cousa tem sua valia.

Assim tua graça sua sobre-humana,
Angélica figura, grave e honesta,
O preço perde estando em ti escondida.
Pois teu cabelo d'ouro e branca testa,
Rostro belo, florido idade ufana,
Gastas sem companhia em deserta vida.
Ó ingrata, cruel desconhecida,
O campo que mereça,
Ou que te agradeça,
Gastares n'ele idade tão sublime?
Dás-lhe o que não estime,
Dás-lhe, com larga mão o que me negas,
Em fim a luz lhe dás, a mim as trevas.

Olha, que com pressa o tempo voa,
E como com corrida pressurosa
Caladamente a fim tudo encaminha.
Procura de gozar de tua pessoa.
Porque depois de seca a fresca rosa,
Sem preço e sem valia fica a espinha.
Confesso-te, que a graça que ela tinha,
Se o tempo quis tirar-lha
O mesmo torna a dar-lha.
E se perde a sazão qu'a enobrece,
Ao outro ano enverdece,
Mas tua sazão fresca se se perde,
Não cuides que jamais se torna verde.

Se te fez natureza tão preclara,
Se te dotou de graça e perfeição,
Com ela não assanhes a ventura.
Olha que estás agora em tua sazão,
Não sejas para ti mesma avara.
Vê, que a fruita há-de colher-se se é madura.
Se deixares murchar tua formosura,
Que agora mal despendes,
Depois se te arrependes,
O tempo, como corre à rédea solta.
Não torna mais a dar volta,
Nem nosso estado humano é tão felice
Que se renove assim como a Fenice.

Como posso esperar de ti piedade,
Se tu, com teu intento desumano,
Contigo mesma usando estás crueza?
Claro está de meu mal o desengano.
Quem não terá pera si liberalidade
Mal poderá para outrem ter largueza.
Mas contudo essa Roda d'aspereza
Espero que desande
E alguma hora abrande
Porque por tempo as feras das montanhas
Abrandam suas sanhas,
E o feroz cavalo, altivo, ufano,
Por tempo se submete ao uso humano.

Se para atormentar-me estás contente,
Se para crueldade tens tal posse,
A esperança em mim vive segura
Porque por tempo a pena se faz doce
E se quebra o forte diamante,
A água branda cava a pedra dura.
Quiçais permitirá minha ventura,
Que algum tempo veja
O bem qu'alma deseja.
E no tempo brumal o céu espelhado
Não está sempre ofuscado
E às vezes o mar manso tem tormenta,
Mas escassa-se o vento, a fúria assenta.

Se de qualquer trabalho, pouco ou muito,
Pastora, galardão igual se espera
E dar-se a quem o merece se costuma,
De meu amor constante e fé sincera,
Bem posso com razão esperar fruito.
Sem te ofender com isto em cousa alguma,
A Vida pois se gaste e se consuma
Em tão gentil demanda
Pois que amor o manda
E se nela quiser fortuna ou fado,
Que seja de ti amado,
Não quero dele glória mais comprida
E quando não, morrer por ti é vida.

456

Canção perdida vás, mas mais perdido
Está quem te oferece ao seco vento
Pois, pera sentir males tem sentido
E pera mais lhe falta o sentimento.
Se me queixo, ao doente é concedido
Queixar-se de seu mal, de seu tormento.
Por tanto deixa-te ir, e donde fores
Publica meu tormento e mal de amores.

(Texto do Ms. Luís Franco)

*

BEM-AVENTURADO AQUELE QUE AUSENTE *(Juromenha)*

Bem-aventurado aquele que ausente
Do reboliço, tráfego e tumultos,
Vê de longe as perdas e insultos,
Que faz o mundo vil da necia gente.
Aos cuidados têm posto freio
Mui alheio
Do perigo
Que consigo
Traz a vida,
Que embebida
No peçonhento gosto da cobiça
O fogo com que arde assim atiça.

Não se mantem no gosto dos favores,
Enlevado nas falsas esperanças,
Vis, lhe parecem, e baixas as privanças
Dos príncipes, dos reis e dos senhores;
Por abundância tem e por riqueza
A pobreza,
Que imiga
Da fadiga
Não consente
Descontente,
Por ver o coração, que por viver
Sem cuidado e temor quis pobre ser.

Pisa com peito forte e animoso
As ambições que os olhos d'alma cegam,
Despreza as vãs promessas que enlevam
Ao vão pensamento cuidadoso;
Este por mau e por perverso tive,
E assim vive,
Porque a vida
Consumida
Com cuidados
Escusados
E sujeita a desconcertos da ventura
Não é vida vital, mas morte pura.

Não tiram o doce sono as lembranças
Importunas do bem ou mal futuro;
Os vários sucessos vê seguro,
Livre de medo, isento de mudanças;
E posto que a vida breve seja,
Não deseja
Estendê-la;
Goza d'ela
Que parece
Que enriquece
Porque a vida ocupada em buscar vida,
Acha-se mal gastada e não crescida.

Não anda entre amigos incubertos,
A perigos imensos avisado,
Mas co'animo constante e sossegado,
Goza dos corações leais e certos;
Quando o bravo mar furioso
Belicoso
Fogo acende,
E pretende
Com estranha
Ira e sanha
Roubar a cara paz, cá na terra,
Com sossego está-se rindo da guerra.

Não ouve da trombeta temerosa
O rouco som que assombra o esforçado;
Não teme do cruel e vão soldado
A espada de sangue cobiçosa;
Nem o pelouro da espingarda saindo,

Retinindo
Pelo ar voa
Ledo, e soa;
Mas descendo,
Não se vendo,
Vai ferir entre muitos o coitado,
Que tal caso está bem descuidado.

E posto que livre entendimento
Cativa a vista, e regra a lei que segue,
E a outra vontade a sua entregue,
Refreando o errado pensamento;
Contudo, tem mais certa liberdade
A vontade
Que aceita
Ser sujeita,
Porque os danos
E enganos
Que procedem do próprio parecer,
Senhor de si a um não deixa ser.

Ora da baixa terra alevanta
O experto pensamento ao céu formoso,
E da vida e de si mesmo queixoso,
Morre por possuir riqueza tanta;
Ora com doces ais o céu rompendo
E gemendo
Diz à morte:
Dura sorte!
Se vieras
E me deras
Um golpe tão esquivo que morrera
Por verdadeira vida te tivera.

(Texto Juromenha)

*

GLÓRIA TÃO MERECIDA *(Teófilo, 1880)*

Glória tão merecida
Quanto é justo o receio da esperança
Temo d'esta tardança

Que sem vos ter vos chore por perdida.
Antes de terdes vida
Vos dá morte a ventura
E sem nacer vos leva à sepultura,
Porque com novo engenho
Me tire ainda aquilo, que não tenho.

Mas na esperança minha
Vi em vosso apressado nacimento
Foi para mor tormento
Que às vezes mata um bem, que se adivinha
Que a tardar co'a mesinha
Abre mais ferida
E após um gosto, a esperança, e a vida
C'o temor de perdê-lo
Andam dependuradas de um cabelo.

Assi temendo espero
Nem por estes temores desmereço
Um bem de tanto preço
Que enfim tanto receio quanto quero.
Da sorte desespero
Que quando o vão desejo
Colher me obriga o bem que busco, e vejo
Para maior enleio
Me mete um muro de diamante em meio.

Qual do terreno assento
Ergue o sol ao vapor que em nuve forma
Tal o sol que me informa
Levanta a si meu triste pensamento
Mas o merecimento
Como é terreno, e falto,
Teme, vendo o cuidado estar tão alto,
Que a viva luz que adoro
Desfaça a nuve em lágrimas, e choro.

Se perder o tesouro
Que amor já por promessas me consente
Serei como a serpente
Que para outrem guardava os pomos d'ouro.
Que a glória porque mouro,
De tantos desejada,

460

C'o mesmo sangue a trago sustentada,
Tendo-lhe oferecida
No templo d'alma em sacrifício a vida.

Se o bem que em vós consiste,
Meu sol chego a gozar por nova via
Morrerá de alegria
O coração que vive de ser triste.
Mas se a sorte resiste
A meu ditoso fado,
Tenho a vingança d'ela em meu cuidado,
Que em tão fermoso posto
Ao menos morro à sombra de meu gosto.

(Texto de Teófilo)

*

ODES

FORA CONVENIENTE *(1860-1869)*

Fora conveniente
Ser eu outro Petrarca ou Garcilasso,
Ou ir ousadamente
Buscar com largo passo
O sagrado Helicon ou o Parnasso.

Ou que em mim inspirara,
Apolo sua graça peregrina,
Ou que até o céu buscara
A fonte cabalina
E bebera a sua água tão divina.

Ou ao menos pudera
Antre aqueles contar-me que alcançado
Na Lusitânia esfera
Tem o louro sagrado
D'aquele de que o sol é governado,

Pera que ousadamente
De minha Musa vos dera essa parte;
A vossa que somente
As nove Irmãs de Marte
Concederão perfeita esta sua arte.

461

A vós por quem já cresce
O nome lusitano a tanta glória
Que a seu pesar esquece
De Virgílio a memória
Mântua, e de sua obras a alta história.

A vós que enrouquecestes
A cítera sonora do Treício,
E que tomar pudestes
A Delfos o exercício,
Tomando também a Minerva o ofício.

A vós a cuja glória
No mais antigo tempo e no presente
O louro da vitória
Concede facilmente
Qualquer que de Talia as obras sente.

A vós, cuja alta fama
Vi antre os Garamatas conhecida,
A luz que o sol derrama
Na terra enobrecida
Por vós já tem de todo escurecida.

A qual, primeiro aurora
Virá, depois de sol um só momento,
Ela esqueça algũa hora
Ou possa o 'squecimento
Tolher-lhe seu contínuo crescimento.

Não é de confiado
Mostrar-vos minhas cousas, pois conheço
Que tendes alcançado
N'isto o mais alto preço
E quanto eu em amostrá-las desmereço.

Mas é de desejoso
De vos obedecer porque estou vendo
que a nome tão honroso
Mais ganho obedecendo
Que perco em demonstrar quão pouco intendo.

(Texto do Ms. Luís Franco)

NÃO DE CORES FINGIDAS *(Cancioneiro Fernandes Tomás)*

Não de cores fingidas
a minha casa a vista representa,
nem as traves sustenta
sobre colunas de África trazidas;
não de Atalo as riquezas possuídas
logrando herdeiro escasso,
mimoso da fortuna a vida passo.

Com Febo em companhia,
enganando co'as musas a pobreza,
emprego noite e dia,
no que o mundo pouco estima e preza;
nem quero ter na vida mais riqueza;
tenha outrem para a vida
as veias de Pactolo, as mãos de Mida!

Que mais ditosa sorte
que discorrendo os anos docemente,
viver antes da morte
na vida mui quieto e contente!
Que estado mais seguro, e eminente
que a fama ter segura
do tempo, da fortuna, e da ventura!

Do Egipto pereceram
as pirâmides e o mausoléu;
e o rico templo Eleo,
de marfim feito, os tempos desfizeram;
as estátuas de Scopas não puderam
sustentar-se contra eles,
nem as tábuas gentis do insigne Apeles.

Mas vós, musas, aos vossos
das injúrias dos tempos segurais,
e quaisquer feitos nossos
às leis da eternidade consagrais.
Com a lira de Orfeu ressuscitais
a virtude esquecida,
qual Eurídice morta à doce vida.

Estas as ervas eram
da mágica Medeia, preciosas,
que o velho converteram

à fresca idade; ah! obras milagrosas!
Estas eram as de Glauco poderosas
que, tanto que as comia,
feito imortal, o humano se perdia.

Que não foi só roubada
aquela por quem Troia se perdeu,
nem foram sós na espada
Diómedes, Ajax e Idomeneu;
nem primeiro seus muros defendeu
Hector, aventureiro,
nem em vencer, Aquiles foi primeiro.

Muitos outros passaram
que perderam imortal merecimento
porque os não libertaram
as musas do perpétuo esquecimento,
que elas deram, enfim, seguro assento
nos campos fortunados
a todos os heróis celebrados.

Mas como a nau se alegra
quando, com novo lume os céus abrindo,
desterra a nuvem negra.
o mar se assenta, as ondas vão caindo,
tal eu, pois novo brio vou sentido,
voar pudera sem penas
ao monte do Parnaso, e Atenas.

Se é mais que em brando lenho
em diamante esculpir qualquer figura,
ter em tão duro engenho
maior louvor e glória se assegura;
que, se este bem alcanço da ventura,
d'algum saber interno,
quanto escrever, será louvor eterno.

(Transcrição de Carolina Michaëlis, ob. cit.)

*

PETRARCA

Nel dolce tempo de la prima etade
Che nascer vide et ancor quasi in erba

La fera voglia che per mio mal crebbe,
Perchè, cantando, il duol si disacerba,
Canterò com'io vissi in libertade
Mentre Amor nel mio albergo a sdegno s'ebbe.
Poi seguirò si come a lui ne 'ncrebbe
Troppo altamente, e che di ciò m'avenne,
Di ch'io son fatto a molta gente essempio;
Ben che'l mio duro scempio
Sia scrito altrove sí che mille penne
Ne son già stanche, e quasi in ogni valle
Rimbombi il suon de' miei gravi sospiri,
Ch'acquistan fede a la penosa vita.
E se qui la memoria non m'aita,
Come suol fare, iscusilla i martíri
Et un penser che solo angoscia dalle
Tal, ch'ad ogni altro fa voltar le spalle
E mi face obliar me stesso a forza;
Chè ten di me quel d'entro et io la scorza.

I' dico che dal dí ch '1 primo assalto
Mi diedi Amor molt'anni eran passati,
Sí ch'io cangiava il giovenil aspetto;
E d'intorno al mio cor pensier gelati
Fatto avean quase adamantino smalto
Ch'allentar non lassava il duro affetto:
Lagrima ancor non mi bagnava il petto
Nè rompea il sonno, e quel che in me non era
Mi pareva un miracolo in altrui.
Lasso, che son! che fui!
La vita el fin e'l dí loda la sera.
Chè, sentendo il crudel di ch'io ragiono
In fin allor precossa di suo strale
Non essermi passato oltra la gonna,
Prese in sua scorta una possente donna
Vèr' cui poco già mai mi valse o vale
Ingegno o forza o dimandar perdono.
Ei duo mi transformaro in quel ch' i' sono,
Facendomi du'uom vivo un lauro verde
Che per fredda stagion foglia non perde.

Qual mi fec'io, quando primier m'accorsi
De la transfigurata mia persona,
E i capei vidi far di quella fronde
Di che sperato avea già lor corona,

E i piedi in ch'io mi stetti e mossi e corsi
(Com'ogni membro a l'anima risponde)
Diventar due radici sovra l'onde
Non di Peneo ma d'un piú altero fiume,
E'n duo rami mutarsi ambe le braccia!
Nè meno ancor m'agghiaccia
L'esser coverto poi di bianche piume,
Allor che folminato e morto giacque
Il mio sperar, che troppo alto montava.
Chè perch'io non sapea dove né quando
Me 'l ritrovasse, solo, lagrimando,
Là 've tolto mi fu, dí e notte andava
Ricercando dal lato e dentro a l'acque,
E già mai poi la mia lingua non tacque,
Mentre poteo, del suo cader maligno;
Ond'io presi col suon color d'un cigno.

Cosí lungo l'amate rive andai,
Che volendo parlar cantava sempre,
Mercè chiamando con estrania voce:
Nè mai 'n sí dolce o in sí soave tempre
Risonar seppi gli amorosi guai
Che 'l cor s'umiliasse aspro e feroce.
Qual fu a sentir, che 'l ricordar mi coce?
Ma molto piú di quel ch'è per inanzi
De la dolce ed acerba mia nemica
È bisogno ch'io dica;
Ben che sia tal ch'ogni parlare avanzi.
Questa, che col mirar gli animi fura,
M'aperse il petto, e 'l cor prese con mano,
Dicendo a me: di ciò non far parola.
Poi la rividi in altro abito sola
Tal ch'i non la conobbi, o senso umano!
Anzi le dissi 'l ver, pien di paura:
Ed ella ne l'usata sua figura
Tosto tornando fecemi, oimè lasso,
D'un quasi vivo e sbigottito sasso.

Ella parlava sí turbata in vista,
Che tremar mi fea dentro a quella petra
Udendo: I' non son forse chi tu credi.
E dicea meco: Se costei mi spetra,
Nulla vita mi fia noiosa o trista:
A farmi lagrimar, signor mio, riedi.

Come, non so; pur io mossi indi i piedi,
Non altrui incolpando che me stesso,
Mezzo, tutto quel dí, tra vivo e morto.
Ma, perchè'l tempo è corto,
La penna al buon voler non puo gir presso,
Onde piú cose ne la mente scritte
Vo trapassando, e sol d'alcune parlo,
Che meraviglia fanno a chi l'ascolta.
Morte mi s'era intorno al core avolta,
Nè tacendo potea di sua man trarlo
O dar soccorso a le vertuti afflitte:
Le vive voci m'erano interdite:
Ond'io gridai con carta e con inchiostro:
Non son mio, no; s'io moro, il danno è vostro.

Ben mi credea dinanzi a gli occhi suoi
D'indegno far cosí di mercè degno;
E questa spene m'avea fatto ardito:
Ma talora umiltá spegne disdegno,
Talor l'enfiamma; e ciò sepp'io da poi
Lunga stagion di tenebre vestito
Ch'a quei preghi il mio lume era sparito;
Ed io, non ritrovando intorno intorno
Ombra di lei né pur de' suoi piedi orma,
Come uom che tra la via dorma,
Gittaimi stanco sopra l'erba un giorno.
Ivi, accusando il fuggitivo raggio,
A le lagrime triste allargai 'l freno
E lasciaile cader come a lor parve:
Né già mai neve sotto al sol disparve
Com'io senti' me tutto venir meno
E farmi una fontana a piè d'un faggio.
Gran tempo umido tenni quel viaggio.
Chi udí mai d'uom vero nascer fonte?
E parlo cose manifeste e conte.

L'alma, ch'è sol da Dio fatta gentile,
Chè già d'altrui non può venir tal grazia,
Simile al suo fattor stato ritene;
Però di perdonar mai non è sazia
A chi col core e col sembiante umíle,
Dopo quantunque offese, a mercé vene;
E, so contra suo stilo ella sostene
D'esser molto pregata, in lui si specchia,

E fal, perché 'l peccar piú si pavente;
Chè non ben si ripente
De l'un mal chi de l'altro s'apparecchia.
Poi che madonna da pietà commossa
Degnò mirarme e riconobbe e vide
Gir di pari la pena col peccato,
Benigna mi redusse al primo stato.
Ma nulla ha 'l mondo in ch'uom saggio si fide:
Ch'ancor poi, ripregnando, i nervi e l'ossa
Mi volse in dura selce; e cosí scossa
Voce rimasi de l'antiche some,
Chiamando morte e lei sola per nome.

Spirto doglioso, errante (mi rimembra)
Per spelunche deserte e pellegrine,
Piansi molt'anni il mio sfrenato ardire;
Et ancor poi trovai di quel mal fine
E ritornai ne le terrene membra,
Credo, per piú dolor ivi sentire,
I' segui' tanto avanti il mio desire,
Ch'un dí, cacciando, sí com'io solea,
Mi mossi; e quella fera bella e cruda
In una fonte ignuda
Si stava, quando 'l sol piú forte ardea.
Io, perchè d'altra vista non m'appago,
Stetti a mirarla, ond'ella ebbe vergogna;
E per farne vendetta o per celarse
L'acqua nel viso con le man mi sparse.
Vero dirò (forse e' parrà menzogna):
Ch'i' senti' trarmi de la propria imago,
Et in un cervo solitario e vago
Di selva in selva ratto mi trasformo;
Ed ancor de' miei can fuggo lo stormo.

Canzon, i' non fu'mai quel nuvol d'oro
Che poi discese in preziosa pioggia
Sí che 'l foco di Giove in parte spense;
Ma fui ben fiamma ch'un bel guardo accense,
E fui l'uccel che piú per l'aere poggia
Alzando lei che ne'miei detti onoro:
Né per nova figura il primo alloro
Seppi lassar, chè pur la sua dolce ombra
Ogni men bel piacer del cor mi sgombra.

(Texto de Carducci-Ferrari)

ÍNDICE ONOMÁSTICO

Camões, cujo nome é referido em quase todas as páginas, não figura obviamente neste índice.

A

ABELARDO, Pedro — 424, 425
ACUÑA, Hernando de — 47, 48, 207, 213, 292
ADAMS, Henry — 425
ADLINGTON, William — 371
AFONSO V, de Aragão e Nápoles — 192
AFONSO X, de Castela — 44, 49
AGOSTINHO, St.º — 188, 425
AIRES RAMOS DA SILVA DE EÇA, Matias — 26
ALAMMANI, Luigi — 132
ALBERGARIA, Manuel Soares de — 65
ALBERTI, Leon Battista — 192
ALCAZAR, Baltazar de — 51, 213
ALDANA, Francisco de — 51, 213, 216
«ALEIJADINHO» — 155
ALLISON PEERS, E. — v. Peers, E. A.
ÁLVARES DA CUNHA, António — v. Cunha, António Álvares da
ÁLVARES DO ORIENTE, Fernão — 63, 194, 250, 258
AMADOR DE LOS RIOS, José — 265
AMBROGINI, Angelo, o «Poliziano» — v. «Poliziano», A. A.
ANACREONTE — 114, 133, 258
ANDRADA, Diogo Paiva de — 67
ANDRADE, Jacinto Freire de — 250
ANDRADE, Mário de — 287

ANDRADE, Miguel Leitão de — 54, 56, 60, 63, 64, 65, 110, 111, 127, 129, 214, 281
ANDRADE CAMINHA, Pedro — v. Caminha, Pedro de Andrade
ANSELMO, A.J. — 67, 302, 329
ANTAL, Paul J. — 132
ANTERO DE QUENTAL — 26, 259, 260, 267
APULEIO — 366, 368, 369, 371, 372, 373
AQUILANO, Serafino — v. Serafino
AQUINO, S. Tomás de — 264, 329, 330
ARAGÃO, D. Francisca de — 204
ARAÚJO, Joaquim de — 60
ARETINO, Pietro — 193
AREZZO, Guittone d' — 44
ARIOSTO, Ludovico — 148, 193, 195, 204, 215, 216
ARISTÓTELES — 389, 390
ARTIEDA, Andrés Rey de — 51
ASENSIO, Eugénio — 67
AVEIRO, 1.º duque de, D. João de Lencastre — 45, 47, 194
AVERRÓIS — 260, 264

B

BACON, Francis — 270
BAÏF, Jean-Antoine de — 351
BANDELLO, Matteo — 205
BARAHONA DE SOTO, Luiz — v. Soto, L. Barahona de

BARATA, A. F. — 214
BARBERINO, Andrea da — 192
BARREIRA, João de — 69
BARRETO, João Franco — 59, 205, 327
BARROS, João de — 67, 69, 352, 353
BARROS, Dr. João de — 68
BATAILLON, Marcel — 371, 372
BEETHOVEN, Ludwig van — 365
BELLEAU, Rémy — 133
BELLORINI, Egídio — 213
BEMBO, Pietro — 13, 26, 113, 148, 189, 191, 193, 194, 195, 198, 199, 200, 201, 202, 203, 205, 206, 215, 216, 238, 239, 240, 241, 242, 248, 251, 252, 253, 274, 317, 437
BERNARDIM RIBEIRO — v. Ribeiro, Bernardim.
BERNARDES, Diogo — 45, 46, 60, 62, 114, 129, 211, 212, 215, 216, 250, 257, 329
BERNARDO, St.º — 153, 424
BERNI, Francesco — 193
BESSARION, João — 192
BILAC, Olavo — 351, 352
BOCAGE, Manuel Maria Barbosa du — 258
BOCCACCIO, Giovanni — 191
BOIARDO, Matteo Maria — 148, 192, 204, 368, 371
BOLGAR, R. R. — 371
BORGES, Marcos — 62
BORJA, S. Francisco de — 371-372
BOSCÁN, Juan — 13, 46, 47, 48, 148, 156, 193, 204, 206, 207, 210, 211, 215, 216, 217, 218, 219, 220, 221, 222, 223, 224, 225, 226, 227, 228, 229, 230, 231, 232, 233, 234, 235, 236, 237, 238, 242, 248, 251, 253, 274, 292, 437
BRACCIOLINI, Giovanni Poggio — v. Poggio Bracciolini
BRAGA, Teófilo — 54, 56, 61, 62, 63, 110, 111, 115, 128, 437, 459, 461
BREY, Maria — 62
BRITO, Fr. Bernardo de — 329
BRITO, Mário da Silva — 287
BRUNI, Leonardo — 192
BRUNO, Giordano — 194, 269, 272, 273, 373
BUCHANAN, George — 389

BURCKARDT, Jakob — 204, 266, 268

C

CALDERON, Juan António — 287
CAMERINO, duquesa de (Catarina Cibo) — 371
CAMILO CASTELO BRANCO — 114
CAMINHA, Pedro de Andrade — 45, 46, 47, 62, 210, 211, 215, 216
CAMPBELL, Roy — 14
CAMPOS, Agostinho de — 61, 286
CÂNDIDO DE MELLO E SOUSA, António — 9
CANTORAL, Jerónimo de Lomas — 51, 209
CARDANO, Jerónimo — 193, 269
CARDUCCI, Giosuè — 156, 213, 468,
CARLOS V, imperador — 292
CARNEIRO, Bernardino J. de S. — 258
CARO, Annibal — 193, 205
CARVALHO, Francisco Freire de — 257, 258, 265
CARVALHO, Joaquim de — 49, 259, 261, 262, 264, 266, 288
CASA, Giovanni della — 193
CASSIRER, Ernst — 255, 267, 374
CASTELO BRANCO, Camilo — v. Camilo
CASTELVETRO, Ludovico — 205
CASTIGLIONE, Baldassare — 193, 194, 217
CASTRO, Américo — 389
CASTILHO, António Feliciano de — 286, 287, 331, 351, 352
CASTILHO, Júlio de — 301
CASTILLEJO, Cristóbal de — 50
CASTRO, Adolfo de — 213
CASTRO, Estêvão Rodrigues de — 214, 250
CASTRO, Inês de — 204
CASTRO, D. João de — 301
CATULO — 192
CAVALCANTI, Guido — 49
CAXTON, William — 300
CAZENEUVE, Jean — 389
CELLINI, Benevenuto — 193, 194
CEPEDA, Joachim Romero de — 62

CERVANTES, Miguel de — 51, 66, 69, 209, 273, 389

CETINA, Gutierre de — 47, 48, 207, 208, 211, 215, 216, 292

CHAIDE, Pedro Malón de — v. Malón de Chaide, Pedro

CHARDIN, P.e Teilhard de — 151, 187

CHARITEO, Benedetto Gareth — 192, 204

CHARRON, Pierre — 269, 389

CHATEAUBRIAND, François René de — 351

CHAUCER, Geoffrey — 187

CHERBURY, Edward Herbert de — v. Herbert de Cherbury, E.

CHIABRERA, Gabriello — 132, 133

CIBO, Catarina — v. Camerino, duquesa de

CÍCERO — 187

CIDADE, Hernâni — 54, 55, 60, 64, 109, 111, 114, 115, 133, 187, 206, 237, 238, 266, 364, 367, 378, 390

CIMINELLI D'AQUILA, Serafino — v. Serafino

CINO DA PISTOIA — 49, 213

CINTHIO, Giambattista Giraldi — v. Giraldi «Cinthio», G.

CLAUDIUS, Matthias — 353

CLAUDEL, Paul — 265

CLEMENTE VII, papa — 371

CLEMENTE DE ALEXANDRIA, St.o — 267

COELHO, Fr. Manuel — 291, 326, 327, 328, 329

COLLINS, Anthony — 269

COLONNA, Vittoria — 193

CORNEILLE, Pierre — 374

CORREIA, Luís Franco — v. Franco Correia, Luís

CORREIA, P.e Manuel — 325

CORREIA DE LACERDA, Fernão — v. Lacerda, Fernão Correia de

CORREIA GARÇÃO, Pedro António — v. Garção, P. A. Correia

CORTE REAL, Jerónimo — 291, 292

CORTEGANA, Diego López de — v. López de Cortegana, D.

CORTESÃO, Jaime — 50

COSTA E SILVA, J. M. da — v. Silva, J. M. da Costa e

COSTA PIMPÃO, A. J. da — v. Pimpão, A. J. da Costa

COSTANZO, Angelo di — 193

COUTINHO, Francisco, conde de Redondo — 115

COVARSI, Enrique Segura — 49, 50, 51, 132, 188, 209, 212, 213, 237

CRASBEECK, Pedro — 59

CRASTO, Martim de — 65

«CRISFAL» — v. Falcão, Cristóvão

CRISOLORAS, Manuel — 191

CRISTINA DA SUÉCIA, rainha — 374

CRUZ, Fr. Agostinho da — 194, 250

CRUZ, Fr. Paulo da — v. Fernandes, Jorge

CUNHA, António Álvares da — 54, 56, 60, 63, 64, 65, 115, 128, 214, 215, 287, 327, 328

CURTIUS, Ernst Robert — 187, 254, 287

CUSA, Nicolau de — 254, 255, 374

D

DANIEL, Arnaut — 49, 66, 215

DANTE — 24, 43, 48, 49, 137, 153, 213, 215, 265, 266

DE SANCTIS, Francesco — 188, 204

DESCARTES — 373, 374

DICKINSON, Emily — 68

DIDEROT — 271

DINIS, rei de Portugal — 44, 49

DIONISOTTI, Carlo — 198

DONNE, John — 272

DOSTOIEVSKI — 368

D. DUARTE, rei de Portugal — 366

DU BELLAY, Joachim — 132, 133

DURAND, Étienne — 268

E

EÇA DE QUEIROZ — 26

ELIOT, T. S. — 17

EMPSON, William — 266

ENCINA, Juan del — 70

EPICTETO — 389

ERCILLA, Alonso de — 66

ESCALÍGERO, Giulio Cesare — 193, 194

ESPINEL, Vicente — 51, 66

ESPINOZA, Pedro de Cáceres y — 50, 287
ESTÁCIO — 50
ESTIENNE, Henri — 133

F

FALCÃO, Cristóvão — 45, 49, 156,
FALCÃO DE RESENDE, André —
v. RESENDE, André Falcão de
FARIA, Manuel Severim de — 50, 266
FARIA E SOUSA, Manuel de — 54,
56, 57, 59, 60, 61, 63, 64, 65, 66,
110, 111, 114, 115, 128, 130, 131,
205, 212, 215, 236, 238, 258, 267,
289, 292, 293, 323, 327, 328, 329,
330, 366, 388, 423, 435, 453
FEBVRE, Lucien — 268
FERNANDES, Domingos — 53, 56,
59, 129, 325, 326
FERNANDES, Jorge, ou Fr. Paulo
da Cruz, «o Fradinho da Rainha» —
56, 62
FERNANDES TOMÁS, A. — v.
Tomás, A. Fernandes
FERRARI, Severino — 156, 213, 468
FERREIRA, António — 45, 50, 114,
115, 132, 204, 215, 216, 301, 389
FERREIRA, Fr. Bartolomeu — 326,
327, 329
FERREIRA DE VASCONCELOS,
Jorge — v. Vasconcelos, Jorge
Ferreira de
FERRERES, Rafael — 212
FICINO, Marsílio — 192, 255
FIGUEROA, Francisco de — 51, 209
FILELFO, Francesco — 114, 132, 192
FILGUEIRA VALVERDE, J. — v.
Valverde, J. Filgueira
FILIPE II, de Espanha — 214
FIRENZUOLA, Agnolo — 368, 371
FLETCHER, Phineas — 326
FLORA, Francesco — 204
FOLENGO, Teofilo — 193, 205
FRANCO CORREIA, Luís — 54, 61,
65, 70, 115, 127, 130, 133, 289,
290, 291, 316, 319, 321, 322, 323,
324, 325, 328, 365, 366, 372, 374,
378, 381, 382, 383, 386, 388, 393,
394, 395, 396, 397, 398, 400, 401,
406, 408, 409, 410, 411, 457, 462

FREDERICO II, de Hohenstauffen,
imperador — 44, 49
FREIRE, Fr. António — 291, 327
FREIRE DE ANDRADE, Jacinto —
v. Andrade, Jacinto Freire de
FREIRE DE CARVALHO, Fran-
cisco — v. Carvalho, Francisco
Freire de
FRESCOBALDI, Girolamo — 49
FREUD, Sigmund — 270
FUENTES, Alonso de — 371

G

GALILEU — 194, 270
GALVÃO, António — 69
GÁLVEZ DE MONTALVO, Luiz
— v. Montalvo, Luiz Gálvez
GAMBARA, Veronica — 193
GANDAVO, Pero de Magalhães —
68, 69
GANDILLAC, M. de — 255
GARASSE, P.e François — 268, 269
GARETH, Benedetto, o «Chariteo»
— v. Chariteo
GARÇÃO, Pedro António Correia
— 258
GARCILASO DE LA VEGA — 13,
44, 46, 47, 48, 63, 69, 94, 133, 134,
148, 156, 189, 193, 206, 207, 210,
215, 216, 217, 218, 219, 220, 221,
222, 223, 224, 225, 226, 227, 228,
229, 230, 231, 232, 233, 234, 235,
236, 237, 238, 242, 243, 244, 245,
246, 247, 248, 250, 251, 253, 274,
292, 388, 389, 437
GEDEÃO, António — 14
GENTILE, Giovanni — 187
GIANNI, Lapo — 49
GIRALDI «CINTHIO», Giambat-
tista — 193
GIUSTINIAN, Leonardo — 192
GLASER, Edward — 267
GONÇALVES, António — 69
GONGORA Y ARGOTE, Luís de
— 272, 273
GOURMONT, Rémy de — 330, 351
GRACIÁN, Baltazar — 273, 287,
288, 427
GRACO, Atanágoras — 205
GRANADA, Fr. Luís de — 371, 372
GROTO, Luigi — 65, 66, 205

GUARINI, Giambattista — 194, 205
GUIDICCIONI, Giovanni — 193, 205
GUIMARÃES PASSOS, Sebastião
— 351
GUINIZELLI, Guido — 44,49

H

HABENICHT, Rudolf E. — 67,68
HARDNUNG, Viktor E. — 214
HARTMANN, Eduardo von — 259
HEGEL — 259, 361
HEISENBERG, Werner — 32
HERBERT DE CHERBURY,
Edward — 269, 374
HERCULANO, Alexandre — 26
HERRERA, Fernando de — 51, 208,
216, 287
HEYWOOD, John — 67, 68
HINMAN, Charlton — 300, 301
HORÁCIO — 50, 51, 55, 56, 114,
127, 133, 261, 263, 386
HOWARD, Henry, conde de Surrey
— v. Surrey
HURTADO DE MENDOZA, Die-
go — v. Mendoza, D. Hurtado de
HUSSERL, Edmund — 260

I

ISABEL DE ARAGÃO, rainha de
Portugal — 49

J

JEREZ DE LOS CABALLEROS,
marquês de — 62
D. JOANA DE ÁUSTRIA, prin-
cesa, mãe de D. Sebastião — 371,
372
D. JOÃO II, de Portugal — 45
D. JOÃO III, de Portugal — 258, 371
D. JOÃO, príncipe de Portugal —
371
JOÃO DA CRUZ, St.º — 373
JODELLE, Étienne — 389
JONSON, Ben — 68
JOYCE, James — 150
JUNG, C. G. — 152

JUROMENHA, Visconde de — 13,
54, 55, 56, 60, 61, 62, 63, 66, 78,
111, 113, 115, 128, 129, 130, 132,
133, 167, 182, 200, 202, 206, 214,
237, 238, 286, 288, 289, 290, 291,
292, 312, 318, 321, 324, 328, 365,
367, 374, 377, 378, 380, 381, 382,
383, 385, 386, 387, 388, 398, 399,
400, 401, 402, 403, 406, 408, 409,
410, 411, 423, 424, 425, 433, 437,
438, 453, 457, 459

K

KAFKA, Franz — 368
KALSTONE, David — 370
KANT — 262,389
KEPLER — 270
KÉRÉNYI, Karl — 364
KIERKEGAARD — 259
KNAPP, William — 237
KÖHLER, Wolfgang — 353
KOYRÉ, Alexandre — 366
KRISTELLER, P. O. — 267

L

LACERDA, Fernão Correia de — 62
LANDINO, Cristóforo — 192
LAPA, Manuel Rodrigues — v. Ro-
drigues Lapa, Manuel
LAS CASAS, P.e Bartolomé de — 69
LATINO COELHO, José Maria —
266
LAVANHA, J. B. — 329
LEÃO, Ângela Vaz — 145
LEÃO, Duarte Nunes do — 68, 69,
329
LEÃO HEBREU — 193
LEAVIS, F. R. — 31, 266
LEFF, Gordon — 425
LEIBNITZ — 273
LEITÃO DE ANDRADE, Miguel
— v. Andrade, Miguel Leitão de
LEITE DE VASCONCELOS, José
— 133
LENCASTRE, D. João de, 1.º duque
de Aveiro — v. Aveiro
LENTINO, Giacopo da — 49
LEÓN, Fr. Luís de — 51, 133, 208,
209

LEONARDO DA VINCI — 192
LEWIS, C. S. — 389
LIPPARINI, Giuseppe — 371
LIRA, Manuel de — 50, 59
LISBOA, António Francisco — v. «Aleijadinho»
LOCKE, John — 269
LOMAS CANTORAL, Jerónimo de — v. Cantoral, Jerónimo de Lomas
LOPE DE VEGA — 69, 250
LOPES, Estêvão — 53, 59
LOPES VIEIRA, Afonso — v. Vieira, Afonso Lopes
LÓPEZ DE CORTEGANA, Diego — 371
LÓPEZ DE ÚBEDA, Juan — 292
LÓPEZ MALDONADO, Gabriel — v. Maldonado, G. L.
LOUVEAU, G. — 371
LUCRÉCIO — 261
D. LUIS, infante de Portugal — 45, 47, 194, 216, 287, 292, 372
LYRA, Manuel de — v. Lira, Manuel de
LYTTON SELLS, A. — v. Sells, A. Lytton

M

MACHIAVELLI, Niccollo — 193, 269
MACRÓBIO — 188
MADDISON, Carol — 132
MAGALHÃES GANDÁVO, Pero de — v. Gandavo, Pero de Magalhães
MALATESTA, Pandolfo — 44
MALDONADO, Gabriel López — 51, 65, 66, 209
MAL-LARA, Juan de — 371
MALLARMÉ — 28
MALÓN DE CHAIDE, Pedro — 292
MANETTI, Gianozzo — 192
MANRIQUE, Jorge — 45, 156
D. MANUEL I, de Portugal — 45
D. MANUEL DE PORTUGAL — v. Portugal, D. Manuel de
MARAÑON, Gregório — 270
MARCO AURÉLIO — 389
D. MARIA, infanta de Portugal — 267

MARIN, F. Rodriguez — 250
MARINO, Giambattista — 194, 272
MARQUES BRAGA — 250
MARTINS, P.e Mário — 372
MAURO, Alfredo — 195
MÉDICIS, Cosimo de, o Velho — 192
MÉDICIS, Lorenzo de — 192
MEDRANO, Francisco de — 51
MEIGRET, Louis — 68
MELO, Francisco de Pina e de — v. Pina e Melo
MELO, D. Francisco Manuel de — 67, 70
MELVILLE, Herman — 368
MENA, Juan de — 45
MENDES DOS REMÉDIOS — v. Remédios, Mendes dos
MENDOZA, Diego Hurtado de — 47, 206, 207, 215, 216, 292
MENDOZA, Iñigo López de — v. Santillana
MENENDEZ Y PELAYO, Marcelino — 70, 204, 212, 237, 238, 292
MENENDEZ PIDAL, Ramón — 15, 48, 69
MENESES, Francisco de Sá de — v. Sá de Meneses, Francisco
MENESES, João Rodrigues de Sá de — v. Sá de Meneses, João Rodrigues de
MENESES, D. Telo de — 291
MERSENNE, P.e Marin — 268, 269
MICHAËLIS DE VASCONCELOS, Carolina — 54, 55, 56, 60, 61, 62, 63, 64, 65, 111, 130, 131, 206, 210, 213, 214, 215, 289, 290, 324, 328, 377, 388, 398, 399, 400, 437, 464,
MICHEL, G. — 371
MIDOSI, Henrique — 258
MIGUEL ÂNGELO — 193, 195, 204, 273, 372, 373, 389
MILTON — 24, 68, 271, 429, 430, 434, 435
MIRANDOLA, Giovanni Pico de — v. Pico de Mirandola
MOLZA, Francesco Maria — 193
MONDÉSERT, Claude — 267
MOÑINO, António Rodríguez — v. Rodríguez-Moñino, Antonio
MONTAIGNE, Michel de — 269, 373, 389
MONTALVO, Luiz Gálvez de — 51, 66, 209

474

MONTEMOR, Jorge de — 45, 46, 47, 48, 49, 50, 66, 112, 113, 204, 206, 207, 208, 210, 372
MONTESQUIEU — 271
MORE, Sir Thomas — 68
MUÑOZ, Fr. Alfonso — 372

N

NEBRIJA, Antonio de — 68, 69
NEWTON — 270
NORONHA, D. António de — 59, 60
NOVES, Laura de — 157
NUNES, José Joaquim — 44, 49, 141
NUNES, Pedro — 193

O

OCKHAM, William de — 425
OLIVEIRA, A. C. de A. e — 70
OLIVEIRA, Fernão de — 68
OLIVEIRA MARTINS, Joaquim Pedro de — 266
ORIENTE, F. A. do — v. Álvares do Oriente, Fernão
ORTA, Garcia de — 115
ORTEGA Y GASSET, José — 254
ORTIZ, D. Diogo de, bispo — 353
OVÍDIO — 50, 364, 368, 369, 370, 371, 372

P

PACHECO, Bernardim Ribeiro — 214
PADILLA, Pedro de — 51, 66, 209
PAIVA DE ANDRADA, Diogo — v. Andrada, Diogo Paiva de
PAPINI, Giovanni — 204
PARACELSO, Teofrasto — 269
PASQUIER, Étienne — 66
PATRIZI, Francesco — 194
D. PEDRO, conde de Barcelos — 44
D. PEDRO, condestável de Portugal — 45, 187
D. PEDRO, regente de Portugal — 44, 187
PEERS, E. Allison — 373
PEIXOTO, Afrânio — 37, 299, 329, 401, 429, 435

PELAYO, Marcelino Menendez y — v. Menendez y Pelayo
PELETIER DE MANS, Jacques — 68
PENNEY, Clara Louisa — 62
PEREIRA, Fr. Vicente — 326
PEREIRA F.º, Emmanuel — 291
PESSOA, Fernando — 26, 37, 268, 274
PETRARCA, Francesco — 13, 43, 44, 45, 46, 47, 49, 94, 95, 96, 113, 116, 147, 149, 151, 152, 153, 155, 156, 157, 158, 159, 160, 163, 165, 166, 167, 168, 169, 170, 171, 173, 174, 175, 176, 177, 178, 179, 180, 181, 182, 183, 184, 185, 186, 187, 188, 189, 191, 192, 194, 195, 203, 204, 206, 207, 208, 209, 210, 211, 213, 214, 215, 216, 217, 220, 221, 222, 224, 225, 231, 234, 235, 236, 238, 239, 240, 241, 242, 245, 248, 249, 250, 251, 252, 253, 260, 274, 292, 329, 367, 368, 369, 370, 372, 373, 425, 437, 438, 464
PEYRE, Henri — 187
PFANDL, Ludwig — 51
PFEIFFER, Johannes — 353
PICCHIO, Luciana Stegagno — 69
PICCOLOMINI, E. S. — v. Sílvio Piccolomini, Eneas
PICO DE MIRANDOLA, Giovanni — 192
PIDAL, Ramon Menendez — v. Menendez Pidal, Ramon
PIMPÃO, A. J. da Costa — 54, 64, 110, 111, 114, 115, 367, 390
PINA E (DE) MELO, Francisco de — 286
PÍNDARO — 114, 133
PINTO, Américo Cortês — 352
PINTO, Fr. Heitor — 69
PINTO, Pedro — 37, 299, 329
PIO II, papa — v. Sílvio Piccolomini, Eneas
PISTOIA, Cino da — v. Cino da Pistoia
PLATÃO — 49, 187, 188, 192, 255, 263, 270
PLUTARCO — 192
POGGIO BRACCIOLINI, Giovanni — 191, 388
«POLIZIANO», Angelo Ambrozini — 148, 192, 195, 204

475

POLO, Gaspar Gil — 47, 48, 65, 66, 206, 207, 211, 212, 213
POMPONAZZI, Pietro — 193, 260, 269
PONTANO, Giovanni — 192, 204
PORTALEGRE, Fr. António de — 350
PORTUGAL, D. Francisco de — 63
PORTUGAL, D. Manuel de — 45, 47, 62, 292, 373
POUND, Ezra — 41, 150
PRESTES, António — 290
PRIEBSCH, J. — 46, 210
PROPÉRCIO — 263
PROUST, Marcel — 24
PSEUDO-DINIS — 188
PSEUDO-JERÓNIMO — 372
PULCI, Luigi — 148, 192

Q

QUENTAL, Antero de — v. Antero
QUEVEDO Y VILLEGAS, Francisco de — 273
QUINTILIANO — 191,388

R

RABELAIS — 268, 269
RACINE, Jean — 272
RANDALL Jr., J. H. — 267
RANKE, Otto — 270
RAT, Maurice — 365
REDONDO, conde de — v. Coutinho, Francisco
RÉGIO, José — 258, 266, 267
REMÉDIOS, Mendes dos — 250
RESENDE, André de — 69, 301, 302
RESENDE, André Falcão de — 45, 56, 326
RESENDE, Garcia de — 44, 193
REY DE ARTIEDA, Andrés — v. Artieda, Andrés Rey de
RIBEIRO, António — 67
RIBEIRO, Aquilino — 267, 289
RIBEIRO, Bernardim — 15, 45, 49, 148, 156, 194, 210, 213, 214, 215
RIBEIRO, P.e Pedro — 60, 61, 65, 129, 130, 132, 214, 288, 289, 291, 366
RIBEIRO, Tomás — 286

RIBEIRO PACHECO, Bernardim — v. Pacheco, B. R.
RICHARDS, I. A. — 28, 31, 58
RICHELIEU, cardeal — 268
RIMBAUD — 351, 352, 353
RIMINI — v. Malatesta, Pandolfo, Snr. de
RIVERS, Elias L. — 213
RODRIGUES, Luís — 302
RODRIGUES, José Maria — 54, 61, 111, 115, 133, 266, 267, 288
RODRIGUES DE CASTRO, Estêvão — v. Castro, Estêvão Rodrigues de
RODRIGUES LAPA, Manuel — 49, 67, 290, 303, 304, 308, 367, 368, 370, 390
RODRÍGUEZ MARIN, Francisco — v. Marin, F. Rodríguez
RODRÍGUEZ-MOÑINO, Antonio — 62
ROMERO DE CEPEDA, Joachim — v. Cepeda, Joachim Romero de
RONSARD, Pierre de — 132, 133, 149, 208
ROTA, Bernard no — 132, 193
ROUSSEAU, J. J. — 271
RUBENS, P. P. — 273
RÜEGG, August — 133

S

SÁ, António de — 215
SÁ DE MENESES, Francisco de — 45, 47, 291
SÁ DE MENESES, João Rodrigues de — 45, 49, 148
SÁ DE MIRANDA, Francisco — 44, 45, 46, 47, 62, 69, 114, 133, 148, 194, 206, 210, 213, 214, 215, 257, 373
SALDANHA, Fr. António de — 327
SALGADO Jr., António — 60, 61, 115, 267, 286, 401
SALISBURY, John de — 371
SALUTATI, Collucio — 191
SANCHES, Francisco — 272, 273, 373
SANCHEZ DE BADAJOZ, Garcí — 50, 290
SANCTIS, Francesco de — v. De Sanctis, Francesco

SANNAZARO, Jacopo — 13, 148, 156, 189, 192, 193, 194, 195, 196, 197, 198, 203, 204, 205, 206, 213, 238, 240, 241, 248, 251, 252, 274, 370, 437

SANTILLANA, Marquês de — 45, 47, 66, 187, 265, 266

SARAIVA, António José — 187, 267, 268

SASSI, Panfilo — 192, 204

SAULNIER, V. L. — 67, 203

SAVONAROLA, Girolano — 192, 193, 372

SCHELER, Max — 187

SCHLEGEL, Friedrich — 131

D. SEBASTIÃO, rei de Portugal — 371, 389

SELLS, A. Lytton — 187

SENA, Jorge de — 14, 40, 187, 189, 205, 215, 267, 268, 269, 287, 299, 389, 425, 433, 435

SÉNECA — 389, 390

SERAFINO ÁQUILANO, ou Serafino Ciminelli d'Aquila — 191, 192, 204

SÉRGIO, António — 258,259,262, 266,267,288

SERVIEN, Pius — 351

SEVERIM DE FARIA, Manuel — v. Faria, Manuel Severim de

SEYFFERT, Oskar — 365

SHAKESPEARE — 24, 68, 70, 300, 301, 429, 430, 434, 435

SIDNEY, Sir Philip — 205, 370

SIEDER, J. — 371

SILVA, D. João da, (Portalegre) — 60

SILVA, José Maria da Costa e — 49, 63

SILVEIRA, D. Álvaro da — 133

SILVESTRE, Gregório — 47, 48, 50, 207, 208, 210, 213

SILVIO PICCOLOMINI, Eneas — 192

SOROPITA, Fernão Rodrigues Lobo — 53, 59, 65

SOTO, Luís Barahona de — 51, 209, 250

SOTTOMAIOR, Elói de Sá — 62

SOTTOMAIOR, Fr. Luís de — 329

SOUSA, Fr. António de — 389

SOUSA, Martim Afonso de — 389

SOUSA VITERBO — v. Viterbo, F. M. de Sousa

SOUTHWELL, Robert — 187

SPENSER, Edmund — 149

SPERONI, Sperone — 193

SPINOZA — 262

SPITZER, Leo — 58, 432

STAMM, Edith Perry — 68

STAMPA, Gaspara — 194

STORCK, Wilhelm — 60, 61, 65, 130, 289, 383, 399

STUMPF, Carl — 353

SURREY, H. Howard, conde de — 48, 148

SUTTNER, H. von — 267

T

TANSILLO, Luigi — 193

TARRIQUE, Fr. António — 291, 326, 329

TASSO, Bernardo — 132, 133, 191, 193

TASSO, Torquato — 191, 194, 204, 205

TAVARES, J. P. — 302

TEBALDEO, Antonio ou Antonio Tebaldi, de Ferrara — 192, 204

P.e TEILHARD de Chardin, v. Chardin, P.e Teilhard de

TELESIO, Bernardino — 193, 269

TENREIRO, António — 69

TEÓCRITO — 205

THOMAS, Henry — 204

TOFFANIN, Giuseppe — 255

TOJA, Gian Luigi — 49

TOMÁS, Aníbal Fernandes — 54, 60, 115, 128, 129, 130, 132, 210, 213, 214, 437, 463

TORRE, Francisco de la — 51, 208, 213

TORTEL, Jean — 269

TRISSINO, Giangiorgio — 148, 193, 194

U

ÚBEDA, Juan López de — v. López de Úbeda, Juan

URREA, Jeronimo de — 204

V

VAIR, Guillaume de — 389
VALLA, Lorenzo — 192
VALVERDE, J. Filgueira — 237, 238
VANINI, Lucilio — 269
VARCHI, Benedetto — 205
VASCONCELOS, Carolina Michaëlis de — v. Michaëlis de Vasconcelos, Carolina
VASCONCELOS, Jorge Ferreira de — 67, 69
VASCONCELOS, José Leite de — v. Leite de Vasconcelos, J.
VERGÍLIO — 24, 156, 205, 261, 364
VERNEY, L. A. — 286, 287
VIAU, Théophile de — 268, 269
VICENTE, Gil — 49, 193, 372
VICO, Giambattista — 191

VIDA, Marco Girolamo — 193, 194
VIEIRA, Afonso Lopes — 54, 111, 115, 266
VIEIRA, P.e António — 26, 287, 288
VIGNA, Piero della — 44
VILHENA, Enrique de — 205
VITERBO, Francisco Marques de Sousa — 326, 329
VITÓRIA, Francisco de — 69
VOLTAIRE — 271
VOSSLER, Karl — 49, 50, 373, 389

W

WARREN, Austin — 353, 373
WELLEK, Albert — 353
WELLEK, René — 353, 373
WYATT, Sir Thomas — 148

ÍNDICE

Nota prévia à segunda edição	7
Dedicatória	9
Prólogo	11

1.ª PARTE
INTRODUÇÃO METODOLÓGICA

1 — Generalidades	19
2 — Crítica erudita, Crítica de texto, Crítica de sentido	23
3 — Desconexão das diversas formas de crítica e seu consequente impressionismo	27
4 — Crítica ontológica e Crítica histórico-sociológica	31
5 — Crítica onto-sociológica	35
6 — Crítica estrutural e Crítica tipológica	39

2.ª PARTE
AS CANÇÕES CAMONIANAS

1 — A forma «canção» antes de Camões e no seu tempo	43
2 — Histórico do *corpus* existente das canções camonianas	53
3 — Esboço de inquérito estrutural às canções camonianas	71
I — Inquérito estrutural à forma externa das canções «canónicas»	73
II — Aspectos da variabilidade rítmica	79
1) *Das estrofes*	79
2) *Do envoi ou* commiato	83
3) *Comparação dos índices de variabilidade das estrofes e dos* commiatos	85

479

| 4) | *Variabilidade total das canções* | 89 |

5) *Análise da influência do* commiato *no índice de variabilidade das canções* — 92

III — As canções apócrifas à luz do inquérito estrutural das
canções «canónicas» — 94

1) *Canções com* commiato — 94
2) *Canções sem* commiato — 103
3) *As canções apócrifas à luz do inquérito estrutural* — 109
4) *Algumas considerações suplementares* — 110

IV — Observações estruturais sobre as odes de Camões, e comparação com as canções canónicas e apócrifas — 114

1) *A ode* — 114
2) *O* corpus *camoniano das odes* — 115
3) *Inquérito estrutural à forma externa das odes* — 116
4) *Comparação dos inquéritos às odes e às canções* — 120

I — *Com as canções canónicas* — 120
II — *Com as canções apócrifas* — 125
III — *Conclusões comparativas* — 126
IV — *Situação geral das «canções apócrifas» à luz
dos inquéritos estruturais às canções e às odes
canónicas* — 127
V — *Consequências dos presentes inquéritos para uma
edição da lírica camoniana, até este momento
da pesquisa* — 129

V — Prosseguimento do inquérito estrutural — 134

4 — A canção camoniana e o problema das «influências» — 147

I — A canção camoniana e as canções de Petrarca — 147

1) *O petrarquismo* — 147
2) *As canções de Petrarca — inquérito estrutural* — 156
3) *Camões e Petrarca: comparação dos inquéritos estruturais* — 165

II — A canção camoniana e as canções de Sannazaro e Bembo — 189

1) *O petrarquismo italiano* — 189
2) *Comparações estruturais de Camões com Sannazaro e
Bembo* — 195

III — A canção camoniana e as canções de Garcilaso e de
Boscán — 206

1) *Considerações preliminares sobre os petrarquistas espa-
panhóis e Camões, com observações sobre os portugueses* — 206
2) *As canções de Garcilaso e de Boscán — inquérito estrutural* — 217
3) *Comparação entre o inquérito estrutural às canções «canónicas» de Camões e o mesmo inquérito às canções de Garcilaso e de Boscán* — 222
4) *Prosseguimento do inquérito* — 233

IV — As canções apócrifas à luz dos inquéritos feitos a Petrarca
e outros poetas ... 238
V — Originalidade da forma externa das canções camonianas ... 251

5 — Lugar das canções na lírica camoniana ... 257
I — Considerações gerais. Reivindicação da alta categoria
especulativa do lirismo camoniano ... 257
II — O pensamento camoniano nas canções ... 270
1) *Considerações sobre o conceptismo* ... 270
2) *As canções camonianas canónicas como expressão de pensamento, consideradas segundo a sua variabilidade. Situação das apócrifas* ... 274
3) *As canções como coroamento da lírica camoniana* ... 285

3.ª PARTE

A CANÇÃO «MANDA-ME AMOR, ETC.»

1 — Características da forma externa da canção prototípica ... 295
2 — A versão de 1595-98
I — O texto de 1595 ... 303
II — As variantes de 1598 ... 308
III — O problema do *commiato* ... 316
IV — Análise estrutural do texto de 1595 ... 330
1) *Observações diversas* ... 330
2) *Inquérito rítmico* ... 331
3) *Inquérito rímico* ... 337
I — *A rima morfologicamente considerada* ... 338
II — *A rima foneticamente considerada* ... 344
III — *Coordenação da rima foneticamente considerada
e da rima morfologicamente considerada* ... 347
IV — *Coordenação dos dois inquéritos: rítmico e rímico* ... 348
4) *A análise estrutural propriamente dita do texto de 1595* ... 353
V — Parcial cotejo interpretativo do texto de 1595 com a versão de 1616 e a variante Juromenha ... 367
1) *As metamorfoses* ... 367
2) *O parcial cotejo* ... 374
I — *Os textos de 1616 e de Juromenha (Luís Franco)* ... 374
II — *Versão de 1595 e variante Juromenha* ... 382
III — *Versão de 1595 e versão de 1616* ... 384
VI — *Manda-me amor, etc.* e o Cancioneiro Luís Franco ... 391
VII — *Manda-me amor, etc.* e o Cancioneiro Juromenha ... 398

3 — Sobre a extensão do inquérito rímico às restantes canções canónicas e às apócrifas, correlação com a variabilidade total, e observações sobre a correlação do inquérito rímico com o inquérito vocabular   405

    I — Sobre a extensão do inquérito rímico às restantes canções canónicas e às canções apócrifas, e correlação com a variabilidade total   405

    II — Observações sobre a correlação do inquérito rímico com o inquérito vocabular   418

4 — Da metamorfose à visão do mundo   423

4.ª PARTE

CONCLUSÃO   427

APÊNDICE: As canções e odes apócrifas de Camões, e a canção de Petrarca *Nel dolce tempo della prima etade*: textos   437

ÍNDICE ONOMÁSTICO   469

BIBLIOGRAFIA DE JORGE DE SENA

POESIA:

Perseguição — Lisboa, 1942.
Coroa da Terra — Porto, 1946.
Pedra Filosofal — Lisboa, 1950.
As Evidências — Lisboa, 1955.
Fidelidade — Lisboa, 1958.
Poesia-I (Perseguição, Coroa da Terra, Pedra Filosofal, As Evidências, e o volume inédito *Post-Scriptum)* — Lisboa, 1961, 2.ª ed., 1977; 3.ª ed. no prelo.
Metamorfoses, seguidas de *Quatro Sonetos a Afrodite Anadiómena* — Lisboa, 1963.
Arte de Música — Lisboa, 1968.
Peregrinatio ad loca infecta — Lisboa, 1969.
90 e mais Quatro Poemas de Constantino Cavafy (tradução, prefácio, comentários e notas) — Porto, 1970.
Poesia de Vinte e Seis Séculos — I — *De Arquíloco a Calderón;* II — *De Bashó a Nietzsche* (tradução, prefácio e notas) — Porto, 1972.
Exorcismos — Lisboa, 1972.
Trinta Anos de Poesia (antologia) — Porto, 1972; 2.ª ed., Lisboa, 1984.
Camões Dirige-se aos Seus Contemporâneos (textos, e um poema inédito) — Porto, 1973.
Esorcismi, ed. bilingue português/italiano, Milão, 1974.
Conheço o Sal... e Outros Poemas — Lisboa, 1974.
Sobre Esta Praia — Porto, 1977; ed. bilingue português/inglês, Santa Bárbara, 1979.
Poesia-II (Fidelidade, Metamorfoses, Arte de Música) — Lisboa, 1978.
Poesia-III (Peregrinatio ad loca infecta, Exorcismos, Camões Dirige-Se aos Seus Contemporâneos, Conheço o Sal... e Outros Poemas, Sobre Esta Praia) — Lisboa, 1978.
Poesia do Século XX — de *Thomas Hardy a C. V. Cattaneo* (prefácio, tradução e notas) — Porto, 1978.
Quarenta Anos de Servidão — Lisboa, 1979; 2.ª ed. revista, 1982.
80 Poemas de Emily Dickinson (tradução e apresentação) — Lisboa, 1979.
Sequências — Lisboa, 1980.
In Crete with the Minotaur and Other Poems, ed. bilingue português/inglês, Providence, 1980.
Visão Perpétua — Lisboa, 1982.
Post-Scriptum II (2 vols.) — a publicar.
Dedicácias — a publicar.

TEATRO:

O Indesejado (António, Rei), tragédia em quatro actos, em verso — Porto, 1951;
2.ª ed., Porto, 1974.
Amparo de Mãe, peça em 1 acto — «Unicórnio», 1951.
Ulisseia Adúltera, farsa em 1 acto — «Tricórnio», 1952.
Amparo de Mãe, e mais Cinco Peças em Um Acto — Lisboa, 1974.

FICÇÃO:

Andanças do Demónio, contos — Lisboa, 1960.
A Noite Que Fora de Natal, conto — Lisboa, 1961.
Novas Andanças do Demónio, contos — Lisboa, 1966.
Os Grão-Capitães, contos — Lisboa, 1976; 2.ª ed., 1979; 3.ª ed., 1982.
Sinais de Fogo, romance — Lisboa, 1979; 2.ª ed., 1981.
O Físico Prodigioso, novela — Lisboa, 1977; 2.ª ed., Lisboa, 1980; 3.ª ed.,
Lisboa, 1983.
Antigas e Novas Andanças do Demónio (ed. conjunta e revista), Lisboa, 1978;
2.ª ed., Lisboa, 1981; ed. «book club», Lisboa, 1982.
Genesis, contos — Lisboa, 1983.

OBRAS CRÍTICAS, DE HISTÓRIA GERAL, CULTURAL OU LITERÁ-
RIA, EM VOLUME OU SEPARATA:

O Dogma da Trindade Poética — (Rimbaud) — Lisboa, 1942.
Fernando Pessoa — Páginas de Doutrina Estética (selecção, prefácio e notas) —
Lisboa, 1946/7 (esgotado) — 2.ª edição.
Florbela Espanca — Porto, 1947.
Gomes Leal, em «Perspectivas da Literatura Portuguesa do Século XIX» —
Lisboa, 1950.
A Poesia de Camões, ensaio de revelação da dialéctica camoniana — Lisboa,
1951.
Tentativa de Um Panorama Coordenado da Literatura Portuguesa de 1901 a 1950 —
«Tetracórnio», Lisboa, 1955.
Dez ensaios sobre literatura portuguesa, *Estrada Larga*, 1.º vol. — Porto, 1958.
Líricas Portuguesas, 3.ª série da Portugália Editora — Selecção, prefácio e notas
— Lisboa, 1958 — 2.ª edição revista e aumentada, 2 vols., 1.º vol., Lis-
boa, 1975; 2.º vol., Lisboa, 1983; 1.º vol., 3.ª ed., Lisboa, 1984.
Da Poesia Portuguesa — Lisboa, 1959.
Três artigos sobre arte e sobre teatro em Portugal, *Estrada Larga*, 2.º vol. —
Porto, 1960.
Nove capítulos originais constituindo um panorama geral da cultura britânica
e a história da literatura inglesa moderna (1900-1960), e prefácio e notas,
na *História da Literatura Inglesa* de A. C. Ward — Lisboa, 1959-1960.
Ensaio de Uma Tipologia Literária — Assis, São Paulo, 1960.
O Poeta É Um Fingidor — Lisboa, 1961.
O Reino da Estupidez, I — Lisboa, 1961; 2.ª ed., 1979; 3.ª ed., Lisboa, 1984.
Três Resenhas (Fredson Bowers, Helen Gardner, T. S. Eliot) — Assis, São Paulo,
1961.
A Estrutura de «Os Lusíadas», I — Rio de Janeiro, 1961.
La Poésie de «presença» — Bruxelas, 1961.
Seis artigos sobre literatura portuguesa e espanhola, *Estrada Larga*, 3.º vol.
— Porto, 1963.

Maravilhas da Novela Inglesa, selecção, prefácio e notas — São Paulo, 1963.
A Literatura Inglesa, história geral — São Paulo, 1963.
Os Painéis Ditos de Nuno Gonçalves — São Paulo, 1963.
«O Príncipe» de Maquiavel, e «O Capital» de Karl Marx, dois ensaios em *Livros que Abalaram o Mundo* — São Paulo, 1963.
A Sextina e a Sextina de Bernardim Ribeiro — Assis, São Paulo, 1963.
A Estrutura de «Os Lusíadas» II — Rio de Janeiro, 1964.
Sobre o Realismo de Shakespeare — Lisboa, 1964.
Edith Sitwel e T. S. Eliot — Lisboa, 1965.
Teixeira de Pascoaes — Poesia (selecção, prefácio e notas) — Rio de Janeiro, 1965, 2.ª ed., 1970.
Maneirismo e Barroquismo na Poesia Portuguesa dos Séculos XVI XVII — Madison, 1965.
«O Sangue de Atis», de François Mauriac — Lisboa, 1965.
Sistemas e Correntes Críticas — Lisboa, 1966.
Uma Canção de Camões (Análise estrutural de uma tripla canção camoniana, precedida de um estudo geral sobre a canção petrarquista e sobre as canções e as odes de Camões, envolvendo a questão das apócrifas) — Lisboa, 1966. 2.ª ed., 1984.
A Estrutura de «Os Lusíadas», III-IV — Rio de Janeiro, 1967.
Estudos de História e de Cultura, 1.ª série (1.º vol., 634 pp.; 2.º vol. a sair brevemente, com os índices e a adenda e corrigenda) — «Ocidente», Lisboa, 1967.
Os Sonetos de Camões e o Soneto Quinhentista Peninsular (As questões de autoria, nas edições da obra lírica até às de Álvares da Cunha e de Faria e Sousa, revistas à luz de um inquérito estrutural à forma externa e da evolução do soneto quinhentista ibérico, com apêndices sobre as redondilhas em 1595-1598, e sobre as emendas introduzidas pela edição de 1598) — Lisboa, 1969; 2.ª ed., Lisboa, 1981.
A Estrutura de «Os Lusíadas» e Outros Estudos Camonianos e de Poesia Peninsular do Século XVI — Lisboa, 1970; 2.ª ed., Lisboa, 1980.
Observações sobre «As Mãos e os Frutos», de Eugénio de Andrade — Porto, 1971.
Realism and Naturalism in Western Literatures, with some special references to Portugal and Brasil, Tulane Studies, 1971.
Camões: quelques vues nouvelles sur son épopée et sa pensée — Paris, 1972.
Camões: Novas Observações acerca da Sua Epopeia e do Seu Pensamento — Lisboa, 1972.
«Os Lusíadas» comentados por M. de Faria e Sousa, 2 vols. — Lisboa, 1973 (introdução crítica).
Aspectos do Pensamento de Camões através da Estrutura Linguística de «Os Lusíadas» — Lisboa, 1973.
Dialécticas da Literatura — Lisboa, 1973; 2.ª ed., ampliada, 1977, como *Dialécticas Teóricas da Literatura.*
Francisco de la Torre e D. João de Almeida — Paris, 1974.
Maquiavel e Outros Estudos — Porto, 1974.
Poemas Ingleses de Fernando Pessoa (edição, tradução, prefácio, notas e variantes) — Lisboa, 1974; 2.ª ed., 1983.
Sobre Régio, Casais, a «presença» e Outros Afins — Porto, 1977.
O Reino da Estupidez, II — Lisboa, 1978.
O Cancioneiro de Luís Franco Correia, separata dos *Arquivos do Centro Cultural Português,* Paris, 1978.
Dialécticas Aplicadas da Literatura — Lisboa, 1978.
Trinta Anos de Camões (2 vols.) — Lisboa, 1980.

Fernando Pessoa & C.ª Heterónima (2 vols.) — Lisboa, 1982; 2.ª ed. (1 volume), 1984.
Estudos sobre o Vocabulário de «Os Lusíadas» — Lisboa, 1982.
Estudos de Literatura Portuguesa — I — Lisboa, 1982.
A Poesia de Teixeira de Pascoaes (estudo prefacial, selecçãoe notas), Porto, 1982.

CORRESPONDÊNCIA:

Jorge de Sena/Guilherme de Castilho — Lisboa, 1981.
Mécia de Sena/Jorge de Sena — Isto Tudo Que Nos Rodeia (cartas de amor) — Lisboa, 1982.
Jorge de Sena/José Régio — no prelo.
Jorge de Sena/Vergílio Ferreira — no prelo.
Eduardo Lourenço/Jorge de Sena — no prelo.

PREFÁCIOS CRÍTICOS A:

A Abadia do Pesadelo, de T. L. Peacock.
As Revelações da Morte, de Chestov.
O Fim da Aventura, de Graham Greene.
A Casa de Jalna, de Mazo de la Roche.
Fiesta, de Hemingway.
Um Rapaz de Geórgia, de Erskine Caldwell.
O Ente Querido, de Evelyn Waugh.
Oriente-Expresso, de Graham Greene.
O Velho e o Mar, de Hemingway.
Condição Humana, de Malraux.
Palmeiras Bravas, de Faulkner.
Poema do Mar, de António Navarro.
Poesias Escolhidas, de Adolfo Casais Monteiro.
Teclado Universal e Outros Poemas, de Fernando Lemos.
Memórias do Capitão, de Sarmento Pimentel.
Confissões, de Jean-Jacques Rousseau.
Poesias Completas, de António Gedeão.
Poesia (1957-1968), de Helder Macedo.
Manifestos do Surrealismo, de André Breton.
Cantos de Maldoror, de Lautréamont.
Rimas de Camões, comentadas por Faria e Sousa.
A Terra de Meu Pai, de Alexandre Pinheiro Torres.
Camões — Some Poems, trad. Jonathan Griffin.
Qvybyrycas, de Frey Ioannes Garabatus.

Composto e impresso na
Tipografia Guerra, Viseu,
para Edições 70
em Outubro de 1984